A CAMINHO DE MACONDO

Obras do autor

O amor nos tempos do cólera
A aventura de Miguel Littín clandestino no Chile
Cem anos de solidão
Cheiro de goiaba
Crônica de uma morte anunciada
Do amor e outros demônios
Doze contos peregrinos
Em agosto nos vemos
Os funerais da Mamãe Grande
O general em seu labirinto
A incrível e triste história da cândida Erêndira e sua avó desalmada
Memória de minhas putas tristes
Ninguém escreve ao coronel
Notícia de um sequestro
Olhos de cão azul
O outono do patriarca
Relato de um náufrago
A revoada (O enterro do diabo)
O veneno da madrugada (A má hora)
Viver para contar

Obra jornalística
Vol. 1 – Textos caribenhos (1948-1952)
Vol. 2 – Textos andinos (1954-1955)
Vol. 3 – Da Europa e da América (1955-1960)
Vol. 4 – Reportagens políticas (1974-1995)
Vol. 5 – Crônicas (1961-1984)
O escândalo do século

Obra infantojuvenil
A luz é como a água
María dos Prazeres
A sesta da terça-feira
Um senhor muito velho com umas asas enormes
O verão feliz da senhorita Forbes
Maria dos Prazeres e outros contos (com Carme Solé Vendrell)

Antologia
A caminho de Macondo

Teatro
Diatribe de amor contra um homem sentado

Com Mario Vargas Llosa
Duas solidões: um diálogo sobre o romance na América Latina

GABRIEL GARCÍA MÁRQUEZ

A CAMINHO DE MACONDO

FICÇÕES
1950-1966

Prefácio de
Alma Guillermoprieto

Tradução de
Ivone Benedetti
Édson Braga
Danúbio Rodrigues
Joel Silveira

1ª edição

EDITORA RECORD
RIO DE JANEIRO • SÃO PAULO
2024

CIP-BRASIL. CATALOGAÇÃO NA PUBLICAÇÃO
SINDICATO NACIONAL DOS EDITORES DE LIVROS, RJ

G21c García Márquez, Gabriel, 1927-2014
        A caminho de Macondo : ficções 1950-1966 / Gabriel García Márquez ; organização e nota da edição original Conrado Zuluaga ; prólogo Alma Guillemoprieto ; tradução Ivone Benedetti ... [et al.]. - 1. ed. - Rio de Janeiro : Record, 2024.

        Tradução Camino a Macondo : ficciones 1950-1966
        ISBN 978-85-01-92002-7

        1. Literatura colombiana. I. Zuluaga, Conrado. II. Guillermoprieto, Alma. III. Benedetti, Ivone. IV. Título.

23-87162   CDD: 868.99363
                    CDU: 821.134.2(862)

Meri Gleice Rodrigues de Souza - Bibliotecária - CRB-7/6439

Título original:
CAMINO A MACONDO: FICCIONES 1950-1966

Copyright © Herdeiros de GABRIEL GARCÍA MÁRQUEZ, 2020 / 1950 / 1952, 1955 / 1954 / 1955 / 1961 / 1962 / 1962, 1966

Prefácio: © Alma Guillemoprieto, 2020
Seleção dos textos e nota da edição original: © Conrado Zuluaga, 2020

Tradutores:
Prefácio, Nota da edição original e Primeiros textos: Ivone Benedetti
A revoada (*O enterro do diabo*) e *O veneno da madrugada* (*A má hora*): Joel Silveira
Ninguém escreve ao coronel: Danúbio Rodrigues
Os funerais da Mamãe Grande: Édson Braga

Texto revisado segundo o Acordo Ortográfico da Língua Portuguesa de 1990.

Todos os direitos reservados. Proibida a reprodução, no todo ou em parte, através de quaisquer meios. Os direitos morais do autor foram assegurados.

Direitos exclusivos de publicação em língua portuguesa somente para o Brasil adquiridos pela
EDITORA RECORD LTDA.
Rua Argentina, 171 – Rio de Janeiro, RJ – 20921-380 – Tel.: (21) 2585-2000, que se reserva a propriedade literária desta tradução.

Impresso no Brasil

ISBN 978-85-01-92002-7

Seja um leitor preferencial Record.
Cadastre-se no site www.record.com.br e receba informações sobre nossos lançamentos e nossas promoções.

Atendimento e venda direta ao leitor:
sac@record.com.br

SUMÁRIO

Prefácio – Alma Guillermoprieto 7
Nota da edição original – Conrado Zuluaga 19

A CAMINHO DE MACONDO
Ficções 1950-1966

Primeiros textos 31
   A casa dos Buendía 33
   A filha do coronel 36
   O filho do coronel 38
   O regresso de Meme 40
   Monólogo de Isabel vendo chover em Macondo 42
   Um homem vem na chuva 49
   Um dia depois do sábado 54

A revoada (O enterro do diabo) 75

Ninguém escreve ao coronel 177

Os funerais da Mamãe Grande 239
   A sesta da terça-feira 243
   Um dia desses 250

Nesta terra não há ladrões   253
A prodigiosa tarde de Baltazar   279
A viúva Montiel   287
As rosas artificiais   293
Os funerais da Mamãe Grande   299

O VENENO DA MADRUGADA (A MÁ HORA)   315

PREFÁCIO
Alma Guillermoprieto

No verão de 1973, cheguei pela primeira vez à Colômbia. Vinha de Nova York, onde morava, a caminho do Chile, onde me haviam prometido uma bolsa para a Universidade de Santiago. Em Nova York, uns amigos me puseram em contato com um rabino ortodoxo, com arroubos revolucionários, que ganhava a vida como agente de viagens. Durante uma longa tarde, o rabino traçou comigo um itinerário que, segundo ele, me pouparia alguns valiosíssimos dólares, em comparação com o preço de um voo direto Nova York-Santiago. Eu precisaria fazer a primeira escala em Miami, e a segunda, na cidade costeira de Santa Marta, Colômbia. De lá, um trem me levaria para as cinzentas alturas da capital colombiana, onde eu deveria embarcar num terceiro voo.

Na estação ferroviária de Santa Marta, comprei uma passagem de classe econômica para Bogotá e me acomodei num vagão quase vazio, num banco de madeira com respaldo em ângulo reto, também de madeira. Fazia calor na costa e, duas horas depois, à medida que nos internávamos no verde infindável da savana tropical, o trem era um inferno. Cansada da longa viagem, amodorrada e embalada pelo sacolejo do trem lentíssimo, atordoada pelo calor e perdendo a conta da fleumática sucessão de paradas, eu cochilava com a cabeça indo e vindo contra a janela suja, quando o trem parou mais uma vez. Levantei o olhar e, com má vontade, tentei limpar o vidro com o dorso da mão, para ver melhor o letreiro que anunciava o nome da estação. Demorei um segundo para processar as letras:

"Aracataca".

Aracataca! Esfreguei o vidro outra vez, chamei inutilmente o maquinista, corri até a porta para ver se conseguia pôr pelo menos um pé no chão de um lugar cuja história mítica eu conhecia melhor do que a história de minha família, mas o trem já arrancava de novo. Aracataca! Esfreguei uma vez mais o vidro para enxergar melhor o povoado, tentei enfiar a cabeça pelo vão aberto na parte superior da janela, mas nesses esforços perdi a oportunidade de ver suas ruas poeirentas, que tinham ficado para trás num suspiro.

Rígida contra o assento torturante, em curto-circuito entre a frustração e a euforia, vi o ar escurecer do outro lado da janela imunda e achei que em segundos desabaria um aguaceiro tropical. Mas era outra a causa da escuridão repentina: o trem abria passagem entre uma nuvem espessa de borboletas amarelas, uma tempestade de asas que se desvaneceu num piscar de olhos.

Em Gabriel García Márquez, que em geral era um homem circunspecto e reservado, as bochechas vibravam e os cantos dos bigodes se erguiam ligeiramente em sinal de aprovação, diante de casos como esse. "Ninguém acredita que não inventei nada", dizia satisfeito. "Eu não passo de um simples escrivão." E, como era um homem tímido — outra coisa em que ninguém acreditava —, soltava a última palavra da piada com leve retração da respiração antes de emitir uma tossinha que não chegava a se declarar risada.

Em reiteradas ocasiões afirmou também que, depois dos oito anos, não lhe havia acontecido nada de interessante. A frase soa como mera extravagância, mas, como tantas outras *boutades* dele, é rigorosamente correta, pelo menos no sentido de que aqueles primeiros oito anos que ele passou na casa dos avós maternos em Aracataca, no departamento de Magdalena, Colômbia, vulgo Macondo, deram-lhe material para toda uma vida de escrita.

A história dessa infância é conhecida: Gabriel nasce em Aracataca em 1927 e ainda não completou dois anos quando a acidentada vida dos pais exige que o deixem ali, sob os cuidados dos avós maternos, quando saem em busca de sorte melhor. O avô, Nicolás Márquez, havia lutado do lado liberal, com grau de coronel, na guerra conhecida como dos Mil Dias, que ensanguentou o país quando o século XIX engrenava no XX. Seu maior segredo é que ele, que tanto combateu e exterminou em seus anos de militar, vive atormentado pela morte do homem que matou depois da guerra por uma questão de honra. Convive com o fardo daquela morte única como com um fantasma e abandona o povoado onde cometeu o crime com a esperança de deixar o morto para trás. Vivem em itinerância por vários anos, ele e Tranquilina Iguarán, sua esposa, com os dois filhos mais velhos e a pequena Luisa Santiaga, que um dia será a mãe de Gabriel. Levam consigo também três "índios guajiros comprados em sua terra por cem pesos cada um, quando a escravidão já tinha sido abolida", índios que acompanharão toda a vida da família. Tentam fincar raízes em cidades e povoados ao redor da Ciénaga Grande de Santa Marta até arribarem, enfim, em Aracataca, povoado bananeiro que se consome entre o calor e os aguaceiros bíblicos do trópico.

De um lado dos trilhos da ferrovia estão as imensas fazendas bananeiras da United Fruit e seus povoamentos brancos; casinhas brancas para os gringos brancos que vivem uma vida diferente atrás do alambrado de seus domínios. Do lado contrário fica o povoado, que no início não era mais que uma rua poeirenta com um rio numa ponta e um cemitério na outra. A febre da banana tinha chegado depois da guerra e, com ela, a "revoada", uma multidão de charlatães, aventureiros, caçadores de fortunas e meretrizes que um dia formarão o pano de fundo da epopeia da família Buendía.

Em consequência do massacre da United, a empresa se retirou da zona bananeira de Ciénaga Grande e, durante a Segunda Guerra Mundial, suspendeu em geral suas operações no país. Segundo escreverá García Márquez, a saída da companhia arruinou o outrora próspero povoado, que fora beneficiado pela febre do ouro verde. A United vai embora e leva tudo: "O dinheiro, as brisas de dezembro, a faca do pão, o trovão das três da tarde, o aroma dos jasmins, o amor. Só ficaram as amendoeiras empoeiradas, as ruas reverberantes, as casas de madeira e tetos de zinco enferrujado com sua gente taciturna, devastada pelas recordações."

O avô, já idoso e bem estabelecido, vive numa casa de muitos quartos e grandes corredores sombrosos, habitados também por uma mistura de tias, begônias, irmãs, jasmineiros, mães, avós, cadeiras de balanço. O coronel entrega ao menino Gabriel todo o seu amor junto com suas melhores histórias: da guerra, do passado mítico de Aracataca, das vicissitudes de sua vida. Por sua vez, a avó Tranquilina povoa a imaginação do menino com minuciosos inventários dos fantasmas e assombrações que convivem na casa com a família. O pequeno Gabriel ainda não deixou para trás os balbucios da língua infantil quando também começa a contar à família histórias extravagantes e improváveis. Entre risadas, os idosos o repreendem. Não tinham percebido que as coisas que ele contava "eram corretas, mas de outro modo", diz o autor em suas memórias.

Sentado num dos quartos da grande casa sombrosa, o menino Gabriel observa o avô montar, num ímpeto de concentração milagrosa, os peixinhos flexíveis e perfeitos de ouro que depois vai vender por poucos pesos. O velho leva o adorado neto pela mão para conhecer o gelo, na loja do comissariado da bananeira. Também ensina ao menino de sete ou oito anos que aqueles gringos, donos do gelo e das bananas, foram os responsáveis pelo massacre dos trabalhadores da United, que entraram em greve contra a empresa estadunidense e foram atacados por tropas colombianas numa longa noite de dezembro de 1928. Inexplicavelmente, o coronel também leva o menino para visitar o cadáver fresco de um amigo que acaba de se suicidar. Um assassinato, um massacre, o cadáver de um suicida: a vida do menino Gabriel transcorre dentro da ordem caótica e feliz da infância, enquanto sua paisagem interior vai sendo povoada por mortos, medos e fantasmas.

O avô Nicolás morre quando a família García está prestes a deixar Aracataca para sempre e estabelecer-se na pequena cidade lacustre de Sucre. Feitas as malas e preparada a partida, o menino vê que na velha casa — *sua* casa — é feita uma fogueira com toda a roupa do avô, quando é incendiado acidentalmente um boné seu também. "Hoje vejo com clareza", escreve ele sessenta anos depois. "Algo meu tinha morrido com ele."

Até aqui, a grande história verdadeira de Macondo que García Márquez narra na primeira parte de suas memórias, *Viver para contar*. É uma história verdadeira a seu modo, tão confiável, ou não, quanto todas as recordações essenciais, e parece-me que a leremos da melhor maneira se a entendermos como uma nova mitologia montada com as pedras de toque desse escritor. O exorcismo de Aracataca, que se conclui com *Cem anos de solidão* — a história dos avós, um que mata homens e a outra que vê fantasmas em cada canto; a história da arrevesada corte de seu pai, Gabriel Eligio García, à sua mãe, Luisa Santiaga; a origem de Aracataca e seu final; a história de sua outra avó, mãe de Gabriel Eligio, mulher jovial que tem filhos sem se preocupar em se casar com os diversos pais e que, definitivamente, não confunde alhos com bugalhos; o massacre, os padres, a chuva de pássaros, o descobrimento do gelo — tudo, tudo está naqueles oito anos e nas modestas cento e tantas páginas que o autor gasta em suas memórias para narrar os primeiros e definitivos anos de sua infância e as consequências: o dia em que, aos vinte e três anos, o aspirante a escritor e consagrado boêmio do círculo literário da cidade costeira de Barranquilla, Colômbia, acompanha a mãe para vender a velha casa da infância. Mãe e filho viajam de trem — naquele mesmo, velho, único trem — para o antigo povoado bananeiro, agora abandonado pela United. Percorrem as ruínas de um povoado triste, e suas recordações são infinitamente mais reais do que a realidade mortiça diante de seus olhos. Padecem o calor incendiário de suas ruas poeirentas, agora desprovidas de algazarra. Por fim, visitam a casa que está desmoronando, como se fosse um pedaço de pão duro recuperado de alguma ruína. O presente é um fantasma, e o que está mais vivo é o que já morreu. Na estação, esperando com a mãe o trem amarelo da volta, García Márquez também já vai transformado em fantasma, rondando desconsoladamente os escombros de uma infância irrecuperável.

    Fantasma se exorciza escrevendo, e os textos que seguem são precisamente isto: a oferenda ao passado de um talentoso jovem que, como tantos outros aspirantes a escritor, passara o tempo em busca de temas extravagantes para relatos únicos e geniais que, na realidade, se mostraram incoerentes ou frívolos. A partir da viagem à origem, ele não precisa continuar buscando. Muitos anos depois, ele se lembraria do momento em que, diante da perda, foi resgatado pelo olhar distanciador que o transformou em escritor. "Nada tinha mudado, mas senti que na realidade eu não estava olhando o povoado, e sim o sentindo como se fosse uma leitura... e a única coisa que eu tinha de fazer era me sentar e transcrever o que já estava aí." Mal desce do trem, corre à sua escrivaninha no escritório do *El Heraldo*, periódico de Barranquilla no qual já é um astro do jornalismo, e rascunha as primeiras páginas de *La hojarasca* [*A revoada (O enterro do diabo)*]. Na manhã seguinte, um colega e amigo encontra García Márquez ainda datilografando furiosamente; "Estou escrevendo o romance de minha vida", anuncia ao amigo. Em vias de terminá-lo, vai publicando trechos do texto aqui e ali; textos que foram recuperados para esta coletânea. Neles aparece um padre velho e bondoso que vê fantasmas; outro, mais jovem e também bondoso, que funciona como mediador em pleitos que são o rescaldo da violência partidária que encheu de mortos o povoado. Num relato, uma mulher presencia, alucinada, uma chuva torrencial que dura três dias. De um conto a outro vão aparecendo diferentes personagens com nomes que nos causam sobressaltos, como se deparássemos de repente com algum velho amigo na estação de trem; há Nicanores, Rebecas, Remédios, Cotes, Moscotes, Buendías. Trata-se, na realidade, de diferentes histórias soltas sobre um mesmo povoado, em cuja barbearia sempre estará pendurado um letreiro que diz "Proibido falar de política", e cujo prefeito sempre terá dor de dente. É um povoado que ainda carece de nome, mas em alguns contos se faz referência a outro, situado à beira da mesma ferrovia: Macondo. (Efetivamente, na época bananeira, a estação anterior a Aracataca, para quem vem de Santa Marta, era um povoado um pouco mais próspero, chamado Macondo.) Há histórias que se sucedem numa cidade com cais ribeirinho que pode ser Sucre, onde, na realidade real, a família García se estabeleceu, por fim, nos anos da adolescência do filho mais velho. Outros contos, situados num lugar que tem rio e praia, talvez estejam ambientados na cidade de Ciénaga. Temário, geografia, estilo, voz, tudo nasce ao mesmo tempo em contos que são, na realidade, parte de um único texto obsessivo. Depois do ciclo macondiano, que começa aqui com "Monólogo de Isabel vendo chover em Macondo" e culmina depois de *Cem anos de solidão* com *Crônica de uma morte anunciada*, ele escreverá outros livros sobre ditadores e libertadores, meninas apaixonadas e velhos assanhados apaixonados por meninas adormecidas. Serão os livros de um escritor em busca de temas. Estes textos, em contrapartida, são histórias que insistiram em sair por conta própria e carregam a força de uma locomotiva.

É difícil saber como García Márquez assimilou o fato de um de seus romances ter se tornado cem vezes mais conhecido do que toda a sua obra precedente ou posterior.

Talvez nem ele mesmo soubesse. Por um lado, achava que a história de amor de seus pais, transformada em *O amor nos tempos do cólera*, talvez pudesse ser seu melhor romance. Por outro lado, não resta dúvida de que, para ele, *Cem anos de solidão* constituiu o ápice de seu esforço por traduzir a realidade em literatura. Além disso, essa obra o tornou rico. E infinitamente famoso. (Lembro-me, entre todos os acontecimentos que cercaram sua morte, da imensa fila que se formou durante mais de vinte e quatro horas para homenageá-lo no Palacio de Bellas Artes do México e de que, nessa fila, um homem disse para as câmeras de algum noticiário que tinha aprendido a ler para poder ler *Cem anos de solidão*, porque sua mulher, professora do fundamental, "tinha gostado muito desse livro". Lembro-me de lamentar que o escritor não estivesse vivo para ouvir essa homenagem que nada tinha a ver com a fama.)

O que não está claro para mim é que lugar García Márquez concedia aos textos aqui reunidos. Como todo autor, ia mudando sua avaliação de cada livro de acordo com o dia em que lhe perguntassem. Não são poucos os que acreditam que *Ninguém escreve ao coronel* seja sua obra mais perfeita, mas tenho a impressão — não encontro agora uma citação que sustente isso — de que ele via essa história mais como a culminância de um longo aprendizado. É espantoso que, no único volume das memórias que conseguiu escrever, ele relate com arrebatamento juvenil seus anos de jornalista e em seguida culmine com sua primeira viagem ao exterior aos vinte e oito anos, graças ao periódico bogotano *El Espectador*, que o enviou para cobrir uma conferência internacional em Genebra, Suíça. No meio, o escritor dedica dois parágrafos — dois míseros parágrafos para o acontecimento mais deslumbrante da vida de qualquer autor! — à publicação de seu primeiro romance, *A revoada* (*O enterro do diabo*). Na realidade, o público em geral também teve dificuldade para assimilar estes primeiros textos macondianos: vários deles têm a infelicidade de ser leitura obrigatória dos cursos secundários e preparatórios da América Latina, e é difícil deixar de vê-los simplesmente como aquilo que Gabriel García Márquez escreveu antes de *Cem anos de solidão*.

Com mais de meio século de distância, custa imaginar a euforia provocada pela aparição de *Cem anos de solidão*, livro que, para os leitores que vieram depois, sempre esteve aí. Certa noite, eu me sentei sob a cálida luz de um abajur para ler um livro que acabara de receber de presente, de um autor de quem eu não tinha notícia. Não sei como se passaram as horas em que várias décadas e um segundo me pareceram a mesma coisa, mas, quando voltei a mim, com o coração exaltado e a cabeça cheia de um mundo transbordante, fervilhante de vida, ergui o rosto e vi que a manhã já estava acabando de afastar a noite. Eu, como mais uma pessoa entre milhões, guardei a lembrança daquela leitura como um momento eterno de felicidade perfeita. Nenhum outro autor do século XX conseguiu introduzir seus leitores de maneira tão aparentemente simples num mundo mágico e completo. Corrijo: nenhum autor que não escreva contos infantis conseguiu isso. Um dia, num almoço, García Márquez anunciou que, agora sim, ia começar a ler J.K. Rowling, "para ver como anda a concorrência". A conversa tinha girado em torno de direitos autorais, mas ele não se referia a isso, pois sem dúvida sabia que naquelas alturas a autora da épica de Harry Potter tinha vendido milhões de exemplares a mais do que ele. Não: García Márquez tinha entendido que a pessoa que estava lhe fazendo sombra era a única, além dele, capaz de imergir seus leitores num mundo do qual eles não queriam depois sair.

Durante mais de meio século, a imensa maioria dos leitores que foram às livrarias procurar *Ninguém escreve ao coronel*, ou *A revoada* (*O enterro do diabo*), ou *O veneno da madrugada* (*A má hora*) quis ler essas obras *depois* de ler o romance do cigano Melquíades e das borboletas amarelas, certamente à procura de outra dose da mesma magia. Mas o impulso por trás dos contos deste livro é outro. Dizia García Márquez: "Nós, da Costa Atlântica, somos os seres mais tristes do mundo"; e pelo menos na épica macondiana dos primeiros contos, a tristeza, a amargura e o rancor são a constante. O principal impulso que desata a ação é a fome, pois o povoado das histórias é um lugar tão perdido do mundo que nem sequer os ricos têm dinheiro. Nessa obra-prima que é "Nesta terra não há ladrões", o protagonista sai para roubar e volta com três bolas de bilhar. Nos textos reunidos aqui, as referências ao sexo são escassas e mais do que pudicas. De fato, parece-me que só um personagem — o doutor Giraldo de

O veneno da madrugada (*A má hora*) — desfruta de vida sexual ativa e agradável, e sabemos disso por uma única menção, quase de passagem. Em contrapartida, em *Cem anos de solidão*, um desencadeador frequente da ação é o desejo físico desorientador, principalmente das mulheres, que admiram demais os homens com pênis de proporções sobre-humanas. É um desejo exorbitante, fértil, febril e criativo: Macondo está povoado de filhos, por todo lado nascem crianças que crescem, e, por sua vez, esses adultos ficam imprensados pelo desejo, como borboletas pelo alfinete, e se reproduzem com maior fervor ainda. Por outro lado, nos contos desta antologia há mulheres grávidas, acabadas e magras, que passam anos com seu parceiro e não são desejadas por ninguém. Há, principalmente, homens e mulheres encerrados na triste lealdade do matrimônio. Há não só morte, mas também, insistentemente, podridão. Uma vaca morta fica encalhada na margem do rio e, ao longo do conto, vai inchando e apodrecendo até que todo o povoado fique com um cheiro insuportável. Um menino é obrigado pelo avô e pela mãe a ver o cadáver de um enforcado que tem a língua mordida e para fora. Imagina-se, com os detalhes produzidos pelo espanto, como teriam ficado trancadas no ataúde as moscas que chegaram em busca do cadáver.

Em *Cem anos de solidão* não há moscas. Há um morto do qual sai um fio escarlate que, do quarto onde ele acaba de morrer, avança serpenteando, virando esquinas na rua e evitando a mesa da sala de jantar da casa dos Buendía, até chegar à mulher que vê o sangue e entende que acabaram de assassinar seu filho mais velho. Quer dizer, em *Cem anos de solidão*, há uma mitologia. Completa e redonda como todas as mitologias, existe num tempo circular e remoto em relação à realidade da putrefação da morte. Além disso, nas últimas páginas, o recém-nascido levado pelas formigas é uma abstração, uma pele seca que sequer ganhou vida dentro da narrativa. Absorto na leitura das previsões do cigano, o último Aureliano descobre no parágrafo final do romance que Melquíades não tinha ordenado aqueles augúrios "no tempo convencional dos homens, mas concentrado um século de episódios cotidianos, de maneira que todos coexistissem num mesmo instante". Ou seja, Aureliano descobre o que seu criador quer nos revelar no último momento: seu propósito explícito de criar uma épica familiar dentro do tempo circular de uma mitologia.

Embora seja verdade que tudo o que García Márquez escreveu para extirpar de si o veneno de Aracataca, vulgo Macondo, foi um ensaio para encontrar o caminho para *Cem anos de solidão*, também é verdade que *A revoada* (*O enterro do diabo*), *O veneno da madrugada* (*A má hora*), *Ninguém escreve ao coronel* e os contos curtos aqui reunidos ocupam o duro tempo linear da realidade, habitada por homens e mulheres como nós, cujos destinos despertam em nós compaixão e espanto, enquanto em *Cem anos de solidão*, livro sedutor por excelência, somos movidos mais pelo assombro e pela gratidão. Nesse sentido, estes textos não são propriamente o caminho para Macondo, mas sim um Macondo propriamente dito.

García Márquez dizia: "Nunca me esqueço de quem sou; sou filho do telegrafista de Aracataca." Mas, na realidade, a viagem de volta a Aracataca na juventude levou-o como que agarrado pelo cangote a contemplar-se em um espelho de águas mais profundas. Ali, o jovem Gabriel descobriu-se filho de seus avós, criança de olhos grandes e muito abertos, que cresceu submersa numa história de violências, amarguras, perdas arrasadoras e realidades asfixiantes. Os contos que saíram dessa viagem, aqui reunidos para a felicidade de novos e antigos leitores, são sombrios, urgentes, não míticos, mas trágicos, levados pelo impulso febril de exorcizar, enquanto revela, um passado real que ainda dói. São magníficos.

NOTA DA EDIÇÃO ORIGINAL
Conrado Zuluaga

García Márquez afirmou em diversas oportunidades que, para escrever cada livro, primeiro tinha de aprender a escrevê-lo, e só depois enfrentar a máquina de escrever. Precisou de quase vinte anos "vivendo" em Macondo para aprender a escrever seu romance *Cem anos de solidão*.

Esta antologia, realizada com o intuito de rastrear o roteiro do escritor, possibilitará que o leitor curioso encontre alguns momentos desse percurso. Assim como um desbravador, ele precisou abrir um caminho, apropriar-se de um espaço e delinear, pelo menos, alguns traços das personagens que o habitariam. Por isso, esta antologia de textos completos — mas de dimensões muito diversas — tem como título *A caminho de Macondo*.

García Márquez iniciou-se na literatura e no jornalismo quase ao mesmo tempo. Seu primeiro conto, "A terceira resignação", foi publicado em setembro de 1947; ele iniciou a carreira de jornalista oito meses depois em Cartagena. Em 1950 já era colunista contratado do diário *El Heraldo* de Barranquilla. Sua coluna, "La jirafa", era assinada com o pseudônimo Septimus.

Também nessa época ele se lançou com os amigos na publicação de uma revista, *Crónica*, semanário esportivo-literário de vida efêmera. No número 6 (3 de junho de 1950), aparece um texto assinado por García Márquez com o título "A casa dos Buendía", tendo como subtítulo uma clara advertência: "Apontamentos para um romance". Ali estão os primeiros traços públicos do que ele consegue vislumbrar e do que ronda sua cabeça. Naquele mesmo mês, apenas dez dias depois, na coluna de *El Heraldo*, é publicado o texto intitulado "A filha do coronel", no qual é repetido o esclarecimento "Apontamentos para um romance"; quem o assina não é Septimus, mas sim Gabriel García Márquez. Essa *mise-en--scène*, digamos assim, se repetirá naquele mesmo ano em duas ocasiões, "O filho do coronel" e "O regresso de Meme", em 23 de junho e 22 de novembro, respectivamente.

No primeiro texto já aparecem o nome da estirpe e a figura de um de seus mais destacados personagens, Aureliano Buendía, que volta ao povoado com o término da guerra civil, restando-lhe apenas "o título militar e uma vaga inconsciência de seu desastre". Em "O regresso de Meme", outro coronel — são vários os militares na obra de García Márquez, uns com nome próprio, outros apenas com a marca genérica de sua patente — será, dentro de alguns anos, a personagem central de *A revoada* (*O enterro do diabo*). Já definido aqui com o caráter que, no romance, o conduzirá a uma encruzilhada: "Foi quando meu pai, que a sustentara como criada durante quinze anos, tomou-a pelo braço, sem olhar para o público, e a trouxe por meia praça com aquela atitude soberba e desafiadora que sempre adota quando faz alguma coisa com a qual sabe que os outros estão em desacordo." O capítulo 2 de *A revoada* (*O enterro do diabo*) (1955) é, em seus primeiros parágrafos, uma reprodução daquela quarta coluna do *El Heraldo*, com algumas leves variações.

A colaboração de García Márquez com o diário de Barranquilla terminou em 24 de dezembro de 1952 com "O inverno", texto que ocupava toda a última página do periódico, antecedido por uma breve nota, na qual se informava tratar-se de um capítulo de *A revoada* (*O enterro do diabo*). Três anos depois, a revista *Mito* (nº 4, outubro-novembro de 1955) publicou o mesmo texto com o título conhecido no mundo inteiro: "Monólogo de Isabel vendo chover em Macondo". Quase trinta anos depois, numa coluna, "Como se escreve um romance?" (1984), o escritor recorda Jorge Gaitán Durán resgatando do cesto de papéis rasgados um texto que acredita ser publicável: "'Que título daremos?', perguntou-me, usando um plural que pouquíssimas vezes tinha sido tão cabível como naquele caso. 'Não sei', respondi. 'Porque isso aí era apenas um monólogo de Isabel vendo chover em Macondo.' Gaitán Durán escreveu na margem superior da primeira folha quase ao mesmo tempo que eu dizia isso: 'Monólogo de Isabel vendo chover em Macondo.'"

Nesses primeiros textos, o povoado é genérico, não tem nome específico. Um pouco mais adiante, o leitor descobrirá que há dois cenários muito semelhantes e diferentes, ao mesmo tempo. O povoado, com suas ruas poeirentas, é um lugar que só dispõe de uma via de comunicação, um rio — ao qual chegam, três vezes por semana, uma lancha com passageiros e o malote do correio —, que é uma lâmina de aço nos dias de calor e no inverno transborda, causando estragos nos bairros ribeirinhos. O outro é Macondo, quase tão falto de comunicação quanto o primeiro. Seu rio não é navegável, pois suas águas correm "por um leito de pedras polidas, brancas e enormes, como ovos pré-históricos", mas tem um trem diário, um inocente trem amarelo, e, em seus anos de prosperidade, plantações de banana, escritórios com ventiladores e residências com cadeiras e mesinhas brancas.

A primeira menção a Macondo pode passar despercebida. No conto "Um dia depois do sábado", que foi publicado pela primeira vez em 1954 e faz parte do livro *Os funerais da Mamãe Grande* (1962), um jovem desce do trem que chega ao povoado e, vendo o padre, pensa, sem nenhuma lógica aparente, que, se há um padre naquele povoado, também deve haver um hotel, e entra num estabelecimento sem olhar — diz o texto — a placa que anuncia: "Hotel Macondo".

Nessa narrativa já se encontram antecipações de vários episódios. Há uma nova menção ao coronel Aureliano Buendía, e conta-se que faz mais de quarenta anos que seu irmão José Arcádio Buendía morreu alvejado por um tiro e o cheiro de pólvora do cadáver é insuportável. Também se conta que "depois que metralharam os trabalhadores e se acabaram as plantações de banana e, com elas, os trens de cento e quarenta vagões, [...] sobrou apenas aquele trem amarelo e empoeirado [...]".

Mas, assim como há episódios, há uma atmosfera, um ambiente: as amendoeiras centenárias nas ruas, "o denso zumbido dos pernilongos", "o fedor de pássaros mortos". E os cheiros, "um cheiro acre e penetrante, como dos corpos em decomposição". Atmosferas e cheiros que se repetem. O cheiro ocupa lugar predominante na narrativa do escritor: "[...] o sentido do olfato é implacável na individualização das recordações. [...] O retrato dá luz e forma, mas a recordação do cheiro dá a temperatura", afirmou em sua coluna "El infierno olfativo" (7 de setembro de

1950). Em *Cem anos de solidão*, os cheiros impregnam gestos, atitudes, lembranças, pessoas, espaços: cheiro de demônio, segundo Úrsula, de um frasco que Melquíades quebra, cheiro de alfavaca das arcas, cheiro de sangue na travessia da selva, de alcatrão pestilento de um cigano, um hálito glacial que o cofre de gelo deixa escapar, o cheiro de fumaça das axilas de Pilar Ternera. Tudo cheira em Macondo.

Em "Um homem vem na chuva", publicado em 1954, há uma menção fugaz a uma mulher chamada Úrsula, mas, afora o nome, nada há em comum com a Úrsula laboriosa "que em nenhum momento de sua vida alguém ouviu cantar". Poucas linhas antes do final do conto, há também uma referência concreta a um episódio da guerra civil como algo remoto e apagado: "E então se lembrou de papai Laurel lutando sozinho, entrincheirado no curral, derrubando os soldados do governo com uma espingarda de chumbinho para andorinhas. E lembrou-se da carta que lhe escreveu o coronel Aureliano Buendía e do título de capitão que papai Laurel recusou, dizendo: 'Digam a Aureliano que não fiz isso pela guerra, mas para evitar que aqueles selvagens comessem meus coelhos.'"

Em maio de 1955 aparece a primeira edição de *A revoada* (*O enterro do diabo*). Macondo e alguns de seus traços mais proeminentes, desde os últimos dias do século — quando o coronel, sua esposa e Meme chegaram ali depois do término da guerra — até 1928, quando o coronel enfrenta o povoado. A narrativa é precedida por um texto datado ("Macondo, 1909"), que, pelo tom e pela brevidade, parece o fragmento de algumas memórias, no qual está descrito o outro rosto da bonança bananeira: um povoado transformado pela avalanche do rebotalho, "até transformarem o que foi uma rua com um rio num extremo e no outro um cercado para os mortos num povoado diferente e complicado, feito com as sobras dos outros povoados".

Outros três assuntos afloraram nesse romance. Em primeiro lugar, o padre que volta para tomar conta da paróquia, que participou da guerra civil de 1885, coronel aos dezessete anos, de cujo primeiro nome ninguém se lembra, pois só se lembram do apelido que lhe foi posto pela mãe "(porque era voluntarioso e rebelde)": o Cachorro; depois, o aparecimento, no acampamento do coronel Aureliano Buendía, de um militar estranho "com o chapéu e as botas adornados com peles, dentes e unhas de tigre":

o duque de Marlborough! E, por fim, no monólogo final de Isabel, uma piscadela eloquente para o acontecimento que se precipitará sobre o povoado: "[...] se é que, então, já não terá passado esse vento final que varrerá Macondo, seus quartos de dormir cheios de lagartos e sua gente taciturna, devastada pelas recordações."

A publicação de *Ninguém escreve ao coronel*, em 1961, possibilita acrescentar outros elementos e apreciar características mais precisas. A narrativa transcorre no povoado, isolado, a oito horas de lancha. Não há trem nem companhia bananeira. Na alfaiataria, visível, existe um letreiro que em *O veneno da madrugada* (*A má hora*) se encontra na barbearia: "Proibido falar de política". O clima que se respira é de violência partidária e repressão política, e o prefeito é um militar que sofre de forte infecção dentária. Essa é uma circunstância que se repete com os prefeitos militares nos romances e nos contos de García Márquez. Quase todos eles sofrem de dor de dente. Em "Um dia desses", uma frase revela esse infortúnio: "O dentista viu em seus olhos murchos muitas noites de desespero."

Nesse ambiente de isolamento e nervosismo que o povoado suporta, circula um coronel de setenta e quatro anos que há meio século, desde a rendição de 1902, está esperando sua pensão. Uma reminiscência sua ilustra a chegada da "revoada" a Macondo, cinquenta anos antes: "Na modorra da sesta viu chegar o trem amarelo e empoeirado com os homens, as mulheres e os animais asfixiando-se de calor, amontoados até o teto. Era a febre da banana. Transformaram o lugar em vinte e quatro horas. 'Vou embora', disse então o coronel. 'O cheiro da banana me desarranja os intestinos.' E abandonou Macondo no trem de volta [...]." Em *Cem anos de solidão*, o leitor encontrará esse coronel, com a idade de vinte anos, no momento crucial da assinatura do armistício. Menos de vinte linhas num romance de quatrocentas páginas, quando chega ao acampamento, antes de o coronel Aureliano Buendía estampar seu nome na última cópia do acordo de paz: "Era o tesoureiro da revolução na circunscrição de Macondo. [...] Com uma pachorra exasperante descarregou os baús, abriu-os e foi pondo na mesa, uma por uma, setenta e duas barras de ouro. Ninguém se lembrava da existência daquela fortuna." Por solicitação do jovem tesoureiro, o coronel Aureliano Buendía emite um recibo. O mesmo recibo que ele anexará aos documentos do processo de sua pensão.

Essa é a natureza do arcabouço que vai sendo armado na cabeça do escritor. No romance de 1961, o coronel de setenta e quatro anos é um ser anacrônico que, num diálogo com o médico, quando este tenta explicar-lhe a segurança dos voos transatlânticos, comenta: "Deve ser como os tapetes voadores"; enquanto, no romance de 1967, ele tem apenas vinte anos, é um coronel rebelde, tesoureiro da revolução, que devolve uns fundos que todos tinham esquecido.

E afloram os pesadelos e os mitos que acompanharam os insurrectos. Uma noite, a mulher ouve o coronel murmurar algo entre sonhos e pergunta com quem ele está falando, e ele, sem titubear, responde: "Com o inglês fantasiado de tigre que apareceu no acampamento. [...] Era o duque de Marlborough."

Em 1962, a Universidade Veracruzana, em Xalapa, México, publicou *Os funerais da Mamãe Grande*, volume com oito contos. O mais popular de todos, aquele que dá nome ao livro, conta os últimos momentos da "soberana absoluta do reino de Macondo". Os outros sete narram diversos episódios ou personagens, alguns dos quais depois terão desenvolvimento mais amplo em *Cem anos de solidão* — tal como a origem incerta de algumas fortunas ou as legiões de Aureliano Buendía acampadas na praça pública —, mas a maioria deles compartilha uma atmosfera comum: o trópico e seus odores. Em meio às plantações simétricas de banana, o ar é úmido e não se volta a sentir a brisa do mar, o povoado flutua no calor, e seus habitantes fazem a sesta rendidos pelo sopor; até as casas jazem numa penumbra sufocante, outubro se eterniza com suas chuvas pantanosas, e o movimento de uma lancha, ao partir do cais do povoado, deixa no ar um odor peculiar: "A água exalou um hálito de lama revolvida."

Em 23 de abril daquele mesmo ano, o júri do prêmio Esso de Romance de 1961 declarou ganhador *O veneno da madrugada* (*A má hora*). Sua publicação fazia parte do prêmio e tinha sido contratada para realização na Espanha, onde decidiram intervir no texto e mudar algumas expressões. García Márquez desautorizou aquela edição e declarou como primeira a realizada em 1966, por Ediciones Era de México. Nela, o escritor incluiu a seguinte nota: "A primeira vez em que *O veneno da madrugada* (*A má hora*) foi publicado, em 1962, um revisor de provas tomou a liberdade de mudar certos termos e engomar o estilo, em nome da pureza da linguagem. Naquela ocasião, por sua vez, o autor tomou a liberdade de restabelecer as incorreções idiomáticas e os barbarismos estilísticos, em nome de sua vontade soberana e arbitrária. Esta é, portanto, a primeira edição de *O veneno da madrugada* (*A má hora*)."

Conhecido popularmente como o romance dos pasquins — foi assim chamado pelo autor em várias oportunidades — *O veneno da madrugada* (*A má hora*) é uma meticulosa descrição do povoado ao longo de dezessete dias, quando foi submetido a uma avalanche de pasquins anônimos que não dizem nada que não se saiba, mas provocam uma tensão que ameaça ressuscitar a violência partidária do passado. "O que tira o sono", diz um personagem, "não são os pasquins, mas o medo dos pasquins".

No romance se encontram algumas poucas menções — duas, na verdade — com as quais se pode estabelecer uma relação com episódios de *Cem anos de solidão*. O prefeito, tenente que — claro — também tem dor de dente, almoçando na copa do hotel, lembra-se de que o coronel Aureliano Buendía, "que fora discutir em Macondo os termos da capitulação da última guerra civil, dormiu uma noite naquela varanda, numa época em que não havia nenhum outro povoado muitas léguas derredor". A outra é o padre Ángel, que, antes de chegar ao povoado, tinha sido pároco em Macondo.

Nestas alturas mais de um leitor se estará perguntando o que esta introdução pretende ao realizar esta inquirição, se o próprio escritor declarou há anos que "na realidade a gente não escreve senão um livro". E em outra ocasião afirmou: "Por sorte, Macondo não é um lugar, mas um estado de ânimo que nos permite ver o que queremos e como queremos." A pesquisa destas páginas não pretende elucidar qual foi o livro que García Márquez escreveu, tampouco determinar a realidade sobre a qual assenta esse universo. Esta antologia só tem o propósito de mostrar a progressão, a busca — através de vários textos anteriores a *Cem anos de solidão* — desse mundo alucinado de ficção que tem a ambição de ser real.

O próprio García Márquez disse a Ernesto González Bermejo em longa e minuciosa entrevista publicada pela revista espanhola *Triunfo* em 1970, "García Márquez: agora duzentos anos de solidão": "[...] o que há entre *A revoada (O enterro do diabo)* e *Cem anos de solidão* são uns quinze anos de muita paciência, de muito viver e de estar atento todos os dias, tentando ver como eram as coisas." E o resultado está aí, *Cem anos de solidão* (1967), romance que, concebido por um autor que parecia tocado pelos deuses, foi considerado, já a partir da primeira edição, como um dos maiores romances em língua espanhola desde *Dom Quixote*.

A CAMINHO DE MACONDO
Ficções 1950-1966

PRIMEIROS TEXTOS
1950-1954

A CASA DOS BUENDÍA
(Apontamentos para um romance)

A casa é fresca; úmida durante a noite, mesmo no verão. Fica no norte, no extremo da única rua do povoado, elevada sobre uma base alta e sólida de concreto. Jamba alta, sem escadarias. O longo salão perceptivelmente desmobiliado, com duas janelas de corpo inteiro que dão para a rua, talvez seja a única coisa que possibilite distingui-la das outras casas do povoado. Ninguém se lembra de ter visto as portas fechadas durante o dia. Ninguém se lembra de ter visto as quatro cadeiras de balanço de palhinha em outro lugar ou em posição diferente: colocadas formando um quadrado no centro da sala, aparentam ter perdido a capacidade de proporcionar descanso e agora ter a simples e inútil função ornamental. Agora há um gramofone no canto, junto à menina inválida. Mas antes, durante os primeiros anos do século, a casa foi silenciosa, desolada, talvez a mais silenciosa e desolada do povoado, com aquele imenso salão ocupado apenas pelas quatro [...] (agora o porta-jarros só tem uma pedra de filtro, com musgo) no canto oposto ao da menina.

Dos dois lados da porta que leva ao único dormitório há dois retratos antigos, assinalados com uma fita de luto. O próprio ar, dentro do salão, é de severidade fria, mas elementar e sadia, como o atilho de vestido de noiva que balança no lintel do dormitório, ou como o ramo seco de babosa que decora por dentro o umbral da porta da rua.

Quando Aureliano Buendía voltou ao povoado, a guerra civil havia terminado. Ao novo coronel talvez nada tivesse restado da áspera peregrinação. Restava-lhe apenas o título militar e uma vaga inconsciência de seu desastre. Mas também lhe restava a metade da morte do último Buendía e uma ração de fome inteira. Restava-lhe a saudade da domesticidade e o desejo de ter uma casa tranquila, pacata, sem guerra, que tivesse jamba alta para o sol e uma rede no quintal, entre dois mourões.

No povoado onde ficava a casa de seus ancestrais, o coronel e a esposa encontraram apenas as raízes dos mourões incinerados e o alto terrapleno, varrido já pelo vento de todos os dias. Ninguém teria reconhecido o lugar onde antes houvera uma casa. "Tão claro, tão limpo era tudo", disse o coronel, recordando. Mas, entre as cinzas onde estivera o quintal, já reverdecia a amendoeira, como um Cristo entre os escombros, junto ao quartinho de madeira da privada. A árvore, de um lado, era a mesma que havia lançado sombra sobre o quintal dos velhos Buendía. Mas do outro, do lado que caía sobre a casa, espichavam-se os ramos fúnebres, carbonizados, como se meia amendoeira estivesse no outono e a outra metade, na primavera. O coronel se lembrava da casa destruída. Lembrava-se dela por sua claridade, pela música desordenada, feita com as sobras de todos os ruídos que a habitavam até transbordarem dela. Mas também se lembrava do cheiro acre e penetrante da latrina junto à amendoeira e do interior do quartinho carregado de silêncios profundos, repartido em espaços vegetais. Entre os escombros, revolvendo a terra enquanto varria, dona Soledad encontrou um são Rafael de gesso com uma asa quebrada e um copo de lamparina. Ali construíram a casa, com a frente para o poente; na direção oposta à da casa dos Buendía mortos na guerra.

A construção foi iniciada quando parou de chover, sem preparativos, sem ordem preestabelecida. No buraco onde se fincaria o primeiro pilar, ajustaram o são Rafael de gesso, sem nenhuma cerimônia. Talvez o coronel não tenha pensado no caso quando fazia o traçado sobre a terra, mas, junto à amendoeira, onde estivera a privada, o ar permaneceu com a mesma densidade de frescor que tivera quando aquele local era o quintal. De modo que, quando foram cavados os quatro buracos e foi dito: "Assim vai ser a casa, com uma sala grande para as crianças brincarem", o melhor dela já estava feito. Foi como se os homens que tomaram as medidas do ar tivessem marcado os limites da casa exatamente onde terminava o silêncio do quintal. Porque, quando foram levantados os quatro pilares, o espaço cercado já estava limpo e úmido, como agora é a casa. Dentro ficaram encerrados o frescor da árvore e o profundo e misterioso silêncio da latrina. Fora ficou o povoado, com o calor e os ruídos. E, três meses depois, quando se construiu o teto, quando se emboçaram as paredes e montaram as portas, o interior da casa continuou tendo — ainda — algo de quintal.

A FILHA DO CORONEL
(Apontamentos para um romance)

Na igreja havia uma cadeira reservada para o coronel Aureliano Buendía atrás dos últimos bancos, exatamente debaixo do coro. Ao lado da cadeira, um lugar desocupado, onde a pequena Remédios colocava sua almofadinha para se ajoelhar quando o pai se ajoelhasse. O coronel só usava a cadeira durante o sermão. No primeiro domingo, Remédios não soube o que fazer quando o pai se sentou. Continuou de pé durante todo o tempo, sem se mexer, até que seus pés adormeceram e seus joelhos começaram a doer. Depois, quando o padre desceu do púlpito, o coronel ficou de pé, e a menina deixou de sentir o adormecimento e as dores, não por ter saído de seu lugar, mas porque, quando o padre parou de falar e seu pai ficou em pé, a menina acreditou que a missa tivesse acabado. Nas missas seguintes, Remédios já sabia, sem ter perguntado, que durante o sermão precisava se sentar no banco que ficava na frente, mas sem levar a almofadinha.

Naquela época sua consciência começou a se encher com as coisas do povoado, a compreender por que precisava viver na mesma casa onde várias vezes havia reaparecido o medo. Na escola aprendeu a costurar. Aprendeu a fazer enfeites para a roupa e até é possível que então tivesse começado a acreditar que tudo aquilo era a vida, quando o ano terminou, antes que sua irmãzinha aprendesse a se sustentar em pé. No ano seguinte, não voltou para a escola. Remédios não saberia por quê, mas quatro anos depois se lembrava de que estava de férias quando tinha ido à igreja em companhia das mulheres, sem ainda ter falado diretamente com seu pai e sem tê-lo olhado no rosto por cerca de quatro anos.

Com as mulheres, sentou-se nos bancos da frente, perto do padre. Foi quando ouviu pela primeira vez cantarem na igreja. Remédios não estranhou a mudança de lugar no templo. Possivelmente nem estava em idade de se preocupar com o que significava uma mudança de companhia durante a missa. Mas, quando ouviu cantarem pela primeira vez, assustou-se com as vozes iniciais; desconcertou-se. Na sua frente, o Arcanjo Gabriel, com uma das mãos no alto e as asas fechadas, também deve ter sentido a voz dos cantores, porque Remédios viu a túnica diluída nos espaços totais da música e viu as pregas sacudidas por uma brisa tênue; pelo bafejo redimido e absoluto da nova criação. Ela sabe que voltou o olhar (porque a música soava às suas costas) e não viu os cantores, mas viu, no final da nave central, seu próprio pai erguido, esticado, junto ao lugar vazio onde sua própria almofadinha havia ficado durante um ano inteiro. E viu o pai, só humano, comovedor, com ar de completo abandono no final da nave. Só então teve vontade de estar lá junto ao pai, sentindo o adormecimento dos joelhos.

Talvez Remédios não se lembre de que foi essa a segunda vez que olhou o pai de frente e que seu rosto já não era parecido com o dos pássaros, mas exatamente igual ao que ela tinha desejado ver durante longos anos na ponta da mesa.

De repente o mundo de seu pai se tornou claro para ela. Foi como se a voz dos cantores tivesse arrancado um véu que durante toda a sua vida se interpusera entre o pai e ela. Então compreendeu por que seu pai nunca lhe dirigira a palavra. E compreendeu que um homem não precisa falar com sua filha mais nova quando a filha sabe fazer as coisas no tempo certo, corretamente, como o pai gostaria que as tivesse feito, caso a filha as tivesse feito de maneira diferente. E compreendeu por que, quando ia à missa das oito aos domingos, levada pela mão do pai, pôde achar que um pai não era mais que aquilo. Um homem que leva pela mão uma menina com a qual não deve trocar nenhuma palavra durante todo o tempo.

Isso aconteceu num domingo. Na segunda-feira, Remédios começou a crescer apressadamente.

O FILHO DO CORONEL
(Apontamentos para um romance)

Tobias não chegou às nove. O coronel o esperou até as dez, mas o rapaz chegou antes. Dona Soledad, porém, sabia que o coronel não o teria esperado depois das dez. Durante oito dias, ele o esperou até essa hora, mas no sábado seguinte o rapaz não chegou, e o coronel fechou a porta, como se nada tivesse acontecido. Então começou o mais grave. Tobias só foi para casa na quarta-feira, quando a mesa já não estava posta. Comeu no quintal, deitou-se cedo e na quinta-feira não saiu à rua. Na sexta-feira ainda não tinha saído.

Na sexta-feira Tobias falou com os da casa. Na sexta-feira sentou-se à mesa. À tarde dona Soledad disse ao marido:

— Está arrependido. Não acha que isso pode ser um milagre?

— Deus não faz milagres com bêbados — disse o coronel. — Amanhã vai sair e é possível que não volte.

E foi como se o coronel tivesse adivinhado, porque Tobias saiu no sábado ao entardecer. Ninguém fez nenhum comentário na casa. Dona Soledad permaneceu distante e concentrada. Durante a noite, acordou várias vezes e rezou. Na quarta-feira seguinte, ela disse ao marido: "Você acha mesmo que ele não volta?" O coronel não ergueu a cabeça. "Vai voltar quando a fome apertar", disse.

Na sexta-feira Tobias voltou para casa. Chegou pelo quintal, diretamente à cozinha, e comeu atabalhoadamente. Dona Soledad não disse nada quando o viu chegar, porque sentiu como se tivesse estado à espera dele durante toda a semana. Quando o viu na porta, não lhe disse nada, mas olhou os pratos que estavam na mesa com a comida guardada do almoço. Todos aqueles dias tinha guardado o almoço. Desde quando o coronel disse: "Vai voltar quando a fome apertar." O rapaz entrou na cozinha sem falar, mas deve ter acompanhado a direção do olhar de dona Soledad, que continuava fixo nos pratos, porque caminhou em direção à mesa, cambaleando, e devorou a comida como se fosse um animal com corpo de homem e fome de cão.

As coisas continuaram assim por várias semanas. Aparentemente, o coronel não sabia que seu filho chegava a cada dois ou três dias à cozinha, onde dona Soledad guardava comida para ele. Tobias fez isso durante três semanas, até que chegaram as festas. Então não voltou.

No primeiro dia, dona Soledad guardou a comida como sempre.

Mas o rapaz não foi. À noite, quando fechou a cozinha, ela não apagou o fogão, mas o deixou aceso e pôs os pratos sobre as brasas, pensando: "Se sentir fome esta noite, saberá que a comida está aqui. Talvez, esteja onde estiver, se sinta aturdido demais para seguir seu coração, mas o olfato o trará aqui, onde encontrou comida todas as tardes."

O coronel retrocedeu para o assento, ofegando, sem deixar de apontar com a mão que segurava a correia a porta onde Tobias se encontrava encolhido, agarrado à beirada, babando de dor e de raiva. Dona Soledad correu para o filho. Quando tentou levantar sua cabeça, o rapaz afastou o braço dela com o cotovelo. Estava com a cabeça apoiada no batente da porta, enfurecido, mordendo os lábios numa luta feroz contra seus instintos revoltos. Dona Soledad tentou sossegá-lo. "Sente-se aqui", disse. "Descanse na banqueta do canto." O rapaz deu um novo estremeção, levantou o rosto para olhá-la, mas não encontrou o rosto da mulher onde achou que encontraria, e seus olhos miraram no vazio. Então começou a mover-se em direção ao quintal, com movimentos desengonçados de besta encurralada. "Já vou embora", disse, espumando. Só então a mãe começou a perder a serenidade, agarrou-o pelo colarinho da camisa (com a pouca força que poderia ter sua mão para suster o corpo enorme daquele animal castigado) e disse-lhe entredentes com uma voz que o coronel não podia ouvir: "Você não vai embora. Garanto que não vai." E segurou-o com as duas mãos:

— Pelo menos enquanto não comer um pedaço de carne.

O REGRESSO DE MEME
(Apontamentos para um romance)

Depois não sei exatamente como as coisas aconteceram. Um dia Meme já não estava em casa, e agora eu não poderia dizer o que pensei de tudo aquilo. Mas me lembro de que, três ou quatro domingos depois, ela foi de novo à igreja com aqueles saltos altos que nunca tinha usado antes, aquela roupa de seda estampada e um chapéu arrematado em cima por um ramo de flores artificiais que desfiguravam seu rosto. Eu sempre a tinha visto tão simples e descomplicada em nossa casa, descalça na maior parte do dia, que naquele domingo, quando entrou na igreja aquela galinha enfeitada que se apoiava na sombrinha a cada passo, pareceu-me uma Meme diferente da que havia servido em nossa casa durante os anos anteriores, desde muito antes de meu nascimento. Assistiu à missa na frente, entre as senhoras, muito empertigada e afetada debaixo de todo aquele montão de coisas que se tinha posto e que a tornavam complicadamente nova, com uma novidade espetacular e cheia de quinquilharias. Ficou ajoelhada, na frente. E até a devoção com que assistia à missa era desconhecida nela; até na maneira de se persignar havia algo daquela afetação florida e resplandecente com que tinha entrado na igreja, diante da admiração daqueles que a conheceram como criada na casa e da curiosidade daqueles que não a tinham visto antes. Eu estava nos bancos da frente. Distraí-me na maior parte do tempo, pondo as coisas em ordem, perguntando-me por que Meme tinha desaparecido de nossa casa e reaparecia naquele domingo, vestida mais como uma árvore de Natal do que como uma senhora, ou como se teriam vestido três senhoras juntas, com tudo aquilo, sobrando ainda penduricalhos e requififes para vestir mais uma senhora.

Fiquei olhando para ela o tempo inteiro. E depois, quando a missa acabou, as mulheres e os homens se detiveram na porta para vê-la sair. Postaram-se no átrio, em fila dupla, diante da porta principal, e acho até agora que houve algo secretamente preparado naquela solenidade indolente e burlona com que ficaram aguardando, sem dizer nenhuma palavra, que Meme saísse pela porta, fechasse os olhos para protegê-los da luz e os abrisse depois em perfeita harmonia com sua sombrinha de sete cores gritantes. E, assim, passou entre a fila dupla de mulheres e homens, ridicularizada por aquela aparência de pavão real de salto alto, conferida por sua indumentária carregada, até que um dos homens começou a fechar o círculo e Meme ficou no meio, embasbacada, confusa, tentando sorrir com um sorriso de distinção que brotou tão falso quanto toda a sua aparência.

Foi quando meu pai, que a sustentara como criada durante quinze anos, tomou-a pelo braço, sem olhar para o público, e a trouxe por meia praça com aquela atitude soberba e desafiadora que sempre adota quando faz alguma coisa com a qual sabe que os outros estão em desacordo.

MONÓLOGO DE ISABEL VENDO
CHOVER EM MACONDO

O inverno precipitou-se em um domingo à saída da missa. A noite de sábado tinha sido sufocante. Mas ainda na manhã de domingo não se pensava que pudesse chover. Depois da missa, antes que nós mulheres tivéssemos tempo de encontrar o fecho das sombrinhas, soprou um vento espesso e escuro, que varreu em uma ampla volta redonda o pó e a dura seca de maio. Alguém disse junto a mim: "É vento de água." E eu já sabia. Desde quando saímos do átrio e me senti estremecida pela viscosa sensação no ventre. Os homens correram para as casas vizinhas com uma mão no chapéu e um lenço na outra, protegendo-se do vento e da polvadeira. Então choveu. E o céu virou uma substância gelatinosa e cinza que esvoaçou a um palmo de nossas cabeças.

Durante o resto da manhã, minha madrasta e eu ficamos sentadas junto ao corrimão, alegres de que a chuva revitalizasse o alecrim e o nardo, sedentos nos canteiros, depois de sete meses de verão intenso, de pó abrasante. Ao meio-dia parou a reverberação da terra e um cheiro a chão revolvido, a revivida e renovada vegetação, confundiu-se com o fresco e saudável cheiro da chuva com o alecrim. À hora do almoço, meu pai disse: "Quando chove em maio é sinal de que haverá boas águas." Sorridente, atravessada pelo fio luminoso da nova estação, minha madrasta disse: "Isso você ouviu no sermão." E meu pai sorriu. E almoçou com grande apetite, e até teve uma gostosa digestão junto ao corrimão, silencioso, com os olhos fechados mas sem dormir, como para acreditar que sonhava acordado.

 Choveu durante toda a tarde em um só ritmo. Na intensidade uniforme e aprazível, ouvia-se cair a água como quando se viaja toda a tarde em um trem. Mas sem que o percebêssemos, a chuva estava penetrando muito fundo em nossos sentidos. Na madrugada de segunda-feira, quando fechamos a porta para evitar o ventinho cortante e gelado que soprava do pátio, nossos sentidos estavam enfarados pela chuva. E na manhã de segunda-feira, estavam saturados. Minha madrasta e eu voltamos a contemplar o jardim. A terra áspera e sombria de maio transformara-se durante a noite em uma substância escura e pastosa, parecida a sabão ordinário. Um jorro de água começava a correr entre as jardineiras. "Acho que durante a noite toda tiveram água de sobra", disse minha madrasta. E eu percebi que deixara de sorrir e que a sua alegria do dia anterior se transformara em uma seriedade frouxa e entediada. "Acho que sim", disse. "Será melhor que os empregados ponham as jardineiras no corredor, enquanto estia a chuva." E assim o fizeram, enquanto a chuva crescia como uma árvore imensa sobre as árvores. Meu pai ocupou o mesmo lugar do domingo de tarde, mas não falou da chuva. Disse: "Deve ser porque ontem dormi mal, hoje amanheci com a espinha doendo." E ficou ali, sentado junto ao corrimão, com os pés em uma cadeira e a cabeça voltada para o jardim vazio. Só ao entardecer, depois que se negou a almoçar, disse: "É como se não fosse estiar nunca." E eu me lembrei dos meses de calor. Me lembrei de agosto, daquelas sestas longas e atordoadas em que nos lançávamos para morrer sob o peso da hora, com a roupa grudada ao corpo pelo suor, ouvindo lá fora o zumbido insistente e surdo da hora que não passa. Vi as paredes lavadas, as junções da madeira dilatadas pela água. Vi o jardinzinho, vazio pela primeira vez, e o jasmineiro no muro, fiel à lembrança de minha mãe. Vi meu pai sentado na cadeira de balanço, as vértebras doloridas recostadas em um travesseiro, e os olhos tristes, perdidos no labirinto da chuva. Me lembrei das noites de agosto, em cujo silêncio maravilhoso não se ouve nada mais que o ruído milenário que a Terra faz girando no eixo enferrujado e não lubrificado. Subitamente, me senti surpreendida por uma tristeza opressiva.

Choveu durante toda a segunda-feira, como no domingo. Mas então, parecia como se estivesse chovendo de outro modo, porque algo diferente e amargo acontecia em meu coração. Ao entardecer uma voz disse junto à minha cadeira: "É aborrecida esta chuva." Sem que eu me virasse para olhar, reconheci a voz de Martín. Sabia que ele estava falando da cadeira do lado, com a mesma expressão fria e atordoada que não mudara nem mesmo depois daquela sombria madrugada de dezembro em que começou a ser meu esposo. Passaram cinco meses desde então. Agora eu ia ter um filho. E Martín estava ali, a meu lado, dizendo que a chuva o aborrecia. "Aborrecida, não", disse. "O que me parece muito triste é o jardim vazio e essas pobres árvores que não se pode tirar do pátio." Então me virei para olhá-lo e Martín já não estava ali. Era apenas uma voz que me dizia: "Pelo que se vê, não pensa em estiar nunca", e quando olhei para a voz só encontrei a cadeira vazia.

Na terça-feira amanheceu uma vaca no jardim. Parecia um promontório de argila em sua imobilidade dura e rebelde, as pezunhas afundadas no barro e a cabeça vencida. Durante a manhã os empregados tentaram afugentá-la com paus e pedras. Mas a vaca permaneceu imperturbável no jardim, dura, inviolável, as pezunhas ainda afundadas no barro e a enorme cabeça humilhada pela chuva. Os empregados a acossaram até que a paciente tolerância do meu pai veio em sua defesa: "Deixem a vaca em paz", disse. "Ela irá embora como veio."

Ao entardecer de terça-feira a água apertava e doía como uma mortalha no coração. O frescor da primeira manhã começou a se transformar em uma umidade quente e pastosa. A temperatura não era fria nem quente; era uma temperatura de calafrio. Os pés suavam dentro dos sapatos. Não se sabia o que era mais desagradável, se a pele exposta ou o contato da roupa na pele. Na casa cessara toda a atividade. Sentamos no corredor, mas já não olhávamos a chuva como no primeiro dia. Já não a sentíamos cair. Já não víamos senão o contorno das árvores na névoa, em um entardecer triste e desolado, que deixava nos lábios o mesmo sabor com o qual a gente acorda depois de ter sonhado com uma pessoa desconhecida. Eu sabia que era terça-feira e me lembrava das gêmeas de São

Jerônimo, as meninas cegas que, todas as semanas, vêm aqui para cantar canções simples, entristecidas pelo amargo e desamparado prodígio de suas vozes. Por sobre a chuva eu ouvia a cançãozinha das gêmeas cegas e as imaginava em sua casa, acocoradas, aguardando que parasse a chuva para sair e cantar. Naquele dia, as gêmeas de São Jerônimo não viriam, pensava eu, nem a mendiga estaria no corredor, depois da sesta, pedindo, como em todas as terças-feiras, o eterno raminho de erva-cidreira.

Nesse dia alteramos a ordem das refeições. Minha madrasta serviu, na hora da sesta, um prato de sopa simples e um pedaço de pão dormido. Mas, de verdade, não comíamos desde o entardecer de segunda-feira e acho que desde então deixamos de pensar. Estávamos paralisados, narcotizados pela chuva, entregues ao desmoronamento da natureza, em uma atitude pacífica e resignada. Só a vaca se mexeu de tarde. De repente, um profundo rumor sacudiu suas entranhas e as pezunhas se afundaram no barro com maior força. Logo ficou imóvel durante meia hora, como se estivesse morta, mas ainda não desabara porque a impedia o costume de estar viva, o hábito de estar em uma mesma posição sob a chuva, até que o costume foi mais fraco que o corpo. Então dobrou as patas dianteiras (erguidas, ainda, em um último esforço agônico, as ancas brilhantes e escuras), afundou o focinho babante no lodaçal e se rendeu, afinal, ao peso de sua própria matéria, em uma silenciosa, gradual e digna cerimônia de total desabamento. "Chegou até aí", disse alguém às minhas costas. E eu me virei para olhar e vi no umbral a mendiga das terças-feiras, que se aproximava, por entre a tormenta, para pedir o raminho de erva-cidreira.

Talvez na quarta-feira eu tivesse me acostumado a esse ambiente surpreendente se ao chegar à sala não encontrasse a mesa encostada à parede, os móveis amontoados em cima dela, e do outro lado, em um parapeito improvisado durante a noite, os baús e as caixas com os utensílios domésticos. O espetáculo produziu em mim uma terrível sensação de vazio. Algo tinha acontecido durante a noite. A casa estava em desordem, os empregados, sem camisa e descalços, com as calças arregaçadas até os joelhos, transportavam os móveis para a sala de jantar. Na expressão dos homens, na própria diligência com que trabalhavam, percebia-se a crueldade da rebeldia frustrada, da forçosa e humilhante inferioridade sob a chuva. Eu me mexia sem direção, sem vontade. Me sentia transformada em uma pradaria desolada, semeada de algas e liquens, de fungos viscosos e moles, fecundada pela repugnante flora da umidade e das trevas. Eu estava na sala, contemplando o triste espetáculo dos móveis amontoados, quando ouvi a voz de minha madrasta no quarto, me avisando que podia pegar uma pneumonia. Só então notei que a água batia nos meus tornozelos, que a casa estava inundada, o chão coberto por uma superfície grossa de água viscosa e morta.

Ao meio-dia de quarta-feira não acabara de amanhecer. E antes das três da tarde a noite entrara toda, antecipada e doentia, com o mesmo lento e monótono e desapiedado ritmo da chuva no pátio. Foi um crepúsculo prematuro, suave e lúgubre, que cresceu em meio ao silêncio dos empregados, que se acocoraram nas cadeiras, junto às paredes, rendidos e impotentes ante a agitação da natureza. Foi então que começaram a chegar notícias da rua. Ninguém as trazia para casa. Simplesmente chegavam, precisas, individualizadas, como conduzidas pelo barro líquido que corria pelas ruas e arrastava objetos domésticos, coisas e coisas, destroços de uma remota catástrofe, escombros e animais mortos. Fatos ocorridos no domingo, quando ainda a chuva era o anúncio de uma estação providencial, tardaram dois dias para serem conhecidos em casa. E na quarta-feira chegaram as notícias, como empurradas pelo próprio dinamismo interior da tormenta. Soube-se, então, que a igreja estava inundada e se esperava seu desabamento. Alguém que não tinha por que sabê-lo, disse essa noite: "O trem não pode passar na ponte desde segunda-feira. Parece que o rio levou os trilhos." E se soube que uma mulher doente desaparecera do seu leito e fora encontrada nessa tarde flutuando no pátio.

Aterrorizada, dominada pelo espanto e pelo dilúvio, me sentei na cadeira de balanço com as pernas encolhidas e os olhos fixos na escuridão úmida e cheia de pensamentos turvos. Minha madrasta apareceu no vão da porta, com o lampião no alto e a cabeça erguida. Parecia um fantasma familiar diante do qual eu não sentia sobressalto algum, porque eu mesma participava de sua condição sobrenatural. Veio até onde eu estava. Mantinha, ainda, a cabeça erguida e o lampião no alto, e chapinhava na água do corredor. "Agora temos que rezar", disse. E eu vi seu rosto áspero e enrugado, como se acabasse de abandonar uma sepultura ou como se fosse fabricado com uma substância diferente da humana. Estava diante de mim, com o rosário na mão, dizendo: "Agora temos que rezar. A água rompeu as sepulturas e os pobrezinhos dos mortos estão flutuando no cemitério."

Talvez tenha dormido um pouco essa noite quando acordei sobressaltada por um cheiro acre e penetrante como o dos corpos em decomposição. Com força, sacudi Martín, que roncava a meu lado. "Não está sentindo?", disse a ele. E ele disse: "O quê?" E eu disse: "O cheiro. Devem ser os mortos que estão flutuando pelas ruas." Eu me sentia aterrorizada por aquela ideia, mas Martín se virou para a parede e disse, com voz rouca e adormecida: "Você está imaginando. As mulheres grávidas andam sempre imaginando coisas."

Ao amanhecer de quinta-feira pararam os cheiros, perdeu-se o sentido das distâncias. A noção do tempo, transtornada desde o dia anterior, desapareceu por completo. Então não houve quinta-feira. O que devia ser a quinta-feira foi uma coisa física e gelatinosa, que a gente poderia afastar com as mãos para surgir a sexta-feira. Ali não havia homens nem mulheres. Minha madrasta, meu pai, os empregados eram corpos adiposos e improváveis, que se movimentavam no lodaçal do inverno. Meu pai me disse: "Não se mexa daqui até que lhe diga o que fazer", e sua voz era distante e indireta e não parecia perceber-se com os ouvidos, mas sim com o tato, que era o único sentido que permanecia em atividade.

Mas meu pai não voltou: se perdeu no tempo. Assim, quando chegou a noite, chamei minha madrasta para lhe dizer que me acompanhasse ao quarto. Tive um sono pacífico, sereno, que se prolongou ao longo de toda a noite. No dia seguinte, a atmosfera continuava igual, sem cor, sem cheiro, sem temperatura. Tão logo acordei, corri para um banco e permaneci imóvel, porque alguma coisa me dizia que uma zona da minha consciência ainda não tinha despertado por completo. Então ouvi o apito do trem. O apito prolongado e triste do trem, fugindo para além dos montes. "Deve ter estiado em algum lugar", pensei, e uma voz às minhas costas pareceu responder ao meu pensamento: "Onde...", disse. "Quem está aí?", disse eu, olhando. E vi minha madrasta com um braço longo e esquálido apontando a parede. "Sou eu", disse. E eu disse a ela: "Está ouvindo?" E ela disse que sim, que talvez tivesse estiado nos arredores e consertado as linhas. Logo, me entregou uma bandeja com o café da manhã fumegante. Aquilo cheirava a molho de alho e a manteiga quente. Era um prato de sopa. Surpreendida, perguntei à minha madrasta que horas eram. E ela, calmamente, com uma voz que soava como uma prostrada resignação, disse: "Devem ser duas e meia, mais ou menos. O trem não está atrasado, apesar de tudo." Eu disse: "Duas e meia! Como pude dormir tanto!" E ela disse: "Você não dormiu muito. No máximo, serão três." E eu, tremendo, sentindo o prato escorregar de minhas mãos: "Duas e meia de sexta-feira...", disse. E ela, monstruosamente tranquila: "Duas e meia de quinta-feira, filha. Ainda duas e meia de quinta-feira."

Não sei quanto tempo estive afundada naquele sonambulismo, em que os sentidos perderam o seu valor. Só sei que depois de muitas e incontáveis horas ouvi uma voz na peça vizinha. Uma voz que dizia: "Agora pode virar a cama para este lado." Era uma voz fatigada, mas não voz de doente, sim de convalescente. Depois ouvi o ruído dos tijolos na água. Permaneci rígida antes de perceber que me encontrava em posição horizontal. Então senti o vazio imenso. Senti o trepidante e violento silêncio da casa, a imobilidade incrível que afetava todas as coisas. E, subitamente, senti o coração transformado em uma pedra de gelo. "Estou morta", pensei. "Deus. Estou morta." Dei um salto na cama. Gritei: "Ada, Ada!" A voz dura de Martín me respondeu do outro lado: "Não podem ouvir você porque estão lá fora." Só então percebi que tinha estiado e que, à nossa volta, se estendia um silêncio, uma tranquilidade, uma beatitude misteriosa e profunda, um estado perfeito que devia ser muito parecido à morte. Depois se ouviram passos no corredor. Ouviu-se uma voz clara e inteiramente viva. Em seguida, um ventinho fresco sacudiu a folha da porta, fez ranger a dobradiça, e um corpo sólido e transitório, como uma fruta madura, caiu profundamente no tanque do pátio. Algo no ar denunciava a presença de uma pessoa invisível que sorria na escuridão. "Meu Deus", pensei então, confundida pela confusão do tempo. "Agora não me surpreenderia se me chamassem para assistir à missa do domingo passado."

UM HOMEM VEM NA CHUVA

De outras vezes tinha sentido o mesmo sobressalto quando se sentava para ouvir a chuva. Sentia o portão de ferro ranger; sentia passos de homem na trilha entijolada e um barulho de botas raspando o piso, diante da soleira. Durante muitas noites aguardou que o homem chamasse à porta. Mas depois, quando aprendeu a decifrar os inumeráveis ruídos da chuva, achou que o visitante imaginário nunca passaria da soleira e acostumou-se a não o esperar. Foi uma resolução definitiva, tomada naquela noite tempestuosa de setembro, cinco anos antes, em que se pôs a refletir sobre sua vida e pensou: "Desse jeito, vou acabar ficando velha." Desde então mudaram os ruídos da chuva, e outras vozes substituíram os passos de homem na trilha entijolada.

É verdade que, apesar de sua decisão de não o esperar mais, em algumas ocasiões o portão de ferro voltou a ranger, e o homem raspou de novo suas botas na frente da soleira, como antes. Mas então ela assistia a novas revelações da chuva. Então ouvia outra vez Noel, quando tinha quinze anos, ensinando lições de catecismo a seu papagaio; e ouvia a canção remota e triste do gramofone vendido a um comerciante de quinquilharias, quando o último homem da família morreu. Ela tinha aprendido a resgatar da chuva as vozes perdidas no passado da casa, as vozes mais puras e íntimas. De modo que houve muito de surpreendente e maravilhoso na novidade daquela noite de tormenta, quando o homem, que tantas vezes abrira o portão de ferro, caminhou pela trilha de tijolos, tossiu junto à soleira e chamou duas vezes à porta.

Obscurecido o rosto por uma ansiedade irreprimível, ela fez um breve gesto com a mão, voltou o olhar para onde estava a outra mulher e disse: "Já está aí."

A outra estava junto à mesa, com os cotovelos apoiados nas grossas tábuas de carvalho sem polir. Quando ouviu as batidas, desviou o olhar para o candeeiro e pareceu sacudida por uma ansiedade terebrante.

— Quem pode ser a esta hora? — disse.

E ela, serena, outra vez, com a segurança de quem está dizendo uma frase amadurecida durante muitos anos:

— Isso é o de menos. Seja quem for, deve estar encharcado.

A outra ficou de pé, seguida minuciosamente pelo olhar dela. Viu-a pegar o candeeiro. Viu-a perder-se no corredor. Sentiu, da sala penumbrosa e em meio ao rumor da chuva que a escuridão tornava mais intenso, sentiu os passos da outra, afastando-se, mancando sobre as peças soltas e gastas do piso do vestíbulo. Em seguida ouviu o ruído do candeeiro chocando-se contra o muro e depois a tranca correndo nas argolas enferrujadas.

Por um momento não ouviu nada mais que vozes distantes. O discurso remoto e feliz de Noel, sentado num barril, dando notícias de Deus a seu papagaio. Ouviu o rangido da roda no quintal, quando papai Laurel abria o portão para o carro dos bois entrar. Ouviu Genoveva alvoroçando a casa, como sempre, porque sempre, "sempre encontro esse bendito banheiro ocupado". E depois, outra vez, papai Laurel, soltando seus palavrões de soldado, derrubando andorinhas com a mesma espingarda que tinha usado na última guerra civil para desbaratar, sozinho, toda uma divisão do governo. Chegou até a pensar que daquela vez o episódio não passaria das batidas à porta, assim como antes não havia passado das botas raspadas na soleira; e achava que a outra mulher tinha aberto e só havia visto os vasos de flores sob a chuva, e a rua triste e deserta.

Mas logo começou a distinguir vozes na escuridão. E ouviu outra vez as pisadas conhecidas e viu as sombras espichadas na parede do vestíbulo. Então soube que, depois de muitos anos de aprendizado, depois de muitas noites de vacilação e arrependimento, o homem que abria o portão de ferro tinha decidido entrar.

A outra mulher voltou com o candeeiro, seguida pelo recém-chegado; pôs a luz na mesa, e ele — sem sair da órbita de claridade — despiu o impermeável voltando para a parede o rosto castigado pela tormenta. Então ela o viu pela primeira vez. Olhou para ele solidamente no princípio. Depois o decifrou dos pés à cabeça, materializando-o, membro por membro, com um olhar perseverante, aplicado e sério, como se, em vez de um homem, estivesse examinando um pássaro. Finalmente, voltou o olhar para o candeeiro e começou a pensar: "É ele, de qualquer maneira. Se bem que eu o imaginava um pouco mais alto."

A outra mulher empurrou uma cadeira até a mesa. O homem se sentou, cruzou uma perna e desamarrou o cadarço da bota. A outra se sentou ao lado dele, falando-lhe com espontaneidade de algo que ela, na cadeira de balanço, não conseguia entender. Mas, diante dos gestos sem palavras, ela se sentia redimida de seu abandono e percebia que o ar empoeirado e estéril cheirava de novo como antes, como se fosse outra vez a época em que havia homens que entravam suando nos quartos, e Úrsula, estouvada e saudável, corria à janela todas as tardes, às quatro e cinco, para despedir o trem. Ela o via gesticular e alegrava-se por o desconhecido proceder assim; por ele entender que depois de uma viagem difícil, muitas vezes corrigida, havia encontrado finalmente a casa perdida na tormenta.

O homem começou a desabotoar a camisa. Tinha tirado as botas e estava inclinado sobre a mesa, pondo-se a secar no calor do candeeiro. Então, a outra mulher se levantou, caminhou para o armário e voltou à mesa com uma garrafa pela metade e um copo. O homem agarrou a garrafa pelo gargalo, arrancou a rolha com os dentes e serviu-se de meio copo de bebida verde e espessa. Depois bebeu sem respirar, com ansiedade exaltada. E ela, da cadeira de balanço, observando-o, lembrou-se daquela noite em que o portão rangeu pela primeira vez — fazia tanto tempo! — e pensou que não havia na casa nada para dar ao visitante, exceto aquela garrafa de menta. Ela havia dito à sua companheira: "É preciso deixar a garrafa no armário. Alguém pode ter necessidade dela em algum momento." A outra tinha dito: "Quem?" E ela: "Qualquer um", respondera. "É sempre bom se estar preparado para o caso de chegar alguém quando chove." Muitos anos tinham transcorrido desde então. E agora o homem previsto estava lá, despejando mais bebida no copo.

Mas dessa vez o homem não bebeu. Quando se preparava para beber, seus olhos se perderam na penumbra, por cima do candeeiro, e ela sentiu pela primeira vez o contato tíbio de seu olhar. Compreendeu que até aquele instante o homem não tinha se dado conta de que havia outra mulher na casa; então ela começou a balançar-se.

Por um momento o homem a examinou com atenção indiscreta. Indiscrição talvez deliberada. Ela se desconcertou no início. Mas depois percebeu que aquele olhar também lhe era familiar e que, apesar de sua obstinação perscrutadora e um tanto impertinente, havia nele muito da bondade travessa de Noel e também um pouco da inabilidade paciente e honrada de seu papagaio. Por isso começou a balançar-se, pensando: "Embora não seja o mesmo que abria o portão de ferro, é como se fosse, de qualquer modo." E, ainda se balançando, enquanto ele a olhava, pensou: "Papai Laurel o teria convidado a caçar coelhos na horta."

Antes da meia-noite a tormenta piorou. A outra havia empurrado a cadeira até a cadeira de balanço, e as duas mulheres permaneciam silenciosas, imóveis, contemplando o homem que se secava junto ao candeeiro. Um ramo solto da amendoeira vizinha chocou-se várias vezes contra a janela sem ajuste, e o ar da sala umedeceu, invadido por uma lufada de intempérie. Ela sentiu no rosto a beira cortante da granizada, mas não se moveu, até ver o homem escorrer no copo a última gota de menta. Pareceu-lhe haver algo simbólico naquele espetáculo. E então se lembrou de papai Laurel lutando sozinho, entrincheirado no curral, derrubando os soldados do governo com uma espingarda de chumbinho para andorinhas. E lembrou-se da carta escrita pelo coronel Aureliano Buendía e do título de capitão que papai Laurel recusou, dizendo: "Digam a Aureliano que não fiz isso pela guerra, mas para evitar que aqueles selvagens comessem meus coelhos."

Foi como se naquela lembrança ela também tivesse vertido a última gota de passado que lhe restava na casa.

— Há mais alguma coisa no armário? — perguntou sombriamente.

E a outra, com a mesma inflexão, o mesmo tom, supondo que ele não poderia ouvi-la, disse:

— Mais nada. Não se esqueça de que na segunda-feira comemos o último punhado de feijão.

E depois, temendo que o homem as tivesse ouvido, olharam de novo para a mesa, mas viram apenas a escuridão, sem a mesa e o homem. No entanto, elas sabiam que o homem estava lá, invisível, junto ao candeeiro exausto. Sabiam que ele não abandonaria a casa enquanto não parasse de chover e que, na escuridão, a sala se reduzira de tal modo que não seria nada estranho que as tivesse ouvido.

UM DIA DEPOIS DO SÁBADO

A inquietação começou em julho, quando a senhora Rebeca, viúva amargurada que vivia numa casa imensa de dois corredores e nove quartos, descobriu que suas telas aramadas estavam rasgadas como se tivessem sido apedrejadas da rua. A primeira descoberta, ela fez em seu dormitório e achou que devia falar daquilo com Argénida, sua criada e confidente desde a morte do esposo. Depois, remexendo trastes (pois havia tempo que a senhora Rebeca não fazia nada diferente de remexer trastes), ela percebeu que não só as telas de seu dormitório, mas todas as da casa estavam estragadas. A viúva tinha um senso acadêmico de autoridade, talvez herdado de seu bisavô paterno, descendente de europeus que, na guerra de Independência, lutara do lado dos realistas, fazendo depois uma penosa viagem à Espanha com o propósito exclusivo de visitar o palácio construído por Carlos III em San Ildefonso. De maneira que, quando descobriu o estado das outras telas, deixou de pensar em falar com Argénida e, pondo na cabeça o chapéu de palha com minúsculas flores de veludo, dirigiu-se à prefeitura para dar informação do atentado. Mas, ao chegar lá, viu que o próprio prefeito, sem camisa, peludo e com uma solidez que a ela pareceu bestial, estava ocupado a consertar as telas municipais, estragadas como as suas.

A senhora Rebeca irrompeu no escritório sórdido e desorganizado e a primeira coisa que viu foi um montão de pássaros mortos sobre a escrivaninha. Mas estava transtornada, em parte por causa do calor e em parte por causa da indignação que nela havia produzido o estrago de suas telas. De modo que não teve tempo de sobressaltar-se diante do inusitado espetáculo dos pássaros mortos sobre a escrivaninha. Nem sequer se escandalizou com a evidência da autoridade degradada no alto de uma escada, consertando as redes metálicas da janela com um rolo de arame e uma chave de fenda. Naquela hora ela não pensava em outra dignidade que não fosse a sua, escarnecida em suas telas aramadas, e o seu transtorno a impediu até de relacionar as janelas de sua casa com as da prefeitura. Plantou-se com discreta solenidade a dois passos da porta, dentro do escritório, e, apoiada no cabo longo e adornado de sua sombrinha, disse:

— Preciso fazer uma queixa.

Do alto da escada, o prefeito voltou o rosto congestionado pelo calor. Não manifestou emoção alguma diante da presença insólita da viúva em seu gabinete. Com sombria negligência, continuou desprendendo a rede avariada e perguntou de lá de cima:

— Sobre o quê?

— Os meninos da vizinhança quebraram as telas aramadas.

Então o prefeito voltou a olhá-la. Examinou-a atentamente, das primorosas florezinhas de veludo até os sapatos cor de prata antiga, e foi como se a visse pela primeira vez na vida. Desceu vagarosamente, sem deixar de olhá-la, e, quando pisou no chão firme, apoiou uma das mãos na cintura e apontou a chave de fenda para a escrivaninha. Disse:

— Não são os meninos, minha senhora. Só os pássaros.

Foi então que ela relacionou os pássaros mortos sobre a escrivaninha com o homem montado na escada e com as redes estragadas de seus quartos. Estremeceu, ao imaginar que todos os dormitórios de sua casa estavam cheios de pássaros mortos.

— Os pássaros — exclamou.

— Os pássaros — confirmou o prefeito. — É estranho a senhora não se dar conta, se faz três dias que estamos com esse problema dos pássaros rompendo janelas para irem morrer dentro das casas.

Quando saiu da prefeitura, a senhora Rebeca se sentia envergonhada. E um pouco ressentida com Argénida, que arrastava para a sua casa todos os boatos do povoado, mas não lhe tinha falado dos pássaros. Abriu a sombrinha, ofuscada pelo brilho de um agosto iminente e, enquanto caminhava pela rua abrasadora e deserta, teve a impressão de que os dormitórios de todas as casas exalavam um forte e penetrante fedor de pássaros mortos.

Estava-se nos últimos dias de julho, e nunca na vida do povoado tinha feito tanto calor. Mas seus habitantes não se deram conta disso, impressionados pela mortandade dos pássaros. Embora o estranho fenômeno não tivesse influído seriamente nas atividades do povoado, a maioria estava atenta a ele no início de agosto. Maioria que não contava com sua reverência, Antonio Isabel do Santíssimo Sacramento do Altar Castañeda y Montero, o manso pastor da paróquia que, aos noventa e quatro anos de idade, garantia ter visto o diabo em três ocasiões, no entanto só tinha visto dois pássaros mortos sem lhes atribuir a menor importância. O primeiro, ele encontrou numa terça-feira na sacristia, depois da missa, e achou que havia chegado até aquele lugar arrastado por algum gato da vizinhança. O outro, ele encontrou quarta-feira no corredor da casa paroquial e o empurrou com a ponta da bota até a rua, pensando: "Não deveriam existir gatos."

Mas na sexta-feira, ao chegar à estação de trem, encontrou um terceiro pássaro morto no banco que escolheu para se sentar. Foi como um lampejo em seu íntimo, quando agarrou o cadáver pelas patinhas, ergueu-o até o nível de seus olhos, virou-o, examinou-o e pensou sobressaltado: "Caramba, é o terceiro que encontro esta semana." Desde esse instante, começou a se dar conta do que estava acontecendo no povoado, mas de uma maneira muito imprecisa, pois o padre Antonio Isabel, em parte pela idade e em parte também porque garantia ter visto o diabo em três ocasiões (coisa que no povoado parecia um tanto amalucada), era considerado por seus paroquianos um bom homem, pacífico e solícito, mas que costumava andar nas nuvens. Pois bem, ele se deu conta de que algo estava acontecendo com os pássaros, mas nem então acreditou que aquilo fosse tão importante que merecesse um sermão. Foi ele o primeiro a sentir o cheiro. Sentiu-o na noite da sexta-feira, quando acordou alarmado, com seu sono leve interrompido por uma baforada nauseabunda, mas não soube se deveria atribuí-la a um pesadelo ou a algum novo e original recurso satânico para perturbar seu sono. Farejou ao redor e virou-se na cama, matutando que aquela experiência poderia lhe servir para um sermão. Poderia ser, pensou, um dramático sermão sobre a habilidade de Satã para insinuar-se no coração humano por qualquer dos cinco sentidos.

Quando passeava pelo átrio no dia seguinte, antes da missa, ouviu falar pela primeira vez dos pássaros mortos. Estava pensando no sermão, em Satanás e nos pecados que podem ser cometidos pelo sentido do olfato quando ouviu dizer que o mau cheiro noturno era dos pássaros recolhidos durante a semana; e formou-se em sua cabeça uma mixórdia confusa de previsões evangélicas, maus cheiros e pássaros mortos. De modo que no domingo ele precisou improvisar sobre a caridade um palavrório que ele mesmo não entendeu muito claramente, esquecendo-se para sempre das relações entre o diabo e os cinco sentidos.

No entanto, em algum lugar muito entranhado de seu pensamento, aquelas experiências devem ter ficado acaçapadas. Isso sempre lhe acontecia, não só no seminário, mais de setenta anos antes, como também de maneira muito particular depois dos noventa anos. No seminário, numa tarde muito clara em que caía um forte aguaceiro sem tormenta, ele lia um trecho de Sófocles no idioma original. Quando acabou de chover, olhou pela janela o campo fatigado, a tarde lavada e nova, e esqueceu-se inteiramente do teatro grego e dos clássicos, que ele não diferenciava, mas chamava, de maneira geral, de "velhinhos de antigamente". Numa tarde sem chuva, uns trinta ou quarenta anos depois, ele atravessava a praça empedrada de um povoado, que tinha ido visitar, e, sem premeditar, recitou a estrofe de Sófocles que lia no seminário. Naquela mesma semana conversou demoradamente sobre os "velhinhos de antigamente" com o vigário apostólico, velhote loquaz e impressionável, apaixonado por uns complexos enigmas para eruditos que ele dizia ter inventado e que se popularizaram uns anos depois com o nome de palavras cruzadas.

Aquela conversa permitiu-lhe mostrar de uma só vez todo o seu velho e profundo amor pelos clássicos gregos. No Natal daquele ano, recebeu uma carta. E, não fosse porque já na época tinha adquirido o sólido prestígio de ser exageradamente imaginativo, intrépido na interpretação e um pouco disparatado nos sermões, naquela ocasião tê-lo-iam feito bispo.

Mas enterrou-se no povoado desde muito antes da guerra de 1885, e, na época em que os pássaros vinham morrer nos dormitórios, fazia anos que havia sido solicitada a sua substituição por um sacerdote mais jovem, especialmente quando ele disse ter visto o diabo. Desde então começaram a não o levar em conta, coisa que ele não percebeu de maneira muito clara, apesar de ainda ser capaz de decifrar os miúdos caracteres de seu breviário sem precisar de óculos.

Sempre tinha sido um homem de costumes regrados. Pequeno, insignificante, de ossos pronunciados e sólidos, modos tranquilos e voz sedante para a conversa, mas sedante demais para o púlpito. Permanecia até a hora do almoço devaneando no quarto, jogado preguiçosamente numa cadeira de lona e sem outros trajes além de uns calções compridos de sarja com as barras das pernas amarradas nos tornozelos.

Não fazia nada além de rezar missa. Duas vezes por semana sentava-se no confessionário, mas fazia anos que ninguém se confessava. Ele acreditava singelamente que seus paroquianos estavam perdendo a fé por causa dos costumes modernos, daí ter considerado um acontecimento muito oportuno ver o diabo em três ocasiões, embora soubesse que as pessoas davam pouco crédito às suas palavras, se bem que tinha consciência de não ser muito convincente quando falava dessas experiências. Para ele mesmo não teria sido surpresa descobrir que estava morto, não só ao longo dos últimos cinco anos, como também naqueles momentos extraordinários em que encontrou os dois primeiros pássaros. Ao encontrar o terceiro, porém, emergiu um pouco para a vida, de modo que nos últimos dias estivera pensando com considerável frequência no pássaro morto sobre o banco da estação.

Morava a dez passos da igreja, numa casa pequena, sem telas aramadas, com um corredor que dava para a rua e dois quartos que lhe serviam de gabinete e dormitório. Considerava, talvez em seus momentos de menor lucidez, que é possível obter a felicidade na terra quando não faz muito calor, e essa ideia produzia nele certa perturbação. Gostava de perder-se pelos cipoais metafísicos. Era isso o que fazia quando se sentava no corredor todas as manhãs, com a porta entreaberta, os olhos fechados e os músculos relaxados. No entanto, ele mesmo não tinha se dado conta de que havia se tornado tão sutil em seus pensamentos que fazia pelo menos três anos que, em seus momentos de meditação, já não pensava em nada.

Às doze em ponto, um rapaz atravessava o corredor com uma bandeja de comida com quatro repartições, que continha o mesmo todos os dias: sopa de osso com um pedaço de mandioca, arroz branco, carne guisada sem cebola, banana frita ou bolo de milho e um pouco de lentilhas que o padre Antonio Isabel do Santíssimo Sacramento do Altar nunca tinha provado.

O rapaz punha a bandeja junto à cadeira onde jazia o sacerdote, mas este não abria os olhos enquanto não ouvisse outra vez os passos no corredor. Por isso, no povoado, acreditava-se que o padre dormia a sesta antes do almoço (algo que também parecia amalucado), quando a verdade era que nem à noite ele dormia normalmente.

Por aquela época, seus costumes tinham se descomplicado até o primitivismo. Almoçava sem se mexer de sua cadeira de lona, sem tirar os alimentos da bandeja, sem usar os pratos, o garfo e a faca, mas apenas a mesma colher com que tomava sopa. Depois se levantava, jogava um pouco de água na cabeça, vestia a batina branca e embolorada, com grandes remendos quadrados, e dirigia-se para a estação de trem, exatamente na hora em que o restante do povoado se deitava para dormir a sesta. Fazia vários meses que percorria aquele trajeto murmurando a oração que ele mesmo tinha inventado da última vez em que o diabo lhe aparecera.

Um sábado — nove dias depois do início da queda de pássaros mortos —, o padre Antonio Isabel do Santíssimo Sacramento do Altar dirigia-se para a estação quando caiu um pássaro agonizante a seus pés, bem em frente à casa da senhora Rebeca. Um lampejo de lucidez faiscou em sua cabeça, e ele se deu conta de que aquele pássaro, diferentemente dos outros, podia ser salvo. Tomou-o nas mãos e chamou à porta da senhora Rebeca, no instante em que ela desabotoava o sutiã para dormir a sesta.

No seu quarto, a viúva ouviu as batidas e instintivamente desviou o olhar para as telas aramadas. Fazia dois dias que não penetrava nenhum pássaro naquele quarto. Mas a rede continuava esfiapada. Ela considerara que seria um gasto inútil consertá-la enquanto não parasse aquela invasão de pássaros que a mantinha com os nervos à flor da pele. Por cima do zumbido do ventilador elétrico, ela ouviu as batidas na porta e lembrou-se com impaciência que Argénida fazia a sesta no último quarto do corredor. Sequer lhe ocorreu perguntar-se quem poderia importuná-la àquela hora. Abotoou de novo o sutiã, atravessou a porta aramada, caminhou reto e enfadada ao longo do corredor, atravessou a sala abarrotada de móveis e objetos decorativos e, antes de abrir a porta, viu através da rede metálica que quem estava ali era o padre Antonio Isabel, taciturno, com os olhos mortiços e um pássaro nas mãos (antes que ela abrisse a porta), dizendo: "Se jogarmos um pouco de água nele e depois o pusermos debaixo de uma cuia, tenho certeza de que vai ficar bom." E, ao abrir a porta, a senhora Rebeca sentiu-se desfalecer de terror.

Ele não ficou ali mais de cinco minutos. A senhora Rebeca achava que ela mesma havia abreviado o incidente. Mas na realidade tinha sido o padre. Se a viúva tivesse refletido naquele instante, teria percebido que o sacerdote, nos trinta anos de residência no povoado, nunca tinha permanecido mais de cinco minutos na casa dela. Parecia-lhe que na profusa parafernália da sala se manifestava claramente o espírito concupiscente da dona, apesar de seu parentesco com o bispo, muito distante, mas reconhecido. Além disso, havia uma lenda (ou uma história) sobre a família da senhora Rebeca que, pensava o padre, sem dúvida não chegara até o palácio episcopal, apesar de o coronel Aureliano Buendía, primo-irmão da viúva, considerado um ingrato por ela, ter garantido alguma vez que o bispo não visitara o povoado no novo século para esquivar-se de visitar sua parenta. De qualquer modo, fosse aquilo história ou lenda, a verdade era que o padre Antonio Isabel do Santíssimo Sacramento do Altar não se sentia bem naquela casa, cuja única habitante nunca dera mostras de piedade e só se confessava uma vez por ano, mas respondendo com evasivas quando ele tentava tratar especificamente da morte obscura de seu esposo. Se agora estava ali, aguardando que ela trouxesse um copo de água para banhar um pássaro agonizante, era por determinação de uma circunstância que ele jamais teria provocado.

Enquanto a viúva voltava, o sacerdote, sentado numa suntuosa cadeira de balanço feita de madeira lavrada, sentia a estranha umidade daquela casa que não recuperara o sossego desde que soara o tiro, fazia mais de quarenta anos, e José Arcádio Buendía, irmão do coronel, caíra de bruços entre barulhos de fivelas e esporas sobre as polainas ainda quentes que acabava de descalçar.

Quando irrompeu de novo na sala, a senhora Rebeca viu o padre Antonio Isabel sentado na cadeira de balanço com aquele ar nefelibata que lhe causava terror.

— A vida de um animal — disse o padre — é tão grata a Nosso Senhor quanto a de um homem.

Ao dizer isso, não se lembrou de José Arcádio Buendía. A viúva também não. Mas ela estava acostumada a não dar crédito às palavras do padre, desde que ele falara no púlpito das três vezes em que o diabo lhe aparecera. Sem prestar atenção, ela pegou o pássaro, submergiu-o no copo e depois o sacudiu. O padre observou que havia impiedade e negligência em sua maneira de agir, absoluta falta de consideração pela vida do animal.

— Não gosta de pássaros — disse, de maneira suave, mas afirmativa.

A viúva levantou as pálpebras num gesto de impaciência e hostilidade.

— Mesmo que alguma vez tivesse gostado — disse —, detestaria agora que resolveram morrer dentro das casas.

— Morreram muitos — disse ele, implacável. Seria até possível achar que havia muita astúcia na uniformidade de sua voz.

— Todos — disse a viúva. E acrescentou, enquanto espremia o animal com repugnância e o colocava debaixo de uma cuia: — E isso não me importaria, se não tivessem rasgado as minhas telas.

E ao padre pareceu que nunca havia conhecido tanta dureza de coração. Um instante depois, segurando aquele corpo minúsculo e indefeso em sua própria mão, o sacerdote se deu conta de que ele havia deixado de palpitar. Então se esqueceu de tudo: da umidade da casa, da concupiscência, do insuportável cheiro de pólvora no cadáver de José Arcádio Buendía, e deu-se conta da prodigiosa verdade que o cercava desde o início da semana. Ali mesmo, enquanto a viúva o via abandonar a casa com o pássaro morto nas mãos e uma expressão ameaçadora, ele assistiu à maravilhosa revelação de que sobre o povoado estava caindo uma chuva de pássaros mortos e de que ele, ministro de Deus, o predestinado que conhecera a felicidade quando não fazia calor, tinha se esquecido inteiramente do Apocalipse.

Naquele dia foi à estação, como sempre, mas não se dava conta exata de seus atos. Sabia confusamente que algo estava ocorrendo no mundo, mas se sentia embotado, bruto, indigno do momento. Sentado no banco da estação, tentava lembrar se havia chuva de pássaros mortos no Apocalipse, mas o esquecera por completo. De imediato pensou que o tempo passado na casa da senhora Rebeca o fizera perder o trem e esticou a cabeça por cima dos vidros empoeirados e quebrados e viu no relógio da administração que ainda faltavam doze minutos para a uma. Quando voltou ao banco, sentia-se asfixiar. Naquele momento lembrou-se de que era sábado. Moveu por um instante seu abano de palma trançada, perdido em suas obscuras nebulosas interiores. E depois se exasperou com os botões de sua batina, com os botões de suas botas, com seus calções compridos e ajustados de sarja e deu-se conta, alarmado, de que nunca na vida tinha sentido tanto calor.

Sem se mover do banco, desabotoou o colarinho da batina, puxou o lenço de dentro da manga e enxugou o rosto congestionado, pensando, num instante de iluminado pateticismo, que talvez estivesse assistindo à formação de um terremoto. Tinha lido isso em algum lugar. No entanto, o céu estava limpo; um céu transparente e azul, do qual misteriosamente haviam desaparecido todos os pássaros. Percebeu a cor e a transparência, mas por um momento se esqueceu dos pássaros mortos. Agora pensava em outra coisa, na possibilidade de desabar uma tempestade. No entanto, o céu estava diáfano e tranquilo, como se fosse o céu de outro povoado remoto e diferente, onde ele nunca havia sentido calor, como se não fossem seus, mas outros, os olhos que o estavam contemplando. Depois olhou para o norte, por cima dos tetos de folhas de palmeira e zinco enferrujado, e viu a lenta, a silenciosa, a equilibrada mancha de urubus sobre a esterqueira.

Por alguma razão misteriosa, sentiu naquele instante que reviviam nele as emoções experimentadas certo domingo no seminário, pouco antes de receber as ordens menores. O reitor lhe dera autorização de fazer uso de sua biblioteca particular, e ele permanecia durante horas e horas (especialmente aos domingos) imerso na leitura de uns livros amarelos, com cheiro de madeira envelhecida e anotações em latim, feitas com os garranchos minúsculos e eriçados do reitor. Num domingo, em que ele havia lido o dia inteiro, o reitor entrou no quarto e apressou-se, perturbado, a recolher um cartão que, evidentemente, tinha caído do meio das páginas do livro que ele estava lendo. Presenciou o aturdimento de seu superior com discreta indiferença, mas conseguiu ler o cartão. Só havia uma frase, escrita com tinta violeta e letra nítida e reta: *Madame Ivette est morte cette nuit*. Mais de meio século depois, vendo uma mancha de urubus sobre um povoado esquecido, lembrou-se da expressão taciturna do reitor, sentado à sua frente, malva no crepúsculo e com a respiração imperceptivelmente alterada.

Impressionado por aquela associação, não sentiu então calor, mas precisamente o contrário, uma mordida de gelo na virilha e na planta dos pés. Sentiu pavor, sem saber qual era a causa precisa daquele pavor, enredado num emaranhado de ideias confusas, entre as quais era impossível diferenciar uma sensação nauseabunda, o casco de Satanás atolado no barro e uma multidão de pássaros mortos caindo sobre o mundo, enquanto ele, Antonio Isabel do Santíssimo Sacramento do Altar, permanecia indiferente àquele acontecimento. Então se ergueu, levantou uma mão assombrada, como que para iniciar uma saudação que se perdeu no vazio, e exclamou aterrorizado: "O Judeu Errante."

Naquele momento o trem apitou. Pela primeira vez em muitos anos, ele não ouviu. Viu o trem entrar na estação envolto em densa fumaceira e ouviu a granizada de partículas de carvão contra as lâminas de zinco enferrujado. Mas foi como um sonho remoto e indecifrável, do qual não despertou por completo até aquela tarde, um pouco depois das quatro, quando deu os últimos retoques ao formidável sermão que proferirira no domingo. Oito horas depois, foram buscá-lo para administrar a extrema-unção a uma mulher.

De modo que o padre não ficou sabendo quem chegou de trem naquela tarde. Durante muito tempo tinha visto a passagem dos quatro vagões desconjuntados e descoloridos, não se lembrando de que alguém tivesse descido deles para ficar, pelo menos nos últimos anos. Antes era diferente, quando podia ficar uma tarde inteira vendo passar um trem carregado de bananas; cento e quarenta vagões carregados de frutas que passavam sem parar, até passar, já entrada a noite, o último vagão com um homem suspendendo uma lâmpada verde. Então via o povoado do outro lado da linha — já acesas as luzes —, e parecia que, só de ver passar o trem, tinha sido por ele levado para outro povoado. Talvez daí tenha vindo o seu costume de comparecer todos os dias à estação, mesmo depois de terem metralhado os trabalhadores e de terem terminado as plantações de banana e com elas os trens de cento e quarenta vagões, ficando apenas aquele trem amarelo e empoeirado que não trazia nem levava ninguém.

Mas naquele sábado chegou alguém. Quando o padre Antonio Isabel do Santíssimo Sacramento do Altar se afastou da estação, um rapaz tranquilo, com nada de especial, a não ser a fome, viu-o da janela do último vagão no exato momento em que se lembrou de que não comia desde o dia anterior. Pensou: "Se há padre, deve haver hotel." E desceu do vagão, atravessou a rua abrasada pelo sol metálico de agosto e penetrou na fresca penumbra de uma casa situada na frente da estação, onde tocava o disco gasto de um gramofone. O olfato, aguçado pela fome de dois dias, indicou-lhe que aquele era o hotel. E lá entrou, sem ler a placa: Hotel Macondo; letreiro que ele não haveria de ler na vida.

A proprietária estava grávida de mais de cinco meses. Tinha cor de mostarda e aparentava ser idêntica à própria mãe quando estava grávida dela. Ele pediu "um almoço, o mais rápido possível", e ela, sem se apressar, serviu-lhe um prato de sopa com um osso pelado e picadinho de banana verde. Naquele instante o trem apitou. Envolto no vapor cálido e saudável da sopa, ele calculou a distância que o separava da estação e imediatamente depois se sentiu invadido por aquela confusa sensação de pânico que a perda de um trem produz.

Tratou de correr. Chegou até a porta, angustiado, mas, não havia dado ainda nem um passo fora da soleira, percebeu que não tinha tempo de alcançar o trem. Quando voltou à mesa, havia esquecido a fome; viu, junto ao gramofone, uma moça que o olhava sem piedade, com uma expressão horrível de cachorro balançando o rabo. Pela primeira vez em todo o dia, tirou o chapéu que lhe fora presenteado pela mãe dois meses antes e o prendeu entre os joelhos, enquanto acabava de comer. Quando se levantou da mesa, não parecia preocupado com a perda do trem nem com a perspectiva de passar um fim de semana num povoado cujo nome ele não cuidaria de verificar. Sentou-se num canto da sala, com os ossos das costas apoiados numa cadeira dura e reta e permaneceu ali durante longo tempo, sem ouvir os discos, até que a moça que os selecionava disse:

— No corredor é mais fresco.

Ele se sentiu mal. Custava-lhe muito entabular conversa com desconhecidos. Angustiava-o olhar as pessoas no rosto, e, quando não lhe restava outro recurso, senão falar, as palavras lhe saíam diferentes do modo como as pensava. "Sim", respondeu. E sentiu um ligeiro calafrio. Tentou balançar-se, esquecido de que não estava numa cadeira de balanço.

— As pessoas que vêm aqui levam uma cadeira para o corredor, que é mais fresco — disse a moça.

E ele, ouvindo-a, percebeu com angústia que ela tinha vontade de conversar. Arriscou-se a olhá-la, no instante em que ela dava corda ao gramofone. Parecia estar sentada ali havia meses, anos talvez, e não demonstrava o menor interesse em sair daquele lugar. Dava corda ao gramofone, mas sua vida estava fixa nele. Estava sorrindo.

— Obrigado — disse ele, tratando de se levantar, de dar espontaneidade a seus movimentos.

A moça não deixou de olhar para ele. Disse:

— Também deixam o chapéu no mancebo.

Dessa vez ele sentiu as orelhas abrasadas. Estremeceu, pensando naquela maneira de sugerir as coisas. Sentia-se incomodado, encurralado, e de novo sentiu pânico pela perda do trem. Mas, naquele instante, a proprietária entrou na sala.

— O que está fazendo? — perguntou.

— Está levando a cadeira para o corredor, como faz todo mundo — disse a moça.

Ele acreditou perceber uma inflexão de sarcasmo em suas palavras.

— Não se preocupe — disse a proprietária. — Vou buscar uma banqueta.

A moça riu, e ele se sentiu desconcertado. Fazia calor. Um calor seco e uniforme, e ele estava suando. A proprietária levou até o corredor uma banqueta de madeira com assento de couro. Ele se preparava para segui-la quando a moça falou de novo.

— O pior é que ele vai se assustar com os pássaros — disse.

Ele conseguiu ver o olhar duro da proprietária, quando ela voltou os olhos para a moça. Foi um olhar rápido, mas intenso.

— O que você deve fazer é ficar calada — disse e voltou-se sorrindo para ele. Então ele se sentiu menos sozinho e teve vontade de falar.

— O que está dizendo? — perguntou.

— Que a esta hora caem pássaros mortos no corredor — disse a moça.

— Coisas dela — disse a proprietária. Inclinou-se para arrumar um ramo de flores artificiais na mesinha de centro. Havia um tremor nervoso em seus dedos.

— Coisas minhas, não — disse a moça. — Você mesma varreu dois anteontem.

A proprietária a olhou exasperada. Sua expressão era lamentável, e era evidente sua vontade de explicar tudo, até que não restasse a menor sombra de dúvida.

— O que acontece, meu senhor, é que anteontem os garotos deixaram dois pássaros mortos no corredor para irritá-la e depois disseram que estavam caindo pássaros mortos do céu. Ela acredita em tudo o que dizem.

Ele sorriu. Parecia muito engraçada aquela explicação; esfregou as mãos e virou-se para olhar a moça, que o contemplava angustiada. O gramofone tinha deixado de tocar. A proprietária retirou-se para outro aposento, e, quando ele se dirigia para o corredor, a moça insistiu em voz baixa:

— Eu os vi cair. Pode acreditar. Todo mundo viu.

E ele acreditou entender então o apego dela ao gramofone e a exasperação da proprietária.

— Sim — disse ele, compassivamente. E depois, indo em direção ao corredor: — Eu também vi.

Fazia menos calor lá fora, na sombra das amendoeiras. Ele encostou a banqueta no batente da porta, deitou a cabeça para trás e pensou na mãe; a mãe prostrada na cadeira de balanço, espantando as galinhas com um cabo comprido de vassoura, enquanto sentia que, pela primeira vez, ele não estava na casa.

Na semana anterior, pudera pensar que sua vida era uma corda lisa e reta, estendida desde a madrugada chuvosa da última guerra civil, quando veio ao mundo entre as quatro paredes de barro e taquara de uma escola rural, até aquela manhã de junho em que fizera vinte e dois anos, e sua mãe fora até à sua rede para lhe dar de presente um chapéu com um cartão: "Para meu querido filho em seu dia." Em certas ocasiões sacudia a ferrugem da ociosidade e sentia saudade da escola, da lousa, do mapa de um país superpovoado por excrementos de moscas e da longa fila de canecas penduradas na parede debaixo do nome de cada menino. Lá não fazia calor. Era um povoado verde e plácido com umas galinhas de patas compridas e cinzentas que atravessavam a sala de aula para se deitar e pôr ovos debaixo de um porta-jarro. Sua mãe era então uma mulher triste e hermética. Sentava-se ao entardecer para receber o vento que acabava de se filtrar nos cafezais e dizia: "Manaure é o povoado mais lindo do mundo"; e depois, voltando-se para ele, vendo-o crescer surdamente na rede: "Quando você for grande, vai se dar conta disso." Mas não se deu conta de nada. Não se deu conta aos quinze anos, sendo já grande demais para a idade, transbordante daquela saúde insolente e estabanada que o ócio proporciona. Até fazer vinte anos, sua vida não foi essencialmente diferente de algumas mudanças de posição na rede. Mas, naquela época, a mãe, obrigada pelo reumatismo, abandonou a escola onde tinha trabalhado durante dezoito anos, e assim eles foram morar numa casa de dois quartos com um quintal enorme, onde criaram galinhas de patas cinzentas, como as que atravessavam a sala de aula.

    Cuidar das galinhas representou seu primeiro contato com a realidade. E tinha sido o único até o mês de julho, quando sua mãe pensou na aposentadoria e considerou que o filho já tinha sagacidade suficiente para administrá-la. Ele colaborou de maneira eficiente na preparação dos documentos e até teve o tato necessário para convencer o pároco a alterar em seis anos a certidão de batismo de sua mãe, que ainda não tinha idade para se aposentar. Na quinta-feira, recebeu as últimas instruções escrupulosamente pormenorizadas pela experiência pedagógica de sua mãe e deu início à viagem para a cidade com doze pesos, uma muda de roupa, o maço de documentos e uma ideia inteiramente rudimentar da palavra "aposentadoria", que ele interpretava em geral como determinada quantia de dinheiro que o governo devia lhe entregar para instalar uma criação de porcos.

Cochilando no corredor do hotel, entorpecido pelo calor sufocante, não tinha parado para pensar na gravidade de sua situação. Supunha que o contratempo ficaria resolvido no dia seguinte, com a volta do trem, de modo que agora sua única preocupação era esperar o domingo para reatar a viagem e nunca mais se lembrar daquele povoado onde fazia um calor insuportável. Um pouco antes das quatro, caiu num sono incômodo e pegajoso, pensando, enquanto dormia, que era uma pena não ter trazido a rede. Foi então que se deu conta de que tinha esquecido no trem o embrulho da roupa e os documentos da aposentadoria. Acordou abruptamente, sobressaltado, pensando na mãe e novamente assaltado pelo pânico.

Quando levou o assento para a sala, as luzes do povoado já tinham sido acesas. Ele não conhecia a iluminação elétrica, de modo que ficou fortemente impressionado ao ver as lâmpadas pobres e manchadas do hotel. Depois lembrou que a mãe lhe tinha falado daquilo e continuou puxando o assento até a sala de jantar, tentando evitar as varejeiras que pipocavam como projéteis nos espelhos. Comeu sem apetite, transtornado pela clara evidência de sua situação, pelo calor intenso, pela amargura daquela solidão de que sofria pela primeira vez na vida. Depois das nove, foi levado para o fundo da casa, a um quarto de madeira forrado com jornais e revistas. À meia-noite estava imerso num sono pantanoso e febril, enquanto, a cinco quarteirões dali, o padre Antonio Isabel do Santíssimo Sacramento do Altar, deitado de barriga para cima em seu catre, pensava que as experiências daquela noite reforçavam o sermão que havia preparado para as sete da manhã. O padre repousava com seus calções de sarja compridos e justos, rodeado pelo denso zumbido dos pernilongos. Um pouco antes das doze, tinha atravessado o povoado para administrar a extrema-unção a uma mulher e sentia-se exaltado e nervoso, de modo que colocou os elementos sacramentais junto ao catre e se deitou para repassar o sermão. Assim permaneceu várias horas, deitado de barriga para cima no catre, até ouvir o horário remoto de um alcaravão na madrugada. Então tratou de se levantar, sentou-se penosamente na cama, pisou na sineta e foi bater de bruços contra o chão áspero e sólido do quarto.

Mal recobrou o sentido de si quando experimentou a sensação terebrante que lhe subiu pelo costado. Naquele momento teve consciência de seu peso total: a soma do peso de seu corpo, de suas culpas e de sua idade. Sentiu contra a bochecha a solidez do piso pedregoso que tantas vezes, ao preparar seus sermões, lhe havia servido para dar uma ideia precisa do caminho que conduz ao inferno. "Cristo", murmurou assustado, pensando: "É certo que nunca mais vou conseguir ficar em pé."

Não soube quanto tempo permaneceu prostrado no chão sem pensar em nada, sem nem se lembrar de implorar uma boa morte. Foi como se, na realidade, tivesse ficado morto por um instante. Mas, quando recobrou a consciência, já não sentia dor nem espanto. Viu a risca lívida debaixo da porta. Ouviu, remoto e triste, o clamor dos galos e deu-se conta de que estava vivo e de que se lembrava perfeitamente das palavras do sermão.

Quando descerrou a tranca da porta, estava amanhecendo. Tinha deixado de sentir dor e até lhe parecia que a pancada o descarregara da velhice. Toda a bondade, os extravios e os padecimentos do povoado penetraram até seu coração quando engoliu o primeiro sorvo daquele ar que era uma umidade azul cheia de galos. Depois olhou ao redor, como para se reconciliar com a solidão, e viu, na tranquila penumbra do amanhecer, um, dois, três pássaros mortos no corredor.

Durante nove minutos, contemplou os três cadáveres, pensando, de acordo com o sermão previsto, que aquela morte coletiva dos pássaros exigia uma expiação. Depois caminhou até o outro extremo do corredor, recolheu os três pássaros mortos, voltou até o jarro, destapou-o e jogou, um atrás do outro, os pássaros na água verde e dormida, sem conhecer exatamente o objetivo daquela ação. "Três mais três fazem meia dúzia numa semana", pensou, e um prodigioso lampejo de lucidez lhe indicou que ele tinha começado a padecer o grande dia de sua vida.

Às sete, o calor começava. No hotel, o único hóspede aguardava o desjejum. A moça do gramofone ainda não tinha se levantado. A proprietária aproximou-se e, naquele instante, pareciam estar soando dentro de seu ventre avantajado os sete toques do relógio.

— Então quer dizer que o trem o deixou — disse com uma inflexão de compaixão tardia. E depois trouxe o desjejum: café com leite, um ovo frito e fatias de banana verde.

Ele tentou comer, mas não sentia fome. Sentia-se intranquilo com o começo do calor. Suava em bicas. Sufocava. Tinha dormido mal, com a roupa do corpo, e agora estava com um pouco de febre. Sentia outra vez o pânico e se lembrava da mãe no instante em que a proprietária se aproximava para recolher os pratos, radiante dentro de sua roupa nova de grandes flores verdes. A roupa da proprietária lembrou-lhe que era domingo.

— Há missa? — perguntou.

— Sim, há — disse a mulher. — Mas é como se não houvesse, porque não vai quase ninguém. É que não quiseram mandar um padre novo.

— E o que acontece com o padre de agora?

— Acontece que tem uns cem anos e está meio doido — disse a mulher e ficou imóvel, pensativa, com todos os pratos em uma das mãos.

Depois disse:

— No outro dia jurou no púlpito que tinha visto o diabo, e desde então quase ninguém voltou à missa.

De modo que ele foi à igreja, em parte pelo desespero e em parte pela curiosidade de conhecer uma pessoa de cem anos. Percebeu que era um povoado morto, com ruas intermináveis e poeirentas e casas sombrias de madeira com tetos de zinco, que pareciam desabitadas. Aquele era o povoado no domingo: ruas sem relva, casas com telas de arame e um céu profundo e maravilhoso sobre um calor asfixiante. Pensou que não havia ali nenhum sinal que possibilitasse distinguir o domingo de outro dia qualquer, e, enquanto caminhava pela rua deserta, lembrou-se da mãe: "Todas as ruas de todos os povoados conduzem inexoravelmente à igreja e ao cemitério." Naquele instante, ele desembocou numa pequena praça empedrada com um edifício caiado, uma torre, um galo de madeira na cúspide e um relógio parado nas quatro e dez.

Sem pressa, atravessou a praça, subiu os três degraus do átrio e imediatamente sentiu cheiro de suor humano envelhecido misturado ao cheiro de incenso, e penetrou na tíbia penumbra da igreja quase vazia.

O padre Antonio Isabel do Santíssimo Sacramento do Altar acabava de subir ao púlpito. Ia dar início ao sermão quando viu entrar um rapaz de chapéu na cabeça. Viu-o examinar com seus grandes olhos serenos e transparentes o templo quase vazio. Viu-o sentar-se no último banco, com a cabeça inclinada para o lado e as mãos sobre os joelhos. Percebeu que era um forasteiro. Fazia mais de vinte anos que estava no povoado e poderia ter reconhecido qualquer habitante seu até pelo cheiro. Por isso sabia que o rapaz que acabava de chegar era um forasteiro. Num olhar breve e intenso, observou que era um ser taciturno e um pouco triste, que tinha roupa suja e amarrotada. "É como se estivesse dormindo há muito tempo com ela", pensou, com um sentimento que era um misto de repugnância e piedade. Mas depois, vendo-o no banco, sentiu a alma transbordante de gratidão e se dispôs a pronunciar para ele o grande sermão de sua vida. "Cristo", pensava enquanto isso, "permita que ele se lembre do chapéu para que eu não precise expulsá-lo do templo." E começou o sermão.

No início falou sem se dar conta das próprias palavras. Nem sequer escutava a si mesmo. Ouvia apenas a melodia definida e solta que fluía de um manancial adormecido em sua alma desde o princípio do mundo. Tinha a confusa certeza de que as palavras estavam brotando precisas, oportunas, exatas, na ordem e na ocasião previstas. Sentia um vapor quente pressionando suas entranhas. Mas também sabia que seu espírito estava isento de vaidade e que a sensação de prazer que lhe embargava os sentidos não era soberba, nem rebeldia, nem vaidade, e sim o puro regozijo de seu espírito em Nosso Senhor.

Em seu quarto, a senhora Rebeca se sentia desfalecer, compreendendo que dentro em pouco o calor se tornaria impossível. Se não tivesse se sentido enraizada no povoado por um obscuro temor à novidade, teria enfiado os seus trastes num baú com naftalina e saído a rodar pelo mundo, como fizera seu bisavô, pelo que lhe tinham contado. Mas, intimamente, sabia que estava destinada a morrer no povoado, entre aqueles intermináveis corredores e os nove quartos cujas telas de arame, pensava, mandaria substituir por vidros ouriçados quando passasse o calor. De modo que ficaria ali, decidiu (e essa era uma decisão que ela tomava sempre que arrumava a roupa no armário), e também decidiu escrever a "meu ilustríssimo primo" para que ele mandasse um padre jovem e ela pudesse frequentar de novo a igreja com o seu chapéu de minúsculas flores de veludo e ouvir outra vez uma missa organizada e sermões sensatos e edificantes. "Amanhã é segunda-feira", pensou, começando a pensar definitivamente no cabeçalho da carta para o bispo (cabeçalho que o coronel Buendía havia qualificado de frívolo e desrespeitoso), quando Argénida abriu bruscamente a porta telada e exclamou:

— Senhora, estão dizendo que o padre ficou louco no púlpito.

A viúva voltou para a porta um rosto outonal e amargo, inteiramente seu.

— Faz pelo menos cinco anos que ele está louco — disse. E continuou empenhada na classificação de sua roupa, dizendo: — Deve ter visto o diabo de novo.

— Agora não foi o diabo — disse Argénida.

— Então quem? — perguntou a senhora Rebeca, empertigada, indiferente.

— Agora ele diz que viu o Judeu Errante.

A viúva sentiu sua pele se crispar. Uma multidão de ideias misturadas, entre as quais ela não conseguia diferenciar suas telas furadas, o calor, os pássaros mortos e a peste, passou pela sua cabeça ao ouvir aquelas palavras de que não se lembrava desde as tardes de sua infância remota: "O Judeu Errante." Então começou a andar, lívida, gelada, na direção de Argénida, que a contemplava boquiaberta.

— É verdade — disse com uma voz que lhe subiu das entranhas. — Agora entendi porque os pássaros estão morrendo.

Impelida pelo terror, cobriu-se com uma mantilha preta bordada e atravessou como uma exalação o comprido corredor, a sala atulhada de objetos decorativos, a porta da rua e os dois quarteirões que a separavam da igreja, onde o padre Antonio Isabel do Santíssimo Sacramento do Altar, transfigurado, dizia: "... Juro que o vi. Juro que ele atravessou o meu caminho esta madrugada, quando eu voltava de administrar os santos óleos à mulher de Jonás, o carpinteiro. Juro que ele tinha o rosto betumado com a maldição do Senhor e que em sua passagem deixava um rastro de cinza ardente."

A palavra ficou truncada, flutuando no ar. Ele percebeu que não conseguia conter o tremor das mãos, que todo o seu corpo tremia e que, pela sua coluna vertebral, descia lentamente um fio de suor gelado. Sentia-se mal, sentindo o tremor e sentindo sede, forte contorção nas vísceras e um rumor que ressoou como a profunda nota de um órgão em suas entranhas. Então se deu conta da verdade.

Viu que havia gente na igreja e que, pela nave central, avançava a senhora Rebeca, patética, espetacular, com os braços abertos e o rosto amargo e frio voltado para as alturas. Confusamente, ele compreendeu o que estava acontecendo e até teve lucidez suficiente para compreender que tinha sido vaidade crer que estava patrocinando um milagre. Com humildade, apoiou as mãos trêmulas na borda de madeira e reatou o discurso.

— Então caminhou para mim — disse, e dessa vez ouviu sua própria voz convincente, apaixonada. — Caminhou para mim e tinha os olhos de esmeralda, o pelame áspero e cheiro de bode. E eu ergui a mão para recriminá-lo em nome de Nosso Senhor, dizendo: "Detenha-se. O domingo nunca foi um bom dia para sacrificar um cordeiro."

Quando terminou, o calor havia começado. Aquele calor intenso, sólido e abrasante daquele agosto inesquecível. Mas o padre Antonio Isabel já não se dava conta do calor. Sabia que ali, atrás dele, estava o povo outra vez prostrado, impressionado pelo sermão, mas não se alegrava com isso. Nem sequer se alegrava com a perspectiva imediata de que o vinho lhe aliviaria a garganta maltratada. Sentia-se incomodado e desadaptado. Sentia-se aturdido e não pôde concentrar-se no momento supremo do sacrifício. Fazia algum tempo que aquilo acontecia, mas agora foi uma distração diferente, porque seu pensamento estava saturado por uma inquietação definida. Pela primeira vez na vida conheceu a soberba. E, tal como tinha imaginado e definido em seus sermões, sentiu que a soberba era uma premência igual à sede. Fechou com energia o tabernáculo e disse:

— Pitágoras.

O coroinha, menino de cabeça raspada e lustrosa, afilhado do padre Antonio Isabel, a quem este tinha dado nome, aproximou-se do altar.

— Recolha a esmola — disse o sacerdote.

O menino pestanejou, deu uma volta completa e depois disse com voz quase imperceptível:

— Não sei onde está o pratinho.

Era verdade. Fazia meses que não se recolhia esmola.

— Então vá buscar um saco grande na sacristia e recolha o máximo que puder — disse o padre.

— E digo o quê? — perguntou o garoto.

O padre contemplou, pensativo, o crânio pelado e azul, as articulações pronunciadas. Então foi ele que pestanejou:

— Diga que é para desterrar o Judeu Errante — disse e sentiu que, ao dizê-lo, carregava um grande peso no coração. Por um instante, não ouviu nada mais que o chiado dos círios no templo silencioso e sua própria respiração excitada e difícil. Depois, pondo a mão no ombro do coroinha, que o olhava com olhos redondos e espantados, disse:

— Depois pegue o dinheiro e leve para o rapaz que estava sozinho no começo; diga que quem lhe manda é o padre, para comprar um chapéu novo.

A REVOADA
(O ENTERRO DO DIABO)
1955

E a respeito do cadáver de Polinice, que morreu miseravelmente, dizem que se publicou um édito proibindo que qualquer cidadão lhe desse sepultura ou o chorasse; mas ao contrário, que fosse deixado insepulto e sem direito às honras do pranto, que o deixassem como saborosa presa às aves que se decidirem a devorá-lo. Dizem que esse édito o bom Creonte fez apregoar por mim e por ti, isto é, por mim; e aqui me virá para anunciar essa ordem aos que não a conhecem; e que a coisa há de ser feita de qualquer maneira, pois quem se atrever a fazer algo do que ele proibiu será apedrejado pelo povo.

(De Antígona)

NOTA DO TRADUTOR

O título original do livro é *La hojarasca* — literalmente, *a folharada* —, no sentido que o autor explica em sua nota-prefácio. Ali, e também em dois capítulos, em que aparece em itálico, preferimos deixar a palavra em espanhol.

Quanto ao título em português, achamos que *A revoada* é expressivo e adequado.

J.S.

De repente, como se um redemoinho tivesse plantado raízes no centro do povoado, chegou a companhia bananeira, perseguida pela *hojarasca*. Era um aluvião revolto, alvoroçado, formado pelas sobras humanas e materiais dos outros povoados; restolhos de uma guerra civil que parecia cada vez mais remota e inverossímil. O aluvião era implacável. Contaminava tudo com o seu revolto odor multitudinário, odor de secreção à flor da pele e recôndita morte. Em menos de um ano, jogou sobre o povoado os escombros de numerosas catástrofes anteriores à própria invasão, espalhou nas ruas sua confusa carga de sobras. E essas sobras, precipitadamente, ao aturdido e imprevisto compasso da tormenta, iam-se selecionando, individualizando-se, até transformarem o que foi uma rua com um rio no extremo e no outro um cercado para os mortos num povoado diferente e complicado, feito com as sobras dos outros povoados.

Ali chegaram, confundidas no aluvião humano, arrastadas pela sua impetuosa força, as sobras dos armazéns, dos hospitais, dos salões de diversão, das usinas elétricas; sobras de mulheres sozinhas e de homens que amarravam a mula na grade do hotel, trazendo como única equipagem um baú de madeira ou uma trouxa de roupa, e que poucos meses após já tinham casa própria, duas concubinas e o título militar que lhes ficaram devendo por haver chegado tarde à guerra.

Até as sobras do amor triste das cidades nos chegaram com o aluvião e construíram pequenas casas de madeira, e primeiro construíram um canto onde meio catre era o sombrio lar para uma noite, e depois uma ruidosa rua clandestina, e depois todo um povoado de tolerância incrustado dentro do povoado.

Em meio àquela nevasca, daquela tempestade de caras desconhecidas, de toldos na via pública, de homens que mudavam de roupa em plena rua, de mulheres sentadas em baús com os guarda-sóis abertos, e de mulas e mais mulas abandonadas, morrendo de fome no quarteirão do hotel, os primeiros passamos a ser os últimos; nós é que éramos os forasteiros, os adventícios.

Depois da guerra, quando chegamos a Macondo e apreciamos a qualidade do seu solo, já sabíamos que o aluvião teria de chegar, mas não contávamos com o seu ímpeto. Assim, pois, quando sentimos a avalancha vir, a única coisa que pudemos fazer foi colocar o prato com o garfo e a faca atrás da porta e ali ficarmos sentados, pacientemente à espera de que os recém-chegados nos conhecessem. Então o trem apitou pela primeira vez. O aluvião deu uma volta e foi recebê-lo e com isso perdeu seu impulso, mas adquiriu unidade e solidez; e sofreu o natural processo de fermentação e se juntou aos germes da terra.

(Macondo, 1909)

1

Pela primeira vez vi um cadáver. É quarta-feira, mas sinto como se fosse domingo porque não fui à escola e me fizeram vestir esta roupa de veludo verde que me aperta em algum lugar. Levado pela mão de mamãe e seguindo meu avô, que tateia a cada passo com a bengala para não tropeçar nas coisas (ele não enxerga bem na penumbra, e além disso capenga), passei diante do espelho da sala e me vi de corpo inteiro, vestido de verde e com este laço branco e engomado que me aperta de um lado do pescoço. Vi-me na redonda lua manchada e pensei: "Este sou eu, como se hoje fosse domingo."

Viemos à casa onde está o morto.

O calor é sufocante na sala fechada. Ouve-se o zumbido do sol nas ruas, nada mais. O ar é parado, concreto; tem-se a impressão de que se poderia cortá-lo com uma lâmina de aço. Na sala onde colocaram o cadáver sente-se a presença de baús, mas não os vejo em nenhuma parte. Há uma rede num canto, com um dos punhos preso no armador. Um forte cheiro de restos. E creio que as coisas arruinadas e quase desfeitas que nos rodeiam têm o aspecto das coisas que devem cheirar a restos, mesmo que tenham outro cheiro.

Sempre achei que os mortos deviam usar chapéu. Agora vejo que não. Vejo que têm a cabeça pontuda e um lenço amarrado na mandíbula. Vejo que têm a boca um pouco aberta e que se percebem, por detrás dos lábios arroxeados, os dentes escuros e irregulares. Vejo que têm a língua mordida de um lado, grossa e pastosa, um pouco mais escura que a cor da cara, a mesma cor dos dedos quando os apertamos com um barbante. Vejo que têm os olhos abertos, muito mais que os de um homem; ansiosos e vazios, e que a pele parece de terra calcada e úmida. Acreditava que um morto parecia uma pessoa quieta e adormecida, e agora vejo que é exatamente o contrário. Vejo que parece uma pessoa acordada e raivosa, depois de uma briga.

Mamãe também se vestiu como se fosse domingo. Pôs o antigo chapéu de palha que lhe cobre as orelhas e um vestido negro, fechado em cima, com mangas até os punhos. Como hoje é quarta-feira, vejo-a distante, desconhecida, e tenho a impressão de que me quer dizer alguma coisa enquanto meu avô se levanta para receber os homens que trouxeram o ataúde. Mamãe está sentada ao meu lado, de costas para a janela fechada. Respira penosamente e a cada instante ajeita os fios de cabelo que lhe saem por debaixo do chapéu colocado às pressas. Meu avô mandou que os homens pusessem o ataúde perto da cama. Só então vi que o morto podia caber dentro dele. Quando os homens trouxeram o caixão, tive a impressão de que ele era demasiado pequeno para um corpo que ocupava todo o comprimento do leito.

Não sei por que me trouxeram. Nunca havia entrado nesta casa e acreditava mesmo que fosse desabitada. É uma casa grande, de esquina, cujas portas, creio, nunca foram abertas. Sempre pensei que a casa estivesse desocupada. Somente agora, depois que mamãe me disse: "Esta tarde você não vai à escola", e não senti alegria, porque ela me falou com uma voz grave e reservada; e a vi voltar com minha roupa de veludo e me vestiu sem falar e depois fomos para a porta juntar-nos a meu avô; e passamos as três casas que separam esta da nossa. Somente agora percebi que alguém morava nesta esquina. Alguém que morreu e que deve ser o homem ao qual minha mãe se referiu quando disse: "Comporte-se bem no enterro do doutor."

Ao entrar não vi o morto. Vi meu avô na porta, falando com os homens, e vi-o depois mandando-nos entrar. Pensei, então, que havia alguém na sala, mas ao entrar senti-a escura e vazia. O calor me golpeou o rosto desde o primeiro momento e senti este cheiro de restos que a princípio era sólido e permanente e que agora, como o calor, chega em ondas espaçadas e desaparece. Mamãe me levou pela mão através da sala escura e me fez sentar a seu lado, num canto. Só depois de alguns instantes é que comecei a distinguir as coisas. Vi meu avô tentando abrir uma janela que parece presa ao peitoril, soldado com a madeira da moldura, e o vi dando bengaladas nos trincos, o paletó coberto da poeira que se desprendia a cada pancada. Voltei o rosto para o lugar onde se encontrava meu avô quando se declarou impotente para abrir a janela e só então vi que havia alguém na cama. Havia um homem escuro, estirado, imóvel. Então voltei-me para onde estava mamãe, que continuava distante e séria, olhando para outro lado da sala. Como os meus pés não tocam o chão, mas ficam suspensos no ar, a uma pequena distância do solo, coloquei as mãos debaixo das coxas, as palmas apoiadas no assento, e comecei a balançar as pernas, sem pensar em nada, até que me lembrei de que mamãe me havia dito: "Comporte-se bem no enterro do doutor." Então senti algo frio nas minhas costas, voltei a olhar e vi apenas a parede de madeira gretada e seca. Foi, porém, como se alguém me tivesse dito, da parede: "Não mexa as pernas, que o homem que está na cama é o doutor e está morto." E, quando olhei para a cama, já não o vi como antes. Já não o vi deitado, e sim morto.

A partir de então, por mais que eu me esforce para não o olhar, sinto como se alguém me empurrasse o rosto para esse lado. E mesmo que faça esforços para olhar para outros lugares da sala, continuo a vê-lo, de todos os modos, em qualquer parte, com os olhos fora das órbitas e o rosto verde e morto na escuridão.

Não sei por que ninguém veio ao enterro. Viemos meu avô, mamãe e os quatro índios que trabalham para meu avô. Os homens trouxeram um saco de cal, que esvaziaram dentro do ataúde. Se minha mãe não estivesse tão estranha e distante, eu lhe perguntaria por que fazem isso. Não compreendo por que têm de jogar cal no caixão. Quando o saco ficou vazio, um dos homens o sacudiu sobre o ataúde e ainda caiu um resto do pó, mais parecendo serragem do que cal. Ergueram o morto pelos ombros e os pés. Veste umas calças ordinárias, presas à cintura por uma correia larga e preta, e traz uma camisa cinzenta. Somente o pé esquerdo está calçado. Com um pé rei e outro escravo, como disse Ada. O sapato direito está jogado num canto da cama. No leito, o morto parecia estar numa posição incômoda. No ataúde, porém, parece mais confortável, mais tranquilo, e o rosto, que era o de um homem vivo e desperto depois de uma briga, adquiriu um aspecto repousado e seguro. O perfil tornou-se suave; e é como se ali, no caixão, ele já se sentisse no lugar que lhe corresponde como morto.

Meu avô move-se na sala. Recolheu alguns objetos e os colocou no caixão. Volto a olhar mamãe com a esperança de que ela me diga por que meu avô está botando coisas no ataúde. Minha mãe, porém, permanece imperturbável dentro do vestido negro, e parece esforçar-se para não olhar para o lugar onde está o morto. Eu também quero fazer a mesma coisa, mas não posso. Olho-o fixamente, examino-o. Meu avô bota um livro dentro do ataúde, faz um sinal aos homens e três deles colocam a tampa sobre o cadáver. Só então me sinto libertado das mãos que me mantinham a cabeça voltada para esse lado e começo a examinar a sala.

Volto a olhar para minha mãe. Pela primeira vez desde que chegamos aqui, ela me olha e sorri com um sorriso forçado, sem nada por dentro; e ouço, distante, o apito do trem que se perde na última curva. Percebo um ruído onde está o cadáver. Vejo que um dos homens levanta a tampa e que meu avô introduz no ataúde o sapato do morto, que fora esquecido na cama. O trem volta a apitar, cada vez mais distante, e de repente penso: "São duas e meia." E lembro que a esta hora (enquanto o trem apita na última curva do povoado) os meninos estão fazendo filas na escola para entrar na primeira aula da tarde.

"Abraão", penso.

Não devia ter trazido o menino. Não lhe convém este espetáculo. A mim mesma, que já vou fazer trinta anos, não me faz bem este ambiente que a presença do cadáver torna denso. Poderíamos sair agora. Poderíamos dizer a papai que não nos sentimos bem num quarto em que se foram acumulando, durante dezessete anos, os resíduos de um homem desvinculado de tudo o que possa ser considerado afeto ou gratidão. Talvez tenha sido meu pai a única pessoa que sentiu por ele alguma simpatia. Uma inexplicável simpatia que agora serve ao morto para que não apodreça dentro destas quatro paredes.

Preocupa-me a ridicularia que há em tudo isto. Intranquiliza-me a ideia de que dentro em pouco sairemos para a rua acompanhando um ataúde que a ninguém inspirará qualquer sentimento que não seja a complacência. Imagino a expressão das mulheres nas janelas, vendo passar meu pai, vendo-me passar com o menino atrás de um caixão mortuário em cujo interior principia a apodrecer a única pessoa a quem o povoado sempre quis ver assim, conduzida ao cemitério em meio a um implacável abandono, seguida pelas três pessoas que resolveram fazer a obra de misericórdia que será o começo de sua própria vergonha. É possível que essa determinação de papai seja motivo para que amanhã não se encontre ninguém disposto a acompanhar nosso enterro.

Talvez seja por isso que eu trouxe o menino. Quando, momentos atrás, meu pai me disse: "Você tem que me acompanhar", a primeira coisa que me ocorreu foi levar também o menino, para me sentir protegida. Agora estamos aqui, nesta sufocante tarde de setembro, sentindo que as coisas que nos rodeiam são os impiedosos agentes de nossos inimigos. Papai não tem por que se preocupar. Na realidade, ele passou a vida fazendo coisas como esta; dando pedras para o povoado comer, cumprindo com seus mais insignificantes compromissos de costas para todas as conveniências. Há vinte e cinco anos, quando este homem chegou à nossa casa, papai devia ter percebido (ao notar as absurdas maneiras do visitante) que hoje não haveria no povoado uma só pessoa disposta sequer a jogar o cadáver aos urubus. Talvez papai tenha previsto todos os obstáculos, medido e calculado os possíveis inconvenientes. E agora, vinte e cinco anos depois, deve sentir que isso é apenas o cumprimento de uma tarefa — longamente premeditada, que ele teria levado a cabo de qualquer maneira, mesmo que tivesse ele próprio de arrastar o cadáver pelas ruas de Macondo.

No entanto, chegada a hora, não teve coragem para fazê-lo sozinho e me obrigou a participar desse intolerável compromisso que assumiu muito antes que eu tivesse o uso da razão. Quando me disse: "Você tem que me acompanhar", não me deu tempo para pensar no alcance de suas palavras; não pude calcular o quanto de ridículo e vergonhoso existe nisso de enterrar um homem que todo mundo sempre esperou ver convertido em pó na sua cova. Porque a gente não somente havia esperado por isso, mas também havia se preparado para que as coisas sucedessem exatamente desse modo que todos haviam esperado do fundo do coração, sem remorso e até com a antecipada satisfação de algum dia sentir o alegre fedor de sua decomposição flutuando no povoado, sem que ninguém se sentisse comovido, assustado ou escandalizado, mas satisfeito de ver chegada a hora apetecida, desejando que a situação se prolongasse até que o avinagrado cheiro do morto pudesse saciar até os mais recônditos sentimentos.

Agora vamos privar Macondo de um prazer longamente desejado. Sinto como se, de certo modo, esta nossa determinação fizesse nascer no coração da gente não o melancólico sentimento de uma frustração, mas o de um adiamento.

Por esse motivo também é que eu deveria ter deixado o menino em casa; para não comprometê-lo nessa confabulação que agora se encarniçará em torno de nós como o fez com o doutor durante dez anos. O menino devia permanecer à margem desse compromisso. Nem ao menos sabe por que está aqui, por que o trouxemos a este quarto cheio de escombros. Permanece silencioso, perplexo, como se esperasse que alguém lhe explicasse o significado de tudo isso; como se aguardasse, sentado, balançando as pernas e com as mãos apoiadas na cadeira, que alguém lhe decifre esse espantoso enigma. Quero ficar segura de que ninguém o fará; de que ninguém abrirá essa porta invisível que o impede de ir além do alcance dos seus sentidos.

Várias vezes já me olhou e eu sei que me vê estranha, desconhecida, com este vestido fechado e este chapéu antigo que pus para não ser identificada nem mesmo pelos meus próprios pressentimentos.

Se Meme estivesse viva, aqui nesta casa, talvez tudo fosse diferente. Poder-se-ia acreditar que vim por sua causa. Poder-se-ia acreditar que vim participar de uma dor que ela não teria sentido, mas que poderia aparentar e que poderia ser explicada ao povoado. Meme desapareceu faz onze anos. A morte do doutor põe fim à possibilidade de se conhecer seu paradeiro, ou, ao menos, o paradeiro dos seus ossos. Meme não está aqui, mas é provável que se estivesse — se não tivesse acontecido o que aconteceu e que nunca pôde ser esclarecido — teria ficado do lado do povoado e contra o homem que durante seis anos aqueceu seu leito com tanto amor e tanta humanidade como poderia ter feito um jumento.

Ouço apitar o trem na última curva. "São duas e meia", penso; e não posso livrar-me da ideia de que a essa hora toda Macondo está com o pensamento voltado para o que fazemos nesta casa. Penso na Sra. Rebeca, magra e apergaminhada, com algo de fantasma doméstico no olhar e no vestir, sentada junto ao ventilador elétrico e com o rosto sombreado pelas rótulas de suas janelas. Enquanto ouve o trem que se perde na última curva, a Sra. Rebeca inclina a cabeça para o ventilador, atormentada pela temperatura e pelo ressentimento, com as cruzes do seu coração girando como as pás do ventilador (porém em sentido inverso), e murmura: "A mão do diabo está em tudo isso", e estremece, atada à vida pelas minúsculas raízes do cotidiano.

E Águeda, a paralítica, olhando Solita, que volta da estação depois de se despedir do noivo; vendo-a abrir a sombrinha ao dobrar a esquina deserta; sentindo-a aproximar-se com o regozijo sexual que ela própria sentiu alguma vez e que, nela, se transformou nessa paciente enfermidade religiosa que a faz dizer: "Tu te revolverás na cama como um porco no chiqueiro."

Não posso livrar-me dessa ideia, deixar de pensar que são duas e meia; que passa a mula do correio envolta numa poeira abrasante, seguida pelos homens que interromperam a sesta da quarta-feira para ir apanhar o pacote de jornais. Padre Ángel, sentado, dorme na sacristia com um breviário aberto sobre o ventre gordo, vendo passar a mula do correio, sacudindo as moscas que atormentam o seu sono, arrotando, dizendo: "Envenenas-me com tuas almôndegas."

Diante de tudo isso, papai mantém o sangue-frio. Mesmo quando ordena que destampem o ataúde e nele ponham o sapato que ficara esquecido na cama. Só ele poderia interessar-se pela figura ordinária deste homem. Não ficaria surpresa se, quando sairmos com o cadáver, a multidão estiver nos aguardando na porta com os excrementos acumulados durante a noite e nos der um banho de imundície por contrariarmos a vontade do povoado. Talvez não o façam por tratar-se de papai. Talvez o façam por tratar-se de algo tão indigno como é isso de frustrar ao povoado um prazer há tanto tempo acalentado, imaginado durante tantas tardes sufocantes, cada vez que homens e mulheres passavam diante desta casa e diziam: "Mais cedo ou mais tarde almoçaremos com este cheiro." Porque era isso o que todos diziam, da primeira à última casa.

Serão três horas dentro em pouco. A *Senhorita* já o sabe. A Sra. Rebeca a viu passar e chamou-a, invisível por detrás das grades da janela, e por um instante saiu da órbita do ventilador e lhe disse: "Senhorita, é o diabo. Você sabe." E amanhã já não será meu filho quem irá à escola, mas outro menino completamente diferente; um menino que crescerá, se reproduzirá e finalmente morrerá sem que ninguém tenha para com ele uma dívida de gratidão que o credencie a ser enterrado como um cristão.

Agora eu estaria em casa, tranquila, se vinte e cinco anos atrás este homem não tivesse chegado à casa do meu pai com uma carta de recomendação que ninguém jamais soube de quem era, e tivesse ficado conosco, alimentando-se de ervas e olhando as mulheres com esses cobiçosos olhos de cão que lhe saltaram das órbitas. Meu castigo, porém, estava determinado desde antes do meu nascimento e permanecera oculto, reprimido, até este fatal ano bissexto, quando estava para completar trinta anos e meu pai me disse: "Você tem que me acompanhar." E depois, antes que eu tivesse tempo de perguntar, ele acrescentou, batendo no chão com a bengala: "Temos de sair disso de qualquer maneira, minha filha. O doutor enforcou-se esta madrugada."

Os homens saíram e voltaram à sala com um martelo e uma caixa de pregos. Mas não pregaram o ataúde. Colocaram as coisas na mesa e sentaram-se na cama onde estava o morto. Meu avô parece tranquilo, mas é uma tranquilidade imperfeita e desesperada. Não é a tranquilidade do cadáver no ataúde, mas a de um homem impaciente que se esforça por não parecê-lo. É uma intranquilidade inconformada e ansiosa, a do meu avô que dá voltas na sala, capengando, removendo os objetos amontoados.

Quando descubro que há moscas na sala, começa a torturar-me a ideia de que o ataúde ficou cheio de moscas. Ainda não pregaram a tampa, mas me parece que esse zumbido, que a princípio confundi com o rumor de um ventilador elétrico da vizinhança, é o tropel das moscas batendo, cegas, contra as paredes do ataúde e a cara do morto. Balanço a cabeça; fecho os olhos; vejo meu avô que abre um baú e tira algumas coisas que não consigo distinguir; vejo na cama as quatro brasas dos charutos abandonados. Acossado pelo calor sufocante, pelo minuto que não passa, pelo zumbido das moscas, sinto como se alguém me dissesse: "Ficarás também assim. Dentro de um ataúde cheio de moscas. Ainda não tens onze anos, mas algum dia ficarás assim, entregue às moscas dentro de um caixão fechado." E estiro as pernas, juntas, e vejo minhas próprias botinas, negras e lustrosas. "Um cadarço está desamarrado", penso, e volto a olhar para mamãe. Ela também me olha e se inclina para amarrar o cadarço da botina.

O olor que se desprende da cabeça de mamãe, quente e cheirando a interior de armário, cheirando a madeira velha, leva-me a lembrar o claustro do ataúde. Minha respiração torna-se difícil, quero ir embora daqui; quero respirar o ar abrasado da rua, e para isso lanço mão de um recurso extremo. Quando mamãe se levanta, eu lhe digo em voz baixa:

— Mamãe!

Ela sorri, diz:

— Ahn.

E eu, tremendo e inclinando-me para o seu rosto lavado e brilhante:

— Tenho vontade de ir lá dentro.

Mamãe chama meu avô, lhe diz alguma coisa. Percebo seus olhos apertados e imóveis por detrás das lentes, quando ele se aproxima e me diz:

— Agora é impossível.

E me estiro e fico quieto, indiferente ao meu fracasso. Outra vez mais as coisas acontecem com grande lentidão. Houve um movimento rápido, outro e mais outro. E depois, mais uma vez mamãe inclinada sobre meu ombro, dizendo:

— Já passou?

E pergunta com voz séria e concreta, como se, mais que uma pergunta, fosse uma recriminação. Tenho o ventre seco e duro, mas a pergunta de mamãe o abranda, deixa-o cheio e frouxo, e então tudo, até a seriedade dela, torna-se agressivo, desafiador.

— Não — lhe digo. — Ainda não passou.

Aperto o estômago e tento bater no chão com os pés (outro recurso extremo), mas só encontro o vazio, lá embaixo; a distância que me separa do chão.

Alguém entra na sala. É um dos empregados do meu avô, seguido por um soldado e um homem que também veste calças de brim verde, traz um cinturão com revólver e segura na mão um chapéu de abas largas e curvas. Meu avô vai recebê-lo. O homem das calças verdes tosse na escuridão, diz alguma coisa a meu avô, volta a tossir e, ainda tossindo, ordena ao soldado para forçar a janela emperrada.

As paredes de madeira têm uma aparência de desagregação. Parecem construídas com cinza fria e comprimida. Quando o soldado golpeia o trinco com a culatra do fuzil, tenho a impressão de que as portas não se abrirão. A casa virá abaixo, as paredes aluirão sem estrépito, como um palácio de cinza que se desfizesse no ar. Acredito que num segundo golpe ficaremos na rua, sob o sol a pino, sentados, com a cabeça coberta de escombros. Mas, na segunda pancada, a janela se abre e a luz penetra na sala: irrompe violentamente, como quando se abre a porta para um animal atônito, que corre e fareja, mudo; que arranha as paredes, enraivecido, babando, e depois volta a encolher-se, pacífico, no lugar mais fresco da janela.

Ao abrir-se a janela, as coisas se tornam visíveis, mas se consolidam em sua estranha irrealidade. Então mamãe respira fundo, me estende as mãos e diz:

— Venha, vamos ver nossa casa da janela.

E nos seus braços vejo outra vez o povoado, como se a ele regressasse depois de uma viagem. Vejo nossa casa descolorida e arruinada, mas fresca sob as amendoeiras; e sinto daqui como se nunca tivesse estado dentro dessa frescura verde e cordial, como se a nossa fora a perfeita casa imaginária, prometida por minha mãe em minhas noites de pesadelo. E vejo Pepe que passa sem nos ver, distraído. O garoto da casa vizinha que passa assoviando, transformado e desconhecido, como se acabasse de cortar o cabelo.

Então o alcaide levanta-se, a camisa aberta, suarento, a expressão completamente transtornada. Aproxima-se de mim, congestionado pela exaltação que lhe provoca o próprio argumento.

— Não podemos garantir que esteja realmente morto antes que comece a feder — diz, e acaba de abotoar a camisa e acende um cigarro, o rosto novamente voltado para o ataúde, talvez pensando: "Agora não podem dizer que estou fora da lei."

Encaro-o e sinto que o olhei com a firmeza necessária para fazê-lo compreender que chego até o mais fundo dos seus pensamentos. Digo-lhe:

— O senhor está se colocando fora da lei para agradar aos demais.

E ele, como se fosse exatamente isso o que esperava ouvir, responde:

— O senhor é um homem respeitável, coronel. O senhor sabe que estou cumprindo o meu dever.

Eu lhe digo:

— Ninguém melhor do que o senhor sabe que ele está morto.

E ele diz:

— É verdade, mas afinal de contas eu sou apenas um funcionário. A única coisa que vale é um atestado de óbito.

E eu lhe digo:

— Se a lei está com o senhor, aproveite-a para trazer um médico que possa dar o atestado de óbito.

E ele, com a cabeça erguida, mas sem altivez, calmamente, mas sem o menor sinal de debilidade ou desconcerto, diz:

— O senhor é uma pessoa respeitável e sabe que isso seria uma arbitrariedade.

Ao ouvi-lo, percebo que não está tão imbecilizado pela aguardente como pela covardia.

Percebo agora que o alcaide compartilha os rancores do povo. É um sentimento alimentado durante dez anos, desde aquela borrascosa noite em que trouxeram os feridos até a porta do doutor e lhe gritaram (porque ele não abriu; falou de dentro), e gritaram: "Doutor, atenda estes feridos, pois os outros médicos não dão conta", e ainda sem abrir (porque a porta continuou fechada, os feridos deitados lá fora): "O senhor é o único médico que nos resta. Tem que fazer esta obra de caridade"; e ele respondeu (e mesmo então não abriu a porta), imaginando-se rodeado pela turbamulta no meio da sala, a lâmpada no alto, os duros olhos amarelos iluminados: "Esqueci tudo o que sabia. Levem-nos a outro lugar", e continuou (porque desde então a porta nunca mais se abriu) com a porta fechada enquanto o rancor crescia, ramificava-se e se convertia numa virulência coletiva, que não daria trégua a Macondo para o resto de sua vida, para que em cada ouvido continuasse retumbando a sentença — gritada nessa noite — que condenou o doutor a apodrecer dentro destas paredes.

Passaram-se dez anos sem que ele bebesse da água do povoado, acossado pelo temor de que estivesse envenenada; alimentando-se com os legumes que ele e sua concubina índia plantavam no quintal. Agora o povoado sente que chegou a hora de lhe negar a piedade que ele negou ao povoado dez anos atrás, e Macondo, que o sabe morto (porque todos devem ter despertado esta manhã um pouco mais leves), prepara-se para desfrutar desse prazer tão esperado e que todos consideram merecido. Só querem sentir o fedor da decomposição orgânica por detrás das portas que naquela noite não se abriram.

Começo agora a compreender que de nada valerá meu compromisso contra a ferocidade de todo um povoado, e que estou encurralado, cercado pelo ódio e pela impenitência de uma quadrilha de ressentidos. Até a igreja encontrou uma maneira de ficar contra minha determinação. Há pouco padre Ángel me disse: "Não permitirei de forma alguma que sepultem em terra sagrada um homem que se enforcou depois de ter vivido sessenta anos longe de Deus. Deus veria mesmo o senhor com bons olhos se se abstivesse de levar a cabo o que não seria uma obra de misericórdia, mas um ato de rebeldia contra Ele." Eu lhe disse: "Enterrar os mortos, como está escrito, é um ato de misericórdia." E padre Ángel disse: "Sim. Mas neste caso não somos nós que temos de providenciar, mas a Saúde Pública."

Vim. Chamei os quatro guajiros que foram criados em minha casa. Obriguei minha filha Isabel a me acompanhar. Assim o ato se converte em algo mais familiar, mais humano, menos personalista e desafiador do que se eu mesmo tivesse arrastado o cadáver pelas ruas do povoado até o cemitério. Creio que Macondo é capaz de tudo, depois do que já vi e do que vem acontecendo neste século. Mas se não respeitam a mim, por ser velho, coronel da república e, ainda por cima, coxo do corpo e inteiro da consciência, espero que ao menos respeitem minha filha por ser mulher. Não o faço por mim. Nem talvez seja pela tranquilidade do morto. Apenas para cumprir um compromisso sagrado. Se trouxe Isabel comigo, não foi por covardia, mas por caridade. Ela trouxe o menino (e compreendo que o tenha feito pelos mesmos motivos) e agora estamos aqui, os três, suportando o peso dessa dura emergência.

    Chegamos não faz muito. Pensei que encontraríamos o cadáver ainda suspenso do teto, mas os homens se adiantaram, estenderam-no na cama e quase o amortalharam, com a secreta convicção de que a coisa não duraria mais de uma hora. Quando chego, espero que tragam o ataúde, vejo minha filha e o menino que se sentam num canto e examino a sala, pensando que o doutor talvez tenha deixado alguma coisa que explique seu gesto. A escrivaninha está aberta, abarrotada de papéis confusos, nenhum escrito por ele. Na escrivaninha está o formulário encadernado, o mesmo que ele trouxe aqui para esta casa vinte e cinco anos atrás, quando abriu aquele enorme baú dentro do qual poderia caber a roupa de toda a minha família. No baú, porém, havia somente duas camisas ordinárias, uma dentadura postiça que não podia ser sua pela simples razão de que ele tinha dentes naturais, fortes e completos, um retrato e um formulário. Abro as gavetas e em todas encontro papéis impressos, apenas papéis, antigos, empoeirados; e embaixo, na última gaveta, a dentadura postiça que ele trouxe há vinte e cinco anos, empoeirada, amarelada pelo tempo e pela falta de uso. Sobre a mesinha, junto ao abajur apagado, há vários maços de jornais ainda fechados. Examino-os. Estão escritos em francês, e os mais recentes já são velhos de três meses: julho de 1928. E há outros também sem abrir: janeiro de 1927, novembro de 1926. E os mais antigos: outubro de 1919. Penso: "Há nove anos, um ano depois de anunciada a sentença, que ele não abria os jornais. Desde então havia renunciado à última coisa que o vinculava à sua terra e à sua gente."

    Os homens trazem o ataúde e baixam o cadáver. Lembro, então, o dia, vinte e cinco anos atrás, em que ele chegou a minha casa e me entregou a carta de recomendação, datada do Panamá e a mim dirigida pelo Intendente-Geral do Litoral Atlântico, nos fins da grande guerra, o coronel Aureliano Buendía. Procuro na escuridão daquele baú sem fundo suas miudezas dispersas. Não tem chave e está noutro canto da sala, com as mesmas coisas que trouxe há vinte e cinco anos. Lembro: "Tinha duas camisas ordinárias, uma dentadura, um retrato e esse velho formulário encadernado." E vou recolhendo estas coisas, antes que fechem o ataúde, e as coloco dentro dele. O retrato ainda está no fundo do baú, quase no mesmo lugar em que estava naquela vez. É o daguerreótipo de um militar condecorado. Ponho o retrato no caixão, também a dentadura e, finalmente, o formulário. Quando termino, faço um sinal aos homens para que fechem o ataúde. Penso: "Agora ele está novamente de viagem. E é natural que, nesta última, leve as coisas que o acompanharam na penúltima. É mais do que natural." E então parece que o vejo, pela primeira vez, comodamente morto.

Examino a sala e noto que esqueceram um sapato na cama. Faço um novo sinal a meus homens, com o sapato na mão, e eles voltam a levantar a tampa no preciso instante em que o trem apita, perdendo-se na última curva do povoado. "São duas e meia", penso. "Duas e meia do dia 12 de setembro de 1928; quase a mesma hora daquele dia, em 1903, em que este homem sentou-se pela primeira vez à nossa mesa e pediu erva para comer." Adelaida, então, lhe perguntou: "Que espécie de erva, doutor?" E ele, com sua parcimoniosa voz de ruminante, ainda perturbada pela nasalidade: "Erva comum, senhora. Dessa que os burros comem."

2

A verdade é que Meme não está em casa e que ninguém poderá dizer com exatidão quando deixou de estar. Vi-a pela última vez há onze anos. Ainda tinha nesta esquina o botequim que as exigências dos vizinhos foram insensivelmente modificando até convertê-lo numa miscelânea. Tudo muito arrumado, muito composto pelo escrupuloso e metódico labor de Meme, que passava o dia cozinhando para os vizinhos numa das quatro Domestic que então havia no povoado, ou atrás do balcão, atendendo à clientela com aquela simpatia de índia que nunca deixou de ter e que era ao mesmo tempo desinibida e reservada; um confuso complexo de ingenuidade e desconfiança.

Perdi Meme de vista desde que ela deixou nossa casa, mas a verdade é que já não poderia dizer com exatidão quando veio morar na esquina com o doutor, nem como pôde tornar-se tão indigna a ponto de converter-se na mulher de um homem que lhe negou seus serviços, quando ambos compartilhavam a casa do meu pai, ela como filha de criação, ele como hóspede permanente. Soube pela minha madrasta que o doutor era um homem de mau caráter, que havia sustentado uma longa discussão com meu pai para convencê-lo de que o que Meme tinha não era nada de grave. E disse isso sem ao menos tê-la visto, sem sair do seu quarto. De qualquer maneira, embora a doença da guajira tivesse sido apenas uma enfermidade passageira, ele deveria tê-la assistido, pelo menos pela consideração com que foi tratado em nossa casa durante os oito anos em que nela viveu.

Não sei como as coisas aconteceram. Sei somente que um dia Meme não amanheceu em casa, e ele também não. Então minha madrasta mandou fechar o quarto e não voltou a falar dele até doze anos atrás, quando costurávamos meu vestido de noiva.

Três ou quatro domingos depois de haver abandonado nossa casa, Meme foi à missa das oito, com um ruidoso vestido de seda estampada e um ridículo chapéu enfeitado com um ramo de flores artificiais. Eu a havia visto sempre tão simples em nossa casa, a maior parte do dia descalça, que nesse domingo em que entrou na igreja me pareceu uma Meme diferente da nossa. Ouviu toda a missa, entre as senhoras, ereta e afetada sob o monte de coisas que havia posto e que a tornavam complicadamente nova, como uma espetacular novidade repleta de bijuterias. Ajoelhou-se, lá na frente. E até a devoção com que ouviu a missa era desconhecida nela; até na maneira de persignar-se havia alguma coisa dessa afetação florida e resplandecente com que entrou na igreja, diante da perplexidade daqueles que a conheceram quando era criada em nossa casa, e da surpresa dos que nunca a tinham visto.

Eu (que então não teria mais de treze anos) me perguntava a que se devia aquela transformação; por que Meme havia desaparecido de nossa casa e reaparecia naquele domingo, na igreja, vestida mais como um presépio de Natal do que como uma senhora, ou como se teriam vestido três senhoras juntas para assistir à missa da Páscoa, e com que poderia ainda se vestir mais uma senhora com tudo o que sobrava dos anéis e contas da índia. Quando terminou a missa, as mulheres e os homens detiveram-se na porta para vê-la sair; ficaram no átrio, numa dupla fileira diante da porta principal, e até creio que houve algo secretamente premeditado nessa solenidade indolente e irônica com que ficaram esperando, sem dizer uma palavra, até que Meme apareceu na porta, fechou os olhos e depois os abriu, numa perfeita harmonia com sua sombrinha de sete cores. Passou assim, por entre a dupla fileira de mulheres e homens, ridícula em sua fantasia de pavão com saltos altos, até que um dos homens começou a fechar o círculo e Meme ficou no meio, abobalhada, confusa, tentando sorrir com um sorriso de distinção que lhe saiu tão aparatoso e falso como sua própria figura. Mas quando Meme saiu, abriu a sombrinha e começou a caminhar, papai estava ao meu lado e me arrastava para o grupo. De maneira que, quando os homens começaram a fechar o círculo, meu pai abriu passagem até onde Meme, envergonhada, procurava uma maneira de evadir-se. Papai tomou-a pelo braço, sem olhar para a gente, e a trouxe para o meio da praça, com essa atitude soberba e desafiadora que sempre adota quando faz alguma coisa com a qual os demais não estarão de acordo.

Passou algum tempo antes que eu soubesse que Meme fora viver como concubina do doutor. O botequim já estava aberto e ela continuava assistindo à missa como uma perfeita senhora, sem se importar com o que se pensasse ou dissesse, como se tivesse esquecido o que lhe havia acontecido no primeiro domingo. Mas o fato é que dois meses depois não se voltou a vê-la na igreja.

Eu lembrava do doutor em nossa casa. Lembrava do seu bigode negro e retorcido e de sua maneira de olhar as mulheres com seus lascivos e cobiçosos olhos de cão. Mas lembro também que nunca me aproximei dele, talvez porque o visse como um animal estranho que se sentava à mesa depois que todos se levantavam e que se alimentava com a mesma erva que os burros comem. Por ocasião da doença de papai, há três anos, o doutor não havia saído da esquina uma só vez desde a noite em que negou sua assistência aos feridos e quando, seis anos atrás, negara também socorrer a mulher que dois dias depois seria sua concubina. O botequim foi fechado antes que o povoado tivesse proclamado a sentença contra o doutor. Sei, porém, que Meme continuou morando ali vários meses ou anos depois de fechada a taverna. Deve ter sido muito mais tarde quando ela desapareceu ou ao menos quando se soube que havia desaparecido, porque assim dizia o pasquim que apareceu pregado nesta porta. Segundo o pasquim, o doutor havia assassinado a concubina e a enterrado na horta, com medo de que o povo se servisse dela para envená-lo. Mas cheguei a ver Meme antes do meu casamento. Há onze anos, quando voltava do rosário, a índia apareceu na porta de sua loja e me disse com o seu arzinho alegre e um pouco irônico: "Chabela, você vai se casar e não me contou nada."

— Sim — lhe digo —, a coisa devia ter sido assim.

Então estiro a corda, onde ainda se vê, em uma das pontas, a carne viva do laço recém-cortado a faca. Faço novamente o nó que meus homens cortaram para tirar o corpo e jogo uma das pontas por cima da viga, até deixar a corda pendente, presa, com bastante resistência para proporcionar muitas mortes iguais à deste homem. Enquanto se abana com o chapéu, o rosto transtornado pela sufocação e pela aguardente, olhando para a corda, calculando sua resistência, ele diz:

— É impossível que uma corda tão fina tenha podido suportar o peso do seu corpo.

E eu lhe digo:

— Essa mesma corda há muitos anos o sustentava na rede.

E ele puxa uma cadeira, me entrega o chapéu e suspende-se com a corda presa aos pulsos, o rosto congestionado pelo esforço. Depois volta a ficar em pé na cadeira, olhando o cabo pendente. Diz:

— É impossível. Este laço não dá para fazer a volta no meu pescoço.

E então compreendo que o que ele diz é deliberadamente ilógico, que ele está inventando trapaças para impedir o enterro.

Olho-o de frente, perscrutando-o, digo:

— Não notou por acaso que ele era pelo menos uma cabeça mais alto que o senhor?

Ele volta a olhar para o ataúde. Diz:

— De qualquer maneira, não estou seguro de que o tenha feito com esta corda.

Estou certo de que foi assim. E ele também sabe, mas tem o propósito de passar o tempo, com medo de comprometer-se. Percebe-se sua covardia nessa maneira de caminhar sem direção precisa. Uma covardia dupla e contraditória: para impedir a cerimônia e para autorizá-la. Então, quando chega diante do ataúde, gira sobre os calcanhares, me olha, diz:

— Eu teria que vê-lo dependurado para me convencer.

Eu o teria feito. Teria autorizado meus homens a abrir o caixão e voltar a pendurar o enforcado, como ele estava até há pouco. Mas isso seria demais para minha filha. Seria demais para o menino, que ela não devia ter trazido. Mesmo que me repugnasse tratar um morto dessa forma, ultrajar a carne indefesa, perturbar um homem pela primeira vez tranquilo dentro do seu caixão; mesmo que o fato de remover um cadáver que repousa serena e merecidamente em seu ataúde não fosse contra os meus princípios, teria mandado pendurá-lo de novo só para saber até onde é capaz de chegar este homem. Mas é impossível, e eu lhe digo:

— Pode estar certo de que não darei esta ordem. Se quiser, dependure-o o senhor mesmo e responsabilize-se pelo que possa acontecer. Lembre-se de que não sabemos há quanto tempo ele está morto.

Ele não se moveu. Continua junto do ataúde, olhando-me; depois olhando para Isabel e depois para o menino e depois outra vez para o ataúde. De repente sua expressão se torna sombria e ameaçadora. Diz:

— O senhor devia saber o que lhe pode acontecer por causa disso.

E eu compreendo o verdadeiro sentido de sua ameaça. Digo-lhe:

— Claro que sim. Sou um homem responsável.

E ele, agora com os braços cruzados, suando, caminhando até mim com estudados e cômicos movimentos que pretendem ser ameaçadores, diz:

— Eu poderia lhe perguntar como soube que este homem se havia enforcado esta noite.

Espero que chegue diante de mim. Permaneço imóvel, olhando-o, até que sua respiração morna e áspera me bate no rosto; até que ele para, ainda com os braços cruzados, movendo o chapéu atrás da axila. Então lhe digo:

— Quando me fizer esta pergunta em caráter oficial, terei muito prazer em responder-lhe.

Continua na minha frente, na mesma posição. Quando lhe falo, não se manifesta nele surpresa nem desconcerto. Diz:

— Claro, coronel. Pois é oficialmente que estou lhe perguntando.

Estou disposto a lhe dar toda a corda. Estou seguro de que, por muitas voltas que ele dê, terá que ceder diante de uma atitude férrea, mas paciente e tranquila. Digo-lhe:

— Estes homens tiraram o corpo porque eu não podia permitir que permanecesse ali, dependurado, até que o senhor se decidisse a vir. Há duas horas que lhe pedi que viesse e o senhor demorou todo esse tempo para caminhar duas quadras.

Não se move. Estou diante dele, apoiado na bengala, um pouco inclinado para a frente. Digo:

— Além disso, era meu amigo.

Antes que eu acabe de falar, ele sorri ironicamente, mas sem mudar de posição, jogando-me no rosto seu bafo espesso e azedo. Diz:
— É a coisa mais fácil do mundo, não é?
E subitamente deixa de sorrir. Diz:
— De maneira que o senhor sabia que este homem ia se enforcar.
Tranquilo, paciente, convencido de que ele só pretende confundir as coisas, lhe digo:
— Repito-lhe que o que primeiro fiz quando soube que ele havia se enforcado foi procurá-lo, e isso já faz mais de duas horas.
E como se eu tivesse feito uma pergunta e não uma afirmação, ele diz:
— Eu estava almoçando.
E eu lhe digo:
— Sei. Creio até que teve tempo de fazer a sesta.
E então ele não sabe o que dizer. Inclina-se para trás. Olha Isabel sentada junto do menino. Olha os homens e finalmente a mim. Mas agora sua expressão mudou. Parece decidir-se a fazer alguma coisa que lhe veio ao pensamento. Dá-me as costas, vai até onde se encontra o soldado e lhe diz algo. O soldado faz um gesto e sai da sala.
Então o alcaide me segura pelo braço e diz:
— Gostaria de falar com o senhor no outro quarto, coronel.
Agora sua voz mudou por completo. Agora está tensa e perturbada. E enquanto me dirijo ao quarto do lado, sentindo a pressão insegura de sua mão em meu braço, surpreende-me a ideia de que já sei o que ele vai me dizer.
Este quarto, ao contrário do outro, é amplo e fresco, inundado pela claridade do pátio. Aqui vejo seus olhos perturbados, seu sorriso que não corresponde à expressão do seu olhar. Escuto sua voz que me diz:
— Coronel, poderíamos resolver tudo isso de outro modo.
E eu, sem lhe dar tempo de terminar, lhe digo:
— Quanto?
E então ele se transforma num homem completamente diferente.

Meme havia trazido um prato com doce e dois pãezinhos de sal, que aprendeu a fazer com minha mãe. O relógio já dera as nove horas. Meme estava sentada à minha frente, no quartinho dos fundos, e comia com fastio, como se o doce e os pãezinhos fossem apenas um recurso para prender a visita. Eu assim o compreendia e a deixava perder-se em seus labirintos, fundir-se no passado com esse entusiasmo nostálgico e triste que a fazia parecer, à luz do candeeiro que se consumia no balcão, muito mais maltratada e envelhecida do que no dia que entrou na igreja com o chapéu e os saltos altos. Estava claro que naquela noite Meme tinha desejos de recordar. E, enquanto o fazia, tinha-se a impressão de que durante os anos anteriores ela havia permanecido parada numa só idade estática e sem tempo e que aquela noite, ao recordar, punha outra vez em movimento seu tempo pessoal, e começava a padecer seu longamente adiado processo de envelhecimento.

Meme estava reta e sombria, falando daquele pitoresco esplendor feudal de nossa família nos últimos anos do século anterior, antes da grande guerra. Meme lembrava minha mãe. Recordou-se dela naquela noite em que eu voltava da igreja, quando me disse com seu arzinho brincalhão e um pouco irônico: "Chabela, você vai se casar e não me contou nada." Isso foi precisamente nos dias em que eu havia desejado minha mãe e procurava trazê-la com mais força à minha memória. "Era o seu retrato perfeito", disse. E eu realmente acreditava. Estava sentada diante da índia que falava com um sotaque mesclado de precisão e vacuidade, como se naquilo que recordava houvesse muito de uma incrível lenda, mas como se se lembrasse de boa-fé e até com a convicção de que o transcorrer do tempo havia convertido a lenda numa realidade remota, mas dificilmente capaz de ser esquecida. Falou-me da viagem dos meus pais durante a guerra, da áspera peregrinação que iria terminar com o estabelecimento da família em Macondo. Meus pais fugiam dos azares da guerra e procuravam um recanto próspero e tranquilo onde pudessem viver e ouviram falar do bezerro de ouro e vieram buscá-lo naquilo que então era um povoado em formação, fundado por várias famílias de refugiados, cujos membros se esmeravam tanto na conservação de suas tradições e nas práticas religiosas como na engorda dos seus porcos. Macondo foi para meus pais a Terra Prometida, a paz e o Velocino. Aqui encontraram o lugar apropriado para reconstruir a casa que poucos anos depois seria uma mansão rural, com três cavalariças e dois quartos para hóspedes. Meme recordava os detalhes sem nenhum arrependimento e falava das coisas mais extravagantes com um irreprimível desejo de vivê-las de novo ou com a dor que causava a evidência de que nunca mais voltaria a vivê-las. Não houve padecimentos nem privações na viagem, dizia. Até os cavalos dormiam sob mosquiteiros, não porque meu pai fosse um estroina ou um louco, mas porque minha mãe tinha um estranho senso de caridade, dos sentimentos humanitários, e considerava que a Deus parecia tão certo e bom o fato de livrar os homens dos pernilongos, como deles livrar os animais. Levavam a todas as partes sua extravagante e confusa carga: os baús repletos com a roupa dos mortos anteriores a eles próprios, dos antepassados que não poderiam ser encontrados nem a vinte braças dentro da terra; caixas cheias com os utensílios de cozinha que deixaram de usar muito tempo antes e que haviam pertencido aos mais remotos parentes de meus pais (eram primos-irmãos entre si) e até um baú repleto de santos com os quais reconstruíam o altar doméstico em cada lugar que visitavam. Era uma curiosa farândola de cavalos e galinhas e os quatro índios guajiros (companheiros de Meme), que haviam crescido em nossa casa e acompanhavam meus pais por toda a região, como amestrados animais de um circo.

Meme lembrava tudo isso com tristeza. Tinha-se a impressão de que considerava o passar do tempo como uma perda pessoal, como se tivesse percebido com o coração lacerado pelas lembranças que, se o tempo não tivesse passado, ela ainda estaria naquela peregrinação que para meus pais devia ter sido um castigo, mas que para os meninos tinha algo de festa, com espetáculos insólitos, como o dos cavalos debaixo dos mosquiteiros.

Depois tudo começou a acontecer às avessas, disse. A chegada ao nascente povoadozinho de Macondo, nos últimos dias do século, foi a de uma família devastada, desorganizada pela guerra, mas ainda presa a um esplendoroso passado recente. A índia lembrava-se de minha mãe quando chegou ao povoado, sentada de lado numa mula, grávida e com o rosto verde e empaludado, os pés inutilizados pela inchação. Talvez no espírito do meu pai amadurecesse a semente do ressentimento, mas vinha disposto a deitar raízes contra o vento e a maré, enquanto esperava que minha mãe tivesse esse filho que cresceu em seu ventre durante a travessia e que a ia matando progressivamente à medida que se aproximava a hora do parto.

A luz do candeeiro iluminava o perfil de Meme. E ela, com sua dura expressão de índia, seu cabelo liso e grosso como crina de cavalo ou cauda de cavalo, parecia um ídolo sentado, verde e espectral no ardente quartinho, falando como teria feito um deus que se pusesse a recordar sua antiga existência terrena. Nunca eu havia convivido intimamente com ela, mas nessa noite, depois daquela repentina e espontânea manifestação de intimidade, sentia que estava presa a ela por vínculos mais fortes do que os do sangue.

De repente, numa pausa da conversa de Meme, ouvi-o tossir no quarto. Neste mesmo aposento em que agora me encontro com o menino e meu pai. Tossiu com uma tosse seca e curta, escarrou em seguida e logo ouviu-se o inconfundível ruído que faz o homem quando se volta na cama. Meme calou-se instantaneamente e uma nuvem sombria e silenciosa escureceu seu rosto. Eu o havia esquecido. Durante o tempo que permaneci ali (já eram talvez dez horas) senti como se eu e a índia estivéssemos sozinhas na casa. Imediatamente mudou a tensão do ambiente. Senti o cansaço do braço em que sustinha, sem prová-los, o prato com o doce e os pães. Inclinei-me para a frente e disse: "Está acordado." Ela, agora imóvel, fria e completamente indiferente, disse: "Ficará acordado até de madrugada." E repentinamente compreendi o desencanto que se percebia em Meme quando recordava o passado de nossa casa. Nossas vidas haviam mudado, os tempos eram bons e Macondo, um povoado ruidoso, no qual o dinheiro sobrava até para ser esbanjado nas noites de sábado, mas Meme vivia presa a um passado melhor. Enquanto lá fora se tosquiava o bezerro de ouro, aqui dentro, no quartinho dos fundos do botequim, sua vida era estéril, anônima, o dia inteiro por detrás do balcão e à noite ao lado de um homem que não dormia até de madrugada, que passava o tempo dando voltas na casa, olhando para ela cobiçosamente, com aqueles olhos lascivos de cão que nunca pude esquecer. Comovia-me imaginar Meme com este homem que uma noite se negou a lhe prestar ajuda e que continuava sendo um animal duro, sem amargura nem compaixão, todos os dias entregue a um impenitente passeio pela casa capaz de tirar o juízo da pessoa mais equilibrada.

Recobrado o tom da voz, sabendo que ele estava aqui, acordado, talvez abrindo seus cobiçosos olhos de cão cada vez que nossas vozes ressoavam no quarto, procurei mudar de assunto.

— E como vai você com o negócio? — disse.

Meme sorriu. Seu sorriso era triste e taciturno, como se não fosse o resultado de um sentimento atual, mas como se o tivesse guardado na gaveta e só tirasse nos momentos indispensáveis, mas usando-o sem nenhuma propriedade, como se o uso pouco frequente do sorriso lhe houvesse feito esquecer a maneira normal de utilizá-lo.

— Assim, assim — disse, balançando a cabeça de uma forma ambígua, e voltou a ficar silenciosa, abstrata.

Então compreendi que era hora de me despedir. Entreguei o prato a Meme, sem dar nenhuma explicação pelo fato de que o seu conteúdo continuava intacto, e a vi levantar-se e colocá-lo no balcão. Olhou-me dali e repetiu:

— Você é o retrato perfeito dela.

Sem dúvida eu estava sentada contra a luz, nublada pela claridade do outro lado, e Meme não via meu rosto enquanto falava. Mas quando se levantou para colocar o prato no balcão, por detrás da chama, viu-me de frente e foi por isso que disse: "Você é o retrato perfeito dela." E veio sentar-se.

Então começou a lembrar os dias logo que minha mãe chegou a Macondo. Fora diretamente da mula para a cadeira de balanço e ali havia ficado sentada durante três meses, sem se mover, alimentando-se sem vontade. Às vezes recebia o almoço e até metade da tarde ficava com o prato na mão, rígida, sem se balançar, com os pés numa cadeira, sentindo a morte crescer neles, até que alguém chegava e lhe tirava o prato das mãos. Quando chegou o dia, as dores do parto tiraram-na do seu abandono e ela mesma ficou de pé, mas foi necessário ajudá-la a caminhar os vinte passos que separam o corredor do quarto de dormir, martirizada pela ocupação de uma morte que se havia instalado nela em nove meses de silencioso padecimento. Sua caminhada da cadeira de balanço até o leito teve toda a dor, a amargura e as penas que não teve a viagem de poucos meses atrás, mas ela chegou aonde sabia que devia chegar antes de cumprir o último ato de sua vida.

Meu pai parecia desesperado com a morte da minha mãe, disse Meme. Mas, segundo ele mesmo disse depois, quando ficou sozinho em casa, "ninguém pode confiar na honestidade de um lar no qual o homem não tem a seu lado uma mulher legítima". Como havia lido num livro que quando morre uma pessoa amada deve-se plantar um jasmineiro para que se possa recordá-la todas as noites, plantou a trepadeira perto do muro do pátio e um ano depois se casou em segundas núpcias com Adelaida, minha madrasta.

Às vezes eu pensava que Meme ia chorar enquanto falava. Mas manteve-se firme, satisfeita por estar expiando a falta de haver sido feliz e haver deixado de sê-lo por sua livre vontade. Depois sorriu. E depois estirou-se na cadeira e humanizou-se por completo. Foi como se mentalmente tivesse conferido as contas da sua dor, quando se inclinou para a frente e viu que ainda lhe restava um saldo favorável de boas lembranças, e então sorriu com sua antiga simpatia, ampla e brincalhona. Disse que o caso com o outro havia começado cinco anos depois, quando chegou à sala onde meu pai almoçava e lhe disse: "Coronel, coronel, tem um forasteiro no escritório chamando o senhor."

3

Atrás da igreja, do outro lado da rua, havia um pátio sem árvores. Isso foi em fins do século passado, quando chegamos a Macondo e ainda não haviam começado a construção da igreja. Eram terrenos desertos, áridos, onde os meninos brincavam quando saíam da escola. Depois, quando se iniciou a construção da igreja, cravaram-se quatro vigas de um lado do pátio e viu-se que o espaço cercado era bom para se fazer um quarto. E o fizeram. E guardaram nele os materiais da igreja em construção.

Quando terminaram os trabalhos da igreja, alguém acabou de levantar as paredes de barro do quartinho e abriu uma porta na parede posterior, que dava para o pequeno pátio deserto e pedregoso onde não crescia sequer um pé de pita. Um ano depois, o quarto já estava construído para ser habitado por duas pessoas. Dentro, sentia-se um cheiro de cal viva, e esse era o único cheiro agradável que se havia sentido durante muito tempo nesse espaço e o único assim agradável que nunca mais seria sentido. Depois que caiaram as paredes, a mesma mão que terminara a construção correu a tranca na porta de dentro e botou cadeado na que dava para a rua.

O quarto não tinha dono. Ninguém se preocupou em defender seus direitos sobre ele nem sobre o terreno nem sobre os materiais de construção. Quando chegou o primeiro pároco, hospedou-se numa das famílias ricas de Macondo. Mas logo depois foi transferido para outra paróquia. Nesses dias, porém (e possivelmente antes que o primeiro pároco fosse embora), uma mulher com uma criança de peito havia ocupado o quartinho, sem que ninguém soubesse quando ali chegou, nem de onde veio, nem como fez para abrir a porta. Havia num canto uma talha negra e esverdeada pelo limo e um jarro pendurado num prego, mas já não havia cal nas paredes. No pátio, sobre as pedras, havia-se formado uma crosta de terra endurecida pela chuva. A mulher construiu com ramos uma cobertura para proteger-se do sol. E, como não tinha recursos para cobrir o quarto com um teto de palha, telha ou zinco, plantou uma parreira junto à ramagem e pendurou um ramo de babosa e um pão na porta da rua, para se precaver contra o mau-olhado.

Quando se anunciou a chegada do novo pároco, em 1903, a mulher continuava morando no quarto com o menino. Metade da população foi para a estrada real, esperar a vinda do sacerdote. A banda rural ficou tocando peças sentimentais até que chegou um rapaz, arquejante, quase sem fôlego, dizendo que a mula do pároco já estava na última curva do caminho. Então os músicos mudaram de posição e começaram a tocar uma marcha. O encarregado de fazer o discurso de boas-vindas subiu ao palanque improvisado e esperou que o pároco aparecesse para iniciar a sua saudação. Um momento depois, porém, interrompeu-se a marcha, o orador desceu do palanque e a multidão atônita viu passar um forasteiro, montado numa mula em cujas ancas se equilibrava o maior baú jamais visto em Macondo. O homem passou distante da multidão, sem olhar para ninguém. Mesmo que o pároco tivesse posto roupas civis para fazer a viagem, a ninguém poderia ocorrer que aquele viajante de cor bronzeada, com perneiras militares, fosse um sacerdote vestido de paisano.

E na realidade não era, porque nessa mesma hora, pelo atalho, do outro lado do povoado, viram chegar um padre estranho, espantosamente magro, de rosto seco e esticado, escarranchado numa mula, a batina erguida até os joelhos e protegido do sol por um guarda-chuva desbotado e maltratado. O padre, nas imediações da igreja, perguntou onde ficava a residência paroquial, e deve ter perguntado a alguém que não tinha a menor ideia de nada, porque lhe foi respondido: "É o quartinho que está detrás da igreja, padre." A mulher havia saído, mas o menino brincava lá dentro, atrás da porta entreaberta. O sacerdote desmontou, empurrou até o quarto uma maleta inchada, meio aberta e sem fechadura, presa apenas por um cinturão de couro diferente da própria maleta, e depois de haver examinado o quartinho amarrou a mula no pátio, à sombra da videira. Depois abriu a maleta, tirou uma rede que devia ter a mesma idade e o mesmo uso do guarda-chuva, pendurou-a diagonalmente no quarto, de viga a viga, descalçou as botinas e procurou dormir, sem se preocupar com o menino que o olhava com os redondos olhos espantados.

Quando a mulher voltou deve ter-se sentido embaraçada com a estranha presença do sacerdote, cujo rosto era tão inexpressivo que em nada se diferenciava de uma caveira de vaca. A mulher deve ter atravessado o quarto na ponta dos pés. Deve ter carregado a cama de vento até a porta e feito um embrulho da sua roupa e dos trapos do menino e saído do quarto confusa, sem se preocupar sequer com a talha e o jarro, porque uma hora depois, quando a comitiva percorreu o povoado no sentido inverso, precedida pela banda que tocava marcialmente entre os meninos da escola, encontraram o pároco sozinho no pequeno quarto, estirado negligentemente na rede, a sotaina desabotoada, e sem sapatos. Alguém deve ter levado a notícia à estrada real, mas a ninguém ocorreu perguntar o que fazia o pároco naquele quarto. Pensaram talvez que ele tinha algum parentesco com a mulher, assim como esta deve ter abandonado o quartinho porque acreditou que o pároco tinha ordens de ocupá-lo ou que era de propriedade da igreja, ou simplesmente por temor de que lhe perguntassem por que havia vivido mais de dois anos num quarto que não lhe pertencia, sem pagar aluguel e sem autorização de pessoa alguma. Também não ocorreu à comitiva pedir explicações, nem nesse momento nem em nenhum outro momento posterior, porque o pároco não aceitou os discursos, colocou os presentes no chão e limitou-se a saudar com frieza os homens e as mulheres, às pressas, porque, segundo disse, "não havia dormido a noite inteira".

Diante daquela fria recepção por parte do sacerdote, o mais estranho que jamais haviam visto, a comitiva dissolveu-se. A gente notou que o rosto do padre parecia uma caveira de vaca, que tinha o cabelo cinzento, cortado rente, e que não tinha lábios, apenas uma abertura horizontal que não parecia estar no lugar da boca desde seu nascimento, parecendo ter sido feita posteriormente, com uma só e rápida punhalada. E antes do amanhecer já todos sabiam quem era ele. Lembraram-se de havê-lo

visto com a atiradeira e a pedra, nu, mas de sapatos e chapéu, nos tempos em que Macondo era um humilde casario de refugiados. Os mais velhos recordavam suas atuações na guerra civil de 1885. Lembravam-se de que havia sido coronel aos dezessete anos, e que era intrépido, obstinado e antigovernista. Só que em Macondo ninguém mais soubera dele até esse dia em que voltava para tomar conta da paróquia. Muitos poucos se lembravam do seu nome de batismo. Em compensação, a maioria dos veteranos lembrava-se do nome que lhe pôs sua mãe (porque era voluntarioso e rebelde) e que foi o mesmo com que depois o conheceram seus companheiros na guerra. Todos o chamavam: o Cachorro. E assim continuou a ser chamado em Macondo até a hora da sua morte:
— Cachorro, Cachorrinho.

Assim, pois, este homem chegou à nossa casa no mesmo dia e quase à mesma hora em que o Cachorro chegava a Macondo. Aquele, pela estrada real, quando ninguém o esperava nem se tinha a menor ideia a respeito do seu nome ou do seu ofício; o pároco, pelo atalho, quando na estrada real o aguardava todo o povo.

Voltei a casa depois da recepção. Tínhamos acabado de sentar à mesa — um pouco mais tarde que de costume — quando Meme se aproximou para me dizer:

— Coronel, coronel, tem um forasteiro no escritório chamando o senhor.

Eu disse:

— Que entre.

E Meme disse:

— Está no escritório e disse que precisa vê-lo com urgência.

Adelaida interrompeu a sopa que estava dando a Isabel (ela não tinha então mais de cinco anos) e foi atender ao recém-chegado. Voltou instantes depois, visivelmente preocupada:

— Está dando voltas no escritório — disse.

Vi-a caminhar por detrás dos candelabros. Depois voltou a dar sopa a Isabel.

— Você devia ter mandado ele entrar — disse, sem deixar de comer.

E ela disse:

— Era o que pretendia fazer. Mas ele estava dando voltas no escritório quando cheguei e lhe disse boa-tarde, e ele não respondeu porque estava olhando na mísula a bailarina de corda. E, quando eu ia dizer novamente boa-tarde, ele começou a dar corda na bailarina, colocou-a depois na escrivaninha e ficou vendo como ela dançava. Não sei se foi a musiquinha que não o deixou ouvir quando lhe disse de novo boa-tarde e fiquei parada diante da escrivaninha sobre a qual ele estava inclinado, vendo a bailarina que ainda só tinha corda para mais alguns segundos.

Adelaida estava dando sopa a Isabel. Eu lhe disse:

— Deve estar muito interessado no brinquedo.

E ela, ainda dando sopa a Isabel:

— Estava dando voltas no escritório, mas depois, quando viu a bailarina, apanhou-a como se de antemão soubesse para que servia, como se conhecesse seu funcionamento. Estava dando corda no brinquedo quando eu lhe disse boa-tarde pela primeira vez, antes que a musiquinha começasse a tocar. Então, colocou-a sobre a escrivaninha e ficou olhando-a, mas sem sorrir, como se não estivesse interessado na dança, mas no mecanismo.

Nunca me anunciavam ninguém. Quase todos os dias chegavam visitas: viajantes conhecidos que deixavam os animais na cocheira e vinham com inteira confiança, com a familiaridade de quem espera encontrar, sempre, um lugar desocupado em nossa mesa. Eu disse a Adelaida:

— Deve ter trazido algum recado ou coisa assim.

E ela disse:

— De qualquer maneira, achei seu comportamento muito esquisito. Olhando a bailarina até que a corda acabasse e, enquanto isso, eu parada diante da escrivaninha, sem saber o que lhe dizer, porque sabia que ele não iria me responder enquanto a musiquinha estivesse tocando. Depois, quando a bailarinazinha deu aquele saltinho que sempre dá quando a corda acaba, ele ainda continuou olhando-a com curiosidade, inclinado sobre a escrivaninha, mas sem se sentar. Então me olhou e percebi que sabia que eu estava no escritório, mas que não havia me prestado atenção porque queria saber quanto tempo a bailarinazinha ia ficar dançando. Mas então não voltei a lhe dizer boa-tarde, mas apenas sorri quando ele me olhou e vi que tem os olhos enormes, com as íris amarelas, e que parecem olhar ao mesmo tempo todo o nosso corpo. Quando lhe sorri, ele continuou sério, mas fez uma inclinação com a cabeça, muito formal, e disse: "O coronel? É com o coronel que preciso falar." Tem a voz cava, como se pudesse falar com a boca fechada. Como se fosse um ventríloquo.

Ela estava dando a sopa a Isabel. Continuei almoçando, porque pensava que se tratava apenas de um recado; porque não sabia que nesta tarde estavam começando as coisas que hoje acabam.

Adelaida continuou dando a sopa a Isabel e disse:

— A princípio, estava dando voltas no escritório.

Então compreendi que o forasteiro a havia impressionado de uma maneira pouco comum e que tinha um interesse especial em que eu o atendesse. Mas continuei almoçando enquanto ela dava a sopa a Isabel e falava. Disse:

— Depois, quando disse que queria ver o coronel, foi aí que eu lhe disse, tenha a bondade de vir até a sala de jantar, e ele ficou onde estava, com a bailarina na mão. Então levantou a cabeça e ficou rígido e firme como um soldado, assim me pareceu, porque traz botas compridas e uma roupa de pano ordinário, com a camisa abotoada até o pescoço. Eu não sabia o que dizer quando ele não respondeu nada e ficou quieto, com o brinquedo na mão, como se estivesse esperando que eu saísse do escritório para lhe dar corda novamente. Foi então que ele me pareceu algum conhecido, quando percebi que se tratava de um militar.

Eu lhe disse:

— Então você acha que é alguma coisa grave.

Olhei-a por cima dos candelabros. Ela não me olhava. Estava dando a sopa a Isabel. Disse:

— Pois quando cheguei ele estava dando voltas no escritório, de maneira que não lhe pude ver o rosto. Mas depois, quando ficou parado no fundo, vi que tinha a cabeça tão erguida e os olhos tão fixos que então me pareceu um militar e lhe disse o senhor quer ver o coronel em particular, não é isso? Ele confirmou com a cabeça. Então vim lhe dizer que ele me lembra alguém, ou melhor, que é a mesma pessoa com quem se parece, embora eu não compreenda por que veio.

Continuei almoçando, mas a olhava por cima dos candelabros. Ela deixou de dar a sopa a Isabel. Disse:

— Estou certa de que não se trata apenas de um recado. Estou segura de que ele não apenas se parece, mas é a mesma pessoa com quem se parece. Estou segura, melhor dizendo, de que é um militar. Tem um bigode preto e pontudo e o rosto acobreado. Usa botas compridas e estou segura de que não é a pessoa com quem se parece, mas a própria pessoa com quem se parece.

Ela falava num tom uniforme, monótono, persistente. Fazia calor e talvez por isso eu tenha começado a ficar irritado. Disse-lhe:

— Mas afinal, com quem ele se parece?

E ela disse:

— Quando estava dando voltas no escritório, não vi o seu rosto; só depois.

E eu, irritado com a monotonia e persistência de suas palavras:

— Bem, bem, quando acabar de almoçar vou vê-lo.

E ela, outra vez dando a sopa a Isabel:

— A princípio não pude ver o seu rosto porque ele estava dando voltas no escritório. Mas depois, quando lhe disse tenha a bondade de entrar, ele ficou quieto, encostado à parede, com a bailarina na mão. Então foi que me lembrei com quem ele se parecia e vim te avisar. Tem os olhos enormes e indiscretos e, quando lhe dei as costas para sair, senti que ele estava olhando diretamente para as minhas pernas.

Calou-se de repente e na sala de jantar ficou o tilintar metálico da colher. Eu acabei de almoçar e pus o guardanapo debaixo do prato.

Nisso ouviu-se, no escritório, a musiquinha festiva do brinquedo de corda.

4

Na cozinha da casa há um velho banco de madeira lavrada, sem travessões, em cujo assento rasgado meu avô bota os sapatos para secar, junto ao fogão.

Tobias, Abraão, Gilberto e eu deixamos a escola, ontem a esta mesma hora, e fomos para as plantações levando um estilingue, um chapéu grande para apanhar passarinhos e uma navalha nova. Pelo caminho, eu ia me lembrando do assento imprestável, encostado num canto da cozinha, e que em certo tempo serviu para receber as visitas e agora é utilizado pelo morto que todas as noites ali se senta, de chapéu, para olhar as cinzas do fogão apagado.

Tobias e Gilberto foram até o final da nave escura. Como havia chovido durante a manhã, seus sapatos escorregavam na grama enlameada. Um deles assoviava e o assovio duro e reto ressoava no socavão vegetal da mesma maneira como alguém começa a cantar dentro de um tonel. Abraão vinha atrás, ao meu lado. Ele com o estilingue e a pedra pronta para ser disparada. Eu com a navalha aberta.

De repente, o sol rompeu o teto de folhas unidas e duras e um corpo de claridade caiu adejando sobre a grama, como um pássaro vivo.

— Viu? — perguntou Abraão.

Olhei para a frente e vi Gilberto e Tobias no final da nave.

— Não é um passarinho — disse. — Foi apenas o sol que saiu com força.

Quando chegaram à praia começaram a despir-se e dar fortes pontapés nessa água crepuscular que não lhes parecia molhar a pele.

— Não há um só passarinho esta tarde — disse Abraão.

— Quando chove, não há passarinhos — disse. E eu mesmo acreditei então nisso. Abraão começou a rir. Seu riso é bobo e simples e faz um ruído como o de um fio de água numa pia. Despiu-se.

— Vou mergulhar n'água com a navalha e encherei o chapéu de peixes — disse.

Abraão estava nu diante de mim, a mão aberta, esperando a navalha. Não respondi logo. Tinha a navalha bem segura e sentia na mão seu aço limpo e temperado. "Não vou dar a navalha a ele", pensei. E lhe disse:

— Não lhe vou dar a navalha. Só estou com ela desde ontem e vou ficar toda a tarde.

Abraão continuou com a mão estendida. Então lhe disse:

— Incomploruto.

Abraão me compreendeu. Somente ele compreende minhas palavras:

— Está bem — disse, e caminhou para a água através do ar espesso e acre. Disse: — Comece a tirar a roupa, que vamos esperar você na pedra.

Disse isso enquanto mergulhava e voltava a sair da água reluzente como um enorme peixe prateado, como se ao seu contato a água se tivesse tornado líquida.

Continuei na margem, encostado no barro morno. Quando abri novamente a navalha, deixei de olhar Abraão e levantei a vista diretamente para o outro lado, acima das árvores, até o furioso entardecer cujo céu tinha a monstruosa imponência de um estábulo incendiado.

— Depressa — disse Abraão do outro lado.

Tobias estava assoviando na pedra. Então, pensei: "Hoje não vou entrar n'água. Amanhã."

Quando voltávamos, Abraão escondeu-se detrás do espinheiro. Eu ia persegui-lo, mas ele me disse:

— Não venha aqui. Estou ocupado.

Fiquei do lado de fora, sentado nas folhas mortas do caminho, vendo a solitária andorinha que riscava uma curva no céu.

— Esta tarde tem apenas uma andorinha.

Abraão não respondeu logo. Estava calado, atrás do espinheiro, como se não pudesse ouvir-me, como se estivesse lendo. Seu silêncio era profundo e concentrado, cheio de uma recôndita força. Só depois de um longo silêncio é que suspirou. Então, disse:
— Andorinhas.
E eu voltei a lhe dizer:
— Esta tarde tem apenas uma andorinha.
Abraão continuava atrás do espinheiro, mas não se sabia o que estava fazendo. Continuava silencioso e concentrado, mas sua quietude não era estática. Era uma imobilidade desesperada e impetuosa. Depois de alguns instantes, disse:
— Só uma? Ah, sim. Claro, claro.
Eu não disse nada. Foi ele quem começou a mover-se atrás da moita. Sentado nas folhas, eu sabia onde ele se encontrava pelo barulho das folhas mortas sob seus pés. Depois voltou a ficar silencioso, como se tivesse ido embora. Mas logo respirou profundamente e perguntou:
— Que é que você está dizendo?
Voltei a lhe dizer:
— Que esta tarde tem só uma andorinha.
E, enquanto o dizia, vi a asa curvada, traçando círculos no céu de um incrível azul.
— Está voando alto — disse.
Abraão respondeu logo:
— Ah, sim, claro. Então deve ser por isso.
Saiu de detrás do espinheiro, abotoando as calças. Olhou para cima, onde a andorinha continuava traçando círculos, e, sem me olhar, disse:
— Que era que você me dizia agora há pouco das andorinhas?
Isso nos atrasou. Quando chegamos, já estavam acesas as luzes do povoado. Entrei correndo em casa e tropecei no corredor com as mulheres gordas e cegas, gêmeas de São Jerônimo, e que todas as quartas-feiras vêm cantar para meu avô, mesmo antes do meu nascimento, segundo disse minha mãe.
A noite inteira estive pensando que hoje voltaríamos a fugir da escola e iríamos ao rio, mas não com Gilberto e Tobias. Quero ir só com Abraão, para ver o brilho do seu ventre quando mergulha e volta a aparecer

como um peixe metálico. A noite inteira senti vontade de voltar com ele, sozinho pela escuridão do túnel verde, para lhe roçar a coxa enquanto estivermos caminhando. Sempre que o faço sinto como se alguém me mordesse com pequenas dentadas suaves, que me arrepiam a pele.

Se este homem que foi conversar com meu avô na outra sala voltar logo, talvez possamos estar em casa antes das quatro. Então irei ao rio com Abraão.

Ficou morando em nossa casa. Ocupou um dos quartos do corredor, o que dá para a rua, porque eu achei conveniente assim; porque sabia que um homem do seu caráter não teria jeito de acomodar-se no hotelzinho do povoado. Pôs um aviso na porta (até bem poucos anos, quando caiaram a casa, ainda continuava no mesmo lugar, escrito a lápis por ele mesmo) e na semana seguinte foi preciso levar novas cadeiras para atender às exigências de uma numerosa clientela.

Depois que ele me entregou a carta do coronel Aureliano Buendía, nossa conversa no escritório prolongou-se de tal maneira que Adelaida não duvidou mais de que se tratava de um alto funcionário militar em importante missão e arrumou a mesa como para uma festa. Falamos do coronel Buendía, de sua filha de sete meses e do primogênito atoleimado. Logo no início da nossa conversa percebi que aquele homem conhecia muito bem o Intendente-Geral e que o estimava num grau suficiente para corresponder à sua confiança. Quando Meme veio nos dizer que a mesa estava posta, pensei que minha esposa havia improvisado alguma coisa para receber o recém-chegado. Mas estava muito distante da improvisação aquela mesa esplêndida, coberta com uma toalha nova, com a louça chinesa destinada exclusivamente às ceias familiares do Natal e do Ano-Novo.

Adelaida estava solenemente sentada numa das cabeceiras, com o vestido de veludo fechado até o pescoço, o mesmo que usava antes do nosso casamento para atender aos compromissos da sua família na cidade. Adelaida tinha hábitos mais refinados que nós, certa experiência social que desde o nosso casamento começou a influir nos costumes da casa. Pusera o medalhão familiar, que ostentava em momentos de excepcional importância, e toda ela, como a mesa, como os móveis, como o ar que se respirava na sala de jantar, causava uma severa sensação de compostura e limpeza. Quando chegamos ao salão, ele próprio, que sempre fora tão descuidado no vestir e nos modos, deve ter se sentido envergonhado e fora do seu ambiente, porque passou a mão no botão do colarinho, como se estivesse de gravata, e percebia-se uma ligeira perturbação no seu andar despreocupado e forte. Não me lembro de nada com tanta precisão como desse instante quando irrompemos na sala de jantar e eu mesmo me senti vestido com demasiada domesticidade para me sentar a uma mesa como aquela que Adelaida havia preparado.

Havia nos pratos carne de vaca e de caça, tudo igual ao que se costumava comer naqueles tempos; mas sua apresentação, na louça nova, entre os candelabros recém-polidos, era espetacular e diferente do costume. Apesar de a minha mulher saber que só iríamos receber um único visitante, dispôs na mesa os oito serviços; e a garrafa de vinho, no centro, era uma exagerada manifestação da diligência com que havia preparado a homenagem ao homem que ela, desde o primeiro instante, confundiu com uma ilustre autoridade militar. Nunca vi em minha casa um ambiente assim tão carregado de irrealidade.

A indumentária de Adelaida poderia parecer ridícula não fossem suas mãos (eram realmente formosas e muito brancas) que equilibravam com a sua real distinção o muito de falso e arrumado que existia em seu aspecto. Foi quando ele corrigiu o botão da camisa e vacilou, quando me antecipei para apresentar:

— Minha esposa em segundas núpcias, doutor.

Uma nuvem escureceu o rosto de Adelaida e o tornou diferente e sombrio. Ela não se moveu de onde estava, a mão estendida, sorrindo, mas já não mais com o ar cerimonioso que mostrava quando entramos na sala de jantar.

O recém-chegado bateu os tacões da bota, como um militar, tocou a têmpora com a ponta dos dedos e encaminhou-se para onde ela se encontrava:

— Minha senhora — disse. Mas não pronunciou nenhum nome.

Só quando o vi estreitar a mão de Adelaida com uma sacudidela desajeitada, é que percebi a vulgaridade do seu comportamento.

Sentou-se no outro extremo da mesa, entre os cristais novos, entre os candelabros. Sua presença desajeitada ressaltava como uma mancha de sopa na toalha.

Adelaida serviu o vinho. Sua emoção inicial havia-se transformado num nervosismo passivo que parecia dizer: "Está bem, tudo será feito como fora previsto, mas você me deve uma explicação." E foi depois que ela serviu o vinho e sentou-se no outro extremo da mesa, enquanto Meme começava a servir os pratos, foi aí que ele se inclinou para trás, na cadeira, apoiou as mãos na toalha e disse, sorrindo:

— Por favor, senhorita, rogo-lhe mandar cozinhar um pouco de erva e me trazer, como se fosse sopa.

Meme não se moveu. Ia rir, mas não chegou a fazê-lo. Voltou-se para Adelaida e ela, também sorrindo, mas visivelmente desconcertada, lhe perguntou:

— Que espécie de erva, doutor?

E ele, com a sua pausada voz de ruminante:

— Capim, minha senhora. Desse que os burros comem.

5

Há um minuto em que a sesta se esgota. Até a secreta, recôndita, minúscula atividade dos insetos cessa nesse preciso instante; detém-se o curso da natureza; a criação cambaleia na beira do caos e as mulheres se levantam, babando com a flor do travesseiro bordada na face, sufocadas pela temperatura e pelo rancor, e pensam: "Ainda é quarta-feira em Macondo." E então voltam a acocorar-se num canto, juntam o sonho com a realidade e concordam em tecer o cochicho como se fosse uma imensa rede de fios elaborada em comum por todas as mulheres do povoado.

    Se o tempo aqui dentro tivesse o mesmo ritmo do lá de fora, agora estaríamos sob o sol a pino, com o ataúde no meio da rua. Lá fora seria mais tarde: já seria noite. Seria uma pesada noite de setembro, com lua e mulheres sentadas nos pátios, conversando sob a claridade verde, e na rua, nós, os três renegados, sob o sol a pino deste sedento setembro. Ninguém impedirá a cerimônia. Esperei que o alcaide fosse inflexível na sua determinação de opor-se a ela e que poderíamos voltar para casa; o menino, para a escola, e meu pai, aos seus tamancos, à sua bacia de água fresca e, do lado esquerdo, ao seu copo de limonada gelada. Mas agora é diferente. Meu pai foi mais uma vez suficientemente persuasivo para impor seu ponto de vista acima do que a princípio acreditei ser uma irrevogável determinação do alcaide. Lá fora está o povoado em ebulição, entregue ao labor de um longo, uniforme e impiedoso cochicho; e a rua vazia, sem uma só sombra na poeira limpa e virgem desde que o último vento varreu a pegada do último boi. É um povoado sem ninguém, com as casas fechadas e em cujos quartos ouve-se apenas o surdo fervedouro das palavras pronunciadas com ódio. No quarto, o menino sentado, teso, olhando os sapatos; tem um olho para a lâmpada e outro para os jornais e outro para os sapatos e, finalmente, dois para o enforcado, para sua língua mordida, para os seus vidrados olhos de cão agora já sem cobiça; de cão sem apetites, morto. O menino olha-o, pensa no enforcado que está estendido sob as tábuas; faz um gesto triste e então tudo se transforma: puxa um tamborete para a porta da barbearia e por detrás da armação com espelho, os talcos e a água-de-colônia. A mão se torna sardenta e grande, deixa de ser a mão de meu filho, transforma-se numa mão grande e ágil que, friamente, com calculada moderação, começa a amolar a navalha enquanto o ouvido escuta o zumbido metálico da lâmina temperada, e a cabeça pensa: "Hoje chegarão mais cedo, pois é quarta-feira em Macondo." E então chegam, acomodam-se nos bancos, na sombra, torvos, estrábicos, as pernas cruzadas, as mãos entrelaçadas sobre os joelhos, mastigando fumo de rolo, falando da mesma coisa, vendo, diante deles, a janela fechada, a casa silenciosa com a Sra. Rebeca lá dentro. Ela também se esqueceu de alguma coisa: esqueceu-se de desligar o ventilador e anda pelos quartos de janelas enteladas, nervosa, exaltada, revolvendo os trastes de sua estéril e atormentada viuvez, para convencer-se até com o sentido do tato de que não morrerá antes que chegue a hora do enterro. Está abrindo e fechando as portas dos seus quartos, esperando que o relógio patriarcal acorde da sesta e lhe agasalhe os sentidos com o toque das três horas. Tudo isso enquanto o gesto do menino se conclui e ele volta a ficar duro, reto sem gastar sequer a metade do tempo de que uma mulher necessita para dar um último ponto na máquina e erguer a cabeça cheia de papelotes. Antes de o menino voltar a ficar reto, pensativo, a mulher rodou a máquina até o canto do corredor e os homens morderam duas vezes o fumo enquanto observam uma ida e volta completa da navalha no amolador; e Águeda, a paralítica, faz um último esforço para despertar os joelhos mortos; e a Sra. Rebeca dá uma nova volta na fechadura e pensa: "Quarta-feira em Macondo. Um bom dia para enterrar o diabo." Mas, então, o menino volta a mover-se e há uma nova transformação no tempo. Enquanto alguma coisa se mover sabe-se que o tempo passou. Antes, não. Antes que alguma coisa se mova é o tempo eterno, o suor, a camisa grudada na pele e o morto insubornável e gelado por detrás de sua língua mordida. Por isso é que o tempo não passa para o enforcado: porque mesmo que a mão do menino esteja se movendo, ele não o sabe. E enquanto o morto o ignora (porque o menino continua movendo a mão), Águeda deve ter passado uma nova conta no rosário; a Sra. Rebeca, estendida na espreguiçadeira, está perplexa, vendo que o relógio continua fixo no limite do iminente minuto, e Águeda teve tempo (mesmo que no relógio da Sra. Rebeca o segundo ainda não haja transcorrido) de passar uma nova conta no rosário e pensar: "Se eu pudesse, iria procurar padre Ángel." Depois a mão do menino desce e a navalha aproveita o movimento no amolador e um dos homens, sentado onde está mais fresco, diz: "Já devem ser umas três e meia, não é?" Então a mão se detém. Mais uma vez o relógio morto na borda do minuto seguinte, outra vez a navalha parada no espaço do seu próprio aço; e Águeda ainda esperando o novo movimento da mão para estirar as pernas e irromper na sacristia, com os braços abertos, os joelhos novamente dinâmicos, dizendo: "Padre, padre." E padre Ángel, prostrado na quietude do menino, passando a língua nos lábios para sentir o viscoso sabor do pesadelo de almôndega, vendo Águeda, diria então: "Deve ser um milagre, não resta dúvida", e logo, revolvendo-se outra vez no torpor da sesta, choramingando na sesta suarenta e babosa: "De qualquer maneira, Águeda, isto não é hora de rezar missa para as almas do purgatório." Mas o novo movimento se frustra, meu pai entra na sala e os dois tempos se reconciliam; as duas metades se ajustam, consolidam-se, e o relógio da Sra. Rebeca dá-se conta de que esteve confundido entre a tranquilidade do menino e a impaciência da viúva, e então boceja, ofuscado, mergulha na prodigiosa quietude do momento, e depois sai escorrendo de tempo líquido, do tempo exato e retificado, e inclina-se para a frente e diz com cerimoniosa dignidade:

— São exatamente duas e quarenta e sete minutos.

E meu pai, que sem saber rompeu a paralisia do momento, diz:

— Você está nas nuvens, minha filha?

E eu digo:

— O senhor acredita que possa acontecer alguma coisa?

E ele, suarento, sorridente:

— De uma coisa, pelo menos, estou seguro: de que em muitas casas se queimará arroz e se derramará leite.

Agora o ataúde está fechado, mas eu me lembro da cara do morto. Retive-a com tanta precisão que, se olho para o muro, vejo os olhos abertos, as faces esticadas e cinzentas como a terra úmida, a língua mordida de um lado da boca. Isso me causa uma ardente sensação de intranquilidade. Talvez as calças nunca mais deixem de me apertar um lado da perna.

Meu avô sentou-se junto da minha mãe. Quando voltou do quarto ao lado, puxou uma cadeira e agora permanece aqui, sentado junto dela, sem dizer nada, a barba apoiada na bengala e a perna coxa estirada. Meu avô espera. Minha mãe, como ele, também espera. Os homens que deixaram de fumar na cama e permanecem quietos, compostos, sem olhar para o ataúde, também eles esperam.

Se me tivessem vendado os olhos, se me tivessem levado pela mão e me tivessem dado vinte voltas pelo povoado e voltassem a me trazer a este quarto, eu o reconheceria pelo cheiro. Jamais esquecerei que este quarto cheira a sobras, a baús amontoados, e contudo só vi um baú em que poderíamos nos esconder, eu e Abraão, e ainda sobraria nele espaço para Tobias. Conheço os quartos pelo cheiro.

No ano passado, Ada me sentou em suas pernas. Eu tinha os olhos fechados e via-a através das pestanas. Via-a escura, como se não fosse uma mulher, mas apenas um rosto que me olhava e se mexia e balia como uma ovelha. Estava começando a dormir de verdade quando senti o cheiro.

Não há em toda casa um só cheiro que eu não reconheça. Quando me deixam sozinho no corredor, fecho os olhos, estendo os braços e caminho. Penso: "Quando sentir um cheiro de rum canforado, estarei no quarto do meu avô." Continuo caminhando de olhos fechados e braços estendidos. Penso: "Agora passei pelo quarto de minha mãe, porque cheira a cartas de baralho novas. Depois cheirará a alcatrão e a bolinhas de naftalina." Continuo caminhando e sinto o cheiro de cartas novas no mesmo instante em que escuto a voz de minha mãe, cantando no quarto. Então sinto o cheiro de alcatrão e de naftalina. Penso: "Agora continuará cheirando a bolinhas de naftalina. Então dobrarei à esquerda do cheiro e sentirei o outro cheiro, a roupas brancas e a janela fechada. E ali me deterei." Quando dou três passos, sinto o cheiro novo e fico quieto, os olhos fechados e os braços estendidos, e ouço a voz de Ada, gritando. "Menino. Já está você novamente caminhando com os olhos fechados."

Essa noite, quando eu começava a dormir, senti um cheiro que não existe em nenhum dos quartos da casa. Era um cheiro forte e morno, como se alguém tivesse mexido num jasmineiro. Abri os olhos aspirando o ar espesso e carregado. Disse:

— Está sentindo?

Ada estava me olhando, mas quando lhe falei, fechou os olhos e olhou para o outro lado. Voltei a perguntar-lhe:

— Está sentindo? É como se houvesse jasmins em alguma parte.

Então ela disse:

— É o cheiro dos jasmins que durante nove anos ficaram junto do muro.

Sentei-me em suas pernas.

— Mas agora não há jasmins — falei.

E ela disse:

— Agora, não. Mas há nove anos, quando você nasceu, havia um jasmineiro plantado junto à parede do pátio. De noite fazia calor e cheirava como está cheirando agora.

Reclinei-me em seu ombro. Olhava para a sua boca enquanto ela falava.

— Mas isso foi antes de eu nascer — falei.

E ela disse:

— É que nesse tempo houve um longo inverno e foi preciso limpar o jardim.

O cheiro continuava ali, morno, quase palpável, comandando os outros cheiros da noite. Eu disse a Ada:

— *Quero* que você me explique isso.

Ela ficou por um instante calada, olhou depois para o muro branco de cal com lua e disse:

— Quando você crescer, saberá que o jasmim é uma flor que *sai*.

Eu não entendi, mas senti um estranho tremor, como se alguém me tivesse tocado. Falei:

— Está bem.

E ela disse:

— Acontece com os jasmins o mesmo que acontece com as pessoas, que de noite saem a vagar depois de mortas.

Fiquei recostado em seu ombro, sem dizer nada. Estava pensando noutras coisas, no banco quebrado da cozinha em cujo assento meu avô bota os sapatos para secar quando chove. Então já sabia que na cozinha há um morto que ali se senta todas as noites, sem tirar o chapéu, para olhar as cinzas do fogão apagado. Depois de um instante, falei:

— Deve ser como o morto que se senta na cozinha.

Ada olhou-me, abriu os olhos e disse:

— Qual morto?

E eu lhe disse:

— O que todas as noites fica no banco onde meu avô bota os sapatos para secar.

E ela disse:

— Ali não há nenhum morto. O banco está perto do fogão porque não serve para mais nada, só para secar sapatos.

Isso foi no ano passado. Agora é diferente, agora vi um cadáver e me basta fechar os olhos para continuar vendo-o lá dentro de mim, na escuridão dos olhos. Vou dizer isso a minha mãe, ela, porém, começou a conversar com o meu avô.

— Acredita que possa acontecer alguma coisa? — pergunta.

E meu avô, levantando o queixo da bengala, balançando a cabeça:

— De uma coisa, pelo menos, estou seguro: de que em muitas casas se queimará arroz e se derramará leite.

6

No começo ele dormia até as sete. Aparecia na cozinha, com a camisa sem colarinho abotoada até em cima, as mangas arregaçadas até os cotovelos, amarrotadas e sujas, as esquálidas calças à altura do peito e o cinturão amarrado por fora, muito abaixo da cintura. Tinha-se a impressão de que as calças iam resvalar e cair, por falta de um corpo sólido onde pudessem suster-se. Não havia emagrecido, mas em seu rosto já não se percebia o toque militar e altaneiro do primeiro ano, mas a expressão abúlica e fatigada do homem que não sabe o que será de sua vida no minuto seguinte, nem tem o menor interesse em sabê-lo. Bebia seu café forte, depois das sete, e voltava ao quarto, repetindo, ao voltar, o seu inexpressivo bom-dia.

Havia cinco anos já que morava em nossa casa e era tido em Macondo como um profissional competente, apesar do seu gênio brusco e de suas maneiras desajeitadas, que criaram em torno de si uma atmosfera mais parecida com o temor do que com o respeito.

Foi o único médico do povoado, até que chegou a companhia bananeira e se iniciaram os trabalhos da estrada de ferro. Então começaram a sobrar cadeiras na saleta. As pessoas que o procuraram nos primeiros quatro anos de sua permanência em Macondo ausentaram-se depois que a companhia organizou o serviço médico para os trabalhadores. Ele, sem dúvida, percebeu os novos rumos traçados pela invasão, mas não disse nada. Continuou abrindo a porta da rua, sentando-se o dia inteiro na cadeira de couro, até que transcorreram muitos dias sem que aparecesse um só doente. Então passou o ferrolho na porta, comprou uma rede e fechou-se no quarto.

Foi nessa época que Meme adquiriu o costume de levar-lhe a primeira refeição do dia, composta de bananas e laranjas. Comia as frutas e jogava as cascas num canto, de onde a índia as tirava aos sábados, quando fazia a limpeza do quarto de dormir. Da maneira, porém, como procedia, qualquer um poderia suspeitar que lhe importava muito pouco se num sábado não tivesse sido feita a limpeza e o quarto se transformasse num monturo.

Agora não fazia absolutamente nada. Passava as horas na rede, balançando-se. Pela porta entreaberta podia-se vê-lo na escuridão, e o rosto seco e inexpressivo, o cabelo revolto, a vitalidade doentia dos seus duros olhos amarelos davam-lhe o inconfundível aspecto do homem que começa a sentir-se derrotado pelas circunstâncias.

Durante os primeiros anos de sua permanência em nossa casa, Adelaida se mostrou aparentemente indiferente, ou aparentemente conforme ou realmente de acordo com a minha vontade de que permanecesse na casa. Quando, porém, ele fechou o consultório e só deixava o quarto na hora das refeições, para sentar-se à mesa com a mesma apatia silenciosa e dorida de sempre, minha esposa rompeu os diques de sua tolerância. Disse-me:

— É uma heresia continuar sustentando-o. É como se estivéssemos alimentando o demônio.

E eu, que sempre tivera para com ele um complexo sentimento de piedade e admiração (pois, embora queira desfigurá-lo agora, havia muito de pena naquele sentimento), insistia:

— Temos de suportá-lo. É um homem sem ninguém no mundo e que precisa ser compreendido.

Pouco depois começou a funcionar a estrada de ferro. Macondo era um povoado próspero, cheio de caras novas, com um cinema e numerosos lugares de diversões. Então houve trabalho para todo mundo, menos para ele. Continuou enclausurado, esquivo, até aquela manhã em que intempestivamente apareceu na sala de jantar, de manhã, e falou com espontaneidade e até mesmo com entusiasmo das magníficas perspectivas do povoado. Foi nessa manhã que ouvi a palavra pela primeira vez. Ele a disse:

— Tudo isso passará quando nos acostumarmos à *hojarasca*.

Meses mais tarde, passou a sair com frequência, antes do entardecer. Ficava sentado na barbearia até as últimas horas do dia e intervinha nas discussões que se formavam à porta, junto à vitrola portátil, junto ao banco alto que o barbeiro trazia para a rua para que sua clientela pudesse gozar da fresca do entardecer.

Os médicos da companhia não se conformaram em privá-lo de fato do meio de vida, e em 1907, quando já não existia em Macondo um só paciente que se lembrasse dele, quando ele próprio havia desistido de esperar, um dos médicos da companhia sugeriu ao alcaide que exigisse de todos os profissionais do povoado o registro de seus diplomas. Ele não se sentiu atingido quando o edital apareceu, uma segunda-feira, nas quatro esquinas da praça. Fui eu quem lhe falou da conveniência de cumprir com esse requisito. Ele, porém, tranquilo, indiferente, limitou-se a responder:

— Eu não, coronel. Não tenho mais nada a ver com isso.

Nunca pude saber se realmente tinha seu diploma em ordem. Nem ao menos soube se era francês, como se supunha, nem se conservava as lembranças de uma família que deve ter tido, mas a respeito da qual jamais disse uma palavra. Algumas semanas depois, quando o alcaide e seu secretário foram à minha casa para exigir dele a apresentação do diploma e o registro de sua licença, ele se negou da maneira mais rotunda a deixar o quarto. Nesse dia — depois de morar cinco anos na mesma casa, de comer na mesma mesa — percebi que nem sequer sabíamos o seu nome.

Não era preciso ter dezessete anos (como então eu os tinha) para perceber — desde que vi Meme toda enfeitada na igreja e, depois, quando conversei com ela no botequim — que em nossa casa o quartinho que dava para a rua estava clausurado. Soube mais tarde que minha madrasta havia posto o cadeado e que se opunha que se tocasse nas coisas que estavam lá dentro: a cama que o doutor usou até o dia em que comprou a rede; a mesinha dos remédios, da qual só trouxe para a esquina o dinheiro acumulado em seus melhores anos (e que devia ser muito, porque nunca teve despesas na casa e deu o suficiente para que Meme abrisse o botequim), além, entre um monte de trastes e dos velhos jornais escritos em seu idioma, da bacia e alguns objetos pessoais e sem qualquer serventia. Era como se todas essas coisas estivessem contaminadas por aquilo que minha madrasta considerava uma condição maléfica, completamente diabólica.

Eu devo ter tomado conhecimento da clausura do quartinho em outubro ou novembro (três anos depois que Meme e ele abandonaram a casa), porque em princípios do ano seguinte havia começado a ter ilusões a respeito do estabelecimento de Martín no referido quarto. Eu pensava em ocupá-lo depois do meu casamento; rondava-o; nas conversas com minha madrasta chegava até a sugerir que já era hora de abrir o cadeado e suspender-se a inadmissível quarentena imposta a um dos lugares mais íntimos e acolhedores da casa. Antes, porém, que começássemos a fazer o meu vestido de noiva, ninguém me falou diretamente do doutor, e muito menos do quartinho que continuava sendo como algo seu, como um fragmento de sua personalidade que não podia ser desvinculado de nossa casa enquanto nela vivesse alguém que pudesse lembrá-lo.

Eu ia contrair matrimônio antes de um ano. Não sei se foram as circunstâncias em que transcorreu a minha vida durante a infância e adolescência que me davam nesse tempo uma noção imprecisa dos fatos e das coisas. O certo, porém, é que, nesses meses em que se cuidava dos preparativos de minhas bodas, eu ainda ignorava o segredo de muitas coisas. Um ano antes de me casar com ele, lembrava-me de Martín através de uma vaga e irreal atmosfera. Talvez por isso é que desejava tê-lo perto, no quartinho, para me convencer de que se tratava de um homem concreto e não de um noivo conhecido no sonho. Não me sentia, porém, com forças suficientes para falar dos meus projetos à minha madrasta. O natural teria sido lhe dizer: "Vou tirar o cadeado. Vou colocar a mesa junto à janela e a cama junto à parede interna. Vou pôr um jarro de cravos na sanca e um ramo de babosa na porta." Mas a minha covardia, a minha absoluta falta de decisão, juntava-se à nebulosidade do meu prometido. Recordava-o como uma figura vaga, distante, cujos únicos elementos concretos pareciam ser o bigode brilhante, a cabeça um pouco inclinada para a esquerda e o eterno paletó de quatro botões.

Ele estivera em nossa casa em fins de julho. Passava os dias conosco e conversava no escritório com meu pai, tratando de um misterioso negócio do qual nunca consegui me inteirar. De tarde, Martín e eu íamos com minha madrasta para as plantações. Quando, porém, eu o via voltar na claridade malva do crepúsculo, quando estava mais perto de mim, caminhando junto a meu ombro, então me parecia mais abstrato e irreal. Sabia que nunca seria capaz de imaginá-lo humano ou de encontrar nele a solidez indispensável para que sua lembrança me desse ânimo, me fortalecesse no instante de dizer: "Vou arrumar o quarto para Martín."

Até a ideia de que ia me casar com ele era, para mim, ainda inverossímil um ano antes das bodas. Conhecera-o em fevereiro, no velório do menino de Paloquemado. Cantávamos, eu e várias moças, e batíamos palmas, procurando esgotar até o fim a única diversão que nos era permitida. Em Macondo havia um cinema, havia um gramofone público e outros lugares de diversão, mas meu pai e minha madrasta achavam que moças de minha idade não podiam desfrutar deles. "São diversões para os forasteiros", diziam.

Em fevereiro, fazia calor ao meio-dia. Minha madrasta e eu sentávamo-nos no corredor, a pespontar em tecido branco, enquanto meu pai fazia a sesta. Costurávamos até o instante em que ele passava arrastando os tamancos e ia molhar a cabeça na bacia. Eram frescas, porém, as profundas noites de fevereiro e em todo o povoado ouviam-se as vozes das mulheres cantando nos velórios das crianças.

Na noite em que fomos ao velório do menino de Paloquemado, ouviu-se melhor do que nunca a voz de Meme Orozco. Ela era magra, desajeitada e dura como uma vassoura, mas sabia elevar a voz mais do que ninguém. Na primeira pausa, Genoveva García disse:

— Um forasteiro está sentado lá fora.

Creio que paramos todas de cantar, menos Remédios Orozco.

— Vejam só, veio de paletó — disse Genoveva García. — Esteve falando toda a noite e os outros o escutam sem abrir a boca. Usa um paletó de quatro botões e quando cruza as pernas mostra meias com ligas e botinas com ilhós.

Mas Meme Orozco ainda não havia parado de cantar quando nós batemos palmas e dissemos:

— Vamos nos casar com ele.

Depois, quando eu me lembrava dele em casa, não achava nenhuma correspondência entre essas palavras e a realidade. Lembrava como se tivessem sido ditas por um grupo de mulheres imaginárias, que batiam palmas e cantavam na casa onde havia morrido um menino irreal. Ao nosso lado, outras mulheres fumavam. Estavam sérias, atentas, com os seus compridos pescoços de urubus esticados para nós. Detrás, recebendo o ar fresco da janela, outra mulher, envolta até a cabeça num manto negro, esperava que o café fervesse. Depois uma voz masculina juntou-se às nossas. No começo, parecia desentoada e sem direção. Mas depois tornou-se vibrante e metálica, como se o homem estivesse cantando na igreja. Veva García tinha me dado uma cotovelada nas costelas. Então levantei a vista e o vi pela primeira vez. Era jovem e limpo, com o colarinho duro e o paletó abotoado nas quatro casas. E estava me olhando.

Eu ouvia falar de sua volta em dezembro e pensava que nenhum lugar era mais apropriado para ele do que o quartinho clausurado. Mas já não o concebia como um ser real. Dizia a mim mesma: "Martín, Martín, Martín." E o nome examinado, saboreado, desmontado em suas peças essenciais, perdia para mim todo o significado.

Ao deixar o velório, ele havia movido uma xícara vazia diante de mim. E dissera:

— Li sua sorte no café.

Eu já estava na porta, entre as outras moças, e escutava a sua voz, profunda, convincente, mansa:

— Conte sete estrelas e sonhará comigo.

Ao passar pela porta, vimos o menino de Paloquemado no caixãozinho, o rosto coberto com pó de arroz, uma rosa na boca e os olhos abertos com palitos. Fevereiro mandava-nos mornos bafejos de sua morte e no quarto flutuava a exalação dos jasmins e das violetas tostadas pelo calor. Mas, no silêncio do morto, a outra voz era constante e única:

— Lembre-se bem. Somente sete estrelas.

Em julho ele já estava em nossa casa. Gostava de encostar-se no corrimão. Dizia:

— Lembre-se de que eu nunca a olhava nos olhos. É o segredo do homem que começa a sentir medo de se apaixonar.

E era verdade que eu não me lembrava dos seus olhos. Não poderia dizer em julho de que cor eram as íris do homem com quem ia me casar em dezembro. No entanto, seis meses antes, fevereiro era apenas um profundo silêncio do meio-dia, um casal de gongolôs, macho e fêmea, enroscados no chão do banheiro; os mendigos das terças-feiras rogando um raminho de erva-cidreira, e ele, sentado, sorridente, com o paletó abotoado até em cima, dizendo:

— Vou fazer com que você pense em mim toda hora. Coloquei seu retrato detrás da porta e cravei os olhos com alfinetes.

E Genoveva García, morrendo de rir:

— São bobagens que os homens aprendem com os índios.

Em fins de março, já estava andando pela casa. Passava longas horas no escritório com meu pai, convencendo-o da importância de algo que nunca pude decifrar. Agora já se passaram onze anos desde que nos casamos; nove desde quando o vi me dando adeus da janela do trem, fazendo-me prometer que cuidaria muito bem do menino enquanto ele não voltasse. E esses nove anos passariam sem que se soubesse nada dele, sem que meu pai, que o ajudou nos preparativos dessa viagem sem-fim, tenha dito uma só palavra a respeito da sua volta. Mas nem sequer nos três anos que durou o nosso casamento ele me pareceu mais concreto e palpável do que o fora no velório do menino de Paloquemado ou naquele domingo de março, em que o vi pela segunda vez, quando Veva García e eu voltávamos da igreja. Estava parado na porta do hotel, sozinho, as mãos nos bolsos do seu paletó de quatro botões. Disse:

— Agora você pensará em mim toda a vida, porque os alfinetes já caíram do retrato.

Disse-o com a voz tão apagada e tensa que parecia verdade. Mas mesmo essa verdade era diferente e estranha. Genoveva insistia:

— São idiotices dos índios.

Três meses depois, ela fugiu com o diretor de uma companhia de marionetes, mas naquele domingo parecia cheia de escrúpulos e séria. Martín disse:

— Fico tranquilo em saber que alguém se lembrará de mim em Macondo.

E Genoveva García, olhando-o, o rosto transformado pela exasperação, disse:

— Afaste-se, diabo! E que este paletó de quatro botões lhe apodreça no corpo.

7

Embora ele esperasse o contrário, continuava a ser um personagem estranho no povoado, apático, apesar dos seus evidentes esforços por parecer sociável e cordial. Vivia entre a gente de Macondo, mas dela distanciado pela lembrança de um passado contra o qual parecia inútil qualquer tentativa de reconciliação. Era olhado com curiosidade, como um sombrio animal que durante muito tempo havia permanecido na sombra e reaparecia agora observando uma conduta que o povoado só podia considerar como falsa e, por isso mesmo, suspeita.

Voltava da barbearia ao anoitecer e se fechava no quarto. Fazia já algum tempo que havia suprimido a refeição da tarde e, a princípio, teve-se a impressão na casa de que voltava cansado e ia diretamente para a rede, dormir até o dia seguinte. Mas não demorou muito para que percebesse que algo de extraordinário acontecia em suas noites. Ouvia-o mover-se no quarto com uma atormentada e enlouquecedora insistência, como se nessas noites recebesse a visita do fantasma do homem que ele fora até então, e ambos, o homem passado e o homem presente, estivessem empenhados numa surda batalha na qual o passado defendia sua raivosa solidão, seu invulnerável aprumo, seus personalismos intransigentes; e o presente, sua terrível e imutável vontade de libertar-se do próprio homem anterior. Via-o dar voltas no quarto até de madrugada, até quando sua própria fadiga esgotava a força do adversário invisível.

Só eu notei a verdadeira medida de sua mudança, quando ele deixou de usar as perneiras e começou a tomar banho todos os dias, a perfumar a roupa com água-de-colônia. E poucos meses depois sua transformação havia chegado a um limite no qual meu sentimento a seu respeito deixou de ser uma simples tolerância compreensiva para transformar-se em compaixão. Não era o seu novo aspecto na rua o que me comovia, mas imaginá-lo trancado no quarto todas as noites, raspando o barro das botinas, molhando o trapo na bacia, untando graxa nos sapatos deteriorados por vários anos de uso contínuo. Comovia-me pensar na escova e na latinha de graxa guardadas debaixo da esteira, escondidas dos olhos do mundo como se fossem os elementos de um vício secreto e vergonhoso contraído numa idade em que a maioria dos homens se torna serena e metódica. Praticamente estava vivendo uma tardia e estéril adolescência e esmerava-se no vestir como um adolescente, a roupa alisada todas as noites com o canto das mãos a frio, mas sem ser suficientemente jovem para ter um amigo a quem pudesse transmitir suas ilusões ou seus desencantos.

O povoado também deve ter percebido a sua transformação, pois em pouco tempo começou a dizer-se que estava enamorado da filha do barbeiro. Não sei se havia algum fundamento nisso, mas o certo é que o falatório me revelou a sua tremenda solidão sexual, a fúria biológica que devia atormentá-lo nesses anos de sordidez e de abandono.

Via-o passar todas as tardes, quando ia para a barbearia, cada vez mais apurado no vestir. A camisa de colarinho postiço, os punhos com abotoaduras douradas e a calça limpa e passada, embora ainda trouxesse o cinturão por fora das presilhas. Parecia um noivo aflitivamente arrumado, envolto na aura das loções baratas; o eterno noivo frustrado, o amante crepuscular ao qual sempre haveria de faltar o ramalhete de flores para a primeira visita.

Assim o surpreenderam os primeiros meses de 1909 sem que, no entanto, surgissem outros fundamentos para os mexericos do povoado, senão o fato de verem-no sentado todas as tardes na barbearia, conversando com os forasteiros, mas sem que se pudesse assegurar que fora visto uma só vez conversando com a filha do barbeiro. Descobri a crueldade de tais fuxicos. Ninguém ignorava no povoado que a filha do barbeiro continuava solteira depois de ter sofrido um ano inteiro a perseguição de um *espírito*, um amante invisível que jogava punhados de terra na sua comida e turvava a água da talha e enevoava os espelhos da barbearia e a espancava até deixar seu rosto verde e desfigurado. Foram inúteis os esforços do Cachorro, as benzeduras, a complexa terapêutica da água benta, as relíquias sagradas e as orações administradas com dramática solicitude. Como recurso extremo, a mulher do barbeiro trancou a filha enfeitiçada no quarto, derramou punhados de arroz na sala e a deixou com o amante invisível numa lua de mel solitária e morta, depois da qual os homens de Macondo começaram a dizer que a filha do barbeiro havia concebido.

Não se passara um ano quando se deixou de esperar o monstruoso acontecimento do seu parto e a curiosidade popular desviou-se no sentido de que o doutor estava apaixonado pela filha do barbeiro, apesar de todo mundo estar convencido de que a enfeitiçada continuaria fechada para sempre em seu quarto, a desfazer-se em vida muito antes que seus possíveis pretendentes se convertessem em homens casadouros.

Por isso é que eu sabia que, mais que uma fundamentada suposição, tudo aquilo não passava de um cruel mexerico, malevolamente premeditado. Em fins de 1909, ele continuava frequentando a barbearia e a gente continuava falando, organizando as bodas, sem que ninguém jamais pudesse afirmar que a moça tivesse alguma vez saído do quarto estando ele presente, que os dois tivessem tido uma só oportunidade de se falar.

Num setembro abrasador e morto como este, treze anos atrás, minha madrasta começou a costurar meu vestido de noiva. Todas as tardes, enquanto meu pai fazia a sesta, sentávamo-nos para coser junto aos vasos de flores do corrimão, junto ao cálido pé de alecrim. Setembro foi assim a vida toda, há treze anos e muito mais. Como meu casamento seria realizado numa cerimônia íntima (pois assim meu pai havia decidido), costurávamos com lentidão, com a cuidadosa minúcia de quem não tem pressa e encontrou em seu imperceptível trabalho a melhor medida para seu tempo. Então, conversávamos. Eu continuava pensando no quartinho que dava para a rua, acumulando coragem para falar dele à minha madrasta, para lhe dizer que era o melhor lugar onde se podia acomodar Martín. E naquela tarde o disse.

Minha madrasta estava cosendo a longa cauda de seda e, à luz ofuscante daquele setembro intoleravelmente claro e sonoro, parecia estar submersa até os ombros numa nuvem desse mesmo setembro.

— Não — disse minha madrasta. E depois, voltando ao trabalho, sentindo desfilar diante dos seus olhos oito anos de amargas recordações: — Deus não há de permitir que alguém volte a entrar nesse aposento.

Martín voltou em julho, mas não se hospedou em nossa casa. Gostava de ficar recostado nos paus do corrimão a olhar para o outro lado. E gostava de dizer:

— Viveria em Macondo o resto da vida.

Às tardes saíamos com minha madrasta para as plantações. Voltávamos na hora do jantar, antes que se acendessem as luzes do povoado. Então ele me dizia:

— Mesmo que não fosse por você, gostaria de ficar em Macondo para toda a vida.

E também isso, da maneira como ele o dizia, parecia verdade.

Nesse tempo o doutor já havia deixado a nossa casa fazia quatro anos. E foi precisamente na tarde em que começamos a costurar o vestido de noiva — nessa tarde sufocante em que falei do quartinho para nele acomodar Martín — que minha madrasta me revelou pela primeira vez seus estranhos costumes.

— Há cinco anos — disse — ainda estava ali, enjaulado como um animal. Porque não era apenas um animal, porém mais que isso: um animal herbívoro, um ruminante como qualquer boi de junta. Se tivesse se casado com a filha do barbeiro, com a mosca-morta que fez com que o povo acreditasse que havia concebido depois de uma sombria lua de mel com os espíritos, é possível que nada disso tivesse acontecido. Mas deixou subitamente de ir à barbearia e até mostrou uma transformação de última hora que era apenas um novo capítulo na metódica realização do seu espantoso plano. Somente teu pai podia conceber que depois disso, sendo ele um homem de tão maus hábitos, pudesse continuar em nossa casa, vivendo como um animal, escandalizando o povoado, dando motivos para que se falasse de nós como de quem estivesse praticando um permanente desafio à moral e aos bons costumes. O que ele estava planejando culminaria com a mudança de Meme. Nem mesmo então teu pai reconheceu as alarmantes proporções do seu erro.

— Não ouvi falar nada disso — falei.

As cigarras zuniam no pátio. Minha madrasta falava, sem deixar de coser, sem levantar a vista da bordadeira na qual estava gravando símbolos, bordando labirintos brancos. Dizia:

— Aquela noite, estávamos sentados à mesa (todos, menos ele, porque desde a tarde em que voltou pela última vez da barbearia não fazia mais a refeição da tarde), quando Meme veio nos servir. Estava transformada. "Que há com você, Meme?", lhe perguntei. "Nada, senhora. Por quê?" Mas nós sabíamos que ela não estava bem, porque vacilava junto à lâmpada e tinha um aspecto doentio. "Por Deus, Meme, você não está passando bem", falei. E ela esforçava-se por se manter firme, como lhe era possível, até o instante em que se encaminhou para a cozinha com a bandeja. Então, teu pai, que a estava observando durante todo o tempo, lhe disse: "Se não está se sentindo bem, vá se deitar." E ela não disse nada. Continuou com a bandeja, de costas para nós, até que ouvimos o estrépito da louça fazendo-se em pedaços. Meme estava no corredor, segurando-se na parede com as unhas. Então foi quando teu pai foi buscá-lo nesse quarto para que acudisse Meme.

"Naqueles oito anos em que morava em nossa casa — dizia minha madrasta — nunca havíamos solicitado seus serviços para nada grave. Nós, as mulheres, fomos para o quarto de Meme, friccionamo-la com álcool e ficamos esperando que teu pai voltasse. Mas não voltaram, Isabel. Ele não veio ver Meme apesar de o homem que o alimentara durante oito anos, lhe dera casa e roupa lavada, ter ido procurá-lo pessoalmente. Cada vez que lembro disso penso que sua vinda foi um castigo de Deus. Penso que toda essa erva que lhe demos durante oito anos, todos esses cuidados, toda essa solicitude foram uma prova de Deus que nos queria dar uma lição de prudência e de desconfiança do mundo. Era como se tivéssemos colhido oito anos de hospedagem, de alimentos, de roupa limpa, e tivéssemos jogado tudo aos porcos. Meme estava morrendo (pelo menos nos parecia) e ele, ali perto, continuava fechado, negando-se a cumprir com o que já não era uma obra de caridade, mas de decência, de agradecimento, de simples consideração para com os seus protetores.

"Teu pai só voltou à meia-noite — dizia minha madrasta. — Disse, reticente: 'Façam-lhe fricções com álcool, mas não lhe deem purgante.' E eu senti como se tivessem me esbofeteado. Meme havia reagido com as nossas fricções. Enfurecida, gritei: 'Sim. Álcool, é isso. Já o fizemos e ela está melhor. Mas para receitar isso não tinha necessidade de viver oito anos à nossa custa.' E teu pai, ainda condescendente, ainda dominado por essa tolice conciliatória: 'Não é nada sério. Algum dia você saberá.' Como se o outro fosse adivinho."

Nessa tarde, pela veemência de sua voz, pela exaltação de suas palavras, parecia que minha madrasta estava vivendo novamente os episódios daquela remota noite em que o doutor se recusou a socorrer Meme. O alecrim parecia sufocado pela ofuscante claridade de setembro, pela modorra das cigarras, pelo arquejar dos homens que desmontavam uma porta na vizinhança.

— Mas num certo domingo Meme foi à missa enfeitada como uma senhora de sociedade — disse eu. — Lembro como se fosse hoje que levava uma sombrinha furta-cor.

— Meme. Meme. Também isso foi um castigo de Deus. Isso de a termos buscado onde seus pais a estavam matando de fome, de a termos socorrido, de lhe termos dado casa, comida e nome, também nisso interveio a mão da Providência. Quando, no dia seguinte, a vi na porta, esperando que um dos guajiros lhe levasse o baú, nem eu mesma sabia aonde ela ia. Estava transformada e séria, ali mesmo (é como se a estivesse vendo), parada junto ao baú, falando com teu pai. Tudo isso sem me consultar, Chabela; como se eu não passasse de um calunga pintado na parede. Antes que eu pudesse perguntar o que se estava passando, porque estavam acontecendo coisas estranhas em minha própria casa sem que eu o soubesse, teu pai veio me dizer: "Não pergunte nada a Meme. Ela vai embora, mas talvez volte dentro de algum tempo." E eu lhe perguntei para onde ia e ele não me respondeu. Saiu arrastando os tamancos, como se eu não fosse sua esposa, mas um calunga qualquer pintado na parede.

"Só dois dias depois soube que o outro também tinha se ido na madrugada e nem ao menos tivera a decência de despedir-se. Havia entrado em sua casa como Pedro e como Pedro havia saído, sem se despedir, sem dizer nada. Nem mais nem menos como teria feito um ladrão. Pensei que teu pai o havia mandado embora pelo fato de não ter socorrido Meme. Mas quando lhe fiz a pergunta nesse mesmo dia, ele se limitou a responder: 'Eu e você ainda falaremos muito a respeito de tudo isso.' E já passaram cinco anos sem que ele voltasse a tocar no assunto.

"Só mesmo com o teu pai e numa casa desorganizada como esta, em que cada um faz o que bem entende, podia acontecer uma coisa assim. Em Macondo não se falava de outra coisa quando eu ainda ignorava que Meme aparecera na igreja enfeitada como alguém que tivesse sido promovido à categoria de senhora, e que teu pai teve o descaramento de segurá-la pelo braço em plena praça. Então foi quando soube que ela não estava tão longe como eu pensava, mas que vivia com o doutor na casa da esquina. Estavam vivendo juntos, como dois porcos, sem sequer passar pela porta da igreja, apesar de ela ser uma mulher batizada. Um dia falei a teu pai: 'Deus castigará também esta heresia.' E ele não disse nada. Continuava o mesmo homem tranquilo de sempre, depois de haver patrocinado o concubinato público e o escândalo.

"De qualquer maneira, hoje me sinto feliz por terem as coisas acontecido assim, já que com isso o doutor foi embora de nossa casa. Se aquilo não tivesse acontecido, ele ainda estaria lá, no quartinho. Quando soube, porém, que o havia abandonado e carregado para a esquina suas porcarias e esse baú que não passava pela porta da rua, senti-me mais tranquila. Esse era o meu triunfo, atrasado de oito anos.

"Duas semanas depois Meme abriu o botequim e tinha até máquina de costura. Havia comprado uma Domestic nova com o dinheiro que ele juntara nesta casa. Eu achava isso um desaforo e disse a teu pai. Mas, mesmo que ele não ligasse para meus protestos, percebia-se que estava mais satisfeito do que arrependido com o que fizera, como se tivesse salvado sua alma opondo às conveniências e à honra desta casa sua proverbial tolerância, sua compreensão, sua liberalidade. E até mesmo um pouco de insensatez. Disse-lhe: 'Você jogou aos porcos o melhor de suas crenças.' E ele, como sempre: 'Um dia você também compreenderá.'"

8

Dezembro chegou como uma imprevista primavera — dessas que vêm descritas nos livros. E com ele chegou Martín. Apareceu lá em casa depois do almoço, com uma maleta portátil, trazendo ainda o paletó de quatro botões, agora limpo e recém-passado. Não me disse nada, porque foi diretamente para o escritório do meu pai, conversar com ele. A data do casamento havia sido marcada desde julho. Mas no segundo dia da chegada de Martín, em dezembro, meu pai chamou minha madrasta ao escritório para lhe dizer que o casamento deveria realizar-se na segunda-feira. Era sábado.

Meu vestido estava pronto. Martín ficava o dia inteiro em casa, falava com meu pai e este nos comunicava suas impressões na hora do jantar. Eu não conhecia meu noivo, nunca estivera sozinha com ele. Martín, no entanto, parecia vinculado a meu pai por uma entranhada e sólida amizade e este falava daquele como se fosse ele e não eu quem ia casar-se com Martín.

Na véspera de minhas bodas eu não sentia nenhuma emoção. Continuava envolta nessa névoa cinzenta através da qual Martín aparecia, espigado e abstrato, movendo os braços ao falar, abotoando e desabotoando seu paletó de quatro botões. No domingo almoçou conosco. Minha madrasta dispôs os lugares na mesa de maneira que Martín ficasse junto a meu pai, separado três lugares do meu. No almoço, eu e minha madrasta quase não falamos. Meu pai e Martín conversavam sobre seus negócios e eu, sentada três lugares mais distante, via o homem que um ano depois seria o pai do meu filho e ao qual não me ligava sequer uma amizade superficial.

Na noite de domingo, pus o vestido de noiva na alcova de minha madrasta. Via-me pálida e pura diante do espelho, envolta na nuvem de seda vaporosa que lembrava o fantasma de minha mãe. Dizia-me diante do espelho: "Esta sou eu, Isabel. Estou vestida de noiva para casar-me de madrugada." E me desconhecia a mim mesma, sentia-me desdobrada na lembrança de minha mãe morta. Meme me havia falado dela, nesta esquina, poucos dias antes. Disse-me que, depois do meu nascimento, minha mãe foi vestida com seus trajes nupciais e colocada no ataúde. E agora, vendo-me no espelho, eu via os ossos de minha mãe cobertos por um limo sepulcral, entre um monte de espuma desfeita e uma condensação de pó amarelo. Eu estava do lado de fora do espelho. Dentro estava minha mãe, novamente viva, olhando-me, estendendo-me os braços do seu espaço gelado, procurando tocar a morte que prendia os primeiros alfinetes da minha grinalda de noiva. E detrás, no meio da alcova, meu pai, sério, perplexo:

— Vestida assim, você está exatamente como ela.

Essa noite recebi a primeira, a última e a única carta de amor. Uma mensagem de Martín escrita a lápis nas costas do programa do cinema. Dizia: "Como me será impossível chegar a tempo esta noite, me confessarei pela madrugada. Diga ao coronel que está quase conseguido aquilo de que falamos, e por isso é que não posso ir agora. Muito assustada? M." Com o farinhento sabor desta carta fui à alcova e meu paladar ainda estava amargo quando acordei, poucas horas depois, sacudida pela minha madrasta.

Mas na realidade ainda se passaram muitas horas antes que eu despertasse por completo. Via-me outra vez vestida de noiva numa madrugada fresca e úmida, cheirando a almíscar. Sentia a boca seca de quando se vai viajar e a saliva resiste a umedecer o pão. Os padrinhos já estavam na sala desde as quatro. Conhecia-os todos, mas agora os via transformados e novos, os homens vestidos de linho e as mulheres falando, todas de chapéu, enchendo a casa com o vapor denso e enervante de suas palavras.

A igreja estava vazia. Algumas mulheres voltaram-se para me olhar quando atravessei a nave central, como um mancebo sagrado que caminhasse até a pedra dos sacrifícios. O Cachorro, magro e digno, a única pessoa que tinha contornos de realidade naquele turbulento e silencioso pesadelo, desceu os degraus e me entregou a Martín com quatro movimentos de suas mãos esquálidas. Martín estava ao meu lado, tranquilo e sorridente, como o vi no velório do menino de Paloquemado, mas agora de cabelo cortado, como para demonstrar-me que no próprio dia do casamento havia se esmerado em mostrar-se ainda mais abstrato do que o era naturalmente nos dias comuns.

Essa madrugada, já de volta a casa, depois que os padrinhos tomaram o café da manhã e despediram-se com os cumprimentos usuais, meu esposo foi para a rua e não voltou até depois da sesta. Meu pai e minha madrasta fingiram não notar minha situação. Deixaram o dia passar sem alterar a ordem das coisas, de maneira que nada permitisse sentir-se o extraordinário sopro daquela segunda-feira. Tirei meu vestido de noiva, embrulhei-o e guardei-o no fundo do armário, lembrando-me de minha mãe e pensando: "Pelo menos estes trapos me servirão de mortalha."

O marido irreal voltou às duas da tarde e disse que já havia almoçado. Então, ao vê-lo chegar de cabelo cortado, pareceu-me que dezembro havia deixado de ser um mês azul. Martín sentou-se ao meu lado e ficamos um momento sem falar. Pela primeira vez desde meu nascimento tive medo de que anoitecesse, e devo tê-lo manifestado de alguma forma, porque repentinamente Martín pareceu viver. Inclinou-se sobre o meu ombro e disse: "Em que está pensando?" Senti que alguma coisa se torcia no meu coração: o desconhecido começava a me tratar com intimidade. Olhei para cima, onde dezembro era uma gigantesca bola brilhante, um luminoso mês de vidro; disse: "Estou pensando que a única coisa que falta agora é que comece a chover."

Fazia mais calor do que de costume na última noite em que falamos no corredor. Poucos dias depois ele voltaria para sempre da barbearia e se fecharia no quarto. Naquela última noite, porém, no corredor, uma das mais cálidas e densas de que me recordo, ele se mostrou compreensivo como em poucas ocasiões. A única coisa que parecia viver em meio àquele imenso forno era o surdo revérbero dos grilos excitados pela sede da natureza, e a minúscula, insignificante e no entanto desmedida atividade do alecrim e do nardo, ardendo no centro da hora deserta. Ambos ficamos calados um instante, suando essa substância gorda e viscosa, que não é suor, mas a baba solta da matéria viva em decomposição. Às vezes ele olhava as estrelas, o céu desolado à força de esplendor estival; ficava, depois, silencioso, como inteiramente entregue ao trânsito daquela noite monstruosamente viva. Permanecemos assim, pensativos, um diante do outro, ele no seu assento de couro, eu na cadeira de balanço. Subitamente, como o perpassar de uma asa-branca, vi-o com a cabeça triste e sozinha inclinada sobre o ombro esquerdo. Lembrei-me de sua vida, de sua solidão, dos seus espantosos distúrbios espirituais. Lembrei-me da indiferença atormentada com que assistia ao espetáculo da vida. Antes eu me sentia ligado a ele por sentimentos complexos, em ocasiões contraditórias e tão variáveis como a sua personalidade. Naquele instante, porém, não tive a menor dúvida de que havia começado a estimá-lo entranhadamente. Acreditei ter descoberto dentro de mim essa misteriosa força que desde o primeiro instante me induziu a protegê-lo e senti na carne viva a dor do seu quartinho sufocante e escuro. Vi-o sombrio e derrotado, sufocado pelas circunstâncias. E, de repente, a um novo relance dos seus olhos, amarelos, duros e penetrantes, tive a certeza de que o segredo de sua labiríntica solidão havia sido revelado pela tensa pulsação da noite. Antes que eu próprio tivesse tido tempo de pensar por que o fazia, lhe perguntei:

— Diga-me uma coisa, doutor: o senhor acredita em Deus?

Ele me olhou. O cabelo lhe caía sobre a testa e todo ele ardia numa espécie de sufocação interior, embora seu semblante ainda não mostrasse nenhuma sombra de emoção ou embaraço. Disse, com a sua parcimoniosa voz de ruminante, inteiramente recobrada:

— É a primeira vez que alguém me faz essa pergunta.

— E o senhor, doutor, já a fez a si mesmo?

Não pareceu indiferente nem preocupado, apenas interessado em minha pessoa. Nem ao menos em minha pergunta e muito menos na intenção dela.

— É difícil saber — disse.

— Mas uma noite como esta não lhe dá medo? Não tem a sensação de que existe um homem maior que todos os outros caminhando pelas plantações enquanto nada se move e todas as coisas parecem perplexas ante a passagem desse homem?

Agora ele ficou silencioso. Os grilos enchiam o ambiente, mas cantavam além do morno, vivo e quase humano odor que vinha do jasmineiro plantado em memória da minha primeira esposa. Um homem sem tamanho estava caminhando, sozinho, dentro da noite.

— Não creio que nada disso me perturbe, coronel. — E ele agora parecia perplexo, também ele, como as coisas, como o alecrim e o nardo no seu ardente lugar. — O que me perturba — disse, e ficou a me olhar nos olhos, concretamente, com dureza: — O que me perturba é o fato de existir uma pessoa como o senhor, capaz de afirmar com segurança que sente esse homem a caminhar na noite.

— Procuramos salvar a alma, doutor. Essa é a diferença.

E então fui além do que me propunha. Disse:

— O senhor não o ouve porque é ateu.

E ele, sereno, imperturbável:

— Pode acreditar, coronel, não sou ateu. O que acontece é que me perturba tanto pensar que Deus existe como pensar que não existe. Então prefiro não pensar nisso.

Não sei por que, mas tive o pressentimento de que era exatamente isso o que ele ia me responder. "É um perturbado de Deus", pensei, ouvindo o que ele acabava de me dizer espontaneamente, com clareza, com precisão, como se o tivesse lido em um livro. Eu continuava embriagado pelo torpor da noite. Sentia-me mergulhado no coração de uma imensa galeria de imagens proféticas.

Ali, detrás da grade, estava o jardinzinho que Adelaida e minha filha cultivavam. Por isso é que ardia o alecrim, porque elas o vivificavam todas as manhãs com seus cuidados, para que em noites como essa seu ardente vapor pudesse transitar pela casa e tornar o sono mais tranquilo. O jasmineiro mandava sua insistente exalação e nós a recebíamos porque ele tinha a mesma idade de Isabel, porque de certa maneira aquele perfume era um prolongamento de sua mãe. Os grilos estavam no pátio, entre os arbustos, porque havíamos esquecido de limpar o mato quando parou de chover.

A única coisa inacreditável, maravilhosa, era que ele ali estava, com o seu enorme lenço ordinário, limpando a fronte brilhante de suor.

Depois de uma nova pausa, disse:

— Gostaria de saber por que me fez esta pergunta, coronel.

— Ocorreu-me de repente — disse eu. — Talvez seja porque há sete anos venho querendo saber o que pensa um homem como o senhor.

Eu também enxugava o suor. Dizia:

— Ou talvez seja porque me preocupo com a sua solidão.

Esperei uma resposta que não veio. Vi-o diante de mim, ainda triste e solitário. Lembrei-me de Macondo, da loucura da sua gente que queimava dinheiro nas festas; do aluvião desordenado que tudo menosprezava, que se revolvia no seu lamaçal de instintos e só encontrava na dissipação o sabor apetecido. Lembrei-me de sua vida antes da invasão. E de sua vida posterior, dos seus perfumes baratos, dos seus velhos sapatos lustrados, dos mexericos que o perseguiam como uma sombra ignorada por ele próprio. Disse:

— Doutor, o senhor nunca pensou em ter uma mulher?

E, antes que eu acabasse de fazer a pergunta, ele já estava respondendo, iniciando um dos seus longos e habituais rodeios:

— O senhor gosta muito de sua filha, não é, coronel?

Respondi que isso era natural. Ele continuou falando:

— Pois bem. Mas o senhor é diferente. Ninguém mais do que o senhor gosta de pregar os próprios pregos. Já o vi mais de uma vez consertando uma porta quando há vários homens aqui a seu serviço que poderiam fazê-lo pelo senhor. Mas o senhor gosta disso. Creio que sua felicidade consiste em andar pela casa com uma caixa de ferramentas, procurando o que consertar. O senhor é capaz de agradecer a quem estrague as coisas, coronel, porque, assim, lhe dão uma oportunidade de ser feliz.

— É um costume — disse eu, sem saber por que caminhos ele queria ir. — Dizem que minha mãe era a mesma coisa.

Ele havia reagido. Sua atitude era pacífica, mas férrea.

— Muito bem — disse. — É um bom costume. Além disso, a felicidade mais barata que já vi. Por isso é que o senhor tem uma casa como esta e criou sua filha dessa maneira. Digo-lhe que deve ser muito bom ter uma filha como a sua.

Eu continuava ignorando os propósitos desse longo rodeio, mas, mesmo ignorando-os, lhe perguntei:

— E o senhor, doutor, nunca pensou como seria bom para o senhor ter uma filha?

— Eu não, coronel — disse. E sorriu, mas ficou novamente sério. — Meus filhos não seriam como os seus.

Então não restou em mim mais nenhum sinal de dúvida: ele falava seriamente e essa seriedade, essa situação me pareceram espantosas. Eu pensava: "É mais digno de pena por isso do que por tudo o mais." Merecia proteção, pensava.

— O senhor já ouviu falar do Cachorro? — lhe perguntei.

Respondeu que não. Eu disse:

— O Cachorro é o pároco, mais que isso, porém, é um amigo de todo mundo. O senhor devia conhecê-lo.

— Ah, sim, sim — disse ele. — Ele também tem filhos, não?

— Não é isso o que interessa agora — disse eu. — As pessoas inventam coisas contra o Cachorro porque o estimam muito. Mas ali o senhor tem um caso, doutor. O Cachorro está muito longe de ser um rezadeiro, um santarrão, como dizemos. É um homem completo que cumpre os seus deveres como um homem.

Agora ouvia com atenção. Continuava silencioso, concentrado, seus olhos duros e amarelos fixos nos meus. Disse:

— Isso é bom, não?

— Estou certo de que o Cachorro será santo — disse eu. E nisso também era sincero. — Nunca vimos em Macondo nada igual. A princípio desconfiava-se dele porque é daqui mesmo, porque os velhos recordam-se dele quando saía para caçar passarinhos, como todos os meninos. Lutou na guerra, foi coronel e isso era outra dificuldade. O senhor sabe que a gente não respeita os veteranos da mesma maneira como respeita os sacerdotes. Além disso, não estávamos acostumados que nos lessem o almanaque Bristol em lugar dos Evangelhos.

Sorriu. Aquilo lhe devia parecer tão engraçado como nos pareceu nos primeiros dias. Disse:

— É curioso, não?

— O Cachorro é assim. Prefere orientar o povo em relação aos fenômenos atmosféricos. Tem uma preocupação quase teológica pelas tempestades. Todos os domingos fala delas. E por isso seus sermões não se baseiam nos Evangelhos, mas nas previsões atmosféricas do almanaque Bristol.

Agora ele sorria e escutava com uma atenção dinâmica e complacente. Eu também me sentia entusiasmado. Falei:

— E há ainda uma coisa que interessa ao senhor, doutor. Sabe desde quando o Cachorro está em Macondo?

Ele respondeu que não.

— Por coincidência, chegou no mesmo dia que o senhor — disse eu. — E outra coisa mais curiosa ainda: se o senhor tivesse um irmão mais velho, estou seguro de que seria igual ao Cachorro. Fisicamente, é claro.

Agora parecia não pensar noutra coisa. Percebi, pela sua seriedade, pela sua atenção concentrada e tenaz, que chegara o instante de lhe dizer o que pretendia.

— Pois bem, doutor — disse. — Faça uma visita ao Cachorro, e verá que as coisas não são como o senhor pensa.

E ele disse que sim, que iria visitar o Cachorro.

9

Frio, silencioso, dinâmico, o cadeado elabora sua ferrugem. Adelaida o colocou no quartinho quando soube que o doutor estava vivendo com Meme. Minha mulher considerou essa mudança como um triunfo seu, como a culminação de um sistemático labor, tenaz, iniciado por ela desde o instante em que eu resolvi que ele ia morar conosco. Dezessete anos depois, o cadeado continua guardando o aposento.

Se essa minha atitude, que não se modificou em oito anos, pode parecer indigna aos olhos dos homens ou ingrata aos de Deus, meu castigo chegaria muito antes de minha morte. Talvez me caiba expiar em vida o que considerei um dever de humanidade, uma obrigação cristã. Porque a ferrugem ainda não havia começado a acumular-se no cadeado quando Martín lá estava em minha casa, com uma pasta abarrotada de projetos, cuja autenticidade nunca pude saber, e a firme disposição de casar-se com minha filha. Chegou à minha casa com um paletó de quatro botões, segregando juventude e dinamismo por todos os poros, envolto numa luminosa atmosfera de simpatia. Casou-se com Isabel em dezembro, onze anos atrás. Já se passaram nove anos desde que se foi com a pasta cheia de obrigações assinadas por mim, prometendo voltar logo que tivesse realizado a operação que se havia proposto e para a qual contava com a garantia dos meus bens. Já se passaram nove anos, mas nem por isso tenho o direito de pensar que ele era um velhaco. Nem por isso tenho o direito de pensar que seu casamento foi apenas uma jogada para convencer-me de sua boa-fé.

Oito anos de experiência, porém, serviram para alguma coisa. Martín poderia ter ocupado o quartinho, mas Adelaida se opôs. Dessa vez, sua oposição mostrou-se férrea, decidida, irrevogável. Eu sabia que minha mulher não hesitaria em arrumar a cocheira, transformando-a numa alcova nupcial, antes de permitir que os casados ocupassem o quartinho. Dessa vez aceitei sem vacilações seu ponto de vista, e isso significava meu reconhecimento pelo seu triunfo retardado de oito anos. Se ambos nos enganamos quando confiamos em Martín, trata-se de um erro do qual compartilhamos, e nele não há triunfo nem derrota para nenhum de nós dois. No entanto, o que viria em seguida estava além de nossas forças, era como os fenômenos atmosféricos anunciados no almanaque e que fatalmente acontecem.

Quando pedi a Meme que fosse embora de nossa casa, que seguisse o rumo que achasse mais conveniente à sua vida; e, depois, mesmo quando Adelaida me lançou à face minhas debilidades e fraquezas, ainda pude rebelar-me, impor minha vontade acima de tudo (sempre o fizera assim) e fazer as coisas à minha maneira. Mas alguma coisa me dizia que eu era impotente diante do curso que iam tomando os acontecimentos. Já não era eu quem dispunha das coisas em meu lar, mas outra força misteriosa, que orientava o curso de nossa existência e em cujas mãos não éramos mais que um dócil e insignificante instrumento. Tudo, então, parecia obedecer ao natural e encadeado cumprimento de uma profecia.

Da forma como Meme abriu o botequim (no fundo, todo mundo devia saber que uma mulher trabalhadeira que da noite para o dia passa a ser concubina de um médico rural termina sempre, cedo ou tarde, tomando conta de um botequim), soube que ele havia conseguido economizar em nossa casa mais dinheiro do que se poderia supor, em cédulas e moedas que nunca usava e que costumava jogar descuidado na gaveta no tempo em que dava consultas.

Quando Meme abriu o botequim, ainda pensavam que ele morava aqui, no quarto dos fundos, encurralado quem sabe por que implacáveis monstros proféticos. Sabia-se que não fazia as refeições na rua, que havia plantado uma horta e que Meme comprava nos primeiros dias de cada mês um pedaço de carne para ela, mas que um ano depois havia desistido de tal costume, talvez porque o contato direto com seu homem tivesse acabado por torná-la vegetariana. Então os dois se enclausuraram, até que as autoridades forçaram as portas, revistaram a casa e revolveram a horta, à procura do cadáver de Meme.

Pensava-se que ele estava aqui, encerrado, balançando-se na sua rede velha e puída. Eu sabia, porém, nesses meses em que ninguém mais esperava sua volta ao mundo dos vivos, que seu impenitente enclausuramento, sua surda batalha contra a ameaça de Deus havia de culminar muito antes que sobreviesse a sua morte. Sabia que tarde ou cedo ele teria de sair, porque não há homem que possa viver metade da vida enclausurado, longe de Deus, sem que de repente saia e confesse ao primeiro homem que encontrar na esquina, sem qualquer esforço, o que nem as grilhetas nem o cepo; nem o martírio do fogo e da água; nem a tortura da cruz e do torno; nem a madeira perfurante ou os ferros candentes nos olhos e o sal eterno na língua ou o poldro das torturas; nem os açoites e as grelhas e o amor teriam obrigado a confessar a seus inquisidores. E essa hora lhe chegaria, poucos anos antes de sua morte.

Eu já sabia disso muito antes, desde a última noite em que conversamos no corredor, e depois, quando fui chamá-lo no quartinho para socorrer Meme. Teria eu podido já me opor que ele vivesse com ela, na qualidade de marido e mulher? Antes, talvez, sim, mas não agora, porque fazia três meses que outro capítulo da fatalidade havia começado a se cumprir.

Nessa noite ele não estava na rede. Havia-se estendido de costas no catre e jazia com a cabeça pendida para trás, os olhos fixos no lugar onde poderia estar ardendo a luz mais intensa do castiçal. Tinha lâmpada elétrica, mas nunca a usou. Preferia jazer na penumbra, os olhos fixos na escuridão. Não se moveu quando entrei no quarto, mas percebi logo que começou a não se sentir sozinho desde o momento em que pisei o umbral. Então eu disse:

— Se não for muito incômodo, doutor. Parece que a índia não se sente bem.

Levantou-se da cama. Um momento antes não se sentia sozinho no quarto, mas agora sabia que era eu quem se encontrava ali. Sem dúvida, eram duas sensações inteiramente distintas, porque sofreu uma imediata transformação, alisou o cabelo e continuou sentado na beira da cama, esperando.

— É Adelaida, doutor. Pede que o senhor vá ver Meme — falei.

E ele, sentado, com sua mansa voz de ruminante, me respondeu, num impacto:

— Não é preciso. Acontece apenas que ela está grávida.

Depois inclinou-se para a frente, pareceu examinar meu rosto, e disse:

— Há anos que Meme dorme comigo.

Devo confessar que não me surpreendi. Nem tive espanto, perplexidade ou cólera. Não senti nada. Talvez sua confissão fosse demasiado grave, no meu modo de entender, e fugisse à minha compreensão. Eu continuava impassível e nem ao menos sabia por quê. Continuava quieto, de pé, imóvel, tão frio como ele, com a sua mansa voz de ruminante. Depois, quando transcorreu um longo silêncio e ele continuava sentado no catre, sem se mover, como esperando que eu tomasse a primeira determinação, compreendi em toda a sua intensidade o que ele acabara de me dizer. Mas então já era demasiado tarde para eu ficar perturbado.

— O senhor compreende logo a situação, doutor. — Isso foi tudo o que pude dizer.

Ele respondeu:

— Tomam-se suas precauções, coronel. Quando se corre um risco, sabe-se como se faz. Se algo falha, é devido a algum imprevisto, fora do nosso alcance.

Eu conhecia essa espécie de rodeios. Como sempre, ignorava até onde ele pensava chegar. Puxei uma cadeira e me sentei em sua frente. Então ele deixou a cama, apertou a fivela do cinturão, puxou e ajustou as calças. E continuou falando do outro extremo do quarto. Disse:

— É tão verdade que tomei minhas precauções que esta é a segunda vez que ela engravida. A primeira foi há um ano e ninguém notou nada.

Continuava falando sem emoção, dirigindo-se novamente para a cama. Eu sentia, na escuridão, seus passos lentos e firmes sobre os tijolos. Dizia:

— Mas, então, ela estava disposta a tudo. Agora não. Dois meses atrás, me disse que estava novamente grávida e eu lhe respondi a mesma coisa que lhe disse quando da primeira vez: venha esta noite para eu lhe fazer a mesma coisa. Ela, porém, me disse que não poderia vir nesse dia, só no dia seguinte. Quando fui tomar café na cozinha, disse-lhe que a estava esperando, ela porém me respondeu que nunca mais viria.

Havia chegado diante do catre, mas não se sentou. Deu-me novamente as costas e começou mais uma vez a dar voltas no quarto. Ouvia-o falar. Sentia o fluxo e refluxo de sua voz, como se falasse enquanto se balançava na rede. Dizia as coisas calmamente, mas com segurança. Eu sabia que seria inútil tentar interrompê-lo. Escutava-o, nada mais. E ele dizia:

— Mas o fato é que veio dois dias depois. Eu já tinha tudo preparado. Disse-lhe que se sentasse aí e fui até a mesa buscar o copo. Então, quando lhe disse tome isso, percebi que dessa vez ela não o faria. Olhou-me sem sorrir e disse num tom um tanto cruel: "Este não vou botar fora, doutor. Vou parir para criá-lo."

Senti-me exasperado com a sua serenidade. Disse-lhe:

— Isso nada justifica, doutor. O senhor não fez mais que praticar duas vezes uma ação indigna; primeiro pelas relações dentro de minha própria casa, depois pelo aborto.

— Mas, coronel, o senhor viu que fiz tudo o que podia. Era mais do que podia fazer. Depois, quando senti que a coisa não tinha remédio, resolvi lhe falar. Ia fazê-lo um dia desses.

— Supõe-se que o senhor conhece o remédio para quando realmente se quer lavar a afronta. O senhor conhece os princípios dos que moram nesta casa — disse.

E ele disse:

— Não lhe quero causar nenhum aborrecimento, coronel. Creia-me. O que pretendia lhe dizer era isto: levarei a guajira para morar na casa da esquina, que está desocupada.

— Num concubinato público, doutor — disse eu. — Sabe o que isso significa para nós?

Então ele voltou à cama. Sentou-se, inclinou-se para a frente e falou com os cotovelos apoiados nas coxas. O tom da sua voz era agora diferente. No princípio fora frio, mas agora começava a se mostrar cruel e desafiador. Disse:

— Estou lhe propondo a única solução que não criaria para o senhor nenhum incômodo, coronel. A outra seria dizer que o filho não é meu.

— Meme o diria — disse eu.

Começava a sentir-me indignado. Sua maneira de expressar-se, agora, tornara-se exageradamente desafiadora e agressiva para que eu a recebesse com serenidade. Ele, porém, duro, implacável, disse:

— Pode me acreditar, com toda segurança, que Meme não diria nada. E porque estou seguro disso é que a levarei para a esquina, só para evitar inconveniências ao senhor. Nada mais, coronel.

Havia-se atrevido com tanta segurança a negar que Meme pudesse lhe atribuir a paternidade do filho que agora era eu que me sentia desconcertado. Algo me dizia que sua força estava arraigada muito mais abaixo das palavras. Disse:

— Confiamos em Meme como em nossa filha, doutor. Neste caso, ela ficaria do nosso lado.

— Se o senhor soubesse o que sei, coronel, não falaria dessa forma. Perdoe-me que lhe fale assim, mas, se o senhor compara a índia com a sua filha, está ofendendo sua filha.

— O senhor deve ter motivos para dizer isso.

E ele respondeu, ainda com essa amarga dureza na voz:

— Tenho-os. E, quando lhe digo que ela não pode dizer que sou o pai de seu filho, também tenho motivos para isso.

Pendeu a cabeça para trás. Respirou fundo, disse:

— Se o senhor tivesse tido tempo de vigiar Meme, quando ela sai à noite, nem sequer exigiria que eu a levasse comigo. Nesse caso, quem corre o risco sou eu, coronel. Jogo um morto em cima de mim para lhe evitar incômodos.

Então compreendi que ele não passaria com Meme nem pela porta da igreja. O mais grave, porém, era que, depois de suas últimas palavras, eu não tinha me arriscado com o que mais tarde poderia significar uma tremenda carga para a minha consciência. Havia várias cartas a meu favor. A única, porém, que ele tinha lhe bastaria para fazer uma aposta com a minha consciência.

— Muito bem, doutor — disse. — Essa mesma noite providenciarei para que lhe arrumem as coisas na casa da esquina. Mas quero deixar claro que o mando embora da minha casa, que o senhor não sai pela sua vontade. O coronel Aureliano Buendía lhe teria feito pagar bem caro pela maneira com que o senhor correspondeu à sua confiança.

E, quando eu esperava ter incitado seus instintos e aguardava o desencadear de suas obscuras forças primitivas, ele me jogou em cima todo o peso de sua dignidade:

— O senhor é um homem decente, coronel — disse. — Todo mundo sabe que vivi em sua casa o tempo suficiente para que não seja necessário o senhor me lembrar disso.

Quando ficou de pé, não parecia um triunfador. Parecia apenas contente de haver podido corresponder às nossas atenções de oito anos atrás. Era eu quem me sentia transtornado, culpado. Essa noite, vendo os vermes da morte que faziam visíveis progressos em seus duros olhos amarelos, compreendi que minha atitude era egoísta e que por essa única mancha em minha consciência iria sofrer uma tremenda expiação para o resto da vida. Ele, ao contrário, estava em paz consigo mesmo. Dizia:

— Quanto a Meme, que lhe façam fricções com álcool. Mas não lhe deem purgante.

10

Meu avô voltou para junto de mamãe. Ela está sentada, completamente abstraída. O vestido e o chapéu estão aqui, na cadeira, mas minha mãe deixou de estar neles. Meu avô aproxima-se, a vê abstraída e balança a bengala diante dos olhos, dizendo:

— Acorde, menina.

Minha mãe pestaneja, sacode a cabeça.

— Em que está pensando? — pergunta meu avô.

E ela, sorrindo:

— Estava pensando no Cachorro.

Meu avô senta-se novamente perto dela, a barba apoiada na bengala. Diz:

— Que coincidência. Eu também pensava na mesma coisa.

Eles se entendem. Falam sem se olhar, mamãe sentada na cadeira, dando palmadinhas no braço, e meu avô sentado perto dela, ainda com a barba apoiada na bengala. Eles se entendem da mesma maneira como nos entendemos, Abraão e eu, quando vamos ver Lucrecia.

Eu digo a Abraão:

— Agora teco tacando.

Abraão continua caminhando lá na frente, três passos adiante. Sem voltar-se, diz:

— Ainda não. Espere um momento.

E eu lhe digo:

— Quando teco alcutana vem e rebenta.

Abraão não se volta, mas percebo que ele ri baixo, com um riso bobo e simples que é como o fio d'água que cai tremendo dos beiços do boi, quando acaba de beber. Diz:

— Já devem ser cinco horas.

Corre um pouco mais, diz:

— Se vamos agora, pode rebentar alcutana.

Mas eu insisto:

— De qualquer maneira, continua teco tacando.

E ele se volta para mim e começa a correr, dizendo:

— Bem, então vamos.

Para ver Lucrecia tínhamos de atravessar cinco pátios cheios de árvores e regos. Tínhamos que passar pelo muro verde de lagartos, onde antes cantava o anão com voz de mulher. Abraão passa correndo, brilhando como uma folha de metal sob a forte claridade, com os calcanhares acossados pelos latidos do cão. Mas logo se detém. Nesse momento estamos diante da janela. Chamamos: "Lucrecia", falando como se Lucrecia estivesse dormindo. Mas está acordada, sentada na cama, sem sapatos, com uma larga camisola branca e engomada que a cobre até os tornozelos.

Quando falamos, Lucrecia levanta a vista e a faz girar pelo quarto e depois crava em nós um olho redondo e grande, como o de uma sururina. Então ri e começa a caminhar até o meio do quarto. Tem a boca aberta, os dentes recortados e miúdos, a cabeça redonda, com o cabelo cortado como o de um homem. Quando chega ao meio do quarto para de rir, agacha-se e olha para a porta, até que as mãos lhe cheguem aos tornozelos e, lentamente, começa a levantar a camisola, com uma calculada lentidão, a um tempo cruel e desafiador. Abraão e eu continuamos trepados na janela enquanto Lucrecia levanta a camisola, os lábios esticados numa careta arquejante e ansiosa, o seu resplandecente e enorme olho de sururina fixo em nós. Então vemos o ventre branco que mais abaixo se converte num azul espesso, quando ela cobre o rosto com a camisola e fica assim, estirada no meio do quarto, as pernas juntas e apertadas, com uma trêmula força que lhe sobe dos calcanhares. De repente, descobre violentamente o rosto, aponta-nos com o indicador, e o olho luminoso salta da órbita, em meio aos terríveis uivos que ressoam por toda a casa. Então, abre-se a porta do quarto e a mulher sai gritando:

— Por que vocês não vão foder a paciência de sua mãe?

Há dias que não vamos ver Lucrecia. Agora seguimos ao rio pelo caminho das plantações. Se sairmos cedo, Abraão estará nos esperando. Mas meu avô não se move. Está sentado junto a mamãe, a barba apoiada na bengala. Eu o fico olhando, examinando seus olhos por detrás das lentes, e ele deve sentir que o olho, porque logo suspira com força, sacode-se e diz à minha mãe, com a voz apagada e triste:

— O Cachorro os teria obrigado a vir a correadas.

Depois levanta-se da cadeira e vai até onde está o morto.

É a segunda vez que venho a este quarto. A primeira, faz dez anos, as coisas estavam no mesmo lugar. É como se ele não tivesse tocado em nada desde então, ou como se desde aquela remota madrugada em que foi morar com Meme não tivesse mais se ocupado com a sua própria vida. Os papéis estavam no mesmo lugar. A mesa, a roupa escassa e ordinária, tudo ocupava os mesmos lugares que hoje ocupam. Como se fosse ontem, quando o Cachorro e eu viemos estabelecer a paz entre este homem e as autoridades. Foi na época em que a companhia bananeira havia acabado de nos sugar, e tinha ido embora de Macondo com as sobras que nos havia trazido. E com eles se foi a invasão, os últimos rastros do que fora o próspero Macondo de 1915. Aqui ficava uma aldeia arruinada, com quatro lojas pobres e escuras; ocupada por gente desempregada e rancorosa a quem atormentavam a lembrança de um passado próspero e a amargura de um presente deprimido e estático. Não havia nada no porvir a não ser um tenebroso e ameaçador domingo eleitoral.

Seis meses antes, amanheceu pregado um pasquim nas portas desta casa. Ninguém se interessou por ele, e aqui ficou pregado durante muito tempo, até que os chuviscos finais lavaram seus escuros caracteres e o papel desapareceu, arrastado pelos últimos ventos de fevereiro. Mas em fins de 1918, quando a proximidade das eleições fez o governo pensar na necessidade de manter desperto e irritado o nervosismo dos seus eleitores, alguém falou às novas autoridades deste médico solitário, de cuja existência ninguém podia, há muito tempo, dar testemunho verídico.

Devo dizer-lhes que durante os primeiros anos a índia que vivia com ele tomou conta de um botequim, o qual participou da mesma prosperidade que naqueles tempos favoreceu até as mais insignificantes atividades de Macondo. Um dia (ninguém se lembra mais da data, nem sequer do ano), a porta da loja não se abriu. Pensava-se que Meme e o doutor continuavam morando aqui, encerrados, alimentando-se com os legumes que eles mesmos cultivavam no quintal. Mas o pasquim que apareceu nesta esquina dizia que o médico havia assassinado sua concubina e a enterrado na horta, com medo de que o povoado se valesse dela para envenená-lo. O inexplicável é que se dissesse isso numa época em que ninguém poderia ter motivos para tramar a morte do doutor. Parece-me que as autoridades haviam esquecido de sua existência até esse ano em que o governo reforçou a polícia com homens de sua confiança. Desenterrou-se, então, a lenda esquecida do pasquim e as autoridades violaram estas portas, rebuscaram a casa, escavaram o pátio e sondaram a fossa, tentando localizar o cadáver de Meme. Mas não foi encontrado um só rastro dela.

Nessa ocasião, teriam arrastado o doutor, tê-lo-iam massacrado; isso seguramente seria um sacrifício a mais na praça pública e em nome da eficiência policial. Mas o Cachorro interveio, foi à minha casa e me convidou a visitar o doutor, certo de que eu obteria dele uma explicação satisfatória.

Ao entrar pelos fundos, deparamo-nos com os escombros de um homem abandonado na rede. Nada neste mundo deve ser mais tremendo do que os escombros de um homem. E eram ainda mais tremendos os deste cidadão de parte alguma que se ergueu da rede quando nos viu entrar, e parecia ele próprio recoberto pela crosta de pó que cobria todas as coisas do quarto. Tinha a cabeça acerada e seus duros olhos amarelos ainda conservavam a mesma poderosa força interior que conheci quando morava em nossa casa. Eu tinha a impressão de que se tivéssemos roçado a unha em seu corpo ele teria se desmanchado e se convertido num montão de serragem humana. Havia cortado o bigode, mas não havia escanhoado a cara. Desfizera-se da barba com a tesoura, pelo que seu queixo não parecia semeado de talos duros e vigorosos, mas de uma penugem suave e branca. Vendo-o na rede, eu pensava: "Agora não parece um homem. Agora parece um cadáver cujos olhos ainda não morreram."

Quando falou, sua voz tinha a mesma mansidão de ruminante com que chegou à nossa casa. Disse que nada tinha a dizer. Disse, como se acreditasse que não o sabíamos, que a polícia havia arrombado as portas e havia esburacado o quintal sem seu consentimento. Mas o que dizia não era um protesto. Era apenas uma queixosa e melancólica confidência.

Quanto a Meme, nos deu uma explicação que poderia parecer pueril, mas que foi dita por ele com o mesmo tom com que teria dito sua verdade. Disse que Meme havia ido embora — isso era tudo. Quando fechou a loja, começou a entediar-se dentro de casa. Não falava com ninguém, não tinha nenhuma comunicação com o mundo exterior. Disse que certo dia a viu arrumando a maleta e não lhe disse nada. Disse ainda que não lhe disse nada quando a viu com o vestido de sair, os sapatos de salto alto e a maleta na mão, parada no vão da porta, sem falar, apenas como se estivesse se mostrando assim, toda arrumada, para que ele soubesse que ia embora.

— Então — disse — me levantei e lhe dei o dinheiro que estava na gaveta.

Perguntei-lhe:

— Há quanto tempo foi isso, doutor?

E ele respondeu:

— Calcule pelo meu cabelo. Era ela quem o cortava.

O Cachorro falou muito pouco nessa visita. Desde sua entrada no quarto parecia impressionado com a visão do único homem que não conheceu naqueles quinze anos em que vivia em Macondo. Percebi dessa vez (e melhor do que nunca, talvez porque o doutor tivesse cortado o bigode) a extraordinária parecença desses dois homens. Não eram iguais, mas pareciam irmãos. Um era vários anos mais velho, mais delgado e esquálido, mas havia entre eles a comunidade de traços que existe entre dois irmãos, mesmo quando um se parece com o pai e o outro com a mãe. Então me lembrei da última noite no corredor. Disse:

— Esse é o Cachorro, doutor. O senhor certa vez prometeu visitá-lo.

Ele sorriu. Olhou o sacerdote e disse:

— É verdade, coronel. Não sei por que não o fiz.

E continuou olhando-o, examinando-o, até que o Cachorro começou a falar.

— Nunca é tarde para quem começa bem — disse. — Gostaria de ser seu amigo.

Percebi, na ocasião, que diante do estranho o Cachorro havia perdido sua força habitual. Falava com timidez, sem a inflexível segurança com que sua voz troava no púlpito, lendo em tom transcendental e ameaçador as previsões atmosféricas do almanaque Bristol.

Foi essa a primeira vez que se viram. E foi também a última. No entanto, a vida do doutor prolongou-se até essa madrugada, porque o Cachorro interveio outra vez em seu favor na noite em que lhe suplicaram que socorresse os feridos e ele nem sequer abriu a porta, e, então, lhe gritaram essa terrível sentença cujo cumprimento agora me encarregarei de impedir.

Dispúnhamo-nos a abandonar a casa quando me lembrei de algo que há anos desejava lhe perguntar. Eu disse ao Cachorro que eu ficaria ali, com o doutor, enquanto ele intercedia junto às autoridades. Quando ficamos sós, perguntei:

— Diga-me uma coisa, doutor: e a criatura?

Ele não modificou a expressão.

— Que criatura, coronel?

E eu lhe disse:

— O filho de vocês. Meme estava grávida quando deixou nossa casa.

E ele, tranquilo, imperturbável:

— Tem razão, coronel. Eu até me havia esquecido disso.

Meu pai continuou calado. Depois, disse:

— O Cachorro os teria obrigado a vir a correadas.

Os olhos de meu pai mostram um nervosismo recalcado. E, enquanto se prolonga essa espera que já dura meia hora (pois já devem ser quase três), preocupa-me o espanto do menino, sua expressão absorta que nada parece perguntar, sua indiferença abstrata e fria que o faz tão parecido com o pai. Meu filho vai dissolver-se no ar abrasador desta quinta-feira, como aconteceu com Martín nove anos atrás, enquanto agitava a mão na janela do trem e desaparecia para sempre. Se esse menino continua parecendo com seu pai, serão vãos todos os meus sacrifícios. Em vão rogarei a Deus que faça dele um homem de carne e osso, que tenha volume, peso e cor como os homens. Tudo será em vão enquanto ele trouxer no sangue os germes do seu pai.

Até os cinco anos, o menino não tinha nada de Martín. Mas agora já vai adquirindo tudo, desde que Genoveva García voltou para Macondo com seus seis filhos, entre os quais havia dois pares de gêmeos. Genoveva estava gorda e envelhecida. Apareceram em torno dos olhos umas veiazinhas azuis, que davam certa aparência de sujeira ao seu rosto antes liso e lustroso. Irradiava uma ruidosa e desordenada felicidade em meio à sua ninhada de sapatinhos brancos e vestidos de organdi. Eu sabia que Genoveva havia fugido com o diretor de uma companhia de marionetes e sentia não sei que estranha sensação de repugnância vendo esses seus filhos que pareciam ter movimentos automáticos, como dirigidos por um único mecanismo central; pequenos e inquietadoramente iguais entre si, os seis com idênticos sapatos e idênticas roupas rendadas. Parecia-me dolorosa e triste a desorganizada felicidade de Genoveva, sua presença carregada de acessórios urbanos num povoado arruinado, aniquilado pela poeira. Havia algo de amargo, como um inconsolável ridículo, na sua maneira de mover-se, de parecer feliz e de condoer-se do nosso sistema de vida, tão diferente, dizia, do conhecido por ela na companhia de marionetes.

Vendo-a, eu me lembrava de outros tempos. Disse-lhe:

— Estás gordíssima, mulher.

E então ela ficou triste. Disse:

— Deve ser porque as lembranças fazem engordar.

E ficou olhando atentamente o menino. Disse:

— E que aconteceu com o bruxo dos quatro botões?

E eu respondi, secamente, porque sabia que ela o sabia:

— Foi-se.

E Genoveva disse:

— E só lhe deixou este?

E eu respondi que sim, que só me havia deixado o menino. Genoveva riu com um riso descosido e vulgar:

— É preciso ser bem frouxo para fazer apenas um menino em cinco anos — disse, e continuou, sem deixar de movimentar-se, cacarejando entre a ninhada revolta.

— E eu que estava louca por ele. Te juro que o teria te tirado se não fosse pelo fato de o termos conhecido no velório de um menino. Naquele tempo eu era muito supersticiosa.

Antes de despedir-se, Genoveva ficou olhando o menino e disse:

— Sem dúvida é igual a ele. Só lhe falta o paletó de quatro botões.

E a partir desse instante o menino começou a parecer-me igual a seu pai, como se Genoveva lhe tivesse trazido o malefício de sua identidade. Já o surpreendi, em certas ocasiões, com os cotovelos apoiados na mesa, a cabeça inclinada sobre o ombro esquerdo e o olhar nebuloso voltado para alguma parte. Fica igual a Martín quando este se recostava no corrimão e dizia: "Mesmo que não fosse por você, eu viveria em Macondo para o resto da vida." Às vezes tenho a impressão de que o menino vai repetir isso, como poderia repeti-lo agora que está sentado junto a mim, taciturno, esfregando o nariz congestionado pelo calor.

— Está doendo? — pergunto.

E ele responde que não, que estava pensando que não conseguiria sustentar os óculos.

— Não se preocupe com isso — digo, e lhe desfaço o laço do pescoço. — Quando chegarmos em casa, você irá repousar e depois lhe darei um banho.

E logo olho para meu pai, que acaba de dizer: "Cataure", chamando o mais velho dos guajiros. É um índio espesso e baixo, que estava fumando na cama e que ao ouvir seu nome levanta a cabeça e procura o rosto do meu pai com seus pequenos olhos sombrios. Mas, quando meu pai vai falar novamente, ouvem-se no quartinho dos fundos os passos do alcaide, que entra na sala, cambaleando.

11

Foi terrível este meio-dia em nossa casa. Ainda que não constituísse uma surpresa para mim a notícia de sua morte, pois já a esperava há muito tempo, não podia supor que ela viesse a causar tantos transtornos em minha casa. Alguém devia acompanhar-me a este enterro e eu pensava que o acompanhante seria minha mulher, sobretudo depois da minha enfermidade, há três anos, e daquela tarde em que ela encontrou o bastãozinho com o punho de prata e a bailarina de corda, quando rebuscava as gavetas do meu escritório. Creio que nessa época já havíamos esquecido o brinquedo. Naquela tarde, porém, fizemos funcionar o mecanismo e a bailarina dançou como em outros tempos, animada pela música que antes era festiva e que, depois do longo silêncio na gaveta, soava taciturna e nostálgica. Adelaida a via dançar e recordava. Depois voltou-se para mim, com os olhos úmidos por uma singela tristeza.

— De quem você se lembra? — perguntei.

E eu sabia em quem pensava Adelaida enquanto o brinquedo entristecia o ambiente com sua musiquinha gasta.

— Que terá sido dele? — disse minha esposa, lembrando, sacudida talvez pelo adejo daqueles tempos em que ele aparecia na porta do quarto, às seis da tarde, e pendurava a lanterna no umbral.

— Está na esquina — disse eu. — Morrerá um dia desses e nós teremos que o enterrar.

Adelaida ficou calada, absorta na dança do brinquedo, e eu me senti contagiado pela sua nostalgia. Disse-lhe:

— Sempre quis saber com quem você o confundiu no dia em que ele chegou. Você arrumou a mesa como se ele se parecesse com alguém conhecido.

E Adelaida disse, com um sorriso cinzento:

— Você riria de mim se eu dissesse com quem ele pareceu quando ficou aí no canto, com a bailarina na mão. — E apontou com o dedo para o vazio onde o viu vinte e quatro anos antes, as botas compridas e a roupa que parecia um uniforme militar.

Acreditei que nessa tarde havíamos nos reconciliado, pelo que disse à minha mulher que se vestisse de negro para acompanhar-me. Mas o brinquedo está outra vez na gaveta. A música perdeu seu efeito. Adelaida agora está aniquilando-se, triste, devastada, e passa horas inteiras rezando no quarto.

— Só você poderia ter a ideia de fazer este enterro — me disse. — Depois de todas as desgraças que caíram sobre nós, a única coisa que nos faltava era este maldito ano bissexto. E depois, o dilúvio.

Procurei convencê-la de que empenhara minha palavra de honra nesta empresa.

— Não podemos negar que lhe devo a vida — disse.

E ela disse:

— Ele é quem devia a sua a nós. Ao salvar sua vida, não fez mais que pagar uma dívida de oito anos de cama, comida e roupa lavada.

Depois trouxe uma cadeira para perto da grade. E ainda deve continuar ali, os olhos nublados pelo pesar e a superstição. Tão decidida me pareceu sua atitude, que procurei tranquilizá-la:

— Está bem. Nesse caso, irei com Isabel — disse.

E ela não respondeu. Continuou sentada, inviolável, até quando nos dispúnhamos a sair, e eu lhe disse, acreditando que a agradava:

— Enquanto não voltamos, vá ao oratório e reze por nós.

Então virou a cabeça para a porta, dizendo:

— Não vou nem mesmo rezar. Minhas orações continuarão sendo inúteis enquanto essa mulher vier aqui, todas as terças-feiras, pedir um raminho de alecrim. — E havia em sua voz uma obscura e transtornada rebeldia: — Ficarei aqui, sem me mover, até a hora do Juízo Final. Se é que até então o cupim já não terá comido a cadeira.

Meu pai para, o pescoço esticado, ouvindo as pisadas conhecidas que avançam pelo quarto dos fundos. Então esquece do que ia dizer a Cataure e tenta dar uma volta em torno de si mesmo apoiado na bengala, mas a perna inútil lhe falha, e ele quase cai de bruços, como aconteceu três anos atrás, quando tombou na poça de limonada, em meio ao tilintar do jarro que rolou pelo chão e o barulho dos tamancos, da cadeira e do choro do menino, que foi a única pessoa que o viu cair.

Capenga desde então, desde então arrasta a perna que se tornou dura naquela semana de amargos padecimentos, dos quais acreditávamos nunca mais vê-lo refeito. Agora, vendo-o assim, recobrando o equilíbrio com a ajuda do alcaide, penso que nessa perna sem préstimo está o segredo do compromisso que ele se dispôs a cumprir contra a vontade do povoado.

Sua gratidão talvez date de então. De quando caiu de bruços no corredor, dizendo que sentia como se o tivessem empurrado de uma torre; e os dois últimos médicos que ainda restavam em Macondo o aconselharam que se preparasse para uma boa morte. Lembro-me dele no quinto dia de prostração, encolhido entre os lençóis; lembro-me do seu corpo prostrado, como o corpo do Cachorro que no ano anterior havia sido levado ao cemitério por todos os habitantes de Macondo, numa apertada e comovida procissão floral. Dentro do ataúde, sua imponência tinha o mesmo fundo de irremediável e desconsolado abandono que eu via no rosto do meu pai nesses dias em que a alcova se encheu de sua voz e ele falou daquele estranho militar que, na guerra de 85, apareceu uma noite no acampamento do coronel Aureliano Buendía, com o chapéu e as botas adornados com peles, dentes e unhas de tigre, e a quem perguntaram:

— Quem é você?

E o estranho militar não respondeu; e lhe perguntaram:

— De onde vem?

E ele novamente não respondeu; e lhe perguntaram ainda uma vez:

— De que lado está lutando?

E ainda assim não tiveram resposta alguma do militar desconhecido, até que o ordenança agarrou um tição e o aproximou do seu rosto, examinando-o por um instante, e depois exclamou, escandalizado:

— Merda! É o duque de Marlborough!

Em meio àquela terrível alucinação, os médicos mandaram que lhe dessem um banho. E assim foi feito. Mas no dia seguinte percebia-se apenas uma leve alteração em seu ventre. Então os médicos deixaram a casa e disseram que a única coisa aconselhável era prepará-lo para uma boa morte.

A alcova ficou submersa na silenciosa atmosfera, dentro da qual só se ouvia o lento e sossegado adejar da morte, esse recôndito adejar que nos quartos dos moribundos cheira a exalação de homem. Depois que padre Ángel lhe administrou a extrema-unção, passaram-se muitas horas sem que ninguém se movesse, contemplando o anguloso perfil do desenganado. Mas logo o relógio tocou e minha madrasta resolveu lhe dar uma colher de remédio. Levantamos-lhe a cabeça, procurando separar os dentes para que minha madrasta pudesse introduzir a colher. Então foi quando se ouviram as pisadas espaçadas e firmes no corredor. Minha madrasta deteve a colher no ar, deixou de murmurar sua oração e voltou-se para a porta, paralisada por uma repentina lividez. "Até no purgatório reconheceria esses passos", chegou a dizer, no preciso momento em que olhamos para a porta e vimos o doutor. Estava ali, no umbral, olhando-nos.

Digo a minha filha:

— O Cachorro os teria obrigado a vir a correadas.

E me encaminho até onde está o ataúde, pensando: "Desde que o doutor deixou nossa casa, eu estava convencido de que nossos atos eram dirigidos por uma vontade superior, contra a qual não poderíamos nos rebelar mesmo que recorrêssemos a todas as nossas forças ou assumíssemos a atitude estéril de Adelaida, que se enclausurou para rezar."

E enquanto venço a distância que me separa do ataúde, vendo meus homens impassíveis, sentados na cama, parece que respiro pela primeira vez golfadas do ar que ferve sobre o morto, toda essa amarga matéria de fatalidade que destruiu Macondo. Acho que o alcaide não demorará com a licença para o enterro. Sei que lá fora, nas ruas atormentadas pelo calor, a gente está esperando. Sei que as mulheres estão todas nas janelas, ansiosas pelo espetáculo, e que ali permanecem sem se lembrar de que nos fogões está fervendo o leite e tostando o arroz. Mas creio também que esta última manifestação de rebeldia é superior às possibilidades deste esgotado, estragado grupo de homens. Sua capacidade de luta estava enfraquecida desde antes daquele domingo eleitoral, quando se moveram, traçaram seus planos e foram derrotados, e depois ficaram com a convicção de que eram eles quem dirigiam seus próprios atos. Mas o fato é que tudo já estava disposto, ordenado para canalizar os acontecimentos que, passo a passo, fatalmente nos conduziriam a esta quarta-feira.

Há dez anos, quando sobreveio a ruína, bastaria o esforço coletivo dos que pensavam em recuperar-se para que fosse possível a reconstrução. Bastaria sair para os campos estragados pela companhia bananeira, limpar o mato e começar tudo outra vez, do princípio. Mas a invasão lhes havia ensinado a ser impacientes; a não acreditar nem no passado nem no futuro. Havia-lhes ensinado a acreditar apenas no momento presente e nele saciar a voracidade dos seus apetites. Pouco tempo foi necessário para que nos déssemos conta de que o aluvião tinha-se ido e de que sem ele a reconstrução era impossível. O aluvião havia trazido tudo e tudo havia levado. Depois dele, só ficava um domingo nos escombros de um povoado, e o eterno trapaceiro eleitoral na última noite de Macondo, levando para a praça pública quatro garrafões de aguardente, pondo-os à disposição da polícia.

Se nessa noite o Cachorro conseguiu contê-los, apesar de sua rebeldia ainda estar viva, hoje poderia ir de casa em casa, armado de um chicote, e os teria obrigado a enterrar este homem. O Cachorro trazia-os submetidos a uma disciplina férrea; mesmo depois que morreu o sacerdote, quatro anos atrás — um ano antes da minha enfermidade —, essa disciplina manifestou-se na maneira apaixonada como todo mundo arrancou as flores e folhagens do seu jardim e levou-as à tumba, para render ao Cachorro seu tributo final.

Este homem foi o único que não esteve no enterro. Precisamente o único que devia a vida a essa inquebrantável e contraditória submissão do povoado ao sacerdote. Porque na noite em que puseram os quatro garrafões de aguardente na praça, e Macondo tornou-se um povoado atropelado por um grupo de bárbaros armados; um povoado em pânico, que enterrava seus mortos na fossa comum, alguém deve ter se lembrado de que nesta esquina morava um médico. Então foi quando encostaram as padiolas na porta, e lhe gritaram (porque ele não abriu; falou lá de dentro); lhe gritaram:

— Doutor, socorra estes feridos, que os outros médicos já não dão conta.

E ele respondeu:

— Levem-nos a outra parte, já não sei mais nada disso.

E lhe disseram:

— O senhor é o único médico que nos resta. Tem que fazer essa obra de caridade.

E ele respondeu (e ainda sem abrir a porta), plantado no meio da sala, os iluminados duros olhos amarelos:

— Esqueci tudo o que sabia. Levem-nos a outra parte.

E continuou (porque a porta jamais foi aberta) com a porta fechada, enquanto homens e mulheres de Macondo agonizavam diante dela. Nessa noite, a multidão teria sido capaz de tudo; e dispunha-se a incendiar a casa e reduzir a cinzas seu único morador. Mas então apareceu o Cachorro. Dizem que foi como se tivesse estado aqui, invisível, montando guarda para evitar a destruição da casa e do homem.

— Ninguém tocará esta porta — dizem que disse o Cachorro. E dizem que isso foi tudo o que disse, os braços abertos em cruz, seu inexpressivo e frio rosto de caveira de vaca iluminado pelo resplendor da fúria rural. E então o impulso freou-se, mudou de curso, mas ainda teve força suficiente para gritar a sentença que asseguraria, para todos os séculos, o advento desta quarta-feira.

Caminhando até a cama para dizer aos meus homens que abram a porta, penso: "Deve chegar de um momento para outro." E penso que, se não chegar dentro de cinco minutos, levaremos o ataúde sem sua autorização e colocaremos o morto na rua, nem que se tenha de sepultá-lo em frente da casa.

— Cataure — digo, chamando o mais velho dos meus homens, e apenas tive tempo de levantar a cabeça quando ouço os passos do alcaide vindo até nós do quarto vizinho.

Sei que vem diretamente a mim, e procuro voltar-me rapidamente, apoiado na bengala, mas me falta a perna enferma e pendo para a frente, certo de que vou cair e bater com o rosto na tampa do ataúde, quando tropeço em seu braço e nele me seguro solidamente e ouço sua voz de pacífica estupidez, dizendo:

— Não se preocupe, coronel. Asseguro-lhe que não acontecerá nada.

E acredito que assim será, mas sei que ele o diz para dar coragem a si mesmo.

— Não acredito que possa acontecer nada — lhe digo, pensando no contrário, e ele fala algo a respeito do cemitério e me entrega a licença para o enterro. Sem a ler, dobro-a e meto-a no bolsinho do colete e lhe digo:

— De qualquer maneira, o que acontecer é porque tinha de acontecer. É como se o almanaque tivesse anunciado.

O alcaide dirige-se aos guajiros. Manda que preguem o ataúde e abram a porta. Eu os vejo mover-se procurando o martelo e os pregos que apagarão para sempre a visão deste homem, deste desamparado senhor de nenhum lugar que vi pela última vez há três anos, diante do meu leito de convalescente, com a cabeça e o rosto gastos por uma prematura decrepitude. Então acabava de me arrancar da morte. A mesma força que o havia levado ali, que lhe havia comunicado a notícia da minha enfermidade, parecia ser a que o mantinha diante do meu leito de convalescente, dizendo:

— Agora só é preciso exercitar um pouco esta perna. É possível que de agora em diante tenha de usar bengala.

Dois dias depois lhe perguntaria quanto lhe devia, e ele me responderia:

— O senhor não me deve nada, coronel. Mas se quiser me fazer um favor, jogue-me um pouco de terra em cima quando eu amanhecer morto. É a única coisa de que preciso para não ser comido pelos urubus.

No próprio compromisso que me obrigava a contrair, na maneira de propô-lo, no ritmo dos seus passos sobre os ladrilhos do quarto, percebia-se que este homem começara a morrer há muito tempo, embora ainda se passassem três anos antes que essa morte, adiada e defeituosa, se realizasse por completo. Esse dia foi hoje. E creio mesmo que não teria necessidade da corda. Um ligeiro sopro bastaria para extinguir o último rescaldo da vida que ficara em seus duros olhos amarelos. Eu havia pressentido tudo isso desde a noite em que falei com ele no quartinho, antes que fosse morar com Meme. De maneira que, quando me obrigou a assumir o compromisso que agora vou cumprir, não me senti perturbado. Simplesmente lhe disse:

— É um pedido desnecessário, doutor. O senhor me conhece e sabe que eu o enterraria de qualquer maneira, contra a vontade do mundo inteiro, mesmo que não lhe devesse a vida.

E ele, sorridente, pela primeira vez apaziguados seus duros olhos amarelos:

— Tudo isso é verdade, coronel. Mas não se esqueça de que um morto não poderia me enterrar.

Agora ninguém poderá remediar esta vergonha. O alcaide entregou a meu pai a licença para o enterro, e meu pai disse:

— De qualquer maneira, o que acontecer é porque tinha de acontecer. É como se o almanaque tivesse anunciado.

E o disse com a mesma indolência com que se entregou à sorte de Macondo, fiel aos baús onde está guardada a roupa de todos os mortos anteriores a meu nascimento. Desde então, tudo começou a rolar em declive. Mesmo a energia de minha madrasta, seu caráter férreo e dominador transformaram-se numa amarga aflição. Ela parece cada vez mais distante e taciturna, e é tamanha a sua desilusão que esta tarde se sentou perto da grade e disse:

— Ficarei aqui, quieta, até a hora do Juízo Final.

Meu pai não havia mais imposto sua vontade. Somente hoje é que se levantou para cumprir esse vergonhoso compromisso. Está aqui, certo de que tudo ocorrerá sem consequências graves, vendo os guajiros que se movimentam para abrir a porta e fechar o ataúde. E os vejo aproximar-se, fico de pé, tomo o menino pela mão e levo a cadeira para perto da janela, para que o povo não me veja quando abrirem a porta.

O menino está perplexo. Quando me levantei, olhou-me no rosto, com uma expressão indescritível, um pouco aturdida. Agora, porém, está perplexo, ao meu lado, vendo os guajiros que suam por causa do esforço que fazem para despregar as dobradiças. E, com um penetrante e sustenido lamento de metal oxidado, a porta se abre de par em par. Então vejo outra vez a rua, a poeira luminosa, branca e abrasadora, que cobre as casas e que deu ao povoado um lamentável aspecto de móvel velho. É como se Deus tivesse declarado Macondo desnecessário e o tivesse jogado no canto onde costuma jogar os povoados que deixam de prestar serviços à criação.

O menino, que no primeiro momento deve ter ficado deslumbrado com a repentina claridade (sua mão tremeu na minha quando a porta se abriu), levanta a cabeça, concentrado, atento e me pergunta:

— Está ouvindo?

Só então percebo que num dos pátios vizinhos uma sururina está cantando a hora.

— Sim — digo. — Já devem ser três horas — quase no exato momento em que soa a primeira batida do prego.

Procurando não escutar esse lancinante som que me arrepia a pele; fazendo o possível para que o menino não perceba minha perturbação, volto o rosto para a janela e vejo, no outro quarteirão, as melancólicas e empoeiradas amendoeiras, com a nossa casa ao fundo. Sacudida pelo sopro invisível da destruição, também ela está em vésperas de um silencioso e definitivo desmoronar. Todo Macondo está assim desde que foi sugado pela companhia bananeira. O mato toma conta das casas e invade as ruas, os muros se fendem e uma pessoa pode encontrar em pleno dia um lagarto no quarto de dormir. Tudo parece destruído desde o dia em que não voltamos a cultivar o alecrim e o nardo; desde que uma mão invisível quebrou a louça do Natal no armário e começaram a engordar traças na roupa que ninguém voltou mais a vestir. Quando uma porta empena, não há uma mão solícita disposta a consertá-la. Meu pai não tem forças para movimentar-se como fazia antes desse tombo que o deixou mancando para sempre. A Sra. Rebeca, detrás do seu eterno ventilador, não se ocupa de nada que possa repugnar a fome de malevolência que lhe provoca sua estéril e atormentada viuvez. Águeda está paralítica, prostrada por uma paciente enfermidade religiosa; e a única alegria do padre Ángel é saborear na sesta de todos os dias sua perseverante indigestão de almôndegas. A única coisa que continua invariável é a canção das gêmeas de São Jerônimo e essa misteriosa mendiga que não parece envelhecer e que há vinte anos vem todas as terças-feiras à nossa casa pedir um raminho de alecrim. Somente o apito de um trem amarelo e empoeirado, que não leva ninguém, interrompe o silêncio quatro vezes ao dia. E, à noite, o tum-tum da pequena usina elétrica que a companhia bananeira deixou quando foi embora de Macondo.

Vejo a casa pela janela e imagino que minha madrasta está ali, imóvel na sua cadeira, talvez pensando que antes que regressemos já terá soprado esse vento final que apagará este povoado para sempre. Todos, então, já terão ido, menos nós, porque estamos atados a este chão por um quarto cheio de baús, nos quais ainda se conservam os utensílios domésticos e a roupa dos avós, de meus avós, e os toldos que os cavalos de meus pais usaram quando chegaram a Macondo fugindo da guerra. Estamos plantados neste solo pela lembrança dos mortos remotos cujos ossos já não poderiam ser encontrados vinte braças debaixo da terra. Os baús estão no quarto desde os últimos dias da guerra; e ali estarão esta tarde, quando voltarmos do enterro, se é que, então, já não terá passado esse vento final que varrerá Macondo, seus quartos de dormir cheios de lagartos e sua gente taciturna, devastada pelas recordações.

Meu avô levanta-se, subitamente, apoia-se na bengala e estica sua cabeça de pássaro na qual os óculos parecem seguros, como se fizessem parte do rosto. Creio que para mim seria muito difícil usar óculos. Com qualquer movimento, eles se soltariam das minhas orelhas. E, pensando nisso, dou tapinhas no nariz. Mamãe me olha e pergunta:

— Está doendo?

E eu lhe digo que não, que simplesmente estava pensando que não conseguiria usar óculos. E ela sorri, respira profundamente e diz:

— Você deve estar empapado de suor.

E é verdade, a roupa me queima a pele, o pano verde e grosso, fechado até em cima, adere ao meu corpo com o suor e me produz uma sensação mortificante.

— Sim — digo.

E minha mãe inclina-se para mim, me afrouxa o laço e me abana o pescoço, dizendo:

— Quando chegarmos em casa, você irá repousar e depois lhe darei um banho.

"Cataure", escuto...

Nisso, pela porta dos fundos, entra novamente o homem do revólver. Ao aparecer no vão da porta, tira o chapéu e caminha com cautela, como se temesse acordar o cadáver. Mas faz assim para assustar meu avô, que se inclina para a frente empurrado pelo homem, e cambaleia, e consegue agarrar-se ao braço do mesmo homem que queria derrubá-lo. Os outros deixaram de fumar e permanecem sentados na cama, em ordem, como quatro corvos numa cerca. Quando o homem do revólver entra, os corvos se inclinam e falam em segredo, e um deles se levanta, vai até a mesa e apanha a caixa dos pregos e o martelo.

Meu avô conversa com o homem junto ao ataúde. O homem diz:

— Não se preocupe, coronel. Asseguro-lhe que nada acontecerá.

E meu avô diz:

— Não acredito que possa acontecer nada.

E o homem diz:

— Podem enterrá-lo do lado de fora, junto à parede esquerda do cemitério, onde as árvores são mais altas.

E depois entrega um papel a meu avô, dizendo:

— O senhor verá que tudo sairá bem.

Meu avô apoia-se na bengala com uma mão e apanha o papel com a outra, guarda-o no bolsinho do colete, onde tem o pequeno relógio quadrado de ouro com uma corrente. Depois diz:

— De qualquer maneira, o que acontecer é porque tinha de acontecer. É como se o almanaque tivesse anunciado.

O homem diz:

— Há algumas pessoas nas janelas, mas por pura curiosidade. As mulheres sempre vão para a janela por qualquer coisa.

Acho, porém, que meu avô não o escutou, porque está olhando a rua pela janela. O homem então se move, chega até a cama e diz aos homens, enquanto se abana com o chapéu:

— Agora podem fechar. E abram a porta, para que entre um pouco de ar fresco.

Os homens se põem em movimento. Um deles inclina-se sobre a caixa com o martelo e os pregos e os outros se dirigem para a porta. Minha mãe levanta-se. Está suada e pálida. Puxa a cadeira, segura a minha mão e afasta-se de lado para que os homens que vieram abrir a porta possam passar.

Primeiro, procuram torcer a tranca que parece soldada às oxidadas dobradiças, mas não conseguem movê-la. É como se alguém estivesse fortemente encostado na porta do lado da rua. Mas, quando um dos homens se apoia contra a porta e bate nela, ergue-se no quarto um barulho de madeira, de gonzos oxidados, de fechaduras soldadas pelo tempo, chapa sobre chapa, e a porta se abre, enorme, como que para deixar passar dois homens, um sobre o outro; e há um longo gemido da madeira e dos ferros despertados. E, antes que tenhamos tempo de saber o que está acontecendo, a luz irrompe no quarto, por detrás, poderosa e perfeita, porque lhe tiraram o suporte que a sustentou durante duzentos anos e com a força de duzentos bois, e fica de costas no quarto, arrastando a sombra das coisas na sua turbulenta queda. Os homens se tornam brutalmente visíveis, como um relâmpago ao meio-dia, e cambaleiam, e é como se tivessem que se sustentar para que a claridade não os derrube.

Quando a porta se abre, começa a cantar uma sururina em alguma parte do povoado. Agora vejo a rua. Vejo a poeira brilhante e ardente. Vejo vários homens na calçada do outro lado da rua, com os braços cruzados, olhando para o quarto. Ouço novamente a sururina e digo a mamãe:

— Está ouvindo?

E ela responde que sim, que devem ser três horas. Mas Ada me disse que as sururinas costumam cantar quando sentem cheiro de morto. Vou dizer isso a mamãe no instante preciso em que ouço o barulho intenso do martelo na cabeça do primeiro prego. O martelo bate, bate, e enche tudo; descansa um segundo e bate de novo, ferindo a madeira por seis vezes consecutivas, acordando o prolongado e triste clamor das tábuas adormecidas, enquanto minha mãe, com o rosto voltado para o outro lado, olha a rua pela janela.

Quando acabam de pregar, ouve-se o canto de várias sururinas. Meu avô faz um sinal a seus homens. Estes se inclinam, ladeiam o ataúde, enquanto o homem do revólver permanece no canto, de chapéu, e diz a meu avô:

— Não se preocupe, coronel.

E então meu avô volta-se para o canto, agitado e com o pescoço inchado e sanguíneo, como o de um galo de briga. Mas não diz nada. É o homem que volta a falar, lá do canto. Diz:

— Acredito mesmo que em todo o povoado nem exista mais alguém que se lembre disso.

Nesse instante sinto verdadeiramente um tremor no ventre. "Agora tenho mesmo necessidade de ir lá dentro", penso, mas vejo que é demasiado tarde. Os homens fazem um último esforço, retesam-se com os pés cravados no solo, e o ataúde fica flutuando na claridade, como se estivessem levando um navio morto para sepultar.

Penso: "Agora sentirão o cheiro. Agora todas as sururinas começarão a cantar."

NINGUÉM ESCREVE AO CORONEL

1961

O coronel destampou a lata do café e notou que apenas restava uma colherinha de pó. Tirou a panela do fogo, jogou no chão de barro batido a metade da água e raspou de faca todo o interior da vasilha, até botar na panela o que restava, uma mistura de raspas com ferrugem.

Sentado junto ao fogão, em atitude de confiada e inocente expectativa enquanto o café não fervia, o coronel como que sentiu brotar de suas tripas cogumelos e lírios malignos. Era outubro. Eis uma manhã difícil de vencer, esta, mesmo para um homem de sua fibra, sobrevivente de tantas outras manhãs. Havia cinquenta e seis anos — desde que acabara a última guerra civil — que ele não fazia outra coisa senão esperar. Outubro era uma dessas raras coisas que chegavam.

Quando entrou no quarto, trazendo o café, a mulher abriu o mosquiteiro da cama. Ela sofrera uma crise asmática a noite inteira e agora atravessava um estado de modorra. Mesmo assim ergueu o busto para apanhar a xícara.

— E você — disse.

— Já bebi o meu — mentiu o marido. — Ainda restava uma colherada.

Foi quando começaram a tanger sinos a finados.

O coronel havia esquecido o enterro. Tirou o punho da rede e enrolou-a na outra extremidade da porta, enquanto a mulher engolia o café. Ela pensou no defunto.

— Nasceu em 1922 — suspirou. — Exatamente um mês depois do nosso filho. Dia sete de abril.

Continuou a sorver o café nas pausas da respiração pedregosa. Tratava-se de uma criatura construída de cartilagens brancas cobrindo a espinha arqueada e inflexível. Sentia-se obrigada a fazer perguntas em tom afirmativo por causa de suas perturbações respiratórias. Ainda pensava no morto quando o café acabou.

— Deve ser horrível ficar debaixo da terra — falou. Mas o marido não prestava atenção, abria a janela. Outubro instalara-se no quintal. Contemplando a vegetação, que rebentava em verdes intensos, e os minúsculos montes de terra revolvidos pelas minhocas, o coronel voltou a sentir o mês aziago nos intestinos.

— Acho que estou com água nos ossos — comentou.

— É o inverno — respondeu a mulher. — Desde que as chuvas começaram que estou lhe prevenindo para dormir de meia.

— Mas isso eu já faço há uma semana.

Chovia manso, sem parar. O coronel ainda pensou em voltar à sua rede e se embrulhar no cobertor de lã; mas a insistência do repicar dos bronzes só lembrava o enterro.

— É outubro — murmurou ao sair da janela. Foi aí que se lembrou do galo amarrado ao pé da cama. Era um galo de briga.

Depois de levar a xícara para a cozinha foi à sala dar corda no relógio de pêndulo, trabalhado em madeira lavrada. Ao contrário do quarto — muito acanhado para a respiração de uma asmática —, a sala era ampla com suas quatro cadeiras de balanço ao redor de uma mesinha de centro com toalha e um gato de gesso. Na parede oposta à do relógio, um quadro de mulher em uma barca repleta de rosas, entre véus e anjinhos.

Às sete e vinte terminou de dar corda no relógio. Levou então o galo à cozinha, amarrando-o ao pé do fogão e mudando a água da lata, além de jogar ao lado um punhado de milho. Um grupo de meninos entrou pela cerca arrebentada. Todos se sentaram ao redor do bicho, contemplando-o em silêncio.

— Parem de olhar — advertiu o dono da casa. — Os galos se gastam quando a gente olha muito para eles.

Os meninos não se mexeram. Um deles começou a soprar na sua gaita os acordes de uma canção em moda.

— Não toque hoje — preveniu o coronel. — Há um morto na cidade.

O garoto guardou o instrumento no bolso da calça e o pai de Agustín dirigiu-se ao quarto, a fim de vestir-se para o enterro.

O terno branco estava por passar, devido à asma da mulher. O coronel procurou pelo terno preto do casamento, que usava em ocasiões muito especiais. Deu trabalho encontrá-lo no fundo de um baú, embrulhado em jornais e protegido contra as traças por bolinhas de naftalina. A mulher continuava recostada na cama pensando no morto.

— Já deve estar com o nosso Agustín — balbuciou. — Tomara que não comente as nossas dificuldades desde que ele morreu.

— Ora, naturalmente vão discutir sobre galos de briga — exaltou-se o coronel.

Encontrou no baú o enorme e antigo guarda-chuva. A mulher ganhara-o em uma rifa política destinada a angariar fundos para o partido do coronel. Tinham assistido naquela mesma noite a um espetáculo ao ar livre que não fora interrompido, apesar da chuva. Ela, o marido e Agustín — então com oito anos de idade — viram a festa até o fim, sentados sob o guarda-chuva. O filho agora estava morto e a seda brilhante fora destruída pelas traças.

— Olha só o que sobrou do nosso guarda-chuva de palhaço de circo — mostrou o coronel, repetindo uma frase costumeira. Abriu sobre a cabeça o misterioso sistema de varetas metálicas. — Agora só serve pra gente contar as estrelas.

Sorriu. Mas a mulher não se deu ao trabalho de olhar o guarda-chuva.

— Está tudo assim — murmurou. — Estamos apodrecendo vivos.

E fechou os olhos para pensar com mais intensidade no morto.

Depois de fazer a barba pelo tato — pois estava sem espelho há bastante tempo —, o coronel vestiu-se em silêncio. A calça, quase tão justa nas pernas quanto a ceroula, as canelas contidas por laços corrediços, era presa à cintura por duas linguetas da mesma fazenda, passadas em duas fivelas douradas, na altura dos rins. Não usava cinturão. A camisa cor de papel antigo, dura como um papelão, era fechada por um botão de cobre que ainda servia para sustentar o colarinho postiço que, como estava puído, levou seu dono a dispensar a gravata. Fazia cada gesto como se fosse um ato fora do comum. Os ossos das mãos eram forrados por uma pelanca brilhante e tensa, manchada de vitiligo, igual à pele do pescoço. Raspou o barro incrustado na costura antes de calçar as botinas de verniz. A mulher olhou-o nesse instante; ele estava pronto igualzinho ao dia do casamento. Só então ela sentiu como seu marido envelhecera.

— Você parece que está se arrumando para um grande acontecimento — disse.

— E este enterro é um grande acontecimento, sim. É o primeiro morto de morte natural em muitos anos.

Estiou depois das nove. O coronel ia sair quando a mulher puxou-o pela manga do paletó.

— Penteie-se — pediu.

Ele tentou dominar com o pente de chifre os cabelos cor de aço. Mas o esforço foi inútil.

— Devo estar parecendo um papagaio — brincou.

A mulher examinou-o. Achou que não. O coronel não se parecia com um papagaio. Era um homem seco, de ossatura sólida, articulada a porca e parafuso. Pela vitalidade dos olhos não parecia conservado em formol.

— Assim você fica bem — admitiu ela, e acrescentou quando o marido deixava o quarto: — Pergunte ao doutor quem o espantou aqui de casa.

O casal morava no extremo da cidade, em uma casa coberta de palha e de paredes de cal esburacadas. O tempo continuava úmido, embora não chovesse. O coronel desceu para a praça por um beco de casinhas amontoadas. Ao desembocar na rua principal tomou um susto. Até onde a vista alcançava o lugar estava atapetado de flores. Mulheres de preto esperavam o enterro sentadas nas entradas das casas.

Na praça começou a chover outra vez. Da porta do salão de bilhar o proprietário viu o amigo, e gritou de braços abertos:

— Coronel, espere um pouco, eu lhe empresto um guarda-chuva!

Ele respondeu sem voltar a cabeça:

— Obrigado, assim estou bem.

O enterro ainda não havia saído. Os homens — de roupa branca e gravata preta — conversavam na porta debaixo dos guarda-chuvas. Um deles viu o coronel saltando sobre as poças da praça.

— Meta-se aqui, compadre — chamou.

Abriu-se uma vaga sob o guarda-chuva.

— Obrigado, compadre — agradeceu.

Não aceitou o convite, no entanto. Entrou imediatamente na casa a fim de dar os pêsames à mãe do defunto. A primeira coisa que percebeu foi um cheiro de muitas flores diferentes. Depois começou o calor. O coronel tentou abrir caminho através da multidão bloqueada na sala. Alguém botou a mão nas suas costas, empurrando-o para o fundo por uma galeria de rostos perplexos, até o local onde se encontravam — profundas e dilatadas — as fossas nasais do morto.

Ali estava a mãe espantando as moscas do ataúde com um leque de palmas trançadas. Outras mulheres, vestidas de negro, contemplavam o cadáver com a mesma expressão com que se olha a correnteza de um rio. De repente, iniciaram uns cânticos lá no fundo do quarto. O coronel afastou para o lado uma mulher, encontrou de perfil a mãe do morto, e pôs-lhe a mão no ombro. Apertou os dentes.

— Meus sentidos pêsames.

Ela não voltou a cabeça. Abriu a boca e soltou um gemido. O coronel sobressaltou-se. Sentiu-se empurrado contra o cadáver por uma massa disforme que estalou com vibrante alarido. Procurou apoio com as mãos e não achou a parede. Havia outros corpos no lugar. Alguém falou junto ao seu ouvido, devagarinho, com uma voz muito terna: "Cuidado, coronel." Voltou-se e encarou o morto, embora não o reconhecesse: o defunto estava duro, mas dinâmico. Parecia tão desconcertado quanto ele, envolto em trapos brancos e uma corneta às mãos. Quando levantou a cabeça, para procurar o ar por cima dos gritos, viu o caixão fechado oscilando em direção à porta, por uma pendente de flores que se despedaçavam contra as paredes. O coronel suava. Doíam-lhe as articulações. Um momento depois soube que estava na rua porque a chuva lhe maltratou as pálpebras e alguém agarrou o seu braço, chamando-o:

— Vamos, compadre. Eu estava à sua espera.

Era dom Sabas, padrinho de seu filho morto, o único dirigente de seu partido que escapara à perseguição política e continuava morando na cidade.

— Obrigado, compadre — respondeu, e caminhou em silêncio sob o guarda-chuva.

A banda deu início à marcha fúnebre. O coronel notou a falta de um instrumento de cobre e, pela primeira vez, teve a certeza de que o morto estava definitivamente morto.

— Coitado — murmurou.

Dom Sabas pigarreou. Segurava o guarda-chuva com a mão esquerda, o cabo quase à altura da cabeça, pois era mais baixo que o coronel. Os homens passaram a conversar quando o cortejo deixou a praça. Então dom Sabas voltou para o amigo o rosto desconsolado.

— Compadre, como vai o galo?

— Vai indo — respondeu.

Foi aí que se ouviu um berro:

— Pra onde vão com esse morto?

O coronel levantou os olhos. Viu o alcaide na sacada do quartel em atitude discursiva. Estava de cueca e camiseta, a cara inchada, por barbear. Os músicos interromperam a marcha fúnebre. Instantes depois o coronel reconheceu a voz do padre Ángel com o alcaide. Decifrou o diálogo através da crepitação da chuva nos guarda-chuvas.

— Então? — perguntou dom Sabas.

— Então nada — falou o coronel. — O caso é que o enterro não pode passar diante do quartel da polícia.

— Ah, eu estava distraído — respondeu dom Sabas. — Sempre me esqueço que estamos em estado de sítio.

— Mas isto não é subversão — indignou-se o coronel. — É um pobre músico morto!

O cortejo mudou de trajeto. Nos bairros baixos as mulheres que o viam passar roíam as unhas em silêncio. Depois saíram para o meio da rua e lançaram gritos de elogio, gratidão e despedida, como se acreditassem que o morto as ouvia de dentro do ataúde. O coronel sentiu-se mal no cemitério. Quando dom Sabas empurrou-o até o muro, a fim de dar passagem aos homens que transportavam o cadáver, e lhe sorriu, deparou-se com um rosto pétreo.

— Que houve, compadre? — perguntou.

O coronel suspirou.

— É outubro, compadre.

Voltaram pela mesma rua. A chuva tinha passado. O céu fez-se profundo, de um azul intenso.

— Já parou de chover — pensou, e sentiu-se melhor, embora continuasse absorto. Dom Sabas interrompeu-o:

— Vá consultar um médico, compadre.

— Não estou doente — contestou o coronel. — Acontece que em outubro eu me sinto como se estivesse com as tripas cheias de bichos.

— Ah — fez dom Sabas.

Despediram-se na porta de sua residência, um prédio novo de dois andares, com janelas de ferro forjado. O coronel foi para casa, ansioso para tirar aquela roupa de cerimônia. Pouco depois tornou a sair a fim de comprar duzentos e cinquenta gramas de milho para o galo e um pacote de café, na esquina.

O coronel cuidou do galo, embora preferisse passar toda a quinta-feira na rede. Choveu durante dias e dias. Pela semana brotou a flora das suas vísceras. Passou noites em claro, atormentado pelos assobios pulmonares da companheira asmática. Mas outubro concedeu uma trégua na sexta--feira à tarde. Os companheiros de Agustín — oficiais de alfaiataria, e como ele, fanáticos pelas rinhas — aproveitaram a ocasião para examinar o galo. Estava em forma.

Quando ficou só em casa com a mulher, o coronel voltou ao quarto. Ela havia reagido um pouco.

— Que dizem — quis saber.

— Mostram-se entusiasmados — informou o marido. — Estão economizando para apostar no galo.

— Não sei o que viram nesse bicho tão feio — disse a mulher. — Para mim parece um fenômeno: uma cabeça muito pequena em cima daqueles pés.

— Eles garantem que é o melhor do Departamento — argumentou o coronel. — Vale uns cinquenta pesos.

Teve a certeza de que isso justificava a sua determinação de conservar o galo, herança do filho crivado de balas na rinha, nove meses atrás, por distribuir panfletos subversivos.

— É uma ilusão que custa caro — voltou a mulher. — Quando o milho acabar teremos de alimentá-lo com nossos fígados.

O coronel continuou pensando no assunto enquanto procurava a calça de brim no guarda-roupa.

— É só por uns poucos meses — disse. — Já se sabe com certeza que haverá rinhas em janeiro. Depois podemos vendê-lo por um bom preço.

A calça estava amarrotada. A mulher esticou-a com dois ferros esquentados a carvão.

— Por que essa pressa de sair pra rua — ela perguntou.

— O correio.

— Havia esquecido que hoje era sexta — comentou a mulher voltando para o quarto. O marido estava pronto, mas sem a calça. Ela observou os sapatos dele. — Já estão bons de ir pro lixo — disse. — Continue usando as botinhas de verniz, homem.

O coronel sentiu-se desolado.

— Parecem sapatos de órfão — protestou. — Cada vez que os calço me sinto como foragido de um asilo.

— Nós somos órfãos de nosso filho — lamentou a mulher.

Também desta vez o persuadiu. O coronel encaminhou-se ao cais antes que as lanchas apitassem. Botinas de verniz, calça branca sem cinturão e camisa sem colarinho postiço, fechada no pescoço por um botão de cobre. Do armazém do sírio Moisés, observou a manobra das lanchas. Os passageiros desciam esfalfados após oito horas sem mudar de posição. A mesma gente de sempre: caixeiros-viajantes e pessoas do lugar que tinham viajado na semana anterior e voltavam à rotina.

A última lancha a atracar foi a do correio. O coronel viu-a se achegar, com angustiada expectativa. No teto, amarrado aos tubos de vapor e protegido por uma lona encerada, descobriu a sacola das cartas. Quinze anos de espera tinham aguçado sua intuição. O galo havia aguçado a sua ansiedade. Desde o instante em que o administrador do correio subiu à lancha, desatou a sacola e jogou-a às costas, o coronel não mais o perdeu de vista.

Seguiu-o pela rua paralela ao porto, um labirinto de armazéns e barracas com mercadorias de todas as cores, em exibição. Toda vez que fazia esse roteiro experimentava uma ansiedade bem diferente, mas tão opressiva quanto o próprio terror. O médico esperava a porção de jornais na agência do correio.

— Minha mulher mandou perguntar se alguém o espantou lá de casa, doutor — brincou o coronel.

Era um médico moço, o crânio coberto por cabelos encaracolados e brilhantes. Havia algo incrível na perfeição do seu sistema dentário. Interessou-se pela saúde da asmática, sem se descuidar dos movimentos do administrador, que distribuía as cartas pelas caixas postais. Seu modo indolente de trabalhar exasperava o coronel.

O médico recebeu sua correspondência com o pacote de jornais. Pôs de lado os folhetos com publicidade científica. Depois leu superficialmente as cartas pessoais. Enquanto isso, o administrador distribuía as cartas entre os destinatários presentes. O coronel observou a caixa que lhe correspondia pela ordem alfabética. Uma carta aérea de margens azuladas aumentou a tensão de seus nervos.

O médico cortou o fecho dos jornais. Informou-se das notícias mais destacadas enquanto o coronel — os olhos fixos na caixa postal — esperava que o administrador parasse diante dela. Mas não o fez. O médico interrompeu a leitura. Olhou para o coronel, depois para o administrador, sentado diante dos instrumentos do telégrafo, e voltou mais uma vez ao coronel.

— Nós já vamos — disse.

O administrador não levantou a cabeça.

— Nada para o coronel — falou.

Este não se sentiu envergonhado.

— Também não esperava nada — mentiu. Botou no médico um olhar totalmente infantil. — Eu não tenho quem me escreva.

Voltaram em silêncio. O médico concentrado nos jornais. O coronel com seu jeito habitual de caminhar, que parecia o de um homem que desanda o caminho para procurar uma moeda perdida. Fazia uma tarde clara. Caíram das amendoeiras da praça as últimas folhas apodrecidas. Já anoitecia quando os dois chegaram à porta do consultório.

— Quais são as novidades? — indagou o coronel.

O médico passou-lhe os vários jornais.

— Não se sabe — disse. — É difícil ler nas entrelinhas o que a censura permite publicar.

O coronel passou às manchetes. Notícias internacionais. Em cima, a quatro colunas, uma crônica sobre a nacionalização do canal de Suez.

A primeira página estava quase que totalmente ocupada por convites para um enterro.

— Não há esperanças de eleições — disse.

— Não seja ingênuo, coronel. Já somos muito grandes para esperar pelo Messias.

O coronel tratou de devolver os jornais, mas o outro se opôs.

— Leve tudo para sua casa e leia hoje à noite. Me devolva amanhã.

Um pouco depois das sete soaram as badaladas da censura cinematográfica. O padre Ángel usava esse método para divulgar a qualificação moral da fita, de acordo com a lista classificada recebida todos os meses pelo correio. A mulher do coronel contou doze badaladas.

— Imprópria para todos — disse. — Há quase um ano que todos os filmes são impróprios para qualquer idade.

Fechou o mosquiteiro e murmurou:

— O mundo está perdido.

O marido, no entanto, absteve-se de comentários. Antes de se deitar amarrara o galo ao pé da cama. Fechou a casa e largou inseticida no seu quarto. Botou a lâmpada no chão, armou a rede e se deitou para ler os jornais.

Viu-os por ordem cronológica e da primeira à última página, inclusive os anúncios. Às onze bateu o clarim do toque de silêncio. O coronel acabou a leitura meia hora depois, abriu a porta do quintal para a noite impenetrável, e urinou em uma estaca, perseguido pelos mosquitos. A mulher ainda estava acordada quando ele voltou ao quarto.

— Não dizem nada dos veteranos? — perguntou.

— Não. Nada — respondeu. Apagou a luz antes de se meter na rede. — Pelo menos no começo publicavam as listas dos novos pensionistas. Há uns cinco anos não dizem mais nada.

Choveu depois da meia-noite. O coronel conciliou o sono e de repente acordou alarmado com os intestinos. Descobriu uma goteira em algum lugar da casa. Procurou localizá-la no escuro, enrolado no cobertor até a cabeça. Um fio de suor gelado escorreu pela coluna vertebral. Tinha febre. Sentiu-se flutuando em círculos concêntricos, dentro de um tanque de gelatina. Alguém falou. O coronel respondeu do seu catre de revolucionário.

— Com quem está falando? — perguntou a mulher.

— Com o inglês fantasiado de tigre que apareceu no acampamento do coronel Aureliano Buendía — disse o marido. Mexeu-se na rede, ardendo em febre. — Era o duque de Marlborough.

Amanheceu muito cansado. Ao segundo toque para a missa saltou da rede e se instalou em uma realidade confusa, alvoroçada pelo cantar do galo. A cabeça girava ainda em círculos concêntricos. Sentiu náuseas. Saiu para o quintal, dirigindo-se à latrina através dos miúdos sussurros e dos cheiros sombrios do inverno. O interior do quartinho de madeira com teto de zinco estava envolto em vapores de amoníaco. Foi só levantar a tampa e uma nuvem de moscas triangulares saiu de dentro do vaso.

Era um rebate falso. Acocorado na plataforma de tábuas ásperas, experimentou o desgosto do desejo frustrado. O aperto foi substituído por uma dor surda no tubo digestivo.

— Não há dúvida — murmurou. — Sempre me acontece isso em outubro.

E assumiu sua atitude de confiante e inocente expectativa até se acalmarem os cogumelos das vísceras. Voltou ao quarto para trazer o galo.

— Essa noite você delirou de febre — alertou a mulher.

Começara a arrumar o quarto, já refeita de uma semana de crise. O coronel tentou se lembrar, com esforço.

— Não era febre — mentiu. — Outra vez, sim, o sonho das teias de aranha.

Como sempre acontecia, após a crise a mulher estava perturbada. Virou a casa pelo avesso no correr da manhã. Mudou o lugar de cada coisa, menos o relógio e o quadro da ninfa. Era tão miúda e elástica que, quando transitava nos seus chinelos de pano e naquela roupa preta inteiramente fechada, parecia ter a virtude de passar através das paredes. Antes do meio-dia, porém, já havia recobrado a sua densidade, seu peso humano. Na cama era um vazio. Agora, movendo-se por entre vasos de samambaias e begônias, sua presença enchia a casa.

— Se já houvesse feito um ano da morte de Agustín eu cantaria alguma coisa — comentou, enquanto mexia o caldeirão onde fervia, cortado em pedaço, tudo de comer que a terra dos trópicos é capaz de produzir.

— Se está com vontade de cantar, cante — recomendou o coronel.
— Faz bem à bílis.

O médico veio depois do almoço. O coronel e a mulher bebiam café na cozinha quando ele empurrou a porta da rua e gritou:

— Os doentes morreram!

O coronel ergueu-se para recebê-lo.

— Pois é, doutor — disse dirigindo-se à sala. — Eu sempre achei que seu relógio regula com o dos urubus.

A mulher correu para o quarto a fim de se preparar para o exame. O médico permaneceu na sala com o dono da casa. Apesar do calor, seu terno de linho impecável exalava um hálito de frescura. E quando a mulher avisou que já estava pronta, ele entregou ao coronel três páginas dentro de um envelope. Entrou no quarto dizendo:

— É o que os jornais de ontem não disseram.

O coronel já esperava. Era uma síntese dos últimos acontecimentos nacionais, mimeografada para circular clandestinamente. Revelações sobre o moral da resistência armada no interior do país. Sentiu-se desintegrado. Dez anos de panfletos clandestinos não lhe haviam ensinado que nenhuma informação era tão surpreendente quanto a do mês seguinte. Acabara de ler quando o médico voltou à sala.

— Esta paciente está melhor que eu — disse. — Com uma asma dessas eu viveria cem anos.

O coronel olhou-o sombriamente. Devolveu-lhe o envelope sem dizer palavra; mas o médico recusou.

— Passe adiante — disse em voz baixa.

O coronel guardou o envelope no bolso da calça. A mulher saiu do quarto dizendo:

— Qualquer dia eu morro e levo o senhor para o inferno, doutor.

O médico respondeu em silêncio com o estereotipado esmalte dos dentes. Empurrou uma cadeira até a mesinha de centro e tirou da maleta vários vidros de amostras grátis.

A mulher passou para a cozinha.

— Espere que eu vou esquentar um café.

— Não, muito obrigado — respondeu. Rabiscou a receita em uma folha de formulário. — Nego à senhora, terminantemente, a oportunidade de me envenenar.

Ela riu de lá. Quando acabou de escrever, o médico leu a fórmula em voz alta, pois tinha certeza de que pessoa alguma decifraria aqueles garranchos. O coronel tratou de prestar atenção. Na volta da cozinha a mulher deparou no rosto do marido os estragos da noite anterior.

— Teve febre hoje de madrugada — falou, referindo-se ao coronel. — Ficou umas duas horas dizendo bobagens sobre a guerra civil.

O marido sobressaltou-se.

— Não era febre — insistiu, recobrando a compostura. — Além disso, no dia em que eu me sentir mal, não me entrego às mãos de ninguém: eu mesmo me jogo no caixão do lixo.

Foi ao quarto apanhar os jornais.

— Obrigado pelo elogio — disse o médico.

Caminharam juntos até a praça. O ar estava seco. O asfalto das ruas começava a fundir-se com o calor. Quando o médico se despediu, o coronel perguntou em voz baixa, os dentes apertados:

— Quanto lhe devemos, doutor?

— Nada por enquanto — respondeu o médico, e deu-lhe uma palmadinha nas costas. — Mandarei uma conta bem gorda quando o galo vencer.

O coronel encaminhou-se à alfaiataria a fim de levar o material subversivo aos companheiros de Agustín. Era o seu único refúgio desde que os correligionários foram mortos ou expulsos da cidade e ele se transformou em um homem solitário, sem outra ocupação a não ser a de esperar o correio das sextas-feiras.

O calor da tarde estimulou o dinamismo da mulher. Sentada entre as begônias do alpendre, junto a uma caixa de roupa imprestável, repetiu o eterno milagre de tirar prendas novas do nada. Fez colarinhos de mangas, punhos de panos das costas e remendos quadrados, perfeitos, mesmo com retalhos de cores variadas. Uma cigarra instalou o seu apito no quintal. O sol amadureceu. Mas ela não o viu agonizar sobre as begônias. Só levantou a cabeça ao anoitecer, quando o coronel voltou para casa. Então, apertou o próprio pescoço com as duas mãos, desencaixou as articulações, e arrematou:

— Estou com a cabeça dura como pau.

— Ela sempre foi assim — brincou o marido. Mas logo observou o corpo da mulher inteiramente coberto de retalhos coloridos. — Você parece um pica-pau.

— É preciso ser meio carpinteiro para vestir você — falou. Estendeu uma camisa fabricada com pano de três cores diferentes, menos o colarinho e os punhos, que eram da mesma tonalidade. — No carnaval basta você tirar o paletó.

Foi interrompida pelas badaladas das seis horas. "O anjo do Senhor anunciou a Maria", rezou em voz alta, dirigindo-se com a roupa ao dormitório. O coronel conversou com os meninos que, saindo da escola, foram contemplar o galo. Depois lembrou-se de que não havia milho para o dia seguinte e foi ao quarto pedir dinheiro à mulher.

— Olhe, só tenho aqui uns cinquenta centavos.

Guardava o dinheiro debaixo da esteira da cama, atado a uma ponta de lenço. Era ainda produto da máquina de costura de Agustín. Foram gastando tudo, centavo a centavo, repartindo-o entre as próprias necessidades e as do galo. Agora, restava apenas um par de moedas de vinte e uma de dez centavos.

— Compre 450 de milho — disse. — Com o troco, traga café e cem gramas de queijo.

— E um elefante dourado para pendurar na porta — arrematou o marido. — Só o milho custa quarenta e dois.

Refletiram por instantes.

— O galo é um animal, portanto pode esperar — disse ela inicialmente.

Mas a expressão de seu marido obrigou-a a refletir. O coronel sentou-se na cama, os cotovelos fincados nos joelhos, fazendo soar as moedas entre as mãos.

— Não é por mim — falou pouco depois. — Se dependesse da minha pessoa, hoje à noite eu faria um refogado de galo. Deve ser interessante uma indigestão de cinquenta pesos.

Fez uma pausa para esmagar uma muriçoca no pescoço. Seguiu com o olhar a mulher ao redor do quarto.

— O que me preocupa é que esses pobres rapazes estão economizando.

Ela começou a pensar. Deu uma volta completa com a bomba de inseticida. O coronel descobriu alguma coisa de irreal naquela atitude, como se a mulher estivesse convocando os espíritos da casa, para consultá-los. Afinal, pôs a bomba sobre o altarzinho de litografias e fixou os olhos cor de caramelo nos olhos cor de caramelo do marido.

— Compre o milho — disse por fim. — Deus há de saber como a gente vai se arranjar.

— Este é o milagre da multiplicação dos pães — repetia o coronel toda vez que os dois se sentavam à mesa no decorrer da semana seguinte. Com uma assombrosa habilidade para consertar, cerzir e remendar, parecia que ela havia descoberto a chave mágica para sustentar a economia doméstica exaurida. Outubro prolongou a trégua. A umidade foi substituída pelo torpor. Reconfortada pelo sol de cobre, a mulher dedicou três tardes ao seu laborioso penteado.

— Agora começa a missa cantada — disse o coronel na tarde em que ela desembaraçou os longos fios azuis com um pente de dentes separados. Na segunda tarde, sentada no quintal com um lençol branco no regaço, usou um pente mais fino para limpar a cabeça dos piolhos, que haviam proliferado durante a crise. Por fim, lavou os cabelos com água de alecrim, esperou que secassem, e os enrolou na nuca com duas voltas, sustentando-os com um prendedor. O coronel esperou. À noite, na rede sem poder dormir, sofreu horas pela sorte do galo. Mas na quarta-feira pesaram-no e o animal estava em forma.

Nessa mesma tarde, quando os companheiros de Agustín deixaram a casa, fazendo contas alegres sobre a vitória do animal, também o coronel estava no ponto. A mulher cortou-lhe o cabelo.

— Rejuvenesci uns vinte anos — disse sorrindo, examinando a cabeça com as mãos.

Ela achou que o marido estava com a razão.

— Eu assim sou capaz de ressuscitar um morto.

A sua convicção, porém, durou umas poucas horas. Em casa já não restava nada para ser vendido, a não ser o relógio e o quadro. Na noite da quinta-feira, no último extremo dos recursos, a mulher manifestara sua inquietação diante desse quadro.

— Não se preocupe — consolou-a o coronel. — O correio chega amanhã.

No dia seguinte ele esperou as lanchas em frente ao consultório do médico.

— O avião é algo maravilhoso — comentava o coronel, os olhos fixos na sacola do correio. — Dizem que é capaz de chegar à Europa em uma noite.

— É verdade — confirmou o médico, abanando-se com uma revista ilustrada.

O coronel descobrira o administrador do correio em um grupo que esperava o fim das manobras da lancha, para saltar. Foi o primeiro a fazê-lo. Recebeu do capitão um envelope lacrado. Depois subiu ao teto. A sacola estava amarrada entre dois tambores de petróleo.

— Mas não deixa de oferecer os seus perigos — disse o coronel.

Perdeu o administrador de vista, mas logo voltou a localizá-lo entre as garrafas coloridas do carrinho de refrescos.

— A humanidade não progride em vão.

— Atualmente é mais seguro que uma lancha — disse o médico. — A vinte mil pés de altura voa-se por cima das tempestades.

— Vinte mil pés — repetiu o coronel perplexo, sem conceber a noção da cifra.

O médico interessou-se. Com as duas mãos esticou a revista até lograr uma imobilidade absoluta.

— Há uma estabilidade perfeita — disse.

O coronel, no entanto, estava atento ao administrador. Viu-o engolir um refresco de espuma cor-de-rosa, segurando o copo com a mão esquerda; com a direita sustinha a sacola da correspondência.

— Além disso — continuou falando o médico —, no mar existem vários navios ancorados, em permanente contato com os aviões noturnos. Com tantas precauções, é mais seguro que uma lancha.

O coronel olhou-o firme.

— Sem dúvida — apoiou. — Deve ser como os tapetes.

O administrador dirigiu-se diretamente para os dois. O coronel retrocedeu impelido por uma ansiedade irresistível, procurando decifrar o nome escrito no envelope lacrado. O administrador abriu a sacola e passou ao médico o pacote de jornais. Depois abriu o envelope da correspondência privada, certificou-se da exatidão da remessa e leu nas cartas os nomes dos destinatários. O médico abriu os jornais.

— Ainda o problema de Suez — disse, lendo as manchetes. — O Ocidente perde terreno.

O coronel não leu os títulos. Fez grande esforço para reagir contra o estômago.

— Desde que foi implantada a censura, os jornais só falam de Europa — disse. — Seria melhor se os europeus viessem para cá e nós fôssemos para a Europa. Só assim todo mundo saberia o que acontece em seus respectivos países.

— Para os europeus, a América do Sul é um homem de bigodes com um violão e um revólver — brincou o médico, rindo sobre o jornal. — Não entendem nossos problemas.

O administrador entregou-lhe a correspondência. Tornou a colocar o resto na sacola, fechando-a. O médico dispôs-se a ler as cartas pessoais. Antes de abrir um envelope, porém, olhou para o coronel. Depois para o administrador.

— Nada para o coronel?

Este sentiu o terror. O funcionário atirou a sacola ao ombro, desceu o embarcadouro e respondeu sem voltar a cabeça:

— Ninguém escreve ao coronel.

Contrariando um hábito, não se dirigiu diretamente para casa. Tomou café na alfaiataria enquanto os companheiros de Agustín folheavam os jornais. Sentia-se arrasado. Teria preferido permanecer por ali mesmo até a outra sexta-feira, a fim de não aparecer com as mãos vazias diante da mulher, naquela noite. Teve de enfrentar a realidade quando fecharam a alfaiataria.

A mulher já o esperava.

— Nada — perguntou.

— Nada — respondeu o coronel.

Na sexta seguinte voltou às lanchas. E, como em todas as sextas-feiras, regressou sem a carta esperada.

— Já aguardamos demais — disse a mulher certa noite. — É preciso ter essa paciência de boi que você tem para esperar uma carta durante quinze anos.

O coronel meteu-se na rede a fim de ler os jornais.

— Temos de esperar a vez — argumentou. — Nosso número é o 1823.

— Desde que estamos nessa expectativa já deu duas vezes esse número na loteria — replicou ela.

Leu como sempre da primeira à última página, inclusive os anúncios. Mas dessa vez não se concentrou. Durante a leitura pensava na sua reforma de veterano de guerra. Dezenove anos atrás, quando o Congresso Nacional promulgara a lei, iniciou-se um processo de justificação que durou cerca de oito anos. Depois foram necessários mais seis para ele ser incluído no quadro. Foi a última carta que o coronel recebeu.

Acabou de ler imediatamente após o toque de silêncio. Ia apagar a lâmpada, mas sentiu que a mulher continuava acordada.

— Você ainda tem aquele recorte?

Ela pensou.

— Tenho, sim. Deve estar com os outros papéis.

Saiu do mosquiteiro e tirou do armário um cofre de madeira com um pacote de cartas ordenadas cronologicamente e atadas com elástico. Localizou o anúncio de um escritório de advocacia comprometendo-se a fazer gestões eficazes no tocante a pensões de guerra.

— Desde que estou falando para mudar de advogado, já teríamos tido tempo de gastar esse dinheiro — disse a mulher, entregando ao marido o recorte de jornal. — Não ganhamos nada, enquanto eles o conservam no cofre, como fazem com o dinheiro dos índios.

O coronel leu o que estava escrito, datado de dois anos antes. Guardou no bolso da camisa pendurada atrás da porta.

— O diabo é que para se trocar de advogado a gente precisa de dinheiro.

— Nada disso — decidiu a mulher. — A gente escreve mandando descontar o que for preciso da própria pensão, quando eles receberem. É a única maneira de fazer com que se interessem pelo assunto.

No sábado à tarde o coronel foi visitar seu advogado. Encontrou-o deitado na rede, a barriga para o ar. Era um negro grandalhão, sem um dente além dos dois caninos superiores. Meteu os pés nos tamancos e abriu a janela do escritório sobre uma pianola empoeirada, com papéis embutidos nos espaços dos rolos: recortes do Diário Oficial colados em antigos cadernos de contabilidade e uma coleção incompleta dos boletins da tesouraria. A pianola sem teclado servia ao mesmo tempo de escrivaninha. O advogado sentou-se em uma cadeira de molas. O cliente expôs suas inquietações antes de revelar o verdadeiro propósito da visita.

— Eu avisei que a coisa não se resolvia assim, de um dia para outro — preveniu o advogado em uma das pausas do coronel.

Estava afogado em calor. Forçou as molas para trás e abanou-se com um cartão de publicidade.

— Meus agentes me escrevem com frequência dizendo para a gente não se desesperar.

— Há quinze anos é sempre a mesma lenga-lenga — desabafou o coronel. — Isso já começa a parecer o conto do galo capão.

O advogado fez uma descrição bastante elucidativa dos tortuosos caminhos da burocracia. A cadeira era muito estreita para aquelas nádegas outonais.

— Há quinze anos era bem mais fácil — argumentou. — Naquela época existia a Associação Municipal de Veteranos, integrada por elementos dos dois partidos.

Encheu os pulmões de um ar abrasador e pronunciou a sentença como se tivesse acabado de inventá-la:

— Mas a união faz a força.

— Nesse caso não fez — zangou-se o coronel, pela primeira vez dando-se conta da sua solidão. — Todos os meus companheiros morreram esperando o correio.

O advogado continuou impassível.

— A lei foi promulgada demasiadamente tarde — explicou. — Nem todos tiveram a sua sorte, que chegou a coronel aos vinte anos de idade. Além disso, não foi incluída uma verba especial, de modo que o Governo tem de fazer emendas ao orçamento.

A mesma história de sempre. Cada vez que ele a escutava sofria um surdo ressentimento.

— Isso não é esmola — disse. — Não se trata de pedir favor. Arriscamos nossa pele para salvar a República.

O advogado abriu os braços.

— É isso mesmo, coronel. A ingratidão humana não tem limites.

Esse mesmo argumento já era do conhecimento do coronel. Começara a ouvi-lo no dia seguinte ao Tratado da Neerlândia, quando o Governo prometeu auxílio de viagem e indenização a duzentos oficiais revolucionários. Acampado ao redor da gigantesca paineira de Neerlândia, um batalhão de rebeldes — integrado em sua maioria por adolescentes fugidos da escola — esperou durante três meses. Depois cada qual voltou para casa por seus próprios recursos e ali continuou aguardando; e quase sessenta anos após o coronel ainda esperava.

Perturbado pelas lembranças, assumiu uma atitude transcendental. Apoiou a mão direita no osso da coxa — puros ossos costurados com fibras nervosas — e murmurou:

— Pois eu resolvi tomar uma decisão drástica!

O advogado suspendeu a respiração.

— Qual?

— Mudar de advogado!

Uma pata seguida de vários patinhos amarelos entrou no escritório. O advogado ergueu-se para fazê-la sair.

— Como queira, coronel — disse, enxotando os animais. — Seja então o que o senhor quiser. Se eu pudesse obrar milagres, não estaria vivendo neste curral.

Pôs uma grade de madeira na porta que dava para o quintal e voltou à cadeira.

— Meu filho trabalhou a vida inteira — justificou o coronel. — Minha casa está hipotecada. A lei de aposentadorias é uma pensão vitalícia para os advogados.

— Menos para mim — defendeu-se o bacharel. — Gastamos até o último centavo em diligências.

O coronel sofreu com a ideia de ter sido injusto.

— Isso aí foi o que eu quis dizer — corrigiu-se. Enxugou a testa com a manga da camisa. — Com este calorão os parafusos da cabeça enferrujam.

Daí a pouco o advogado revirava o escritório atrás da procuração. O sol avançou até o meio da sala estreita, construída com tábuas não aplainadas. Depois de procurar em vão por todas as partes, bufando, o advogado andou de gatinhas e puxou um rolo de papéis que estava debaixo da pianola.

— Achei.

Entregou ao seu cliente uma folha de papel selado.

— Tenho de escrever aos meus agentes para anularem as cópias — concluiu.

O coronel soprou o pó e guardou a folha no bolso da camisa.

— Rasgue-a o senhor mesmo — provocou o advogado.

— Não — respondeu o cliente. — São vinte anos de reivindicações. — E aguardou que o advogado seguisse procurando. Mas ele não o fez. Foi até à rede para secar o suor. De lá olhou o coronel através de uma atmosfera reverberante.

— Preciso também dos documentos — cobrou o coronel.

— Quais?

— Os autos.

O advogado abriu os braços.

— Isso é que não vai ser possível, coronel.

Este se alarmou. Tesoureiro da Revolução na circunscrição de Macondo, fizera uma viagem penosa de seis dias com os fundos da guerra civil, em dois baús amarrados no lombo de uma mula. Chegou ao acampamento de Neerlândia arrastando o animal morto de fome, meia hora antes que se assinasse o tratado. O coronel Aureliano Buendía, comandante em chefe das forças revolucionárias no litoral atlântico, passou recibo e incluiu os dois baús no inventário da rendição.

— São documentos de valor incalculável — disse o coronel. — Há um recibo de próprio punho do coronel Aureliano Buendía!

— Certo — defendeu-se o advogado. — Mas essa papelada toda passou por mais de mil mãos em mais de mil repartições, até chegar a quem sabe que seção do Ministério da Guerra.

— Documentos desse teor não podem passar inadvertidamente a nenhum funcionário — insistiu o coronel.

— Ora, nos últimos quinze anos mudaram muitas vezes de funcionários — esclareceu o advogado. — Lembre-se de que houve sete presidentes e cada um deles mudou pelo menos dez vezes de gabinete; e que cada ministro mudou de auxiliares pelo menos cem vezes.

— Mas ninguém pode levar documentos para casa — voltou o coronel. — Cada novo funcionário deve tê-los encontrado no devido lugar.

O advogado desesperou-se.

— E além disso, se esses papéis saem agora do Ministério, terão de ser submetidos a um novo rodízio para enquadramento.

— Não tem importância — decidiu-se o coronel.

— Será uma questão de séculos!

— Não importa. Quem espera o muito, espera o pouco.

Levou para a mesinha de centro da sala um bloco de papel pautado, a caneta, o tinteiro e uma folha de mata-borrão. Deixou a porta do quarto aberta a fim de fazer consultas à mulher, que rezava o rosário.

— Que dia é hoje?

— 27 de outubro.

Escreveu com uma compostura aplicada, posta a mão com a caneta na folha de mata-borrão, a coluna vertebral reta para favorecer a respiração, conforme lhe ensinaram na escola. O calor tornou-se insuportável na sala fechada. Uma gota de suor caiu sobre a carta. O coronel recolheu-a com o mata-borrão. Depois passou a raspar as palavras manchadas, mas fez bobagem. Não se desesperou. Escreveu uma chamada e anotou à margem: "direitos adquiridos". Em seguida leu todo o parágrafo.

— Que dia me incluíram no quadro?

A mulher não interrompeu a reza para pensar.

— 12 de agosto de 1949.

Pouco depois começou a chover. O coronel encheu uma folha com letras grandes, um tanto ou quanto infantis, as mesmas que lhe ensinaram na Escola Pública de Manaure. Depois, uma segunda folha até a metade, e assinou.

Leu a carta à mulher, que aprovou cada frase com a cabeça. Ao concluir a leitura, o coronel fechou o envelope e apagou a luz.

— Depois você pede a alguém para bater à máquina.

— Não — cismou o coronel. — Já estou cansado de pedir favor.

Por uma meia hora ouviu a chuva contra as palhas do telhado. A cidade afundava-se no dilúvio. Depois do toque de silêncio a goteira começou em algum lugar da casa.

— Devíamos ter feito isso há mais tempo — lamentou a mulher. — É sempre melhor a gente se entender diretamente.

— Nunca é tarde demais — disse o marido, preocupado com a goteira. — Pode ser que tudo se resolva antes do vencimento da hipoteca da casa.

— Ainda faltam dois anos — lembrou.

Ele acendeu a lâmpada para localizar a goteira na sala. Pôs embaixo a lata do galo e voltou ao quarto perseguido pelo ruído metálico da gota no utensílio vazio.

— É possível que por interesse em ganhar dinheiro eles decidam tudo antes de janeiro — disse, e convenceu-se a si mesmo. — Até lá, vai fazer um ano da morte de Agustín e nós então vamos ver um filme.

A mulher riu baixinho.

— Eu nem me lembro mais sequer dos desenhos animados.

O coronel procurou vê-la através do mosquiteiro.

— Quando é que você foi ao cinema pela última vez?

— Em 1931 — disse. — Passavam *A vontade do morto*.

— Houve muito murro?

— Nunca a gente soube. O aguaceiro caiu na hora em que o fantasma estava roubando o colar da moça.

O rumor da chuva adormeceu os dois. O coronel sentiu ligeiro mal-estar nos intestinos, mas não se alarmou. Sobreviveria a um novo outubro. Envolveu-se no cobertor e apercebeu-se da pedregosa respiração da mulher, remota, navegando em outro sonho. Então falou perfeitamente consciente.

Ela despertou.

— Está falando com quem?

— Com ninguém — respondeu ele. — Estava pensando que na reunião de Macondo a gente estava com a razão quando disse ao coronel Aureliano Buendía que não se rendesse. Foi isso que estragou tudo.

Choveu durante a semana inteira. No dia 2 de novembro, contra a vontade do coronel, ela levou umas flores ao túmulo de Agustín. Voltou do cemitério com nova crise. Foi outra semana dura. Mais dura que as quatro de outubro, às quais ele não acreditou sobreviver.

O médico foi ver a doente e saiu do quarto exaltado:

— Com uma asma dessas eu estaria preparado para enterrar a cidade inteira.

No entanto, falou a sós com o marido e prescreveu um regime especial.

Também o coronel teve uma recaída. Agonizou horas na privada, suando gelo, sentindo que a flora das vísceras apodrecia, caindo aos pedaços.

— É o inverno — repetiu para si sem desespero. — Tudo será diferente quando parar de chover.

E acreditou nisso realmente, com a certeza de estar vivo quando a carta chegasse.

Desta vez coube a ele remendar a economia doméstica. Várias vezes teve de apertar os dentes para comprar fiado nas mercearias das redondezas.

— É só até a próxima semana — argumentava sempre, mesmo sem a convicção de que dizia a verdade. — É um dinheirinho que já deveria ter chegado na sexta-feira passada.

Ao sair da crise a mulher reconheceu-o, espantada.

— Você está que é só pele e osso!

— Estou me cuidando para me vender — brincou. — Já me encomendaram para uma fábrica de clarinetas.

Na realidade estava se sustentando apenas na esperança da carta. Esgotado, os ossos moídos pela vigília, não pôde ocupar-se ao mesmo tempo de suas necessidades e do galo. Na segunda quinzena de novembro pensou que o animal morreria, após dois dias sem milho. Lembrou-se, então, de um punhado de feijão que, ainda em julho, dependurara no fumeiro. Abriu as vagens e jogou um punhado de sementes secas para o galo.

— Venha até aqui — pediu a mulher.

— Aguarde um pouquinho — respondeu o coronel, observando a reação do bicho. — Para uma boa fome não existe pão mofado.

Deparou-se com a mulher tentando sair da cama. O corpo maltratado exalava um bafo de ervas medicinais. Ela pronunciou uma a uma as palavras, com precisão calculada.

— Dê um fim a esse galo, imediatamente.

O coronel já previra esse instante. Esperava-o desde a tarde em que crivaram o filho de balas e ele decidiu conservar o galo. Tivera tempo para pensar.

— Agora não vale a pena — argumentou. — Daqui a três meses haverá rinha e então poderemos vendê-lo por um preço melhor.

— Não é questão de dinheiro — rebateu ela. — Quando os rapazes chegarem aí, diga a eles para levarem; e que façam desse bicho o que bem entenderem.

— É por Agustín — disse o marido, com o argumento previsto. — Imagine a cara dele quando viesse comunicar pra gente a vitória do galo.

A mulher pensou efetivamente no filho.

— Esses galos malditos foram a sua perdição — gritou. — Se no dia três de janeiro ele tivesse ficado em casa, não seria surpreendido pelo azar.

Apontou para a porta o indicador esquálido e exclamou:

— Parece que estou vendo quando ele saiu com o galo debaixo do braço. E eu ainda lhe adverti, pedi pra ele não ir buscar azar na rinha; Agustín riu e falou: "Calma, que hoje à tarde nós vamos ficar podres de ricos."

Caiu exausta. O coronel empurrou-a suavemente até o travesseiro. Seus olhos tropeçaram com outros olhos exatamente iguais.

— Procure não se mover — advertiu-a, sentindo os assobios dentro de seus próprios pulmões.

Ela mergulhou em um torpor momentâneo. Fechou os olhos e, quando tornou a abri-los, a respiração parecia mais repousada.

— Isso é devido à situação em que estamos — disse. — É pecado se tirar o pão de nossa boca para dar a um galo.

O coronel enxugou-lhe a testa com o lençol.

— Ninguém morre em três meses.

— Enquanto isso, o que vamos comer? — perguntou ela.

— Não sei — disse o marido. — Mas se fôssemos morrer de fome, já estaríamos mortos.

O galo estava perfeitamente vivo diante da lata vazia. Emitiu um monólogo gutural, quase humano, ao avistar o coronel; atirou a cabeça para trás. O velho sorriu com certa cumplicidade.

— A vida é dura, camarada.

Saiu à rua. Vagou pela cidade em sesta sem pensar em nada, sequer cuidando em se convencer de que o seu problema não teria solução. Caminhou por ruas esquecidas até se sentir esgotado. Então voltou para casa. A mulher chamou-o lá no quarto.

— Que é?

Ela respondeu sem olhá-lo.

— Podemos vender o relógio.

O coronel já havia pensado nessa solução.

— Tenho certeza de que Álvaro nos dá, sem fazer careta, quarenta pesos — disse ela. — Veja com que facilidade adquiriu a máquina de costura de Agustín.

(Referia-se ao alfaiate para quem o filho trabalhara.)

— Posso falar com ele amanhã cedo — admitiu o coronel.

— Nada de falar amanhã cedo — sentenciou a mulher. — Você leva agora mesmo o relógio, deixa sobre a mesa dele e diz: "Álvaro, trouxe este relógio para você comprar." Ele entenderá logo.

O coronel sentiu-se um desgraçado.

— É como andar carregando o santo sepulcro — suspirou. — Se me virem pela rua com semelhante mostruário, entrarei imediatamente em uma canção de Rafael Escalona.

Ainda desta vez a mulher o convencera. Ela mesma retirou o relógio, envolveu-o em jornais, e lhe passou.

— Não volte aqui sem os quarenta pesos, hein — disse.

Ele rumou para a alfaiataria com o embrulho quase embaixo do sovaco.

Encontrou os companheiros do filho sentados à porta.

Um deles lhe ofereceu assento. A mente do coronel estava embaralhada.

— Obrigado — agradeceu. — Estou de passagem.

Álvaro saiu da alfaiataria. No arame esticado entre duas estacas do alpendre pendurou uma peça molhada de brim. Era um moço de formas duras, angulosas, olhos alucinados. Até mesmo chamou-o para sentar-se. O coronel sentiu-se reconfortado. Encostou o banquinho no batente da porta e sentou-se à espera de que Álvaro ficasse sozinho, a fim de lhe propor o negócio. De repente notou que estava cercado de rostos herméticos.

— Não vou interromper — disse.

Protestaram. Um dos rapazes inclinou-se até ele. Falou com voz apenas perceptível:

— Agustín escreveu.

O coronel observou a rua deserta.

— Que disse?

— A mesma coisa de sempre.

Entregaram-lhe o panfleto clandestino. O coronel guardou-o no bolso da calça. Depois ficou em silêncio, tamborilando sobre o embrulho até perceber que alguém vira o pacote. Ficou estático.

— Que está levando aí, coronel?

Evitou os penetrantes e verdes olhares de Germán.

— Nada — mentiu. — Levo o relógio para o alemão consertar.

— Não seja bobo, coronel — disse Germán pegando no embrulho.
— Espere um pouco, eu mesmo examino.

Houve resistência. Não disse nada, mas suas pálpebras se avermelharam. Os outros insistiram.

— Deixe, coronel. Ele conhece mecânica.

— É que eu não queria incomodar.

— Que incomodar que nada — respondeu Germán. Apanhou o relógio. — O alemão vai lhe tomar dez pesos e deixar isso aqui do mesmo jeito.

Entrou na alfaiataria com o relógio. Álvaro estava costurando à máquina. No fundo, sob um violão pendurado no gancho, uma moça pregava botões. Colado acima do instrumento estava o letreiro: "Proibido falar de política". O coronel esmoreceu. Apoiou os pés na trave do tamborete.

— Merda, coronel.

Sobressaltou-se.

— Sem palavrões — disse.

Alfonso ajustou os óculos no nariz para examinar melhor as botinas do visitante.

— É devido aos seus sapatos — comentou. — O senhor está estreando uns sapatos do caralho!

— Mas se pode dizer isso sem palavrão — argumentou o coronel, mostrando as solas das botinas de verniz: — Esses monstros têm quarenta anos e é a primeira vez que ouvem um palavrão.

— Pronto — gritou Germán lá de dentro, junto com as badaladas do relógio. Na casa vizinha uma mulher bateu na parede divisória e gritou:

— Deixem o violão. Ainda não faz um ano da morte de Agustín.

Estourou uma gargalhada.

— É um relógio!

Germán saiu com o embrulho.

— Não era nada. Se quiser, acompanho o senhor até sua casa para botá-lo no nível.

O coronel recusou a oferta.

— Quanto lhe devo?

— Não se preocupe, coronel — respondeu, ocupando seu lugar no grupo. — Em janeiro o galo paga.

Foi quando o coronel encontrou a ocasião esperada.

— Proponho uma coisa.

— O quê?

— Dou o galo a você — examinou os rostos ao redor. — Dou o galo a vocês todos.

Germán fixou-o, perplexo.

— Eu já estou muito velho para isso — continuou falando. Imprimiu à voz uma severidade convincente. — É responsabilidade demasiada para mim. Em certas noites tenho a impressão de que esse galo está morrendo.

— Não se impressione, coronel — acalmou-o Alfonso. — Acontece que nesta época o bicho está emplumando. Tem febre nas esporas.

— No mês que vem estará bom — confirmou Germán.

— De qualquer modo eu não quero mais ele — enfatizou.

Germán penetrou-lhe nas pupilas.

— Veja se desconfia, coronel — insistiu. — O mais importante é que o galo de Agustín entre na arena pelas suas mãos.

O coronel pensou no assunto.

— Eu sei — disse. — Por isso sustentei-o até agora.

Apertou os dentes e ganhou forças para avançar:

— O pior é que ainda faltam três meses.

Germán foi quem entendeu.

— Se é por isso, não há problema.

E propôs sua fórmula. Os outros aceitaram. Ao anoitecer, quando entrou em casa com o embrulho debaixo do braço, a mulher sofreu nova desilusão.

— Nada — perguntou.

— Nada — respondeu o marido. — Mas agora já não importa. Os rapazes vão se encarregar de dar comida ao galo.

— Espere que eu empresto um guarda-chuva, compadre.

Dom Sabas abriu um armário embutido na parede do escritório e apareceu um interior confuso: botas amontoadas, estribos e correias e uma caixa de alumínio cheia de esporas de cavaleiro. Meia dúzia de guarda-chuvas e uma sombrinha de mulher penduravam-se na parte superior. O coronel pensou imediatamente nos destroços de uma catástrofe.

— Obrigado, compadre — disse debruçado na janela. — Prefiro esperar que o tempo melhore.

Dom Sabas não fechou o armário. Instalou-se no escritório dentro da órbita do ventilador elétrico. Tirou da gaveta uma seringa hipodérmica, enrolada em algodões. O coronel contemplava as amendoeiras cinzentas através da chuva. Era uma tarde deserta.

— A chuva é diferente vista desta janela — disse. — É como se estivesse chovendo em outra cidade.

— Chuva é chuva em qualquer parte — contestou dom Sabas. Botou uma seringa para ferver sobre a coberta de vidro da escrivaninha. — Isto é uma cidade de merda.

O coronel deu de ombros. Andou para o interior do escritório: um salão de ladrilhos verdes com móveis forrados em tecido de cores vivas. Ao fundo, amontoados em desordem, sacas de sal, odres de mel e selas. Dom Sabas seguiu-o com um olhar absolutamente vazio.

— Eu, no seu lugar, não pensaria a mesma coisa — falou o coronel.

Sentou-se com as pernas cruzadas, o olhar tranquilo fixo no homem inclinado sobre a escrivaninha. Um sujeito pequeno, volumoso, mas de carnes flácidas, com uma tristeza de sapo nos olhos.

— Consulte o médico, compadre — lembrou dom Sabas. — O senhor está um tanto fúnebre desde o dia do enterro.

O amigo levantou a cabeça.

— Estou me sentindo muito bem — respondeu.

Dom Sabas esperou que a seringa fervesse.

— Se eu pudesse dizer o mesmo — lamentou-se. — Feliz é o senhor, que pode comer um estribo de cobre.

Contemplou o dorso peludo de suas mãos salpicado de manchas claras. Usava um anel de pedra negra sobre a aliança de casamento.

— É verdade — admitiu o coronel.

Dom Sabas chamou a mulher da porta que comunicava o escritório com o resto da casa. Depois passou a explicar, dolorosamente, o seu regime alimentar. Tirou uma garrafinha do bolso da camisa e botou em cima da escrivaninha uma pastilha branca do tamanho de uma lentilha.

— É um martírio andar com isso em tudo quanto é lugar. É o mesmo que carregar a morte no bolso.

O coronel aproximou-se da escrivaninha. Examinou a pastilha na palma da mão até que dom Sabas convidou-o a saboreá-la.

— É para adoçar café — acrescentou. — Açúcar, mas sem açúcar.

— É mesmo — convenceu-se o coronel, a saliva impregnada de certa doçura tristonha. — É algo como repicar sem sinos.

Dom Sabas acotovelou-se na escrivaninha com a cara entre as mãos depois que a mulher lhe aplicou a injeção. O coronel não sabia o que fazer com o próprio corpo. A mulher desligou o ventilador elétrico, colocou-o sobre a caixa blindada e se encaminhou para o armário.

— Os guarda-chuvas têm algo que ver com a morte — disse.

O coronel não lhe prestou atenção. Saíra de casa às quatro horas com o propósito de esperar o correio, mas a chuva obrigou-o a se refugiar no escritório de dom Sabas. Ainda chovia quando as lanchas apitaram.

— Todo mundo diz que a morte é mulher — seguiu falando.

Era corpulenta, mais alta que o marido e com uma verruga pilosa no lábio superior. O modo de falar lembrava o barulho do ventilador elétrico.

— Mas não me parece que seja mulher — continuou.
Fechou o armário e voltou-se para consultar os olhares do coronel.
— Acredito que seja um animal com garras.
— É possível — admitiu o coronel. — Às vezes ocorrem coisas bem estranhas.

Pensou no administrador do correio subindo à lancha com o impermeável de borracha. Fazia um mês que mudara de advogado. Tinha o direito de esperar uma resposta. A mulher de dom Sabas continuava falando da morte até se aperceber da expressão absorta do coronel.

— Compadre — chamou-o. — O senhor me parece muito preocupado.

E o coronel ergueu o corpo.

— A senhora tem razão, comadre — mentiu. — Estou pensando que já são cinco horas e ainda não se aplicou a injeção no galo.

Ela ficou perplexa.

— Uma injeção em um galo, como se fosse um ser humano! — chocou-se. — Isto é um sacrilégio!

Dom Sabas não suportou mais. Levantou o rosto congestionado.

— Cale essa boca um minuto — ordenou.

Ela, efetivamente, levou as mãos à boca.

— Já faz bem meia hora que você aporrinha nosso compadre com suas besteiras!

— De maneira alguma — defendeu-a o coronel.

Ela bateu a porta com força. Dom Sabas enxugou o pescoço com um lenço impregnado de lavanda. O coronel foi até a janela. Chovia sem dó nem piedade. Uma galinha de pernas compridas e amarelas atravessava a praça deserta.

— É verdade que estão dando injeção no galo?

— É — confirmou o coronel. — Os treinamentos começam na próxima semana.

— Que temeridade — preocupou-se dom Sabas. — O senhor não é dessas coisas.

— Concordo — falou o coronel. — Mas isso não é razão para se lhe torcer o pescoço.

— Teimosia idiota — murmurou dom Sabas a caminho da janela. O coronel percebeu sua respiração de fole. Os olhos do compadre lhe causavam piedade.

— Ouça um conselho, compadre — advertiu o outro. — Venda esse galo antes que seja tarde demais.

— Nunca é tarde para nada — filosofou o coronel.

— Não seja irracional — insistiu dom Sabas. — É um duplo negócio. Por um lado, livra-se dessa dor de cabeça; por outro, enfia no bolso novecentos pesos.

— Novecentos pesos — exclamou o coronel.

— Sim, novecentos pesos.

O coronel concebeu a cifra.

— O senhor acha que ele alcança esse preço?

— Eu não acho — disse dom Sabas. — Estou absolutamente seguro.

Era a cifra mais alta que tivera na cabeça desde que restituíra os fundos da Revolução. Sentia uma violenta torção nos intestinos ao sair do consultório do compadre, mas tinha consciência de que, desta vez, não era devido ao mau tempo. Na agência do correio dirigiu-se direto ao administrador.

— Estou esperando uma carta urgente — disse. — É aérea.

O funcionário procurou nas caixas postais. No final das buscas repôs toda a correspondência nas letras correspondentes, sem dizer nada. Tirou o pó das mãos e botou no reclamante um olhar significativo.

— Tinha de chegar uma hoje, com certeza — angustiou-se o coronel.

O administrador deu de ombros.

— A única certeza na vida é a morte, coronel.

A esposa recebeu-o com um prato de canjica. Comeu em silêncio, com pausas espaçadas, a fim de pensar entre uma colherada e outra. Sentada adiante dele a mulher percebeu qualquer mudança naquela casa.

— Que há com você — perguntou.

— Estou pensando no empregado que depende de pensão — mentiu. — Dentro de cinquenta anos estaremos tranquilos debaixo da terra, enquanto esse pobre homem agonizará todas as sextas-feiras esperando a aposentadoria.

— Um mau sintoma — continuou a mulher. — Isso quer dizer que você já está se resignando.

Ela engolia a canjica. Momentos depois notou, porém, que o marido permanecia ausente.

— Agora, o que você deve fazer é aproveitar a canjica.

— Está realmente boa — falou o coronel. — De onde saiu?

— Do galo — respondeu ela. — Os rapazes trouxeram tanto milho que ele emprestou um pouquinho pra gente. A vida é assim.

— Se é — suspirou o marido. — A vida é a melhor coisa que já se inventou.

Viu o galo amarrado no suporte do fogareiro e desta vez lhe pareceu um animal diferente. A mulher também olhou-o.

— Hoje à tarde tive de espantar os meninos com um cacete — comentou. — Trouxeram uma galinha velha para cruzar com ele.

— Não é a primeira vez — disse o coronel. — Faziam isso mesmo nos povoados com o coronel Aureliano Buendía. Levavam para ele mocinhas para acasalar.

Ela celebrou o acontecimento. O galo emitiu um som gutural que chegou até o corredor como uma surda conversação humana.

— Às vezes eu penso que esse bicho vai falar — comentou ela.

O coronel observou-o mais uma vez.

— Trata-se de um galo cantante e sonante — argumentou. Fez cálculos enquanto sorvia uma colherada de canjica. — Ele ainda vai dar de comer à gente por uns três anos.

— Ilusão não se come — preveniu a mulher.

— Não se come, mas alimenta — replicou. — É algo assim milagroso como as pastilhas do meu compadre Sabas.

Dormiu mal naquela noite, cuidando em apagar cifras da sua cabeça. No outro dia a mulher serviu no almoço dois pratos de canjica e consumiu o seu de cabeça baixa, sem dizer palavra. O coronel sentiu-se contagiado por um humor sombrio.

— Que há com você.

— Nada — respondeu ela.

Agora — essa era a impressão do coronel — cabia a ela a vez de mentir. Procurou reconfortá-la, mas a mulher insistiu.

— Não é nada demais. Estou pensando que já vai para uns dois meses que ele morreu e ainda não fui dar os pêsames à família.

Resolveu ir naquela mesma noite. O marido acompanhou-a à casa do finado e depois dirigiu-se para o salão do cinema, atraído pela música dos alto-falantes. Sentado à porta do seu escritório, o padre Ángel vigiava a entrada a fim de saber quem assistia à sessão, apesar das suas doze advertências. Os jorros de luz, a música estridente, os gritos dos meninos — tudo isso atravancava o passeio. Um deles ameaçou-o com uma espingarda de pau.

— E o galo, coronel — exigiu com a voz autoritária.

Ele levantou as mãos.

— Aí está o galo.

Um cartaz a quatro cores ocupava toda a fachada do salão: *A virgem da meia-noite*. Era uma mulher em vestido de baile com uma das pernas descoberta até a coxa. O coronel continuou vagando pelos arredores; e quando estouraram os primeiros trovões e relâmpagos a distância, voltou para buscar a mulher.

Ela já não estava na casa do morto; tampouco na sua. O coronel imaginou que faltasse quase nada para o toque de silêncio, mas o relógio havia parado. Esperou, sentindo a tempestade avançar para a cidade. Estava disposto a sair de novo quando ela entrou.

Ele carregou o galo para o quarto. A mulher trocou a roupa e foi beber água na sala no momento em que o marido acabava de dar corda no relógio, esperando o toque de silêncio a fim de acertar os ponteiros.

— Onde estava? — quis saber.

— Por aí — foi a resposta.

Deixou o copo na mesinha de talha e entrou no quarto sem olhar o marido.

— Ninguém diria que esse temporal chegaria logo.

O marido não fez qualquer comentário. Acertou o relógio, ao soar o toque de silêncio, nas onze horas. Fechou o vidro e colocou a cadeira no lugar. Deu com a mulher de rosário na mão.

— Você não respondeu à minha pergunta — disse ele.
— Qual.
— Onde estava?
— Fiquei conversando por aí — disse. — Fazia muito tempo que eu não saía.

O coronel armou a rede. Fechou tudo e fumigou a casa. Então, botou a lâmpada no chão e se deitou.

— Eu entendo — murmurou triste. — O pior nessa situação é a gente ser obrigado a dizer mentiras.

Ela suspirou profundamente.

— Estive com o padre Ángel. Fui pedir um empréstimo em troca das nossas alianças de casamento.

— E ele, disse o quê?

— Disse que é pecado negociar com as coisas sagradas.

Continuou falando de dentro do mosquiteiro.

— Há dois dias tentei passar o relógio. Ninguém quis porque estão vendendo uns modernos a prazo, com números luminosos. Pode-se, inclusive, ver as horas no escuro.

O coronel comprovou que quarenta anos de vida em comum, de fome em comum, de sofrimentos comuns, não lhe bastaram para conhecer sua mulher. Sentiu que também no amor alguma coisa tinha envelhecido.

— Também não querem o quadro — continuou ela. — Quase todo mundo tem um igual. Fui tentar inclusive nos turcos.

O coronel amargurou-se.

— De modo que todo mundo agora sabe que a gente está passando fome.

— Estou cansada — disse a mulher. — Os homens não veem os problemas de casa. Várias vezes botei pedra para ferver a fim de que os vizinhos não soubessem que levamos dias e dias sem pôr panela no fogo.

O marido ofendeu-se mais ainda.

— Uma verdadeira humilhação — disse.

A mulher deixou o mosquiteiro e foi até a rede.

— Eu estou disposta a acabar com os melindres e as contemplações nesta casa — disse. Sua voz começou a se obscurecer de raiva colérica: — Estou farta de resignação e dignidade.

O coronel não movia um só músculo.

— Vinte anos esperando os passarinhos coloridos que lhe prometiam depois de cada eleição e, de tudo isso, só nos resta um filho morto — prosseguiu ela. — Nada mais que um filho morto.

O coronel já estava acostumado a esse tipo de recriminação.

— Cumprimos com o nosso dever — alegou.

— E eles cumpriram com o de ganhar mil pesos por mês no Senado, durante vinte anos — replicou a mulher. — Aí está o nosso compadre Sabas, com sua casa de dois andares e que não dá para guardar tanto dinheiro, um homem que chegou aqui no povoado vendendo remédios com uma cobra enrolada no pescoço.

— Mas está morrendo de diabete — reagiu o coronel.

— E você de fome — disse a mulher. — Para que se convença de que a dignidade não se come.

Um relâmpago interrompeu-a. O trovão despedaçou-se na rua e entrou no quarto, passando em rodeios por debaixo da cama como uma cavalgada de pedras. A mulher correu para o mosquiteiro à procura do rosário.

O coronel sorriu.

— Isso lhe acontece por você não frear a língua — disse. — Eu sempre lhe preveni que Deus é meu correligionário.

Na realidade, porém, ele se sentia amargurado. Logo depois apagou a luz e afundou-se em pensamentos dentro da escuridão açoitada pelos relâmpagos. Lembrou-se de Macondo. O coronel esperou dez anos para que cumprissem as promessas de Neerlândia. Na modorra da sesta viu chegar o trem amarelo e empoeirado com os homens, as mulheres e os animais asfixiando-se de calor, amontoados até o teto. Era a febre da banana. Transformaram o lugar em vinte e quatro horas.

— Vou embora — dissera então. — O cheiro de banana me desarranja os intestinos.

E abandonou Macondo no trem de volta, na quarta-feira à tarde, 27 de junho de 1906, às duas horas e dezoito minutos. Precisou de meio século para se dar conta de que não havia gozado um só minuto de sossego desde a rendição de Neerlândia.

Abriu os olhos.

— Então, não mais se pensa nisso — pediu.

— Em quê.

— Nessa questão do galo. Amanhã mesmo vou passá-lo adiante, ao compadre Sabas, por novecentos pesos.

Os gemidos dos animais castrados junto com os gritos de dom Sabas entraram pela janela do escritório.

— Se não vier dentro de dez minutos, vou m'embora — prometeu a si mesmo o coronel, após duas horas de espera.

No entanto, aguardou mais vinte minutos. Já se dispunha a sair quando o compadre entrou seguido por um bando de empregados. Passou diversas vezes diante do amigo, sem olhá-lo. Só quando os trabalhadores saíram é que dom Sabas descobriu o coronel.

— Está me esperando, compadre?

— Estou, sim, compadre. Mas posso voltar depois. Está muito ocupado?

Do outro lado da porta dom Sabas não o ouviu.

— Volto já — disse.

Era um meio-dia escaldante. O escritório resplandecia com a reverberação da rua. Entorpecido pela canícula, o coronel fechou os olhos involuntariamente, e logo passou a sonhar com sua mulher. A companheira de dom Sabas entrou na ponta dos pés.

— Não desperte, compadre. Vou fechar essas persianas porque este escritório é uma fornalha.

O coronel seguiu-a com os olhos totalmente inconscientes. Ela falou na penumbra, ao fechar a janela:

— O senhor sonha assim com frequência?

— Às vezes — envergonhou-se o coronel, por haver cabeceado. — Quase sempre eu sonho me entrançando em teias de aranha.

— Eu tenho pesadelo toda noite — disse ela. — Gostaria de saber quem são esses desconhecidos que a gente sempre encontra nos sonhos.

Ligou o ventilador elétrico.

— Na semana passada me apareceu uma mulher na cabeceira da cama — continuou. — Tive a devida coragem de perguntar quem era e ela respondeu: "Sou aquela que morreu neste quarto há doze anos."

— Mas a casa só foi construída há dois — lembrou o coronel.

— Pois é — falou. — Isso comprova que até os mortos se enganam.

A zoeira do ventilador só fez consolidar a penumbra. O coronel impacientou-se, atormentado pela modorra e pela mulher maçante, que passou diretamente dos pesadelos para os mistérios da reencarnação.

Esperava uma trégua para se despedir quando dom Sabas voltou ao escritório com o capataz.

— Esquentei sua sopa umas quatro vezes — preveniu-lhe a mulher.

— Se quiser esquente dez — engrossou o marido. — Mas agora não me aporrinhe o juízo.

Abriu a caixa-forte e passou ao empregado um maço de notas, juntamente com uma série de recomendações. O rapaz abriu a persiana para contar o dinheiro. Dom Sabas viu o amigo no fundo da sala e não esboçou a menor reação, continuou instruindo o empregado. O coronel levantou-se no instante em que os dois homens se dispunham a deixar o escritório mais uma vez. Dom Sabas deteve-se antes de abrir a porta.

— Deseja alguma coisa, compadre?

O coronel sentiu que o capataz o observava.

— Nada não, compadre — disse. — Apenas uma palavrinha.

— Seja o que for, fale logo. Não posso perder um só minuto.

Ele hesitou com a mão apoiada no trinco da porta. O coronel sentiu que se passavam os cinco minutos mais longos da sua vida. Então apertou os dentes.

— É sobre o problema do galo — murmurou.

Dom Sabas acabou de escancarar a porta.

— O problema do galo — repetiu sorrindo e empurrando o capataz para o corredor. — O mundo pegando fogo e o meu compadre preocupado com esse galo.

Depois, dirigindo-se ao coronel:

— Está bem, compadre, volto já.

O pai de Agustín permaneceu estático no centro da sala até acabar de ouvir as passadas dos dois no final do corredor. Depois saiu para andar pela cidade, paralisada pela sesta dominical. Não havia ninguém na alfaiataria. Fechado o consultório do médico. Ninguém vigiava os artigos expostos nas lojas dos sírios. O rio era uma lâmina de aço. Um homem dormia no porto sobre quatro tambores de petróleo, o rosto protegido do sol por um chapéu. O coronel voltou para casa com a certeza de ser a única coisa móvel na região. A mulher esperava-o com um almoço completo.

— Arranjei fiado com a promessa de pagar amanhã cedo — foi advertindo.

Durante a refeição, ele explicava os acontecimentos das três últimas horas e ela ouvia impaciente.

— Acontece que lhe falta fibra — disse depois. — Você se apresentou como se fosse pedir uma esmola, quando deveria ter entrado de cabeça erguida, chamado o compadre e falado: "Compadre, decidi lhe vender o galo."

— A vida assim seria uma beleza — defendeu-se ele.

Ela assumiu uma atitude enérgica. Naquela manhã botara a casa em ordem e estava vestida de maneira insólita, com os sapatos velhos do marido, um avental de borracha e, uma tira amarrada à cabeça, com dois nós nas orelhas.

— Você não tem o menor jeito para negociar — criticou. — Quando a gente vai fazer um negócio, é preciso botar a mesma cara com que vai comprar.

O coronel descobriu nela qualquer coisa de engraçado.

— Fique assim como está — disse. — Está parecida com aquele homenzinho da aveia Quaker.

Ela tirou o pano da cabeça.

— Estou falando sério — disse. — Agora mesmo vou levar o galo ao compadre e aposto o que você quiser que estou de volta em meia hora com os novecentos pesos.

— O dinheiro lhe subiu à cabeça — zombou o marido. — Você começa a jogar o dinheiro do galo.

Não foi fácil dissuadi-la. Ela reservara a manhã para organizar mentalmente o programa de três anos sem a agonia das sextas-feiras. Preparou a casa para receber os novecentos pesos. Fez uma lista das compras essenciais de que careciam, sem esquecer um par de sapatos novos para o marido. Destinou um lugar para o espelho, no quarto. A frustração momentânea dos seus projetos produziu-lhe uma sensação confusa de ressentimento e vergonha.

Fez uma sesta bem curta. O marido estava sentado no quintal quando ela se levantou.

— E, agora, que está fazendo — perguntou.

— Estou pensando — respondeu ele.

— Então, está resolvido o problema. Dentro de cinquenta anos a gente pode contar com esse dinheiro.

Na realidade, porém, o coronel decidira vender o animal nessa mesma tarde. Pensou em dom Sabas sozinho no escritório, preparando-se diante do ventilador elétrico para a injeção de todos os dias. Tinha previstas todas as suas respostas.

— Leve o galo — recomendou a mulher quando ele saía. — A cara do santo faz o milagre.

O coronel se opôs. Até à porta ela o perseguiu com uma ansiedade desesperadora.

— Não importa que a tropa esteja lá no escritório — disse. — Agarre o compadre pelo braço e não deixe que ele se mova enquanto não lhe passar os novecentos pesos.

— Podem até pensar que nós estamos preparando um assalto.

Ela fez que não ouviu.

— Lembre-se de que o dono do galo é você — insistiu. — Lembre-se de que é você quem lhe vai fazer um favor.

— Está bem.

Dom Sabas estava com o médico no quarto.

— Aproveite agora, compadre — disse a esposa dele ao coronel. — O doutor está esperando por ele, que viaja para o sítio e não volta até quinta-feira.

O coronel debatia-se entre duas forças contrárias: apesar da determinação de vender o galo, gostaria de ter chegado uma hora mais tarde, a fim de não encontrar dom Sabas.

— Posso esperar — falou.

Mas a mulher insistiu. Levou-o ao quarto onde estava o marido, sentado em uma cama alta, de cueca, os olhos sem cor fixos no médico. O coronel esperou até que o médico aquecesse o tubo de vidro com a urina do paciente, cheirasse o vapor e fizesse um sinal de aprovação a dom Sabas.

— Este só se fuzilando — disse o médico dirigindo-se ao coronel. — A diabete é lenta demais para acabar com os ricos.

— O senhor já fez o possível com as malditas injeções de insulina — respondeu dom Sabas, e deu um salto sobre as flácidas nádegas. — Mas eu sou osso duro de roer.

E dirigiu-se ao coronel:

— Achegue-se, compadre — chamou. — Quando fui procurá-lo não achei mais nem o chapéu.

— Eu não uso para não ter de tirá-lo na frente de ninguém.

Dom Sabas começou a se vestir. O médico botou um tubo de vidro com amostra de sangue no bolso do paletó. Ordenou a maleta. O coronel pensou que ele se dispunha a sair.

— No seu lugar, doutor, eu enviaria ao compadre uma conta de cem mil pesos. Assim não estará tão ocupado.

— Já lhe propus o negócio, mas com um milhão — disse o médico. — Pobreza é o melhor remédio contra diabete.

— Obrigado pela receita — disse dom Sabas, procurando meter o ventre volumoso dentro da calça de montar. — Mas não aceito, para evitar ao senhor a calamidade de ser rico.

O médico admirou os próprios dentes, refletidos no fecho niquelado da maleta. Consultou o relógio sem manifestar impaciência. Quando foi enfiar as botas, dom Sabas dirigiu-se intempestivamente ao coronel:

— Bem, compadre, o que é que há com o seu galo?

O coronel sentiu que o médico também estava pendente da resposta. Apertou os dentes.

— Nada, compadre — murmurou. — Venho vendê-lo a você.

Dom Sabas acabou de pôr as botas.

— Muito bem, compadre — disse friamente. — É a coisa mais sensata que poderia lhe ocorrer.

— Já estou muito velho para essas coisas — justificou-se, ante a expressão impenetrável do médico. — Se eu tivesse vinte anos a menos, seria outra história.

— O senhor sempre terá vinte anos a menos — sustentou o médico.

O coronel recuperou o fôlego. Esperou que dom Sabas dissesse mais alguma coisa, mas não o fez. Vestiu o casaco de couro com fecho metálico e se preparou para sair do quarto.

— Compadre, se quiser, a gente conversa na semana que vem — falou o coronel.

— É o que eu ia lhe pedir. Tenho um freguês que talvez ofereça uns quatrocentos pesos. Temos de esperar, no entanto, até a próxima quinta-feira.

— Quanto? — perguntou o médico.

— Quatrocentos pesos.

— Ouvi dizer que valia muito mais — assombrou-se o médico.

— Compadre, você mesmo me falou em novecentos pesos — argumentou o coronel, amparado na perplexidade do outro. — Trata-se do melhor galo do nosso Departamento.

Dom Sabas falou diretamente ao médico.

— Em outros tempos, qualquer um daria até mil — explicou. — Mas agora ninguém se atreveria a soltar um bom galo. Sempre existe o risco de sair da rinha liquidado a tiros.

Virou-se para o compadre com uma desolação estudada.

— Foi isso que eu quis lhe dizer, compadre.

— Bem — balbuciou este.

Seguiu os dois pelo corredor. O médico ficou na sala, solicitado pela mulher de dom Sabas, que lhe pediu um remédio "para esses troços que dão de repente e ninguém sabe o que são". O coronel esperou no escritório. Dom Sabas abriu a caixa-forte, meteu dinheiro em todos os bolsos, e estendeu quatro cédulas ao coronel.

— Olhe aí, compadre, sessenta pesos. Acertaremos as contas quando você negociar o galo.

O coronel acompanhou o médico pelos bazares do porto, que começavam a recobrar vida com a fresca vespertina. Uma barcaça carregada de cana-de-açúcar deslizava pela correnteza do rio. O coronel vislumbrou no médico um hermetismo total.

— E você, doutor, como está?

O médico encolheu os ombros.

— Regular. Acho que estou precisando de médico.

— É o inverno — disse o coronel. — Eu sempre me desarranjo nessa época.

O médico botou no amigo um olhar absolutamente desprovido de interesse profissional. Cumprimentou sucessivamente todos os sírios sentados às portas das lojas. Na frente do consultório o coronel expôs sua opinião sobre a venda do galo.

— Não podia fazer senão isso — explicava. — Esse bicho se alimenta de carne humana.

— O único bicho que se alimenta de carne humana é dom Sabas — disse o médico. — Estou certo de que o senhor vai pegar os novecentos pesos no galo.

— Acha?

— Acho, sim. É negócio tão seguro quanto o famoso pacto patriótico que ele fez com o alcaide.

O coronel não queria acreditar.

— Meu compadre fez esse pacto para salvar a pele — justificou. — Por isso pôde ficar na cidade.

— E por isso pôde ficar com todos os bens dos próprios correligionários que o alcaide expulsou daqui, pela metade do preço — replicou o médico. Bateu à porta, pois não encontrava a chave nos bolsos. Enfrentou a incredulidade do coronel.

— Não seja bobo, amigo — disse. — Dom Sabas se interessa muito mais por dinheiro do que pela própria pele.

A mulher do coronel foi às compras naquela mesma noite. O marido acompanhou-a até as lojas dos turcos, preocupado com as palavras do médico.

— Vá atrás dos rapazes e diga pra eles que o galo já está vendido — ordenou ela. — Não podemos deixá-los iludidos.

— O galo não será negociado enquanto o compadre Sabas não voltar — decidiu o coronel.

Encontrou Álvaro jogando roleta no salão de bilhar. O local fervia na noite de domingo. O calor parecia mais intenso devido às vibrações do rádio a todo volume. O coronel entreteve-se com os números de cores vivas, pintadas no oleado negro, iluminados por uma lanterna a querosene posta sobre um caixote no meio da mesa. Álvaro obstinou-se em perder no vinte e três. Seguindo o jogo por cima dos seus ombros, o coronel observou que o onze dera quatro vezes em nove lances.

— Aposte no onze — sussurrou no ouvido de Álvaro. — É o que mais dá.

O rapaz examinou a mesa do jogo. Na rodada seguinte não apostou. Tirou dinheiro do bolso da calça e com ele um papel.

Passou-o ao coronel por debaixo da mesa.

— É de Agustín — disse.

O coronel guardou no bolso o panfleto subversivo. Álvaro jogou forte no onze.

— Comece aos pouquinhos — recomendou o coronel.

— Pode ser um bom palpite — disse Álvaro.

Um grupo de jogadores, vizinhos, retirou as apostas de outros números para marcar no onze, quando já havia começado a girar a enorme roda de cores. O coronel sentiu-se oprimido. Pela primeira vez experimentou a fascinação, o sobressalto e a amargura do azar.

Deu o cinco.

— Sinto muito — lamentou o coronel, envergonhado; e acompanhou com um irresistível sentimento de culpa o rodo de madeira recolhendo a aposta de Álvaro. — Isso acontece por eu me meter no que não é da minha conta.

O rapaz sorriu sem olhar para ele.

— Não se preocupe, coronel. Tente no amor.

Os pistons do mambo silenciaram de repente. Os jogadores dispersaram-se com as mãos para o alto. O coronel ouviu às costas o estalo seco, articulado e frio de um fuzil ao ser engatilhado. Compreendeu então que caíra em uma situação fatal: uma batida policial, e ele com um panfleto subversivo no bolso. Deu meia-volta sem levantar as mãos. Foi quando viu de perto, pela primeira vez na vida, o soldado que disparou contra seu filho. Estava exatamente diante dele, o cano do fuzil apontando contra seu ventre. Era pequeno, acaboclado, a pele curtida; exalava um bafo infantil. O coronel apertou os dentes e desviou suavemente o cano com a ponta dos dedos.

— Com licença — pediu.

Enfrentou uns olhos pequenos e redondos, de morcego. Em um instante sentiu-se tragado por eles, triturado, digerido e imediatamente expelido.

— Tem toda, coronel.

Não foi necessário abrir a janela para identificar o mês de dezembro. O coronel sentiu-o nos próprios ossos enquanto picava, na cozinha, as frutas para o desjejum do galo. Depois abriu a porta e a visão do quintal confirmou a sua intuição. Era um quintal maravilhoso, com a erva e as árvores e o quartinho da privada flutuando na claridade, a um milímetro do chão.

A mulher permaneceu na cama até as nove, e quando apareceu na cozinha o marido já havia posto a casa em ordem e conversava com os meninos à volta do galo. Ela teve de rodeá-los para se chegar ao fogão.

— Saiam do meio — gritou. Dirigiu ao animal um olhar sombrio. — Não sei quando me verei livre desta ave de mau agouro.

Através do galo o coronel examinou o humor da mulher. Nele nada merecia censura, estava apto para os treinamentos. O pescoço e as coxas pelados e violáceos, a crista separada, o animal adquiria uma figura simples, um ar indefeso.

— Vá à janela e o esqueça — recomendou o coronel quando os meninos foram embora. — Uma manhã assim dá vontade de tirar retrato.

Ela chegou-se à janela, mas o rosto não revelou nenhuma emoção.

— Gostaria de plantar rosas — disse, de volta ao fogão.

O marido pendurou um espelho na estaca, para se barbear.

— Se quer plantar rosas, por que não planta?

Procurou identificar seus movimentos aos da imagem no espelho.

— Os porcos comem todas — lembrou ela.

— Ótimo — disse o coronel. — Porco cevado com rosa deve ser muito gostoso.

Procurou a mulher pelo espelho e observou que ela continuava com a mesma expressão. No resplendor do fogo seu rosto parecia modelado na matéria do fogão. Sem notar, os olhos fixos nela, continuou se barbeando pelo tato, como o fazia havia vários anos. A mulher pensou, em um longo silêncio.

— É que não quero plantá-las — disse.
— Ora — falou ele. — Então não plante.

Sentia-se muito bem. Dezembro havia murchado a flora das suas vísceras. Teve uma contrariedade nessa manhã ao calçar os sapatos novos. Após tentar várias vezes, compreendeu que era um esforço inútil e calçou as botinas de verniz. A mulher percebeu a manobra.

— Se você não calça os novos, não vai amaciá-los nunca.
— São sapatos de paralítico — protestou. — Sapatos é coisa que só deveria ser vendida com um mês de uso.

Saiu à rua estimulado pelo pressentimento de que a carta chegaria naquela tarde. Quis aguardar dom Sabas no escritório, enquanto não chegava a hora das lanchas. Mas lhe reafirmaram que o patrão só regressaria na segunda-feira. Não se desesperou, apesar de não ter previsto esse contratempo.

— Tem de vir, mais cedo ou mais tarde — comentou para si próprio, a caminho do porto, atravessando a prodigiosa claridade ainda virgem. — Devia ser dezembro o ano inteiro — murmurou, já sentado no armazém do sírio Moisés. — A gente se sente como se fosse de vidro.

O sírio Moisés teve de fazer um esforço para traduzir a ideia ao seu árabe já quase esquecido. Era um oriental plácido, forrado até o crânio por uma pele muito lisa, esticada, com densos movimentos de afogado. Parecia, efetivamente, salvo das águas.

— Assim era antes — disse. — Se agora também fosse assim, eu teria oitocentos e noventa e sete anos. E você?

— Setenta e cinco — respondeu o coronel, perseguindo com o olhar o administrador do correio. Só então descobriu o circo. Reconheceu a lona remendada no teto da lancha do correio entre um montão de objetos coloridos. Por alguns instantes perdeu de vista o funcionário para procurar as feras entre as caixas amontoadas sobre as outras lanchas. Não as encontrou.

— É um circo — disse. — É o primeiro que chega, em dez anos.

Moisés verificou a informação. Falou à mulher em uma mistura de árabe e espanhol, e ela respondeu lá do quarto atrás da loja. Ele fez um comentário para si mesmo e depois traduziu sua preocupação ao coronel.

— Esconda o galo, coronel. Os moleques podem roubá-lo para vender ao circo.

O coronel dispôs-se a seguir o administrador.

— Não é circo de feras — disse.

— Não importa — replicou o sírio. — Os acrobatas comem galos para fortificar os ossos.

Seguiu o funcionário dos bazares do porto até a praça, quando foi surpreendido pelo turbulento clamor da rinha. Alguém, ao passar, disse-lhe alguma coisa sobre seu galo. Só então se lembrou de que chegara o dia fixado para começar o treinamento.

Passou direto pelo correio. Momentos depois estava submerso na turbulenta atmosfera da rinha. Viu o bicho no meio da pista, sozinho, indefeso, as esporas embrulhadas em trapos, com algo de medo transparecendo no tremor das pernas. O adversário era um macho triste e cinzento.

O coronel não sentiu qualquer emoção. Foi uma sucessão de assaltos iguais. Um entretecer momentâneo de penas, pés e pescoços em meio a uma ovação alvoroçada. Despachado contra as tábuas da barreira, o adversário dava uma volta sobre si mesmo e voltava ao assalto. Seu galo não atacou. Repelia cada um dos ataques, e vinha outra vez para o lugar exato onde se encontrava. Mas agora as pernas não tremiam.

Germán pulou a barreira, levantou-o com as duas mãos e mostrou-o ao público das galerias, obtendo uma frenética explosão de palmas e gritos, em resposta. O coronel observou a desproporção entre o entusiasmo da ovação e a intensidade do espetáculo. Pareceu-lhe uma farsa à qual, voluntária e conscientemente, os galos também se prestavam.

Examinou a galeria circular, movido por uma curiosidade um tanto depreciativa. Uma multidão exaltada precipitou-se das galerias até a pista. O coronel observou a confusão de rostos cálidos, ansiosos, terrivelmente vivos. Toda a gente nova da cidade. Reviveu, como em um presságio, um instante apagado no horizonte da sua memória. Então saltou a barreira, abriu caminho através da multidão concentrada em círculo, e deu com os olhos tranquilos de Germán. Olharam-se sem pestanejar.

— Boa tarde, coronel.

O coronel lhe arrebatou o galo.

— Boa tarde — murmurou.

E não disse mais nada porque ficou estremecido com a quente e profunda palpitação do animal. Pensou em que nunca tivera uma coisa tão viva entre as mãos.

— O senhor não estava em casa — disse Germán, paralisado.

Interrompeu-o nova gritaria. O coronel sentiu-se intimidado. Tornou a abrir caminho sem olhar para ninguém, atordoado pelas ovações. Saiu à rua com o galo debaixo do braço.

Toda a cidade — sua gente mais simples — apareceu para vê-lo passar, seguido pelos meninos da escola. Um negro gigantesco, trepado em uma mesa e com uma cobra enrolada no pescoço, vendia remédios sem licença, na esquina da praça. De regresso ao porto um grupo numeroso detivera-se para ouvir seu pregão; mas quando o coronel passou com o galo a atenção desviou-se toda para ele. Jamais fora tão comprido o caminho de casa.

Não se arrependeu. Havia muito tempo que a cidade jazia em uma espécie de modorra, estragada por dez anos de história. Nessa tarde (outra sexta-feira sem carta) aquele povo todo havia despertado. O coronel lembrou-se de outra época. Viu a si mesmo com a mulher e o filho assistindo, debaixo do guarda-chuva, a um espetáculo que não foi interrompido, apesar do mau tempo. Lembrou-se também dos dirigentes de seu partido, escrupulosamente penteados, abanando-se no quintal de sua casa ao som da música. Quase reviveu a dolorosa ressonância do bumbo nos intestinos.

Atravessou a rua paralela ao rio e até ali deparou-se com a tumultuosa multidão dos remotos domingos eleitorais. Todos observavam o descarregar do circo. Uma mulher gritou qualquer coisa relacionada com o galo, do interior de uma loja. Ele seguiu para casa, absorto, ainda ouvindo vozes dispersas, como se o perseguissem restos da ovação na rinha.

Já na porta, dirigiu-se aos meninos.

— Todos para casa — ordenou. — Quem entrar aqui sai debaixo de carreada.

Passou a tranca e foi direto à cozinha. A mulher saiu do quarto, sem fôlego.

— Levaram o galo à força — gritou. — Eu disse que o bicho não sairia daqui enquanto eu estivesse viva.

O coronel amarrou o animal no suporte do fogão. Mudou a água da lata perseguido pela voz frenética da mulher.

— Disseram que o levariam até por cima dos nossos cadáveres. E falaram que o galo não era nosso, mas de toda a cidade.

Só quando terminou seus cuidados com o galo é que o coronel enfrentou o rosto transtornado da mulher. Descobriu, sem assombro, que isso não lhe produzia remorso ou compaixão.

— Fizeram bem — disse calmamente.

Depois, apalpando os bolsos, acrescentou com uma insondável doçura:

— Não vamos mais vender esse galo.

Ela o seguiu até o quarto. Sentiu-o completamente humano, embora intocável, como se o estivesse vendo na tela de um cinema.

O coronel tirou do guarda-roupa um maço de notas, juntou ao que já estava no bolso, contou o total e guardou tudo no mesmo lugar.

— Aí estão vinte e nove pesos para devolver ao compadre Sabas — falou. — O resto, a gente paga quando a pensão chegar.

— E se não chegar — perguntou a mulher.

— Chegará.

— Mas se não chegar.

— Então, não se paga.

Encontrou os sapatos novos debaixo da cama. Voltou ao armário para apanhar a caixa de papelão, limpou a sola com um trapo e botou os sapatos na caixa, tal como a mulher os trouxe no domingo à noite. Ela não se moveu.

— Devolveremos os sapatos. São mais treze pesos para nosso compadre.

— Não recebem de volta — advertiu ela.

— Recebem — respondeu o marido. — Só usei duas vezes.

— Os turcos não entendem essas coisas.

— Mas têm de entender.
— E se não entendem?
— Pois então que não entendam.

Os dois foram se deitar sem comer nada. O coronel esperou que a mulher acabasse de desfiar o rosário, a fim de apagar a luz. Mas não pôde dormir. Ouviu as badaladas da censura cinematográfica e quase em seguida, três horas depois, o toque de silêncio. A pedregosa respiração da mulher tornou-se angustiosa pela madrugada, com o ar gelado. O coronel ainda estava com os olhos abertos quando ela perguntou, com voz repousada, conciliatória.

— Você está acordado?
— Estou.
— Seja compreensivo. Fale amanhã com o compadre Sabas.
— Só volta na segunda-feira.
— Ótimo — disse a mulher. — Assim, você terá três dias para pensar melhor.
— Não há nada que pensar melhor.

O ar viscoso de outubro tinha sido substituído por uma frescura agradável. O coronel tornou a reconhecer dezembro no canto dos galos-do-campo. Às duas da manhã ainda não conseguira dormir. Mas sabia que a mulher também estava acordada. Mudou a posição na rede.

— Está sem sono — perguntou ela.
— Estou.

A mulher pensou um momento.

— Não estamos em condições de fazer isso — advertiu. — Pense bem no que são quatrocentos pesos de uma vez.
— Falta pouco para que chegue a pensão — lembrou o marido.
— Há quinze anos que você está falando isso.
— Por isso mesmo — argumentou o coronel. — Agora não pode mais demorar.

Ela ficou em silêncio. Quando tornou a falar, pareceu ao marido que o tempo não havia passado.

— Tenho a impressão de que esse dinheiro não chegará nunca — disse ela.

— Chegará.
— E se não chegar.
Ele não encontrou voz para responder. Ao primeiro canto do galo, tropeçou com a realidade, mas voltou a submergir em um sono denso, seguro, sem remorsos. Ao despertar, o sol já ia alto. A mulher dormia. O coronel repetiu, metodicamente, com duas horas de atraso, os seus movimentos matinais, e esperou-a para o café.

Ela se levantou, impenetrável. Cumprimentaram-se e se sentaram em silêncio. O coronel sorveu uma xícara de café preto com um pedaço de queijo e um pão doce. Passou a manhã toda na alfaiataria. A uma hora voltou para casa e deu com a mulher costurando entre as begônias.

— Está na hora do almoço — lembrou.
— Não tem almoço — respondeu ela.

Ele encolheu os ombros. Tratou de fechar os buracos da cerca do quintal a fim de que os meninos não entrassem mais na cozinha. No seu regresso a mesa estava servida.

Durante o almoço o coronel compreendeu que a mulher fazia força para não chorar. A certeza era alarmante. Conhecia o caráter da companheira, naturalmente duro, e enrijecido mais ainda pelos quarenta anos de amargura. A morte do filho não lhe arrancara uma lágrima.

Fixou diretamente naqueles olhos um olhar de reprovação. Ela mordeu os lábios, secou as pálpebras com a manga e continuou almoçando.

— Você não tem consideração — disse ela.

O marido não respondeu.

— É uma pessoa teimosa, obstinada e mal-agradecida — continuou.

Cruzou os talheres sobre o prato, mas logo mudou a posição, supersticiosamente.

— Eu, a vida inteira comendo terra, para acabar agora merecendo menos consideração que um galo.

— É diferente.

— É a mesma coisa — insistiu a mulher. — Você devia observar que estou morrendo, que isto que eu tenho não é doença, mas agonia.

O coronel não deu uma palavra até acabar o almoço.

— Se o doutor me garante que, vendendo o galo, você cura essa asma, eu vendo agora mesmo — disse afinal. — Mas se não, não.

Levou o animal à rinha, à tarde. Quando voltou, a mulher estava no auge da crise. Passeava ao longo do corredor, os cabelos soltos nas costas, os braços abertos, buscando ar por cima dos assobios de seus pulmões. Ficou nesse estado até a boca da noite. Depois se deitou, sem falar com o marido.

Mastigou as orações até pouco depois do toque de silêncio. O coronel, então, dispôs-se a apagar a luz. Ela protestou.

— Não quero morrer nas trevas — disse.

O coronel deixou a lâmpada no chão. Começava a se sentir um tanto cansado. A sua vontade era esquecer tudo, adormecer de uma só vez quarenta e quatro dias, e despertar a vinte de janeiro, às três da tarde, na rinha e no momento exato de soltar o galo. Sabia, no entanto, que estava ameaçado pela insônia da mulher.

— É a mesma história de sempre — comentou ela, instantes depois. — Nós entramos com a fome para que os outros comam. A mesma história há quarenta anos.

O coronel permaneceu em silêncio até que a mulher fez uma pausa. Perguntou se ele estava acordado. O marido respondeu que sim. A mulher continuou em tom fluente, liso, implacável.

— Todo mundo ganhará com o galo, menos nós. Somos os únicos que não temos nem um centavo para apostar.

— O dono do galo tem direito a vinte por cento.

— Você também tinha direito a um cargo quando lhe botavam para moer ossos nas eleições — disse a mulher. — Também tinha direito à pensão de veterano, depois de arriscar a pele na guerra civil. Agora, todos estão com a vida assegurada, e você, morrendo de fome, completamente só.

— Não estou só — defendeu-se o marido.

Procurou explicar qualquer coisa, mas foi vencido pelo sono. Ela continuou protestando surdamente, até sentir que ele dormira. Então, levantou-se, saiu do mosquiteiro, e passou pela sala. O coronel chamou-a, pela madrugada.

A mulher apareceu na porta, espectral, iluminada por uma luz quase bruxuleante, que ela apagou antes de entrar no quarto. Mas continuou falando.

— Vamos fazer uma coisa — interrompeu o coronel.
— A única coisa a fazer é vender o galo — disse ela.
— Também podemos passar o relógio.
— Ninguém compra.
— Amanhã eu vou fazer Álvaro dar os quarenta pesos.
— Não dá.
— Então, vamos vender o quadro.

Quando a mulher voltou a falar, estava outra vez fora do mosquiteiro. O coronel sentiu a sua respiração impregnada de ervas medicinais.

— Não compram — disse.
— Amanhã veremos — insistiu o marido, suavemente, sem vestígio de alteração na voz. — Agora, durma. Se a gente não vender nada, amanhã pensaremos em outra coisa.

Ele tratou de manter os olhos abertos, mas foi vencido pelo sono. Caiu até o fundo de uma substância sem tempo e sem espaço, onde as palavras da mulher tinham significação diferente. Logo depois, no entanto, sentiu-se sacudido pelo ombro.

— Responda!

O coronel não sabia se ouvira a palavra antes ou depois do sonho. Amanhecia. A janela recortava a claridade verde do domingo. Achou que estava com febre. Os olhos ardiam e ele teve de fazer um esforço fora do comum para recobrar a lucidez.

— Que se pode fazer se a gente não pode vender nada — repetiu a mulher.

— Então, já será vinte de janeiro — disse ele, perfeitamente lúcido. — Os vinte por cento são pagos no mesmo dia.

— Isso, se o galo ganhar — insistiu a mulher. — E se perder, você já pensou que o galo pode perder?

— Um galo desses não pode perder.
— Suponhamos que perca.
— Faltam ainda quarenta e cinco dias para se pensar nessa hipótese.

A mulher desesperou-se.

— Enquanto isso, o que é que nós vamos comer — perguntou, agarrando o coronel pelo colarinho.

Sacudiu-o com força.

— Diga, o que nós vamos comer.

O coronel precisou de setenta e cinco anos — os setenta e cinco anos de sua vida, minuto a minuto — para chegar àquele instante. Sentiu-se puro, explícito, invencível, no momento de responder:

— Merda.

Paris, janeiro de 1957.

OS FUNERAIS DA MAMÃE GRANDE
1962

Ao crocodilo sagrado

A SESTA DA TERÇA-FEIRA

O trem saiu do trepidante corte de pedras vermelhas, entrou na plantação de bananas, de ruas simétricas e intermináveis, e o ar se fez úmido e não se voltou a sentir a brisa do mar. Um rolo de fumaça sufocante entrou pela janela do vagão. No estreito caminho paralelo à via férrea havia carros de boi cheios de cachos verdes. Do outro lado do caminho, em inopinados espaços sem plantação, havia escritórios com ventiladores elétricos, acampamentos de tijolos vermelhos e residências com cadeiras e mesinhas brancas nas varandas, entre palmeiras e roseiras empoeiradas. Eram onze horas da manhã e ainda não começara a fazer calor.

— É melhor levantar a vidraça — disse a mulher. — Seu cabelo vai ficar cheio de carvão.

A menina tentou obedecer, mas a persiana estava presa pela ferrugem.

Eram os únicos passageiros no vagão pobre, de terceira classe. Como a fumaça da locomotiva continuasse entrando pela janela, a menina levantou-se e pôs em seu lugar os únicos objetos que levavam: uma sacola de plástico com coisas de comer e um ramo de flores embrulhado em papel de jornal. Sentou-se no banco oposto, longe da janela, de frente para a mãe. Ambas vestiam um luto rigoroso e pobre.

A menina tinha doze anos e era a primeira vez que viajava. A mulher parecia velha demais para ser sua mãe, por causa das veias azuis nas pálpebras e do corpo pequeno, flácido e sem formas, em um vestido que parecia uma batina. Viajava com a coluna vertebral firmemente apoiada contra o espaldar do assento, segurando no colo com as duas mãos uma bolsa de verniz desbotado. Tinha a serenidade escrupulosa da gente acostumada à pobreza.

O calor começara ao meio-dia. O trem parou dez minutos numa estação sem povoado para abastecer-se de água. Do lado de fora, no misterioso silêncio das plantações, a sombra tinha um aspecto limpo. Mas o ar estancado dentro do vagão cheirava a couro cru. O trem não voltou a acelerar. Parou em dois povoados iguais, com casas de madeira pintadas de cores vivas. A mulher inclinou a cabeça e começou a cochilar. A menina tirou os sapatos. Depois foi ao sanitário para botar água no ramo de flores mortas.

Quando voltou, a mãe esperava-a para comer. Deu-lhe um pedaço de queijo, meia broa de milho e um biscoito doce e tirou para si da sacola de plástico uma ração igual. Enquanto comiam, o trem atravessou lentamente uma ponte de ferro e passou ao largo de um povoado igual aos anteriores, só que neste havia uma multidão na praça. Uma banda de música tocava uma peça alegre sob um sol esmagador. Do outro lado do povoado, em uma planície entrecortada por trechos áridos, terminavam as plantações.

A mulher parou de comer.

— Calce os sapatos — disse.

A menina olhou para fora. Não viu nada além da planície deserta por onde o trem começava a correr de novo, mas guardou na sacola o último pedaço de biscoito e calçou rapidamente os sapatos. A mulher deu-lhe um pente.

— Penteie-se — disse.

O trem começou a apitar enquanto a menina se penteava. A mulher enxugou o suor do pescoço e limpou a gordura do rosto com os dedos. Quando a menina acabou de se pentear, o trem passou diante das primeiras casas de um povoado maior, porém mais triste que os anteriores.

— Se você está com vontade de fazer alguma coisa, faça agora — disse a mulher. — Depois, mesmo que esteja morrendo de sede, não tome água em lugar nenhum. Principalmente, não vá chorar.

A menina concordou com a cabeça. Pela janela entrava um vento ardente e seco, misturado com o apito da locomotiva e o estrépito dos velhos vagões. A mulher enrolou a sacola com o resto dos alimentos e guardou-a na bolsa. Por um instante, a imagem total do povoado, na luminosa terça-feira de agosto, resplandeceu na janela. A menina embrulhou as flores nos jornais empapados, afastou-se um pouco mais da janela e olhou fixamente para a mãe. Ela devolveu-lhe uma expressão tranquila. O trem parou de apitar e diminuiu a marcha. Um momento depois parou.

Não havia ninguém na estação. Do outro lado da rua, na calçada sombreada pelas amendoeiras, apenas o salão de bilhar estava aberto. O povoado flutuava no calor. A mulher e a menina desceram do trem, atravessaram a estação abandonada cujos ladrilhos começavam a rachar pela pressão da erva e cruzaram a rua até a calçada de sombra.

Eram quase duas. A essa hora, abatido pela modorra, o povo fazia a sesta. Os armazéns, as repartições públicas, a escola municipal fechavam às onze e não voltavam a abrir até um pouco antes das quatro, quando o trem passava de volta. Só permaneciam abertos o hotel em frente à estação, sua cantina e seu salão de bilhar e o escritório do telégrafo a um canto da praça. As casas, em sua maioria construídas no mesmo estilo da companhia bananeira, tinham as portas fechadas por dentro e as persianas baixadas. Em algumas fazia tanto calor que seus moradores almoçavam no pátio. Outros recostavam uma cadeira à sombra das amendoeiras e faziam a sesta sentados em plena rua.

Procurando sempre a proteção das amendoeiras, a mulher e a menina entraram no povoado sem perturbar a sesta. Foram diretamente para a casa paroquial. A mulher raspou com a unha a tela metálica da porta, esperou um pouco e voltou a chamar. No interior zumbia um ventilador elétrico. Não se ouviram passos. Ouviu-se apenas o estalido de uma porta e em seguida uma voz cautelosa bem perto da tela metálica: "Quem é?" A mulher procurou ver através da tela.

— Preciso falar com o padre.

— Ele agora está dormindo.

— É urgente — insistiu a mulher.

Sua voz tinha uma tenacidade repousada.

A porta entreabriu-se sem ruído e surgiu uma mulher madura e gorduchinha de pele muito pálida e cabelos cor de ferro. Os olhos pareciam muito pequenos por trás das grossas lentes.

— Entrem — disse e acabou de abrir a porta.

Entraram em uma sala impregnada de um velho cheiro de flores. A mulher da casa conduziu-as até um banco de madeira e fez sinal para que se sentassem. A menina assim o fez, mas a mãe permaneceu de pé, absorta, com a bolsa apertada nas duas mãos. Não se percebia nenhum ruído além do ventilador elétrico.

A mulher da casa surgiu na porta dos fundos.

— Ele falou para voltarem depois das três — disse em voz muito baixa. — Deitou-se há cinco minutos.

— O trem sai às três e meia — disse a mulher.

Foi uma resposta rápida e firme, mas a voz continuava calma, com muitos matizes. A mulher da casa sorriu pela primeira vez.

— Está bem — disse.

Quando a porta dos fundos voltou a fechar-se, a mulher sentou-se ao lado da filha. A estreita sala de espera era pobre, ordenada e limpa. Do outro lado de uma balaustrada de madeira que dividia a sala havia uma mesa de trabalho, simples, coberta com um oleado, e em cima da mesa uma máquina de escrever primitiva junto a um vaso com flores. Atrás estavam os arquivos paroquiais. Notava-se que era um escritório arrumado por uma mulher solteira.

A porta dos fundos abriu-se e desta vez apareceu o sacerdote limpando os óculos com um lenço. Somente quando os colocou pareceu evidente que era irmão da mulher que abrira a porta.

— O que desejam? — perguntou.

— A chave do cemitério — disse a mulher.

A menina estava sentada com as flores ao colo e os pés cruzados debaixo do banco. O sacerdote olhou-a, depois olhou a mulher e depois, através da tela metálica da janela, o céu brilhante e sem nuvens.

— Com este calor — disse. — Podiam esperar até que o sol baixasse um pouco.

A mulher moveu a cabeça em silêncio. O sacerdote passou para o outro lado da balaustrada, tirou do armário um caderno encapado de oleado, uma caneta de madeira e um tinteiro e sentou-se à mesa. O cabelo que lhe faltava na cabeça sobrava nas mãos.

— Qual o túmulo que vão visitar? — perguntou.

— O de Carlos Centeno — disse a mulher.
— Quem?
— Carlos Centeno — repetiu a mulher.
O padre continuou sem entender.
— É o ladrão que mataram aqui na semana passada — disse a mulher no mesmo tom. — Sou mãe dele.

O sacerdote examinou-a. Ela olhou-o fixamente, com um domínio tranquilo, e o padre ruborizou-se. Baixou a cabeça para escrever. À medida que enchia a folha, pedia à mulher os dados de sua identidade e ela respondia sem vacilação, com detalhes precisos, como se estivesse lendo. O padre começou a suar. A menina desabotoou a fivela do sapato esquerdo, descalçou o calcanhar e o apoiou ao contraforte do banco. Fez o mesmo com o direito.

Tudo começara na segunda-feira da semana anterior, às três da madrugada e a poucas quadras dali. A senhora Rebeca, uma viúva solitária que vivia em uma casa cheia de cacarecos, percebeu por entre o rumor da chuva fina que alguém tentava forçar a porta da rua pelo lado de fora. Levantou-se, procurou tateando no guarda-roupa um revólver arcaico que ninguém havia disparado desde os tempos do coronel Aureliano Buendía, e foi para a sala sem acender as luzes. Orientando-se menos pelo ruído da fechadura que por um terror desenvolvido nela por vinte e oito anos de solidão, localizou na imaginação não só o lugar em que estava a porta como a altura exata da fechadura. Segurou a arma com as duas mãos, fechou os olhos e apertou o gatilho. Era a primeira vez na vida que disparava um revólver. Imediatamente após a detonação não ouviu nada além do murmúrio da chuva fina no teto de zinco. Depois percebeu um barulhinho metálico na calçada de cimento e uma voz muito baixa, tranquila, mas terrivelmente fatigada: "Ai, minha mãe." O homem que amanheceu morto diante da casa, com o nariz despedaçado, vestia uma blusa de flanela de listras coloridas, uma calça ordinária com uma corda em lugar de cinto, e estava descalço. Ninguém o conhecia no povoado.

— Então ele se chamava Carlos Centeno — murmurou o padre quando acabou de escrever.

— Centeno Ayala — disse a mulher. — Era o único varão.

O sacerdote voltou ao armário. Penduradas em um prego por dentro da porta havia duas chaves grandes e enferrujadas, como a menina imaginava, e como imaginava a mãe quando era menina, e como deve ter imaginado alguma vez o próprio sacerdote que seriam as chaves de São Pedro. Apanhou-as, colocou-as no caderno aberto sobre a balaustrada e mostrou com o indicador um lugar na página escrita, olhando a mulher.

— Assine aqui.

A mulher garatujou o nome, sustentando a bolsa debaixo do braço. A menina apanhou as flores, dirigiu-se à balaustrada arrastando os sapatos e observou atentamente a mãe.

O pároco suspirou.

— Nunca tentou fazê-lo entrar para o bom caminho?

A mulher respondeu quando acabou de assinar.

— Era um homem muito bom.

O sacerdote olhou alternadamente a mulher e a menina e verificou com uma espécie de piedoso espanto que não pareciam a ponto de chorar. A mulher continuou inalterável:

— Eu lhe dizia que nunca roubasse nada que fizesse falta a alguém para comer e ele me escutava. Entretanto, antes, quando lutava boxe, passava até três dias na cama prostrado pelos golpes.

— Teve que arrancar todos os dentes — interveio a menina.

— Isso mesmo — confirmou a mulher. — Cada bocado que eu comia nesse tempo tinha gosto dos murros que davam em meu filho nos sábados à noite.

— A vontade de Deus é inescrutável — disse o padre.

Mas disse sem muita convicção, em parte porque a experiência tornara-o um pouco cético, e em parte devido ao calor. Recomendou-lhes que protegessem a cabeça para evitar a insolação. Indicou-lhes, bocejando e já quase completamente dormindo, como deviam fazer para encontrar a sepultura de Carlos Centeno. Na volta não precisavam bater. Deviam colocar a chave por baixo da porta, e deixar ali mesmo, se tivessem, uma esmola para a Igreja. A mulher ouviu as explicações com muita atenção, mas agradeceu sem sorrir.

Mesmo antes de abrir a porta da rua o padre viu que havia alguém olhando para dentro, com o nariz espremido contra a tela metálica. Era um grupo de meninos. Quando a porta se abriu por completo, os meninos se dispersaram. A essa hora, normalmente, não havia ninguém na rua. Agora não estavam apenas os meninos. Havia grupos debaixo das amendoeiras. O padre examinou a rua distorcida pela reverberação e então compreendeu. Suavemente, voltou a fechar a porta.

— Esperem um minuto — disse, sem olhar a mulher.

Sua irmã apareceu na porta dos fundos, com uma blusa negra sobre a camisola de dormir e o cabelo solto nos ombros. Olhou o padre em silêncio.

— O que foi? — perguntou ele.

— Eles souberam — murmurou sua irmã.

— É melhor que elas saiam pela porta do pátio — disse o padre.

— Dá no mesmo — disse sua irmã. — Está todo mundo nas janelas.

A mulher parecia não ter ainda compreendido. Procurou ver a rua através da tela. Em seguida pegou o ramo de flores da menina e começou a andar em direção à porta. A menina seguiu-a.

— Esperem o sol baixar um pouco — disse o padre.

— Vocês vão se derreter — disse sua irmã, imóvel no fundo da sala.

— Esperem que eu empresto uma sombrinha.

— Obrigada — replicou a mulher. — Vamos bem assim.

Pegou a menina pela mão e saiu para a rua.

UM DIA DESSES

A segunda-feira amanheceu quente e sem chuva. O Sr. Escovar, dentista sem título e bom madrugador, abriu o consultório às seis horas. Tirou do armário uma dentadura postiça ainda montada no molde de gesso e pôs sobre a mesa um punhado de instrumentos que arrumou pelo tamanho, como em uma exposição. Vestia uma camisa listrada, sem colarinho, fechada em cima com um botão dourado, as calças presas com suspensórios. Era rígido, enxuto, com um olhar que raramente correspondia à situação, como o olhar dos surdos.

Quando acabou de dispor as coisas sobre a mesa, girou a broca em direção à poltrona de molas e sentou-se para polir a dentadura postiça. Parecia não pensar no que fazia, mas trabalhava com obstinação, pedalando a broca mesmo quando não se servia dela.

Depois das oito horas fez uma pausa para olhar o céu pela janela e viu dois urubus pensativos que se secavam ao sol na cerca da casa vizinha. Continuou trabalhando, achando que antes do almoço voltaria a chover. A voz desafinada do filho de onze anos tirou-o de sua abstração.

— Papai.
— Que é.
— O alcaide está pedindo para você arrancar um dente dele.
— Diga a ele que eu não estou aqui.

Estava polindo um dente de ouro. Estendeu-o à distância do braço e examinou-o com os olhos meio fechados. Na salinha de espera seu filho voltou a gritar.

— Ele disse que você está sim, que ele está ouvindo você trabalhar.

O dentista continuou examinando o dente. Só quando o pôs na mesa junto a outros trabalhos terminados, falou:

— Melhor.

Voltou a trabalhar com a broca. De uma caixinha de papelão onde guardava as coisas por fazer, tirou uma ponte de várias peças e começou a polir o ouro.

— Papai.

— Que é.

Não mudara a expressão.

— Ele disse que se você não tirar o dente ele lhe dá um tiro.

Sem se apressar, e com um movimento extremamente tranquilo, parou de pedalar a broca, afastou-a da poltrona e abriu por completo a gaveta inferior da mesa. Lá estava o revólver.

— Está bem — disse. — Diga-lhe que venha dar.

Girou a poltrona até ficar de frente para a porta, a mão apoiada na beira da gaveta. O alcaide surgiu no umbral. Tinha barbeado a face esquerda, mas a outra, inchada e dolorida, estava com uma barba de cinco dias. O dentista viu em seus olhos murchos muitas noites de desespero. Fechou a gaveta com a ponta dos dedos e disse suavemente:

— Sente-se.

— Bom dia — disse o alcaide.

— Bom dia — disse o dentista.

Enquanto os instrumentos ferviam, o alcaide apoiou o crânio no cabeçal da poltrona e sentiu-se melhor. Respirava um ar glacial. Era um consultório pobre: uma velha cadeira de madeira, a broca de pedal e um armário de vidro com potes de louça. Em frente à cadeira, uma janela com a parte de baixo vedada por um pano, até a altura de um homem. Quando percebeu que o dentista se aproximava, o alcaide firmou-se nos calcanhares e abriu a boca.

O Sr. Aurélio Escovar virou-lhe o rosto para a luz. Após examinar o molar doente, apalpou-lhe o maxilar com uma cautelosa pressão dos dedos.

— Tem que ser sem anestesia — disse.

— Por quê?

— Porque tem um abscesso.

O alcaide olhou-o nos olhos.

— Está bem — disse, e tentou sorrir. O dentista não lhe correspondeu. Levou para a mesa de trabalho a vasilha com os instrumentos fervidos e tirou-os da água com umas pinças frias, mas sem se apressar. Em seguida, empurrou a escarradeira com a ponta do sapato e foi lavar as mãos numa pequena bacia. Fez tudo isso sem olhar para o alcaide. Mas o alcaide não o perdeu de vista.

Era um siso inferior. O dentista abriu as pernas e firmou o dente com o boticão aquecido. O alcaide agarrou-se aos braços da poltrona, descarregou toda sua força nos pés e sentiu um vazio gelado nos rins, mas não soltou um suspiro. O dentista apenas moveu o punho. Sem rancor, mas com uma amarga ternura, disse:

— O senhor vai nos pagar agora vinte mortos, tenente.

O alcaide sentiu um rangido de ossos no maxilar e seus olhos se encheram de lágrimas. Mas não suspirou até sentir sair o molar. Viu-o então através das lágrimas. Pareceu-lhe tão estranho à sua dor, que não pôde entender a tortura das cinco últimas noites. Inclinado sobre a escarradeira, suado, arquejante, desabotoou o dólmã e procurou o lenço apalpando o bolso da calça. O dentista deu-lhe um pano limpo.

— Enxugue as lágrimas — disse.

O alcaide assim fez. Estava tremendo. Enquanto o dentista lavava as mãos, olhou o teto esburacado e uma teia de aranha empoeirada com ovos de aranha e insetos mortos. O dentista voltou enxugando as mãos. "Vá para a cama", disse, "e faça bochechos com água e sal." O alcaide levantou-se, despediu-se com uma displicente continência, e dirigiu-se à porta esticando as pernas, sem abotoar o dólmã.

— Mande-me a conta — disse.

— Ao senhor ou ao município?

O alcaide não o olhou. Fechou a porta, e disse através da tela metálica:

— Dá no mesmo.

NESTA TERRA NÃO HÁ LADRÕES

Dámaso voltou ao quarto com o canto dos primeiros galos. Ana, sua mulher, grávida de seis meses, esperava-o sentada na cama, vestida e de sapatos. A lamparina de querosene começava a apagar-se. Dámaso compreendeu que a mulher não deixara de esperá-lo um só segundo durante toda a noite e que ainda nesse momento, vendo-o à sua frente, continuava esperando. Fez-lhe um gesto tranquilizador, a que ela não respondeu. Fixou os olhos assustados no embrulho de pano vermelho que ele tinha na mão, apertou os lábios e pôs-se a tremer. Dámaso agarrou-a pela roupa com uma violência silenciosa. Exalava um bafo acre.

Ana deixou-se levantar, quase suspensa do chão. Depois jogou todo o peso do corpo para a frente, chorando sobre a blusa de flanela de listras coloridas do marido, e conservou-o abraçado pelos rins até conseguir dominar a crise.

— Dormi sentada — disse. — De repente abriram a porta e empurraram você para dentro do quarto, banhado em sangue.

Dámaso desvencilhou-se dela sem dizer nada. Sentou-a de novo na cama. Em seguida deixou a trouxa em seu colo e saiu para urinar no pátio. Ela então desamarrou o embrulho e olhou: eram três bolas de bilhar, duas brancas e uma vermelha, sem brilho, machucadas pelos golpes.

Quando voltou ao quarto, Dámaso encontrou-a em uma contemplação intrigada.

— Para que serve isto? — perguntou.

Ele encolheu os ombros.

— Para jogar bilhar.

Amarrou de novo o embrulho e guardou-o, com a gazua improvisada, a lanterna de pilhas e a faca, no fundo do baú. Ana deitou-se de cara para a parede, sem tirar a roupa. Dámaso tirou apenas as calças. Estirado na cama, fumando na escuridão, procurou identificar algum rastro de sua aventura nos murmúrios dispersos da madrugada, até que percebeu que a mulher estava acordada.

— Em que é que você está pensando?

— Em nada — disse ela.

A voz, de costume matizada de registros baritonais, parecia mais densa pelo rancor. Dámaso deu uma última tragada no cigarro e esmagou a guimba no chão de terra.

— Não tinha mais nada — suspirou. — Estive lá dentro mais ou menos uma hora.

— Deviam-lhe ter dado um tiro — disse ela.

Dámaso estremeceu. "Maldita seja", disse, golpeando com os nós dos dedos o estrado de madeira da cama. Apalpou o chão à procura dos cigarros e dos fósforos.

— Você tem entranhas de burro — disse Ana. — Devia ter lembrado que eu estava aqui sem poder dormir, pensando que iam trazer você morto cada vez que ouvia um ruído na rua. — Acrescentou com um suspiro: — E tudo isso para trazer três bolas de bilhar.

— Na gaveta só tinha vinte e cinco centavos.

— Então não devia ter trazido nada.

— O problema era entrar — disse Dámaso. — Eu não podia voltar com as mãos vazias.

— Podia apanhar outra coisa qualquer.

— Não tinha mais nada — disse Dámaso.

— Em lugar nenhum tem tantas coisas quanto no salão de bilhar.

— Isso é o que parece — disse Dámaso. — Mas depois, quando se está lá dentro, a gente olha as coisas e procura por todo lado e descobre que não tem nada que preste.

Ela fez um longo silêncio. Dámaso imaginou-a com os olhos abertos, procurando encontrar algum objeto de valor na escuridão da memória.

— Talvez — disse.

Dámaso voltou a fumar. O álcool começava a abandoná-lo, em ondas concêntricas, e ele assumia de novo o peso, o volume e a responsabilidade de seu corpo.

— Tinha um gato lá dentro — disse. — Um enorme gato branco.

Ana virou-se, apoiou o ventre crescido contra o ventre do marido e enfiou a perna entre seus joelhos. Cheirava a cebola.

— Estava muito assustado?

— Eu?

— Você — disse Ana. — Dizem que os homens também se assustam.

Percebeu que ela sorria, e sorriu.

— Um pouco — disse. — Não podia aguentar de vontade de urinar.

Deixou-se beijar sem corresponder. Em seguida, consciente dos riscos, mas sem arrependimento, como que evocando as recordações de uma viagem, contou-lhe os pormenores da aventura.

Ela falou depois de um longo silêncio.

— Foi uma loucura.

— Tudo é questão de começar — disse Dámaso, fechando os olhos. — Além disso, para primeira vez, até que a coisa não saiu tão mal.

O sol começou a esquentar tarde. Quando Dámaso acordou, sua mulher tinha levantado havia muito tempo. Enfiou a cabeça sob a torneira do pátio e ficou assim vários minutos, até que acabou de acordar. O quarto fazia parte de uma galeria de casas iguais e independentes, com um pátio comum atravessado por arames de secar roupa. Contra a parede posterior, separados do pátio por um tabique de lata, Ana havia instalado um fogareiro para cozinhar e esquentar os ferros de passar roupa e uma mesinha para comer e passar. Quando viu o marido se aproximar, pôs de lado a roupa passada e tirou os ferros do fogareiro para esquentar o café. Era maior do que ele, de pele muito pálida, e seus movimentos tinham aquela suave eficácia da gente acostumada à realidade.

Dentro da névoa de sua dor de cabeça, Dámaso compreendeu que a mulher queria dizer-lhe alguma coisa com o olhar. Até então não prestara atenção às vozes do pátio.

— Não falaram de outra coisa a manhã inteira — murmurou Ana, servindo o café. — Os homens foram para lá há pouco tempo.

Dámaso verificou, então, que os homens e os meninos haviam desaparecido do pátio. Enquanto tomava o café, seguiu em silêncio a conversa das mulheres que penduravam a roupa ao sol. Por fim acendeu um cigarro e saiu da cozinha.

— Teresa — chamou.

Uma menina, com a roupa molhada colada ao corpo, respondeu ao chamado.

— Tome cuidado — disse Ana. A menina aproximou-se.

— O que é que está acontecendo? — perguntou Dámaso.

— É que entraram no salão de bilhar e levaram tudo — disse a menina.

Parecia minuciosamente informada. Explicou como desmantelaram o estabelecimento, peça por peça, até levarem a mesa de bilhar. Falava com tanta convicção que Dámaso não pôde acreditar que não fosse verdade.

— Merda — disse, de volta à cozinha.

Ana começou a cantar entre os dentes. Dámaso encostou um banco na parede do pátio, procurando reprimir a ansiedade. Três meses antes, quando completou vinte anos, o bigode linear, cultivado não apenas com um secreto espírito de sacrifício como também com certa ternura, acrescentou um toque de madureza em seu rosto petrificado pela varíola. Sentiu-se adulto desde então. Mas naquela manhã, com as recordações da noite anterior flutuando no charco de sua dor de cabeça, não encontrava por onde começar a viver.

Quando acabou de passar a roupa, Ana repartiu as peças limpas em dois montes iguais e preparou-se para sair à rua.

— Não demore — disse Dámaso.

— Como sempre.

Seguiu-a até o quarto.

— Vou deixar aqui sua camisa quadriculada — disse Ana. — É melhor que você não volte a vestir aquela blusa de flanela. — Defrontou-se com os diáfanos olhos de gato do marido. — Não sabemos se alguém viu você.

Dámaso enxugou o suor das mãos nas calças.

— Ninguém me viu.

— Não sabemos — repetiu Ana. Carregava um monte de roupas em cada braço. — Além disso, é melhor que você não saia. Espere primeiro que eu dê uma voltinha por lá, como quem não quer nada.

Não se falava de outra coisa no povoado. Ana teve que escutar várias vezes, em versões diferentes e contraditórias, os pormenores do mesmo episódio. Quando acabou de entregar a roupa, em vez de ir ao mercado, como todos os sábados, foi diretamente à praça.

Em frente ao salão de bilhar não encontrou tanta gente quanto imaginava. Alguns homens conversavam à sombra das amendoeiras. Os turcos haviam guardado seus tecidos coloridos para almoçar e os armazéns pareciam agitar-se sob os toldos de lona. Um homem dormia esparramado em uma cadeira de balanço, com a boca e as pernas e os braços abertos, na sala do hotel. Tudo estava paralisado no calor do meio-dia.

Ana passou ao largo do salão de bilhar e ao chegar ao terreno baldio situado em frente ao porto encontrou-se com a multidão. Então lembrou-se de algo que Dámaso lhe havia contado, que todo mundo sabia, mas de que só os clientes do estabelecimento podiam estar lembrados: a porta dos fundos do salão de bilhar dava para o terreno baldio. Pouco depois, protegendo o ventre com os braços, encontrou-se misturada à multidão, os olhos fixos na porta forçada. O cadeado estava intacto, mas uma das argolas tinha sido arrancada como um dente. Ana examinou por um momento os estragos daquele trabalho solitário e modesto, e pensou em seu marido com um sentimento de piedade.

— Quem foi?

Não se atreveu a olhar em volta.

— Não se sabe — responderam-lhe. — Dizem que foi um forasteiro.

— Tem que ser — disse uma mulher às suas costas. — Nesta terra não há ladrões. Todo mundo conhece todo mundo.

Ana voltou a cabeça.

— É isso mesmo — disse sorrindo. Estava empapada de suor. Ao seu lado estava um homem muito velho, com rugas profundas na nuca.

— Levaram tudo? — perguntou ela.

— Duzentos pesos e as bolas de bilhar — disse o velho. Examinou-a com uma atenção fora do normal. — Daqui a pouco a gente vai ter que dormir com os olhos abertos.

Ana afastou o olhar.

— É isso mesmo — voltou a dizer. Colocou um pano na cabeça, afastando-se, sem poder libertar-se da impressão de que o velho continuava olhando para ela.

Durante um quarto de hora, a multidão espremida no terreno baldio observou uma conduta respeitosa, como se houvesse um morto por trás da porta forçada. Depois agitou-se, girou sobre si mesma, e desembocou na praça.

O proprietário do salão de bilhar estava na porta, com o alcaide e dois soldados. Baixo e redondo, as calças presas apenas pela pressão do estômago e com uns óculos como os que são feitos pelas crianças, parecia investido de uma dignidade extenuante.

A multidão rodeou-o. Encostada à parede, Ana ouviu suas informações até que a multidão começou a se dispersar. Depois voltou ao quarto, congestionada pela sufocação, em meio a uma barulhenta manifestação de vizinhos.

Estirado na cama, Dámaso perguntara-se muitas vezes como fizera Ana a noite anterior para esperá-lo sem fumar. Quando a viu entrar, sorridente, tirando da cabeça o lenço molhado de suor, esmagou o cigarro quase inteiro no chão de terra, em meio a um monte de guimbas, e aguardou com a maior ansiedade.

— Então?

Ana ajoelhou-se junto à cama.

— Então que além de ladrão você é trapaceiro — disse.

— Por quê?

— Porque você me disse que não tinha nada na gaveta.

Dámaso franziu as sobrancelhas.

— Não tinha nada.

— Tinha duzentos pesos — disse Ana.

— É mentira — replicou ele, levantando a voz. Sentado na cama, recobrou o tom confidencial. — Só tinha vinte e cinco centavos.

Convenceu-a.

— É um velho bandido — disse Dámaso, apertando os punhos. — Está querendo que eu lhe arrebente a cara.

Ana riu com franqueza.

— Não seja bruto.

Também ele acabou rindo. Enquanto se barbeava, a mulher contou-lhe o que tinha conseguido averiguar. A polícia procurava um forasteiro.

— Dizem que chegou quinta-feira e que ontem à noite foi visto rondando pelo porto — disse. — Dizem que não conseguiram encontrá-lo em lugar nenhum.

Dámaso pensou no forasteiro que ele nunca vira e por um momento suspeitou dele com uma convicção sincera.

— Pode ser que já tenha ido embora — disse Ana.

Como sempre, Dámaso levou três horas para se arrumar. Primeiro foi o aparo milimétrico do bigode. Depois o banho no chuveiro do pátio. Ana acompanhou passo a passo, com um fervor que nada havia aquebrantado desde a noite em que o viu pela primeira vez, o laborioso processo de seu penteado. Quando o viu olhando-se no espelho para sair, com a camisa de quadriculados vermelhos, Ana se achou velha e desarrumada. Dámaso executou em sua frente um passo de boxe com a elasticidade de um profissional. Ela o segurou pelos punhos.

— Tem dinheiro?

— Sou rico — respondeu Dámaso de bom humor. — Tenho duzentos pesos.

Ana virou-se para a parede, tirou dos seios um rolo de notas, e deu um peso a seu marido, dizendo:

— Tome, Jorge Negrete.

Aquela noite, Dámaso esteve na praça com o seu grupo de amigos. A gente que chegava da roça com produtos para vender no mercado do domingo pendurava toldos entre as barracas de frituras e as mesas de jogos e desde as primeiras horas da noite ouviam-se seus roncos.

Os amigos de Dámaso não pareciam mais interessados no roubo do salão de bilhar do que na transmissão radiofônica do campeonato de beisebol, que não poderiam escutar essa noite porque o estabelecimento estava fechado. Discutindo beisebol, entraram no cinema sem saber o que estava passando. Era um filme de Cantinflas. Na primeira fila da galeria, Dámaso ria sem remorsos. Sentia-se convalescente de suas emoções. Era uma boa noite de junho, e nos momentos vazios em que só se percebia o ruído de chuvisco do projetor, pesava sobre o cinema sem teto o silêncio das estrelas.

De repente, as imagens da tela empalideceram e houve um estrépito no fundo da plateia. Na claridade repentina, Dámaso sentiu-se descoberto e marcado, e resolveu correr. Mas em seguida viu o público da plateia, paralisado, e um soldado, com o cinturão enrolado na mão, golpeando raivosamente um homem com a pesada fivela de cobre. Era um negro monumental. As mulheres começaram a gritar, e o soldado que batia no negro se pôs a berrar por cima dos gritos das mulheres: "Ladrão! Ladrão!" O negro rodou por entre as fileiras de cadeiras, perseguido por dois soldados que o golpearam nos rins até que puderam agarrá-lo pelas costas. Então o que o açoitara amarrou-lhe os cotovelos por trás com a correia e os três o empurraram em direção à porta. Tudo se passou com tanta rapidez, que Dámaso só compreendeu o ocorrido quando o negro passou junto a ele, com a camisa rasgada e a cara lambuzada por uma massa de pó, suor e sangue, soluçando: "Assassinos, assassinos." Depois apagaram as luzes e recomeçou o filme.

Dámaso não voltou a rir. Viu retalhos de uma história descosida, fumando sem parar, até que se acendeu a luz e os espectadores se olharam entre si, como que assustados pela realidade. "Muito bom", exclamou alguém ao seu lado. Dámaso olhou-o.

— Cantinflas é muito bom — disse.

A multidão levou-o até a porta. As vendedoras de comida, carregadas de trastes, voltavam para casa. Já passava das onze, mas havia muita gente na rua esperando que saíssem do cinema para informar-se sobre a captura do negro.

Naquela noite Dámaso entrou no quarto com tanta cautela que, quando Ana o percebeu, entre dois sonhos, fumava o segundo cigarro, estirado na cama.

— A comida está no fogareiro — disse ela.

— Não tenho fome — disse Dámaso.

Ana suspirou.

— Sonhei que Nora estava fazendo bonecos de manteiga — disse, ainda sem despertar. De repente deu-se conta de que tinha dormido sem querer e voltou-se para Dámaso, ofuscada, esfregando os olhos.

— Pegaram o forasteiro — disse.
Dámaso demorou a falar.
— Quem disse?
— Pegaram-no no cinema — disse Ana. — Todo mundo foi para lá.
Contou uma versão desfigurada da captura. Dámaso não a corrigiu.
— Pobre homem — suspirou Ana.
— Pobre por quê? — protestou Dámaso, excitado. — Você queria então que fosse eu que estivesse em cana?
Ela o conhecia bem demais para replicar. Percebeu que ele fumava, respirando como um asmático, até que cantaram os primeiros galos. Depois percebeu que ele se levantava, passeando pelo quarto num trabalho obscuro que parecia mais do tato que da vista. Depois percebeu-o raspando o solo debaixo da cama por mais de um quarto de hora, e depois percebeu-o tirando a roupa na escuridão, procurando não fazer ruído, sem saber que ela não havia deixado de ajudá-lo um só instante ao fazer-lhe crer que estava dormindo. Algo se moveu no mais primitivo dos seus instintos. Ana sabia então que Dámaso estivera no cinema, e compreendeu por que acabava de enterrar as bolas de bilhar debaixo da cama.

O salão abriu na segunda-feira e foi invadido por uma clientela exaltada. A mesa de bilhar tinha sido coberta com um pano arroxeado que emprestou ao estabelecimento um caráter funerário. Puseram um letreiro na parede: "Não há serviço por falta de bolas." As pessoas entravam para ler o letreiro como se fosse uma novidade. Alguns permaneciam um longo momento diante dele, relendo-o com uma devoção indecifrável.

Dámaso esteve entre os primeiros clientes. Tinha passado uma parte de sua vida nos bancos destinados aos espectadores do bilhar e ali ficou desde que voltaram a abrir as portas. Foi algo tão difícil mas tão passageiro como um pêsame. Deu uma palmadinha no ombro do proprietário, por cima do balcão, dizendo-lhe:

— Que entalada, seu Roque.

O proprietário sacudiu a cabeça com um sorriso de aflição, suspirando: "Pois é." E continuou atendendo a clientela, enquanto Dámaso, instalado em um dos tamboretes do balcão, contemplava a mesa espectral sob o sudário arroxeado.

— Que estranho — disse.

— É verdade — confirmou um homem no tamborete vizinho. — Até parece que estamos na semana santa.

Quando a maioria dos clientes saiu para almoçar, Dámaso colocou uma moeda no toca-discos automático e selecionou um *corrido* mexicano cuja disposição no painel de botões conhecia de cor. O Sr. Roque colocava mesinhas e cadeirinhas no fundo do salão.

— Que é que o senhor está fazendo? — perguntou Dámaso.

— Vou botar cartas — respondeu o Sr. Roque. — É preciso fazer alguma coisa enquanto não chegam as bolas.

Movendo-se quase ao tato, com uma cadeira em cada braço, parecia um viúvo recente.

— Quando chegam? — perguntou Dámaso.

— Em menos de um mês, espero.

— Até lá as outras já apareceram — disse Dámaso.

O Sr. Roque observou satisfeito a fileira de mesinhas.

— Não aparecerão — disse, secando a testa com a manga. — Puseram o negro sem comer desde sábado e ele não quis dizer onde estão.

Mediu Dámaso através das lentes embaçadas pelo suor.

— Tenho certeza de que ele as jogou no rio.

Dámaso mordiscou os lábios.

— E os duzentos pesos?

— Também não — disse o Sr. Roque. — Só encontraram trinta com ele.

Olharam-se nos olhos: Dámaso não teria conseguido explicar sua impressão de que aquele olhar estabelecia entre ele e o Sr. Roque uma relação de cumplicidade. Nessa tarde, do tanque, Ana viu-o chegar dando saltinhos de boxeador. Seguiu-o até o quarto.

— Pronto — disse Dámaso. — O velho está tão conformado que encomendou bolas novas. Agora é questão de esperar que ninguém se lembre mais.

— E o negro?

— Não há nada — disse Dámaso, sacudindo os ombros. — Se não encontrarem as bolas com ele, têm que soltá-lo.

Depois da comida, sentaram-se na porta da rua e conversaram com os vizinhos até que emudeceu o alto-falante do cinema. Na hora de deitar, Dámaso estava excitado.

— Descobri o melhor negócio do mundo — disse.

Ana compreendeu que ele estava remoendo o mesmo pensamento desde o entardecer.

— Vou de cidade em cidade — continuou Dámaso. — Roubo as bolas de bilhar de uma e as vendo em outra. Em todas as cidades há um salão de bilhar.

— Até que lhe acertem um tiro.

— Que tiro que nada — disse ele. — Isso só se vê no cinema. — Plantado no meio do quarto, afogava-se em seu próprio entusiasmo. Ana começou a tirar a roupa, com um ar indiferente, mas na realidade ouvindo-o com uma atenção compassiva.

— Vou comprar uma porção de roupas — disse Dámaso, e apontou com o indicador um guarda-roupas imaginário do tamanho da parede. — Daqui até lá. E também cinquenta pares de sapatos.

— Deus te ouça — disse Ana.

Dámaso fixou nela um olhar sério.

— Minhas coisas não lhe interessam — disse.

— Estão muito longe para mim — disse Ana. Apagou a lamparina, deitou-se contra a parede, e acrescentou com uma amargura certa: — Quando você tiver trinta anos eu terei quarenta e sete.

— Não seja boba — disse Dámaso.

Apalpou os bolsos à procura dos fósforos.

— E nem você vai ter mais que lavar roupa — disse, um pouco desconcertado. Ana deu-lhe fogo. Olhou a chama até que o fósforo se extinguiu e sacudiu a cinza. Esticado na cama, Dámaso continuou falando.

— Você sabe de que é que são feitas as bolas de bilhar?

Ana não respondeu.

— De presas de elefantes — prosseguiu ele. — São tão difíceis de encontrar que é preciso um mês para chegar. Você já pensou?

— Durma — interrompeu Ana. — Tenho que me levantar às cinco.

Dámaso voltara ao seu estado normal. Passava a manhã na cama, fumando, e depois da sesta começava a arrumar-se para sair. À noite escutava no salão de bilhar a transmissão radiofônica do campeonato de beisebol. Tinha a virtude de esquecer seus projetos com o mesmo entusiasmo de que necessitava para concebê-los.

— Tem dinheiro? — perguntou no sábado à mulher.
— Onze pesos — respondeu ela. E acrescentou suavemente: — É o dinheiro do quarto.
— Proponho um negócio.
— O quê?
— Me empreste.
— É preciso pagar o quarto.
— A gente paga depois.

Ana sacudiu a cabeça. Dámaso segurou-a pelo punho e impediu que se levantasse da mesa, onde acabavam de tomar o café da manhã.

— É por poucos dias — disse acariciando seu braço com uma ternura distraída. — Quando vender as bolas teremos dinheiro para tudo.

Ana não cedeu. Nessa noite, no cinema, Dámaso não tirou a mão de seu ombro nem mesmo quando conversou com seus amigos no intervalo. Viram o filme aos retalhos. No final, Dámaso estava impaciente.

— Então vou ter que roubar o dinheiro — disse.

Ana encolheu os ombros.

— Vou acertar um direto no primeiro que encontrar — disse Dámaso empurrando-a por entre a multidão que deixava o cinema. — Assim eles me prendem por assassinato.

Ana sorriu por dentro. Mas continuou inflexível. Na manhã seguinte, após uma noite atormentada, Dámaso vestiu-se com uma urgência ostensiva e ameaçadora. Passou perto da mulher, resmungando:

— Não volto nunca mais.

Ana não pôde conter um ligeiro tremor.

— Boa viagem — gritou.

Depois de bater a porta com força, Dámaso começou um domingo vazio e interminável.

A vistosa quinquilharia do mercado público e as mulheres vestidas de cores brilhantes que saíam com seus filhos da missa das oito davam toques alegres na praça, mas o ar começava a endurecer de calor.

Passou o dia no salão de bilhar. Um grupo de homens jogou baralho a manhã inteira e antes do almoço houve uma afluência momentânea. Mas era evidente que o estabelecimento tinha perdido seu atrativo. Só ao anoitecer, quando começava a transmissão do beisebol, recobrava um pouco de sua antiga animação.

Depois que fecharam o salão, Dámaso encontrou-se sem rumo em uma praça que se esvaziava, como quem perde sangue. Desceu por uma rua paralela ao porto, seguindo o rastro de uma música alegre e remota. No fim da rua havia um salão de baile enorme e rústico, adornado com guirlandas de papel descolorido, e no fundo do salão um conjunto musical sobre um estrado. Dentro flutuava um sufocante cheiro de batom.

Dámaso instalou-se no balcão. Quando acabou a música, o rapaz que tocava pratos na orquestra recolheu moedas entre os homens que haviam dançado. Uma jovem deixou seu par no meio do salão e aproximou-se de Dámaso.

— Que é que há, Jorge Negrete?

Dámaso fê-la sentar-se a seu lado. O garçom, com a cara empoada e um cravo na orelha, perguntou com voz de falsete:

— Que vão tomar?

A jovem dirigiu-se a Dámaso.

— Que vamos tomar?

— Nada.

— É por minha conta.

— Não é isso — disse Dámaso. — Estou com fome.

— Que pena — suspirou o garçom. — Com esses olhos.

Passaram para o restaurante no fundo do salão. Pela forma do corpo, a jovem parecia excessivamente jovem, mas a crosta de pó de arroz, ruge e o batom dos lábios impediam que se conhecesse a sua verdadeira idade. Depois de comer, Dámaso seguiu-a ao quarto, no fundo de um pátio escuro onde se sentia a respiração dos animais adormecidos. A cama estava ocupada por um menino de poucos meses enrolado em um pano colorido. A jovem colocou os panos em uma caixa de madeira, deitou o menino lá dentro, e em seguida pôs a caixa no chão.

— Os ratos vão comê-lo — disse Dámaso.

— Não comem, não — disse ela.

Trocou o vestido vermelho por outro mais decotado com grandes flores amarelas.

— Quem é o pai? — perguntou Dámaso.

— Não tenho a menor ideia — disse ela. E depois, à porta: — Volto logo.

Ouviu-a fechar o cadeado. Fumou vários cigarros, deitado de costas e vestido. O estrado da cama vibrava ao compasso do bumbo. Ele acabou adormecendo. Ao acordar, o quarto parecia maior no vazio da música.

A jovem tirava a roupa em frente à cama.

— Que horas são?

— Umas quatro — disse ela. — O menino não chorou?

— Acho que não — disse Dámaso.

A jovem deitou-se bem perto dele, olhando-o com uns olhos ligeiramente vesgos, enquanto lhe desabotoava a camisa. Dámaso percebeu que ela bebera muito. Levantou-se para apagar a lâmpada.

— Deixe assim mesmo — disse ela. — Gosto de olhar seus olhos.

O quarto encheu-se de ruídos rurais desde o amanhecer. O menino chorou. A jovem levou-o para a cama e deu-lhe de mamar, cantando entre os dentes uma canção de três notas, até que todos dormiram. Dámaso não viu quando a jovem acordou por volta das sete, saiu do quarto e voltou sem o menino.

— Todo mundo está indo para o porto — disse.

Dámaso teve a sensação de não haver dormido mais de uma hora a noite inteira.

— Para quê?

— Para ver o negro que roubou as bolas — disse ela. — Hoje vão levá-lo.

Dámaso acendeu um cigarro.

— Pobre homem — suspirou a jovem.

— Pobre por quê? — perguntou Dámaso. — Ninguém o obrigou a ser ladrão.

A jovem pensou um pouco, a cabeça apoiada em seu peito. Disse, em voz muito baixa:

— Não foi ele.

— Quem disse?

— Eu sei — disse ela. — Na noite em que entraram no salão de bilhar o negro estava com Glória e passou todo o dia seguinte no quarto dela, até de noite. Depois disseram que ele tinha sido preso no cinema.

— Glória podia contar isso à polícia.

— O negro já contou — disse ela. — O alcaide procurou Glória, revirou o quarto dela pelo avesso, e disse que ia levá-la para a cadeia como cúmplice. Por fim, tudo se ajeitou com vinte pesos.

Dámaso levantou-se antes das oito.

— Fique aqui — disse-lhe a jovem. — Vou matar uma galinha para o almoço.

Dámaso sacudiu o pente na palma da mão antes de guardá-lo no bolso traseiro da calça.

— Não posso — disse, puxando a jovem pelos punhos. Havia lavado a cara, e era realmente muito jovem, com uns olhos grandes e negros que lhe davam um ar desamparado. Abraçou-o pela cintura.

— Fique aqui — insistiu.

— Para sempre?

Ela ruborizou-se ligeiramente e separou-se dele:

— Vigarista.

Naquela manhã, Ana sentia-se esgotada, mas se contagiou com a excitação do povo. Recolheu mais depressa que de costume a roupa para lavar durante a semana, e foi para o porto assistir ao embarque do negro. Uma multidão impaciente esperava diante das lanchas prontas para zarpar. Dámaso estava lá.

Ana cutucou-o nas costelas com os indicadores.

— Que está fazendo aqui? — perguntou Dámaso, dando um pulo.

— Vim me despedir de você — disse Ana.

Dámaso bateu em um poste com os nós dos dedos.

— Maldita seja — disse.

Depois de acender o cigarro, jogou o maço vazio no rio. Ana tirou outro de entre os seios e colocou-o no bolso da camisa dele. Dámaso sorriu pela primeira vez.

— Você não tem juízo — disse.

— Ha, ha — fez Ana.

Pouco depois embarcaram o negro. Levaram-no pelo meio da praça, as mãos amarradas às costas com uma corda puxada por um soldado. Outros soldados armados de fuzis caminhavam ao seu lado. Estava sem camisa, o lábio inferior partido e uma sobrancelha inchada, como um boxeador. Esquivava-se dos olhares da multidão com uma dignidade passiva. Na porta do salão de bilhar, onde se concentrara a maior parte do público para participar dos dois extremos do espetáculo, o proprietário viu-o passar, movendo a cabeça em silêncio. O resto do povo observava-o com uma espécie de fervor.

A lancha zarpou em seguida. O negro ia no teto, amarrado de pés e mãos a um tambor de gasolina. Quando a lancha deu a volta no meio do rio e apitou pela última vez, as costas do negro brilharam.

— Pobre homem — murmurou Ana.

— Criminosos — disse alguém perto dela. — Um ser humano não pode aguentar tanto sol.

Dámaso localizou a voz em uma mulher extraordinariamente gorda e saiu andando em direção à praça.

— Você fala muito — sussurrou ao ouvido de Ana. — Só falta sair gritando a história.

Ela acompanhou-o até a porta do bilhar.

— Pelo menos vá mudar de roupa — disse ela ao deixá-lo. — Você está parecendo um mendigo.

A novidade tinha levado ao salão uma clientela alvoroçada. Atendendo a todos, o Sr. Roque servia a várias mesas ao mesmo tempo. Dámaso esperou que passasse ao seu lado.

— Quer ajuda?

O Sr. Roque botou à sua frente meia dúzia de garrafas de cerveja com os copos emborcados nos gargalos.

— Obrigado, filho.

Dámaso levou as garrafas para as mesas. Tomou vários pedidos e continuou trazendo e levando garrafas, até que a clientela foi almoçar. Pela madrugada, quando voltou ao quarto, Ana sentiu que ele andara bebendo. Pegou-lhe a mão e colocou-a sobre o seu ventre.

— Olha aqui — disse. — Não está sentindo?

Dámaso não deu a menor mostra de entusiasmo.

— Já está vivo — disse Ana. — Passa a noite inteira me dando pontapés por dentro.

Mas ele não reagiu. Concentrado em si próprio, saiu no dia seguinte muito cedo e não voltou até meia-noite. Assim passou a semana. Nos raros momentos que passava em casa, fumando deitado, fugia à conversa. Ana respeitou sua vontade. Em certa ocasião, no começo de sua vida em comum, ele se comportara da mesma forma, e ela ainda não o conhecia o bastante para não intervir. Ajoelhado sobre ela na cama, Dámaso lhe batera até fazê-la sangrar.

Desta vez esperou. À noite punha junto à lamparina um maço de cigarros, sabendo que ele era capaz de suportar a fome e a sede, mas não a necessidade de fumar. Finalmente, em meados de julho, Dámaso voltou ao quarto ao entardecer. Ana inquietou-se, pensando que ele devia estar bastante aturdido para procurá-la a essa hora. Comeram sem falar. Mas antes de deitar-se, Dámaso estava calmo e terno, e disse espontaneamente:

— Quero ir embora.

— Para onde?

— Para qualquer lugar.

Ana examinou o quarto. As ilustrações de revistas que ela mesma tinha recortado e colado nas paredes até empapelá-las por completo com litografias de artistas de cinema estavam gastas e sem cor. Tinha perdido a conta dos homens que paulatinamente, de tanto olhá-las da cama, tinham ido embora levando consigo aquelas cores.

— Você está zangado comigo — disse.

— Não é isso — disse Dámaso. — É esse povoado.

— É um povoado como todos os outros.

— Não se podem vender as bolas por aqui — disse Dámaso.

— Deixe as bolas em paz — disse Ana. — Enquanto Deus me der forças para lavar roupa você não precisará andar inventando coisas. — E acrescentou suavemente, após uma pausa: — Não sei como é que você resolveu se meter nessa.

Dámaso acabou o cigarro antes de falar.

— Era tão fácil que eu não sei como é que ninguém pensou nisso antes — disse.

— Pelo dinheiro, sim — admitiu Ana. — Mas ninguém ia ser tão burro para sair com as bolas.

— Foi sem pensar — disse Dámaso. — Eu já estava saindo quando as vi atrás do balcão, metidas em sua caixinha, e achei que já tivera trabalho demais para sair com as mãos vazias.

— Aí piorou tudo — disse Ana.

Dámaso experimentava uma sensação de alívio.

— E enquanto isso as novas não chegam — disse. — Mandaram dizer que agora estão mais caras e seu Roque disse que assim não é negócio.

Acendeu outro cigarro, e enquanto falava sentia que seu coração se ia esvaziando de uma matéria escura.

Contou que o proprietário tinha decidido vender a mesa de bilhar. Não valia muito. O pano rasgado pelos arroubos dos aprendizes tinha sido remendado com retalhos de diferentes cores e era preciso trocá-lo por outro. Enquanto isso, os clientes do salão, que haviam envelhecido em volta do bilhar, agora só tinham um passatempo — as transmissões do campeonato de beisebol.

— Afinal de contas — concluiu Dámaso —, sem querer nós esculhambamos a vida de todo mundo.

— E sem graça nenhuma — disse Ana.

— Semana que vem acaba o campeonato — disse Dámaso.

— Isso não é o pior. O pior é o negro.

Encostada em seu ombro, como nos primeiros tempos, sabia em que o marido estava pensando. Esperou que acabasse o cigarro. Depois, com voz cautelosa, disse:

— Dámaso.

— Que é?

— Devolva as bolas.

Ele acendeu outro cigarro.

— É nisso que eu estou pensando há dias — disse. — Mas o diabo é que eu não sei como.

Assim, resolveram abandonar as bolas em um local público. Ana pensou então que isso resolvia o problema do salão de bilhar, mas deixava pendente o do negro. A polícia poderia interpretar o achado de muitas maneiras, sem absolvê-lo. E também havia o risco de que as bolas fossem encontradas por alguém que em vez de devolvê-las ficasse com elas para negociá-las.

— Já que vamos fazer a coisa — concluiu Ana —, é melhor que ela seja bem-feita.

Desenterraram as bolas. Ana embrulhou-as em jornais, cuidando para que o envoltório não revelasse a forma do conteúdo, e guardou-as no baú.

— Agora é só esperar a ocasião — disse.

Mas na espera da ocasião passaram duas semanas. Na noite de 20 de agosto — dois meses depois do assalto —, Dámaso encontrou o Sr. Roque sentado atrás do balcão, espantando os mosquitos com um leque de palha. Sua solidão parecia mais intensa com o rádio desligado.

— Bem que eu disse — exclamou o Sr. Roque com certo alvoroço pelo prognóstico cumprido. — Isto foi pras picas.

Dámaso pôs uma moeda no toca-discos automático. O volume da música e o sistema de cores do aparelho lhe pareceram uma ruidosa prova de sua lealdade. Mas teve a impressão de que o Sr. Roque não o notou. Então puxou uma cadeira e procurou consolá-lo com argumentos vagos que o proprietário triturava sem emoção, ao compasso negligente de seu leque.

— Não se pode fazer nada — dizia. — O campeonato de beisebol não podia durar a vida inteira.

— Mas as bolas podem aparecer.

— Não aparecem.

— O negro não pode tê-las comido.

— A polícia procurou por toda parte — disse o Sr. Roque com uma certeza desesperada. — Jogou-as no rio.

— Pode acontecer um milagre.

— Deixe de ilusões, meu filho — replicou o Sr. Roque. — As desgraças são como um caracol. Você acredita em milagres?

— Às vezes — disse Dámaso.

Quando deixou o estabelecimento, ainda não havia acabado a sessão do cinema. Os diálogos enormes e quebrados do alto-falante ressoavam no lugarejo apagado, e nas poucas casas que permaneciam abertas havia algo de provisório. Dámaso passeou um pouco por perto do cinema. Depois foi para o salão de baile.

A orquestra tocava para um só cliente, que dançava com duas mulheres ao mesmo tempo. As outras, comportadamente sentadas contra a parede, pareciam à espera de uma carta. Dámaso ocupou uma mesa, fez sinal ao garçom para que lhe servisse uma cerveja, e bebeu-a pelo gargalo com breves pausas para respirar, observando como que através de um vidro o homem que dançava com as duas mulheres. Era menor do que elas.

À meia-noite chegaram as mulheres que estavam no cinema, perseguidas por um grupo de homens. A amiga de Dámaso, que fazia parte do grupo, deixou os outros e sentou-se à sua mesa.

Dámaso não a olhou. Já havia tomado meia dúzia de cervejas e continuava com a vista fixa no homem que agora dançava com três mulheres, mas sem prestar atenção nelas, divertido com as filigranas de seus próprios pés. Parecia feliz e era evidente que seria mais feliz ainda se além das pernas e dos braços tivesse também um rabo.

— Não gosto desse cara — disse Dámaso.

— Então não olhe para ele — disse a jovem.

Pediu um trago ao garçom. A pista de baile começou a encher-se de pares, mas o homem das três mulheres continuou achando que estava sozinho no salão. Em uma das voltas deparou-se com o olhar de Dámaso, imprimiu maior dinamismo à sua dança, e exibiu-lhe em um sorriso seus dentinhos de coelho. Dámaso sustentou o olhar sem piscar, até que o homem ficou sério e voltou-lhe as costas.

— Ele se acha muito alegre — disse Dámaso.

— É muito alegre — disse a mulher. — Sempre que vem por aqui a música corre por sua conta, como acontece com todos os viajantes comerciais.

Dámaso voltou o olhar para ela.

— Então vá com ele — disse. — Onde comem três comem quatro.

Sem responder, ela virou a cara para a pista de baile, sorvendo sua bebida em tragos lentos. O vestido amarelo-pálido acentuava sua timidez.

Quando a música recomeçou, foram dançar. Ao final, Dámaso sentia-se pesado.

— Estou morrendo de fome — disse a jovem, levando-o pelo braço para o balcão. — Você também precisa comer.

O homem alegre vinha com as três mulheres em sentido contrário.

— Olhe aqui — disse-lhe Dámaso.

O homem sorriu sem se deter. Dámaso soltou seu braço da companheira e fechou-lhe a passagem.

— Não gosto de seus dentes.

O homem empalideceu, mas continuava sorrindo.

— Nem eu — disse.

Antes que a jovem pudesse impedi-lo, Dámaso descarregou um soco na cara do homem, que caiu sentado no meio da pista. Nenhum cliente interveio. As três mulheres abraçaram Dámaso pela cintura, gritando, enquanto sua companheira o empurrava para o fundo do salão. O homem levantou-se com a cara descomposta pelo choque. Saltou como um macaco para o centro da pista e gritou:

— Continuem a música!

Por volta das duas, o salão estava quase vazio, e as mulheres sem clientes começaram a comer. Fazia calor. A jovem levou para a mesa um prato de arroz com feijão e carne frita, e comeu tudo com uma colher. Dámaso olhava-a com uma espécie de estupor. Ela estendeu-lhe uma colherada de arroz.

— Abra a boca.

Dámaso apoiou o queixo no peito e sacudiu a cabeça.

— Isso é para mulheres — disse. — Macho não come.

Teve que apoiar as mãos na mesa para levantar-se. Quando recobrou o equilíbrio, o garçom estava de braços cruzados à sua frente.

— Nove e oitenta — disse. — Este convento não é do governo.

Dámaso afastou-o.

— Não gosto de veados — disse.

O garçom agarrou-o pela manga, mas a um sinal da jovem deixou-o passar, dizendo:

— Pois você não sabe o que está perdendo.

Dámaso saiu aos trambolhões. O brilho misterioso do rio sob o luar abriu uma frincha de lucidez em seu cérebro. Mas se fechou logo. Quando viu a porta de seu quarto, do outro lado do povoado, Dámaso teve a certeza de haver dormido andando. Sacudiu a cabeça. De uma forma confusa mas urgente percebeu que a partir daquele instante teria que vigiar cada um de seus movimentos. Empurrou a porta com cuidado para impedir que a fechadura rangesse.

Ana percebeu-o revirando o baú. Voltou-se contra a parede para evitar a luz da lamparina, mas logo notou que o marido não estava tirando a roupa. Um golpe de clarividência sentou-a na cama. Dámaso estava junto ao baú, com o embrulho das bolas e a lanterna na mão.

Pôs o indicador nos lábios.

Ana saltou da cama. "Está louco", sussurrou correndo em direção à porta. Rapidamente passou a tranca. Dámaso guardou a lanterna no bolso da calça junto com o canivete e a lima pontuda, e avançou para ela com o embrulho apertado sob o braço. Ana apoiou as costas contra a porta.

— Daqui você não sai enquanto eu estiver viva — murmurou.

Dámaso tentou afastá-la.

— Saia — disse.

Ana agarrou-se com as duas mãos ao portal. Olharam-se nos olhos sem piscar.

— Seu burro — murmurou Ana. — O que Deus lhe deu em olhos tirou-lhe em miolos.

Dámaso agarrou-a pelo cabelo, torceu seu punho e fê-la baixar a cabeça, dizendo com os dentes cerrados:

— Mandei você sair daí.

Ana olhou-o de lado com o olho torcido como o de um boi sob a canga. Por um instante sentiu-se invulnerável à dor, e mais forte que o marido, mas ele continuou torcendo-lhe o cabelo até que as lágrimas brotaram.

— Você vai matar o menino na barriga — disse.

Dámaso levou-a quase suspensa no ar até a cama. Ao sentir-se livre, ela saltou-lhe às costas, enroscou-o com as pernas e os braços, e ambos caíram no leito. Estavam começando a perder forças pela falta de ar.

— Eu grito — sussurrou Ana contra seu ouvido. — Se você se mexer, eu começo a gritar.

Dámaso bufou com uma cólera surda, batendo-lhe nos joelhos com o embrulho das bolas. Ana gemeu e afrouxou as pernas, mas voltou a abraçar-se à sua cintura para impedir que ele chegasse à porta. Começou então a suplicar.

— Prometo que eu mesma as levo amanhã — dizia. — Vou deixá-las sem que ninguém perceba.

Cada vez mais perto da porta, Dámaso batia em suas mãos com as bolas. Ela o soltava por instantes enquanto passava a dor. Depois abraçava-o de novo e continuava suplicando.

— Posso dizer que fui eu — dizia. — Assim como estou não podem me botar na cadeia.

Dámaso libertou-se.

— Todo mundo vai ver — disse Ana. — Você é tão burro que não vê que tem luar claro. — Voltou a abraçá-lo antes que acabasse de tirar a tranca. Então, com os olhos fechados, bateu-lhe no pescoço e na cara, quase gritando: "Animal, animal." Dámaso procurou proteger-se e ela abraçou-se à tranca e tirou-a de suas mãos. Deu-lhe um golpe na cabeça. Dámaso esquivou-se e a tranca soou no osso de seu ombro como um cristal.

— Sua puta — gritou.

Nesse momento não se preocupava em não fazer barulho. Bateu-lhe na orelha com as costas da mão, e ouviu o lamento profundo e o denso impacto do corpo contra a parede, mas não olhou. Saiu do quarto sem fechar a porta.

Ana permaneceu no chão, aturdida pela dor, e esperou que algo acontecesse em seu ventre. Do outro lado da parede chamaram-na com uma voz que parecia de uma pessoa enterrada. Mordeu os lábios para não chorar. Depois, levantou-se e vestiu-se. Não imaginou — como não imaginara na primeira vez — que Dámaso estava ainda em frente ao quarto, dizendo-lhe que o plano havia fracassado e à espera de que ela saísse dando gritos. Mas Ana cometeu o mesmo erro pela segunda vez: em vez de perseguir o marido, calçou os sapatos, encostou a porta e sentou-se na cama a esperar.

Só quando a porta foi encostada Dámaso compreendeu que não podia retroceder. Um alvoroço de cães perseguiu-o até o fim da rua, mas depois houve um silêncio espectral. Estudou as calçadas, procurando escapar de seus próprios passos, que soavam grandes e longínquos no povoado adormecido. Não tomou nenhuma precaução enquanto não chegou ao terreno baldio, em frente à porta falsa do salão de bilhar.

Desta vez não precisou servir-se da lanterna. A porta só tinha sido reforçada no lugar da argola violentada. Haviam tirado um pedaço de madeira do tamanho e do formato de um tijolo, tinham-no substituído por madeira nova, e posto de volta a mesma argola. O resto estava igual. Dámaso puxou o cadeado com a mão esquerda, meteu o cabo da lima na raiz da argola que não tinha sido reforçada, e moveu a lima várias vezes, como um volante de automóvel, com força mas sem violência, até que a madeira cedeu com uma surda explosão de migalhas podres. Antes de empurrar a porta, levantou a tábua desnivelada para amortecer o roçar nos tijolos do piso. Entreabriu-se apenas. Por fim, tirou os sapatos, empurrou-os para dentro junto com o embrulho das bolas, e entrou persignando-se no salão inundado de luar.

À sua frente havia um caixote escuro abarrotado de garrafas e caixas vazias. Mais adiante, sob o jorro de luar da claraboia envidraçada, estava a mesa de bilhar, e depois o fundo dos armários, e por fim as mesinhas e as cadeiras empilhadas junto à porta principal. Era tudo igual à primeira vez, salvo o luar e a nitidez do silêncio. Dámaso, que até então tivera que se sobrepor à tensão dos nervos, experimentou uma rara fascinação.

Desta vez não se preocupou com os tijolos soltos. Encostou a porta com os sapatos, e depois de atravessar o feixe de luar acendeu a lanterna para procurar a caixinha das bolas atrás do balcão. Agia sem cuidado. Movendo a lanterna da esquerda para a direita viu um monte de frascos empoeirados, um par de estribos com esporas, uma camisa enrolada e suja de óleo de motor e depois a caixinha das bolas, no mesmo lugar em que a tinha deixado. Mas não deteve o facho de luz até chegar ao fim. Lá estava o gato.

O animal olhou-o sem mistério através da luz. Dámaso continuou enfocando-o até que se lembrou, com um ligeiro calafrio, que nunca o vira no salão durante o dia. Moveu a lanterna para a frente, dizendo: "Xô", mas o animal permaneceu impassível. Então houve uma espécie de detonação silenciosa dentro de sua cabeça e o gato desapareceu por completo de sua memória. Quando compreendeu o que estava acontecendo, já tinha soltado a lanterna e apertava o pacote de bolas contra o peito. O salão estava iluminado.

— Epa!

Reconheceu a voz do Sr. Roque. Aprumou-se lentamente, sentindo um cansaço terrível nos rins. O Sr. Roque avançava do fundo do salão, de cuecas e com uma barra de ferro na mão, ainda ofuscado pela claridade. Havia uma rede pendurada por trás das garrafas e das caixas vazias, bem perto de onde Dámaso passara ao entrar. Também aquilo era diferente da primeira vez.

Quando chegou a menos de dez metros, o Sr. Roque deu um pulinho e colocou-se em guarda. Dámaso escondeu a mão com o embrulho. O Sr. Roque franziu o nariz, avançando a cabeça, para reconhecê-lo sem os óculos.

— Rapaz — exclamou.

Dámaso sentiu como se algo infinito tivesse por fim terminado. O Sr. Roque baixou a barra e aproximou-se com a boca aberta. Sem óculos e sem a dentadura postiça parecia uma mulher.

— Que é que você está fazendo aqui?

— Nada — disse Dámaso.

Trocou de posição com um imperceptível movimento do corpo.

— Que tem aí? — perguntou o Sr. Roque.

Dámaso retrocedeu.

— Nada — disse.

O Sr. Roque ficou vermelho e começou a tremer.

— Que é isso aí? — gritou, dando um passo para a frente com a barra levantada. Dámaso entregou-lhe o embrulho. O Sr. Roque recebeu-o com a mão esquerda, sem descuidar a guarda, e examinou-o com os dedos. Só então compreendeu.

— Não é possível — disse.

Estava tão perplexo que pôs a barra sobre o balcão e pareceu esquecer-se de Dámaso enquanto abria o pacote. Contemplou as bolas em silêncio.

— Vim devolvê-las — disse Dámaso.

— É claro — disse o Sr. Roque.

Dámaso estava lívido. O álcool abandonara-o por completo e só lhe restava um sedimento de barro na língua e um confuso sentimento de solidão.

— Então era esse o milagre — disse o Sr. Roque, fechando o embrulho. — Não posso acreditar que você seja tão burro. — Quando levantou a cabeça, tinha mudado a expressão.

— E os duzentos pesos?

— Não tinha nada na gaveta — disse Dámaso.

O Sr. Roque olhou-o pensativo, mastigando no vazio, e depois sorriu.

— Não tinha nada — repetiu várias vezes. — De modo que não tinha nada.

Voltou a pegar a barra, dizendo:

— Pois vamos agora mesmo contar esta história ao alcaide.

Dámaso enxugou nas calças o suor das mãos.

— O senhor sabe que não tinha nada.

O Sr. Roque continuou sorrindo.

— Tinha duzentos pesos — disse. — E agora vão arrancá-los de sua pele, porque você é ainda mais burro do que ladrão.

A PRODIGIOSA TARDE DE BALTAZAR

A gaiola estava pronta. Baltazar pendurou-a na varanda, por força do hábito, e quando acabou de almoçar já se dizia por toda parte que era a mais linda gaiola do mundo. Veio tanta gente para vê-la que se formou um tumulto em frente à casa e Baltazar teve que tirá-la e fechar a carpintaria.

— Você precisa fazer a barba — disse-lhe Úrsula, sua mulher. — Está parecendo um capuchinho.

— Faz mal fazer a barba depois do almoço — disse Baltazar.

Estava com uma barba de duas semanas, o cabelo curto, duro e aparado como a crina de um burro e uma expressão geral de garoto assustado. Mas era uma expressão falsa. Em fevereiro completara 30 anos, vivia com Úrsula havia quatro, sem casar e sem ter filhos, e a vida lhe tinha dado muitos motivos para estar alerta, mas nenhum para estar assustado. Nem sequer sabia que, para algumas pessoas, a gaiola que acabara de fazer era a mais linda do mundo. Para ele, acostumado a fazer gaiolas desde menino, aquele tinha sido apenas um trabalho mais árduo que os outros.

— Então descanse um pouco — disse a mulher. — Com essa barba você não pode aparecer em lugar nenhum.

Enquanto descansava teve que deixar a rede várias vezes para mostrar a gaiola aos vizinhos. Até então, Úrsula não prestara atenção a ela. Estava aborrecida porque seu marido se descuidara do trabalho da carpintaria para se dedicar inteiramente à gaiola, e durante duas semanas tinha dormido mal, dando pulos e dizendo disparates, e não voltara a pensar em fazer a barba. Mas o desgosto se dissipou diante da gaiola terminada. Quando Baltazar acordou da sesta, ela havia passado suas calças e uma camisa, pusera-as em uma cadeira junto à rede e levara a gaiola para a mesa da sala de jantar. Contemplava-a em silêncio.

— Quanto é que você vai cobrar? — perguntou.

— Não sei — respondeu Baltazar. — Vou pedir trinta pesos para ver se me dão vinte.

— Peça cinquenta — disse Úrsula. — Você ficou muitas noites acordado nesses quinze dias. Além disso, é bem grande. Acho que é a maior gaiola que já vi na minha vida.

Baltazar começou a barbear-se.

— Você acha que eles vão me dar cinquenta pesos?

— Isso não é nada para o Sr. Chepe Montiel, e a gaiola vale — disse Úrsula. — Você devia pedir sessenta.

A casa jazia em uma penumbra sufocante. Era a primeira semana de abril e o calor parecia menos suportável pelo silvo das cigarras. Quando acabou de vestir-se, Baltazar abriu a porta do pátio para refrescar a casa, e um grupo de meninos entrou na sala.

A notícia espalhara-se. O Doutor Octavio Giraldo, um médico velho, satisfeito com a vida, mas cansado da profissão, pensava na gaiola de Baltazar enquanto almoçava com sua esposa paralítica. No pátio interior, onde botavam a mesa nos dias de calor, havia muitos vasos com flores e duas gaiolas com canários.

Sua mulher gostava de passarinhos, e gostava tanto que odiava os gatos porque eram capazes de comê-los. Pensando nela, o Doutor Giraldo foi nessa tarde visitar um doente e na volta passou pela casa de Baltazar para conhecer a gaiola.

Tinha muita gente na sala. Posta em exposição sobre a mesa, a enorme cúpula de arame com três andares interiores, com passagens e compartimentos especiais para comer e dormir, e pequenos trapézios e poleiros no espaço reservado para o recreio dos pássaros, parecia o modelo reduzido de uma gigantesca fábrica de gelo. O médico examinou-a cuidadosamente, sem tocá-la, considerando que na verdade aquela gaiola era superior ao seu próprio prestígio e muito mais bonita do que jamais sonhara para sua mulher.

— Isso é uma aventura da imaginação — disse. Procurou Baltazar no grupo, e acrescentou, fixando nele seus olhos maternais: — Você daria um grande arquiteto.

Baltazar ruborizou-se.

— Obrigado — disse.

— É verdade — disse o médico. Era de uma gordura lisa e tenra como a de uma mulher que fora formosa em sua juventude, e tinha as mãos delicadas. Sua voz parecia a de um padre falando em latim. — Nem é preciso botar pássaros nela — disse, fazendo girar a gaiola em frente aos olhos do público, como se a estivesse vendendo. — Bastará pendurá-la entre as árvores para que cante sozinha.

Voltou a botá-la na mesa, pensou um pouco, olhando a gaiola, e disse:

— Bem, eu fico com ela.

— Está vendida — disse Úrsula.

— É do filho do Sr. Chepe Montiel — disse Baltazar. — É uma encomenda especial.

O médico assumiu uma atitude respeitável.

— Ele deu o modelo?

— Não — disse Baltazar. — Disse que queria uma gaiola grande, como essa, para um casal de corrupiões.

O médico olhou a gaiola.

— Mas essa não é para corrupião.

— Claro que é, doutor — disse Baltazar, aproximando-se da mesa. Os meninos rodearam-no. — As medidas estão bem calculadas — disse, apontando com o dedo os diferentes compartimentos. Bateu então na cúpula com os nós dos dedos e a gaiola encheu-se de acordes profundos.

— É o arame mais resistente que se pode encontrar, e cada junta está soldada por dentro e por fora — disse.

— Serve até para um papagaio — interveio um dos meninos.

— Isso mesmo — disse Baltazar.

O médico balançou a cabeça.

— É, mas não deram o modelo — disse. — Não fizeram nenhuma recomendação especial, a não ser que fosse uma gaiola grande para corrupião. Não foi isso?

— Isso mesmo — disse Baltazar.

— Então não há problema — disse o médico. — Uma coisa é uma gaiola grande para corrupião e outra coisa é essa gaiola. Não há provas de que foi essa a que mandaram você fazer.

— Foi essa mesmo — disse Baltazar, afobado. — Por isso eu fiz.

O médico fez um gesto de impaciência.

— Você podia fazer outra — disse Úrsula, olhando para o marido. E depois, em direção ao médico: — O senhor não tem pressa.

— Prometi à minha mulher para essa tarde — disse o médico.

— Sinto muito, doutor — disse Baltazar —, mas não se pode vender uma coisa que já está vendida.

O médico encolheu os ombros. Enxugando o suor do pescoço com um lenço, contemplou a gaiola em silêncio, sem mover o olhar de um mesmo ponto indefinido, como se olha um barco que se vai.

— Quanto deram por ela?

Baltazar olhou para Úrsula, sem responder.

— Sessenta pesos — disse ela.

O médico continuou olhando a gaiola.

— É muito bonita — suspirou. — Muito bonita mesmo. — Então, andando em direção à porta, começou a abanar-se com energia, sorridente, e a recordação daquele episódio desapareceu para sempre de sua memória.

— Montiel é muito rico — disse.

Na verdade, José Montiel não era tão rico como parecia, mas teria sido capaz de tudo para chegar a ser. A poucas quadras dali, numa casa abarrotada de arreios onde nunca se sentira um cheiro que não se pudesse vender, permanecia indiferente à novidade da gaiola. Sua esposa, torturada pela obsessão da morte, fechou portas e janelas depois do almoço e permaneceu deitada com os olhos abertos durante duas horas, na penumbra do quarto, enquanto José Montiel fazia a sesta. Assim foi surpreendida por um alvoroço de muitas vozes. Então abriu a porta da sala e viu um tumulto diante da casa e Baltazar com a gaiola no meio do tumulto, vestido de branco e recém-barbeado, com essa expressão de decorosa candura com que os pobres chegam à casa dos ricos.

— Que coisa maravilhosa — exclamou a esposa de José Montiel, com uma expressão radiante, conduzindo Baltazar para dentro.

— Nunca vi nada parecido na minha vida — disse, e acrescentou, indignada com a multidão que se acumulava na porta: — Mas leve-a para dentro que senão vão transformar a sala em uma rinha.

Baltazar não era um estranho na casa de José Montiel. Em diferentes ocasiões, por sua eficiência e bom atendimento, fora chamado para fazer pequenos trabalhos de carpintaria. Mas nunca se sentiu bem entre os ricos. Sempre que pensava neles, em suas mulheres feias e complicadas, em suas tremendas operações cirúrgicas, experimentava um sentimento de piedade. Quando entrava em suas casas, não conseguia andar sem arrastar os pés.

— Pepe está? — perguntou.

Tinha posto a gaiola sobre a mesa da sala.

— Está na escola — disse a mulher de José Montiel. — Mas não deve demorar. — E acrescentou: — Montiel está no banho.

Na verdade, José Montiel não tivera tempo para tomar banho. Estava fazendo uma urgente fricção com álcool canforado para sair e ver o que estava acontecendo. Era um homem tão precavido que dormia sem ventilador para poder vigiar durante o sono os ruídos da casa.

— Adelaida — gritou. — Que está acontecendo?

— Venha ver que coisa maravilhosa — gritou a mulher.

José Montiel — corpulento e cabeludo, a toalha pendurada no pescoço — surgiu na janela do quarto.

— O que é isso?

— A gaiola de Pepe — disse Baltazar.

A mulher olhou-o perplexa.

— De quem?

— De Pepe — confirmou Baltazar. Depois, dirigindo-se a José Montiel: — Pepe me encomendou.

Nada aconteceu naquele instante, mas Baltazar percebeu que tinham aberto a porta do banheiro. José Montiel saiu do quarto de cuecas.

— Pepe — gritou.

— Ainda não chegou — murmurou sua esposa, imóvel.

Pepe surgiu no vão da porta. Tinha uns doze anos e as mesmas pestanas levantadas e a tranquilidade patética de sua mãe.

— Venha cá — disse-lhe José Montiel. — Você mandou fazer isso?

O menino abaixou a cabeça. Agarrando-o pelo cabelo, José Montiel obrigou-o a olhá-lo nos olhos.

— Responda.

O menino mordeu os lábios sem responder.

— Montiel — sussurrou a esposa.

José Montiel soltou o menino e voltou-se para Baltazar com uma expressão exaltada.

— Sinto muito, Baltazar — disse. — Mas você devia ter me consultado antes de fazer. Só mesmo você podia pensar em tratar com um menor. — À medida que falava, seu rosto foi recobrando a serenidade. Levantou a gaiola sem olhá-la e deu-a a Baltazar. — Leve-a depressa e trate de vendê-la a quem puder — disse. — E, por favor, eu peço para você não discutir comigo. — Deu-lhe uma palmadinha no ombro, e explicou: — O médico me proibiu de ficar zangado.

O menino permanecia imóvel, sem reclamar, até que Baltazar olhou-o, perplexo, com a gaiola na mão. Então ele emitiu um som gutural, como o rosnar de um cachorro, e jogou-se no chão dando gritos.

José Montiel olhava-o impassível, enquanto a mãe tentava acalmá-lo.

— Não o levante — disse. — Deixe-o aí até que arrebente a cabeça contra o assoalho e depois ponha sal e limão para ele chorar com vontade.

O menino chorava sem lágrimas, enquanto a mãe o sustentava pelos punhos.

— Deixe ele — insistiu José Montiel.

Baltazar observou o menino como se observasse a agonia de um animal contagioso. Eram quase quatro. A essa hora, em sua casa, Úrsula cantava uma canção muito antiga, enquanto cortava rodelas de cebola.

— Pepe — disse Baltazar.

Aproximou-se do menino, sorrindo, e estendeu-lhe a gaiola. O menino ergueu-se de um salto, abraçou a gaiola, que era quase do seu tamanho, e ficou olhando Baltazar através das grades, sem saber o que dizer. Não tinha derramado uma só lágrima.

— Baltazar — disse Montiel, suavemente. — Já disse para você levá-la.

— Devolva-a — ordenou a mulher ao menino.

— Fique com ela — disse Baltazar. E depois, a José Montiel — Afinal de contas, eu a fiz para isso.

José Montiel perseguiu-o até a sala.

— Não seja bobo, Baltazar — dizia, fechando-lhe o caminho. — Leve esse traste para casa e não faça mais besteiras. Eu não estou pensando em pagar nem um centavo.

— Não tem importância — disse Baltazar. — Eu a fiz mesmo para dar de presente ao Pepe. Não estava pensando em cobrar nada.

Quando Baltazar abriu passagem através dos curiosos que bloqueavam a porta, José Montiel dava gritos no meio da sala. Estava muito pálido e seus olhos começavam a ficar vermelhos.

— Estúpido — gritava. — Leve essa porcaria. Era só o que faltava, um qualquer vindo dar ordens dentro da minha casa. Porra!

No salão de bilhar receberam Baltazar com uma ovação. Até então, pensava que tinha feito uma gaiola melhor que as outras, que tinha sido obrigado a presenteá-la ao filho de José Montiel para que ele não continuasse chorando e que isso não tinha nada de especial. Mas logo percebeu que tinha certa importância para muitas pessoas e sentiu-se um pouco excitado.

— Então deram cinquenta pesos pela gaiola.

— Sessenta — disse Baltazar.

— Pode se benzer — disse alguém. — Ninguém nunca tirou tanto dinheiro do Sr. Chepe Montiel. É preciso comemorar isso.

Ofereceram-lhe uma cerveja e Baltazar correspondeu com uma rodada para todos. Como era a primeira vez que bebia, ao anoitecer estava completamente bêbado e falava de um fabuloso projeto de mil gaiolas a sessenta pesos, e depois um milhão de gaiolas até completar sessenta milhões de pesos.

— É preciso fazer muitas coisas para vender aos ricos antes que eles morram — dizia, cego pela bebedeira. — Todos estão doentes e vão morrer. Estão tão fodidos que já não podem mais nem ficar zangados.

Durante duas horas o toca-discos automático tocou sem parar por sua conta. Todos brindaram pela saúde de Baltazar, por sua sorte e fortuna, e pela morte dos ricos, mas na hora do jantar deixaram-no sozinho no salão.

Úrsula esperara-o até as oito, com um prato de carne frita coberta com rodelas de cebola. Alguém lhe disse que seu marido estava no salão de bilhar, louco de felicidade, brindando cerveja a todo mundo, mas não acreditou porque Baltazar nunca se embebedara. Quando se deitou, quase à meia-noite, Baltazar estava em um salão iluminado, onde havia mesinhas de quatro lugares com cadeiras em volta, e uma pista de baile ao ar livre. Tinha a cara lambuzada de ruge, e como não podia dar nem mais um passo, estava pensando em se deitar com duas mulheres na mesma cama. Tinha gastado tanto, que teve de deixar o relógio como garantia, com o compromisso de pagar no dia seguinte. Pouco depois, esparramado na rua, percebeu que estavam tirando seus sapatos, mas não quis abandonar o sonho mais feliz de sua vida. As mulheres que passaram para a missa das cinco não se atreveram a olhá-lo, achando que ele estava morto.

A VIÚVA MONTIEL

Quando o Sr. José Montiel morreu, todo mundo se sentiu vingado, menos sua viúva; mas foram necessárias várias horas para que todo mundo acreditasse que ele tinha realmente morrido. Muitos continuaram duvidando mesmo depois de ver o cadáver em câmara-ardente, acomodado entre travesseiros e lençóis de linho dentro de um caixão amarelo e abaulado como um melão. Estava muito bem barbeado, vestido de branco e com botas de verniz e tinha uma cara tão boa que nunca pareceu tão vivo. Era o mesmo Sr. Chepe Montiel dos domingos, assistindo à missa das oito, só que em lugar do chicote tinha um crucifixo entre as mãos. Foi preciso que parafusassem a tampa do ataúde e que o emparedassem no aparatoso mausoléu familiar para que a população inteira se convencesse de que ele não estava fingindo de morto.

Depois do enterro, a única coisa que pareceu inacreditável a todo mundo, menos à viúva, é que o Sr. José Montiel tivesse morrido de morte natural. Enquanto todo mundo esperava que o baleassem pelas costas em uma emboscada, sua viúva estava certa de vê-lo morrer de velho em sua cama, confessado e sem agonia, como um santo moderno. Enganou-se apenas em alguns detalhes. José Montiel morreu na rede, numa quarta-feira às duas da tarde, em consequência do acesso de raiva que o médico lhe havia proibido. Mas a esposa esperava também que toda a população assistisse ao enterro e que a casa fosse pequena para receber tantas flores. Só estavam presentes, entretanto, os colegas de partido e as congregações religiosas, e as únicas coroas recebidas foram as da administração municipal. O filho — em seu posto consular na Alemanha — e as duas filhas, em Paris, mandaram telegramas de três páginas. Via-se que foram redigidos de pé, com a tinta multitudinária da agência dos correios, e que tinham rasgado muitos formulários antes de encontrar 20 dólares de palavras. Nenhum deles prometia voltar. Naquela noite, aos sessenta e dois anos, enquanto chorava contra o travesseiro em que recostara a cabeça o homem que a fizera feliz, a viúva Montiel conheceu pela primeira vez o sabor de um ressentimento. "Vou me trancar para sempre", pensava. "Para mim, é como se me tivessem posto no mesmo caixão de José Montiel. Não quero saber de mais nada deste mundo." Era sincera.

Aquela mulher frágil, torturada pela superstição, casada aos vinte anos por vontade de seus pais com o único pretendente que lhe permitiram ver a menos de 10 metros de distância, nunca estivera em contato direto com a realidade. Três dias depois de tirarem da casa o cadáver do marido, compreendeu, através das lágrimas, que precisava reagir, mas não pôde encontrar o rumo de sua nova vida. Era necessário começar pelo princípio.

Entre os inúmeros segredos que José Montiel levara para o túmulo, estava a combinação do cofre-forte. O alcaide tomou conta do problema. Mandou levar a caixa para o pátio, encostá-la no muro, e dois soldados dispararam seus fuzis contra a fechadura. Durante toda uma manhã, a viúva ouviu de seu quarto as descargas cerradas e sucessivas, ordenadas aos gritos pelo alcaide. "Era só o que faltava", pensou. "Cinco anos rogando a Deus para que cessem os tiros, e agora tenho que agradecer que disparem dentro de minha casa." Naquele dia fez um esforço de concentração, chamando a morte, mas ninguém respondeu. Começava a dormir quando uma tremenda explosão sacudiu as fundações da casa. Fora preciso dinamitar o cofre.

A viúva Montiel suspirou. Outubro se eternizava com suas chuvas pantanosas e ela se sentia perdida, navegando sem rumo na desordenada e fabulosa fazenda de José Montiel. Carmichael, antigo e diligente servidor da família, se havia encarregado da administração. Quando afinal resolveu enfrentar o fato concreto de que seu marido tinha morrido, a viúva Montiel saiu do quarto para se ocupar da casa. Despojou-a de todos os ornamentos, mandou forrar os móveis em cores lutuosas e colocou laços fúnebres nos retratos do morto, pendurados nas paredes. Em dois meses de encerramento tinha adquirido o costume de roer as unhas. Um dia — os olhos avermelhados e inchados de tanto chorar — viu Carmichael entrando na casa com o guarda-chuva aberto.

— Feche esse guarda-chuva, seu Carmichael — disse-lhe. — Depois de todas as desgraças que tivemos, só faltava o senhor entrar em casa com o guarda-chuva aberto.

Carmichael deixou-o no canto. Era um negro velho, de pele lustrosa, vestido de branco e com pequenas aberturas feitas a navalha nos sapatos para aliviar a pressão dos calos.

— É só enquanto ele seca.

Pela primeira vez, desde a morte do marido, a viúva abriu as janelas.

— Tantas desgraças, e ainda por cima esse inverno — murmurou, roendo as unhas. — Parece que não vai estiar nunca.

— Não estiará nem hoje nem amanhã — disse o administrador. — Essa noite os calos não me deixaram dormir.

Ela acreditava nas previsões atmosféricas dos calos de Carmichael. Olhou a pracinha desolada, as casas silenciosas cujas portas não se abriram para ver o enterro de José Montiel e então se sentiu desesperada com suas unhas, com suas terras sem limites e com os infinitos compromissos que herdara do marido e que jamais conseguiria compreender.

— O mundo está malfeito — soluçou.

Os que a visitaram por esses dias tiveram motivos para acreditar que ela perdera o juízo. Nunca, porém, esteve mais lúcida do que então. Desde antes de começar a matança política ela passava as lúgubres manhãs de outubro diante da janela de seu quarto, compadecendo-se dos mortos e pensando que se Deus não tivesse descansado no domingo teria tido tempo para acabar o mundo.

— Devia ter aproveitado esse dia para não deixar tantas coisas malfeitas — dizia. — Afinal de contas, ele tinha toda a eternidade para descansar.

A única diferença, depois da morte do marido, era que tinha agora um motivo concreto para conceber pensamentos sombrios.

Assim, enquanto a viúva Montiel se consumia no desespero, Carmichael procurava impedir o naufrágio. As coisas não iam bem. Livre da ameaça de José Montiel, que monopolizava o comércio local pelo terror, a população iniciava represálias. À espera de clientes que não chegaram, o leite talhou nos jarros amontoados no pátio, e o mel fermentou em seus odres, e o queijo engordou vermes nos escuros armários do depósito. Em seu mausoléu enfeitado com luzinhas elétricas e arcanjos em imitação de mármore, José Montiel pagava seis anos de assassinatos e desmandos. Ninguém na história do país enriquecera tanto em tão pouco tempo. Quando chegou ao povoado o primeiro alcaide da ditadura, José Montiel era um discreto partidário de todos os regimes, que passara a metade da vida sentado de cuecas à porta de sua usina de arroz. Houve um tempo em que desfrutou de certa reputação de rico e bom católico, porque prometeu em voz alta dar de presente à igreja um São José de tamanho natural se ganhasse na loteria, e duas semanas depois ganhou seis frações e cumpriu a promessa. A primeira vez em que ele foi visto usando sapatos foi quando chegou o novo alcaide, um sargento da polícia, canhoto e rude, que tinha ordens expressas de liquidar com a oposição. José Montiel começou por ser seu informante confidencial. Aquele comerciante modesto, cujo tranquilo humor de homem gordo não despertava a menor inquietação, discriminou seus adversários políticos em ricos e pobres. Os pobres foram liquidados pela polícia em praça pública. Os ricos tiveram um prazo de 24 horas para abandonar o povoado. Planejando o massacre, José Montiel fechava-se dias inteiros com o alcaide em seu escritório sufocante, enquanto a esposa se compadecia dos mortos. Quando o alcaide saía do escritório, ela barrava o caminho do marido.

— Esse homem é um criminoso — dizia-lhe. — Você precisa aproveitar sua influência no governo para que tirem daqui esse monstro que não vai deixar um ser humano no povoado.

E José Montiel, tão ocupado nesses dias, afastava-a sem olhá-la, dizendo: "Deixe de ser chata." Na verdade, seu negócio não era a morte dos pobres, mas sim a expulsão dos ricos. Depois que o alcaide perfurava suas portas a tiros e lhes dava um prazo para abandonar o lugarejo, José Montiel lhes comprava as terras e o gado por um preço que ele mesmo se encarregava de fixar.

— Não seja bobo — dizia-lhe a mulher. — Você vai arruinar-se ajudando-os para que não morram de fome em outro lugar e eles nunca irão agradecer-lhe.

E José Montiel, que já não tinha tempo nem mesmo para sorrir, afastava-a de seu caminho, dizendo:

— Vá para a cozinha e não me amole tanto.

Nesse ritmo, em menos de um ano a oposição estava liquidada e José Montiel era o homem mais rico e poderoso do lugar. Mandou as filhas para a França, conseguiu para o filho um posto consular na Alemanha e dedicou-se a consolidar seu império. Mas não chegou a desfrutar seis anos de sua desmedida riqueza.

Depois de passado o primeiro aniversário de sua morte, a viúva só ouvia ranger a escada sob o peso de alguma má notícia. Sempre vinha alguém ao entardecer. "Outra vez os bandidos", diziam. "Ontem levaram um lote de 50 novilhos." Imóvel na cadeira de balanço, roendo as unhas, a viúva Montiel só se alimentava de seu ressentimento.

— Bem que eu lhe dizia, José Montiel — dizia, falando sozinha. — Esta é uma terra de mal-agradecidos. Você ainda está quente no túmulo e todo mundo já nos virou as costas.

Ninguém vinha mais à sua casa. O único ser humano que viu naqueles meses intermináveis em que não parou de chover foi o perseverante Carmichael, que nunca entrou na casa com o guarda-chuva fechado. As coisas não tinham melhorado. Carmichael havia escrito várias cartas ao filho de José Montiel. Sugeria-lhe a conveniência de vir pôr-se à frente dos negócios e até se permitiu fazer algumas considerações pessoais sobre a saúde da viúva. Sempre recebeu respostas evasivas. Por fim, o filho de José Montiel respondeu francamente, que não se atrevia a voltar com medo de levar um tiro. Então Carmichael subiu ao quarto da viúva e viu-se obrigado a confessar-lhe que ela estava ficando arruinada.

— Melhor — disse ela. — Estou farta de tudo. Se quiser, leve o que lhe fizer falta e deixe-me morrer tranquila.

A partir de então, seu único contato com o mundo foram as cartas que escrevia às filhas, no fim de cada mês. "Isto é um lugar maldito", dizia-lhes. "Fiquem aí para sempre e não se preocupem comigo. Sou feliz sabendo que vocês são felizes." As filhas revezavam-se para responder-lhe. Suas cartas eram sempre alegres, e via-se que tinham sido escritas em lugares mornos e bem-iluminados e que as moças se viam repetidas em muitos espelhos quando paravam para pensar. Elas também não queriam voltar. "Isto é a civilização", diziam. "Aí, pelo contrário, não é um bom lugar para nós. É impossível viver em um país tão selvagem onde assassinam as pessoas por questões políticas." Lendo as cartas, a viúva Montiel sentia-se melhor e aprovava cada frase com a cabeça.

Certa ocasião, as filhas falaram-lhe dos açougues de Paris. Diziam-lhe que matavam uns porcos rosados e os penduravam inteiros na porta, enfeitados com coroas e grinaldas de flores. No final, uma letra diferente da de suas filhas tinha acrescentado: "Imagine, que o cravo maior e mais bonito é enfiado no cu do porco."

Lendo aquela frase, pela primeira vez em dois anos, a viúva Montiel sorriu. Subiu para o quarto sem apagar as luzes da casa e antes de deitar-se virou o ventilador elétrico de frente para a parede. Depois tirou da gaveta da mesa de cabeceira uma tesoura, um rolo de esparadrapo e o rosário, e cobriu a unha do polegar direito, irritada pelas mordidelas. Logo começou a rezar, mas no segundo mistério passou o rosário para a mão esquerda, pois não sentia as contas através do esparadrapo. Ouviu por um momento a trepidação de trovões remotos. Depois adormeceu com a cabeça dobrada sobre o peito. A mão com o rosário tombou ao longo do corpo, e então ela viu a Mamãe Grande no pátio com um lençol branco e um pente no colo, estalando piolhos com os polegares. Perguntou-lhe:

— Quando vou morrer?

A Mamãe Grande levantou a cabeça:

— Quando seu braço ficar dormente.

AS ROSAS ARTIFICIAIS

Movendo-se às cegas na penumbra do amanhecer, Mina pôs o vestido sem mangas que na noite anterior tinha pendurado junto à cama e revirou o baú em busca das mangas postiças. Procurou-as depois nos pregos das paredes e por trás das portas, se esforçando para não fazer barulho e não despertar a avó cega que dormia no mesmo quarto. Mas quando se acostumou à escuridão, percebeu que a avó tinha se levantado e foi à cozinha perguntar-lhe pelas mangas.

— Estão no banheiro — disse a cega. — Lavei-as ontem à tarde.

Lá estavam elas, penduradas em um arame com dois prendedores de madeira. Ainda estavam úmidas. Mina voltou à cozinha e estendeu as mangas sobre as pedras do fogão. À sua frente, a cega mexia o café, com as pupilas mortas fixas no rebordo de tijolos do corredor, onde havia uma fileira de vasos com ervas medicinais.

— Não apanhe mais minhas coisas — disse Mina. — Nestes dias não se pode contar com o sol.

A cega virou o rosto em direção à voz.

— Eu tinha esquecido que era a primeira sexta-feira — disse.

Após comprovar com uma aspiração profunda que o café já estava pronto, retirou a panela do fogão.

— Ponha um papel por baixo, porque essas pedras estão sujas — disse.

Mina passou o dedo sobre as pedras do fogão. Estavam sujas, mas com uma crosta de fuligem endurecida que não sujaria as mangas se não as esfregassem contra as pedras.

— Se sujar, a culpada será você — disse.

A cega tinha se servido de uma xícara de café.

— Você está com raiva — disse, puxando uma cadeira até o corredor.

— É sacrilégio comungar quando se está com raiva.

Sentou-se para tomar o café de frente para as rosas do pátio. Quando soou o terceiro toque para a missa, Mina tirou as mangas do fogão, e ainda estavam úmidas. Mas vestiu-as. O padre Ângelo não lhe daria a comunhão com um vestido de ombros descobertos. Não lavou a cara. Tirou com uma toalha os restos do ruge, apanhou no quarto o livro de orações e a mantilha, e saiu para a rua. Um quarto de hora depois estava de volta.

— Você vai chegar depois do evangelho — disse a cega, sentada diante das rosas do pátio.

Mina passou diretamente para o reservado.

— Não posso ir à missa — disse. — As mangas estão molhadas e toda a minha roupa está sem passar. — Sentiu-se perseguida por um olhar clarividente.

— Primeira sexta-feira e você não vai à missa — disse a cega.

De volta do reservado, Mina serviu-se de uma xícara de café e sentou-se junto à soleira da porta, ao lado da cega. Mas não pôde tomar o café.

— A culpa é sua — murmurou, com um rancor surdo, sentindo que se afogava em lágrimas.

— Você está chorando — exclamou a cega.

Pôs o regador junto dos vasos de orégão e saiu ao pátio, repetindo:

— Você está chorando.

Mina pôs a xícara no chão antes de se levantar.

— Estou chorando de raiva — disse. E acrescentou ao passar perto da avó: — Você tem que se confessar, porque você me fez perder a comunhão da primeira sexta-feira.

A cega permaneceu imóvel esperando que Mina fechasse a porta do quarto. Depois andou até o fim do corredor. Inclinou-se, tateando, até encontrar no chão a xícara intacta. Enquanto derramava o café na panela de barro, continuou dizendo:

— Deus sabe que eu tenho a consciência tranquila.

A mãe de Mina saiu do quarto.

— Com quem você está falando? — perguntou.

— Com ninguém — disse a cega. — Já lhe disse que estou ficando louca.

Trancada no seu quarto, Mina desabotoou o corpete e tirou três chavezinhas que levava penduradas com um alfinete de segurança. Com uma das chaves abriu a gaveta inferior do armário e tirou um baú de madeira em miniatura. Abriu-o com a outra chave. Dentro tinha um pacote de cartas em folhas coloridas, atadas com um elástico. Guardou-as no corpete, pôs o bauzinho em seu lugar e voltou a fechar a gaveta com chave. Depois foi ao banheiro e jogou as cartas na privada.

— Pensei que você estivesse na missa — disse-lhe a mãe.

— Ela não pôde ir — interveio a cega. — Eu me esqueci de que era a primeira sexta-feira e lavei as mangas ontem à tarde.

— Ainda estão úmidas — murmurou Mina.

— Ela teve que trabalhar muito esses dias — disse a cega.

— Tenho que entregar cento e cinquenta dúzias de rosas na Páscoa — disse Mina.

O sol esquentou cedo. Antes das sete, Mina instalou na sala seus apetrechos para fazer rosas artificiais: uma cesta cheia de pétalas e arames, uma caixa de papel crepom, duas tesouras, um rolo de barbante e um vidro de cola. Pouco depois chegou Trinidad, com sua caixa de papelão debaixo do braço, perguntando-lhe por que não tinha ido à missa.

— Não tinha mangas — disse Mina.

— Podia arranjar emprestadas — disse-lhe Trinidad.

Puxou uma cadeira para sentar-se junto à cesta de pétalas.

— Já era tarde — disse Mina.

Terminou uma rosa. Depois aproximou a cesta para frisar as pétalas com a tesoura. Trinidad pôs a caixa de papelão no chão e entrou no trabalho.

Mina examinou a caixa.

— Você comprou sapatos? — perguntou.

— São ratos mortos — disse Trinidad.

Como Trinidad era habilíssima em frisar pétalas, Mina resolveu fazer talos de arame forrados com papel verde. Trabalharam em silêncio sem notar o sol que avançava na sala decorada com quadros idílicos e fotografias familiares. Quando acabou os talos, Mina voltou para Trinidad um rosto que parecia feito de algo imaterial. Trinidad frisava com admirável desembaraço, movendo apenas a ponta dos dedos, as pernas muito juntas. Mina observou seus sapatos masculinos. Trinidad evitou o olhar, sem levantar a cabeça, apenas arrastando os pés para trás e interrompeu o trabalho.

— Que aconteceu? — disse.

Mina inclinou-se para ela.

— Foi-se embora — disse.

Trinidad soltou as tesouras no colo.

— Não.

— Foi — repetiu Mina.

Trinidad olhou-a sem piscar. Uma ruga vertical dividiu suas sobrancelhas.

— E agora? — perguntou.

Mina respondeu sem tremor na voz.

— Agora, nada.

Trinidad despediu-se antes das dez.

Liberada do peso de sua intimidade, Mina reteve-a por um momento, para jogar os ratos mortos no reservado. A cega estava podando as roseiras.

— Adivinha o que tenho nesta caixa — disse-lhe Mina ao passar por ela.

Balançou com os ratos.

A cega prestou atenção.

— Balance-a outra vez — disse.

Mina repetiu o movimento, mas a cega não pôde identificar os objetos, depois de escutar pela terceira vez com o indicador apoiado no lóbulo da orelha.

— São ratos que caíram esta noite nas ratoeiras da igreja — disse Mina.

Na volta passou junto à cega sem falar. Mas a cega seguiu-a. Quando chegou à sala, Mina estava sozinha junto à janela fechada, acabando as rosas artificiais.

— Mina — disse a cega. — Se você quer ser feliz, não se confesse com estranhos.

Mina olhou-a sem falar. A cega ocupou a cadeira diante dela e tentou intervir no trabalho. Mina impediu-a.

— Você está nervosa — disse a cega.

— Por culpa sua — disse Mina.

— Por que você não foi à missa? — perguntou a cega.

— Você sabe melhor do que ninguém.

— Se tivesse sido pelas mangas você não teria tido o trabalho de sair de casa — disse a cega. — No caminho tinha alguém esperando e que lhe causou alguma contrariedade.

Mina passou as mãos diante dos olhos da avó, como que limpando um cristal invisível.

— Você é adivinha — disse.

— Você foi ao banheiro duas vezes esta manhã — disse a cega. — Nunca vai mais de uma vez.

Mina continuou fazendo rosas.

— Você seria capaz de me mostrar o que está guardado na gaveta do armário? — perguntou a cega.

Sem se apressar, Mina espetou a rosa no marco da janela, tirou as três chavezinhas do corpete e colocou-as nas mãos da cega. Ela mesma fechou-lhe os dedos.

— Vai lá e olha com seus próprios olhos — disse.

A cega examinou as chavezinhas com as pontas dos dedos.

— Meus olhos não podem ver no fundo do reservado.

Mina levantou a cabeça e então experimentou uma sensação diferente: sentiu que a cega sabia que a estava olhando.

— Se você está tão interessada nas minhas coisas, pule no fundo da fossa — disse.

A cega evitou a interrupção.

— Você sempre escreve na cama até de madrugada — disse.

— Você mesma apaga a luz — disse Mina.

— E depois você acende a lanterna portátil — disse a cega. — Pela sua respiração eu poderia então dizer o que está escrevendo.

Mina fez um esforço para não se alterar.

— Bom — disse sem levantar a cabeça. — Supondo que seja assim, o que tem isso de particular?

— Nada — respondeu a cega. — Só que eu fiz você perder a comunhão da primeira sexta-feira.

Mina recolheu com as duas mãos o rolo de barbante, as tesouras e um punhado de talos e rosas sem terminar. Pôs tudo dentro da cesta e encarou a cega.

— Você quer então que eu diga o que é que fui fazer no reservado? — perguntou. As duas permaneceram em suspenso, até que Mina respondeu à sua própria pergunta: — Fui cagar.

A cega jogou as três chavezinhas na cesta.

— Seria uma boa desculpa — murmurou, dirigindo-se à cozinha. — Você teria me convencido se não fosse a primeira vez em sua vida que eu ouço você dizer uma vulgaridade.

A mãe de Mina vinha pelo corredor em sentido contrário, carregada de galhos espinhosos.

— Que houve? — perguntou.

— Houve que eu estou louca — disse a cega. — Mas pelo visto só me mandarão para o manicômio quando eu começar a jogar pedras.

OS FUNERAIS DA MAMÃE GRANDE

Esta é, incrédulos do mundo inteiro, a verdadeira história da Mamãe Grande, soberana absoluta do reino de Macondo, que viveu em função de domínio durante noventa e dois anos e morreu com cheiro de santidade numa terça-feira de setembro passado e a cujos funerais veio o Sumo Pontífice.

    Agora que a nação sacudida em suas entranhas recobrou o equilíbrio; agora que os gaiteiros de San Jacinto, os contrabandistas da Guajira, os arrozeiros do Sinu, as prostitutas de Guacamayal, os feiticeiros da Sierpe e os bananeiros de Aracataca penduraram suas redes para restabelecer-se da extenuante vigília, e que recuperaram a serenidade e voltaram a tomar posse de seus cargos o presidente da República e seus ministros e todos aqueles que representaram o poder público e as potências sobrenaturais na mais esplêndida ocasião funerária que registram os anais históricos; agora que o Sumo Pontífice subiu aos Céus em corpo e alma e que é impossível transitar em Macondo por causa das garrafas vazias, das pontas de cigarro, dos ossos roídos, das latas e trapos e excrementos deixados pela multidão que veio ao enterro, agora é a hora de encostar um tamborete à porta da rua e começar a contar desde o princípio os pormenores desta comoção nacional, antes que os historiadores tenham tempo de chegar.

    Há quatorze semanas, depois de intermináveis noites de cataplasmas, sinapismos e ventosas, demolida pela delirante agonia, a Mamãe Grande ordenou que a sentassem em sua velha cadeira de balanço de cipó para expressar sua última vontade. Era o único requisito que lhe faltava para morrer. Aquela manhã, por intermédio do padre Antonio Isabel, tinha arrumado os negócios de sua alma e só lhe faltava arrumar os de suas arcas com os nove sobrinhos, seus herdeiros universais, que velavam em torno do leito. O pároco, falando sozinho e prestes a completar cem anos, permanecia no quarto. Foram precisos dez homens para subi-lo até o quarto da Mamãe Grande, e decidira-se que ele ficaria ali, para não se ter de descê-lo e tornar a subi-lo no minuto final.

Nicanor, o sobrinho mais velho, hercúleo e montanhês, vestido de cáqui, botas com esporas e um revólver calibre 38, cano longo, ajustado sob a camisa, foi em busca do notário. A enorme mansão de dois andares, cheirando a melaço e a orégão, com seus escuros aposentos abarrotados de grandes arcas e quinquilharias de quatro gerações convertidas em pó, paralisara-se desde a semana anterior na expectativa daquele momento. No profundo corredor central, cheio de ganchos nas paredes, onde em outro tempo se penduravam porcos esfolados e se sangravam veados nos sonolentos domingos de agosto, os peões dormiam amontoados sobre sacos de sal e instrumentos agrícolas, esperando a ordem de selar os cavalos para divulgar a má notícia no âmbito da fazenda imensurável. O resto da família estava na sala. As mulheres lívidas, esgotadas pela herança e pela vigília, guardavam um luto fechado que era uma soma de incontáveis lutos superpostos. A rigidez matriarcal da Mamãe Grande tinha cercado sua fortuna e seu nome com uma auréola sacramental, dentro da qual os tios se casavam com as filhas das sobrinhas, e os primos com as tias, e os irmãos com as cunhadas, até formar um intrincado emaranhado de consanguinidade que converteu a procriação em um círculo vicioso. Só Magdalena, a menor das sobrinhas, logrou escapar ao cerco; aterrorizada pelas alucinações, fez-se exorcizar pelo padre Antonio Isabel, raspou a cabeça e renunciou às glórias e vaidades do mundo no noviciado da Prefeitura Apostólica. À margem da família oficial, e em exercício do direito de pernada, os varões tinham fecundado fazendas, lugarejos e casarios com toda uma descendência bastarda, que circulava entre a criadagem sem nome a título de afilhados, dependentes favoritos e protegidos da Mamãe Grande.

A iminência da morte removeu a extenuante expectativa. A voz da moribunda, acostumada à homenagem e à obediência, não foi mais sonora que um baixo de órgão no quarto fechado, mas ressoou nos mais afastados rincões da fazenda. Ninguém era indiferente a essa morte. Durante o presente século, a Mamãe Grande fora o centro de gravidade de Macondo, como seus irmãos, seus pais e os pais de seus pais o foram no passado, em uma hegemonia que preenchia dois séculos. A aldeia foi fundada em torno de seu nome. Ninguém conhecia a origem, nem os limites, nem o valor real do patrimônio, mas todo mundo acostumara-se a acreditar que a Mamãe Grande era dona das águas correntes e paradas, chovidas e por chover, e dos caminhos vicinais, dos postes do telégrafo, dos anos bissextos e do calor, e que tinha além disso um direito herdado sobre vida e fazendas. Quando se sentava para gozar a fresca da tarde na varanda de sua casa, com todo o peso de suas vísceras e de sua autoridade aplastado em sua velha cadeira de balanço de cipó, parecia de fato infinitamente rica e poderosa, a matrona mais rica e poderosa do mundo.

A ninguém teria ocorrido pensar que a Mamãe Grande fosse mortal, salvo aos membros de sua tribo, e a ela mesma, aguilhoada pelas premonições senis do padre Antonio Isabel. Ela acreditava, porém, que viveria mais de cem anos, como sua avó materna, que na guerra de 1875 enfrentou uma patrulha do coronel Aureliano Buendía, entrincheirada na cozinha da fazenda. Só em abril deste ano a Mamãe Grande compreendeu que Deus não lhe concederia o privilégio de liquidar pessoalmente, em franca refrega, uma horda de maçons federalistas.

Na primeira semana de dores o médico da família entreteve-a com cataplasmas de mostarda e meias de lã. Era um médico hereditário, laureado em Montpellier, contrário por convicção filosófica aos progressos de sua ciência, a quem a Mamãe Grande havia concedido a prebenda de que se proibisse o estabelecimento de outros médicos em Macondo. Houve uma época em que ele percorria o povoado a cavalo, visitando os lúgubres enfermos do entardecer, e a natureza concedeu-lhe o privilégio de ser pai de numerosos filhos alheios. O artritismo, porém, ancilosou-o numa rede e acabou por atender os seus pacientes sem visitá-los, por meio de suposições, mexericos e recados. Solicitado pela Mamãe Grande, atravessou a praça de pijama, apoiado em duas bengalas, e se instalou no quarto da doente. Só quando compreendeu que a Mamãe Grande agonizava, mandou trazer uma arca com frascos de porcelana com inscrições em latim e durante três semanas besuntou a moribunda por dentro e por fora com todo tipo de emplastros acadêmicos, julepes magníficos e supositórios magistrais. Depois aplicou-lhe sapos defumados no lugar da dor e sanguessugas nos rins, até a madrugada daquele dia em que teve que enfrentar a alternativa de fazê-la sangrar pelo barbeiro ou exorcizar pelo padre Antonio Isabel.

Nicanor mandou buscar o pároco. Seus dez melhores homens o levaram da casa paroquial até o dormitório da Mamãe Grande, sentado na sua crepitante cadeira de balanço de vime sob o bolorento pálio das grandes ocasiões. A campainha do Viático no morno amanhecer de setembro foi o primeiro aviso aos habitantes de Macondo. Quando o sol apareceu, a pracinha em frente à casa de Mamãe Grande parecia uma feira rural.

Era como uma lembrança de outra época. Até completar setenta anos, a Mamãe Grande comemorou seu aniversário com as feiras mais prolongadas e tumultuosas de que se tem memória. Punham-se garrafões de aguardente à disposição do povo, sacrificavam-se reses na praça pública e uma banda de música instalada em um palanque tocava sem parar durante três dias. Debaixo das amendoeiras empoeiradas onde na primeira semana do século acamparam as legiões do coronel Aureliano Buendía, vendiam-se aguardente de arroz, pamonhas, chouriços, torresmos, pastéis, salsichas, bolinhos de aipim, pãezinhos de queijo, bolinhos de milho, empadas, linguiças, dobradinhas, cocadas, garapas, entre todos os tipos de miudezas, bagatelas, cacarecos e trambolhos, e ingressos de rinhas de galo e bilhetes de loteria. Em meio à confusão da multidão alvoroçada, vendiam-se quadros e escapulários com a imagem da Mamãe Grande.

As festividades começavam na antevéspera e terminavam no dia do aniversário, com um estrondo de fogos de artifício e um baile familiar na casa da Mamãe Grande. Os seletos convidados e os membros legítimos da família, generosamente servidos pelos bastardos, dançavam ao compasso da velha pianola equipada com rolos da moda. Mamãe Grande presidia a festa do fundo do salão, em uma poltrona com almofadas de linho, distribuindo discretas instruções com sua mão direita adornada de anéis em todos os dedos. Às vezes de cumplicidade com os namorados, mas quase sempre aconselhada por sua própria inspiração, naquela noite engrenava os casamentos do ano entrante. Para coroar a festa, a Mamãe Grande saía ao balcão enfeitado com diademas e lanternas de papel, e jogava moedas para a multidão.

Aquela tradição fora interrompida, em parte pelas sucessivas divergências da família, em parte pela incerteza política dos últimos tempos. As novas gerações conheceram apenas de ouvido aquelas manifestações de esplendor. Não chegaram a ver a Mamãe Grande na missa principal, abanada por algum membro do poder civil, desfrutando o privilégio de não se ajoelhar nem mesmo na hora da elevação para não estragar sua saia de volantes holandeses e suas anáguas engomadas de cambraia. Os velhos recordavam como uma alucinação da juventude os duzentos metros de tapete que se estenderam da casa-grande até o altar-mor, na tarde em que Maria del Rosário Castañeda y Montero assistiu aos funerais de seu pai, e voltou pela rua atapetada investida de sua nova e irradiante dignidade, transformada aos vinte e dois anos de idade na Mamãe Grande. Aquela visão medieval pertencia então não só ao passado da família, como ao passado da nação. Cada vez mais imprecisa e distante, visível somente em seu balcão sufocado então pelos gerânios nas tardes de calor, Mamãe Grande esfumava-se em sua própria lenda. Sua autoridade exercia-se através de Nicanor. Existia a promessa tácita, formulada pela tradição, de que no dia em que a Mamãe Grande lacrasse seu testamento, os herdeiros decretariam três noites de festejos públicos. Sabia-se também, todavia, que ela decidira não expressar a sua última vontade até poucas horas antes de morrer e ninguém pensava seriamente na possibilidade de que a Mamãe Grande fosse mortal. Somente naquela madrugada, acordados pelos chocalhos do Viático, os habitantes de Macondo se convenceram de que a Mamãe Grande não só era mortal, como também estava morrendo.

Sua hora tinha chegado. Na cama acortinada, lambuzada de aloés até as orelhas, sob o toldo de escumilha empoeirada, apenas se adivinhava a vida na tênue respiração de suas tetas matriarcais. Mamãe Grande, que até os cinquenta anos recusara os mais apaixonados pretendentes, e que fora dotada pela natureza para amamentar sozinha toda a sua espécie, agonizava virgem e sem filhos. No momento da extrema-unção, o padre Antonio Isabel teve que pedir ajuda para lhe aplicar os óleos na palma das mãos, pois desde o início de sua agonia a Mamãe Grande tinha os punhos cerrados. De nada adiantou a ajuda das sobrinhas. Em sua resistência, pela primeira vez em uma semana, a moribunda apertou contra o peito a mão constelada de pedras preciosas e fixou nas sobrinhas um olhar sem cor, dizendo: "Assaltantes." Depois viu o padre Antonio Isabel em indumentária litúrgica e o sacristão com os instrumentos sacramentais, e murmurou com uma convicção tranquila: "Estou morrendo." Tirou então o anel com o Diamante Maior e deu-o a Magdalena, a noviça, a quem tocava, por ser a herdeira caçula. Aquele era o final de uma tradição: Magdalena tinha renunciado à herança em favor da Igreja.

Ao amanhecer, a Mamãe Grande pediu que a deixassem a sós com Nicanor para transmitir suas últimas instruções. Durante meia hora, com perfeito domínio de suas faculdades, informou-se sobre o andamento dos negócios. Deu instruções especiais sobre o destino de seu cadáver e por último ocupou-se do velório. "Você precisa ficar com os olhos abertos", disse. "Guarde sob chave todas as coisas de valor, pois muita gente só vai aos velórios para roubar." Pouco depois, a sós com o pároco, fez uma confissão dispendiosa, sincera e detalhada, e comungou mais tarde na presença dos sobrinhos. Foi então que pediu que a sentassem na cadeira de balanço de cipó para expressar sua última vontade.

Nicanor tinha preparado, em vinte e quatro folhas escritas com letra bem clara, uma escrupulosa relação de seus bens. Respirando tranquilamente, com o médico e o padre Antonio Isabel por testemunhas, a Mamãe Grande ditou ao notário a lista de suas propriedades, fonte suprema e única de sua grandeza e autoridade. Reduzido às suas proporções reais, o patrimônio físico se limitava a três sesmarias adjudicadas por Cédula Real durante a Colônia, e que com o transcurso do tempo, em virtude de intrincados casamentos de conveniência, tinham-se acumulado sob o domínio da Mamãe Grande. Nesse território ocioso, sem limites definidos, que abarcava cinco municípios e no qual jamais se semeou um só grão por conta dos proprietários, viviam a título de arrendatárias 352 famílias. Todos os anos, em vésperas de seu aniversário, a Mamãe

Grande exercia o único ato de domínio que havia impedido o retorno das terras ao Estado: a cobrança dos arrendamentos. Sentada no pátio interior da casa, ela recebia pessoalmente o pagamento pelo direito de habitar em suas terras, como durante mais de um século o receberam seus antepassados dos antepassados dos arrendatários. Passados os três dias da coleta, o pátio estava abarrotado de porcos, perus e galinhas e dos dízimos e primícias sobre os frutos da terra que se depositavam ali como presentes. Na realidade, essa era a única colheita que a família extraía de um território morto desde suas origens, calculado à primeira vista em 100 mil hectares. As circunstâncias históricas haviam disposto, porém, que dentro desses limites crescessem e prosperassem os seis povoados do distrito de Macondo, inclusive a cabeça do município, de modo que todos os que habitavam uma casa teriam direito de propriedade apenas sobre o material, pois a terra pertencia à Mamãe Grande e a ela se pagava o aluguel, como o governo tinha que pagá-lo pelo uso que os cidadãos faziam das ruas.

Nos arredores dos povoados vagava um número jamais contado de animais marcados nos quartos traseiros com a forma de um cadeado. A marca hereditária, que mais pela desordem que pela quantidade se tinha feito familiar em remotos municípios aonde chegavam no verão, mortas de sede, as reses dispersas, era um dos mais sólidos suportes da lenda. Devido a razões que ninguém se detivera a explicar, as extensas cavalariças da casa esvaziaram-se progressivamente desde a última guerra civil, e nos últimos tempos instalaram-se nelas trapiches de cana, currais de ordenha e uma usina de arroz.

Fora o enumerado, constava do testamento a existência de três potes cheios de moedas de ouro, enterrados em algum lugar da casa durante a guerra da Independência, que não foram encontrados em periódicas e laboriosas escavações. Com o direito de continuar a exploração da terra arrendada e de receber os dízimos e primícias e todo tipo de dádivas extraordinárias, os herdeiros recebiam também um mapa levantado de geração em geração, e aperfeiçoado por cada geração, que facilitaria o encontro do tesouro enterrado.

Mamãe Grande precisou de três horas para enumerar seus assuntos terrenos. No abafamento do quarto, a voz da moribunda parecia dignificar em seu lugar cada coisa enumerada. Quando estampou sua assinatura trêmula, e sob ela as testemunhas estamparam as suas, um tremor secreto sacudiu o coração da multidão que começava a concentrar-se diante da casa, à sombra das amendoeiras empoeiradas.

Só faltava então o relato minucioso dos bens morais. Fazendo um esforço supremo — o mesmo que fizeram seus antepassados antes de morrer para assegurar o predomínio de sua espécie —, Mamãe Grande ergueu-se sobre as nádegas monumentais, e com voz dominante e sincera, abandonada à sua memória, ditou ao notário a lista de seu patrimônio invisível:

A riqueza do subsolo, as águas territoriais, as cores da bandeira, a soberania nacional, os partidos tradicionais, os direitos do homem, as liberdades do cidadão, o primeiro magistrado, a segunda instância, a terceira discussão, as cartas de recomendação, as contingências históricas, as eleições livres, as rainhas de beleza, os discursos transcendentais, as grandiosas manifestações, as distintas senhoritas, os corretos cavalheiros, os pundonorosos militares, sua senhoria ilustríssima, a Corte Suprema de Justiça, os artigos de importação proibida, as damas liberais, o problema da carne, a pureza da linguagem, os exemplos para o mundo, a ordem jurídica, a imprensa livre mas responsável, a Atenas sul-americana, a opinião pública, as lições democráticas, a moral cristã, a escassez de divisas, o direito de asilo, o perigo comunista, a nave do estado, a carestia da vida, as tradições republicanas, as classes desfavorecidas, as mensagens de adesão.

Não chegou a terminar. A trabalhosa enumeração abreviou seu último suspiro. Afogando-se no *mare magnum* de fórmulas abstratas que durante dois séculos constituíram a justificação moral do poderio da família, Mamãe Grande emitiu um sonoro arroto e expirou.

Os habitantes da capital distante e sombria viram nessa tarde o retrato de uma mulher de vinte anos na primeira página das edições extraordinárias e pensaram que era uma nova rainha da beleza. Mamãe Grande vivia outra vez a momentânea juventude de sua fotografia, ampliada em quatro colunas e com retoques urgentes, a abundante cabeleira presa no alto do crânio com um pente de marfim e um diadema sobre a gola de rendas. Aquela imagem, captada por um fotógrafo ambulante que passou por Macondo no começo do século e arquivada pelos jornais durante muitos anos na divisão de personagens desconhecidos, estava destinada a perdurar na memória das gerações futuras. Nos ônibus decrépitos, nos elevadores dos ministérios, nos lúgubres salões de chá forrados de pálidos cartazes, sussurrou-se com veneração e respeito sobre a autoridade morta em seu distrito de calor e malária, cujo nome se ignorava no resto do país até há poucas horas, antes de ser consagrado pela palavra impressa. Uma chuvinha miúda cobria os transeuntes de receio e de limo. Os sinos de todas as igrejas dobravam a finados. O presidente da República, surpreendido pela notícia quando se dirigia para o ato de graduação dos novos cadetes, sugeriu ao ministro da Guerra, em um bilhete escrito de seu próprio punho e letra no avesso do telegrama, que concluísse seu discurso com um minuto de silêncio em homenagem à Mamãe Grande.

A ordem social fora arranhada pela morte. O próprio presidente da República, a quem os sentimentos urbanos chegavam como que através de um filtro de purificação, pôde perceber de seu automóvel, em uma visão instantânea mas até certo ponto brutal, a silenciosa consternação da cidade. Só permaneciam abertos alguns botequins vagabundos, e a Catedral Metropolitana, preparada para nove dias de honras fúnebres. No Capitólio Nacional, onde os mendigos envoltos em papéis dormiam ao amparo de colunas dóricas e taciturnas estátuas de presidentes mortos, as luzes do Congresso estavam acesas. Quando o primeiro mandatário entrou em seu gabinete, comovido pela visão da capital enlutada, seus ministros o esperavam vestidos de tafetás funerários, de pé, mais solenes e pálidos do que de costume.

Os acontecimentos daquela noite e das seguintes seriam mais tarde definidos como uma lição histórica. Não só pelo espírito cristão que inspirou os mais elevados personagens do poder público, como pela abnegação com que se conciliaram interesses díspares e critérios contrapostos, no propósito comum de enterrar um cadáver ilustre. Durante muitos anos Mamãe Grande garantira a paz social e a concórdia política de seu império, em virtude dos três baús de cédulas eleitorais falsas que formavam parte de seu patrimônio secreto. Os varões da criadagem, seus protegidos e arrendatários, maiores e menores de idade, exerciam não só seu próprio direito de sufrágio, como também o dos eleitores mortos em um século. Ela era a prioridade do poder tradicional sobre a autoridade transitória, o predomínio da classe sobre a plebe, a transcendência da sabedoria divina sobre a improvisação mortal. Em tempos pacíficos, sua vontade hegemônica concedia e retirava prelazias, prebendas e sinecuras, e velava pelo bem-estar dos associados mesmo que para consegui-lo tivesse que recorrer à trapaça ou à fraude eleitoral. Em tempos tormentosos, Mamãe Grande contribuiu em segredo para armar seus partidários e prestou de público socorro às vítimas. Esse zelo patriótico a credenciava às mais altas honras.

O presidente da República não precisara recorrer aos seus conselheiros para medir o peso de sua responsabilidade. Entre a sala de audiências do Palácio e o pequeno pátio lajeado que serviu de cocheira aos vice-reis, havia um jardim interior de ciprestes sombrios onde um frade português se enforcou por amor nos últimos tempos da Colônia. Apesar de sua ruidosa guarda de oficiais condecorados, o presidente não podia reprimir um ligeiro tremor de inquietação quando passava por esse lugar depois do crepúsculo. Àquela noite, porém, o tremor teve a força de uma premonição. Adquiriu então plena consciência de seu destino histórico, e decretou nove dias de luto nacional, e homenagens póstumas à Mamãe Grande na categoria de heroína morta pela pátria no campo de batalha. Como o expressou no dramático discurso que dirigiu àquela madrugada aos seus compatriotas através da cadeia nacional de rádio e televisão, o primeiro mandatário da nação confiava em que os funerais da Mamãe Grande se constituíssem num novo exemplo para o mundo.

Tão altos propósitos deviam tropeçar sem dúvida em graves inconvenientes. A estrutura jurídica do país, construída por remotos ascendentes da Mamãe Grande, não estava preparada para acontecimentos como os que começavam a se produzir. Sábios doutores da lei, comprovados alquimistas do direito mergulharam em hermenêuticas e silogismos, em busca da forma que permitisse ao presidente da República assistir aos funerais. Viveram-se dias de sobressalto nas altas esferas da política, do clero e das finanças. No vasto hemiciclo do Congresso, rarefeito por um século de legislação abstrata, entre retratos a óleo de próceres nacionais e bustos de pensadores gregos, a evocação da Mamãe Grande alcançou proporções insuspeitáveis, enquanto seu cadáver se enchia de borbulhas no duro setembro de Macondo. Pela primeira vez falou-se dela e pensou-se nela sem sua cadeira de balanço de cipó, seus cochilos às duas da tarde e suas cataplasmas de mostarda, e ela foi vista pura e sem idade, destilada pela lenda.

Horas intermináveis encheram-se de palavras, palavras, palavras que repercutiam no âmbito da República, prestigiadas pelas sumidades da palavra impressa. Até que alguém dotado de sentido da realidade naquela assembleia de jurisconsultos ascéticos interrompeu o blá-blá-blá histórico para lembrar que o cadáver da Mamãe Grande esperava a decisão a 40 graus à sombra. Ninguém se perturbou diante daquela irrupção do senso comum na atmosfera pura da lei escrita. Distribuíram-se ordens para que o cadáver fosse embalsamado, enquanto se encontravam fórmulas, se conciliavam pareceres ou se faziam emendas constitucionais que permitissem ao presidente da República assistir ao enterro.

Tanto se falara, que o palavrório transpôs as fronteiras, ultrapassou o oceano e atravessou como um pressentimento os aposentos pontificais de Castel Gandolfo. Refeito da modorra do ferragosto recente, o Sumo Pontífice estava em sua janela, vendo submergirem no lago os mergulhadores que procuravam a cabeça da donzela decapitada. Nas últimas semanas os jornais da tarde não se tinham ocupado de outra coisa e o Sumo Pontífice não podia ser indiferente a um enigma proposto a tão curta distância de sua residência de verão. Mas naquela tarde, em uma troca imprevista, os jornais substituíram as fotografias das possíveis vítimas pela de uma só mulher de vinte anos de idade, recoberta com uma faixa de luto. "A Mamãe Grande", exclamou o Sumo Pontífice, reconhecendo na hora o manchado daguerreótipo que muitos anos antes lhe tinha sido ofertado por ocasião de sua ascensão ao Trono de São Pedro. "Mamãe Grande", exclamaram em coro em seus aposentos privados os membros do Colégio Cardinalício, e pela terceira vez em vinte séculos houve uma hora de confusões, afobações e correrias no império sem limites da cristandade, até que o Sumo Pontífice se achou instalado em sua longa gôndola negra, rumo aos fantásticos e remotos funerais da Mamãe Grande.

Ficaram para trás as luminosas plantações de pêssegos, a Via Ápia Antiga com amenas atrizes de cinema dourando-se nos terraços sem ter ainda notícia da comoção, e depois o sombrio promontório de Castelo de Santo Ângelo no horizonte do Tibre. Ao crepúsculo, o profundo dobrar dos sinos da Basílica de São Pedro entremeava-se com o repicar rachado dos bronzes de Macondo. Sob seu toldo sufocante, através dos canais intrincados e dos lamaçais misteriosos que delimitavam o Império Romano e as fazendas da Mamãe Grande, o Sumo Pontífice ouviu a noite inteira a algazarra dos macacos alvoroçados pela passagem das multidões. Em seu itinerário noturno a canoa pontifícia fora se enchendo de sacos de aipim, cachos de banana verde e jacás de galinha e de homens e mulheres que abandonavam suas ocupações habituais para tentar a fortuna vendendo coisas nos funerais da Mamãe Grande. Sua Santidade padeceu essa noite, pela primeira vez na história da Igreja, a febre da vigília e o tormento dos pernilongos. Mas o prodigioso amanhecer sobre os domínios da Grande Velha, a visão primitiva do reino da balsâmica e da iguana, apagaram de sua memória os padecimentos da viagem e o compensaram do sacrifício.

Nicanor fora despertado por três pancadas na porta que anunciavam a chegada iminente de Sua Santidade. A morte tomara posse da casa. Inspirados por sucessivas e opressivas locuções presidenciais, pelas febris controvérsias dos parlamentares que tinham perdido a voz e continuavam entendendo-se por meio de sinais convencionais, homens e congregações de todo o mundo desinteressaram-se de seus assuntos e encheram com sua presença os escuros corredores, os abarrotados passadiços, os asfixiantes balcões, e os que chegaram atrasados tiveram que subir e acomodar-se da melhor maneira possível em barbacãs, paliçadas, atalaias, madeiramentos e vigias. No salão central, mumificando-se à espera das grandes decisões, jazia o cadáver da Mamãe Grande, sob um tremulante promontório de telegramas. Extenuados pelas lágrimas, os nove sobrinhos velavam o corpo em um êxtase de vigilância recíproca.

O universo teve ainda que prolongar a vigília por muitos dias. No salão do conselho municipal, acondicionado com quatro tamboretes de couro, uma talha de água filtrada e uma rede de fibra, o Sumo Pontífice sofreu uma insônia sudorífera, entretendo-se com a leitura de memoriais e disposições administrativas nas dilatadas noites sufocantes. Durante o dia, distribuía caramelos italianos às crianças que vinham vê-lo pela janela, e almoçava sob a pérgula de flores com o padre Antonio Isabel e ocasionalmente com Nicanor. Assim viveu semanas intermináveis e meses alongados pela expectativa e pelo calor, até que Pastor Pastrana se plantou no meio da praça com seu tarol e leu o comunicado com a decisão. Declarava-se conturbada a ordem pública, rataplã, e o presidente da República, rataplã, lançava mão das faculdades extraordinárias, rataplã, que lhe permitiam assistir aos funerais da Mamãe Grande, rataplã, rataplã, rataplã, plã, plã.

Era chegado o grande dia. Nas ruas congestionadas de roletas, fogareiros de frituras e mesas de jogos, e de homens com cobras enroladas no pescoço que apregoavam o bálsamo definitivo para curar a erisipela e assegurar a vida eterna; na pracinha colorida onde a multidão tinha pendurado seus toldos e desenrolado suas esteiras, galhardos arcabuzeiros abriam caminho para a autoridade. Lá estavam, à espera do momento supremo, as lavadeiras de São Jorge, os pescadores de pérolas do Cabo de Vela, os tarrafeiros de Ciénaga, os camaroneiros de Tasajera, os feiticeiros de La Mojana, os salineiros de Manaure, os acordeonistas de Valledupar, os camelôs de Ayapel, os plantadores de mamão de San Pelayo, os galistas de La Cueva, os repentistas das Sabanas de Bolívar, os aldrabões de Rebolo, os canoeiros do Magdalena, os rábulas de Mompox, além dos que foram enumerados no começo desta crônica, e muitos outros. Até os veteranos do coronel Aureliano Buendía — o duque de Marlborough à frente, em seu casaco de peles e unhas e dentes de tigre — sobrepuseram-se ao seu rancor centenário pela Mamãe Grande e os de sua casta, e vieram aos funerais, para solicitar ao presidente da República o pagamento das pensões de guerra que esperavam há sessenta anos.

Pouco antes das onze, a multidão delirante que se asfixiava ao sol, contida por uma elite imperturbável de guerreiros uniformizados de dólmãs guarnecidos e espumosas barretinas, lançou um poderoso rugido de júbilo. Dignos, solenes em seus fraques e cartolas, o presidente da República e os ministros, as comissões do Parlamento, a Corte Suprema de Justiça, o Conselho de Estado, os partidos tradicionais e o clero, e os representantes dos bancos, do comércio e da indústria fizeram sua aparição na esquina do telégrafo. Calvo e rechonchudo, o velho e enfermo presidente da República desfilou diante dos olhos atônitos das multidões que o haviam eleito sem conhecê-lo e que só agora podiam prestar um testemunho verídico de sua existência. Entre os arcebispos extenuados pela gravidade de seu ministério e os militares de robusto tórax couraçado de insígnias, o primeiro mandatário da nação transpirava o hálito inconfundível do poder.

Em um segundo grupo, em um sereno perpassar de rendas de luto, desfilavam as rainhas nacionais de todas as coisas existentes e por existir. Desprovidas pela primeira vez do esplendor terreno, ali passaram, precedidas pela rainha universal, a rainha da manga espada, a rainha da abobrinha verde, a rainha da banana-maçã, a rainha da mandioca-brava, a rainha da goiaba branca, a rainha do coco verde, a rainha do feijão-fradinho, a rainha de 426 quilômetros de fieiras de ovos de iguana, e todas as que omitimos para não tornar esta crônica interminável.

Em seu féretro com panejamentos de púrpura, separada da realidade por oito torniquetes de cobre, a Mamãe Grande estava então por demais embebida em sua eternidade de formol para perceber a magnitude de sua grandeza. Todo o esplendor com que ela havia sonhado no balcão de sua casa durante as vigílias do calor cumpriu-se com aquelas quarenta e oito gloriosas horas em que todos os símbolos da época renderam homenagem à sua memória. O próprio Sumo Pontífice, a quem ela imaginara em seus últimos delírios suspenso em uma carruagem resplandecente sobre os jardins do Vaticano, sobrepôs-se ao calor com um leque de palha trançada e honrou com sua dignidade suprema os maiores funerais do mundo.

Deslumbrado pelo espetáculo do poder, o populacho não percebeu o ávido esvoejar que ocorreu na cumeeira da casa quando se impôs o acordo na disputa dos ilustres, e se retirou o catafalco para a rua nos ombros dos mais ilustres. Ninguém viu a vigilante sombra de urubus que seguiu o cortejo pelas ardentes ruazinhas de Macondo, nem reparou que ao passar dos ilustres elas se iam cobrindo por um pestilento rastro de excrementos. Ninguém percebeu que os sobrinhos, afilhados, servos e protegidos da Mamãe Grande fecharam as portas tão logo foi retirado o cadáver, e desmontaram as portas, despregaram as tábuas e desenterraram os alicerces para dividir a casa. A única coisa que não passou inadvertida a ninguém no fragor daquele enterro foi o estrondoso suspiro de descanso que exalou a multidão quando se completaram os quatorze dias de preces, exaltações e ditirambos, e a tumba foi selada com uma placa de chumbo. Alguns dos presentes dispuseram de clarividência suficiente para compreender que estavam assistindo ao nascimento de uma nova época. Agora o Sumo Pontífice podia subir ao céu em corpo e alma, cumprida sua missão na terra, e o presidente da República podia sentar-se a governar segundo o bom critério, e as rainhas de tudo o que existe e por existir podiam casar-se e ser felizes e conceber e parir muitos filhos, e as multidões podiam erguer suas tendas segundo seu leal modo de ver e entender nos desmesurados domínios da Mamãe Grande, porque a única pessoa que poderia opor-se a isso e tinha suficiente poder para fazê-lo começara a apodrecer sob uma plataforma de chumbo. Só faltava então que alguém encostasse um tamborete na porta para contar esta história, lição e escarmento das gerações futuras, e que nenhum dos incrédulos do mundo ficasse sem conhecer a notícia da morte da Mamãe Grande, porque, amanhã, quarta-feira, virão os varredores e varrerão o lixo de seus funerais, por todos os séculos dos séculos.

O VENENO DA MADRUGADA
(A MÁ HORA)
1966

Padre Ángel ergueu-se com um esforço solene. Esfregou as pálpebras com os ossos das mãos, afastou o mosquiteiro de renda e permaneceu sentado na esteira nua, pensativo por alguns instantes, o tempo indispensável para perceber que estava vivo, e para lembrar a data e sua correspondência no santoral. "Terça-feira, quatro de outubro", pensou; e disse em voz baixa:

— São Francisco de Assis.

Vestiu-se sem se lavar e sem rezar. Era um homem grande, sanguíneo, com uma pacífica figura de boi manso, e movia-se como um boi, com gestos densos e tristes. Depois de endireitar os botões da batina, com a lânguida atenção de dedos que experimentam as cordas de uma harpa, puxou a tranca e abriu a porta do pátio. Sob a chuva, os nardos lhe fizeram recordar as palavras de uma canção.

— "O mar crescerá com as minhas lágrimas" — suspirou.

O dormitório se comunicava com a igreja por um corredor interno ladeado de jarros de flores e calçado de tijolos soltos, entre os quais começava a crescer a erva de outubro. Antes de dirigir-se à igreja, padre Ángel entrou no reservado. Urinou abundantemente, contendo a respiração para não sentir o odor amoniacal que lhe arrancava lágrimas. Saiu em seguida para o corredor, lembrando: "Este barco me levará até teu sonho." Na estreita porta da igreja sentiu pela última vez a vaporosa fragrância dos nardos.

Cheirava mal no interior. Era uma nave comprida, igualmente calçada de tijolos soltos, e com uma só porta, que dava para a praça. O padre Ángel encaminhou-se diretamente para a base da torre. Olhou os pesos do relógio, a mais de um metro sobre a sua cabeça, e viu que ainda tinha corda para uma semana. Os pernilongos o assaltaram. Esmagou um na nuca, com uma palmada violenta, e limpou a mão na corda do sino. Logo escutou, lá em cima, o ruído visceral da complicada engrenagem mecânica e, em seguida, surdas, profundas, as cinco badaladas das cinco ressoarem dentro do seu ventre.

Esperou até o final da ressonância da última badalada. Então segurou a corda com as mãos, enrolou-a nos pulsos e, com uma peremptória convicção, fez soar os bronzes gastos. Completara sessenta e um anos. A tarefa de tanger os sinos era demasiado violenta para sua idade, mas fora sempre ele quem pessoalmente tocava chamando para a missa, e esse esforço lhe reconfortava o moral.

Trinidad empurrou a porta que se abria para a rua e, enquanto os sinos tocavam, dirigiu-se ao lugar onde, na noite anterior, havia colocado as ratoeiras. Encontrou algo que lhe produziu repugnância e prazer ao mesmo tempo: um pequeno massacre.

Abriu a primeira ratoeira, com o indicador e o polegar suspendeu o rato pela cauda e o colocou numa caixa de papelão. Padre Ángel acabou de abrir a porta que dava para a praça.

— Bom dia, padre — disse Trinidad.

Ele pareceu não ouvir a formosa voz baritonada. A praça deserta, as amendoeiras adormecidas sob a chuva, o povoado imóvel no seu inconsolável amanhecer de outubro lhe causaram uma sensação de desamparo. Mas quando se acostumou ao barulho da chuva, ouviu, vindo do fundo da praça, nítido e um pouco irreal, o clarinete de Pastor. Só então respondeu ao bom-dia de Trinidad.

— Pastor não estava com os que fizeram a serenata — disse.

— Não — confirmou Trinidad. Aproximou-se com a caixa onde pusera os ratos mortos. — Era com violões.

— Durante umas duas horas ficaram entoando uma cançãozinha idiota — disse o padre. — "O mar crescerá com as minhas lágrimas." Não é assim?

— É a nova canção de Pastor — disse ela.

Imóvel diante da porta, o padre estava dominado por uma instantânea fascinação. Durante muitos anos havia escutado o clarinete de

Pastor, que, a duas quadras dali, sentava-se diariamente, às cinco, com o tamborete recostado contra a viga do seu pombal. Era o mecanismo do povoado funcionando com precisão: primeiro, as cinco badaladas das cinco; depois, o primeiro toque para a missa, e depois o clarinete de Pastor, no pátio de sua casa, purificando com notas diáfanas e articuladas o ar impregnado com a sujidade dos pombos.

— A música é boa — refletiu o padre — mas a letra é idiota. Podem-se torcer as palavras da direita para a esquerda, e o resultado é sempre o mesmo: "Este sonho me levará até teu barco."

Deu meia-volta, rindo do seu próprio achado, e foi acender as velas do altar. Trinidad seguiu-o. Vestia uma bata branca e comprida, com mangas até os punhos, e trazia a faixa de seda azul de uma congregação laica. Sob as sobrancelhas muito juntas, seus olhos eram de um negro intenso.

— Toda a noite estiveram aqui por perto — disse o padre.

— Na casa de Margot Ramírez — disse Trinidad, distraída, sacudindo, num ruído abafado, os ratos mortos da caixa. — Mas à noite houve algo melhor do que a serenata.

O padre deteve-se e fixou nela seus olhos de um azul silencioso.

— O que foi?

— Os pasquins — disse Trinidad. E soltou uma risadinha nervosa.

Três casas mais adiante, César Montero sonhava com os elefantes. Havia-os visto domingo, no cinema. A chuva começou a cair meia hora antes do final, e agora o filme continuava no sonho.

César Montero voltou contra a parede todo o peso do seu monumental corpo, enquanto os índios espavoridos fugiam do tropel dos elefantes. Sua esposa o empurrou suavemente, mas nenhum dos dois despertou.

— Vamo-nos — murmurou ele, e retomou a posição inicial. Mas logo acordou. Nesse momento, soava o segundo toque para a missa.

Era uma habitação com grandes espaços cercados por telas de arame. A janela que se abria para a praça, igualmente protegida por uma tela, tinha uma cortina de cretone com flores amarelas. Na mesa de cabeceira, havia um rádio portátil, um abajur e um relógio de mostrador luminoso. No outro lado, encostado à parede, um enorme armário com portas de espelhos. Enquanto calçava as botas de montar, César Montero começou a ouvir o clarinete de Pastor. Os cordões de couro cru estavam endurecidos pelo barro. Esticou-os com força, fazendo-os passar através da mão fechada, mais áspera que o couro dos cordões. Em seguida, procurou as esporas, mas não as encontrou debaixo da cama. Continuou vestindo-se na penumbra, procurando não fazer barulho para não despertar a mulher. Quando abotoava a camisa, olhou as horas no relógio da mesa e voltou a procurar as esporas debaixo da cama. Primeiro, procurou-as com as mãos. Progressivamente, pôs-se de quatro e começou a tatear com as mãos debaixo da cama. A mulher acordou.

— Que está procurando?

— As esporas.

— Estão penduradas detrás do armário — disse ela. — Foi você mesmo quem botou lá no sábado passado.

Puxou o mosquiteiro para um lado e acendeu a luz. Ele ergueu-se, envergonhado. Era monumental, de espáduas quadradas e sólidas, mas seus movimentos eram elásticos mesmo com as botas de montar, cujas solas pareciam duas placas de madeira. Tinha uma saúde um tanto bárbara. Parecia de idade indefinida, mas a pele do pescoço mostrava que já havia passado dos cinquenta anos. Sentou-se na cama para colocar as esporas.

— Continua chovendo — disse ela, sentindo que seus ossos adolescentes haviam absorvido a umidade da noite. — Sinto-me como uma esponja.

Pequena, ossuda, de nariz grande e agudo, tinha a virtude de nunca parecer que estava acordando. Procurou ver a chuva através da cortina. César Montero acabou de ajustar as esporas, pôs-se de pé e bateu várias vezes os tacões no chão. A casa vibrou com o soar das esporas de cobre.

— É em outubro que o tigre engorda — disse.

Mas sua esposa não o escutou, extasiada com a melodia de Pastor. Quando voltou a olhá-lo, ele estava se penteando diante do armário, as pernas abertas e a cabeça inclinada, pois sua enorme figura não cabia toda nos espelhos.

Ela acompanhava, cantando em voz baixa, a melodia de Pastor.

— Ficaram repetindo essa canção a noite inteira — disse ele.

— É muito bonita — disse ela.

Desenrolou uma fita da cabeceira da cama, recolheu o cabelo na nuca e suspirou, completamente desperta:

— "Ficarei em teu sonho até a morte."
Ele não lhe prestou atenção. Tirou uma carteira com dinheiro de uma gaveta do armário, onde havia, ainda, algumas joias, um pequeno relógio de mulher e uma caneta esferográfica. Retirou quatro cédulas e voltou a colocar a carteira no mesmo lugar. Depois, guardou no bolso da camisa seis cartuchos de espingarda.

— Se a chuva continuar, não venho no sábado — disse.

Ao abrir a porta do pátio, ficou um instante no umbral, respirando o sombrio olor de outubro enquanto seus olhos se acostumavam com a escuridão. Já ia fechar a porta quando a campainha do despertador começou a tocar no quarto de dormir.

Sua esposa saltou da cama. Ele continuou imóvel, com a mão na maçaneta, até que ela fez parar a campainha. Então a olhou pela primeira vez, pensativo:

— Esta noite sonhei com os elefantes — disse.

Em seguida fechou a porta e foi selar a mula.

A chuva aumentou antes do terceiro toque. Um vento baixo arrancou das amendoeiras da praça suas últimas folhas mortas. As luzes do povoado se apagaram, mas as casas continuavam fechadas. César Montero guiou a mula para a cozinha e, sem desmontar, gritou para a mulher, pedindo o impermeável. Tirou a espingarda de dois canos, que trazia nas costas, e a amarrou, horizontal, com as correias da sela. Sua esposa apareceu na cozinha com o impermeável.

— Espere que a chuva passe — disse sem convicção.

Ele vestiu o impermeável, em silêncio, e em seguida olhou para o pátio.

— Não passará até dezembro.

Ela acompanhou-o com os olhos até o outro extremo do corredor. A chuva caía, pesada, sobre as oxidadas lâminas do teto, mas ele ia de qualquer maneira. Esporeando a mula, teve de arquear-se na sela para não bater a cabeça no travessão da porta, ao sair para o pátio. As gotas do alpendre rebentaram como grãos de chumbo em suas espáduas. Sem voltar a cabeça, gritou do portão:

— Até sábado.

— Até sábado — disse ela.

A única porta que estava aberta na praça era a da igreja. César Montero olhou para cima e viu o céu espesso e baixo, a dois palmos de sua cabeça. Fez o sinal da cruz, esporeou a mula e a fez girar várias vezes sobre as patas traseiras, até que o animal se firmou na lama, escorregadia como sabão. Foi então que viu o papel pregado na porta da sua casa.

Leu sem desmontar. A água havia diluído a cor, mas o texto escrito a pincel, em grosseiras letras de imprensa, continuava legível. César Montero levou a mula até a parede, arrancou o papel e o rasgou.

Com um golpe da rédea, imprimiu à mula um trote curto, igual, para muitas horas. Deixou a praça por uma rua estreita e coleante, com casas de paredes de barro cujas portas se desprendiam ao abrirem-se os rescaldos do sono. Sentiu cheiro de café. Mas somente quando deixou atrás as últimas casas do povoado é que fez a mula retroceder, e com o mesmo trotezinho curto retornou à praça e se deteve defronte à casa de Pastor. Desmontou, tirou a espingarda e amarrou a mula na cerca, fazendo cada coisa no seu devido tempo.

A porta estava sem a tranca, bloqueada embaixo por um caracol gigante. César Montero entrou na salinha escura. Ouviu uma nota aguda e, depois, um silêncio de expectativa. Passou ao lado de quatro cadeiras dispostas em redor de uma mesinha coberta com uma toalha de lã, sobre a qual se via um jarro com flores artificiais. Parou, finalmente, defronte da porta do pátio, jogou para trás o capuz do impermeável, levantou a trava da espingarda e, numa voz serena, quase amável, chamou:

— Pastor.

Pastor apareceu no vão da porta, desparafusando a boquilha do clarinete. Era um rapaz magro, reto, com um bigode incipiente aparado a tesoura. Quando viu César Montero com os tacões solidamente fincados no chão e a espingarda à altura do cinturão, os dois canos apontados para ele, Pastor abriu a boca. Mas não disse nada. Empalideceu e sorriu. César Montero primeiro fincou ainda mais os tacões no chão, depois apoiou a culatra, com o cotovelo, contra os quadris; depois, apertou os dentes e, ao mesmo tempo, o gatilho. A casa estremeceu com o estampido, mas César Montero não soube se foi antes ou depois da comoção que viu Pastor do outro lado da porta, arrastando-se numa ondulação de verme sobre um filete de penas ensanguentadas.

***

O alcaide começava a adormecer no momento do disparo. Havia passado três noites em vigília, atormentado por uma dor de dente. Nessa manhã, ao primeiro toque da missa, já havia tomado o oitavo analgésico. A dor cedeu. A crepitação da chuva no teto de zinco ajudou-o a adormecer, mas o molar continuou a palpitar, sem doer, enquanto ele dormia. Quando ouviu o disparo, despertou de um salto e agarrou o cinturão com as cartucheiras e o revólver, que sempre deixava numa cadeira junto à rede, ao alcance da sua mão esquerda. Como, porém, só ouvia o barulho da chuva, imaginou que tivesse tido um pesadelo e voltou a sentir a dor.

Tinha um pouco de febre. Ao olhar-se no espelho, notou que a bochecha começava a inchar. Destapou uma latinha de vaselina mentolada e com ela untou a parte dolorida, tensa e barbada. Logo percebeu, através da chuva, um rumor de vozes distantes. Chegou ao balcão. Os moradores da rua, alguns em roupa de dormir, corriam na direção da praça. Um rapaz virou-se para ele, levantou os braços e lhe gritou, sem parar:

— César Montero matou Pastor.

Na praça, César Montero dava voltas, a espingarda apontada para a multidão. O alcaide o reconheceu com dificuldade. Tirou com a mão esquerda o revólver do coldre e começou a caminhar para o centro da praça. As pessoas se afastaram para deixá-lo passar. Um soldado da polícia saiu do salão de bilhar, o fuzil engatilhado apontado para César Montero. O alcaide lhe disse, em voz baixa:

— Não dispare, animal.

Voltou a guardar o revólver, arrancou o fuzil da mão do policial e continuou a caminhar em direção ao centro da praça, com a arma pronta para ser disparada. A multidão, acotovelando-se, encostou-se às paredes.

— César Montero — gritou o alcaide. — Entregue-me essa espingarda.

Até então César Montero não o havia visto. Voltou-se para ele, num salto. O alcaide apertou o gatilho, mas não disparou.

— Venha buscá-la — gritou César Montero.

O alcaide segurava o fuzil com a mão esquerda, e com a direita enxugava as pálpebras. Calculava cada passo, o dedo tenso no gatilho e os olhos fixos em César Montero. Depois, parou e disse, numa voz cadenciada e afetuosa:

— Jogue a espingarda no chão, César. Não cometa mais disparates.

César Montero retrocedeu. O alcaide continuou com o dedo tenso no gatilho. Não moveu um só músculo do seu corpo até que César Montero baixou a espingarda e a deixou cair. Então o alcaide percebeu que estava vestido apenas com as calças do pijama, que estava suando sob a chuva e que o molar havia deixado de doer.

As casas se abriram. Dois soldados da polícia, armados de fuzis, correram para o centro da praça. A multidão precipitou-se atrás deles. Os policiais deram meia-volta e gritaram, os fuzis engatilhados:

— Para trás.

O alcaide gritou com a voz tranquila, sem olhar para ninguém:

— Esvaziem a praça.

A multidão se dispersou. O alcaide revistou César Montero, sem lhe tirar o impermeável. Encontrou quatro cartuchos no bolsinho da camisa e no bolso posterior das calças uma navalha com cabo de chifre. Num outro bolso encontrou um caderno de apontamentos, uma argola com três chaves e quatro cédulas de cem pesos. César Montero deixou-se revistar, impassível, os braços abertos, apenas movendo o corpo para facilitar a operação. Quando terminou, o alcaide chamou os soldados, entregou-lhes os pertences e colocou César Montero sob sua responsabilidade.

— Levem-no para o segundo andar da prefeitura — ordenou. — Vocês respondem por ele.

César Montero tirou o impermeável, entregou-o a um dos policiais, e começou a caminhar entre eles, indiferente à chuva e à perplexidade da gente concentrada na praça. O alcaide viu-o afastar-se, pensativo. Depois voltou-se para a multidão, fez um gesto como se estivesse espantando galinhas, e gritou:

— Dispersem.

Enxugando o rosto com o braço nu, atravessou a praça e entrou na casa de Pastor.

A mãe de Pastor estava derreada numa cadeira, entre um grupo de mulheres que a abanavam com uma piedosa diligência. O alcaide empurrou uma mulher para o lado.

— Deem-lhe ar — disse.
A mulher voltou-se para ele:
— Acabava de sair para a missa.
— Está bem — disse o alcaide. — Mas agora deixem-na respirar.

Pastor estava no corredor, de braços contra o pombal, sobre um leito de penas ensanguentadas. Sentia-se um intenso odor de excremento de pombos. Um grupo de homens tratava de levantar o corpo quando o alcaide apareceu no umbral.

— Saiam — disse.

Os homens voltaram a colocar o cadáver sobre as penas, na mesma posição em que o encontraram, e retrocederam em silêncio. Depois de examinar o corpo, o alcaide virou-se. Houve uma dispersão de peninhas. À altura do cinturão, mais plumas haviam aderido ao sangue ainda quente e vivo. O alcaide afastou-as com as mãos. A camisa estava rasgada e a fivela do cinturão, destroçada. Sob a camisa, viu as vísceras, descobertas. A ferida havia deixado de sangrar.

— Foi com uma espingarda de matar tigres — disse um dos homens.

O alcaide se levantou. Limpou as penas ensanguentadas das mãos numa estaca do pombal, sem tirar os olhos do cadáver. Acabou de limpar as mãos nas calças do pijama e disse ao grupo:

— Não o movam daí.

— Mas deixá-lo largado assim — disse um dos homens.

— É preciso proceder-se ao reconhecimento do corpo — disse o alcaide.

No interior da casa começava o pranto das mulheres. O alcaide abriu passagem por entre os gritos e os odores sufocantes que começavam a tornar rarefeita a atmosfera da habitação. Encontrou o padre Ángel na porta da rua.

— Está morto — exclamou o padre, perplexo.

— Como um porco — respondeu o alcaide.

Em redor da praça, todas as casas já estavam abertas. A chuva havia cessado, mas o céu denso flutuava acima dos tetos, sem permitir uma só fresta ao sol. O padre Ángel segurou o alcaide pelo braço.

— César Montero é um bom homem — disse. — Deve ter sido num momento de alucinação.

— Eu sei — disse o alcaide, impaciente. — Não se preocupe, padre, que não acontecerá nada. Entre aí, que é onde estão precisando do senhor.

Afastou-se com certa violência e ordenou aos policiais que suspendessem a guarda. A multidão, até então mantida a distância, precipitou-se para a casa de Pastor. O alcaide entrou no salão de bilhar, onde um soldado o esperava com uma muda de roupa limpa: seu uniforme de tenente.

De ordinário, o estabelecimento nunca estava aberto a essa hora. Mas naquele dia, antes das sete, já se encontrava abarrotado. Em torno das mesinhas de quatro lugares, ou recostados no balcão, os homens tomavam café. A maioria ainda trazia paletós de pijama e chinelos.

O alcaide despiu-se na presença de todos, enxugou o suor do corpo com as calças do pijama, e começou a vestir-se em silêncio, ouvindo os comentários. Quando deixou o salão, estava perfeitamente inteirado dos pormenores do incidente.

— Tenham cuidado — gritou da porta. — Meto no xadrez quem provocar desordem.

Desceu a rua empedrada, sem cumprimentar ninguém, mas percebendo a excitação do povo. Era jovem, de movimentos fáceis, e em cada gesto revelava o propósito de se fazer notar.

Às sete, as lanchas que faziam o tráfego de carga e passageiros três vezes por semana apitaram, abandonando o cais, sem que ninguém lhes prestasse a atenção dos dias comuns. O alcaide passou pela galeria onde os comerciantes sírios começavam a expor suas coloridas mercadorias. O Dr. Octavio Giraldo, um médico sem idade e com a cabeça desarrumada em cachos lustrosos, olhava da porta do seu consultório as lanchas que se faziam ao largo. Também ele estava de paletó de pijama e de chinelos.

— Doutor — disse o alcaide —, vista-se, para ir fazer a autópsia.

O médico o olhou, intrigado. Descobriu uma longa fileira de dentes brancos e sólidos.

— De maneira que agora já fazemos autópsias — disse, e acrescentou: — Evidentemente, trata-se de um grande progresso.

O alcaide tentou sorrir, mas foi impedido pela sensibilidade da bochecha. Tapou a boca com a mão.

— Que é isso? — perguntou o médico.
— Uma puta de uma dor de dente.

O Dr. Giraldo parecia disposto a conversar, mas o alcaide tinha pressa.

No fim do cais gritou para dentro de uma casa de aparência pobre, cujo teto de palha descia quase até o nível da água. Uma mulher de pele verdosa, grávida de sete meses, abriu a porta. Estava descalça. O alcaide a afastou e entrou na salinha escura.

— Juiz — chamou.

O juiz Arcádio apareceu na porta interna, arrastando os tamancos. Vestia uma calça de brim, sem cinturão, sustentada debaixo do umbigo, e tinha o dorso nu.

— Prepare-se para o reconhecimento do cadáver — disse o alcaide.

O juiz Arcádio assoviou, perplexo.

— E de onde saiu essa novidade?

O alcaide caminhou até o quarto de dormir.

— Agora é diferente — disse, abrindo a janela para purificar o ar carregado de sono. — É melhor fazer as coisas bem-feitas. — Limpou nas calças bem passadas a poeira das mãos e perguntou, sem qualquer indício de sarcasmo: — O senhor sabe como se faz o reconhecimento?

— Certamente — disse o juiz.

O alcaide olhou para as mãos, defronte da janela.

— Chame seu secretário, para o caso de ser necessário escrever qualquer coisa — disse, mais uma vez sem segunda intenção. Depois voltou-se para a moça, com as palmas das mãos estendidas. — Onde posso me lavar?

— No tanque — disse ela.

O alcaide foi para o pátio. A moça tirou uma toalha do baú e também um sabonete.

Chegou ao pátio no momento em que o alcaide voltava ao quarto de dormir, sacudindo as mãos.

— Eu ia levando o sabonete — disse ela.

— Está bem assim — disse o alcaide. Voltou a olhar as palmas das mãos. Apanhou a toalha e enxugou-se, pensativo, olhando para o juiz Arcádio. — Estava cheio de penas de pombos.

Sentado na cama, tomando uma xícara de café preto em goles espaçados, esperou até que o juiz Arcádio acabasse de se vestir. A moça os acompanhou até a sala.

— Enquanto o senhor não arrancar esse dente, a inchação não desaparece — a moça disse ao alcaide.

Ele empurrou o juiz até a rua, voltou-se para olhar a moça e tocou o seu ventre cheio com o indicador.

— E esta sua inchação, quando acaba?

— Logo — disse ela.

Padre Ángel não fez o seu habitual passeio vespertino. Depois do enterro, ficou a conversar numa casa dos bairros baixos, ali permanecendo até o entardecer. Sentia-se bem, embora as chuvas prolongadas comumente lhe provocassem dores nas vértebras. Quando chegou à sua casa, os postes já estavam acesos.

Trinidad regava as suas flores do corredor. O padre lhe perguntou onde estavam as hóstias que deviam ser consagradas, e ela respondeu que as havia posto no altar-mor. O turbilhão dos mosquitos o envolveu quando ele acendeu a luz do quarto. Antes de fechar a porta, fumigou inseticida no compartimento, sem uma só trégua, espirrando por causa do cheiro. Quando acabou, estava suando. Trocou a batina negra pela branca e remendada que costumava usar em casa, e em seguida foi tocar o Ângelus.

De volta ao quarto, pôs uma frigideira no fogo para fritar um pedaço de carne, enquanto cortava fatias de cebolas. Depois colocou tudo num prato onde já havia um pedaço de aipim cozido e um pouco de arroz frio, sobras do almoço. Levou o prato para a mesa e sentou-se para comer.

Comeu de tudo ao mesmo tempo, cortando pequenos pedaços de cada coisa e amassando-os no garfo, com a faca. Mastigava conscienciosamente, triturando até o último grão com os seus molares obturados a prata, mas com os lábios fechados. Enquanto o fazia, descansava o garfo e a faca nas bordas do prato, e examinava a sala com um olhar contínuo e consciente. Defronte dele estava o armário, onde eram guardados os volumosos livros do arquivo paroquial. No canto, uma cadeira de balanço de vime com um coxim preso à altura da cabeça. Por detrás da cadeira havia uma espécie de biombo com um crucifixo, junto a um calendário de propaganda de um xarope contra a tosse. Do outro lado do biombo ficava o quarto de dormir.

No fim da refeição, o padre Ángel sentiu como que uma espécie de asfixia. Cortou um pedaço de goiabada, encheu o copo de água, até as bordas, e comeu a pasta açucarada, enquanto olhava a folhinha. Entre um bocado e outro de doce, bebia um gole de água, sem tirar os olhos do calendário. Por fim, arrotou e limpou os lábios com a manga da batina. Durante dezenove anos sempre comera assim, sozinho, repetindo cada movimento com uma escrupulosa precisão. Nunca havia sentido vergonha de sua solidão.

Depois do rosário, Trinidad lhe pediu dinheiro para comprar arsênico. O padre negou pela terceira vez, argumentando que as ratoeiras eram suficientes. Trinidad insistiu:

— Acontece que os ratos menorezinhos levam o queijo e não se deixam apanhar. Por isso é melhor envenenar o queijo.

O padre admitiu que Trinidad tinha razão. Mas antes que pudesse dizer isso, irrompeu na quietude da igreja o barulho do alto-falante do cinema, do outro lado da rua. Primeiro, um ronco surdo; depois, o arranhar da agulha no disco e, em seguida, o som de um mambo, que se iniciou com um trompete estridente.

— Tem sessão hoje? — perguntou o padre.

Trinidad disse que sim.

— Que filme vão passar?

— *Tarzan e a Deusa Verde* — disse Trinidad. — O mesmo que não puderam terminar no domingo, por causa da chuva. Próprio para todas as idades.

O padre Ángel foi até a base da torre e fez soar doze toques espaçados. Trinidad estava atônita.

— O senhor se enganou, padre — disse, agitando as mãos e com um brilho ansioso nos olhos. — É um filme próprio para todos. Lembre-se de que no domingo o senhor não deu um só toque.

— Mas é uma falta de consideração com o povoado — disse o padre, enxugando o suor do pescoço. E repetiu, arquejante: — Uma falta de consideração.

Trinidad compreendeu.

— Você devia ter visto o enterro — disse o padre. — Todos os homens brigando para carregar o caixão.

Despediu a moça, fechou a porta que dava para a praça deserta e apagou as luzes do templo. No corredor, de volta ao dormitório, deu um leve tapa na testa ao lembrar-se de que havia esquecido de dar a Trinidad o dinheiro para o arsênico. Mas antes de chegar ao quarto de dormir, já havia esquecido novamente.

Pouco depois, sentado à mesa de trabalho, dispunha-se a terminar uma carta iniciada na noite anterior. Havia desabotoado a sotaina até a altura do estômago e arrumava na mesa o bloco de papel, o tinteiro e o mata-borrão, enquanto revistava os bolsos, à procura dos óculos. Lembrou-se de havê-los deixado na batina com a qual fora ao enterro, e levantou-se para ir buscá-los. Lera mais uma vez o que escrevera na noite anterior e ia começar um novo parágrafo quando deram três batidas na porta.

— Entre.

Era o gerente do cinema. Pequeno, pálido, muito bem barbeado, ostentava uma expressão de fatalidade. Vestia um terno de linho branco, imaculado, e calçava sapatos de duas cores. Padre Ángel pediu-lhe que se sentasse na cadeira de balanço, mas o gerente tirou um lenço do bolso da calça, desdobrou-o escrupulosamente, sacudiu a poeira do sofá e sentou-se, as pernas abertas. Então padre Ángel viu que o que ele trazia preso ao cinturão não era um revólver, mas uma lanterna de pilhas.

— Às suas ordens — disse o padre.

— Padre — disse o gerente, quase sem alento —, peço perdão se estou me intrometendo em seus assuntos, mas esta noite o senhor parece ter cometido um erro.

O padre mexeu com a cabeça e esperou.

— *Tarzan e a Deusa Verde* é um filme próprio para todos — prosseguiu o gerente. — O senhor mesmo reconheceu isso no último domingo.

O padre tentou interrompê-lo, mas o gerente ergueu uma mão, em sinal de que ainda não havia terminado.

— Aceitei a questão dos toques — disse — porque reconheço que de fato existem filmes imorais. Mas o de hoje nada tem de particular. Pensávamos mesmo passá-lo no sábado próximo, em matinê infantil.

Padre Ángel, então, lhe explicou que, com efeito, o filme não trazia qualquer qualificação moral na lista que recebia todos os meses pelo correio.

— Mas abrir o cinema hoje — continuou — é uma falta de consideração, levando-se em conta que houve uma morte na cidade. Também isso faz parte da moral.

O gerente o encarou.

— No ano passado a própria polícia matou um homem dentro do cinema, e logo que tiraram o corpo o filme prosseguiu — exclamou.

— É diferente — disse o padre. — E agora as coisas mudaram. O alcaide transformou-se, é outro homem.

— Quando chegar o tempo das eleições, a matança voltará — replicou o gerente, exasperado. — É sempre assim, desde que o povoado é povoado.

— Veremos — disse o padre.

O gerente o olhou com uma expressão triste. Quando voltou a falar, sacudindo a camisa para refrescar o peito, sua voz havia adquirido um tom de súplica.

— Esse é o terceiro filme próprio para todos que nos chega este ano — disse. — E no domingo deixaram de ser passados três rolos, por causa da chuva, e muita gente quer saber como a história termina.

— Os doze toques já foram dados — disse o padre.

O gerente deixou escapar um suspiro de desespero. Esperou, olhando o padre de frente, e já sem pensar realmente em nada que não fosse o intenso calor da sala.

— Então, não há nada que se possa fazer?

Padre Ángel moveu a cabeça.

O gerente deu uma palmadinha nos joelhos e se levantou.

— Está bem — disse. — Pois que assim seja.

Voltou a dobrar o lenço, enxugou o suor do pescoço e pôs-se a examinar a sala com um amargo rigor.

— Isto aqui é um inferno — disse.

O padre o acompanhou até a saída. Pôs a tranca na porta e sentou-se para terminar a carta. Depois de lê-la mais uma vez, desde o começo, finalizou o parágrafo interrompido e ensimesmou-se, pensativo. Nesse exato momento, desligaram a música do alto-falante. "Avisa-se ao respeitável público", disse uma voz impessoal, "que fica suspenso o espetáculo desta noite, porque esta empresa também quer associar-se ao luto da cidade." O padre Ángel, sorrindo, reconheceu a voz do gerente.

O calor se fez mais intenso. O pároco continuou escrevendo, com breves pausas para enxugar o suor e reler o que havia escrito, até encher duas folhas. Tinha acabado de assinar quando a chuva voltou a cair sem qualquer advertência. Um vapor de terra úmida penetrou na sala. O padre Ángel escreveu no envelope o nome e endereço do destinatário, fechou o tinteiro e ia dobrar a carta. Mas antes voltou a ler o último parágrafo. Então, tornou a destampar o tinteiro e escreveu na carta este P.S.: *Está chovendo novamente. Com este inverno e as coisas que lhe contei acima, creio que nos esperam dias amargos.*

A sexta-feira amanheceu morna e seca. O juiz Arcádio, que se vangloriava de fazer amor três vezes por noite desde que o fizera pela primeira vez, rebentou naquela manhã os cordões do mosquiteiro e caiu no chão com sua mulher no momento supremo, enredados os dois na cortina de renda.
— Deixe assim — murmurou ela. — Depois eu ajeito.
Surgiram completamente nus por entre as confusas nebulosas do mosquiteiro. O juiz Arcádio foi ao baú apanhar umas cuecas limpas. Quando voltou, sua mulher já estava vestida, pondo o mosquiteiro em ordem. Passou sem olhá-la, e sentou-se do outro lado da cama para calçar os sapatos, a respiração ainda alterada pelo esforço do amor. Ela o perseguiu. Encostou em seu braço o ventre redondo e tenso e lhe mordeu a orelha. Ele a afastou com suavidade.
— Deixe-me quieto. — disse.
Ela soltou uma gargalhada cheia de boa saúde. Acompanhou o marido até o outro extremo do quarto, tocando-lhe os rins com os indicadores. "Anda, burrinho", dizia. Ele deu um salto e lhe afastou as mãos. Ela o deixou em paz e voltou a rir, mas de repente ficou séria e gritou:
— Jesus Cristo!
— Que foi? — perguntou ele.
— A porta ficou aberta de par em par — gritou. — Já é muita falta de vergonha.
Entrou no banheiro às gargalhadas.
O juiz Arcádio não esperou pelo café. Reconfortado pelo mentol da pasta de dentes, saiu para a rua. Ardia um sol de cobre. Sentados à porta

de suas lojas, os sírios contemplavam o rio tranquilo. Ao passar em frente ao consultório do Dr. Giraldo, raspou com a unha a rede metálica da porta e gritou, sem parar:

— Doutor, qual é o melhor remédio para dor de cabeça?

O médico respondeu, lá de dentro:

— Não ter bebido na noite anterior.

No porto, um grupo de mulheres comentava em voz alta o conteúdo de um novo pasquim, que aparecera na noite passada. Como o dia havia amanhecido claro e sem chuva, as mulheres leram o papel anônimo quando iam para a missa das cinco, de maneira que agora todo o povoado já estava inteirado do fato. O juiz Arcádio não se deteve. Sentiu-se como um boi, com uma argola no nariz, sendo puxado para o salão de bilhar. Ali, pediu uma cerveja gelada e um analgésico. Acabavam de dar nove horas, mas a casa estava cheia.

— Todo o povoado está com dor de cabeça — disse o juiz Arcádio.

Levou a garrafa para uma mesa onde três homens pareciam perplexos diante de seus copos de cerveja. Sentou-se no lugar vago.

— A coisa continuou? — perguntou.

— Hoje foram quatro.

— Mas aquele que todo mundo leu — disse um dos homens — foi o referente a Raquel Contreras.

O juiz Arcádio mastigou o analgésico e bebeu a cerveja diretamente da garrafa. O primeiro trago lhe deu repugnância, mas logo o estômago se acostumou, e ele se sentiu novo e sem passado.

— Que é que dizia?

— Porcarias — disse o homem. — Que as viagens que ela fez este ano não foram para tratar dos dentes, mas para abortar.

— Não precisavam se dar o trabalho de colar um pasquim — disse o juiz Arcádio. — Todo mundo anda dizendo isso.

Embora o sol quente lhe doesse no fundo dos olhos, quando deixou o salão de bilhar não experimentava, naquele dia, o costumeiro confuso mal-estar do amanhecer. Foi diretamente para o juizado. Seu secretário, um velho esquálido que depenava uma galinha, recebeu-o por cima da armação dos óculos com um olhar incrédulo.

— Que milagre é esse?

— É preciso dar andamento ao expediente — disse o juiz.

O secretário foi para o pátio, arrastando os chinelos, e por cima da cerca entregou a galinha meio pelada à cozinheira do hotel. Onze meses após ter sido empossado, era a primeira vez que o juiz Arcádio ia ao juizado.

O destrambelhado escritório estava dividido em duas seções por uma grade de madeira. Na seção exterior havia um velho sofá também de madeira, colocado sob o quadro da Justiça de olhos vendados e balança na mão. Dentro, duas velhas secretárias, uma em frente à outra, uma estante de livros poeirentos e a máquina de escrever. Na parede de frente, uma litografia emoldurada: um homem sorridente, gordo e calvo, com o peito cruzado pela faixa presidencial, e debaixo uma legenda dourada: "Paz e Justiça." A litografia era a única coisa nova em todo o escritório.

O secretário amarrou um lenço no rosto e começou a sacudir com um espanador o pó dos móveis.

— É preciso tapar o nariz, porque essa poeira faz mal — disse.

O conselho não foi atendido. O juiz Arcádio inclinou-se na cadeira giratória, estirando as pernas para provar as molas.

— Será que não cai? — perguntou.

O secretário fez que não com a cabeça.

— Quando mataram o juiz Vilela — disse — as molas rebentaram; mas já consertaram. — Sem tirar o lenço do rosto, acrescentou: — Foi o próprio alcaide quem mandou consertar quando mudou o governo e começaram a surgir investigações por todos os lados.

— O alcaide quer que o juizado funcione — disse o juiz.

Abriu a gaveta do meio, tirou um maço de chaves, e um a um foi abrindo os arquivos. Estavam cheios de papéis. Examinou-os superficialmente, levantando-os com o indicador para estar seguro de que não havia nada que lhe pudesse chamar a atenção, e logo depois fechou os arquivos e começou a pôr em ordem os objetos do escritório: um tinteiro de cristal com um recipiente vermelho e outro azul, e uma caneta para cada recipiente, com a respectiva cor. A tinta havia secado.

— O senhor caiu nas graças do alcaide — disse o secretário.

Mexendo-se na cadeira, o juiz o seguiu com um olhar sombrio, enquanto limpava a mesa. O secretário contemplou-o como se tivesse o propósito de jamais esquecer, nunca, aquele instante e aquela posição; depois, disse, apontando com o indicador:

— Assim mesmo como o senhor está agora, nem mais nem menos, também estava o juiz Vilela quando o perfuraram a tiros.

O juiz apertou as têmporas, de veias pronunciadas. Voltava a dor de cabeça.

— Eu estava ali — prosseguiu o secretário, apontando para a máquina de escrever, enquanto passava para o outro lado do gradil. Sem interromper a narrativa, apoiou-se no corrimão da grade como apontando com um fuzil contra o juiz Arcádio. Parecia um assaltante de correios num filme de faroeste. — Os três policiais se colocaram assim. O juiz Vilela só conseguiu vê-los e logo levantou os braços, dizendo muito depressa: "Não me matem." Mas de repente a cadeira pulou para um lado e ele para o outro, chumbado.

O juiz Arcádio apertou o crânio com as mãos — sentia o cérebro palpitar. O secretário tirou o lenço do rosto e pendurou o espanador detrás da porta.

— E tudo isso apenas porque, numa bebedeira, ele disse que estava aqui para garantir a pureza do sufrágio.

Ficou estático, calado, olhando para o juiz Arcádio, que se dobrou sobre a secretária, com as mãos no estômago.

— Está se sentindo mal?

O juiz respondeu que sim. Falou da noite anterior e pediu ao secretário que fosse buscar no bilhar um analgésico e duas cervejas geladas. Quando acabou de beber a primeira cerveja, o juiz Arcádio não encontrou em seu coração a menor sombra de remorso. Estava lúcido.

O secretário sentou-se diante da máquina.

— E agora, que vamos fazer? — perguntou.

— Nada — disse o juiz.

— Então, se o senhor me permite, vou chamar Maria para me ajudar a depenar as galinhas.

O juiz se opôs.

— Isto aqui é uma repartição para administrar justiça e não para depenar galinhas — disse. Olhou seu subalterno de cima a baixo com um ar de comiseração, e acrescentou: — Além disso, peço-lhe que não me apareça mais aqui de chinelos.

O calor se tornou mais intenso quando se aproximava o meio-dia. Às doze horas o juiz Arcádio já havia consumido uma dezena de cervejas. Navegava em suas lembranças. Com uma sonolenta ansiedade, falava de um passado sem privações, com longos domingos de mar e mulatas insaciáveis que faziam amor de pé, por detrás dos portões.

— A vida era então assim — dizia, estalando o polegar e o indicador, ante o estupor do secretário que o escutava sem falar, aprovando com a cabeça. O juiz Arcádio sentia-se embotado, mas cada vez mais vivo em suas lembranças.

Quando bateu uma hora na torre, o secretário deu mostras de impaciência:

— A sopa está esfriando — disse.

Mas o juiz não lhe permitiu que se levantasse.

— Não é sempre que se encontra num povoado assim um homem do seu talento — disse, e o secretário lhe agradeceu, esgotado pelo calor, e mudou de posição na cadeira.

Era uma sexta-feira interminável. Sob as ardentes folhas do teto, os dois homens ainda conversaram meia hora, enquanto lá fora o povoado se cozinhava no caldo da sesta. No extremo do esgotamento, o secretário fez, então, alusão aos papéis anônimos que vinham sendo pregados nas portas da cidade. O juiz Arcádio deu de ombros.

— Até você está levando a sério essa porcaria — disse, pela primeira vez num tom de pai para filho.

O secretário não queria continuar conversando, extenuado pela fome e a sufocação, mas não podia acreditar que os pasquins fossem apenas uma brincadeira.

— Por causa deles já houve uma morte — disse. — Se as coisas continuam assim, vamos ter uma época muito má.

E contou a história de um povoado que foi liquidado em sete dias por causa dos pasquins. Seus habitantes acabaram matando-se entre si. E os sobreviventes desenterraram os cadáveres e levaram os ossos de seus mortos, para estarem seguros de não precisar voltar nunca mais.

O juiz o escutou com um ar de zombaria, desabotoando lentamente a camisa enquanto o secretário falava. Pensou consigo mesmo que o secretário era leitor de novelas de terror.

— Essa história é um exemplo típico de novela policial — disse.

O subalterno balançou a cabeça. O juiz Arcádio contou que na Universidade fizera parte de uma organização cujo objetivo era decifrar enigmas policiais. Cada um dos membros lia uma novela de mistério até um determinado ponto, e aos sábados todos se reuniam para decifrar o enigma.

— Nunca falhei — disse. — Naturalmente era favorecido pelos meus conhecimentos dos clássicos, que descobriram uma lógica da vida capaz de desvendar qualquer mistério.

E apresentou um enigma: um homem registra-se num hotel às dez da noite, sobe para o seu quarto, e na manhã seguinte a camareira, quando leva o café, encontra-o morto e putrefato na cama. A autópsia demonstra que o hóspede que chegara na noite anterior já estava morto há oito dias.

O secretário ergueu-se, com um longo ruído de articulações.

— Quer dizer que quando ele chegou ao hotel já havia morrido há sete dias — disse o secretário.

— Esse conto foi escrito há doze anos — disse o juiz Arcádio, sem levar em conta a interrupção. — Mas a chave do enigma já fora dada por Heráclito, cinco séculos antes de Cristo.

Dispunha-se a revelá-la, mas o secretário estava exasperado.

— Nunca, desde que o mundo é mundo, alguém conseguiu identificar o autor de pasquins anônimos — sentenciou, numa agressividade tensa.

— Aposto como eu vou descobrir — disse o juiz.

— Apostado.

Rebeca de Asís afogava-se no morno quarto de dormir da casa defronte, a cabeça afundada nos travesseiros, tentando dormir uma sesta impossível. Tinha folhas esfumaçadas aderidas às têmporas.

— Roberto — disse, dirigindo-se ao marido —, se você não abrir a janela, vamos morrer de calor.

Roberto Asís abriu a janela no momento exato em que o juiz Arcádio deixava a repartição.

— Procure dormir — suplicou à exuberante mulher que jazia com os braços abertos sob o dossel de renda cor-de-rosa, inteiramente nua dentro de uma leve camisa de *nylon*. — Prometo que vou esquecer tudo, não quero saber de mais nada.

Ela suspirou.

Roberto Asís, que passou a noite dando voltas no quarto, acendendo o cigarro com o que restava do outro, estivera a ponto de surpreender, naquela madrugada, o autor dos pasquins. Havia escutado em frente à sua casa o ruído do papel e das mãos que tentavam colá-lo na parede. Mas compreendeu isso muito tarde, e o pasquim já havia sido colado. Quando abriu a janela, a praça estava deserta.

Desde esse momento até as duas da tarde, quando prometeu a sua mulher que não voltaria a falar do pasquim, ela havia esgotado todas as formas de persuasão para apaziguá-lo. Finalmente, propôs uma fórmula desesperada: como prova final de sua inocência, oferecia-se para confessar-se com o padre Ángel em voz alta e na presença do marido. Bastava a oferta daquela humilhação para convencê-lo, e apesar de sua perturbação, ele não se atreveu a dar o passo seguinte, e teve que capitular.

— É sempre melhor falar as coisas — disse ela, sem abrir os olhos. — Seria um desastre se você ficasse com essa história presa na garganta.

Ao sair, ele encostou a porta. Na ampla casa envolta na penumbra, completamente fechada, ouviu o ruído do ventilador elétrico de sua mãe, que fazia a sesta na casa vizinha. Serviu-se de um copo da limonada que estava no refrigerador, sob o olhar sonolento da cozinheira negra.

Do seu fresco âmbito pessoal, a mulher lhe perguntou se queria almoçar. Ele destampou a panela. Uma tartaruga flutuava, as patas para cima, na água fervente. Pela primeira vez estremeceu com a ideia de que o animal havia sido jogado vivo na panela, e de que seu coração continuaria batendo quando a levassem esquartejada para a mesa.

— Não tenho fome — disse, tapando a panela. E acrescentou da porta: — Minha mulher também não vai almoçar. Passou o dia inteiro com dor de cabeça.

As duas casas se comunicavam por um corredor de ladrilhos verdes, do qual se podia ver o galinheiro com suas telas de arame no fundo do pátio comum. Na parte do corredor correspondente à casa da mãe, havia várias gaiolas de pássaros penduradas no beiral, e muitos jarros com flores de cores vivas.

Estendida na cadeira de pano, onde acabava de fazer a sesta, sua filha de sete anos o recebeu com um resmungo de saudação. Ainda tinha a marca da fazenda impressa na face.

— Já são quase três horas — disse ele, em voz muito baixa. E acrescentou, num tom melancólico: — Você precisa dar mais atenção às coisas.

— Sonhei com um gato de vidro — disse a menina.

Ele não conseguiu reprimir um ligeiro estremecimento.

— Como era?

— Todo de vidro — disse a menina, procurando com as mãos dar forma ao animal do sonho. — Como um passarinho de vidro, só que era um gato.

Ele encontrou-se perdido, sol a pino, numa cidade estranha.

— Esqueça isso — murmurou. — Uma coisa assim não vale a pena.

Nesse momento viu sua mãe na porta do quarto de dormir, e sentiu-se refeito.

— Estás melhor — afirmou.

A viúva Asís devolveu-lhe uma expressão amarga.

— Cada dia estou melhor para votar — queixou-se, fazendo um coque com a abundante cabeleira cor de ferro. E foi para o corredor mudar a água das gaiolas.

Roberto Asís estendeu-se na espreguiçadeira onde a filha havia dormido. Com a nuca apoiada nas mãos, acompanhou com os olhos a ossuda mulher vestida de preto que conversava em voz baixa com os passarinhos. Mergulhavam álacres na água fresca, salpicando com o alegre bater das asas o rosto da mulher. Quando a viúva acabou de mudar a água das gaiolas, olhou para o filho com uma expressão inquieta.

— Pensei que você estivesse na montanha — disse.

— Não fui — disse ele. — Tinha que providenciar umas coisas.

— Então não irá mais até a segunda-feira?

Ele confirmou com os olhos. Uma empregada negra, descalça, atravessou a sala com a menina, para levá-la à escola. A viúva Asís ficou no corredor até que as duas saíram. Depois, fez um sinal ao filho e este a seguiu até o amplo quarto onde zumbia o ventilador elétrico. Ela deixou-se cair numa desconjuntada cadeira de balanço de cipó, diante do ventilador, com um ar de extremo esgotamento. Das paredes caiadas pendiam fotografias de meninos antigos, emolduradas em vinhetas de cobre. Roberto Asís estendeu-se na suntuosa cama real onde haviam morrido, decrépitos e de mau humor, alguns dos meninos das fotografias, inclusive seu próprio pai, no último dezembro.

— Que é que há? — perguntou a viúva.

— Acredita no que o povo está dizendo? — perguntou ele por sua vez.

— Na minha idade se acredita em tudo — respondeu a viúva. E perguntou, com indolência: — Que é que estão dizendo?

— Que Rebeca Isabel não é minha filha.

A viúva começou a mexer-se lentamente.

— Tem o nariz do Asís — disse. Depois de pensar por alguns instantes, perguntou distraída: — Quem é que está dizendo isso?

Roberto Asís mordeu as unhas.

— Escreveram num pasquim.

Só então a viúva compreendeu que as olheiras do seu filho não eram o sedimento de uma prolongada insônia.

— Os pasquins não são o povo — sentenciou.

— Mas eles só dizem o que já estão falando — respondeu Roberto Asís. — Mesmo que a gente não saiba.

Ela, no entanto, sabia tudo o que o povoado havia falado de sua família durante muitos anos. Numa casa como a sua, repleta de serviçais, afilhadas e protegidas de todas as idades, era impossível se fechar num quarto de dormir sem que até ali não a perseguissem os rumores da rua. Os turbulentos Asís, fundadores do povoado quando ainda eram criadores de porcos, pareciam atrair todos os murmúrios.

— Nem tudo o que dizem é verdade — disse.

— Todo mundo sabe que Rosário de Montero dormia com Pastor — disse ele. — Sua última canção era para ela.

— Todo mundo dizia isso, mas ninguém sabia ao certo — respondeu a viúva. — E agora viu-se que a canção era para Margot Ramírez. Os dois iam se casar e somente eles e a mãe de Pastor sabiam disso. Teria sido melhor para eles se não tivessem guardado com tanto zelo o único segredo que conseguiu ser mantido nesta terra.

Roberto Asís olhou para a mãe com uma dramática vivacidade.
— Esta manhã, houve um instante em que pensei que ia morrer — disse.

A viúva não pareceu comover-se.
— Os Asís são ciumentos — disse. — Isso tem sido a desgraça desta casa.

Ficaram longo tempo silenciosos. Já eram quase quatro horas e o calor começava a baixar. Quando Roberto Asís desligou o ventilador elétrico, a casa inteira despertou, cheia de vozes de mulher e de flautas de pássaros.

— Dê-me o frasquinho que está em cima da mesa de cabeceira — disse a viúva.

Engoliu duas pílulas cinzentas e redondas como duas pérolas artificiais, e devolveu o vidro ao filho, dizendo:

— Tome você também, duas; ajudam a dormir.

Ele as engoliu com a água que a mãe havia deixado no copo, e recostou a cabeça no travesseiro.

A viúva suspirou. Mergulhou num longo silêncio, pensativa. Depois, fazendo, como sempre, uma generalização que abrangia todo o povoado quando pensava somente em meia dúzia de famílias que constituía sua classe, disse:

— O mal deste lugar é que as mulheres têm que ficar sozinhas em casa enquanto os homens andam pela montanha.

Roberto Asís começava a dormir. A viúva observou-lhe o rosto sem barbear, o longo nariz de angulosa cartilagem, e pensou no seu esposo morto. Também Alberto Asís havia conhecido o desespero. Era um gigante que durante toda a sua vida só pôs um colarinho de celuloide durante quinze minutos, o tempo necessário para que fosse feito o daguerreótipo que ali estava, na mesinha de cabeceira. Dizia-se que neste mesmo dormitório ele havia assassinado um homem que encontrou deitado com sua mulher, e que o havia enterrado clandestinamente no pátio. A verdade era outra: Alberto Asís havia matado com um tiro de espingarda um macaco que surpreendeu masturbando-se na viga do dormitório, com os olhos fixos em sua esposa, enquanto esta mudava de roupa. Morreu quarenta anos depois sem ter podido retificar a lenda.

* * *

Padre Ángel subiu a empinada escada de degraus separados. No segundo andar, no fundo de um corredor onde se viam fuzis e cartucheiras pendentes da parede, um soldado lia, de barriga para cima, numa cama de campanha. Estava tão absorto na leitura que só percebeu a presença do padre quando ouviu seu cumprimento. Fechou a revista e sentou-se na cama.

— Que está lendo? — perguntou o padre Ángel.

O soldado mostrou a revista.

— *Terry e os piratas*.

O padre examinou minuciosamente as três celas de cimento armado, sem janelas, fechadas para o corredor por grossas barras de ferro. Na cela central, outro soldado dormia de cuecas, esparramado numa rede. As outras estavam vazias. Padre Ángel perguntou por César Montero.

— Está ali — disse o policial, indicando com a cabeça uma porta fechada. — É o quarto do comandante.

— Posso falar com ele?

— Está incomunicável — disse o soldado.

Padre Ángel não insistiu. Perguntou se o preso estava bem. O soldado respondeu que lhe havia sido destinado o melhor alojamento do quartel, com boa luz e água corrente, mas que fazia 24 horas que ele não comia nada. Repelira todos os alimentos que o alcaide mandara buscar no hotel.

— Tem medo de que o envenenem — concluiu o policial.

— Deviam ter mandado buscar comida em sua casa — disse o padre.

Então, como que falando consigo mesmo, murmurou:

— Falarei de tudo isso com o alcaide. — E fez menção de seguir para o fundo do corredor, onde o alcaide havia construído o seu escritório blindado.

— Ele não está — disse o soldado. — Há dois dias que está em casa, com dor de dente.

Padre Ángel o visitou. O alcaide estava prostrado na rede, junto a uma cadeira sobre a qual havia um jarro com água e sal, um tubo de analgésicos e o cinturão de cartucheiras com o revólver. A bochecha continuava inchada. Padre Ángel arrastou uma cadeira até a rede.

— É preciso arrancar — disse.

O alcaide cuspiu na bacia a água com sal.

— É muito fácil de dizer — respondeu, ainda com a cabeça inclinada sobre a bacia.

Padre Ángel compreendeu. Disse em voz muito baixa:

— Se o senhor me autorizar, posso falar com o dentista — suspirou profundamente e atreveu-se a acrescentar: — É um homem muito compreensivo.

— Como uma mula — disse o alcaide. — Eu teria que liquidá-lo a tiros e então tudo continuaria no mesmo.

Padre Ángel acompanhou-o com os olhos até a pia. O alcaide abriu a torneira, colocou a bochecha inchada sob o jorro de água fresca e assim ficou por alguns instantes, com uma expressão de êxtase. Depois mastigou um analgésico e bebeu água da torneira, levando-a à boca com as mãos.

— É sério — insistiu o padre. — Posso falar com o dentista.

O alcaide fez um gesto de impaciência.

— Faça o que quiser, padre.

Deitou-se na rede, o ventre para cima, os olhos fechados, as mãos na nuca, respirando num ritmo colérico. A dor começou a ceder. Quando voltou a abrir os olhos, padre Ángel o contemplava em silêncio, sentado junto à rede.

— Mas que é que o traz por estas terras? — perguntou o alcaide.

— César Montero — disse o padre sem preâmbulos. — Esse homem precisa confessar-se.

— Está incomunicável — disse o alcaide. — Somente amanhã, depois das diligências preliminares, é que pode se confessar. Vou enviá-lo segunda-feira.

— Então só daqui a quarenta e oito horas?

— E por que não? Eu estou há duas semanas com esta maldita dor de dente — disse o alcaide.

Na sala escura começavam a zumbir os pernilongos. Padre Ángel olhou pela janela e viu uma nuvem de um róseo intenso flutuando sobre o rio.

— E o problema da comida? — perguntou.

O alcaide deixou a rede para fechar a porta que dava para o balcão.

— Fiz o meu dever — disse. — Ele não quer que aborreçam sua mulher e se nega a comer o que vem do hotel.

Começou a fumigar inseticida na sala. Padre Ángel procurou um lenço no bolso, para não espirrar, mas em vez do lenço encontrou uma carta amarrotada.

— Ai — exclamou, procurando desamarrotar a carta com os dedos. O alcaide interrompeu a fumigação. O padre tapou o nariz, mas foi inútil: espirrou duas vezes.

— Espirre, padre — disse-lhe o alcaide. E acrescentou, com um sorriso: — Estamos numa democracia.

Padre Ángel também sorriu. Disse, mostrando o envelope fechado:

— Esqueci de pôr esta carta no correio.

Encontrou o lenço na manga da batina e limpou com ele o nariz irritado pelo inseticida. Continuava pensando em César Montero.

— É como se o estivessem tratando a pão e água — disse.

— Ele é quem quer assim — disse o alcaide. — Não podemos obrigá-lo a comer à força.

— O que mais me preocupa é a sua consciência — disse o padre.

Sem tirar o lenço do nariz, acompanhou com os olhos o alcaide, que caminhava pela sala até que acabou de fumigar.

— Se tem medo de que o envenenem é porque deve ter a consciência muito intranquila — disse.

O alcaide colocou a bomba de inseticida no chão, dizendo:

— Ele sabe que todo mundo gostava de Pastor.

— E também de César Montero — replicou o padre.

— Mas acontece que quem está morto é Pastor.

O padre olhou a carta. A luz tornou-se malva.

— Pastor — murmurou. — Não teve tempo de se confessar.

O alcaide acendeu a luz antes de meter-se na rede.

— Amanhã estarei melhor — disse. — Depois da diligência o senhor pode receber a confissão. Está bem?

Padre Ángel concordou.

— É só para a tranquilidade de sua consciência — insistiu.

Pondo-se de pé com um movimento solene, recomendou ao alcaide que não tomasse muitos analgésicos, e o alcaide lhe devolveu o conselho, lembrando-lhe que não deixasse de pôr a carta no correio.

— E outra coisa, padre — disse o alcaide. — Consiga de qualquer maneira falar com o tal do dentista. — Olhou para o padre, que começava a descer a escada, e acrescentou, outra vez sorridente: — Tudo isso contribui para a consolidação da paz.

Sentado à porta da sua repartição, o agente dos correios via a tarde morrer. Quando padre Ángel lhe entregou a carta, entrou no escritório, umedeceu com a língua um selo de quinze centavos, para as cartas aéreas, e mais a sobretaxa para construções. Continuou remexendo na gaveta do escritório. Ao se acenderem as luzes da rua, o padre colocou várias moedas no balcão diante do guichê e saiu sem se despedir.

O administrador continuou remexendo na gaveta. Um momento depois, cansando de revolver papéis, escreveu com tinta num canto do envelope: *Não há selos de cinco*. Assinou embaixo e carimbou.

Naquela noite, depois do rosário, padre Ángel encontrou um rato boiando na pia de água benta. Trinidad estava armando as ratoeiras no batistério. O padre segurou o animal pela ponta da cauda.

— Você vai acabar provocando uma desgraça — disse ele a Trinidad, balançando o rato diante do seu rosto. — Você não sabe que alguns fiéis costumam engarrafar a água benta para dá-la de beber aos seus doentes?

— E que tem isso? — perguntou Trinidad.

— Que é que tem? — replicou o padre. — Já pensou que os doentes podem beber água envenenada com arsênico?

Trinidad chamou-lhe a atenção para o fato de que ele ainda não lhe tinha dado dinheiro para o arsênico. Disse que era gesso, e revelou a fórmula: havia posto gesso nos cantos da igreja; o rato o havia comido e logo depois, desesperado pela sede, bebera da água da pia. E a água solidificou o gesso no estômago.

— Bem, de qualquer maneira é melhor você comprar arsênico. Não quero mais encontrar ratos mortos na água benta.

Na sala, esperava-o uma comissão de damas católicas, encabeçada por Rebeca de Asís. Depois de dar a Trinidad o dinheiro para o arsênico, o padre fez um comentário sobre o calor, sentou-se à mesa de trabalho, diante das três damas que aguardavam em silêncio.

— Às suas ordens, minhas respeitáveis senhoras.

Elas se entreolharam. Rebeca de Asís abriu um leque onde se via pintada uma paisagem japonesa, e disse, sem mistério:

— É a propósito dos panfletos, padre.

Com uma voz sinuosa, como se estivesse contando uma história infantil, expôs a inquietação do povoado. Disse que embora a morte de Pastor devesse ser interpretada "como uma coisa absolutamente pessoal", o fato é que as famílias respeitáveis se sentiam na obrigação de preocupar-se com os pasquins.

Apoiada no cabo de sua sombrinha, Adalgisa Montoya, a maior das três, foi mais explícita:

— Nós, as mulheres católicas, resolvemos tratar do assunto.

O padre Ángel refletiu por alguns segundos. Rebeca de Asís respirou profundamente, e o padre se perguntou como podia aquela mulher exalar um odor tão cálido. Era esplêndida e floral, de uma brancura deslumbrante e uma saúde prenhe de paixão. O padre falou, os olhos fixos num ponto indefinido.

— No meu entender — disse —, não devemos prestar atenção à voz do escândalo. Devemos nos colocar acima de tudo isso e continuar observando a lei de Deus, como até agora viemos fazendo.

Adalgisa Montoya aprovou com um movimento de cabeça. Mas as outras duas não concordavam: parecia-lhes que aquela calamidade iria provocar funestas consequências. Nesse momento, tossiu o alto-falante do cinema. Padre Ángel deu uma palmadinha na testa.

— Desculpem-me — disse, enquanto procurava na gaveta da mesa o boletim da censura católica. — Que vão passar hoje?

— *Piratas do espaço* — disse Rebeca de Asís. — Um filme de guerra.

Padre Ángel procurou por ordem alfabética, murmurando títulos fragmentados enquanto percorria com o indicador a longa lista classificada. Deteve-se ao virar a folha.

— *Piratas do espaço*.

Correu o indicador horizontalmente para procurar a classificação moral, mas nesse instante ouviu a voz do gerente no lugar do disco esperado. O gerente anunciava a suspensão do espetáculo por causa do mau tempo. Uma das mulheres explicou que o gerente havia tomado aquela determinação em vista de o público estar exigindo a volta do dinheiro no caso de a chuva interromper o filme antes que este chegasse ao fim.

— Uma pena — disse padre Ángel. — O filme era próprio para todos.

Fechou o caderno e continuou:

— Como lhes dizia, este é um povoado muito crente, muito observador das leis de Deus. Há dezenove anos, quando me entregaram a paróquia, havia aqui onze concubinatos públicos de famílias importantes. Hoje só resta um, e espero que por pouco tempo.

— Não é por nós — disse Rebeca de Asís. — Mas essa pobre gente...

— Não há nenhum motivo para preocupação — prosseguiu o padre, indiferente à interrupção. — Precisam ver como o povoado mudou. Naquele tempo, uma bailarina russa deu um espetáculo na rinha de galos, só para homens, e no final vendeu em público, à maneira de leilão, toda a roupa que vestia.

Adalgisa Montoya o interrompeu:

— É verdade.

Ela lembrava-se do escândalo como lhe haviam contado: quando a bailarina ficou completamente nua, um velho começou a gritar na galeria, subiu até a última fileira de bancos e lá de cima começou a urinar sobre o público. Haviam-lhe contado também que os outros homens, seguindo o exemplo, acabaram por se urinar uns aos outros, em meio a uma gritaria louca.

— Agora — prosseguiu o padre — está comprovado que este é o povoado mais fiel do bispado.

Aferrou-se à sua tese. Referiu-se a alguns instantes difíceis da sua luta contra as debilidades e fraquezas do gênero humano, até que as damas católicas deixaram de lhe prestar atenção, sufocadas pelo calor. Rebeca de Asís voltou a abrir seu leque, e, então, padre Ángel descobriu onde estava a fonte de sua fragrância. O perfume de sândalo cristalizou-se no torpor da sala. O padre tirou o lenço da manga e o levou ao nariz, para não espirrar.

— Ao mesmo tempo — continuou — nossa igreja é a mais pobre do bispado. Os sinos estão rachados e as naves, cheias de ratos, porque na vida aprendi que é mais importante impor a moral e os bons costumes.

— Desabotoou o colarinho. — Qualquer jovem pode executar uma tarefa material — disse, pondo-se de pé. — Mas é preciso uma tenacidade de muitos anos e uma velha experiência para reconstruir a moral.

Rebeca de Asís ergueu sua mão transparente, deixando ver a aliança matrimonial, reluzente de esmeraldas, e disse:

— Por isso mesmo. Acreditamos que com esses pasquins todo seu trabalho estará perdido.

A única mulher que até então havia permanecido em silêncio aproveitou a pausa para intervir.

— Além disso, padre, acreditamos que o país está se recuperando, e que esta calamidade de agora pode se transformar numa inconveniência.

Padre Ángel apanhou um leque no armário e começou a abanar-se parcimoniosamente.

— Uma coisa nada tem a ver com a outra — disse. — Atravessamos um momento político difícil, mas a moral familiar vem se mantendo intacta.

Postou-se diante das três mulheres.

— Dentro de poucos anos, estou certo, irei dizer ao senhor bispo: deixo-lhe um povoado exemplar. Agora só é preciso que Vossa Reverendíssima mande para lá um pároco jovem e empreendedor, para que ele construa a melhor igreja do bispado.

Fez uma reverência lânguida e exclamou:

— Então, morrerei tranquilo e serei enterrado no pátio dos meus antepassados.

As damas protestaram, Adalgisa Montoya expressou o pensamento geral:

— Esta cidadezinha é como se fosse a sua, padre. E queremos que fique aqui até o último instante.

— Se se trata de construir uma nova igreja — disse Rebeca de Asís —, podemos iniciar uma campanha agora mesmo.

— Tudo a seu tempo — replicou padre Ángel. E logo, noutro tom, acrescentou: — É claro que não quero chegar já velho a uma nova paróquia. Não quero que aconteça comigo o que aconteceu com o manso Antonio Isabel do Santíssimo Sacramento do Altar Castañeda y Montero, o qual disse ao seu bispo que em sua paróquia estava caindo uma chuva de pássaros mortos. E quando o enviado do bispo lá chegou, encontrou-o na praça do povoado, brincando com as crianças de bandido e mocinho.

As damas mostraram-se perplexas.

— Quem era ele?

— O pároco que me sucedeu em Macondo — disse padre Ángel. — Tinha cem anos.

O inverno, cuja inclemência havia sido prevista desde os últimos dias de setembro, impôs seu rigor naquele fim de semana. O alcaide passou o domingo engolindo analgésicos na rede, enquanto o rio, transbordando do leito, fazia estragos nos bairros baixos.

Na primeira trégua da chuva, ao amanhecer da segunda-feira, o povoado necessitou de várias horas para restabelecer-se. Logo voltaram a funcionar o salão de bilhar e a barbearia, mas a maioria das casas permaneceu fechada até às onze. Foi ao Sr. Carmichael que primeiro se ofereceu a oportunidade de espantar-se diante do espetáculo dos homens transportando suas casas para terrenos mais altos. Grupos inquietos haviam desenterrado os mourões e as cercas e trasladavam inteiras as rústicas habitações de estacas e tetos de palha.

Refugiado sob o toldo da barbearia, o guarda-chuva aberto, o Sr. Carmichael contemplava a laboriosa manobra quando o barbeiro o arrancou de sua abstração.

— Deviam ter esperado que a chuva parasse — disse o barbeiro.

— Não passará nos próximos dois dias — disse o Sr. Carmichael, e fechou o guarda-chuva. — Os calos estão me dizendo.

Os homens que transportavam as casas, afundados no barro até os tornozelos, passaram tropeçando e roçando as paredes da barbearia. O Sr. Carmichael viu pela janela o interior desmantelado de uma das casas, um dormitório inteiramente despojado de sua intimidade, e sentiu-se invadido por uma sensação de desastre.

Parecia que eram seis da manhã, mas seu estômago lhe dizia que já eram doze. O sírio Moisés convidou-o a sentar-se em sua tenda enquanto a chuva não passasse. O Sr. Carmichael reiterou o seu prognóstico de que não deixaria de chover nas próximas vinte e quatro horas. Vacilou antes de pular para a calçada da casa contígua. Um grupo de meninos, que brincavam de guerra, jogou uma bola de barro, que se esparramou na parede, a poucos metros das recém-passadas calças do Sr. Carmichael. O sírio Elias saiu de sua loja com uma vassoura na mão, ameaçando os meninos numa mistura de árabe e castelhano.

Os meninos gritaram, alegres:

— Turco sacana!

O Sr. Carmichael examinou e viu que suas roupas estavam intactas. Então fechou o guarda-chuva e entrou na barbearia, indo diretamente para a cadeira.

— Eu sempre achei que o senhor é um homem prudente — disse o barbeiro.

Colocou-lhe uma toalha no pescoço. O Sr. Carmichael aspirou o odor da água de alfazemas, que lhe causava uma indisposição igual àquela que lhe provocavam os vapores glaciais do dentista. O barbeiro começou a aparar os cabelos encaracolados da nuca. Impaciente, o Sr. Carmichael procurou com os olhos algo para ler.

— Não tem nenhum jornal?

— No país só restam os jornais do governo, e estes não entram neste estabelecimento enquanto eu for vivo.

O Sr. Carmichael então se conformou em contemplar os seus sapatos de duas cores até que o barbeiro lhe perguntou como ia a viúva Montiel. O Sr. Carmichael vinha de sua casa. Era administrador dos seus negócios desde que morreu dom Chepe Montiel, de quem foi contador durante muitos anos.

— Vai indo — disse.

— A gente se matando de trabalhar — disse o barbeiro, como falando consigo mesmo — e ela sozinha, com terras que não se atravessa em cinco dias a cavalo. Deve ser dona de uns dez municípios.

— Três — disse o Sr. Carmichael. E acrescentou, convicto: — É a melhor mulher do mundo.

O barbeiro foi até o toucador limpar o pente. O senhor Carmichael viu refletida no espelho sua cara de chibo, e uma vez mais compreendeu por que não gostava dele. O cabeleireiro falou, olhando para o espelho:

— É um belo negócio: meu partido está no poder, a polícia ameaça de morte meus adversários políticos, e eu, então, lhes compro as terras e o gado pelo preço que eu mesmo faço.

O Sr. Carmichael baixou a cabeça. O barbeiro voltou a cortar o seu cabelo, com apuro.

— Quando passam as eleições — concluiu — já sou dono de três municípios, não tenho competidores, estou com a faca e o queijo na mão, mesmo que mude o governo. É o que eu digo: melhor negócio, nem fazer dinheiro falso.

— José Montiel já era rico muito antes que começassem as disputas políticas — disse o Sr. Carmichael.

— Claro, sentado de cuecas na porta de uma usina de arroz — disse o barbeiro. — A história conta que ele calçou o primeiro par de sapatos somente nove anos atrás.

— E mesmo que assim fosse — admitiu o Sr. Carmichael —, a viúva nada teve a ver com os negócios de Montiel.

— Não teve porque se fez de boba — disse o barbeiro.

O Sr. Carmichael levantou a cabeça. Afrouxou a toalha no pescoço para facilitar a circulação.

— É por isso que sempre preferi que minha mulher me cortasse os cabelos — protestou. — Não me cobra nada e, além disso, não me fala de política.

O barbeiro lhe empurrou a cabeça para a frente, e continuou trabalhando em silêncio. Às vezes trinava as tesouras no ar, como que para descarregar um excesso de virtuosismo. O Sr. Carmichael ouviu gritos na rua. Olhou para o espelho: meninos e mulheres passavam diante da porta com os móveis e os utensílios das casas transportadas. Comentou com rancor:

— As desgraças estão nos comendo e vocês vivem a cultivar ódios políticos. Há mais de um ano que acabaram as perseguições, mas continuam falando nisso.

— O abandono em que nos deixaram também é perseguição — disse o barbeiro.

— Mas já não nos dão pauladas — disse o Sr. Carmichael.

— Deixar-nos por conta de Deus é também uma maneira de dar paulada.

O senhor Carmichael exasperou-se:

— Isso é literatura de jornal — disse.

O barbeiro calou-se. Fez espuma numa espécie de xícara e com o pincel branquejou a nuca do Sr. Carmichael.

— É que se a gente não fala, acaba rebentando — desculpou-se. — E não é todos os dias que nos aparece um homem imparcial.

— Com onze filhos para alimentar não existe homem que não seja imparcial — disse o Sr. Carmichael.

— Concordo — disse o barbeiro.

Fez cantar a navalha na palma da mão, raspou a nuca em silêncio, limpando a espuma com os dedos e, depois, limpando os dedos nas calças. Ao terminar, passou um pedaço de alúmen na nuca, sem falar.

Quando abotoava o colarinho, o Sr. Carmichael viu o aviso pregado na parede do fundo: "É proibido falar de política." Sacudiu dos ombros as pontas de cabelo, pendurou o guarda-chuva no braço e perguntou, apontando para o aviso:

— Por que não tira isso?

— Não é com o senhor — disse o barbeiro. — Sabemos que o senhor é um homem imparcial.

Desta vez o Sr. Carmichael não vacilou em pular para a calçada da casa contígua. O barbeiro olhou-o até que ele dobrou a esquina, e logo se extasiou diante do rio turvo e ameaçador. Parara de chover, mas uma nuvem carregada mantinha-se imóvel sobre o povoado. Um pouco antes de uma hora o sírio Moisés entrou na barbearia, reclamando contra o cabelo, que lhe caíra totalmente do crânio enquanto lhe crescia na nuca com extraordinária rapidez.

O sírio cortava os cabelos todas as segundas-feiras. Comumente, inclinava a cabeça com uma espécie de fatalismo e roncava em árabe enquanto o cabeleireiro falava em voz alta consigo mesmo. Naquela segunda-feira, no entanto, despertou sobressaltado à primeira pergunta.

— Sabe quem esteve aqui?

— Carmichael — disse o sírio.

— O desgraçado do negro Carmichael — confirmou o barbeiro, como se soubesse a frase de cor. — Detesto essa classe de homens.

— Carmichael não é um homem — disse o sírio Moisés. — Não compra um par de sapatos há uns três anos. Mas em política, faz o que deve fazer: organiza a contabilidade de olhos fechados.

Mergulhou a barba no peito para roncar de novo, mas o barbeiro plantou-se diante dele com os braços cruzados, dizendo:

— Diga-me uma coisa, turco de merda: afinal, com quem está você?

O sírio respondeu, inalterável:

— Comigo.

— Pois faz mal — disse o barbeiro. — Pelo menos não devia esquecer as quatro costelas que quebraram do filho do seu patrício Elias, a mando de dom Chepe Montiel.

— Elias tem tão pouca sorte que o filho saiu político — disse o sírio.

— Mas agora o rapaz está passando do bom e do melhor no Brasil, e Chepe Montiel está morto.

Antes de abandonar o quarto desarrumado pelas longas noites de sofrimento, o alcaide raspou o lado direito da cara, mas deixou o esquerdo com a barba de oito dias. Em seguida vestiu o uniforme limpo, calçou as botas de verniz e foi almoçar no hotel, aproveitando a trégua da chuva.

Não havia ninguém no restaurante. O alcaide caminhou por entre as mesinhas de quatro lugares e ocupou o lugar mais discreto, no fundo do salão.

— Máscaras — chamou.

Acudiu uma mocinha, com um vestido curto e justo e seios como pedras. O alcaide pediu o almoço sem olhá-la. De volta à cozinha, a moça ligou o aparelho de rádio no fundo do restaurante. Ouviu-se um noticiário, com citações de um discurso pronunciado na noite anterior pelo presidente da República, depois a leitura de uma nova lista de artigos cuja importação ficava proibida. À medida que a voz do locutor enchia o ambiente, o calor foi se tornando mais intenso. Quando a moça voltou com a sopa, o alcaide procurava conter o suor abanando-se com o quepe.

— O rádio também me faz suar — disse a moça.

O alcaide começou a tomar a sopa. Sempre achara que aquele hotel solitário, sustentado por caixeiros-viajantes ocasionais, era um lugar diferente do resto do povoado. Na realidade, era anterior ao povoado. Na sua desconjuntada varanda de madeira, os comerciantes que vinham do interior comprar a safra de arroz passavam a noite jogando cartas, à espera da frescura da madrugada para poderem ir dormir. O próprio coronel Aureliano Buendía, que fora discutir em Macondo os termos da capitulação da última guerra civil, dormiu uma noite naquela varanda, numa época em que não havia nenhum outro povoado muitas léguas derredor. Era, então, a mesma casa com paredes de madeira e teto de zinco, com o mesmo restaurante e as mesmas divisões de papelão nos quartos, só que sem luz elétrica nem sanitários. Um velho caixeiro-viajante contava que até princípios do século havia à disposição dos clientes uma coleção de máscaras pregadas no restaurante, e que os hóspedes mascarados faziam suas necessidades no pátio, à vista de todo mundo.

O alcaide teve que desabotoar o colarinho para terminar a sopa. Depois do noticiário, seguiu-se um disco com anúncios em verso. E, em seguida, um bolero sentimental. Um homem de voz mentolada, morto de amor, havia decidido dar volta ao mundo na perseguição de uma mulher. O alcaide prestou atenção à música, enquanto esperava o resto da comida, até que viu passar diante do hotel dois meninos com duas cadeiras comuns e uma cadeira de balanço. Atrás, duas mulheres e um homem com panelas e gamelas e o resto do mobiliário.

Foi até a porta, gritando:

— De quem roubaram essas coisas?

As mulheres pararam. O homem explicou que estavam trasladando a casa para terrenos mais altos. O alcaide perguntou aonde iam, e o homem apontou com o guarda-chuva para o sul:

— Lá em cima, num terreno que dom Sabas nos alugou por trinta pesos.

O alcaide examinou os móveis. Uma cadeira de balanço desarticulada, panelas rachadas: coisas de gente pobre. Refletiu um instante. Finalmente disse:

— Levem essas coisas com todos seus trastes para o terreno baldio, junto ao cemitério.

O homem ficou como que ofuscado.

— São terrenos da prefeitura e não custam nada a vocês — disse o alcaide. — O município lhes dá de presente.

E logo em seguida, dirigindo-se às mulheres, acrescentou:

— E digam a dom Sabas que eu lhe mando dizer que não seja bandido.

Acabou o almoço sem prazer. Acendeu um cigarro, acendeu outro com o toco do primeiro e durante um longo tempo ficou pensativo, os cotovelos apoiados na mesa, enquanto o rádio moía boleros sentimentais.

— Em que o senhor está pensando? — perguntou a moça, levando os pratos vazios.

O alcaide não vacilou:

— Nessa pobre gente.

Pôs o quepe e atravessou o salão. Voltando-se, disse da porta:

— É preciso fazer deste povoado uma coisa decente.

Uma sangrenta refrega de cachorros lhe interrompeu o passo quando dobrava a esquina. Viu um nó de espinhaços e patas num torvelinho de uivos e depois uns dentes à mostra e um cachorro que arrastava uma pata com o rabo entre as pernas. O alcaide passou de lado, e seguiu pela calçada até o quartel da polícia.

Uma mulher gritava no calabouço, enquanto o guarda fazia a sesta estirado num catre. O alcaide deu um chute no pé da cama. O guarda despertou, num salto.

— Quem é ela? — perguntou o alcaide.

O guarda perfilou-se.

— A mulher que colava os pasquins.

O alcaide prorrompeu em impropérios contra os subalternos. Queria saber quem havia prendido a mulher e por ordem de quem a haviam metido no xadrez. Os agentes deram uma longa explicação.

— Quando a encarceraram?

Haviam-na encarcerado na noite de sábado.

— Pois sai ela e entra um de vocês — gritou o alcaide. — Essa mulher dormiu no xadrez e o povoado amanheceu todo empapelado.

Logo que foi aberta a pesada porta de ferro, uma mulher madura, de ossos pronunciados e com um monumental coque sustentado por uma travessa, saiu da cela gritando.

— Vá pro diabo que a carregue — disse o alcaide.

A mulher desfez o coque, sacudiu várias vezes a cabeleira longa e abundante, e desceu a escada como um relâmpago, gritando impropérios. O alcaide inclinou-se na varanda e gritou com toda a força de sua voz para que o ouvissem não apenas a mulher e os policiais, mas também todo o povoado:

— E não me fodam mais a paciência com esses papeizinhos.

Embora persistisse a chuvazinha, padre Ángel saiu para seu passeio vespertino. Ainda era cedo para o encontro com o alcaide, de forma que ele foi até o setor das inundações. Só encontrou o cadáver de um gato flutuando entre as flores.

Quando regressava, a tarde começava a secar, tornando-se intensa e brilhante. Uma barcaça coberta de manta asfáltica descia o rio espesso e imóvel. Um menino saiu de uma casa, meio caído, gritando que havia encontrado o mar dentro de um caracol. Padre Ángel aproximou o caracol do ouvido. Com efeito, ali estava o mar.

A mulher do juiz Arcádio estava sentada à porta de sua casa, como num êxtase, os braços cruzados sobre o ventre e os dois olhos fixos na barcaça. Três casas mais adiante começavam os armazéns, os mostruários das quinquilharias e os impávidos sírios sentados à porta. A tarde morria em nuvens de um intenso róseo e no alvoroço dos papagaios e dos micos na margem oposta.

As casas começavam a abrir-se. Sob as sujas amendoeiras da praça, rodeando os carrinhos de refrescos ou nos carcomidos bancos de granito, os homens se reuniam para conversar. Padre Ángel já percebera que todas as tardes, nesse instante, o povoado como que sofria o milagre da transfiguração.

— Padre, lembra-se dos prisioneiros dos campos de concentração?

O padre Ángel não viu o Dr. Giraldo, mas o imaginou sorrindo por detrás da janela entelada. Honestamente, não se lembrava das fotografias, mas estava seguro de havê-las visto alguma vez.

— Pois suba até a salinha de espera — disse o médico.

O padre Ángel empurrou a porta. Estendida na esteira, havia uma criatura de sexo indefinível, apenas ossos, inteiramente coberta com uma pele amarela. Dois homens e uma mulher esperavam sentados junto à parede. O padre não sentiu nenhum odor, mas imaginou que daquela criatura deveria exalar-se um cheiro intenso.

— Quem é? — perguntou.

— Meu filho — respondeu a mulher. E acrescentou, como que se desculpando: — Há dois anos que caga sangue.

O enfermo girou os olhos na direção da porta, sem mover a cabeça. O padre viu-se presa de uma aterrorizada piedade.

— E que lhe estão dando? — perguntou.

— Há tempos estamos lhe dando banana verde — disse a mulher —, mas ele não quer mais, apesar de ser bom para segurar a diarreia.

— É preciso que vocês o levem para confessar-se — disse o padre.

Mas disse isso sem convicção. Fechou a porta com cuidado e raspou com a unha a tela da janela, aproximando o rosto para ver o médico lá no interior. O Dr. Giraldo triturava algo no almofariz.

— Que é que ele tem? — perguntou o padre.

— Ainda não o examinei — respondeu o doutor; e comentou, pensativo: — São coisas que nos acontecem pela vontade de Deus, padre.

O padre fez que não notou o comentário.

— Nenhum dos mortos que já vi em minha vida parecia tão morto como esse pobre rapaz — disse.

Despediu-se. Não havia embarcações no porto. Começava a escurecer. Padre Ángel compreendeu que seu estado de ânimo havia mudado com a visão do enfermo. Percebendo subitamente que estava atrasado para o encontro, apressou o passo e dirigiu-se para o quartel da polícia.

O alcaide estava derreado numa espreguiçadeira, com a cabeça entre as mãos.

— Boa tarde — disse o padre, muito devagar.

O alcaide levantou a cabeça, e o padre tremeu ao ver seus olhos avermelhados pelo desespero. Tinha uma face fresca e recém-barbeada, mas a outra era negra e emaranhada, lambuzada de um unguento cor de cinza. Exclamou, num queixume surdo:

— Padre, vou me dar um tiro na cabeça.

Padre Ángel sentiu uma sincera pena.

— O senhor está se intoxicando com tanto analgésico — disse.

O alcaide andou batendo com os pés até junto da parede e, os cabelos seguros nas mãos, bateu violentamente a cabeça contra as tábuas. O padre jamais fora testemunha de tanta dor.

— Tome mais dois comprimidos — disse, propondo conscientemente um remédio para a sua própria perturbação. — Não é com mais dois que o senhor vai morrer.

Padre Ángel não apenas era, mas tinha plena consciência de ser covarde da dor humana. Procurou os analgésicos no espaço nu da sala. Encostados à parede havia meia dúzia de tamboretes de couro, um armário envidraçado abarrotado de papéis poeirentos e uma litografia do presidente da República presa na parede por um prego. O único rastro dos analgésicos eram os invólucros vazios de celofane que se espalhavam pelo chão.

— Onde estão? — perguntou o padre, desesperado.
— Já não fazem nenhum efeito — disse o alcaide.

O pároco aproximou-se, repetindo:
— Diga-me onde estão.

O alcaide sacudiu-se violentamente, e padre Ángel teve diante de si uma enorme e monstruosa cara, a poucos centímetros dos seus olhos.

— Merda — gritou o alcaide. — Já disse que não me aporrinhem.

Ergueu um tamborete por cima da cabeça e o jogou, com toda a força do seu desespero, contra a vidraça. Padre Ángel só compreendeu o que estava acontecendo quando, depois do instantâneo granizo do vidro, viu o alcaide surgir como uma serena aparição de entre a névoa de pó. Havia um silêncio perfeito naquele momento.

— Tenente — murmurou o padre.

Dois soldados com os fuzis carregados estavam na porta do corredor. O alcaide olhou sem vê-los, respirando como um gato, e eles baixaram os fuzis, mas permaneceram imóveis junto à porta. Padre Ángel levou o alcaide pelo braço até a espreguiçadeira.

— Onde estão os analgésicos? — insistiu.

O alcaide fechou os olhos e pendeu a cabeça para trás.

— Não tomo mais essas porcarias — disse. — Meus ouvidos ficam zumbindo e os ossos do meu cérebro já estão dormentes.

Na breve trégua da dor, voltou a cabeça para o padre e perguntou:

— Falou com o sacana do dentista?

O padre confirmou em silêncio. Pela expressão que se seguiu àquela resposta, o alcaide adivinhou os resultados da entrevista.

— Por que não fala com o Dr. Giraldo? — propôs o padre. — Há médicos que também arrancam dentes.

O alcaide demorou a responder:

— Dirá que não tem os instrumentos. — E acrescentou: — É uma conspiração.

Aproveitou uma trégua para repousar um pouco daquela implacável tarde. Quando abriu os olhos o quarto estava envolto na penumbra. Disse, sem ver o padre Ángel:

— O senhor veio aqui a propósito de César Montero.

Não escutou nenhuma resposta.

— Com o diabo desta dor não pude fazer nada — prosseguiu. Levantou-se para acender a luz e, então, a primeira onda de pernilongos penetrou pela varanda. Padre Ángel sobressaltou-se ao ver que já era tão tarde.

— O tempo vai passando — disse.

— Eu o mandarei na quarta-feira, de qualquer maneira — disse o alcaide. — Amanhã se regula tudo e à tarde ele pode se confessar.

— A que horas?

— Às quatro.

— Mesmo que esteja chovendo?

O alcaide descarregou num só olhar toda a impaciência reprimida em duas semanas de sofrimento.

— Mesmo que o mundo esteja acabando, padre.

A dor tornara-se invulnerável aos analgésicos. O alcaide armou a rede na varanda do quarto, tentando adormecer no ar fresco do início da noite. Antes das oito, porém, sucumbiu mais uma vez ao desespero e desceu para a praça, aplastada por uma densa onda de calor.

Depois de andar sem rumo pelos arredores, sem encontrar a inspiração que lhe fazia falta para sobrepor-se à dor, entrou no cinema. Foi um erro. O zumbido dos aviões de guerra aumentou a intensidade da dor. Antes do intervalo, deixou o salão e foi à farmácia, no preciso instante em que dom Lalo Moscote se dispunha a fechar as portas.

— Me dê o que o senhor tiver de mais forte para dor de dente.

O farmacêutico examinou-lhe a face com um olhar de espanto. Depois foi até o fundo do estabelecimento, caminhando através de uma dupla fileira de armários com portas de vidro inteiramente ocupados por vasos de louça, cada um com o nome do produto gravado em letras azuis. Ao vê-lo de costas, o alcaide compreendeu que aquele homem de nuca roliça e rosada poderia estar vivendo um instante de grande felicidade. Conhecia-o. Morava em dois quartos, no fundo da farmácia, e sua esposa, uma mulher muito gorda, era paralítica há muitos anos.

Dom Lalo Moscote voltou com um vaso de louça sem rótulo, que exalou, ao ser aberto, um vapor de ervas-doces.

— Que é isso?

O farmacêutico mergulhou os dedos nas sementes secas do frasco e disse:

— Mastruço. Mastigue bem e depois engula o suco, pouco a pouco: não há nada melhor.

Colocou várias sementes na palma da mão e disse, olhando o alcaide por cima dos óculos:

— Abra a boca.

O alcaide esquivou-se. Girou o frasco nas mãos, para certificar-se de que não havia nada escrito, e voltou a fixar os olhos no farmacêutico.

— Dê-me alguma coisa estrangeira — disse.

— Isto é melhor do que qualquer coisa estrangeira — disse dom Lalo Moscote. — Tem a garantia de três mil anos de sabedoria popular.

Começou a enrolar as sementes num pedaço de jornal. Não parecia um pai de família. Parecia um tio materno, enrolando o mastruço com a afetuosa diligência com que se faz um passarinho de papel para as crianças. Quando levantou a cabeça, começava a sorrir.

— Por que não o arranca?

O alcaide não respondeu. Pagou com uma nota e deixou a farmácia sem esperar o troco.

Já passava da meia-noite e ele continuava retorcendo-se na rede, sem atrever-se a mastigar as sementes. Por volta das onze, no ponto culminante do calor, havia caído um aguaceiro que se desfez numa chuvinha fraca. Esgotado pela febre, tremendo no suor pegajoso e gelado, o alcaide estirou-se de bruços na rede, abriu a boca e começou a rezar mentalmente. Rezou profundamente, os músculos tensos no espasmo final, mas consciente de que por mais que tentasse contato com Deus, com mais força ainda a dor o empurrava no sentido contrário. Então, calçou as botas e botou o impermeável sobre o pijama, e foi para o quartel de polícia.

Irrompeu na repartição vociferando. Enredados numa teia de realidade e pesadelo, os policiais se atropelaram na escuridão à procura das armas. Quando as luzes se acenderam, os soldados ainda estavam meio vestidos, à espera de ordens.

— González, Rovira, Peralta — gritou o alcaide.

Os três indicados deslocaram-se do grupo e rodearam o tenente. Não havia qualquer razão visível que justificasse a escolha: eram três mestiços comuns. Um deles, de traços infantis, imberbe quase, vestia uma camiseta de flanela. Os outros dois traziam a mesma camiseta sob o dólmã desabotoado.

Não receberam uma ordem precisa. Saltando os degraus de quatro em quatro, atrás do alcaide, deixaram o quartel em fila indiana; atravessaram a rua sem preocupar-se com a chuvinha rala e pararam diante da casa do dentista. Com duas cargas cerradas despedaçaram a porta a coronhadas. Já estavam no interior da casa, quando alguém acendeu as luzes do vestíbulo. Um homem pequeno e calvo, com os tendões à flor da pele, apareceu de cuecas na porta do fundo, procurando vestir o roupão. Ficou paralisado, no primeiro instante, com um braço levantado e a boca aberta, parecendo um fotógrafo que estivesse atrás de sua câmara antiga. Mas de repente deu um salto para trás e tropeçou em sua mulher, que saía do dormitório de camisola.

— Quietos — gritou o tenente.

A mulher gritou um "ai", com as mãos na boca, e voltou para o dormitório. O dentista dirigiu-se ao vestíbulo, ajustando o cordão do roupão, e só então reconheceu os três soldados que lhe apontavam os fuzis, e o alcaide, do qual escorria água por todos os lados, tranquilo, as mãos nos bolsos do impermeável.

— Dei ordem de atirar em sua mulher se ela sair do quarto — disse o tenente.

O dentista segurou na maçaneta, dizendo para o interior do quarto:

— Você ouviu, minha filha.

Com um gesto meticuloso, fechou a porta do quarto. Depois foi até o gabinete dentário, vigiado através do descolorido mobiliário de vime pelos olhos sombrios dos canos dos fuzis. Dois soldados o antecederam na porta do gabinete. Um acendeu a luz e outro dirigiu-se diretamente à mesa de trabalho e tirou um revólver de uma das gavetas.

— Deve haver outro — disse o alcaide.

Havia entrado por último, logo atrás do dentista. Os dois soldados fizeram uma busca minuciosa, mas rápida, enquanto o terceiro guardava a porta. Reviraram a caixa de instrumentos na mesa de trabalho e espalharam pelo chão moldes de gesso, dentaduras postiças ainda inacabadas, dentes soltos e obturações de ouro. Também esvaziaram os frascos de louça do armário envidraçado e com rápidos golpes de baioneta extirparam a almofadinha de oleado da cadeira dentária e o assento de molas da poltrona giratória.

— Tem de haver outro. É um 38, cano longo — explicou o alcaide.

Encarou o dentista.

— É melhor dizer logo onde está — lhe disse. — Viemos dispostos a botar a casa abaixo até encontrar.

Por detrás dos óculos com armação de ouro, os olhos apertados e apagados do dentista não revelaram nada.

— Por mim, tanto faz — replicou ele, num tom pausado. — Se isso lhes dá prazer, podem continuar rebentando tudo.

O alcaide refletiu. Depois de examinar mais uma vez a pequena dependência de tábuas sem verniz, dirigiu-se para a cadeira, dando ordens seguidas e imperiosas aos seus comandados. Mandou que um deles ficasse na porta da rua, outro na entrada do gabinete e o terceiro junto à janela. Quando se acomodou na cadeira, abotoando o impermeável molhado, sentiu-se rodeado de metais frios. Aspirou profundamente o ar impregnado de creosoto e apoiou a cabeça na almofada da cadeira, procurando regular a respiração. O dentista apanhou no chão alguns instrumentos e pôs para ferver numa caçarola.

Permaneceu de costas para o alcaide, contemplando o fogo azul da chama, com a mesma expressão que teria se estivesse sozinho no consultório. Quando a água ferveu, enrolou o cabo da caçarola num papel e a levou até a cadeira. Seus passos foram impedidos por um dos soldados. O dentista baixou a caçarola, para olhar o alcaide por cima da fumaça e disse:

— Diga a este assassino que não me atrapalhe.

A um sinal do alcaide, o soldado afastou-se da janela para deixar o passo livre ao dentista. Puxou uma cadeira, encostou-a na parede e sentou-se com as pernas abertas, o fuzil atravessado sobre as coxas, sem se descuidar da vigilância. O dentista acendeu a lâmpada. Encandeado pela claridade repentina, o alcaide fechou os olhos e abriu a boca. A dor havia cessado.

O dentista localizou o molar doente, afastando com o indicador a gengiva inflamada e com a outra mão orientando a lâmpada móvel, completamente insensível à ansiosa respiração do paciente. Em seguida arregaçou a manga até o cotovelo e preparou-se para arrancar o queixal.

O alcaide segurou-lhe o pulso.

— Anestesia — disse.

Seus olhos se encontraram pela primeira vez.

— Vocês matam sem anestesia — disse suavemente o dentista.

O alcaide não notou na mão que apertava o gatilho nenhum esforço para libertar-se.

— Traga as ampolas — disse.

O soldado postado no canto moveu o fuzil na direção do dentista, e ambos, dentista e alcaide, ouviram perfeitamente o ruído do fuzil ao ser engatilhado.

— Suponho que não haja anestésico — disse o dentista.

O alcaide soltou o pulso.

— Tem que haver — replicou, examinando com um desconsolado interesse as coisas espalhadas pelo chão. O dentista o observou com uma paciente atenção. Em seguida, empurrou-lhe a cabeça contra a almofada do alto da cadeira, e disse, dando, pela primeira vez, mostras de impaciência:

— Deixe de ser estúpido, tenente; com um abscesso assim nenhum anestésico faria efeito.

Passado o instante mais terrível de sua vida, o alcaide relaxou a tensão dos músculos e permaneceu exausto na cadeira, enquanto os obscuros signos pintados pela umidade no céu raso fixavam-se em sua memória, até a morte. Ouviu o dentista lavando as mãos e, depois, colocar em seu lugar as gavetas da mesa, recolhendo em silêncio alguns objetos que ainda estavam no chão.

— Rovira — chamou o alcaide. — Diga a González que entre e apanhe as coisas do chão, até ficar tudo como encontraram.

Os soldados obedeceram. O dentista segurou o algodão com as pinças, embebeu-o num líquido cor de ferro e com ele tapou o buraco onde antes era o dente. O alcaide experimentou uma superficial sensação de ardor. Depois que o dentista lhe fechou a boca, continuou com os olhos fixos no céu baixo, atento ao barulho dos soldados que tentavam reconstruir de memória a minuciosa ordem do consultório. Soaram as duas na torre. Com um minuto de atraso, um nambu-chororó repetiu a hora dentro do murmurar da chuva rala. Um momento depois, vendo que já haviam terminado de arrumar as coisas, o alcaide fez um sinal aos seus subordinados para que regressassem ao quartel.

O dentista havia permanecido todo o tempo junto à cadeira. Quando os policiais foram embora, tirou o tampão da gengiva e, em seguida, explorou a boca com a lâmpada, voltou a ajustar as mandíbulas e afastou a luz. Tudo havia terminado. No pequeno e escaldante quarto ficou então essa espécie de mal-estar que só conhecem os varredores de um teatro depois que o último ator vai embora.

— Mal-agradecido — disse o alcaide.

O dentista pôs as mãos nos bolsos do avental e deu um passo atrás, para deixá-lo passar.

— Eu tinha ordem de pôr a casa abaixo — prosseguiu o alcaide, procurando os olhos do dentista por detrás da órbita da luz. — Tinha instruções precisas para *encontrar* armas e munições, bem como documentos com pormenores de uma conspiração nacional.

Fixou no dentista os olhos ainda úmidos e acrescentou:

— Acreditei que faria bem desobedecendo às ordens, mas me enganei. Agora as coisas estão mudando, a oposição conta com garantias e todo mundo vive em paz. Apesar disso, você continua agindo e pensando como um conspirador.

O dentista enxugou com a manga a almofada do espaldar da cadeira e a ajustou do lado que não havia sido destruído.

— Sua atitude prejudica o povo — prosseguiu o alcaide, apontando a almofada, sem perceber o olhar pensativo que o dentista dirigiu à sua bochecha. — Pois agora é o município que tem de pagar por tudo isso que foi destruído, inclusive a porta da rua. Um dinheirão, e tudo por causa de suas bobagens.

— Faça bochechos com água de alforva — disse o dentista.

O juiz Arcádio consultou o dicionário do telégrafo, pois no seu faltavam algumas palavras. Não compreendeu nada: *nome de um sapateiro de Roma famoso por suas sátiras contra todo mundo*, e outras indicações sem importância. Com a mesma justiça histórica, pensou, uma injúria anônima pregada na porta de uma casa poderia chamar-se *marforio*. Não estava decepcionado. Durante os dois minutos que gastou na consulta, pela primeira vez em muito tempo experimentou a tranquilidade do dever cumprido.

O telegrafista viu-o colocar o dicionário na estante, entre as esquecidas compilações de portarias e disposições sobre os correios e telégrafos, e interrompeu a transmissão de uma mensagem com uma advertência enérgica. Depois se aproximou, um baralho na mão, disposto a repetir o truque da moda: a adivinhação das três cartas. Mas o juiz Arcádio não lhe prestou atenção.

— Agora estou muito ocupado — desculpou-se, e saiu para a rua escaldante, perseguido pela confusa certeza de que eram apenas onze horas, e que ainda tinha muito tempo pela frente naquela terça-feira.

Na repartição, esperava-o um problema moral. Quando das últimas eleições, a polícia havia destruído os registros eleitorais do partido oposicionista. A maioria dos habitantes, portanto, necessitava agora de documentos de identificação.

— Toda essa gente que está transportando suas casas — concluiu o alcaide, os braços abertos — nem ao menos sabe como se chama.

O juiz Arcádio compreendeu que por detrás daqueles braços existia realmente uma sincera aflição. Mas o problema do alcaide era simples:

bastava solicitar a nomeação de um oficial de registro civil. O secretário simplificou ainda mais a solução:

— É só mandar chamá-lo — disse. — Já foi nomeado há mais de um ano.

O alcaide lembrou-se. Meses antes, quando lhe foi comunicada a nomeação do oficial de registro, fizera uma chamada interurbana para perguntar como devia recebê-lo, e lhe haviam respondido: "A tiros." Agora as ordens eram outras, bem diferentes. Voltou-se para o secretário, as mãos nos bolsos, disse:

— Escreva a carta.

A batida da máquina produziu no gabinete um ambiente de dinamismo que repercutiu na consciência do juiz Arcádio. Sentiu-se vazio. Tirou um cigarro do bolso da camisa e o amaciou entre as mãos antes de acendê-lo. Depois empurrou a cadeira para trás, até o limite das molas, e naquela postura o surpreendeu a inapelável certeza de que estava vivendo um minuto de sua vida.

Armou a frase antes de pronunciá-la:

— Em seu lugar, eu nomearia também um representante do ministério público.

Ao contrário do que esperava o juiz, o alcaide não lhe respondeu logo. Olhou o relógio sem ver as horas, conformando-se apenas com a comprovação de que ainda faltava muito tempo para o almoço. Quando falou, fê-lo sem entusiasmo: não conhecia a mecânica que regia as nomeações de um representante do ministério público.

— Os funcionários eram nomeados pelo conselho municipal — explicou o juiz Arcádio. — Como não existe mais conselho, o regime de estado de sítio o autoriza a fazer as nomeações.

O alcaide ouvia enquanto assinava a carta sem ler. Depois fez um comentário entusiasta, mas o secretário o atalhou com uma observação de caráter ético a respeito da sugestão feita pelo seu superior. O juiz Arcádio insistiu: era um recurso de emergência dentro de um regime de emergência.

— Me parece certo — disse o alcaide.

Tirou o quepe para abanar-se e o juiz Arcádio viu o risco vermelho impresso na fronte. Pela sua maneira de abanar-se, depreendeu que o alcaide ainda não havia acabado de pensar. Tirou a cinza do cigarro com a longa e curvada unha do dedo mínimo, e esperou.

— Você tem algum candidato? — perguntou o alcaide.

Era evidente que se dirigia ao secretário.

— Um candidato — repetiu o juiz, fechando os olhos.

— Em seu lugar eu nomearia um homem honesto — disse o secretário.

O juiz percebeu a impertinência.

— Isso é evidente — disse, e olhou alternativamente os dois homens.

— Por exemplo? — disse o alcaide.

— Agora não me lembro de ninguém — respondeu o juiz, pensativo.

O alcaide dirigiu-se para a porta.

— Pois comece a pensar num — disse. — Quando nos livrarmos do pesadelo das inundações, teremos que resolver o pesadelo do procurador a ser nomeado.

O secretário continuou inclinado sobre a máquina até que deixou de ouvir os passos do alcaide. Então, disse:

— Está louco. Não tem um ano e meio que rebentaram a pauladas a cabeça do último procurador, e ele agora quer encontrar outro que o substitua.

O juiz Arcádio ergueu-se, num impulso.

— Já vou — disse. — Não quero que você me estrague o almoço com suas histórias sombrias.

Deixou a repartição. Havia como que um elemento aziago na composição do meio-dia, notou o secretário com a sua tendência para a superstição. Quando pôs o cadeado no escritório lhe pareceu estar executando um ato proibido. Fugiu. Alcançou na porta do telégrafo o juiz Arcádio, que ali voltara para averiguar se o truque das cartas podia ser aplicado de alguma maneira ao jogo de pôquer. O telegrafista negou-se a revelar o segredo. Repetiu indefinidamente o truque, visando a oferecer ao juiz Arcádio a oportunidade de descobrir a chave do mistério. O secretário também observava o embaralhar das cartas, atento, e acabara por chegar a uma conclusão. Ao contrário, o juiz Arcádio nem sequer olhou as três cartas. Sabia que eram sempre as mesmas que escolhera ao acaso e que o telegrafista lhe devolvia sem tê-las visto.

— É uma mágica — disse o telegrafista.

O juiz Arcádio agora só pensava no problema de atravessar a rua. Quando se resignou a caminhar, agarrou o secretário pelo braço e o obrigou a mergulhar com ele na atmosfera de vidro fundido. Emergiram na sombra da outra calçada. Foi então que o secretário lhe explicou em que consistia o truque das cartas. A solução era tão simples que o juiz Arcádio se sentiu ofendido.

Caminharam algum tempo em silêncio.

— Naturalmente — disse depois o juiz, com um rancor gratuito — você não averiguou os dados.

O secretário não respondeu logo, procurando o sentido exato da frase.

— É muito difícil — disse finalmente. — A maioria dos pasquins é arrancada antes do amanhecer.

— Esse é outro truque que eu não entendo — disse o juiz Arcádio. — A mim não me tiraria o sono um pasquim que ninguém lê.

— Pois aí é que está — disse o secretário, detendo-se, pois havia chegado à sua casa. — O que tira o sono não são os pasquins, mas o medo dos pasquins.

Apesar de sabê-las incompletas, o juiz Arcádio insistiu em conhecer as informações recolhidas pelo secretário. Anotou os casos, com nomes e datas: onze em sete dias. Não havia qualquer relação entre os nomes citados nos panfletos. Aqueles que leram os pasquins eram unânimes em afirmar que haviam sido escritos a pincel, em tinta azul e em letras de imprensa, numa mistura sem nexo de maiúsculas e minúsculas, como feitas por um menino. A ortografia era tão absurda que os erros pareciam ser deliberados. Não revelavam nenhum segredo: nada neles se dizia que já não fosse do domínio público. O juiz já havia feito todas as conjecturas possíveis quando o sírio Moisés o chamou de sua loja.

— O senhor tem um peso?

O juiz Arcádio não compreendeu. Virou os bolsos pelo avesso e encontrou vinte e cinco centavos e uma moeda norte-americana que usava como amuleto desde a universidade. O sírio Moisés recolheu os vinte e cinco centavos.

— Agora, leve o que quiser e me pague quando quiser — disse. Fez tilintar as moedas na gaveta. — Tenho que vender qualquer coisa antes do meio-dia, que é para Deus me ajudar.

De maneira que quando tocaram as doze o juiz Arcádio entrou em casa carregado de presentes para sua mulher. Sentou-se na cama, para mudar os sapatos, enquanto ela envolvia o corpo num corte de seda estampada. Imaginou sua aparência, depois do parto, com o vestido novo. Ela lhe deu um beijo no nariz. Tratou de evitá-la, mas ela caiu de bruços sobre ele, na cama. Permaneceram imóveis. O juiz Arcádio passou as mãos pelas suas costas, sentiu o calor do ventre volumoso, até que sentiu uma palpitação nos rins.

Ela levantou a cabeça. Murmurou, os dentes apertados:

— Espere que eu vou fechar a porta.

O alcaide esperou até que tivessem instalado a última casa. Em apenas vinte horas, haviam construído uma rua nova, larga e nua, que acabava subitamente no muro do cemitério. Depois de ajudar a colocar os móveis, trabalhando ombro a ombro com os proprietários, o alcaide entrou, quase asfixiado, na cozinha mais próxima. A sopa fervia no fogão de pedras improvisado no chão. Destampou a panela de barro e aspirou a fumaça. Do outro lado do fogão uma mulher magra, de olhos grandes e parados, observava-o em silêncio.

— Então, não se almoça? — perguntou o alcaide.

A mulher não respondeu. Sem ser convidado, o alcaide serviu-se de um prato de sopa. Então a mulher foi buscar uma cadeira no quarto e a colocou diante da mesa, para que o alcaide se sentasse. Enquanto tomava a sopa, examinou o pátio com uma espécie de reverente terror. Ainda ontem, aquilo era um terreno baldio. Agora havia roupa secando nos varais e dois porcos espojando-se na lama.

— Vocês podem até plantar — disse.

A mulher respondeu, sem levantar a cabeça:

— Não adianta. Os porcos comem tudo.

Depois lhe serviu, no mesmo prato, um pedaço de carne cozida, dois pedaços de aipim e meia banana verde. De um modo ostensivo, pôs naquele ato de generosidade toda a indiferença de que era capaz. Sorrindo, o alcaide procurou os olhos da mulher.

— Há para todos — disse.

— Deus queira que tenha uma indigestão — disse a mulher, sem encará-lo.

O alcaide não deu importância à praga. Dedicou-se inteiramente ao almoço, sem se preocupar com os rios de suor que lhe caíam do pescoço. Quando terminou, a mulher retirou o prato vazio, ainda sem o olhar.

— Até quando vocês vão continuar assim? — perguntou o alcaide.

Sem alterar sua expressão apagada, a mulher disse:

— Até que nos ressuscitem os mortos que mataram.

— Agora é diferente — explicou o alcaide. — O novo governo preocupa-se com o bem-estar dos cidadãos. Vocês, no entanto...

A mulher o interrompeu:

— Tudo continua a mesma coisa...

— Um bairro como este, construído em vinte e quatro horas, era coisa que não se via antes — insistiu o alcaide. — Estamos procurando fazer um povoado decente.

A mulher recolheu a roupa limpa nos varais e levou-a para o quarto. O alcaide a acompanhou com os olhos, até ouvir a sua resposta:

— Este era um povoado decente antes que vocês chegassem.

Não esperou pelo café.

— Mal-agradecidos — disse. — Estamos lhes dando terra de presente e ainda se queixam.

A mulher não respondeu, mas quando o alcaide atravessou a cozinha em direção à rua, murmurou, inclinada sobre o fogão:

— Aqui será ainda pior. Com o cemitério ao lado nos lembraremos de vocês sempre que lembrarmos os nossos mortos.

O alcaide procurou tirar uma sesta antes que as lanchas chegassem. Mas não resistiu ao calor. A inchação da bochecha começava a ceder, mas ainda não se sentia bem. Acompanhou o imperceptível curso do rio durante duas horas ouvindo o estridular de uma cigarra dentro do quarto. Não pensava em nada.

Quando ouviu o barulho do motor das lanchas, despiu-se, enxugou o suor com uma toalha e vestiu o uniforme. Em seguida procurou a cigarra, segurou-a com o polegar e o indicador e saiu para a rua. Um menino surgiu de entre a multidão que esperava as lanchas, limpo, bem-vestido, e o deteve, ameaçando-o com uma metralhadora de plástico. O alcaide lhe deu a cigarra.

Pouco depois, sentado na loja do sírio Moisés, ficou a observar a manobra das lanchas. O porto fervilhou durante dez minutos. O alcaide sentia o estômago pesado e uma pontada na cabeça — e lembrou-se da praga da mulher. Mas logo se tranquilizou, olhando os passageiros que atravessavam a plataforma de madeira e estiravam os músculos depois de oito horas de imobilidade.

— A mesma gente de sempre — disse.

O sírio Moisés contou-lhe a novidade: estava chegando um circo. O alcaide, olhando para as lanchas, concluiu que era verdade, embora a sua certeza não se baseasse em nada de concreto. Talvez por ter percebido um monte de mastros e de trapos coloridos amontoados no convés, e também pelas duas mulheres exatamente iguais, vestidas em idênticos trajes floridos, como se fossem uma mesma pessoa repetida.

— Pelo menos vem um circo — murmurou.

O sírio Moisés falou de feras e malabaristas, mas o alcaide tinha outra maneira de pensar no circo. Com as pernas estiradas, olhou a ponta das botas.

— O povoado progride — disse.

O sírio Moisés deixou de se abanar.

— O senhor sabe quanto vendi hoje? — perguntou.

O alcaide não arriscou nenhum cálculo, mas esperou a resposta.

— Vinte e cinco centavos — disse o sírio.

Nesse instante, o alcaide viu o telegrafista abrindo a mala do correio para entregar a correspondência ao Dr. Giraldo. Chamou-o. O correio oficial vinha num envelope diferente dos outros. Rasgou o envelope e verificou que só continha comunicados rotineiros e papéis impressos de propaganda do governo. Quando acabou de ler, o cais estava transformado: fardos de mercadorias, capoeiras de galinhas, e os enigmáticos artefatos do circo. Começava a entardecer. O alcaide levantou-se, suspirando:

— Vinte e cinco centavos.

— Vinte e cinco centavos — repetiu o sírio, com voz sólida, quase sem sotaque.

O Dr. Giraldo observou até o fim o descarregar das lanchas. Foi ele quem chamou a atenção do alcaide para uma vigorosa mulher, de aparência hierática, com vários jogos de pulseiras em ambos os braços. Parecia esperar o Messias sob uma sombrinha colorida. O alcaide não prestou muita atenção à recém-chegada.

— Deve ser a domadora — disse.

— De um certo modo tem razão — disse o Dr. Giraldo, mordendo as palavras com a sua dupla fileira de pedras afiadas. — É a sogra de César Montero.

O alcaide retirou-se, consultou o relógio: eram três e trinta e cinco. Na porta do quartel o soldado o informou de que padre Ángel o havia esperado meia hora e que voltaria às quatro.

Novamente na rua, sem saber o que fazer, viu o dentista na janela do consultório e aproximou-se para lhe pedir fogo. O dentista o atendeu, observando-lhe a bochecha ainda inchada.

— Já estou bom — disse o alcaide.

Abriu a boca. O dentista observou:

— Tem vários dentes em mau estado.

O alcaide ajustou o revólver no cinto.

— Voltarei qualquer dia — decidiu.

O dentista não mudou de expressão.

— Venha quando quiser, pois assim, quem sabe, posso satisfazer o meu desejo de vê-lo morrer em minha casa.

O alcaide lhe deu uma palmada no ombro.

— Nada disso — comentou com bom humor. E concluiu, os braços abertos: — Meus dentes estão acima dos partidos políticos.

— Mas, afinal, você não se casa?

A mulher do juiz Arcádio abriu as pernas.

— Que esperança, padre — respondeu. — E muito menos agora, que vou lhe parir um menino.

Padre Ángel desviou os olhos na direção do rio. Uma vaca afogada, enorme, descia na corrente, com vários urubus em cima.

— Mas será um filho ilegítimo — disse.

— Pouco importa — disse ela. — Agora Arcádio me trata bem. Se o obrigo a se casar comigo, vai se sentir amarrado e eu acabo pagando o pato.

Havia tirado os tamancos e falava com os joelhos separados, os dedos dos pés acavalados no travessão do tamborete. Tinha o leque no regaço e os braços cruzados sobre o ventre volumoso.

— Nem esperanças, padre — repetiu, pois padre Ángel continuava silencioso. — Dom Sabas me comprou por duzentos pesos, me fez sua escrava durante três meses e depois me jogou no olho da rua sem um alfinete. Se Arcádio não me tivesse socorrido, eu teria morrido de fome — olhou para o padre pela primeira vez. — Ou então ia ser puta.

Padre Ángel vinha insistindo havia já seis meses.

— Você deve obrigá-lo a se casar com você e constituir um lar — disse. — Assim como vivem agora não somente você está numa situação insegura, mas os dois estão dando um mau exemplo ao povoado.

— É melhor fazer as coisas francamente — disse ela. — Outros fazem o mesmo, mas com as luzes apagadas. O senhor não tem lido os pasquins?

— São calúnias — disse o padre. — Você tem que regularizar sua situação e colocar-se a salvo da maledicência do povo.

— Eu? Não tenho que me pôr a salvo de nada, porque faço as coisas à luz do dia. A prova é que ninguém gasta tempo me pondo nos pasquins, enquanto que todos os chamados decentes do povoado estão aí com seus nomes nos papéis.

— Você vivia uma vida miserável — disse o padre —, mas Deus lhe deu sorte de conseguir um homem que a ama. Por isso mesmo é que deve casar-se e constituir um lar, dentro da lei.

— Não entendo dessas coisas — disse ela —, mas o fato é que como estou agora tenho onde dormir e não me falta o que comer.

— E se ele a abandonar?

Ela mordeu os lábios. Sorriu enigmaticamente ao responder:

— Não me abandona, não, padre. Sei o que estou dizendo.

Mas ainda dessa vez padre Ángel não se deu por vencido. Recomendou-lhe que ao menos assistisse à missa. Ela respondeu que o faria "qualquer dia desses", e o padre continuou o seu passeio, à espera da hora de encontrar-se com o alcaide. Um dos sírios lhe falou do bom tempo que fazia, mas ele não prestou atenção. Interessou-se, no entanto, pelas coisas e pormenores do circo, que agora descarregava suas feras na tarde brilhante. Ali ficou até as quatro.

O alcaide despedia-se do dentista quando viu se aproximar padre Ángel.

— Pontual — disse, e lhe apertou a mão. — Pontual, embora não esteja chovendo.

Resolvido a subir a íngreme escada do quartel, o padre respondeu:

— E o mundo não esteja acabando.

Dois minutos depois foi introduzido na sala onde se encontrava César Montero.

Enquanto durou a confissão, o alcaide ficou sentado no corredor. Lembrou-se do circo, de uma vaga mulher segura num fio pelos dentes, a cinco metros de altura, e de um homem com uma farda azul bordada a ouro, batendo num tambor. Meia hora mais tarde, padre Ángel deixou a sala de César Montero.

— Pronto? — perguntou o alcaide.

Padre Ángel olhou-o com rancor.

— Estão cometendo um crime — disse. — Esse homem não come há cinco dias. Ainda não sucumbiu devido à sua constituição física.

— Está assim porque quer — respondeu o alcaide, tranquilamente.

— Não é verdade — disse o padre, imprimindo à voz uma serena energia. — O senhor deu ordem para que não lhe dessem de comer.

O alcaide lhe apontou o dedo.

— Cuidado, padre. O senhor está violando o segredo da confissão.

— Isto não faz parte da confissão — disse o padre.

O alcaide levantou-se, num salto.

— Não me leve a mal — disse, rindo. — Se isso tanto o preocupa, agora mesmo vamos solucionar a coisa.

Chamou um soldado e deu ordem para trazer para César Montero comida do hotel.

— Que mandem uma galinha inteira, bem gorda, com um prato de batatas e uma salada completa — disse, e acrescentou dirigindo-se ao padre: — Tudo por conta do município, padre. Para o senhor ver como as coisas mudaram.

O padre baixou a cabeça.

— Quando é que o senhor vai mandá-lo?

— As lanchas saem pela manhã — disse o alcaide. — Se se mostrar razoável esta noite, irá amanhã mesmo. Só tem que chegar à conclusão de que eu lhe estou fazendo um favor.

— Um favor um pouco caro — disse o padre.

— Não há favor que não custe dinheiro a quem o tem — disse o alcaide. Fixou os olhos nos diáfanos olhos azuis do padre Ángel, e acrescentou: — Espero que o senhor o tenha feito compreender todas essas coisas.

Padre Ángel não respondeu. Desceu a escada e despediu-se, no corrimão, com um resmungo surdo. Então, o alcaide atravessou o corredor e entrou sem bater na sala onde se encontrava César Montero.

Era um quarto simples: uma bacia e uma cama de ferro. César Montero, barbado, vestido com a mesma roupa com que havia saído de casa na terça-feira da semana anterior, estava estendido na cama. Nem sequer moveu os olhos quando escutou o alcaide:

— Já que você ajustou as contas com Deus, nada mais justo que agora as ajuste comigo.

Puxando uma cadeira para perto da cama, sentou-se a cavalo, com o peito contra o espaldar de vime. César Montero concentrou sua atenção nas vigas do teto. Não parecia preocupado, apesar de se perceberem na comissura dos seus lábios os indícios de um longo diálogo consigo mesmo.

— Precisamos falar sem rodeios — ouviu o alcaide dizer. — Amanhã você vai embora. Se tiver sorte, dentro de dois ou três meses virá aqui um investigador especial. Somos nós que teremos de informá-lo de tudo. Na lancha seguinte ele voltará convencido de que você apenas cometeu uma estupidez.

Fez uma pausa, mas César Montero continuou imperturbável.

— Depois, os tribunais e os advogados lhe arrancarão no mínimo vinte mil pesos. Ou mais, se o investigador lhes disser que você é milionário.

César Montero voltou a cabeça para o alcaide. Foi um movimento quase imperceptível, mas que fez ranger as molas da cama.

— Finalmente — continuou o alcaide, com uma voz de assistente espiritual —, entre idas e vindas burocráticas, vão lhe dar dois anos de prisão, e isso se você tiver sorte.

Sentiu-se examinado desde a ponta das botas. Quando o olhar de César Montero chegou até seus olhos, ele ainda não havia terminado de falar. Mas mudara de tom.

— Tudo o que você possui, deve a mim — dizia. — Eu tinha ordens de acabar com você numa emboscada e de confiscar suas reses, para que o governo tivesse com que atender aos enormes gastos das eleições em todo o departamento. Você sabe o que outros alcaides fizeram noutros municípios. Aqui, ao contrário, desobedecemos a essas ordens.

Nesse momento percebeu o primeiro sinal de que César Montero começava a pensar. Abriu as pernas. Com os braços apoiados no espaldar da cadeira respondeu a uma pergunta não formulada em voz alta pelo seu interlocutor:

— Nem um centavo do que você pagou pela sua vida foi para mim — disse. — Gastou-se tudo na organização das eleições. Agora o novo governo decidiu que deve haver paz e garantias para todos, e eu continuo vivendo miseravelmente com o meu ordenado, enquanto você nada em dinheiro. Você fez um bom negócio.

César Montero iniciou o laborioso processo de se levantar. Quando ficou de pé, o alcaide viu-se a si mesmo: minúsculo e triste diante de um imponente animal. Havia em seu olhar, enquanto acompanhava Montero até a janela, uma espécie de fervor.

— O melhor negócio de sua vida — murmurou.

A janela dava para o rio. César Montero não o reconheceu. Viu-se num povoado diferente, diante de um rio momentâneo. "Estou procurando ajudá-lo", ouvia dizer às suas costas. "Todos sabemos que foi uma questão de honra, mas vai lhe custar muito trabalho provar isso, porque você cometeu a estupidez de rasgar o pasquim." Nesse instante, uma onda nauseabunda invadiu a sala.

— A vaca — disse o alcaide — deve ter encalhado em alguma parte.

César Montero continuou na janela, indiferente ao ar que se tornara putrefato devido à vaca morta. Não havia ninguém na rua. No cais, três lanchas fundeadas, cuja tripulação armava as redes para dormir. No dia seguinte, às sete da manhã, a visão seria diferente: durante meia hora o porto estaria em ebulição, à espera de que embarcassem o

preso. César Montero suspirou. Meteu as mãos nos bolsos e com ânimo resoluto, mas sem se apressar, resumiu em duas palavras seu pensamento:
— Quanto é?
A resposta foi imediata:
— Cinco mil pesos em bezerros de um ano.
— E mais cinco bezerros — disse César Montero — para que você me mande esta noite mesmo, depois do cinema, numa lancha especial.

A lancha apitou, estridente, deu a volta no meio do rio, e a multidão concentrada no cais e as mulheres nas varandas viram pela última vez Rosário de Montero ao lado de sua mãe, sentada no mesmo baú de folha de flandres com que desembarcara no povoado sete anos atrás. Barbeando-se na janela do consultório, o Dr. Octavio Giraldo teve a impressão de que de certo modo aquela era uma viagem de volta à realidade.

O Dr. Giraldo lembrava-se da tarde em que ela havia chegado, com seu esquálido uniforme de normalista e seus sapatos masculinos, procurando no porto quem pudesse lhe cobrar menos para carregar o baú até a escola. Parecia resolvida a envelhecer sem ambições naquele povoado cujo nome viu escrito pela primeira vez — segundo ela mesma costumava contar — na papeleta que tirou de um chapéu quando sortearam entre onze pretendentes as vagas disponíveis. Instalou-se num pequeno quarto da escola, com uma cama de ferro e uma bacia, e passava as horas livres a bordar toalhas enquanto fervia a papa de milho na chama de petróleo. Nesse mesmo ano, pelo Natal, conheceu César Montero numa festividade escolar. Era um solteiro caladão de origem obscura, que enriquecera cortando madeira, que vivia na selva virgem entre cachorros selvagens e que só aparecia no povoado ocasionalmente, sempre barbado, com suas botas de tacões ferrados e uma espingarda de dois canos. Foi como se ela tivesse tirado pela segunda vez do chapéu o papelzinho premiado, pensava o Dr. Giraldo com a barba embranquecida de espuma, quando uma lufada nauseabunda arrancava-o de suas recordações.

Um bando de urubus dispersou-se na margem oposta do rio, espantados pelas marolas da lancha. O cheiro de podridão permaneceu sobre o cais por alguns instantes, misturou-se depois com a brisa matinal e penetrou nas casas, até o fundo.

— Que merda! — exclamou o alcaide na varanda do seu quarto de dormir, olhando a dispersão dos urubus. — É a puta da vaca.

Tapou o nariz com um lenço, entrou no quarto e fechou a porta da varanda. Dentro o cheiro persistia. Sem tirar o quepe, pendurou o espelho num prego e iniciou uma cuidadosa tentativa de barbear a face que ainda estava um pouco inflamada. Instantes depois, o empresário do circo chamou-o da porta.

O alcaide fê-lo sentar-se, observando-o pelo espelho enquanto se barbeava. Vestia uma camisa quadriculada, preta e branca, culotes de montar, polainas, e empunhava um chicotinho, com o qual dava pequenos e sistemáticos golpes no joelho.

— Já me chegou a primeira queixa contra vocês — disse o alcaide, acabando de raspar com a navalha os últimos indícios de duas semanas de desespero. — Esta noite mesmo.

— Mas por quê?

— Queixam-se de que os senhores estão mandando os meninos roubarem os gatos.

— Não é verdade — disse o empresário. — Compramos a peso todo gato que nos levam sem perguntar de onde veio, para alimentar as feras.

— E os jogam vivos nas jaulas?

— Ah, não — protestou o empresário. — Isso despertaria o instinto de crueldade das feras.

Depois de lavar-se, o alcaide voltou-se para ele, enxugando o rosto com a toalha. Somente agora havia percebido que ele trazia em quase todos os dedos anéis com pedras coloridas.

— Pois terão que inventar outra coisa — disse. — Cacem jacarés, se quiserem, ou aproveitem o pescado que tanto se perde nessa época do ano. Mas gatos vivos, de maneira nenhuma.

O empresário encolheu os ombros e acompanhou o alcaide até a rua. Grupos de homens conversavam no porto, apesar do mau cheiro que se desprendia da vaca morta e encalhada no mangue da margem oposta.

— Frescos — gritou o alcaide. — Em lugar de estarem aí falando mal da vida dos outros, seria melhor que formassem um grupo e fossem desencalhar o diabo dessa vaca.

Alguns homens o rodearam.

— Cinquenta pesos — propôs o alcaide — para quem me trouxer na repartição, antes de uma hora, os chifres dessa vaca.

Uma desordem de vozes estalou no extremo do cais. Alguns homens haviam ouvido a oferta do alcaide e já saltavam para as canoas, trocando desafios recíprocos, enquanto soltavam as amarras.

— Cem pesos — dobrou o alcaide, entusiasmado. — Cinquenta por cada chifre.

Levou o empresário até o extremo do cais. Ambos esperaram até que as primeiras embarcações alcançaram as dunas da outra margem. Então o alcaide se voltou, sorrindo, para o empresário.

— Este é um povoado feliz — disse.

O empresário confirmou com a cabeça.

— O que nos falta unicamente são coisas como esta — prosseguiu o alcaide. — As pessoas se metem em encrencas apenas por falta do que fazer.

Pouco a pouco, um grupo de meninos havia se formado em torno deles.

— Aí está o circo — disse o empresário.

O alcaide o arrastava pelo braço para a praça.

— Que é que vocês fazem? — perguntou.

— De tudo — disse o empresário. — É um espetáculo completo, para crianças e adultos.

— Isso não basta — disse o alcaide — É preciso que seja próprio também para o alcaide.

— Levaremos também isto em conta — disse o empresário.

Foram até um terreno baldio por detrás do cinema, onde haviam começado a aparar a grama. Homens e mulheres de aspecto taciturno tiravam trastes e panos coloridos dos enormes baús chapeados de ferro. Quando acompanhou o empresário através do atropelo de seres humanos e de trastes, apertando a mão de todos, o alcaide sentiu-se num ambiente de naufrágio. Uma mulher robusta, de gestos decididos e uma dentadura quase completamente dourada, examinou a mão do alcaide, depois de apertá-la.

— Há qualquer coisa estranha em seu futuro — disse.

O alcaide retirou a mão, sem poder reprimir um momentâneo sentimento de depressão. O empresário deu com o chicote um suave golpe no braço da mulher.

— Deixe o tenente em paz — disse-lhe sem deter-se, empurrando o alcaide para o fundo do terreno onde estavam as feras. — O senhor acredita nisso?

— Depende — disse o alcaide.

— A mim não me convencem — disse o empresário. — Quando se leva a vida que eu levo, acaba-se acreditando somente na vontade humana.

O alcaide contemplou os animais adormecidos pelo calor. As jaulas exalavam um odor acre e morno, e havia uma espécie de angústia sem esperanças na pausada respiração das feras. O empresário acariciou com o chicote o nariz de um leopardo, que se mexeu indolentemente na jaula, soltando um grunhido queixoso.

— Como se chama? — perguntou o alcaide.

— Aristóteles.

— Refiro-me à mulher — esclareceu o alcaide.

— Ah — disse o empresário. — Chamamos ela de Cassandra, o espelho do futuro.

O alcaide assumiu uma expressão desolada.

— Gostaria de me deitar com ela — disse.

— Tudo é possível — disse o empresário.

A viúva Montiel descerrou as cortinas do seu dormitório, dizendo: "Pobres dos homens." Pôs em ordem a mesa de cabeceira, guardou na gaveta o rosário e o livro de orações e limpou a sola das suas chinelas na pele de tigre estendida ao lado da cama. Depois deu uma volta completa no quarto para fechar o toucador à chave, as três portas do armário e uma cômoda quadrada, sobre a qual se via um São Rafael de gesso. Por último, fechou o quarto, passando a chave na fechadura.

Enquanto descia pela larga escada de ladrilhos desenhados de labirintos, pensava no estranho destino de Rosário de Montero. Quando a viu cruzar a esquina do porto, com a aplicada compostura escolar de quem aprendeu a nunca voltar a cabeça, a viúva Montiel pressentiu de sua varanda que alguma coisa que havia começado a acabar há muito tempo finalmente chegara ao fim.

No corrimão da escada, esbarrou com o fervor do seu pátio de feira rural. Num dos lados da varanda havia uma prateleira com queijos enrolados em folhas novas; mais adiante, numa galeria exterior, sacos de sal empilhados e odres de mel, e no fundo do pátio um estábulo com mulas e cavalos, e selas de montar equilibradas nas cercas. A casa estava impregnada de um persistente cheiro de besta de carga, de mistura com um outro cheiro agressivo de curtume e moenda de cana.

No escritório, a viúva deu bom-dia ao Sr. Carmichael, que separava maços de cédulas enquanto conferia o livro de contas. Ao abrir a janela que dava para o rio, a luz das nove horas penetrou na sala repleta de adornos baratos, com grandes poltronas forradas de cinzento e um enorme retrato de José Montiel com um laço funerário num dos ângulos da moldura. A viúva sentiu nas narinas o bafo putrefato antes de ver as embarcações nas dunas da margem oposta.

— Que é que está acontecendo do outro lado? — perguntou.

— Estão procurando desencalhar uma vaca morta — respondeu o Sr. Carmichael.

— Então era isso — disse a viúva. — Sonhei toda a noite com este cheiro. — Olhou para o Sr. Carmichael, absorvido em seu trabalho, e acrescentou: — Agora só nos falta o dilúvio.

O Sr. Carmichael falou, sem levantar a cabeça:

— Já começou há quinze dias.

— Pois é — admitiu a viúva. — Agora chegamos realmente ao fim. Só nos resta deitar numa sepultura, no sol e ao sereno, até que a morte venha nos buscar.

O Sr. Carmichael a escutava sem interromper suas contas.

— Há anos que nos queixávamos de que nada acontecia neste povoado — prosseguiu a viúva. — De repente começou a tragédia, como se Deus tivesse resolvido que deveriam acontecer de uma só vez todas as coisas que durante anos haviam deixado de acontecer.

Do cofre, onde se encontrava agora, o Sr. Carmichael voltou a olhá-la e a viu de cotovelos na janela, os olhos fixos na margem oposta. Vestia um traje negro, de mangas até os punhos, e mordia as unhas.

— Quando a chuva passar, as coisas ficarão melhores — disse o Sr. Carmichael.

— A chuva não passará nunca — prognosticou a viúva. — As desgraças nunca chegam sozinhas. Viu o que aconteceu a Rosário de Montero?

O Sr. Carmichael disse que sim.

— Mas tudo isso não passa de um escândalo sem razão — disse. — Se alguém começa a dar ouvidos ao que dizem os pasquins, acaba maluco.

— Os pasquins — suspirou a viúva.

— Eu também já ganhei o meu — disse a Sr. Carmichael.

— Também o senhor?

— Eu — confirmou o Sr. Carmichael. — Pregaram em minha porta um bem grande e bem minucioso no sábado da semana passada. Parecia um anúncio de cinema.

A viúva trouxe uma cadeira para a escrivaninha.

— É uma infâmia — exclamou. — Nada se pode dizer contra uma família exemplar como a sua.

O Sr. Carmichael não se mostrava alarmado.

— Como minha mulher é branca, tivemos filhos de todas as cores — explicou. — Imagine a senhora: são onze.

— Compreendo — disse a viúva.

— Pois o papelucho dizia que sou pai somente dos meninos negros. E dava a lista dos pais dos outros. Meteram na história até dom Chepe Montiel, que descanse em paz.

— Meu marido!

— O seu e os de mais outras quatro senhoras — disse o Sr. Carmichael.

A viúva começava a soluçar.

— Felizmente minhas filhas estão longe. — suspirou. — Dizem que não querem voltar a este país selvagem onde assassinam estudantes nas ruas, e eu lhes respondo que têm razão, que fiquem em Paris para sempre.

O Sr. Carmichael deu meia-volta na cadeira, percebendo que começara mais uma vez o embaraçoso episódio de todos os dias.

— A senhora não tem motivo para preocupações — disse.

— Pelo contrário — soluçou a viúva. — Eu deveria ser a primeira a arrumar meus trastes e ir embora daqui, mesmo perdendo tudo, as terras e tudo o mais que me faz lembrar essa desgraça. Não, Sr. Carmichael: não quero bacias de ouro para cuspir sangue nelas.

O Sr. Carmichael procurou consolá-la.

— A senhora tem de enfrentar suas responsabilidades — disse. — Não se pode jogar uma fortuna pela janela.

— O dinheiro é a bosta do diabo — disse a viúva.

— Mas, no seu caso, é também o resultado do duro trabalho de dom Chepe Montiel.

A viúva mordeu os dedos.

— O senhor sabe que não é verdade — replicou. — Foi dinheiro mal ganho e o primeiro a pagá-lo, ao morrer sem se confessar, foi o próprio José Montiel.

Não era a primeira vez que dizia isso.

— A culpa, naturalmente, é daquele criminoso — exclamou, apontando o alcaide que passava na calçada oposta, levando pelo braço o empresário do circo. — Mas eu é que devo expiar pelos crimes dos outros.

O Sr. Carmichael deixou-a. Meteu os maços de dinheiro amarrados em tiras de elástico numa caixa de papelão e começou a chamar da porta os peões, por ordem alfabética.

Enquanto os homens recebiam o pagamento das quartas-feiras, a viúva Montiel os via passar sem responder a seus cumprimentos. Vivia sozinha na sombria casa de nove quartos onde morrera a Mamãe Grande e que José Montiel havia comprado sem supor que a viúva teria que encerrar ali, até a morte, a sua solidão. À noite, enquanto percorria os aposentos vazios com a bomba de inseticida, encontrava a Mamãe Grande pelos corredores, catando piolhos na cabeça, e lhe perguntava: "Quando é que vou morrer?" Mas aquela feliz comunicação com o além só fazia com que aumentasse sua incerteza, porque as respostas, como as de todos os mortos, eram incoerentes e contraditórias.

Pouco depois das onze a viúva viu, através das lágrimas, padre Ángel atravessando a praça.

— Padre, padre — chamou, sentindo que assim fazendo estava dando um passo final.

Mas o padre Ángel não a ouviu. Batera à porta da casa da viúva Asís, no outro lado da rua, e a porta se entreabrira de um modo um tanto sigiloso para deixá-lo passar.

No corredor inundado pelo canto dos pássaros, a viúva Asís jazia numa cadeira de pano, o rosto coberto com um lenço embebido em água de Florida. Pela maneira com que bateram à porta, viu logo que se tratava de padre Ángel, mas prolongou aquele momentâneo alívio até que escutou o cumprimento. Então, descobriu o rosto, devastado pela insônia.

— Perdoe-me, padre — disse. — Não o esperava assim tão cedo.

Padre Ángel não sabia que havia sido convidado para almoçar. Desculpou-se, um pouco perturbado, dizendo que também ele passara a manhã toda com dor de cabeça e havia preferido atravessar a praça antes que o calor começasse.

— Não tem importância — disse a viúva. — Só queria dizer que o senhor vem me encontrar num estado deplorável.

O padre tirou do bolso um velho breviário, já sem capa.

— Se quiser, pode repousar um pouco enquanto eu faço minhas preces. — disse.

A viúva se opôs:

— Estou melhor.

Foi até o fim do corredor, com os olhos fechados, e quando voltou estendeu o lenço, com extremo cuidado, no braço da cadeira de armar. Ao sentar-se diante do padre Ángel parecia vários anos mais jovem. E então, disse, sem qualquer dramaticidade:

— Padre, preciso de sua ajuda.

Padre Ángel guardou o breviário no bolso.

— Às suas ordens.

— Trata-se novamente de Roberto Asís.

Contrariando sua promessa de esquecer o pasquim que haviam pregado à porta de sua casa, Roberto Asís havia se despedido no dia anterior, dizendo que só voltaria no sábado, mas regressara intempestivamente naquela mesma noite. E desde então, até o anoitecer, quando a fadiga o venceu, ficara sentado na escuridão do quarto, esperando pelo suposto amante de sua mulher.

Padre Ángel escutou-a, perplexo.

— Mas isso não tem qualquer fundamento — disse.

— O senhor não conhece os Asís — replicou a viúva. — Trazem o inferno na imaginação.

— Rebeca já conhece meu ponto de vista a respeito dos pasquins — disse. — Mas se a senhora quiser, posso falar também com Roberto Asís.

— De forma alguma — disse a viúva. — Seria atiçar a fogueira. O que eu gostaria é que o senhor, no sermão do domingo próximo, se referisse aos pasquins. Estou segura de que, ouvindo-o do púlpito, Roberto Asís passaria a refletir melhor.

Padre Ángel abriu os braços.

— Impossível — exclamou. — Seria dar às coisas uma importância que não têm.

— Mas nada é mais importante do que evitar um crime.

— A senhora acha que ele chegará a tal extremo?

— Não só acredito — disse a viúva —, como estou também segura de que eu própria não teria forças para impedi-lo.

Sentaram-se à mesa, pouco depois. Uma empregada descalça trouxe arroz com feijão, legumes cozidos e uma travessa de almôndegas cobertas com um molho pardo e espesso. Padre Ángel serviu-se em silêncio. A pimenta picante, o profundo silêncio da casa e a sensação de desconcerto, que naquele instante enchia seu coração, transportaram-no novamente ao seu estreito quartinho de seminarista, no ardente meio-dia de Macondo. Num dia como aquele, poeirento e escaldante, recusara-se a dar sepultura cristã a um enforcado a quem os duros habitantes de Macondo se negavam a enterrar.

Desabotoou o colarinho da sotaina para deixar correr o suor.

— Está bem — disse à viúva. — Então, pelo menos, faça o possível para que Roberto Asís não falte à missa do domingo.

A viúva Asís prometeu.

O Dr. Giraldo e sua esposa, que nunca faziam a sesta, encheram a tarde com a leitura de um conto de Dickens. Ficaram na varanda interna da casa, ele na rede, escutando com os dedos entrelaçados sob a nuca; ela com o livro no colo, lendo de costas para a luz onde ardiam os gerânios. Lia num tom neutro, com uma ênfase profissional, sem mudar de posição na cadeira. Só levantou a cabeça no final, mas ficou com o livro aberto nos joelhos, enquanto o marido se lavava na bacia. O calor anunciava tempestade.

— É um conto comprido? — perguntou ela, depois de demorada reflexão.

Com os escrupulosos movimentos aprendidos na sala de operações, o médico levantou a cabeça da bacia.

— Dizem que é uma novela curta — disse diante do espelho, esfregando a brilhantina nas mãos. — Eu preferiria dizer que é mais um conto comprido.

Esfregou com os dedos a brilhantina no crânio, e concluiu:

— Os críticos diriam que é um conto curto, mas comprido.

Vestiu um terno de linho branco, ajudado pela mulher. Ela podia ser confundida com uma irmã mais velha, não só pela tranquila devoção que lhe dedicava, mas também pela frieza dos olhos, que a fazia parecer mais velha. Antes de sair, o Dr. Giraldo lhe mostrou a lista e a ordem das visitas, para o caso de um chamado urgente, e moveu os ponteiros do relógio de propaganda da sala de espera: *O doutor volta às cinco*.

A rua zumbia de calor. O Dr. Giraldo caminhou pela calçada com sombra perseguido por um pressentimento: apesar da dureza do ar, não choveria à tarde. O canto das cigarras tornava ainda mais intensa a solidão do porto, mas a vaca havia sido removida e arrastada pela corrente, e o cheiro fétido deixara na atmosfera um enorme vazio.

O telegrafista o chamou, do hotel.

— Recebeu um telegrama?

O Dr. Giraldo não havia recebido.

— "Avise condições despacho, assinado Arcofán" — citou de memória o telegrafista.

Foram juntos ao telégrafo. Enquanto o médico escrevia uma resposta, o funcionário começou a cabecear.

— É o ácido muriático — explicou o médico sem grande convicção científica. E apesar do seu pressentimento, acrescentou, à maneira de consolo, quando acabou de escrever: — Talvez chova esta noite.

O telegrafista contou as palavras. O médico não lhe prestou atenção. Estava inclinado sobre um volumoso livro aberto junto ao manipulador. Perguntou se era uma novela.

— *Os miseráveis*, Victor Hugo — telegrafou o telegrafista. Carimbou a cópia do telegrama e voltou à varanda com o livro. — Acredito que com este demoramos até dezembro.

Há anos que o Dr. Giraldo sabia que o telegrafista enchia suas horas livres transmitindo poemas para a telegrafista de San Bernardo del Viento. Ignorava que também lhe telegrafasse romances.

— Isto é sério demais — disse, folheando o manuseadíssimo volume, que despertou em sua memória confusas emoções de adolescente. — Alexandre Dumas talvez fosse mais apropriado.

— Ela gosta deste — explicou o telegrafista.

— Você já a conhece?

O telegrafista negou com a cabeça.

— Mas é o mesmo — disse. — Eu a reconheceria em qualquer parte do mundo, por causa dos saltinhos que ela dá sempre quando bate o r.

O Dr. Giraldo também reservou naquela tarde uma hora para dom Sabas. Encontrou-o exausto na cama, enrolado em uma toalha amarrada na cintura.

— Os caramelos estavam bons? — perguntou o médico.

— É o calor — lamentou-se dom Sabas, voltando para a porta o seu enorme corpo de velha. — Tomei a injeção depois do almoço.

O Dr. Giraldo abriu a maleta sobre uma mesa perto da janela. As cigarras gritavam no pátio e a habitação tinha uma temperatura vegetal. Sentado no pátio, dom Sabas urinou um lânguido manancial. Quando o médico encheu o tubo de cristal com a amostra do líquido cor de âmbar, o enfermo sentiu-se reconfortado. Disse, observando a análise:

— Muito cuidado, doutor, pois não quero morrer antes de saber como termina essa novela.

O Dr. Giraldo pôs um comprimido azul na amostra da urina.

— Qual novela?

— A dos pasquins.

Dom Sabas seguiu-o com um olhar manso até que o médico acabou de aquecer o tubo na mecha de álcool. Cheirou o vapor que se desprendia do tubo. Os descoloridos olhos do enfermo o aguardavam, interrogativos.

— Está bem — disse o médico, enquanto jogava no pátio a amostra da urina. Depois perguntou a dom Sabas: — O senhor também está interessado nessa história?

— Eu, não — disse o enfermo. — Mas morro de gozo com o susto dos outros.

O Dr. Giraldo preparava a seringa hipodérmica.

— Além disso — continuou dom Sabas —, já me puseram num dos panfletos, dois dias atrás. As mesmas porcarias a respeito dos meus filhos e mais aquela história dos burros.

O médico apertou a artéria de dom Sabas com uma sonda de borracha. O enfermo insistiu na história dos burros, mas teve de contá-la, pois o doutor não a conhecia.

— Foi um negócio de burros que fiz vinte anos atrás — disse. — Por coincidência, todos os burros que eu vendia amanheciam mortos dois dias depois, sem marcas de violência.

Estendeu o braço de carnes flácidas para que o médico extraísse uma amostra do sangue. Quando o doutor fechou com algodão o pequeno furo sangrento, dom Sabas flexionou o braço.

— Pois o senhor sabe o que essa gente inventou?

O médico moveu a cabeça.

— Começou a correr o boato de que era eu mesmo que, de noite, invadia os sítios e ia atirar nos burros, bem dentro deles, metendo-lhes um revólver pelo cu.

O Dr. Giraldo guardou no bolso do paletó o tubo de cristal com a amostra de sangue.

— Essa história tem toda a aparência de ser verdadeira — disse.

— Eram as cobras — disse dom Sabas, sentado na cama como um ídolo oriental. — De qualquer maneira, é preciso ser bem sacana para escrever uma coisa que todo mundo já conhece.

— Essa foi sempre uma característica dos pasquins — disse o médico. — Dizem o que todo o mundo sabe, e quase sempre o que dizem é verdade.

Dom Sabas sofreu uma crise momentânea.

— Acredito — murmurou, enxugando com o lenço o suor das pálpebras inchadas. Imediatamente reagiu: — A realidade, doutor, é que neste país não existe uma só fortuna que não tenha em sua origem um burro morto.

O médico ouviu a frase inclinado sobre a bacia de lavar mãos. Viu refletida na água sua própria reação: um sistema dentário tão perfeito que não parecia natural. Procurando o paciente por cima dos ombros, disse:

— Eu sempre acreditei, meu querido dom Sabas, que sua única virtude é a falta de vergonha.

O enfermo entusiasmou-se. As tiradas do médico lhe davam uma espécie de repentina juventude.

— Isso, e mais a minha potência sexual — disse, acompanhando as palavras com uma flexão do braço que podia ser um estímulo para a circulação, mas que ao médico pareceu uma expressiva indecência. Dom Sabas deu um saltinho com as nádegas. — É por isso que eu morro de rir dos tais papeluchos. Já estão dizendo que meus filhos não deixam em paz nenhuma menina que começa a despontar por estes montes, e eu digo: tiveram a quem sair, são filhos do seu pai.

Antes de se despedir, o Dr. Giraldo teve que escutar uma extensa recapitulação espectral das aventuras sexuais de dom Sabas.

— Ah, uma juventude muito feliz, a minha — exclamou finalmente o enfermo. — Tempos felizes, quando uma cabrochinha de dezesseis anos custava menos que uma novilha.

— Essas lembranças aumentam a concentração do açúcar no sangue — disse o médico.

Dom Sabas abriu a boca.

— Ao contrário — replicou. — São melhores do que as suas malditas injeções de insulina.

Quando chegou à rua, o médico levava a impressão de que pelas artérias de dom Sabas havia começado a circular um suculento caldo. Mas então era já outra coisa que o preocupava: os pasquins. Fazia dias que os rumores haviam começado a chegar a seu consultório. Essa tarde, depois da visita a dom Sabas, refletiu que na verdade não ouvira falar de outra coisa durante toda a semana.

Fez ainda várias visitas, e em todas lhe falaram dos pasquins. Escutou os relatos sem fazer comentários, aparentando uma risonha indiferença, mas na realidade procurando chegar a uma conclusão. Voltava ao consultório quando padre Ángel, que saía da casa da viúva Montiel, arrancou-o de suas reflexões.

— Como estão seus doentes, doutor? — perguntou padre Ángel.

— Os meus estão bem, padre — respondeu o médico. — E os seus?

Padre Ángel mordeu os lábios. Segurou o médico pelo braço e começaram os dois a cruzar a praça.

— Por que me pergunta?

— Não sei — disse o médico. — Tenho notícias de que grassa uma grave epidemia em sua clientela.

Padre Ángel mudou de assunto, o que ao médico pareceu um deliberado expediente.

— Acabo de falar com a viúva Montiel — disse. — A pobre mulher está com os nervos à flor da pele.

— Pode ser a consciência — diagnosticou o médico.

— É a obsessão da morte.

Embora residissem em direções opostas, padre Ángel continuava a acompanhar o médico até seu consultório.

— Falando sério, padre, o que o senhor pensa dos pasquins?

— Não penso neles — disse o padre. — Mas se o senhor me obriga a dar uma opinião, eu diria que são obra da inveja que têm de um povoado exemplar.

— Assim os médicos não diagnosticavam nem na Idade Média — replicou o Dr. Giraldo.

Pararam defronte do consultório. Abanando-se lentamente, padre Ángel repeliu pela segunda vez no dia que "não se deve dar às coisas uma importância que não têm". O Dr. Giraldo sentiu-se sacudido por um recôndito desespero.

— Como o senhor pode saber, padre, que não há nada de verdadeiro nos panfletos?

— Eu o saberia através do confessionário.

O médico encarou-o friamente nos olhos.

— Será ainda mais grave se o senhor não o souber através do confessionário.

Naquela mesma tarde, o padre Ángel observou que também na casa dos pobres se falava dos pasquins, mas de um modo diferente e até com uma saudável alegria. Comeu sem apetite, depois de fazer a oração com uma perfurante dor de cabeça que atribuiu às almôndegas do almoço. Depois procurou saber a classificação moral do filme a ser exibido e pela primeira vez em sua vida sentiu um obscuro sentimento de soberba quando fez soar os doze rotundos toques da proibição absoluta. Em seguida, recostou um tamborete na porta da rua, sentindo que sua cabeça rebentava de dor, e dispôs-se a verificar pessoalmente quem entrava no cinema, desobedecendo à sua advertência.

Entrou o alcaide. Acomodado num canto da plateia, fumou dois cigarros antes que o filme começasse. A gengiva estava completamente desinflamada, mas o corpo ainda sofria com a lembrança das noites passadas e os estragos dos analgésicos, de maneira que os cigarros lhe causaram náuseas.

O salão do cinema era um pátio cercado por um muro de cimento, com teto de folhas de zinco até a metade da plateia, e em cujo chão crescia uma grama que parecia renovar-se diariamente, adubada pelos chicletes e pelas pontas de cigarro. Por um momento, o alcaide viu flutuando os bancos de madeira sem verniz, a grade de ferro que separava os bancos da galeria, e percebeu uma ondulação de vertigem no espaço, na parede dos fundos, pintada de branco, onde os filmes eram projetados.

Sentiu-se melhor quando as luzes se apagaram. Então, emudeceu a estridente música do alto-falante, mas se fez mais intensa a vibração do gerador elétrico instalado numa casinha de madeira, próximo ao projetor.

Antes do filme principal, passaram vários *slides* de propaganda. Um tropel de sussurros abafados, passos confusos e risos entrecortados tomou conta por alguns minutos da escuridão. Momentaneamente sobressaltado, o alcaide pensou que aquele ingresso clandestino tinha o caráter de uma subversão contra as rígidas normas do padre Ángel.

Pelo penetrante odor de água-de-colônia, o alcaide reconheceu o proprietário do cinema quando este passou perto dele.

— Bandido — lhe sussurrou, agarrando-o pelo braço. — Você terá que pagar um imposto especial.

Rindo por entre os dentes, o proprietário ocupou o lugar ao lado do alcaide.

— O filme é bom.

— Por mim — disse o alcaide —, eu preferiria que todos fossem impróprios. Nada mais aborrecido do que filme moralista.

Anos antes, ninguém levava a sério a censura imposta pelos toques do padre. Mas depois, todos os domingos, na missa principal, padre Ángel começou a apontar do púlpito e a expulsar da igreja as mulheres que durante a semana haviam desobedecido sua proibição.

— A salvação para mim foi a portinha dos fundos — disse o proprietário.

O alcaide começou a acompanhar o noticiário já bastante velho. Falou, fazendo uma pausa cada vez que encontrava na tela um ponto de interesse.

— Tudo continua o mesmo — disse. — O cura não dá comunhão às mulheres que usam mangas curtas, e elas continuam usando mangas curtas, mas põem mangas postiças antes de entrar na igreja.

Depois do noticiário, passaram os *trailers* dos filmes da semana seguinte. Viram-nos em silêncio. Ao terminar, o proprietário inclinou-se para o alcaide.

— Tenente — sussurrou —, compre de mim este troço.

O alcaide não tirou os olhos da tela.

— Não é um bom negócio.

— Para mim, não — disse o proprietário. — Mas para o senhor será uma mina. Claro: com o senhor, o padre não ousaria usar o expediente dos seus malditos toquezinhos.

O alcaide refletiu antes de responder.

— É o caso de se pensar no assunto — disse.

Mas ficou aí. Colocou os pés em cima do banco da frente e perdeu-se nos rodeios de um enviesado drama que no final de contas não merecia mais do que quatro toques de sino.

Ao sair do cinema, demorou-se no salão de bilhar, onde se sorteavam os bilhetes da loteria. Fazia calor e o rádio transpirava uma música pedregosa. Depois de beber uma garrafa de água mineral, o alcaide foi dormir.

Caminhou despreocupadamente pela margem do rio, sentindo o rio crescer na escuridão, o rumor de suas entranhas e o seu cheiro de animal grande. Diante da porta do dormitório deteve-se, abruptamente. Dando um pulo para trás, sacou do revólver.

— Venha para o claro — disse com voz tensa —, senão passo fogo.

Uma voz muito doce saiu da escuridão.

— Não fique nervoso, tenente.

Permaneceu com o revólver engatilhado até que a pessoa escondida surgiu, saindo da penumbra. Era Cassandra.

— Você escapou por pouco — disse o alcaide.

Fê-la subir ao dormitório. Durante um longo espaço de tempo Cassandra pôs-se a falar, seguindo uma acidentada trajetória. Havia se sentado na rede e enquanto falava tirou os sapatos e olhou com um certo candor as unhas dos pés, pintadas de vermelho vivo.

Sentado diante dela, abanando-se com o quepe, o alcaide acompanhou a conversa com uma correção convencional. Voltara a fumar. Quando soaram as doze, ela deitou-se de bruços na rede, estendeu para ele um braço adornado com um jogo de pulseiras sonoras e lhe fez cócegas no nariz.

— É tarde, meu menino — disse. — Apague a luz.

O alcaide sorriu.

— Não a chamei para isto — disse.

Ela não compreendeu.

— Você sabe realmente adivinhar a sorte? — perguntou o alcaide.

Cassandra voltou a sentar-se na rede.

— Claro — disse. E depois, tendo compreendido, calçou os sapatos.

— Mas não trouxe o baralho.

— Aquele que come terra — sorriu o alcaide — deve trazer o seu torrão.

Tirou um velho baralho da maleta. Ela examinou cada carta, dos dois lados, com uma séria atenção.

— As minhas cartas são melhores — disse. — Mas de qualquer maneira o importante é a comunicação.

O alcaide puxou uma mesinha, sentou-se diante dela, e Cassandra começou a pôr as cartas.

— Amor ou negócios? — perguntou.

O alcaide enxugou o suor das mãos.

— Negócios — disse.

Um burro sem dono protegeu-se da chuva sob o beiral da casa do vigário e ficou toda a noite dando coices contra a parede do quarto de dormir. Foi uma noite sem sossego. Depois de ter conseguido um sono rápido, ao amanhecer, padre Ángel despertou com a impressão de estar coberto de pó. Os nardos adormecidos debaixo da chuva fina, o fedor do reservado e mais o lúgubre interior da igreja depois que se esvaneceram as badaladas das cinco, tudo parecia ter se concluiado para fazer daquela uma madrugada difícil.

Da sacristia, onde se vestiu para rezar a missa, percebeu Trinidad fazendo sua colheita de ratos mortos, enquanto entravam na igreja as primeiras e silenciosas mulheres dos dias comuns. Durante a missa notou com progressivo rancor os equívocos do acólito, de latim claudicante, e chegou ao último instante com o sentimento de frustração que sempre o atormentava nas más horas da sua vida.

Ia fazer a primeira refeição quando Trinidad o deteve, com uma expressão radiante.

— Hoje caíram mais seis — disse, fazendo ouvir os ratos mortos dentro da caixa. Padre Ángel procurou sobrepor-se à angústia de que se achava tomado.

— Magnífico — disse. — Mas não seria melhor encontrar os ninhos, para exterminá-los por completo?

Trinidad havia encontrado os ninhos. Explicou como localizara os buracos, em vários lugares da igreja, especialmente na torre e no batistério, e como os havia tapado com asfalto. Naquela manhã havia encontrado um rato enlouquecido jogando-se contra as paredes, depois de ter procurado por toda parte, sem encontrar, a porta de sua toca.

Saíram para o pequeno pátio empedrado, onde os primeiros nardos assumiam a sua postura vertical. Trinidad demorou-se despejando os ratos mortos no sanitário. Quando entrou na sala, padre Ángel dispunha-se a fazer o seu desjejum, depois de ter tirado o guardanapo sob o qual aparecia todas as manhãs, como numa prestidigitação, a comida que lhe mandava a viúva Asís.

— Esqueci de dizer que não pude comprar o arsênico — disse que não podem vender sem ordem do médico.

— Não será preciso — disse padre Ángel. — Vão todos morrer sufocados em seus buracos.

Aproximou a cadeira da mesa e começou a dispor a xícara, o prato com rabanadas e a cafeteira com um dragão japonês gravado, enquanto Trinidad abria a janela.

— É melhor a gente se prevenir, pois eles podem voltar — disse ela.

Padre Ángel serviu-se do café e ficou a olhar Trinidad com sua bata sem forma e seus sapatos de inválida.

— Você se preocupa demais com os ratos — disse.

Padre Ángel não descobriu, nem então nem antes, qualquer indício de preocupação no escuro emaranhado das sobrancelhas de Trinidad. Sem poder evitar um ligeiro tremor dos dedos, voltou a tomar o café, depois de ter acrescentado mais duas colherinhas de açúcar, e começou a rodar a xícara com os olhos fixos no crucifixo pregado na parede.

— Há quanto tempo você não se confessa?

— Desde sexta-feira — respondeu Trinidad.

— Diga-me uma coisa — falou padre Ángel. — Alguma vez você me ocultou algum pecado?

Trinidad negou com a cabeça.

Padre Ángel fechou os olhos. Deixou de mexer o café, pôs a colher no pires e segurou Trinidad pelo braço.

— Ajoelhe-se — disse.

Desconcertada, Trinidad pôs a caixa de papelão no solo e ajoelhou-se diante dele.

— Reze o *Eu, Pecador* — disse padre Ángel, dando à sua voz o tom paternal do confessionário.

Trinidad apertou os punhos contra o peito, rezando num murmúrio indecifrável, até que o padre lhe colocou a mão no ombro e disse:
— Está bem.
— Eu menti — disse Trinidad.
— O que mais?
— Tive maus pensamentos.
Era a ordem da sua confissão. Enumerava sempre os mesmos pecados, e sempre na mesma ordem. Daquela vez, no entanto, padre Ángel não resistiu à urgência de saber mais.
— Por exemplo — disse.
— Não sei — vacilou Trinidad. — Às vezes a gente tem maus pensamentos.
Padre Ángel insistiu:
— Nunca lhe passou pela cabeça o desejo de se matar?
— Ave Maria Puríssima — exclamou Trinidad, sem levantar a cabeça e ao mesmo tempo batendo com o nó dos dedos numa das pernas da mesa. Depois respondeu: — Não, padre.
Padre Ángel obrigou-a a levantar a cabeça e percebeu com um sentimento de desolação que os olhos da moça começavam a encher-se de lágrimas.
— Quer dizer que o arsênico era mesmo para os ratos?
— Sim, padre.
— Então, por que está chorando?
Trinidad quis baixar a cabeça, mas o padre segurou o seu queixo com força. As lágrimas rolaram, profusas e ardentes. Padre Ángel viu-as correr por entre seus dedos como um tépido vinagre.
— Acalme-se — lhe disse. — Ainda não terminou a sua confissão.
Deixou-a desafogar-se num pranto silencioso. Quando viu que ela acabara de chorar, disse, suavemente:
— Bem, agora me conte.
Trinidad assoou o nariz no vestido e engoliu uma saliva grossa e salgada de lágrimas. Quando voltou a falar já havia recobrado a sua estranha voz de barítono.
— Meu tio Ambrósio me persegue — disse.
— Como assim?

— Quer que eu o deixe passar uma noite em minha cama — disse Trinidad.

— Continue.

— É só isso — disse Trinidad. — Juro por Deus que é só isso.

— Não jure — admoestou-lhe o padre. E depois perguntou com a sua tranquila voz de confessor: — Diga-me uma coisa: com quem é que você dorme?

— Com a minha mãe e as outras — disse Trinidad. — Sete no mesmo quarto.

— E seu tio?

— No outro quarto, com os homens — disse Trinidad.

— Ele nunca foi até seu quarto?

Trinidad negou com a cabeça.

— Diga-me a verdade — insistiu padre Ángel. — Ande, não tenha medo: ele nunca tentou passar para o seu quarto?

— Uma vez.

— Como foi?

— Não sei — disse Trinidad. — Quando acordei, vi que ele estava debaixo do meu lençol, quietinho, dizendo-me que não queria me fazer nada de mal, só queria dormir comigo porque tinha medo dos galos.

— Que galos?

— Não sei — disse Trinidad. — Foi o que ele me disse.

— E você, que respondeu?

— Que se ele não fosse embora eu começaria a gritar e acordaria todo mundo.

— E ele, o que fez?

— Cástula acordou e me perguntou o que estava acontecendo, e eu lhe disse que nada, que devia estar sonhando, e então ele ficou quieto, como um morto, e quase nem percebi quando ele saiu de debaixo do lençol.

— Estava vestido — disse o padre de um modo afirmativo.

— Estava como costuma dormir — disse Trinidad. — Apenas de calças.

— Não pegou em você?

— Não, padre.

— Diga-me a verdade.

— É verdade, padre — insistiu Trinidad. — Juro por Deus.

Padre Ángel voltou a levantar-lhe a cabeça, e enfrentou seus olhos umedecidos por um brilho triste.

— Por que você me escondeu tudo isso?

— Tinha medo.

— Medo de quê?

— Não sei, padre.

Pôs a mão em seu ombro e aconselhou-a demoradamente. Trinidad aprovava com a cabeça. Quando terminaram, começou a rezar com ela, numa voz quase inaudível: "Senhor meu Jesus Cristo, Deus e Homem verdadeiro..." Rezava profundamente, com um certo terror, fazendo paralelamente ao correr da oração uma reconstituição mental de sua vida, até onde lhe permitia a memória. No momento de dar a absolvição havia começado a apoderar-se do seu espírito uma amarga sensação de desastre.

O alcaide empurrou a porta, gritando:

— Juiz.

A mulher do juiz Arcádio apareceu no quarto de dormir, enxugando as mãos numa toalha.

— Há duas noites que não aparece — disse.

— Maldito seja — disse o alcaide. — Ontem não esteve na repartição. Procurei-o por todos os cantos, tenho um caso urgente para ele resolver e ninguém sabe onde, diabo, ele se meteu. Você não tem ideia de onde ele possa estar?

A mulher encolheu os ombros.

— Com certeza na casa das putas.

O alcaide saiu sem fechar a porta. Entrou no salão de bilhar, onde o toca-discos automático moía a todo volume uma canção sentimental, e foi diretamente ao compartimento dos fundos, gritando:

— Juiz.

Dom Roque, o proprietário, interrompeu a operação de encher garrafas de rum que tirava de um vasilhão.

— Não está aqui, tenente — gritou.

O alcaide passou para o outro lado do biombo. Grupos de homens jogavam cartas. Nenhum deles havia visto o juiz Arcádio.

— Porra — disse o alcaide. — Neste povoado todo mundo sabe o que todo mundo faz, e agora que preciso do juiz ninguém sabe onde ele se meteu.

— Pergunte a quem está colocando os pasquins — disse dom Roque.

— Já disse para não me foderem a paciência com essa história — disse o alcaide.

No escritório também não estava o juiz. Eram nove horas, mas o secretário do juizado já cochilava no corredor do pátio. O alcaide foi ao quartel da polícia, mandou que se fardassem três soldados e ordenou que procurassem o juiz Arcádio no salão de baile e nos quartos de três mulheres clandestinas que o povoado inteiro conhecia. Depois voltou para a rua, mas sem qualquer direção determinada. Na barbearia, esparramado na cadeira e com a cara envolta numa toalha quente, encontrou o juiz Arcádio.

— Maldito seja, juiz — gritou. — Há dois dias que ando à sua procura.

O barbeiro retirou a toalha e o alcaide viu uns olhos inchados e o queixo sombreado pela barba de três dias.

— E o senhor some enquanto sua mulher está parindo — disse.

O juiz Arcádio pulou na cadeira.

— Merda.

O alcaide riu ruidosamente, empurrando-o de encontro ao espaldar.

— Não se chateie — disse. — Estou procurando-o para outra coisa.

O juiz Arcádio voltou a estirar-se, os olhos fechados.

— Acabe logo com isso e venha para a repartição — disse o alcaide.

— Espero lá.

Sentou-se no banco.

— Mas onde, diabo, o senhor estava?

— Por aí — disse o juiz.

O alcaide não costumava frequentar a barbearia. Vira certa vez o letreiro pregado na parede: "*É proibido falar de política*", mas não lhe deu importância. Daquela vez, no entanto, o aviso lhe despertou a atenção.

— Guardiola — chamou.

O barbeiro limpou a navalha nas calças e parou.

— Que é que há, tenente?
— Quem o autorizou a pôr isso? — perguntou o alcaide, apontando para o letreiro.
— A experiência — disse o barbeiro.
O alcaide puxou um tamborete até a parede do fundo do salão, subiu e arrancou o aviso.
— Aqui o único que tem direito de proibir qualquer coisa é o governo — disse. — Estamos numa democracia.
O barbeiro voltou ao trabalho.
— Ninguém pode impedir que as pessoas manifestem suas ideias — prosseguiu o alcaide, rasgando o aviso.
Após jogar os pedaços na lata de lixo, foi até o toucador lavar as mãos. Em seguida procurou o barbeiro no espelho e o viu absorto no trabalho. Não o perdeu de vista enquanto enxugava as mãos.
— A diferença entre antes e hoje — disse — é que antes eram os políticos que mandavam e agora quem manda é o governo.
— Ouviu bem, Guardiola? — disse o juiz Arcádio com a cara coberta de espuma.
— Perfeitamente — disse o barbeiro.
Ao sair, arrastou o juiz Arcádio para a repartição. Sob a chuva rala e persistente, as ruas pareciam pavimentadas com sabão fresco.
— Sempre acreditei que aquilo ali é um ninho de conspiradores — disse o alcaide.
— Falam — disse o juiz Arcádio. — Mas não passam disso.
— É exatamente o que me inquieta — respondeu o alcaide. — Me parecem demasiado mansos.
— Na história da humanidade — sentenciou o juiz —, nunca houve o caso de um barbeiro conspirador. Em compensação, nunca houve um alfaiate que não o tenha sido.
Só soltou o braço do juiz quando o viu sentado na cadeira giratória. O secretário entrou bocejando, com uma folha de papel datilografada.
— Isso mesmo — disse o alcaide —, agora vamos trabalhar. Jogou o quepe para trás e apanhou a folha de papel. — Que é isto?
— É para o juiz — disse o secretário. — É a lista das pessoas contra as quais não foram escritos os pasquins.

O alcaide olhou para o juiz Arcádio com uma expressão de perplexidade.

— Ah, merda! — exclamou. — De maneira que até o senhor está se preocupando com essa porcaria.

— É como ler novelas policiais — desculpou-se o juiz.

O alcaide passou os olhos pela lista.

— Uma boa pista — explicou o secretário. — O autor tem de ser um destes. Não lhe parece lógico?

O juiz Arcádio tirou a folha do alcaide.

— O nosso secretário é um débil mental — disse, dirigindo-se ao alcaide. E depois voltou-se para o secretário: — Então você não percebe que se fosse eu, por exemplo, quem estivesse colocando os pasquins, seria o primeiro a pregar um deles na minha própria casa, para ficar acima de qualquer suspeita? — E perguntou ao alcaide: — O senhor não concorda, tenente?

— São coisas do povo — disse o alcaide —, e o povo sabe o que faz e como faz. A nós cabe não dar importância ao que não tem.

O juiz Arcádio rasgou a folha de papel, fez uma bola com os pedaços e jogou-a no pátio:

— Claro.

Antes mesmo de ouvir a resposta, o alcaide já havia esquecido o incidente. Apoiou a palma das mãos na secretária e disse:

— Bem, o problema que quero que o senhor resolva com seus livros é este: devido às inundações, a gente do bairro baixo transportou suas casas para os terrenos que ficam atrás do cemitério, que são da minha propriedade. Que tenho de fazer neste caso?

O juiz Arcádio sorriu:

— Para isso o senhor não tinha necessidade de vir até aqui — disse.

— É a coisa mais simples do mundo: o município adjudica os terrenos aos colonos e paga a indenização correspondente a quem provar que eles são de sua propriedade.

— Eu tenho as escrituras — disse o alcaide.

— Então só resta nomear peritos para que façam a avaliação — disse o juiz. — O município paga.

— Quem os nomeia?

— O senhor mesmo pode nomeá-los.

O alcaide foi até a porta, ajustando o coldre. Vendo-o afastar-se, o juiz Arcádio pensou que a vida não é mais que uma contínua sucessão de oportunidades de sobreviver.

— Não é preciso ficar nervoso por uma questão tão simples — sorriu.

— Não estou nervoso — disse o alcaide, num tom sério. — Mas não deixa de ser um problema.

— Antes de mais nada, o senhor tem de nomear o procurador — interveio o secretário.

O alcaide voltou-se para o juiz.

— É certo?

— Isso não é absolutamente indispensável sob o estado de sítio — disse o juiz. — Mas é evidente que a sua posição seria mais correta se um procurador tratasse do assunto, dada a coincidência de que o senhor é o dono dos terrenos em litígio.

— Então vamos nomeá-lo — disse o alcaide.

O Sr. Benjamín trocou de pé, na caixa do engraxate, sem tirar os olhos dos urubus que disputavam uma tripa no meio da rua. Observou os movimentos difíceis dos animais, elegantes e cerimoniosos como se estivessem dançando uma dança antiga, e admirou a fidelidade representativa dos homens que se fantasiam de urubus no domingo antes da Quaresma. O menino sentado a seus pés untou de óxido de zinco o outro sapato e bateu novamente na caixa, ordenando nova troca de pé.

O Sr. Benjamín, que noutra época viveu de escrever requerimentos, não tinha pressa de nada. O tempo tinha uma imperceptível velocidade no interior daquela loja que ele fora comendo centavo por centavo, até reduzi-la a um galão de petróleo e um maço de velas de sebo.

— Mesmo chovendo, ainda continua fazendo calor — disse o menino.

O Sr. Benjamín não concordou. Vestia um impecável terno de linho. O menino, ao contrário, estava com a camisa empapada de suor.

— O calor é uma questão mental — disse o Sr. Benjamín. — Tudo consiste em não lhe dar atenção.

O menino não fez comentários. Deu outra batida na caixa e segundos depois o trabalho estava concluído. No interior de sua lúgubre loja de armários vazios, o Sr. Benjamín vestiu o paletó. Depois pôs um chapéu de palha entrançada, atravessou a rua protegendo-se do chuvisco e chamou à janela da casa defronte. Uma moça de cabelos de um negro intenso e pele pálida apareceu na veneziana entreaberta.

— Bom dia, Mina — disse o Sr. Benjamín. — E então, não vai almoçar?

Ela respondeu que não e acabou de abrir a janela. Estava sentada diante de um grande cesto cheio de arames cortados e papéis coloridos.

Tinha no regaço um novelo de linha, tesouras e um ramo de flores artificiais, ainda sem terminar. Um disco cantava na vitrola.

— Podia me fazer o favor de dar uma olhada na loja até eu voltar? — perguntou o Sr. Benjamín.

— Vai demorar?

O Sr. Benjamín ouvia o disco.

— Vou ao dentista — disse. — Antes de meia hora já estou aqui.

— Está bem — disse Mina. — A cega não quer que eu fique muito tempo na janela.

O Sr. Benjamín deixou de escutar o disco.

— As canções de hoje são todas a mesma coisa — comentou.

Mina ergueu uma flor, que terminava no extremo de um comprido caule de arame forrado de papel verde. Fê-la girar entre os dedos, fascinada pela perfeita correspondência entre o disco e a flor.

— O senhor é inimigo da música — disse.

Mas o Sr. Benjamín já se tinha ido, caminhando na ponta dos pés para não espantar os urubus. Mina voltou ao trabalho depois que o viu entrar no consultório do dentista.

— No meu modo de ver — disse o dentista, abrindo a porta —, a sensibilidade do camaleão está nos olhos.

— É possível — admitiu o Sr. Benjamín. — Mas a que vem isso?

— Acabo de ouvir no rádio que os camaleões cegos não mudam de cor — disse o dentista.

Depois de deixar num canto o guarda-chuva aberto, o Sr. Benjamín pendurou num mesmo prego o paletó e o chapéu e depois se sentou na cadeira. O dentista batia no almofariz uma pasta rosada.

— Dizem muitas coisas — disse o Sr. Benjamín.

Não somente naquele instante, mas em qualquer circunstância, sempre falava assim, com uma inflexão misteriosa.

— Sobre os camaleões?

— Sobre todo mundo.

O dentista aproximou-se da cadeira com a pasta que acabara de preparar para tirar o molde da arcada dentária. O Sr. Benjamín despojou-se da dentadura postiça, enrolou-a num lenço e a colocou em cima de um vidro, perto da cadeira. Sem dentes, com os ombros estreitos e os membros estreitos esquálidos, tinha algo de um santo. Depois de ajustar a pasta na arcada, o dentista fez com que ele fechasse a boca.

— Pois é — disse, olhando-o nos olhos. — Sou um covarde.

O Sr. Benjamín tentou respirar profundamente, mas o dentista lhe manteve a boca fechada. "Não", disse interiormente. "Não se trata disso." Sabia, como todo mundo, que o dentista havia sido o único sentenciado à morte, no povoado, que não abandonou a sua casa. Haviam-lhe perfurado as paredes a tiros, deram-lhe um prazo de 24 horas para deixar o povoado, mas não conseguiram dobrá-lo. Mudara o consultório para uma dependência interna da casa, e ali ficou trabalhando com o revólver ao alcance da mão, sem perder o controle, até que passaram os longos meses de terror.

Enquanto durou a operação, o dentista viu por várias vezes assomar aos olhos do Sr. Benjamín uma mesma resposta expressa em diferentes graus de angústia. Mas lhe manteve a boca fechada, à espera de que a pasta secasse. Depois retirou o molde, já endurecido.

— Não me referia a isso — desabafou o Sr. Benjamín, quando pôde falar. — Referia-me aos pasquins.

— Ah — disse o dentista. — Até o senhor?

— É um sintoma de decomposição social — disse o Sr. Benjamín.

Voltara a colocar a dentadura postiça e iniciava o minucioso processo de vestir o paletó.

— É um sintoma de que, mais tarde ou mais cedo, tudo se sabe — disse o dentista, com indiferença. Olhou pela janela o céu carregado, e sugeriu: — Espere que a chuva passe.

O Sr. Benjamín dependurou o guarda-chuva no braço.

— Deixei a loja sozinha — disse, observando por sua vez as nuvens escuras. Despediu-se com o chapéu, dizendo, da porta: — E veja se tira essa ideia da cabeça, Aurélio. Ninguém tem o direito de pensar que você é um covarde apenas porque arrancou um dente do alcaide.

— Se você pensa assim — disse o dentista —, espere um segundo.

Foi até a porta e entregou ao Sr. Benjamín uma folha de papel dobrada.

— Leia e passe adiante.

O Sr. Benjamín não teve necessidade de desdobrar o papel para saber do que se tratava. Olhou-o, a boca aberta.

— Outra vez?

O dentista confirmou com a cabeça e ficou na porta até que o Sr. Benjamín saiu.

Às doze horas a mulher chamou-o para almoçar. Ángela, sua filha de vinte anos, cerzia meias na sala de jantar pobremente mobiliada com móveis e objetos que pareciam ter sido velhos desde sua origem. Na prateleira que dava para o pátio via-se uma fileira de potes pintados de vermelho com plantas medicinais.

— O pobre do Benjaminzinho — disse o dentista ao ocupar seu lugar na mesa redonda — está preocupado com os panfletos.

— E quem não está? — perguntou a mulher.

— As Tovar vão deixar o povoado — interveio Ángela.

A mãe começou a servir a sopa.

— Estão vendendo tudo às pressas — disse.

Ao aspirar o cálido aroma da sopa, o dentista sentiu-se ainda mais distante das preocupações de sua mulher.

— Voltarão — disse. — A vergonha tem má memória.

Soprando na colher antes de tomar a sopa, esperou o comentário da filha, uma moça de aspecto um tanto árido, como ele, mas cujo olhar exalava uma incomum vivacidade. Ela, porém, limitou-se a falar do circo. Disse que havia um homem que serrava a mulher pela metade, um anão que cantava com a cabeça metida na boca de um leão e um trapezista que executava o tríplice salto mortal sobre uma plataforma eriçada de facas. Comendo em silêncio, o dentista a escutava e, no final da refeição, prometeu que aquela noite, se não chovesse, iriam todos ao circo.

No quarto de dormir, enquanto armava a rede para a sesta, percebeu que a promessa não havia modificado o humor da mulher. Também ela estava disposta a deixar o povoado se pregassem um panfleto em sua porta.

O dentista ouviu-a sem surpresa.

— Seria muito engraçado — disse — que não podendo nos botar para fora à bala, conseguissem fazê-lo agora apenas com um papel pregado na porta.

Tirou os sapatos e meteu-se na rede, de meias, tranquilizando-a:

— Não se preocupe. Não há o menor perigo de que nos colem um dos pasquins.
— Não respeitam ninguém — disse a mulher.
— Depende — disse o dentista. — Comigo sabem que a coisa é diferente.
A mulher estendeu-se na cama com um ar de infinito cansaço.
— Se ao menos se soubesse quem os coloca.
— Quem os coloca sabe — disse o dentista.

O alcaide costumava passar dias inteiros sem comer. Simplesmente se esquecia. Sua atividade, que certas vezes se mostrava febril, era tão irregular como as prolongadas épocas de ócio e tédio, em que vagava sem rumo pelo povoado, ou se fechava em sua sala blindada, inconsciente do transcorrer do tempo. Sempre sozinho, sempre um tanto à deriva, não possuía uma só afeição especial, nem nunca se lembrou de ter passado uma época norteada por costumes regulares. Somente impulsionado por uma irresistível necessidade é que aparecia no hotel, a qualquer hora, e comia o que lhe serviam.

Naquele dia, almoçou com o juiz Arcádio. Passaram juntos toda a tarde, até que a venda dos terrenos ficou legalizada. Os peritos cumpriram o seu dever. O procurador, nomeado em caráter interino, desempenhou seu cargo durante duas horas. Pouco depois das quatro, ao entrar no salão de bilhar, ambos pareciam regressar de uma penosa incursão pelo futuro.

— Então, terminamos — disse o alcaide, esfregando as mãos.

O juiz Arcádio não lhe deu atenção. O alcaide viu-o procurando um banco para se instalar junto ao balcão e lhe deu um analgésico.

— Um copo de água — ordenou a dom Roque.

— Uma cerveja gelada — corrigiu o juiz Arcádio, com a testa apoiada no balcão.

— Ou uma cerveja gelada — retificou o alcaide, pondo o dinheiro sobre o balcão. — Ele merece, pois hoje trabalhou como um homem.

Depois de tomar a cerveja, o juiz Arcádio alisou com os dedos o couro cabeludo. O estabelecimento agitava-se com um ar de festa, à espera do desfile do circo.

O alcaide assistia a ele do salão de bilhar. Saudada pelos metais da banda, primeiro passou uma moça com um traje prateado, montada num elefante anão de orelhas como folhas pendentes. Logo atrás, desfilaram os palhaços e os trapezistas. Havia parado de chover por completo e os últimos raios de sol começavam a esquentar a tarde lavada. Quando cessou a música, para que o homem das pernas de pau pudesse ler o anúncio, todo o povoado pareceu erguer-se da terra num silêncio de milagre.

Padre Ángel, que assistiu ao desfile da sua sala, ficou com o ritmo da música na cabeça. Aquele bem-estar invocado da infância o acompanhou durante o jantar e também no princípio da noite, até quando acabou de controlar o ingresso no cinema e se encontrou novamente consigo mesmo no quarto de dormir. Depois de rezar, permaneceu num êxtase triste na cadeira de vime, sem perceber quando soaram as nove horas nem quando emudeceu o alto-falante do cinema e, em seu lugar, ficou a cantoria dos sapos. Depois foi até a mesa de trabalho, para escrever um bilhete ao alcaide.

Num dos lugares de honra do circo, que ocupava por instâncias do empresário, o alcaide presenciou o número de abertura dos trapézios e um outro, dos palhaços. Depois apareceu Cassandra, vestida de veludo preto e com os olhos vendados, oferecendo-se para adivinhar o pensamento dos assistentes. O alcaide fugiu. Fez uma ronda de rotina pelo povoado e às dez foi ao quartel da polícia. Ali o esperava, em papel de carta e numa letra excessivamente desenhada, o bilhete de padre Ángel. Alarmou-o o formalismo do convite.

Padre Ángel começava a despir-se quando o alcaide bateu na porta.

— Caramba — disse o pároco —, não esperava que viesse tão depressa.

O alcaide tirou o quepe, antes de entrar.

— Gosto de responder cartas — sorriu.

Jogou o quepe, fazendo-o girar como um disco, na cadeira de vime. Viu na tina várias garrafas de gasosa ali postas para refrescar. Padre Ángel apanhou uma.

— Toma uma limonada?

O alcaide aceitou.

— Incomodei-o apenas — disse o pároco, indo diretamente ao assunto — para lhe manifestar minha preocupação pela sua indiferença em face do problema dos pasquins.

Disse de uma maneira que poderia ser interpretada como uma brincadeira, mas o alcaide o entendeu ao pé da letra. Perguntou-se, perplexo, como a preocupação com os pasquins poderia ter arrastado padre Ángel até aquele ponto.

— É estranho, padre, que até o senhor se preocupe com tal bobagem.

Padre Ángel revistava as gavetas da mesa à procura do abridor.

— Não são propriamente os panfletos que me preocupam — disse um pouco perturbado, sem saber o que fazer com a garrafa. — O que me preocupa é, digamos assim, um certo estado de injustiça que há em tudo isso.

O alcaide tirou a garrafa de suas mãos e a destampou na ferradura de sua bota, com uma habilidade da mão esquerda que chamou a atenção do padre Ángel. Limpou a espuma que extravasava da garrafa.

— Existe uma vida privada — começou, sem conseguir uma conclusão. — Falando seriamente, padre, não vejo o que se poderia fazer.

O padre instalou-se na mesa de trabalho.

— Pois devia saber — disse. — Afinal, não devem existir novidades para o senhor.

Percorreu a sala com um olhar impreciso e disse, noutro tom:

— O senhor deveria fazer alguma coisa antes do domingo.

— Hoje é quinta-feira — lembrou o alcaide.

— Sei perfeitamente — replicou o padre — que o tempo é curto. — E acrescentou, com um recôndito impulso: — Mas talvez não seja tarde para que o senhor cumpra o seu dever.

Padre Ángel viu o alcaide ir e vir no quarto, aprumado e esbelto, sem qualquer sinal de madureza física, e sentiu um definido sentimento de inferioridade.

— Como vê — reafirmou —, não se trata de nada excepcional.

Bateram as onze na torre. O alcaide esperou até que a última ressonância se dissolvesse e, então, se inclinou diante do padre, com as mãos apoiadas na mesa. Seu rosto exprimia a mesma ansiedade que se percebia em sua voz.

— Preste atenção, padre — começou. — O povoado está tranquilo, as pessoas começam a ter confiança na autoridade. Neste momento, qualquer manifestação de força seria um risco muito grande por uma coisa sem maior importância.

Padre Ángel aprovou com a cabeça e procurou explicar-se:

— Refiro-me, de um modo geral, a certas medidas das autoridades.

— Em todo caso — prosseguiu o alcaide, sem mudar de atitude —, não posso ignorar as circunstâncias. O senhor sabe muito bem que tenho sob minhas ordens seis policiais no quartel, ganhando soldo sem fazerem nada. Não consegui até agora a troca de nenhum deles.

— Sei — disse o padre Ángel. — Não o culpo de nada.

— Não é mais segredo para ninguém — o alcaide continuava com veemência, sem se preocupar com as interrupções — que três deles são criminosos comuns, tirados dos cárceres e disfarçados de policiais. Como as coisas estão, não posso correr o risco de mandá-los para a rua caçar um fantasma.

Padre Ángel abriu os braços.

— Claro, claro — reconheceu com decisão. — Isto está fora de questão. Mas por que, por exemplo, o senhor não recorre aos bons cidadãos?

O alcaide estirou-se, bebendo da garrafa em goles espaçados. Tinha o peito e as costas empapados de suor. Disse:

— Os bons cidadãos, como o senhor disse, estão morrendo de rir com os pasquins.

— Não todos.

— Além disso, não é justo alarmar o povo com uma coisa que não vale a pena. Francamente, padre — concluiu, de bom humor —, confesso que até esta noite não me ocorrera que o senhor e eu tivéssemos alguma coisa a ver com essa bobagem.

Padre Ángel assumiu uma atitude maternal.

— Até certo ponto, concordo — replicou, procurando uma laboriosa justificação, na qual se misturavam parágrafos já amadurecidos do sermão que havia começado a ordenar mentalmente desde o dia anterior, quando do almoço na casa da viúva Asís. — Trata-se, se assim se pode dizer — culminou —, de uma caso de terrorismo de ordem moral.

O alcaide sorriu.

— Bem, bem — quase o interrompeu. — Não vamos agora meter filosofia nos papeluchos, padre.

Abandonando na mesa a garrafa sem terminar, transigiu da melhor maneira que lhe ocorreu:

— Mas já que o senhor está dando tanta importância ao caso, verei o que se pode fazer.

Padre Ángel agradeceu. Não era nada bom, segundo revelou, subir ao púlpito, no domingo seguinte, levando consigo uma preocupação como aquela. O alcaide disse que compreendia, mas via que a noite já ia alta e que estava tirando do padre as suas horas de sono.

O tambor a rufar reapareceu como um espectro do passado. Estalou defronte do bilhar, às dez da manhã, e susteve o povoado em equilíbrio no seu próprio centro de gravidade, até quando soaram as três enérgicas advertências do final e se restabeleceu a angústia.

— A morte! — exclamou a viúva Montiel, vendo abrirem-se portas e janelas e as pessoas acorrerem de toda parte para a praça. — Chegou a morte!

Como resposta à impressão inicial, afastou as cortinas e observou o tumulto em redor do soldado da polícia, que se preparava para ler o pregão. Havia na praça um silêncio excessivo para a voz do pregoeiro. Apesar da atenção com que procurou ouvir o que ele dizia, a viúva Montiel só conseguiu entender duas palavras.

Ninguém, em casa, soube lhe explicar. O pregão havia sido lido com o mesmo e autoritário ritual de sempre, uma nova ordem reinava no mundo, e ela não encontrava ninguém que tivesse compreendido. A cozinheira alarmou-se com a sua palidez.

— Que dizia o pregão?

— É o que estou procurando averiguar, mas ninguém sabe de nada. O fato — disse a viúva — é que, desde que o mundo é mundo, os pregões nunca anunciaram nada de bom.

Então a cozinheira foi para a rua e voltou com os pormenores. A partir daquela noite, e até que cessassem as causas que o motivaram, restabelecia-se o toque de silêncio. Ninguém podia sair à rua depois das oito e até as cinco da manhã sem um salvo-conduto, assinado e carimbado pelo alcaide. A polícia tinha ordem de gritar três vezes a ordem de "alto!" a toda pessoa que encontrasse na rua, e se não fosse obedecida tinha ordem de atirar. O alcaide organizaria rondas de civis, por ele mesmo designados para colaborar com a polícia na vigilância noturna.

Mordendo as unhas, a viúva Montiel perguntou quais as causas da medida.

— Não foram ditas no pregão — respondeu a cozinheira —, mas todo mundo sabe quais são: os pasquins.

— O coração me dizia — exclamou a viúva, aterrorizada. — A morte está plantada neste povoado.

Mandou chamar o Sr. Carmichael. Obedecendo a uma força mais antiga e madura que um impulso ocasional, mandou que ele tirasse do depósito e levasse para o quarto de dormir o baú de couro com pregos de cobre que José Montiel havia comprado para sua única viagem, um ano antes de morrer. Tirou do armário alguns vestidos, roupas de baixo e sapatos, e arrumou tudo no fundo do baú. Ao fazê-lo, começava a experimentar a sensação de absoluto repouso com que tantas vezes havia sonhado, imaginando-se longe daquele lugar e daquela casa, num quarto com fogão e um pedaço de quintal onde pudesse cultivar orégão, e onde somente ela pudesse ter o direito de recordar José Montiel, com a única preocupação de esperar as tardes das segundas-feiras para ler as cartas de suas filhas.

Havia guardado apenas a roupa indispensável; o estojo de couro com as tesouras, o esparadrapo e o frasquinho de iodo e as coisas de coser, além da caixa de sapatos com o rosário e os livros de orações — mas assim mesmo foi atormentada pela ideia de que levava mais coisas do que as que Deus lhe podia perdoar. Então enrolou o São Rafael de gesso num pé de meia, acomodou-o cuidadosamente entre seus trapos e fechou o baú à chave.

Quando o Sr. Carmichael chegou, encontrou-a vestindo suas roupas mais humildes. Naquele dia, como um sinal promissor, o Sr. Carmichael não trazia o guarda-chuva. A viúva, porém, não percebeu isso. Tirou do bolso todas as chaves da casa, cada uma com uma papeleta escrita à máquina, e as entregou ao Sr. Carmichael, dizendo:

— Deixo em suas mãos o pecaminoso mundo de José Montiel. Faça dele o que bem entender.

Há muito tempo que o Sr. Carmichael temia que chegasse aquele momento.

— Quer dizer — balbuciou — que a senhora pretende ir para algum outro lugar até que passem todas essas coisas?

A viúva respondeu com uma voz pausada, mas imperativa:

— Vou-me para sempre.

O Sr. Carmichael, sem demonstrar seu alarme, fez-lhe uma síntese da situação. A herança de José Montiel ainda não havia sido regularizada. Muitos dos bens, adquiridos de qualquer maneira e sem tempo para cumprir as devidas formalidades, encontravam-se numa situação legal indefinida. Enquanto não se pusesse ordem naquela fortuna caótica, era impossível liquidar a sucessão. O filho maior, no seu posto consular na Alemanha, e as duas filhas, fascinadas pelos delirantes mercados de carne de Paris, teriam de voltar ou nomear procuradores para fazerem valer seus direitos. Antes disso, nada poderia ser vendido.

A momentânea iluminação daquele labirinto, no qual estava perdida há dois anos, não conseguia daquela vez comover a viúva Montiel.

— Não importa — insistiu. — Meus filhos estão felizes na Europa e nada têm a fazer neste país de selvagens, como eles mesmos dizem. Se quiser, Sr. Carmichael, faça um embrulho de tudo o que encontrar nesta casa e jogue-o aos porcos.

O Sr. Carmichael não a contrariou. Sob o pretexto de que teria de preparar algumas coisas para a viagem, saiu à procura do médico.

— Agora vamos ver, Guardiola, em que consiste o seu patriotismo.

O barbeiro e o grupo de homens que conversava na barbearia reconheceram o alcaide antes de vê-lo na porta.

— E o de vocês também — prosseguiu, apontando para os mais jovens. — Esta noite todos terão o fuzil que tanto desejam, e veremos se são tão desgraçados a ponto de voltá-los contra nós.

Era impossível duvidar do tom cordial de suas palavras.

— Melhor seria uma vassoura — replicou o barbeiro. — Para caçar bruxas, nada melhor do que uma vassoura.

Nem sequer olhou para o alcaide. Estava raspando a nuca do primeiro cliente da manhã e não levava a sério o que o alcaide lhe dizia. Só quando o ouviu perguntando quem, do grupo, era reservista e, portanto, em condições de manejar um fuzil, é que o barbeiro compreendeu que na verdade ele era um dos escolhidos.

— Mas realmente, alcaide, vai nos meter nessa embrulhada? — perguntou.

— E por que não? — respondeu o alcaide. — Vocês não passam o tempo cochichando sobre fuzis? Pois agora cada um terá o seu.

Parou detrás do barbeiro, de onde podia dominar pelo espelho todo o grupo.

— Falo sério — disse, dando à voz um tom autoritário. — Esta tarde, às seis, os reservistas de primeira categoria devem apresentar-se no quartel.

O barbeiro olhou-o do espelho.

— E se eu apanhar uma pneumonia? — perguntou.

— Nós o curaremos no xadrez — respondeu o alcaide.

O toca-discos do salão de bilhar choramingava um bolero sentimental. O salão estava vazio, mas em algumas mesas viam-se garrafas e copos pela metade.

— Agora, sim — disse dom Roque, vendo o alcaide entrar —, a coisa será resolvida. Temos que fechar às sete.

O alcaide encaminhou-se diretamente para o fundo do salão, onde também estavam vazias as mesinhas de jogar. Abriu a porta do mictório, deu uma olhada no depósito, e voltou para o balcão. Ao passar junto à mesa de bilhar, levantou inesperadamente o pano que a cobria, dizendo:

— Bem, deixem de besteira.

Dois rapazes saíram de debaixo da mesa, sacudindo a poeira das calças. Um deles estava pálido. O outro, mais jovem, tinha as orelhas vermelhas e ardentes. O alcaide os empurrou suavemente para as mesinhas da entrada.

— Então já sabem — lhes disse. — Às seis da tarde, todos no quartel.

Dom Roque continuava atrás do balcão.

— Se isso continua — disse —, vou acabar me dedicando ao contrabando.

— É apenas por dois ou três dias — disse o alcaide.

O proprietário do cinema o alcançou na esquina.

— Era só o que me faltava — gritou. — Depois das doze badaladas do padre, um toque de corneta.

O alcaide deu-lhe uma palmadinha no ombro e disse:

— Vou expropriá-lo.

— Não pode — replicou o proprietário. — O cinema não é um serviço público.

— Sob o estado de sítio — disse o alcaide —, até o cinema pode ser declarado serviço público.

E somente então deixou de sorrir. Subiu de dois em dois os degraus da escada do quartel e, ao chegar ao primeiro andar, abriu os braços e voltou a rir.

— Merda! — exclamou. — Você também?

O empresário do circo estava sentado numa cadeira, com a negligência de um monarca oriental. Fumava, em êxtase, um cachimbo de lobo do mar. Como se estivesse em sua casa, fez um sinal ao alcaide para que se sentasse.

— Vamos falar de negócios, tenente.

O alcaide puxou uma cadeira e sentou-se diante dele. Segurando o cachimbo com a mão refulgente de anéis coloridos, o empresário fez um sinal enigmático.

— Posso falar com toda a franqueza?

O alcaide fez um sinal afirmativo.

— Eu já o sabia desde que o vi barbeando-se — disse o empresário. — Pois bem: eu, que estou acostumado a conhecer as pessoas, sei que este toque de recolher, para o senhor...

O alcaide o examinava, divertido.

— ... Para mim, ao contrário, que já fiz todos os gastos de instalação e devo alimentar dezessete pessoas e nove feras, é simplesmente um desastre.

— E então?

— Proponho — respondeu o empresário — que transfira o toque de silêncio para as onze, e repartiremos os lucros do espetáculo noturno.

O alcaide continuou sorrindo, sem mudar de posição na cadeira.

— Suponho — disse — que não lhe custou muito trabalho encontrar no povoado quem lhe dissesse que sou um ladrão.

— É um negócio legítimo — protestou o empresário.

Não percebeu que o alcaide assumira uma expressão grave.

— Conversaremos segunda-feira — disse o tenente, de um modo impreciso.

— Segunda-feira já terei falido — replicou o empresário. — Somos muito pobres.

O alcaide levou-o até a escada, dando-lhe palmadinhas nas costas.

— Não precisa me dizer; conheço o negócio.

Já na escada, disse, num tom consolador:

— Peça a Cassandra que me procure esta noite.

O proprietário tentou voltar-se, mas a mão em suas costas exercia uma pressão decidida.

— Sem dúvida — disse.

— Mande-me ela — insistiu o alcaide — e amanhã falaremos.

O Sr. Benjamín empurrou com a ponta dos dedos a porta entelada, mas não entrou na casa. Exclamou, com um secreto desespero:

— As janelas, Nora.

Nora de Jacob — madura e grande —, com o cabelo cortado como o de um homem, jazia defronte ao ventilador elétrico, na sala em penumbra. Esperava o Sr. Benjamín para almoçar. Ao ouvi-lo chamar, levantou-se com grande esforço e abriu as quatro janelas que davam para a rua. Uma onda de calor penetrou na sala de azulejos nos quais se via desenhado, repetidamente, um mesmo pavão. Os móveis eram forrados de pano florido. Observava-se em cada detalhe um luxo pobre.

— Afinal o que existe de verdade — perguntou — no que o povo está dizendo?

— Dizem tantas coisas.

— Sobre a viúva Montiel — precisou Nora de Jacob. — Estão dizendo que ficou doida.

— Para mim está louca há muito tempo — disse o Sr. Benjamín. E acrescentou com um certo desencanto: — Esta manhã, tentou jogar-se pela janela.

A mesa, inteiramente visível da rua, tinha em cada extremo pratos e talheres.

— Castigo de Deus — disse Nora de Jacob, batendo palmas para que servissem o almoço. Levou o ventilador elétrico para a sala de jantar.

— A casa está cheia de gente desde o amanhecer — disse o Sr. Benjamín.

— Uma boa oportunidade para se ver como é por dentro — respondeu Nora de Jacob.

Uma menina negra, a cabeça cheia de laços coloridos, levou para a mesa a sopa fervente. O cheiro de galinha encheu a sala de jantar e a temperatura se tornou intolerável. O Sr. Benjamín ajustou o guardanapo no colarinho, dizendo "saúde". Tentou tomar a sopa, que estava pelando.

— Sopre, não seja teimoso — disse ela, impaciente. — E veja se tira esse paletó. A sua mania de só entrar aqui em casa com as janelas abertas ainda vai nos matar de calor. Que escrúpulos idiotas!

— Agora é mais indispensável do que nunca — disse ele. — Ninguém poderá dizer que não viu da rua todos os meus movimentos quando estou aqui em casa.

Ela mostrou seu esplêndido sorriso ortopédico, com gengivas cor do lacre com que se selam documentos.

— Não seja ridículo — exclamou. — Por mim, podem dizer o que quiserem.

Quando conseguiu tomar a sopa, continuou falando entre uma e outra colherada:

— Eu ficaria preocupada, isso sim, se falassem de Mónica — concluiu, referindo-se à filha de quinze anos que não havia vindo em férias desde que fora mandada para o colégio. — Mas de mim não podem dizer nada que todo mundo já não saiba.

O Sr. Benjamín não lhe dirigiu o seu habitual olhar de desaprovação. Tomavam a sopa em silêncio, separados pelos dois metros da mesa, a distância mais curta que ele permitia entre os dois, principalmente em público. Quando ela estava no colégio, vinte anos atrás, ele lhe escrevia longas e convencionais cartas, que ela respondia com bilhetinhos apaixonados. Numas férias, durante um passeio campestre, Nestor Jacob, completamente bêbado, arrastou-a pelo cabelo para um canto do curral e lhe disse sem alternativas: "Se você não se casar comigo, lhe dou um tiro." Casaram-se no final das férias e dez anos depois se separavam.

— De qualquer maneira, não convém estimular com portas fechadas a imaginação dessa gente.

Ficou em pé ao terminar o café.

— Já vou — disse. — Mina deve estar desesperada. — E da porta, ao colocar o chapéu: — Esta casa está pegando fogo.

— É o que estou lhe dizendo — disse ela.

Esperou até que ele se despediu com uma espécie de bênção. Depois voltou a levar o ventilador para o quarto de dormir, fechou a porta e despiu-se por completo. Por último, como fazia diariamente depois do almoço, foi ao banheiro contíguo e sentou-se na latrina, sozinha com o seu segredo.

Quatro vezes por dia via Nestor Jacob passar defronte da casa. Todo mundo sabia que ele estava instalado com outra mulher, da que já tivera quatro filhos, e era considerado um pai exemplar. Várias vezes, nos últimos anos, havia passado com os meninos em frente à casa, mas nunca com a mulher. Ela o via emagrecer, tornar-se velho e pálido e converter-se aos poucos num estranho cuja intimidade de outro tempo era simplesmente inconcebível. Às vezes, durante as sestas solitárias, tinha voltado a desejá-lo de forma premente: não como o via passar, mas como era na época que precedeu o nascimento de Mónica, quando o seu amor, curto e convencional, ainda não se tornara intolerável.

O juiz Arcádio dormiu até o meio-dia, de maneira que só teve notícia do pregão ao chegar ao escritório. Seu secretário, ao contrário, estava alarmado desde as oito, quando o alcaide lhe pediu que redigisse a proclamação.

— Na verdade — refletiu o juiz Arcádio, depois de se inteirar dos pormenores —, está concebido em termos drásticos. Não era necessário.

— É o mesmo decreto de sempre.

— Certamente — admitiu o juiz. — Mas as coisas mudaram, e é preciso que os termos também mudem. O povo deve estar assustado.

Mas o fato, segundo o comprovou mais tarde, é que o temor não era o sentimento predominante no povoado. Havia mais como que uma sensação de vitória coletiva pela afirmação daquilo que estava na consciência de todos: as coisas não haviam mudado. O juiz Arcádio não pôde evitar o alcaide quando deixava o salão de bilhar.

— De maneira que os pasquins eram desnecessários — lhe disse. — O pessoal está feliz.

O alcaide segurou-o pelo braço.

— Não se está fazendo nada contra ninguém — disse. — Trata-se de uma questão de rotina.

O juiz Arcádio desesperava-se com aquelas conversas ambulantes. O alcaide caminhava com passo resoluto, como se andasse em diligências urgentes, e depois de muito caminhar reparava que não ia a lugar nenhum.

— Isso não vai durar a vida inteira — prosseguiu. — Até domingo já teremos metido no xadrez o engraçadinho que anda colando os pasquins. E tudo me diz que se trata de uma mulher.

O juiz Arcádio não acreditava. Apesar da negligência e desinteresse com que assimilava as informações de seu secretário, chegara a uma conclusão: os panfletos não eram obra de uma só pessoa nem obedeciam a um plano estabelecido. E alguns, nos últimos dias, apresentavam uma nova modalidade: eram desenhos.

— Pode ser que não seja um homem nem uma mulher — concluiu o juiz Arcádio. — Pode ser que sejam vários homens e várias mulheres, cada um atuando por conta própria.

— Não me complique as coisas, juiz — disse o alcaide. — O senhor deve saber que em todo delito, mesmo que nele intervenham várias pessoas, há sempre um culpado.

— Quem disse isso foi Aristóteles, tenente — replicou o juiz Arcádio. E acrescentou, convicto: — De qualquer maneira, a medida me parece disparatada. Quem estiver pondo os pasquins simplesmente vai esperar que cesse o toque de silêncio para voltar a agir.

— Não importa — disse o alcaide. — O que importa é preservar o princípio da autoridade.

Os recrutas haviam começado a concentrar-se no quartel. O pequeno pátio de altos muros de concreto, riscados de sangue seco e pipocados de buracos feitos por projéteis, lembrava os tempos em que a capacidade das celas não era suficiente para abrigar todos os presos e muitos eram deixados do lado de fora, ao sabor das intempéries. Naquela tarde, os soldados desarmados vagavam em cuecas pelos corredores.

— Rovira — gritou o alcaide da porta. — Dê alguma coisa de beber a estes rapazes.

O soldado começou a vestir-se.

— Rum?

— Não seja estúpido — gritou o alcaide, que se dirigia para seu escritório blindado. — Alguma coisa gelada.

Os recrutas fumavam sentados em redor do pátio. O juiz Arcádio observou-os da varanda do segundo andar.

— São voluntários?

— Pois sim! — disse o alcaide. — Tive que tirá-los de debaixo da cama.

O juiz não encontrou uma só cara desconhecida.

— Pois parecem recrutados pela oposição — disse.

As pesadas portas de aço do escritório exalaram, ao se abrirem, um sopro gelado.

— Quer dizer que são bons para a luta — sorriu o alcaide, depois de acender as luzes da sua fortaleza privada.

Num canto, havia uma cama de campanha; sobre uma cadeira, uma jarra de cristal com um copo, e uma pequena bacia sob a cama. Recostados contra as nuas paredes de concreto, viam-se fuzis e metralhadoras de mão. A peça não tinha outra ventilação senão a que vinha das estreitas e altas claraboias, de onde se dominavam o porto e as ruas principais. No outro extremo da sala, estavam a secretária e o cofre.

O alcaide manejou a combinação.

— E isso não é nada — disse. — O melhor é que vou entregar fuzis a todos.

Entrou um soldado. O alcaide lhe deu várias cédulas, dizendo:

— Traga também dois maços de cigarros para cada um.

Quando ficaram novamente sozinhos, o alcaide voltou a dirigir-se ao juiz Arcádio:

— Que lhe parece a coisa?

O juiz respondeu, pensativo:

— Um risco inútil.

— O pessoal vai ficar de boca aberta — disse o alcaide. — De qualquer maneira, não acredito que esses pobres rapazes saibam o que fazer com os fuzis.

— Talvez estejam perturbados — admitiu o juiz. — Mas isso dura pouco.

Fez um esforço para reprimir a sensação de vazio no estômago.

— Tenha cuidado, tenente — disse. — Não vá botar tudo a perder.

O alcaide fê-lo sair do escritório com um gesto enigmático.

— Não seja bobo, juiz — sussurrou-lhe ao ouvido —, os fuzis só têm cartuchos de festim.

Quando desceram para o pátio, as luzes estavam acesas. Os recrutas bebiam gasosa sob as sujas lâmpadas elétricas, em redor das quais voavam os besouros. Passeando de um extremo ao outro do pátio, onde haviam ficado algumas poças de água da chuva, o alcaide lhes explicou em que consistia a sua missão daquela noite: seriam colocados aos pares nas principais esquinas com ordem de atirar contra qualquer pessoa, homem ou mulher, que desobedecesse às três ordens de alto. Recomendou-lhes coragem e prudência. Depois da meia-noite lhes seriam levadas refeições. O alcaide esperava, com a graça de Deus, que tudo transcorresse sem contratempos, e que o povoado soubesse apreciar aquele esforço das autoridades em favor da paz social.

Padre Ángel levantava-se da mesa quando, na torre, começaram a soar as oito. Apagou a luz do pátio, passou o ferrolho e fez o sinal da cruz sobre o breviário:

— Em nome de Deus.

Em qualquer pátio, distante, cantou um nambu.

Dormitando no corredor, por onde corria uma brisa fresca, junto às gaiolas tapadas com trapos escuros, a viúva Asís ouviu o segundo toque, e sem abrir os olhos perguntou:

— Roberto já chegou?

Uma empregada acocorada junto à porta respondeu que ele estava deitado desde as sete. Um pouco antes, Nora de Jacob baixara o volume do rádio e extasiava-se com uma música suave que parecia chegar de um lugar confortável e limpo. Uma voz demasiado distante para ser real gritou um nome no horizonte, e os cães começaram a ladrar.

O dentista não havia ainda acabado de escutar as notícias. Lembrando-se de que Ángela decifrava palavras cruzadas sob a lâmpada do pátio, ordenou-lhe sem a olhar:

— Feche a porta e vá terminar isso no quarto.

Sua mulher despertou, sobressaltada.

Roberto Asís, que realmente tinha se deitado às sete, levantou-se para olhar a praça pela janela entreaberta, mas só viu as amendoeiras escuras e a última luz que se apagava na varanda da viúva Montiel. Sua mulher acendeu a lâmpada de cabeceira e, num sussurro afogado, obrigou-o a deitar-se novamente. Um cão solitário continuou ladrando até que tocou a quinta badalada.

Na calorenta peça entulhada de latas vazias e frascos empoeirados, dom Lalo Moscote roncava com o jornal estendido sobre o abdômen e os óculos na testa. Sua esposa paralítica, impressionada pela recordação de outras noites como aquela, espantava mosquitos com um pedaço de pano, enquanto contava mentalmente as horas. Depois dos gritos distantes, do ladrar dos cachorros e das correrias sigilosas, começava o silêncio.

— Não se esqueça da coramina — recomendava o Dr. Giraldo a sua mulher, que colocava drogas de emergência na maleta, antes de se deitar. Ambos pensavam na viúva Montiel, rígida como um morto sob a última carga do luminal. Somente dom Sabas, depois de uma longa conversa com o Sr. Carmichael, havia perdido a noção do tempo. Ainda estava no escritório quando soou o sétimo toque, e sua mulher saiu do quarto de dormir com os cabelos emaranhados. O rio adormeceu.

— Numa noite como esta — murmurou alguém na escuridão, no instante em que se ouviu a oitava badalada, profunda, irrevogável, e alguma coisa que quinze segundos antes havia começado a crepitar extinguiu-se por completo.

O Dr. Giraldo fechou o livro até que deixou de vibrar o clarim do toque de silêncio. Sua esposa pôs a maleta na mesa de cabeceira, deitou-se com o rosto voltado para a parede e apagou a sua lâmpada. O médico abriu o livro, mas não leu. Ambos respiravam pausadamente, sozinhos num povoado que o desmesurado silêncio havia reduzido às dimensões da alcova.

— Em que está pensando?

— Em nada — respondeu o médico.

Até as onze, não conseguiu mais concentrar-se; depois, retornou à mesma página em que se encontrava quando começaram a tocar as oito horas. Dobrou o canto da página e colocou o livro na mesinha. Sua mulher dormia. Noutra época, ambos costumavam velar até o amanhecer, procurando identificar o local e as circunstâncias dos disparos. Várias vezes o barulho das botas e das armas havia chegado à porta de sua casa e ambos esperaram sentados na cama a chuva de chumbo que haveria de pôr abaixo a porta da frente. Muitas noites, quando já haviam aprendido a distinguir os infinitos matizes do terror, velaram com a cabeça apoiada numa almofada cheia de panfletos clandestinos, que seriam distribuídos no dia seguinte. Certa madrugada, ouviram diante da porta do consultório os mesmos ciciantes preparativos que precedem uma serenata e, em seguida, a voz cansada do alcaide: "Aí não. Esse não se mete em nada." O Dr. Giraldo apagou a lâmpada e procurou dormir.

O chuvisco começou depois da meia-noite. O barbeiro e outro recruta, na esquina do porto, deixaram o lugar e se protegeram sob o toldo da loja do Sr. Benjamín. O barbeiro acendeu um cigarro e examinou o fuzil, com a ajuda da luz de um fósforo. Era uma arma nova.

— É *made in USA* — disse.

Seu companheiro acendeu vários fósforos à procura da marca da sua carabina, mas não pôde encontrá-la. Uma goteira do toldo caiu na culatra da arma e produziu um impacto rouco.

— Que coisa esquisita — murmurou, enxugando a culatra com a manga. — Nós aqui, cada um com seu fuzil, molhando-nos.

No povoado soturno não se ouviam outros ruídos além da água caindo no toldo.

— Somos nove — disse o barbeiro. — Eles são sete, contando o alcaide, mas três estão presos no quartel.

— Segundos atrás eu pensava exatamente nisso — disse o outro.

A lanterna de pilhas do alcaide os fez brutalmente visíveis, acocorados contra a parede, tratando de proteger as armas das gotas que estalavam como perdigotos em seus sapatos. Reconheceram-no quando apagou a lanterna e veio para debaixo do toldo. Trazia um impermeável de campanha e uma metralhadora de mão. Um soldado o acompanhava. Depois de olhar o relógio, que usava no braço direito, ordenou ao soldado:

— Vá ao quartel e veja o que há com as provisões.

Teria dado uma ordem de guerra com a mesma energia. O soldado desapareceu sob a chuva. Então o alcaide sentou-se no chão, ao lado dos recrutas.

— Alguma novidade? — perguntou.

— Nada — respondeu o barbeiro.

O outro ofereceu um cigarro ao alcaide antes de acender o seu. O alcaide recusou.

— Até quando vamos ficar nessa vigília, tenente?

— Não sei — disse o alcaide. — Por enquanto, até que cesse o prazo do toque de silêncio. Amanhã veremos o que se pode fazer.

— Quer dizer, até as cinco! — exclamou o barbeiro.

— E eu — disse o outro — que estou de sentinela desde as quatro da manhã.

Um tropel de cães lhes chegou através do murmúrio da chuva miúda. O alcaide esperou até que terminasse o alvoroço, e dele só restou um latido solitário. Voltou-se para o recruta, com um ar deprimido.

— E você diz isso a mim, que já gastei meia vida nessa porcaria — disse. — Estou morrendo de sono.

— E para nada — disse o barbeiro. — Isso não tem pé nem cabeça. Parece coisa de mulher.

— Começo a acreditar na mesma coisa — suspirou o alcaide.

O soldado voltou informando que lá no quartel estavam esperando que a chuva parasse para distribuir a comida. E acrescentou: uma mulher, surpreendida sem salvo-conduto, esperava pelo alcaide no quartel.

Era Cassandra. Dormia na espreguiçadeira, vestida numa capa de oleado, na pequena sala iluminada pela lúgubre lâmpada do balcão. O alcaide apertou seu nariz com o indicador e o polegar. Ela emitiu um queixume, sacudiu-se num princípio de desespero e abriu os olhos.

— Estava sonhando — disse.

O alcaide acendeu a luz da sala. Protegendo os olhos com as mãos, a mulher espreguiçou-se, gemendo, e ele perturbou-se um momento com as suas unhas cor de prata e sua axila raspada.

— Você é um fresco — disse. — Estou aqui desde as onze.
— Esperava encontrá-la no quarto — desculpou-se o alcaide.
— Não tinha salvo-conduto.

Seus cabelos, que noites antes eram cor de cobre, agora estavam prateados.

— Esqueci-me — sorriu o alcaide, e depois de pendurar o impermeável ocupou uma cadeira junto a ela. — Espero que não tenham acreditado que é você que está colando os pasquins.

A mulher havia recobrado suas maneiras fáceis.

— Quem me dera — replicou. — Adoro as emoções fortes.

Súbito, o alcaide pareceu extraviado na sala. Com um ar indefeso, estalando os dedos, murmurou:

— Queria que você me fizesse um favor.

Ela o observou.

— Aqui entre nós dois — prosseguiu o alcaide —, queria que você botasse as cartas para saber quem é o responsável pelos papeluchos.

Ela voltou o rosto para o outro lado.

— Entendo — disse, depois de um breve silêncio.

O alcaide disse:

— Peço isso mais por vocês.

Ela confirmou com a cabeça.

— Já o fiz — disse.

O alcaide não conseguia dissimular sua ansiedade.

— Uma coisa esquisita — continuou Cassandra, com um calculado tom de melodrama. — Os sinais eram tão evidentes que me deram medo quando os vi na mesa.

Até sua respiração se tornara opressa.

— Quem é?

— É todo o povoado e não é ninguém.

Os filhos da viúva Asís foram à missa, no domingo. Eram sete, além de Roberto Asís. Todos fundidos no mesmo molde: corpulentos e rudes, com algo de mulas na sua disposição para o trabalho forte, e dóceis à mãe com uma cega obediência. Roberto Asís, o mais moço e o único que se havia casado, só tinha em comum com os irmãos um nó no osso do nariz. Com a sua saúde precária e suas maneiras convencionais, era como um prêmio de consolação pela filha que a viúva Asís cansou de esperar.

No pátio dos fundos, onde os sete Asís haviam descarregado os animais, a viúva passeava por entre fileiras de galinhas amarradas, legumes e queijos e panelas escuras e mantas de carne salgada, dando ordens às empregadas. Uma vez postas as coisas na cozinha, ordenou que selecionassem o melhor de cada coisa para padre Ángel.

O pároco estava barbeando-se. De vez em quando estendia a mão para o pátio, para umedecer o queixo com a água da chuva. Já estava terminando, quando duas meninas descalças empurraram a porta sem bater e colocaram diante dele várias pinhas maduras, panelas, queijos e uma canastra de legumes e ovos frescos.

O padre Ángel via tudo pelo canto dos olhos.

— Isso parece — disse — o sonho do tio Coelho.

A menor das meninas, com os olhos muito abertos, apontou para ele com o indicador:

— Veja, os padres também fazem a barba!

A outra a puxou para a porta.

— Que é que vocês pensavam? — sorriu o pároco. — Nós também somos humanos.

Depois contemplou as provisões dispersas no chão e concluiu que somente a casa de Asís era capaz de tanta prodigalidade.

— Digam aos rapazes — quase gritou — que Deus lhes devolverá tudo em saúde.

Padre Ángel, que em quarenta anos de sacerdócio ainda não conseguira dominar a inquietação que precede os atos solenes, guardou o barbeador sem acabar de barbear-se. Depois recolheu as provisões, amontoou-as num canto da cozinha e entrou na sacristia, limpando as mãos na batina.

A igreja estava repleta. Nas cadeiras de espaldar próximas do púlpito, doadas por eles, e com seus respectivos nomes gravados em plaquetas de cobre, estavam os Asís, com a mãe e a cunhada. Quando chegaram ao templo, pela primeira vez em vários meses, parecia que entravam a cavalo. Cristóbal Asís, o mais velho, que havia chegado meia hora antes e não tivera tempo de se barbear, ainda trazia as botas de montar com as esporas. Vendo aquele gigante montanhês, parecia verdadeira a versão pública e jamais confirmada de que César Montero era filho secreto do velho Adalberto Asís.

Na sacristia, padre Ángel teve uma contrariedade: os ornamentos litúrgicos não estavam em seu lugar. O acólito o encontrou aturdido, revolvendo gavetas enquanto mantinha uma obscura disputa consigo mesmo.

— Chame Trinidad — ordenou o padre — e pergunte onde ela pôs a estola.

Esquecia que Trinidad estava doente desde sábado. O acólito estava seguro de que ela levara algumas coisas para consertar. Padre Ángel vestiu então os ornamentos reservados aos ofícios fúnebres. Não conseguiu concentrar-se. Ao subir ao púlpito, impaciente e com a respiração alterada, compreendeu que os argumentos amadurecidos nos dias anteriores não teriam agora tanta força de convicção como lhe pareceram ter na solidão do seu quarto.

Falou durante dez minutos. Tropeçando nas palavras, surpreendido por um tropel de ideias que não cabia nos moldes previstos, percebeu a viúva Asís rodeada de seus filhos. Foi como se os tivesse reconhecido vários séculos mais tarde numa desbotada fotografia familiar. Apenas

Rebeca de Asís, apascentando o esplêndido busto com o leque de sândalo, lhe pareceu humana e atual. Padre Ángel terminou o sermão sem se referir diretamente aos pasquins.

A viúva Asís permaneceu rígida por alguns minutos, tirando e colocando a aliança de casamento com uma secreta exasperação, enquanto prosseguia a missa. Depois fez o sinal da cruz, levantou-se e deixou a igreja pela nave central, tumultuosamente seguida pelos filhos.

Numa manhã como aquela, o Dr. Giraldo havia compreendido o mecanismo interior do suicídio. Chuviscava sem ruídos, na casa vizinha assobiava o corrupião e sua mulher falava enquanto escovava os dentes.

— Os domingos são dias estranhos — disse ela, pondo a mesa para o café. — É como se fossem esquartejados e dependurados: cheiram a animal cru.

O médico começou a fazer a barba. Tinha os olhos úmidos e as pálpebras inchadas.

— Você tem dormido mal — lhe disse a esposa. E acrescentou, com uma suave amargura: — Um domingo desses você amanhecerá velho. — Tinha vestido um roupão gasto e trazia a cabeça cheia de frisadores.

— Faça-me um favor — disse ele. — Cale-se.

Ela foi para a cozinha, pôs a chaleira de café no fogão e esperou que fervesse, atenta primeiro ao assovio do corrupião e, depois, ao ruído da ducha. Então voltou ao quarto para que seu marido encontrasse a roupa pronta ao sair do banho. Ao levar o desjejum à mesa, viu-o pronto para sair, e lhe pareceu um pouco mais jovem com as calças cáqui e a camisa esportiva.

Comeram em silêncio, ele examinando-a insistentemente com uma afetuosa atenção. Ela tomava o café com a cabeça baixa, um pouco trêmula de ressentimento.

— É o fígado — desculpou-se ele.

— Nada justifica a rudeza — respondeu ela, sem levantar a cabeça.

— Devo estar intoxicado — disse ele. — Meu fígado piora sempre que chove.

— Você diz sempre isso, mas nunca faz nada. Se não abrir os olhos — acrescentou —, vai acabar mal.

Ele concordou.

— Em dezembro — disse —, ficaremos quinze dias no mar.

Olhou a chuva através dos buracos da grade de madeira que separava a sala de jantar do pátio, entristecido pela persistência do outubro, e acrescentou:

— Então, pelo menos por quatro meses, não haverá domingos como este.

Ela empilhou os pratos antes de levá-los para a cozinha. Quando voltou à sala, encontrou-o com o chapéu de palha, preparando a sua maleta de médico.

— Então a viúva Asís voltou à igreja — comentou ele.

Sua esposa lhe havia contado o fato antes de começar a escovar os dentes, mas então ele não lhe dera atenção.

— É a terceira vez este ano — confirmou ela. — Pelo visto, não encontrou coisa melhor para se divertir.

O médico mostrou o seu vigoroso sistema dentário.

— Os ricos estão malucos.

Algumas mulheres, de volta da igreja, tinham ido visitar a viúva Montiel. O médico saudou o grupo que permanecia na sala. Um murmurar de risos o perseguiu até o patamar. Antes de bater à porta, percebeu que havia outras mulheres no quarto. Alguém lhe disse que entrasse.

A viúva Montiel estava sentada, os cabelos soltos, segurando com as mãos o lençol contra o peito. Tinha no regaço um espelho e um pente de chifre.

— De maneira que também a senhora resolveu ir à festa — lhe disse o médico.

— Está festejando seus quinze anos — disse uma das mulheres.

— Dezoito — corrigiu a viúva Montiel, com um sorriso triste. Novamente estirada na cama, cobriu-se até o pescoço. — Para começo de conversa — acrescentou de bom humor —, é preciso ficar claro que nenhum homem foi convidado. Nem mesmo o senhor, doutor: é de mau agouro.

O médico pôs o chapéu molhado sobre a cômoda.

— Faz muito bem — disse, observando a doente com uma pensativa complacência. — Aliás, percebo que não tenho nada que fazer aqui. — Mas logo depois, dirigindo-se ao grupo, pediu: — Dão licença?

Quando ficou sozinho com a viúva Montiel, esta reassumiu uma amarga expressão de enferma. O médico, porém, fingiu não notar. Continuou falando no mesmo tom alegre enquanto colocava na mesinha de cabeceira as coisas que ia tirando da valise.

— Por favor, doutor — suplicou a viúva —, nada de injeções. Estou feito um coador.

— As injeções — sorriu o médico — são as melhores coisas que inventaram para alimentar os médicos.

Ela também sorriu.

— Creia-me — disse, apalpando as nádegas por cima do lençol —, estou toda dolorida. Não posso nem mesmo me tocar.

— Então não se toque — disse o médico.

Então ela riu com vontade.

— Veja se fala sério, doutor, mesmo sendo domingo.

O médico lhe desnudou o braço para tomar a pressão arterial.

— O médico me proibiu — disse ele. — É mau para o fígado.

Enquanto ele lhe verificava a pressão, a viúva ficou a olhar o quadrante do instrumento com uma curiosidade infantil.

— É o relógio mais esquisito que já vi em minha vida — disse.

O médico continuou concentrado nos números do instrumento até quando acabou de comprimir a pera de borracha.

— É o único que marca com exatidão a hora de a gente se levantar — disse.

Ao terminar, enquanto enrolava os tubos do instrumento, observou minuciosamente o rosto da enferma. Colocou sobre a mesinha um vidro com comprimidos brancos, dizendo-lhe que tomasse um de doze em doze horas.

— Se não quer mais injeções — disse —, não haverá mais injeções. A senhora está melhor do que eu.

A viúva fez um gesto de impaciência.

— Nunca tive nada — disse.

— Acredito — replicou o médico. — Mas eu tinha de inventar alguma coisa para justificar a conta.

Sem levar em conta a tirada, a viúva perguntou:

— Tenho que continuar na cama?

— Pelo contrário — disse o médico. — Proíbo terminantemente. Desça para a sala e atenda as suas visitas, como é de seu dever. Além disso — acrescentou com voz maliciosa —, há muitas coisas de que falar.

— Por Deus, doutor — exclamou ela —, não seja tão irreverente. Aposto que é o senhor quem está colocando os panfletos.

O Dr. Giraldo divertiu-se com o que lhe disse a viúva. Ao sair, deu uma olhada furtiva no baú de couro com pregos de cobre, já arrumado para a viagem e colocado num canto do quarto.

— E não deixe de me trazer uma lembrança — gritou da porta — quando voltar de sua viagem em redor do mundo.

A viúva havia recomeçado o paciente trabalho de desmaranhar o cabelo.

— Sem dúvida, doutor.

Não desceu para a sala. Continuou na cama até que a última visita foi embora. Então, vestiu-se. O Sr. Carmichael a encontrou comendo diante da janela entreaberta.

Ela respondeu ao seu cumprimento sem tirar a vista do balcão.

— No fundo — disse —, gosto dessa mulher: é valente.

Também o Sr. Carmichael olhou para a casa da viúva Asís, cujas portas e janelas continuavam fechadas.

— É da sua natureza — disse. — Com entranhas como as suas, feitas somente para gerar varões, não se pode ser de outra maneira. — Dirigindo sua atenção para a viúva Montiel, acrescentou: — E a senhora também está como uma rosa.

Ela pareceu confirmá-lo com a frescura do seu sorriso.

— Sabe de uma coisa? — perguntou. E ante a indecisão do Sr. Carmichael, antecipou a resposta: — O Dr. Giraldo está convencido de que estou louca.

— Não me diga!

A viúva confirmou com a cabeça.

— Não seria surpresa para mim — continuou — se eu vier a saber que ele já falou com o senhor para me mandar para o manicômio.

O Sr. Carmichael não soube como sair da sua confusão.

— Não saí de casa toda a manhã — disse. Deixou-se cair na fofa cadeira de couro colocada junto à cama. A viúva Montiel lembrou-se de José Montiel naquela mesma poltrona, fulminado pela congestão cerebral, quinze minutos antes de morrer.

— Nesse caso — disse, livrando-se da má recordação — é possível que trate do assunto com o senhor esta tarde. — E mudando de tom, com um sorriso lúcido: — Falou com o meu compadre Sabas?

O Sr. Carmichael disse que sim com a cabeça.

Na verdade, na sexta-feira e no sábado havia fincado sondas no abismo de dom Sabas, procurando averiguar qual seria sua reação se fosse posta à venda a herança de José Montiel. Dom Sabas — supunha o Sr. Carmichael — parecia disposto a comprar. A viúva o escutou sem dar mostras de impaciência. Se não fosse na quarta-feira próxima, seria na semana seguinte, admitiu, com uma tranquila firmeza. De qualquer maneira, estava disposta a abandonar o povoado antes que outubro chegasse ao fim.

O alcaide sacou do revólver com um instantâneo movimento da mão esquerda. Até o último músculo do seu corpo, estava pronto para disparar quando despertou de vez e reconheceu o juiz Arcádio.

— Merda!

O juiz Arcádio ficou petrificado.

— Não repita essa brincadeira — disse o alcaide, guardando o revólver. — Meus ouvidos funcionam melhor quando estou dormindo.

— A porta estava aberta — disse o juiz Arcádio.

O alcaide havia esquecido de fechá-la ao amanhecer. Estava tão cansado que se deixou cair na cadeira e imediatamente pegou no sono.

— Que horas são?

— Quase doze — disse o juiz Arcádio.

Ainda restava uma corda trêmula em sua voz.

— Estou morto de sono — disse o alcaide.

Espreguiçando-se num longo bocejo, teve a impressão de que o tempo havia parado. Apesar de sua diligência, das noites em claro, os pasquins continuavam a ser colados. Naquela madrugada mesmo havia encontrado um deles pregado na porta do seu quarto: "Não gaste pólvora com urubus, tenente." Dizia-se, na rua, que eram os próprios integrantes das rondas que colocavam os pasquins para distrair o tédio da vigília. O povoado — pensava o alcaide — estava morrendo de rir.

— Sacuda-se — disse o juiz Arcádio — e vamos comer qualquer coisa.

Mas ele não tinha fome. Queria dormir mais uma hora e tomar um banho antes de sair. O juiz Arcádio, ao contrário, loução e limpo, voltava para casa, para almoçar. Ao passar diante do quarto de dormir, e como a porta estivesse aberta, havia entrado para pedir ao alcaide um salvo-conduto para transitar depois do toque de silêncio.

O tenente simplesmente lhe disse:

— Não. — Depois, num tom paternal, justificou-se: — É mais conveniente para o senhor ficar tranquilo em sua casa.

O juiz Arcádio acendeu um cigarro. Ficou olhando a chama do fósforo, à espera de que lhe passasse o rancor, mas não encontrou nada que dizer.

— Não me leve a mal — disse o alcaide. — Pode estar certo de que eu gostaria de trocar meu lugar pelo seu: deitar-me às oito da noite e levantar-me quando tivesse vontade.

— Acredito — disse o juiz. E acrescentou, com acentuada ironia: — Era só o que me faltava: um papaizinho novo aos trinta e cinco anos.

Dera-lhe as costas e parecia contemplar do balcão o céu carregado de chuva. O alcaide permaneceu num silêncio duro. Depois, de um modo cortante, disse:

— Juiz. — O juiz Arcádio voltou-se para ele e ambos se olharam nos olhos. — Não vou lhe dar o salvo-conduto. Compreende?

O juiz mordeu o cigarro e começou a dizer algo, mas reprimiu o impulso. O alcaide viu-o descer lentamente a escada. Súbito, gritou:

— Juiz!

Não teve resposta.

— Continuamos amigos — gritou o alcaide.

Também dessa vez não teve resposta.

Continuou inclinado, à espera da reação do juiz Arcádio, até quando a porta se fechou e ele ficou sozinho com suas lembranças. Não fez qualquer esforço para dormir. Estava acordado em pleno dia, encalhado num povoado que continuaria impenetrável e distante muitos anos depois que ele tomasse outro destino. Na madrugada em que desembarcou furtivamente com a velha mala amarrada com cordas e a ordem de submeter a vila a qualquer preço, foi ele, então, quem conheceu o terror. Sua única ajuda era uma carta para um obscuro partidário do governo, que iria encontrar no dia seguinte, de cuecas, na porta de uma usina de arroz. Com suas informações e a implacável crueldade dos três assassinos assalariados que o acompanhavam, a tarefa havia sido cumprida. Naquela tarde, no entanto, inconsciente da invisível teia que o tempo havia tecido em seu redor, lhe teria bastado uma instantânea explosão de clarividência para se perguntar quem estava submetido a quem.

Sonhou de olhos abertos diante da janela açoitada pela chuva, e assim ficou até depois das quatro. Em seguida tomou banho, vestiu o uniforme de campanha e foi para o hotel fazer um lanche. Mais tarde, fez uma inspeção rotineira no quartel, e, depois, viu-se parado numa esquina, com as mãos nos bolsos, sem saber o que fazer.

O proprietário do salão de bilhar viu-o entrar, já no entardecer, ainda com as mãos nos bolsos. Saudou-o do fundo do estabelecimento vazio, mas o alcaide não lhe respondeu.

— Uma garrafa de água mineral — disse.

As garrafas fizeram um estrondo ao serem revolvidas na geladeira.

— Um dia destes — disse o proprietário —, terão de operá-lo e encontrarão seu fígado cheio de borbulhas.

O alcaide olhou o copo. Tomou um gole, arrotou, e ficou com os cotovelos apoiados no balcão e os olhos fixos no copo; depois voltou a arrotar. A praça estava deserta.

— Bem — disse o alcaide. — Que é que há?

— É domingo — disse o proprietário.

— Ah!

Jogou uma moeda no balcão e saiu sem despedir-se. Na esquina da praça, alguém que caminhava como se arrastasse uma longa cauda disse-lhe algo que ele não compreendeu. Mas depois raciocinou. De um modo confuso, compreendeu que algo estava acontecendo e, por isso, dirigiu-se para o quartel. Subiu a escada aos pulos, sem prestar atenção aos grupos que se formavam na porta. Um soldado veio ao seu encontro.

Entregou-lhe uma folha de papel e ao alcaide bastou um golpe de vista para compreender do que se tratava.

— Estava distribuindo na rinha de galo — disse o soldado.

O alcaide precipitou-se pelo corredor. Abriu a primeira cela e ficou com a mão na aldraba, escutando na penumbra, até que pôde ver: era um rapazinho de vinte anos, de rosto afilado e citrino, marcado pela varíola. Tinha na cabeça um boné de jogador de beisebol e óculos escuros.

— Como é o seu nome?
— Pepe.
— Pepe de quê?
— Pepe Amador.

O alcaide olhou-o por alguns instantes e fez um esforço para se lembrar. O rapaz estava sentado no estrado de cimento que servia de cama aos presos. Parecia tranquilo. Tirou os óculos, limpou-os com a fralda da camisa e olhou o alcaide com as pálpebras franzidas.

— Onde já nos vimos? — perguntou o alcaide.
— Por aí — disse Pepe Amador.

O alcaide não chegou a entrar na cela. Continuou olhando o preso, pensativo, e depois começou a fechar a porta.

— Bem, Pepe — disse —, creio que você está fodido.

Passou o ferrolho, meteu a chave no bolso e foi para a sala ler e reler várias vezes o jornal clandestino.

Sentou-se defronte ao balcão aberto, matando pernilongos com palmadas, enquanto se acendiam as luzes nas ruas desertas. Ele conhecia aquela paz crepuscular. Noutra época, num anoitecer como esse, havia experimentado em sua plenitude a emoção do poder.

— De maneira que voltaram — disse, em voz baixa.

Haviam voltado. Como antes, estavam mimeografados de ambos os lados, e poderiam ser reconhecidos em qualquer parte e em qualquer tempo pela indefinível marca de angústia que a clandestinidade imprime.

Pensou muito tempo, envolto nas trevas, dobrando e desdobrando a folha de papel, antes de tomar uma decisão. Finalmente, guardou o papel no bolso e identificou pelo tato as chaves da cela.

— Rovira — chamou.

Seu agente de confiança surgiu da escuridão. O alcaide lhe deu as chaves.

— Cuide desse rapaz — disse. — Trate de convencê-lo a dar os nomes daqueles que estão trazendo para o povoado a propaganda clandestina. Se não o conseguir por bem — acentuou —, trate de arrancar-lhe a confissão de qualquer maneira.

O policial lembrou-lhe que tinha um turno a cumprir naquela noite.

— Esqueça — disse o alcaide. — Não se ocupe de mais nada até nova ordem. E outra coisa — acrescentou, como obedecendo a uma inspiração. — Mande embora os homens que estão no pátio. Esta noite não haverá rondas.

Chamou ao escritório blindado os três soldados que, por ordem sua, permaneciam inativos no quartel. Fê-los vestir os uniformes que guardava trancados no armário. Enquanto se vestiam, tirou da mesa os cartuchos de festim que nas noites anteriores havia distribuído entre os homens das rondas, e foi buscar no cofre um punhado de projéteis.

— Esta noite vocês é que irão fazer as rondas — disse-lhes passando em revista os fuzis para lhes entregar os melhores. — Não têm que fazer nada, senão deixar que a gente perceba que são vocês que estão na rua.

Quando todos já estavam com as armas, lhes entregou a munição. Postou-se diante deles.

— Mas ouçam bem uma coisa — advertiu. — O primeiro que cometer um disparate será fuzilado lá no pátio. — Esperou uma reação que não veio. — Entendido?

Os três homens — dois índios, de aspecto comum, e um ruivo, com tendência ao gigantismo e de olhos de um azul transparente — haviam escutado as últimas palavras enquanto colocavam os projéteis nas cartucheiras. Ficaram em posição de sentido.

— Entendido, meu tenente.

— E outra coisa — disse o alcaide, mudando para um tom informal. — Os Asís estão no povoado, e não será surpresa se vocês encontrarem um deles esta noite, bêbado, com vontade de brigar. Evitem-nos, não se metam com eles. — Também dessa vez não se produziu a reação esperada. — Entendido?

— Entendido, meu tenente.

— Então já sabem — concluiu o alcaide. — Fiquem com os cinco sentidos alertas.

* * *

Ao fechar a igreja depois do rosário, que havia antecipado em uma hora devido ao toque de silêncio, padre Ángel sentiu um forte cheiro de podridão. Foi uma lufada momentânea. Mais tarde, fritando talhadas de banana verde e aquecendo o leite para o jantar, descobriu a causa do mau cheiro: os ratos mortos. Então voltou à igreja, abriu e limpou as ratoeiras e depois foi procurar Mina, a duas quadras da igreja.

Foi o próprio Toto Visbal quem lhe abriu a porta. Na salinha escura, onde havia vários tamboretes de couro, arrumados desordenadamente, e litografias pregadas nas paredes, a mãe de Mina e a avó cega tomavam xícaras de uma bebida aromática e ardente. Mina fazia flores artificiais.

— Há quinze anos — disse a cega — que o senhor não vinha a esta casa, padre.

Era verdade. Todas as tardes passava diante da janela onde Mina se sentava para fazer suas flores de papel, mas nunca entrava.

— O tempo flui sem fazer barulho — disse. E logo, dando a entender que estava com pressa, dirigiu-se a Toto Visbal: — Vinha pedir-lhe que deixasse Mina ir à igreja, todas as manhãs, cuidar das ratoeiras. Trinidad — explicou a Mina — está doente desde sábado.

Toto Visbal deu seu consentimento.

— É vontade de perder tempo — interveio a cega. — De qualquer maneira, o mundo acabará ainda este ano.

A mãe de Mina pôs uma das mãos em seu joelho em sinal de que se calasse. A cega empurrou a mão.

— Deus castiga a superstição — disse o pároco.

— Está escrito — disse a cega. — O sangue correrá pelas ruas e não haverá ser humano capaz de detê-lo.

O padre dirigiu-lhe um olhar de comiseração. Era muito velha, de uma extrema palidez, e seus olhos mortos pareciam penetrar no segredo das coisas.

— Vamos todos tomar banho de sangue — brincou Mina.

Então padre Ángel voltou-se para ela. Viu-a surgir, com seu cabelo de um negro intenso e a mesma palidez da cega, de uma confusa nuvem de fitas e papéis coloridos. Parecia um quadro alegórico de uma festa escolar.

— E você — disse-lhe — trabalhando no domingo.

— Eu já disse a ela — interveio a cega. — É pecado. Cinza ardente choverá sobre sua cabeça.

— A necessidade tem cara de cachorro — sorriu Mina.

Como o padre permanecesse de pé, Toto Visbal puxou um tamborete e voltou a convidá-lo a se sentar. Era um homem frágil, de gestos sobressaltados pela timidez.

— Obrigado — recusou o padre. — Tenho que ir, para não ser surpreendido na rua pelo toque de recolher. — Prestou atenção ao profundo silêncio do povoado e comentou: — Parece que já passa das oito.

Então é que soube: depois de quase dois anos de celas vazias, Pepe Amador estava no cárcere, e o povoado à mercê de três criminosos. As pessoas haviam se recolhido desde as seis.

— É estranho. — Padre Ángel parecia falar consigo mesmo. — Tudo isso é um desatino.

— Teria que acontecer mais tarde ou mais cedo — disse Toto Visbal. — O país inteiro está enredado numa teia de aranha.

Acompanhou o padre até a porta.

— O senhor não soube dos jornais clandestinos?

Padre Ángel deteve-se, perplexo.

— Outra vez?

— Em agosto — interrompeu a cega — começarão os três dias de trevas.

Mina estirou o braço para entregar à velha uma flor apenas começada.

— Cale-se — lhe disse — e termine isso aqui.

A cega reconheceu a flor com o tato.

— Então voltaram — disse o padre.

— Há uma semana — disse Toto Visbal. — Aqui apareceu um, sem que ninguém soubesse quem o trouxe. O senhor sabe como é isso.

O pároco confirmou com a cabeça.

— Dizem que tudo continua como antes — prosseguiu Toto Visbal. — Mudou o governo, que prometeu paz e garantias, e a princípio todo mundo acreditou. Mas os funcionários continuam sendo os mesmos.

— É verdade — interveio a mãe de Mina. — Aqui estamos outra vez com o toque de recolher, e esses criminosos na rua.

— Mas há uma novidade — disse Toto Visbal. — Fala-se que agora se organizam guerrilhas contra o governo no interior do país.

— Tudo está escrito — disse a cega.

— É absurdo — disse o pároco, pensativo. — É preciso reconhecer que muita coisa mudou. Ou pelo menos — corrigiu-se — havia mudado até esta noite.

Horas depois, sob o calor do toldo, perguntou-se se na verdade o tempo havia passado nos dezenove anos em que se encontrava na paróquia. Ouviu, diante da sua própria casa, o barulho das botas e das armas que noutra época precederam as descargas da fuzilaria. Só que dessa vez as botas se distanciaram, voltaram a pisar forte uma hora mais tarde e voltaram a afastar-se, sem que se ouvissem os disparos. Pouco depois, atormentado pela fadiga da vigília, percebeu que há muito os galos já estavam cantando.

Mateo Asís tratou de calcular a hora pelo canto dos galos. Finalmente caiu na realidade.

— Que horas são?

Nora de Jacob estirou o braço na penumbra e segurou o relógio de números fosforescentes que estava na mesinha de cabeceira. A resposta que ainda não tinha dado despertou-o por completo.

— Quatro e meia — disse.

— Merda!

Mateo Asís saltou da cama. Mas a dor de cabeça e, logo depois, o sedimento mineral na boca obrigaram-no a moderar o impulso. Com os pés, procurou os sapatos na escuridão.

— Quase que o dia me surpreende — disse.

— Que bom — disse ela. Acendeu a lâmpada e reconheceu sua espinha dorsal, cheia de nós, e suas nádegas pálidas. — Seria bom, você teria de ficar fechado aqui até amanhã.

Estava completamente nua, apenas com o sexo coberto por uma ponta do lençol. Até a voz perdia com a luz acesa a sua tépida lubricidade.

Mateo Asís calçou os sapatos. Era alto e maciço. Nora de Jacob, que o recebia ocasionalmente havia dois anos, experimentava uma espécie de frustração diante da fatalidade de manter em segredo um homem que lhe parecia feito para tudo aquilo que uma mulher podia desejar.

— Se você não se cuida, acaba engordando — disse.

— É a boa vida — replicou ele, procurando ocultar sua indisposição. E acrescentou, sorrindo: — Devo estar grávido.

— Tomara — disse ela. — Se os homens parissem, teriam mais consideração para com as mulheres.

Mateo Asís apanhou no chão o preservativo e depois as cuecas, foi ao banheiro e jogou o preservativo no vaso. Lavou-se, procurando não respirar fundo: qualquer odor, ao amanhecer, trazia o cheiro dela. Quando voltou ao quarto, encontrou-a sentada na cama.

— Um dia destes — disse Nora de Jacob — me cansarei de tanto esconderijo e contarei tudo a todo mundo.

Ele só a olhou quando estava completamente vestido. Ela teve consciência dos seus seios macilentos, e sem deixar de falar cobriu-se com o lençol até o pescoço.

— Não vejo a hora — prosseguiu — em que possamos os dois tomar café na cama e ficar aqui até a tarde. Sou capaz de eu mesma escrever um pasquim contra nós dois.

Ele riu abertamente.

— O velho Benjaminzinho morre — disse. — Como anda ele?

— Imagine só — disse ela —, esperando que Nestor Jacob morra.

Viu-o despedir-se da porta com um sinal da mão.

— Veja se aparece na noite de Natal — pediu.

Ele prometeu que viria. Atravessou o pátio na ponta dos pés e saiu para a rua pelo portão. O orvalho gelado lhe umedecia os pés. Um grito o deteve, ao chegar à praça.

— Alto!

Uma lanterna de pilhas acendeu-se diante dos seus olhos. Ele afastou o rosto.

— Ah, caralho! — disse o alcaide, invisível por detrás da luz. — Vejam só quem encontramos. Está indo ou voltando?

Apagou a lanterna e Mateo Asís o viu, acompanhado por três soldados. Tinha o rosto lavado e portava uma metralhadora.

— Estou voltando.

O alcaide aproximou-se para ver no relógio, sob a luz do poste, as horas. Faltavam dez para as cinco. Com um sinal, ordenou aos soldados que pusessem fim ao toque de silêncio. Permaneceu calado até que o toque de clarim terminou, depois de ter deixado uma nota triste no amanhecer. Depois mandou os soldados embora e acompanhou Mateo Asís através da praça.

— Aí está — disse. — Acabou a porcaria dos pasquins.

Mais que satisfação, havia cansaço em sua voz.

— Prenderam o culpado?

— Ainda não — disse o alcaide. — Mas acabo de fazer a última ronda e posso assegurar que hoje, pela primeira vez, não apareceu colado um só papel.

Ao chegar ao portão da casa, Mateo Asís adiantou-se para amarrar os cachorros. As mulheres do serviço se agitavam na cozinha. Quando o alcaide entrou, foi recebido por um alvoroço de cachorros acorrentados que logo depois era substituído por passos e gemidos de animais pacíficos. A viúva Asís encontrou-os tomando café sentados no parapeito da cozinha. Já era dia.

— Homem madrugador — disse a viúva. — Bom esposo, mas mau marido.

Apesar do bom humor, seu rosto revelava a mortificação de uma intensa vigília. O alcaide respondeu ao cumprimento. Apanhou a metralhadora do chão e pôs no ombro.

— Tome o café que quiser, tenente — disse a viúva —, mas por favor não me traga armas aqui para casa.

— Pelo contrário — sorriu Mateo Asís. — A senhora devia pedi-las emprestadas para ir à missa. Não é verdade?

— Não preciso desses trastes para me defender — replicou a viúva. — A Divina Providência está do nosso lado. Os Asís — acrescentou, num tom sério — já éramos gente de Deus antes que houvesse padres em muitas léguas em redor daqui.

O alcaide despediu-se.

— Preciso dormir — disse. — Isso não é uma vida de cristão.

Abriu passagem entre as galinhas, os patos e perus que começavam a invadir a casa. A viúva espantou os bichos. Mateo Asís foi ao quarto de dormir, lavou-se, trocou de roupa e saiu, novamente, para selar a mula. Seus irmãos já tinham ido embora ao amanhecer.

A viúva Asís ocupava-se das gaiolas quando seu filho apareceu no pátio.

— Lembre-se — lhe disse — que uma coisa é cuidar da própria pele e outra é saber guardar as distâncias.
— Ele só entrou para tomar uma xícara de café — disse Mateo Asís.
— Viemos conversando, e nem percebemos quando chegamos aqui.
Estava no extremo do corredor, olhando para sua mãe, mas ela não voltara a falar. Parecia conversar com os passarinhos.
— Vou-lhe dizer pela última vez — respondeu. — Não me traga assassinos à minha casa.
Tendo terminado de limpar as gaiolas, ocupou-se diretamente do filho:
— E você, onde estava?

Naquela manhã, o juiz Arcádio acreditou ter descoberto sinais aziagos nos minúsculos episódios que se incorporaram à vida de todos os dias.
— Tenho dor de cabeça — disse, procurando explicar à mulher a incerteza que lhe ia no íntimo.
Era uma manhã de sol. O rio, pela primeira vez em várias semanas, havia perdido o seu aspecto ameaçador e seu cheiro de couro cru. O juiz Arcádio foi à barbearia.
— A justiça — lhe disse o barbeiro — anda mancando, mas chega.
O chão havia sido lustrado com petróleo e os espelhos estavam cobertos de alvaiade. O barbeiro começou a poli-los com um trapo enquanto o juiz Arcádio acomodava-se na cadeira.
— Não devia haver segunda-feira — disse o juiz.
O barbeiro havia começado a lhe cortar os cabelos.
— É culpa do domingo — disse. — Se não existisse domingo — acrescentou, com um ar alegre —, não existiriam as segundas-feiras.
O juiz Arcádio fechou os olhos. Dessa vez, depois de dez horas de sono, de um turbulento ato de amor e de um banho prolongado, não poderia queixar-se do domingo. Mas era uma segunda-feira densa, opressiva. Quando o relógio da torre soou as doze e no lugar das badaladas ficou um ciciar de máquina de costura, vindo da casa contígua, outro sinal inquietou o juiz Arcádio: o silêncio das ruas.
— Este é um povoado fantasma — disse.

— Foram os senhores que o fizeram assim — disse o barbeiro. — Antigamente, numa manhã de segunda-feira, eu costumava atender a pelo menos cinco clientes antes do meio-dia. Hoje, o primeiro que me aparece é o senhor.

O juiz Arcádio abriu os olhos e por um momento contemplou o rio refletido no espelho.

— Nós — repetiu. E perguntou: — Quem somos nós?

— Os senhores — vacilou o barbeiro. — Antes dos senhores este era um povoado merda, como os demais, mas agora é o pior de todos.

— Se você me diz tais coisas — replicou o juiz — é porque sabe que eu nada tive a ver com elas. Você se atreveria — perguntou sem agressividade — a dizer o mesmo ao tenente?

O barbeiro admitiu que não.

— O senhor não sabe — disse — o que é levantar todas as manhãs com a segurança de que se vai morrer assassinado, e apesar disso passar dez anos sem morrer.

— Não sei — admitiu o juiz — nem quero saber.

— Pois faça todo o possível — disse o barbeiro — para nunca saber o que isso significa.

O juiz pendeu a cabeça. Depois de um longo silêncio, perguntou:

— Sabe de uma coisa, Guardiola? — Sem esperar pela resposta, continuou: — O alcaide está se afundando neste povoado. E a cada dia se afunda mais, porque descobriu um prazer do qual ninguém, depois de prová-lo, pode escapar: pouco a pouco, sem fazer barulho, ele está ficando rico.

Como o barbeiro o escutasse em silêncio, concluiu:

— Aposto com você que não haverá mais nenhum morto por culpa dele.

— O senhor acredita?

— Aposto cem a um — insistiu o juiz Arcádio. — Para ele, no momento, não existe negócio melhor do que a paz.

O barbeiro acabou de cortar-lhe o cabelo, puxou a cadeira para trás e mudou a toalha sem falar. Quando, por fim, o fez, havia uma certa perturbação em sua voz.

— É surpreendente que seja o senhor quem diga isso, e que o diga a mim.

O juiz encolheu os ombros.
— Não é a primeira vez que digo.
— O tenente é o seu melhor amigo — disse o barbeiro.
Havia baixado a voz, e era uma voz tensa e confidencial. Concentrado em seu trabalho, trazia no rosto a misteriosa expressão com que uma pessoa que não tem o hábito de escrever traça a sua assinatura.
— Diga-me uma coisa, Guardiola — perguntou o juiz Arcádio com certa solenidade. — Que ideia faz você de mim?
O barbeiro começava a barbeá-lo. Pensou um momento antes de responder.
— Até agora — disse —, sempre pensei que o senhor é um homem que sabe que um dia irá embora, e quer ir-se.
— Pois continue pensando assim — sorriu o juiz.
Deixava-se barbear com a mesma sombria passividade com que se deixaria degolar. Manteve os olhos fechados enquanto o barbeiro lhe alisava a barba com uma pedra de alúmen e lhe punha talco, que depois tirou com uma escova de fios muito finos. Ao puxar a toalha do pescoço, deslizou para o bolso da camisa do juiz uma folha de papel mimeografado.
— O senhor só se engana numa coisa, juiz — lhe disse. — Neste povoado e neste país, vão acontecer coisas.
O juiz Arcádio certificou-se de que continuavam sozinhos na barbearia. O sol ardente, o cicio da máquina de costura no silêncio das nove e meia, a iniludível segunda-feira mostraram-no algo mais: parecia que estavam sozinhos em todo o povoado. Então tirou o papel do bolso e começou a ler.
O barbeiro lhe deu as costas para pôr ordem no toucador.
— "Dois anos de discursos" — citou de memória. — "E no entanto continua o mesmo estado de sítio, a mesma censura à imprensa, os mesmos funcionários."
Ao ver no espelho que o juiz Arcádio havia terminado de ler, disse-lhe:
— Passe adiante.
O juiz voltou a guardar o papel no bolso.
— Você é valente — disse.

— Se alguma vez eu tivesse me enganado a respeito de uma pessoa — disse o barbeiro —, há anos que já teria morrido furado de balas. — E depois, num tom grave: — E lembre-se de uma coisa, juiz: eu nada sei a respeito desse papel...

Ao deixar a barbearia, o juiz Arcádio sentia a boca seca. Pediu no salão de bilhar duas doses duplas, e depois de engoli-las, uma atrás da outra, viu que ainda lhe restava muito tempo. Quando na universidade, num Sábado de Aleluia, imaginou uma cura radical para o mal que o angustiava: entrou no mictório de um bar, inteiramente sóbrio, botou pólvora num cancro venéreo e lhe ateou fogo.

No quarto trago, dom Roque moderou a dose:

— A continuar assim — sorriu —, o senhor acabará sendo levado pelos braços, como os toureiros.

Ele também sorriu com os lábios, porém seus olhos permaneceram apagados. Meia hora depois, foi ao mictório, urinou e, antes de sair, jogou o papel clandestino na latrina.

Quando voltou ao balcão, encontrou a garrafa junto ao copo, o nível do conteúdo assinalado com um traço a tinta:

— Tudo isto é para o senhor — lhe disse dom Roque, abanando-se lentamente.

Estavam sós no salão. O juiz Arcádio encheu meio copo e começou a beber sem pressa.

— Sabe de uma coisa? — perguntou. E como dom Roque não deu sinal de haver compreendido, lhe disse: — Vai haver encrenca.

Dom Sabas estava pesando na balança o seu parco almoço de passarinho quando lhe anunciaram uma nova visita do Sr. Carmichael.

— Diga que estou dormindo — cochichou no ouvido da mulher. E, efetivamente, dez minutos depois estava dormindo. Ao acordar, a atmosfera se fizera seca e a casa estava como que paralisada pelo calor. Já passava das doze.

— Com que você sonhou? — lhe perguntou a mulher.

— Não sonhei.

Havia esperado que o marido despertasse sem ser chamado. Um momento depois, ferveu a seringa hipodérmica e dom Sabas aplicou em si mesmo uma injeção de insulina.

— Há quase três anos que você não sonha com coisa alguma — disse a mulher, num tardio desencanto.
— Diabo — exclamou ele. — Que é que você quer? Não se pode sonhar à força.

Anos atrás, no seu breve sono do meio-dia, dom Sabas havia sonhado com um carvalho que, em vez de flores, produzia navalhas de barbear. Sua mulher interpretou o sonho e ganhou uma fração da loteria.

— Se não é hoje, poderá ser amanhã — disse ela.
— Não foi hoje nem será amanhã — replicou impaciente dom Sabas. — Não vou sonhar unicamente para lhe agradar.

Estendeu-se novamente na cama, enquanto sua esposa punha ordem no quarto. Toda classe de instrumentos, cortantes e perfurantes, havia sido retirada do quarto. Meia hora depois, dom Sabas levantou-se aos poucos, procurando não se agitar, e começou a vestir-se.

— Mas, afinal — perguntou —, o que queria Carmichael?
— Disse que voltaria mais tarde.

Não tornaram a falar até que se sentaram à mesa. Dom Sabas bicava sua magra dieta de enfermo. Ela serviu-se de um almoço farto, aparentemente por demais abundante para o seu corpo frágil e sua expressão lânguida. Já havia pensado muito quando decidiu perguntar:

— Que é que Carmichael quer?

Dom Sabas nem sequer levantou a cabeça.

— Que poderia ser? Dinheiro.
— Eu já o imaginava — suspirou a mulher. E prosseguiu, num tom piedoso: — Pobre Carmichael: rios de dinheiro passando pelas suas mãos durante tantos anos, e ele ainda vivendo praticamente da caridade pública.

À medida que falava, perdia o entusiasmo pelo almoço.

— Empreste, Sabitas — suplicou. — Deus lhe pagará. — Cruzou os talheres sobre o prato e perguntou, intrigada: — De quanto é que ele precisa?

— Duzentos pesos — respondeu, imperturbável, dom Sabas.
— Duzentos pesos!
— Pois é. Duzentos pesos. Imagine só.

Ao contrário do domingo, que era o seu dia mais ocupado, dom Sabas tinha nas segundas-feiras uma tarde tranquila. Podia passar muitas horas no escritório, dormitando diante do ventilador, enquanto o gado crescia, engordava e se multiplicava nos seus pastos. Naquela tarde, no entanto, não teve um só instante de sossego.

— É o calor — disse a mulher.

Uma chispa de exasperação surgiu nas pupilas sem cor de dom Sabas. No escritório estreito, com uma velha secretária de madeira, quatro poltronas de couro e selas jogadas nos cantos, as persianas haviam sido fechadas e, no interior, o ar era abafado e espesso.

— Pode ser — disse. — Nunca fez tanto calor em outubro.

— Quinze anos atrás, quando fez um calor assim, houve um tremor de terra — disse sua mulher. — Lembra-se?

— Não me lembro — disse dom Sabas, distraído. — Você sabe que eu nunca me lembro de nada. Além disso — acrescentou, de mau humor —, esta tarde não estou disposto a falar de desgraças.

Fechando os olhos, os braços cruzados sobre o ventre, fingiu dormir.

— Se Carmichael voltar — murmurou —, diga que não estou.

Uma expressão de súplica estampou-se no rosto da mulher.

— Você é ruim.

Mas ele não voltou a falar. Ela deixou o escritório, sem fazer o menor ruído ao fechar a porta. Até o entardecer, depois de realmente ter dormido, dom Sabas abriu os olhos e viu diante dele, como o prolongamento de um sonho, o alcaide sentado, à espera de que acordasse.

— Um homem como o senhor — sorriu o tenente — não deve dormir com a porta aberta.

Dom Sabas não fez um único gesto que revelasse o seu desconcerto.

— Para o senhor — disse —, as portas da minha casa estão sempre abertas.

Estirou o braço para fazer soar a campainha, mas o alcaide o impediu com um gesto.

— Não quer café? — perguntou dom Sabas.

— Agora não — disse o alcaide, examinando a sala com um olhar triste. — Eu estava muito bem aqui, enquanto o senhor dormia. Era como se estivesse noutro povoado.

Dom Sabas esfregou os olhos com as costas dos dedos.
— Que horas são?
O alcaide consultou o relógio:
— Quase cinco — disse. — Depois, mudando de posição na poltrona, entrou no assunto que o trouxera. — Então, vamos conversar?
— Creio — disse dom Sabas — que não posso fazer outra coisa.
— Nem valeria a pena — disse o alcaide. — No final das contas, não é um segredo para ninguém.

E com a mesma repousada fluidez, sem em nenhum instante forçar o gesto nem as palavras, acrescentou:
— Diga-me uma coisa, dom Sabas: quantas reses da viúva Montiel o senhor fez ferrar com a sua marca desde que ela as ofereceu à venda?

Dom Sabas encolheu os ombros.
— Não tenho a menor ideia.
— O senhor não ignora — afirmou o alcaide — que isso tem um nome.
— Safadeza — falou com precisão dom Sabas.
— Exatamente — confirmou o alcaide. — Digamos, por exemplo — prosseguiu, sem alterar a voz —, que o senhor lhe tirou duzentas reses em três dias.
— Oxalá — disse dom Sabas.
— Duzentas, portanto — disse o alcaide. — O senhor sabe quais são as condições: cinquenta pesos de imposto municipal por cada rês.
— Quarenta.
— Cinquenta.

Dom Sabas fez uma pausa, resignado. Estava recostado contra o espaldar da cadeira de molas, fazendo girar no dedo o anel de pedra negra e polida, os olhos fixos num xadrez imaginário.

O alcaide o observava com uma atenção inteiramente desprovida de piedade.

— Dessa vez, no entanto, as coisas não ficam assim — prosseguiu. — A partir deste momento, em qualquer lugar que ele se encontre, todo o gado da herança de José Montiel está sob a proteção do município.

Depois de esperar inutilmente uma reação, explicou:
— Essa pobre mulher, como o senhor sabe, está completamente louca.

— E Carmichael?

— Há duas horas que Carmichael — disse o alcaide — está sob controle.

Dom Sabas olhou-o então com uma expressão que poderia igualmente ser de devoção ou de estupor. E, subitamente, deixou pender sobre a secretária o corpo fofo e volumoso, sacudido por incontrolável riso inferior.

— Que maravilha, tenente — disse. — Isso deve lhe parecer um sonho.

O Dr. Giraldo teve ao entardecer a certeza de que voltava ao passado. As amendoeiras da praça estavam novamente cobertas de pó. Um novo inverno passava, mas sua pegada silenciosa deixava uma marca profunda na lembrança. Padre Ángel voltava do seu passeio vespertino quando encontrou o médico procurando meter a chave na fechadura do consultório.

— Já vê, doutor — sorriu —, que até para abrir uma porta se necessita da ajuda de Deus.

— Ou de uma lanterna — sorriu por sua vez o médico.

Fez girar a chave na fechadura e olhou para o padre, denso e de uma cor malva, no crepúsculo.

— Espere um momento, padre — disse. — Creio que seu fígado não anda bem.

Segurou-o pelo braço.

— O senhor acha?

O médico acendeu a luz da salinha e examinou com uma atenção mais humana que profissional o semblante do pároco. Depois, abriu a porta gradeada e acendeu a luz do consultório.

— Não seria nada demais se o senhor dedicasse ao corpo pelo menos cinco minutos do seu dia, padre. Vamos ver como está sua pressão arterial.

Padre Ángel tinha pressa. Mas diante da insistência do médico, seguiu-o até o interior do consultório, e desnudou o braço.

— No meu tempo — disse —, não havia dessas coisas.

O Dr. Giraldo colocou uma cadeira defronte dele e lhe aplicou o aparelho.

— Seu tempo é este, padre — sorriu. — Não queira tirar o corpo fora.

Enquanto o médico estudava o mostrador, o pároco examinou a sala com a curiosidade boba que costumam despertar as salas de espera. Pregados nas paredes, viam-se um diploma já velho, a litografia colorida de uma menina e o quadro do médico disputando com a morte uma mulher nua. No fundo, detrás do leito de ferro pintado de branco, havia um armário com frascos rotulados. Perto da janela, um outro armário com instrumentos e mais dois abarrotados de livros. O único odor ativo era o do álcool.

O rosto do Dr. Giraldo nada revelou quando acabou de tomar a pressão.

— Está faltando um santo nesta sala — murmurou padre Ángel.

O médico olhou para as paredes.

— Não apenas aqui. Também no povoado. — Guardou seus aparelhos num estojo de couro que fechou com uma pressão enérgica, e disse: — Saiba de uma coisa, padre: sua circulação está muito boa.

— Eu já adivinhava — disse o pároco. E acrescentou: — Nunca me senti tão bem no mês de outubro.

Lentamente, começou a desenrolar a manga. Com a batina de bainhas cerzidas, os sapatos furados e as ásperas mãos cujas unhas pareciam de chifre chamuscado, naquele instante prevalecia nele a sua condição essencial: era um homem extremamente pobre.

— No entanto — replicou o médico —, estou preocupado com o senhor: tem de reconhecer que o regime de vida que está levando não é o mais adequado para um outubro como este.

— Nosso Senhor é exigente — disse o padre.

O médico deu-lhe as costas para olhar pela janela o rio escuro.

— Pergunto-me até que ponto — disse. — Não parece coisa de Deus isso de esforçar-se durante tantos anos por fechar dentro de uma couraça o instinto da gente, tendo plena consciência de que por debaixo tudo continua o mesmo.

E depois de uma longa pausa, perguntou:

— O senhor não tem tido nos últimos dias a impressão de que o seu implacável trabalho começa a desmoronar-se?

— Todas as noites, ao longo da minha vida, sempre tive essa impressão — disse padre Ángel. — Por isso sei que devo começar no dia seguinte com mais fervor e determinação.

Havia-se levantado.

— Já devem ser seis horas — disse, fazendo menção de abandonar o consultório.

Sem deixar a janela, o médico falou:

— Padre: uma noite dessas ponha a mão no coração e se pergunte se o senhor na verdade não está fazendo senão botar uns esparadrapos na moral.

Padre Ángel não pôde dissimular um terrível sufocamento interior.

— Na hora da sua morte — disse —, o senhor saberá quanto pesam estas palavras, doutor.

Deu boa-noite e, ao sair, fechou suavemente a porta.

Não pôde concentrar-se na oração. Quando fechavam a igreja, Mina aproximou-se para dizer-lhe que nos últimos dois dias apenas um rato havia caído na armadilha. Ele tinha a impressão de que na ausência de Trinidad os ratos haviam proliferado de tal maneira que já ameaçavam os alicerces da igreja. E no entanto Mina havia montado as ratoeiras, envenenado o queijo, perseguido o rastro da cria e tapado com asfalto os novos ninhos que ele mesmo ajudava a descobrir.

— Ponha um pouco de fé em seu trabalho — lhe tinha dito — e os ratos virão às ratoeiras como cordeiros.

Deu muitas voltas na cama antes de dormir. Na vigília, teve plena consciência do obscuro sentimento de derrota que o médico havia inculcado em seu coração. Essa inquietação e logo o tropel dos ratos na igreja, tudo conspirou para que uma força cega o arrastasse à turbulência da sua lembrança mais temida: recém-chegado ao povoado, haviam-no despertado à meia-noite para que prestasse os últimos auxílios a Nora de Jacob. Ouvira uma confissão dramática, dita de um modo sereno, desinibido e detalhado, numa alcova preparada para receber a morte: apenas um crucifixo sobre a cabeceira da cama e muitas cadeiras vazias encostadas às paredes. A moribunda lhe havia revelado que seu marido, Nestor Jacob, não era o pai da menina que acabava de nascer. Padre Ángel havia condicionado a absolvição à exigência de que ela fosse repetida, bem como o ato final de contrição, em presença do esposo.

Obedecendo às ordens rítmicas do empresário, os grupos desenterraram as estacas e o imenso toldo do circo esvaziou-se numa solene catástrofe, com um gemido lamuriento, como o do vento entre as árvores. Ao amanhecer já estava dobrado, e as mulheres e as crianças comiam sobre os baús, enquanto os homens embarcavam as feras. Quando as lanchas apitaram pela primeira vez, os buracos no terreno vazio eram o único indício de que um animal pré-histórico havia passado pelo povoado.

O alcaide não havia dormido. Depois de observar do balcão o embarque do circo, misturou-se ao bulício do porto, ainda envergando o uniforme de campanha, os olhos irritados pela falta de sono e o rosto endurecido pela barba de dois dias. O empresário descobriu-o do convés da lancha.

— Minhas saudações, tenente — lhe gritou. — Aí lhe deixo seu reino.

Estava embutido em um macacão largo e puído que imprimia à sua cara rotunda um ar sacerdotal.

Trazia o chicote numa das mãos.

O alcaide aproximou-se da margem.

— Sinto muito, general — gritou por sua vez, num tom bem-humorado, os braços abertos. — Espero que tenha a honestidade de dizer por onde andam os verdadeiros motivos por que vai embora.

Voltou-se para a multidão e explicou, em voz alta:

— Suspendi-lhe a licença porque ele se negou a dar um espetáculo grátis para as crianças.

O último apito das lanchas e, em seguida, o barulho dos motores afogaram a resposta do empresário. A água exalou um bafo de lama revolvida. O empresário aguardou que as lanchas dessem a volta no meio do rio. Então, apoiou-se na grade do convés e, fazendo com as mãos um alto-falante, gritou com toda a força dos seus pulmões:

— Adeus, policial filho da puta.

O alcaide não se alterou. Esperou, com as mãos no bolso, até que se esvaneceu o barulho dos motores. Depois abriu passagem através da multidão, sorridente, e entrou no armazém do sírio Moisés.

Eram quase oito horas. O sírio começava a guardar a mercadoria exposta na porta.

— Então você também vai-se embora — disse-lhe o alcaide.

— Por pouco tempo — disse o sírio, olhando o céu. — Vai chover.

— Às quartas-feiras não chove — afirmou o alcaide.

Ficou um momento com os cotovelos apoiados no balcão, observando as grossas nuvens que flutuavam sobre o porto, até que o sírio acabou de guardar as mercadorias e pediu à mulher que lhes trouxesse café.

— A continuar assim — suspirou, como se falasse consigo mesmo —, vamos acabar pedindo gente emprestada aos outros povoados.

O alcaide bebia o café em goles espaçados. Mais três outras famílias já haviam abandonado o povoado. Com elas, segundo as contas do sírio Moisés, já eram cinco as que haviam ido embora no curso de uma semana.

— Voltarão mais cedo ou mais tarde — disse o alcaide. Perscrutou os enigmáticos desenhos deixados pelo café no fundo da xícara, e comentou, com um ar ausente: — Aonde quer que vão, jamais poderão esquecer que deixaram o umbigo enterrado aqui.

Apesar dos seus prognósticos, teve que esperar no armazém que passasse o aguaceiro que por alguns minutos mergulhou o povoado num dilúvio. Depois foi para o quartel e lá encontrou o Sr. Carmichael, ainda sentado no banquinho no centro do pátio, ensopado pelo aguaceiro.

Não se preocupou com ele. Depois de receber a parte do soldado de guarda, mandou abrir a cela onde Pepe Amador parecia dormir profundamente estirado no chão de ladrilhos. Fê-lo voltar-se com o pé e por um instante observou, com uma secreta comiseração, o rosto desfigurado pelos golpes.

— Desde quando não come? — perguntou.

— Desde a noite de anteontem.

Ordenou que o erguessem. Agarrando-o pelas axilas, três soldados arrastaram o corpo pela cela e o sentaram no estrado de concreto incrustado na parede a um metro e meio de altura. No lugar onde estivera o corpo, havia ficado uma sombra úmida.

Enquanto os soldados o mantinham sentado, outro lhe erguia a cabeça, segurando-o pelos cabelos. Poder-se-ia pensar que estava morto, a não ser pela respiração irregular e a expressão de extremo esgotamento que se notava em seus lábios.

Ao ser largado pelos soldados, Pepe Amador abriu os olhos e se agarrou, às tontas, às bordas do cimento. Depois desabou no estrado, com um gemido rouco.

O alcaide deixou a cela e ordenou que lhe dessem de comer e que o deixassem dormir por alguns instantes.

— Depois — disse — continuem trabalhando, até que ele cuspa tudo o que sabe. Não acredito que possa resistir muito tempo.

Do balcão, viu outra vez o Sr. Carmichael no pátio, o rosto entre as mãos, encolhido no banquinho.

— Rovira — chamou. — Vá à casa de Carmichael e diga à sua mulher que lhe mande roupa. Depois — acrescentou num tom peremptório — traga-o até aqui.

Começava a dormir debruçado na secretária, quando bateram na porta. Era o Sr. Carmichael, vestido de branco e completamente enxuto, com exceção dos sapatos, que estavam inchados como os de um afogado. Antes de ocupar-se dele, o alcaide ordenou ao soldado que voltasse para ir buscar um par de sapatos.

O Sr. Carmichael levantou um braço para o soldado.

— Deixe-me assim mesmo — disse. E depois, dirigindo-se ao alcaide com um olhar de severa dignidade, explicou: — São os únicos que tenho.

O alcaide mandou que se sentasse. Vinte e quatro horas antes o Sr. Carmichael havia sido conduzido à sala blindada e submetido a um intenso interrogatório a respeito dos bens deixados por José Montiel. Fizera uma detalhada exposição de tudo. No final, quando o alcaide revelou o propósito de comprar a herança pelo preço que seria estipulado pelos peritos do município, o Sr. Carmichael respondeu que de maneira alguma permitiria isso antes que a questão da herança tivesse sido liquidada.

Naquela tarde, depois de dois dias de fome e de intempérie, sua resposta ainda era a mesma, seca e inflexível.

— Você é uma mula, Carmichael — lhe disse o alcaide. — Se esperar até que esteja liquidada a sucessão, esse bandido de dom Sabas acabará remarcando com seu ferro todo o gado de Montiel.

O senhor Carmichael encolheu os ombros.

— Está bem — disse o alcaide depois de uma longa pausa. — Todo mundo já sabe que você é um homem honrado. Mas lembre-se de uma coisa: cinco anos atrás, dom Sabas entregou a José Montiel a lista completa das pessoas que estavam em contato com as guerrilhas, e por isso foi o único chefe da oposição que pôde continuar no povoado.

— Outro também ficou — disse o Sr. Carmichael, com uma ponta de sarcasmo. — O dentista.

O alcaide não levou em conta a interrupção, como se não a tivesse ouvido.

— Então você acredita que um tal homem, capaz de vender por nada a sua própria gente, merece que você fique sentado vinte e quatro horas debaixo do sol e do sereno?

O Sr. Carmichael baixou a cabeça e pôs-se a olhar as unhas. O alcaide sentou-se na secretária.

— Além do mais — disse finalmente, num tom brando —, pense em seus filhos.

O Sr. Carmichael ignorava que sua mulher e os dois filhos menores haviam visitado o alcaide, na noite anterior, e que este lhes prometera que antes de vinte e quatro horas ele estaria em liberdade.

— Não se preocupe — disse o Sr. Carmichael. — Eles sabem como se defender.

Só levantou a cabeça quando viu o alcaide passear de um extremo a outro da sala. Então, suspirou e disse:

— Mas lhe resta outro recurso, tenente.

Antes de continuar, olhou-o com uma terna mansidão:

— Dê-me um tiro.

Não teve nenhuma resposta. Um momento depois, o alcaide dormia profundamente em seu quarto e o Sr. Carmichael havia voltado ao seu banquinho.

Apenas a duas quadras do quartel, o secretário do juizado mostrava-se feliz. Havia passado a manhã cochilando no fundo da repartição e, sem que pudesse evitá-lo, vira os esplêndidos seios de Rebeca de Asís. Foi como um relâmpago ao meio-dia: a porta do banheiro abrira-se subitamente, e a fascinante mulher, sem mais nada no corpo a não ser uma toalha enrolada na cabeça, deu um grito abafado e correu para fechar a janela.

Durante meia hora, o secretário continuou suportando na penumbra do escritório a amargura daquela alucinação. Às doze, pôs o cadeado na porta e foi dar algo de comer a sua lembrança.

Ao passar em frente ao telégrafo, o administrador dos correios lhe fez um sinal.

— Vamos ter padre novo — lhe disse. — A viúva Asís escreveu uma carta ao bispo.

O secretário rechaçou-o:

— A melhor virtude de um homem — disse — é saber guardar um segredo.

Encontrou-se na esquina com o Sr. Benjamín, que vacilava antes de pular os charcos em frente à sua loja.

— Se o senhor soubesse, Sr. Benjamín — iniciou o secretário.

— O que foi? — perguntou o Sr. Benjamín.

— Nada — disse o secretário. — Levarei este segredo comigo para a tumba.

O Sr. Benjamín encolheu os ombros. Viu o secretário saltar as poças com uma agilidade tão juvenil que também ele lançou-se à aventura.

Na sua ausência, alguém havia deixado na loja uma marmita, pratos, talheres e um guardanapo dobrado. O Sr. Benjamín estendeu a toalha sobre a mesa e pôs as coisas em ordem, para almoçar. Fê-lo com extremo esmero. Primeiro, tomou a sopa, amarela, onde flutuavam grandes círculos de gordura e um osso descarnado. Noutro prato, comeu arroz branco, carne guisada e um pedaço de aipim frito. Começava o calor, mas o Sr. Benjamín não lhe prestava atenção. Quando acabou de almoçar, e tendo empilhado os pratos e arrumado novamente a marmita, bebeu um copo de água. Dispunha-se a armar a rede quando percebeu que alguém entrava na loja.

Uma voz sonolenta perguntou:

— O Sr. Benjamín está?

Esticou a cabeça e viu uma mulher vestida de preto, com os cabelos cobertos por uma toalha e a pele cor de cinza. Era a mãe de Pepe Amador.

— Não estou — disse o Sr. Benjamín.

— Mas é o senhor — disse a mulher.

— Eu sei — disse ele —, porém é como se não estivesse, porque sei por que está me procurando.

A mulher vacilou diante da pequena porta da loja, enquanto o Sr. Benjamín acabava de armar a rede. A cada esforço, escapava dos seus pulmões um tênue suspiro.

— Não fique aí — disse o Sr. Benjamín com dureza. — Vá embora ou entre.

A mulher ocupou a cadeira em frente à mesa e começou a soluçar em silêncio.

— Perdoe-me — disse ele. — Mas você precisa entender que me compromete ficando aí, à vista de todo mundo.

A mãe de Pepe Amador descobriu a cabeça e enxugou os olhos com a toalha. Por simples hábito, o Sr. Benjamín testou a resistência das cordas quando acabou de armar a rede. Depois se voltou para a mulher.

— De maneira — disse — que você quer que eu escreva um requerimento.

A mulher confirmou com a cabeça.

— Pois é — prosseguiu o Sr. Benjamín. — Você continua acreditando em requerimentos. Nestes tempos — explicou, baixando a voz —, não se faz justiça com papéis, mas com tiros.

— Todo mundo diz a mesma coisa — replicou ela —, mas o fato é que sou a única que tenho um filho na cadeia.

Enquanto falava, desfez os nós do lenço que até então trazia fechado na mão, e tirou várias cédulas suadas: oito pesos. Ofereceu-as ao Sr. Benjamín.

— É tudo o que tenho — disse.

O Sr. Benjamín olhou o dinheiro. Levantou os ombros, apanhou as cédulas e as colocou sobre a mesa.

— Sei que é inútil — disse. — Mas vou fazê-lo só para provar a Deus que sou um homem teimoso.

A mulher agradeceu em silêncio e voltou a soluçar.

— De todos os modos — aconselhou o Sr. Benjamín —, faça o possível para que o alcaide lhe deixe ver o rapaz, e convença seu filho de que deve dizer tudo o que sabe. Fora isso, é como jogar o requerimento aos porcos.

Ela limpou o nariz com a toalha, cobriu novamente a cabeça e saiu da loja sem se voltar.

O Sr. Benjamín fez a sesta até as quatro. Quando foi para o pátio lavar-se, o tempo estava firme e o ar, cheio de formigas voadoras. Depois de trocar de roupa e de pentear os poucos fios de cabelo que lhe restavam, dirigiu-se para o telégrafo para comprar uma folha de papel selado.

Voltava à loja para escrever o requerimento, quando percebeu que estava acontecendo alguma coisa no povoado. Ouviu gritos distantes. Perguntou o que era a um grupo de rapazes que passou correndo junto dele, e eles lhe responderam sem parar. Então, voltou ao telégrafo e devolveu a folha de papel selado.

— Já não preciso mais dela — disse. — Acabam de matar Pepe Amador.

Ainda meio adormecido, levando o cinturão numa mão e com a outra abotoando o dólmã, o alcaide desceu aos pulos a escada do quarto de dormir. O revérbero do sol lhe confundiu a noção do tempo. Antes de saber o que se passava, compreendeu que devia dirigir-se ao quartel.

À sua passagem, as janelas se fechavam. Uma mulher aproximava-se, correndo com os braços abertos, pelo meio da rua, em sentido contrário. Havia tanajuras no ar limpo. Ainda sem saber o que acontecia, o alcaide sacou o revólver e começou a correr.

Um grupo de mulheres tentava forçar a porta do quartel. Vários homens as enfrentavam, procurando impedi-las. O alcaide separou-os à força de golpes, ficou de costas contra a parede, e apontou o revólver para todos.

— O primeiro que der um passo, eu queimo.

Um soldado que estivera reforçando a porta por dentro, abriu-a, com uma metralhadora engatilhada, e começou a apitar. Outros dois soldados apareceram no balcão e fizeram vários disparos para o ar. O grupo dispersou-se, correndo para o fim da rua. Nesse momento, uivando como um cachorro, a mulher apareceu na esquina. O alcaide reconheceu a mãe de Pepe Amador. Deu um pulo para dentro do quartel e ordenou da escada ao soldado:

— Encarregue-se dessa mulher.

Reinava um silêncio total no interior. Na realidade, o alcaide só soube o que havia acontecido quando empurrou os soldados que obstruíam a entrada da cela, e viu Pepe Amador. Estirado no solo, encolhido sobre si mesmo, tinha as mãos entre as coxas. Estava pálido, mas não havia vestígios de sangue.

Depois de verificar que o cadáver não apresentava nenhum ferimento, o alcaide estendeu o corpo de costas contra o chão, meteu para dentro das calças as fraldas da camisa e lhe abotoou a braguilha. Por último, prendeu o cinturão.

Quando levantou-se, havia recuperado o aprumo, mas a expressão com que enfrentou os soldados revelara um princípio de cansaço.

— Quem foi?

— Todos — disse o gigante ruivo. — Ele queria fugir.

O alcaide olhou-o pensativo e por alguns segundos parecia não ter mais nada o que dizer.

— Essa história não engana ninguém — disse. Avançou na direção do gigante ruivo, com a mão estendida. — Entregue-me o revólver.

O soldado tirou o cinturão e entregou-o. Tendo mudado por projéteis novos as duas cápsulas deflagradas, o alcaide guardou-as no bolso e entregou o revólver a outro policial. O gigante ruivo, que visto de perto parecia iluminado por uma aura de puerilidade, deixou-se conduzir à cela vizinha. Ali, despiu-se por completo e deu a farda ao alcaide. Tudo foi feito sem pressa, sabendo cada qual a ação que lhe correspondia, como numa cerimônia. Finalmente, o próprio alcaide fechou a cela do morto e foi até o balcão do pátio. O Sr. Carmichael continuava sentado no seu banquinho.

Conduzido à sala do alcaide, não atendeu a ordem para que se sentasse. Ficou de pé diante da secretária, novamente com a roupa encharcada, e apenas moveu a cabeça quando o alcaide lhe perguntou se percebera o que se havia passado.

— Pois bem — disse o alcaide. — Ainda não tive tempo de pensar no que vou fazer, e nem sequer se vou fazer alguma coisa. Mas qualquer coisa que faça — acrescentou —, lembre-se disto: queira ou não, você está metido no jogo.

O Sr. Carmichael continuou absorto diante da secretária, a roupa colada ao corpo e a pele já um pouco intumescida, como se ainda não tivesse vindo à tona na sua terceira noite de afogado. O alcaide esperou inutilmente um sinal de vida.

— Então, Carmichael, caia na realidade: agora somos sócios.

Disse-o de maneira grave e até um pouco dramática. Mas o cérebro do Sr. Carmichael não parecia ter registrado coisa alguma. Continuou imóvel diante da secretária, inchado e triste, mesmo depois que fecharam a porta blindada.

Diante do quartel, dois soldados seguraram pelos punhos a mãe de Pepe Amador. Os três pareciam descansar, após um grande esforço. A mulher respirava num ritmo cadenciado e seus olhos estavam enxutos. Mas quando o alcaide apareceu na porta, lançou um uivo rouco e sacudiu-se com tal violência que um dos soldados teve que soltá-la e o outro, imobilizá-la no chão com uma chave de braço.

O alcaide não a olhou. Fazendo-se acompanhar por outro soldado, enfrentou o grupo que na esquina apreciava a luta. Não se dirigiu a ninguém em particular.

— Vocês — disse —, se querem evitar algo pior, recomendo que levem esta mulher para casa.

Sempre acompanhado pelo subalterno, abriu passagem entre o grupo e chegou à sede do juizado. Não encontrou ninguém. Então foi à casa do juiz Arcádio, e, empurrando a porta sem bater, gritou:

— Juiz.

A mulher do juiz Arcádio, perturbada pelo humor denso da gravidez, respondeu na penumbra.

— Foi embora.

O alcaide não se moveu do umbral.

— Para onde?

— Para onde poderia ir? — disse a mulher. — Para a puta que o pariu.

O alcaide fez um sinal ao soldado para que entrasse na casa. Passaram pela mulher, sem a olhar. Depois de revolver o quarto de dormir e verificar que não havia coisas de homem em qualquer lugar, voltaram à sala.

— Quando ele foi embora? — perguntou o alcaide.

— Duas noites atrás — disse a mulher.

O alcaide precisou de uma longa pausa para pensar.

— Filho da puta — gritou. — Poderá esconder-se cinquenta metros debaixo do chão; poderá voltar para a barriga da puta da mãe que de lá o tiramos vivo ou morto. O governo tem o braço comprido.

A mulher suspirou.

— Deus o ouça, tenente.

Começava a escurecer, mas ainda havia nas esquinas do quartel grupos mantidos a distância pelos soldados, enquanto a mãe de Pepe Amador fora levada para casa. O povoado parecia tranquilo.

O alcaide dirigiu-se diretamente à cela do morto. Mandou buscar uma lona e, ajudado pelo soldado, colocou no cadáver o boné e os óculos e enrolou o morto na lona. Depois, procurou em lugares diferentes do quartel pedaços de barbante e arame, e amarrou o cadáver em espiral, do pescoço aos tornozelos. Quando terminou, estava suando, mas mostrava uma expressão tranquila. Era como se fisicamente tivesse tirado de cima de si o peso do cadáver. Só então acendeu a luz da cela.

— Vá buscar a pá, a picareta e uma lâmpada — ordenou ao soldado.
— Depois chame Gonzalez, vão para os fundos do pátio, e cavem um buraco bem fundo na parte que estiver menos úmida. — Disse isso como se fosse concebendo cada palavra à medida que falava.

— E lembrem-se de uma coisa para toda a vida — concluiu. — Este rapaz não morreu.

Duas horas mais tarde ainda não haviam terminado de cavar a sepultura. Do balcão, o alcaide percebeu que não havia ninguém na rua, salvo um dos seus subalternos, que montava guarda de esquina a esquina. Acendeu a luz da sacada e foi repousar no canto mais escuro da sala, ouvindo apenas os gritos espaçados de um nambu distante.

A voz de padre Ángel tirou-o de sua meditação. Ouviu-o primeiro dirigindo-se ao soldado de guarda, logo depois a alguém que o acompanhava, cuja voz não custou a reconhecer. Continuou inclinado na espreguiçadeira, até ouvir novamente as vozes, já dentro do quartel, e os primeiros passos na escada. Então estendeu o braço esquerdo, na escuridão, e agarrou a carabina.

Ao vê-lo surgir no topo da escada, padre Ángel deteve-se. Dois degraus mais abaixo estava o Dr. Giraldo, com um avental branco e curto e uma valise na mão. Mostrou seus dentes afiados.

— Estou decepcionado, tenente — disse de bom humor. — Passei toda a tarde à espera de que me chamasse para fazer a autópsia.

Padre Ángel fixou nele seus olhos transparentes e mansos, e depois voltou-se para o alcaide. O alcaide também sorriu.

— Não há autópsia — disse — pelo simples fato de que não há morto.

— Queremos, então, ver Pepe Amador — disse o pároco.

Mantendo a carabina com o cano abaixado, o alcaide continuou dirigindo-se ao médico.

— Eu também queria — disse. — Mas nada posso fazer. — E deixou de sorrir quando disse: — Fugiu.

Padre Ángel subiu mais um degrau. O alcaide lhe apontou a carabina.

— Quieto, padre — advertiu.

Por sua vez, o doutor subiu também mais um degrau.

— Escute uma coisa, tenente — disse, ainda sorrindo. — Neste povoado não se podem guardar segredos. Desde as quatro da tarde que todo mundo já sabe que fizeram com o rapaz o que dom Sabas costumava fazer com os burros que vendia.

— Fugiu — repetiu o alcaide.

Vigiando o médico, teve apenas tempo de pôr-se em guarda quando padre Ángel subiu dois degraus de uma só vez, os braços levantados.

O alcaide engatilhou a arma com um golpe seco da mão e ficou postado com as pernas abertas.

— Alto — gritou.

O médico agarrou o pároco pela batina. Padre Ángel começou a tossir.

— Falemos claro, tenente — disse o médico. Sua voz mostrou-se dura pela primeira vez em muito tempo. — É preciso fazer essa autópsia. É a oportunidade para se esclarecer o caso das síncopes que costumam matar os presos deste cárcere.

— Doutor — disse o alcaide —, se o senhor se mover de onde está, eu atiro. — Apenas desviou o olhar para o padre. — Isso serve também para o senhor, padre.

Os três permaneceram imóveis.

— Além disso — prosseguiu o alcaide, dirigindo-se ao sacerdote —, o senhor deve estar agradecido, padre. Pepe é quem colava os pasquins.

— Pelo amor de Deus — começou padre Ángel.

A tosse convulsa impediu-o de continuar. O alcaide esperou que a crise passasse.

— Agora escutem — disse, então. — Vou começar a contar. Quando disser "três", começo a disparar de olhos fechados contra essa porta.

Saiba agora e para sempre — advertiu explicitamente o médico. — Acabaram-se as brincadeiras. Estamos em guerra, doutor.

O médico arrastou padre Ángel pela manga. Começou a descer sem dar as costas para o alcaide e depois começou a rir abertamente.

— Assim é que eu gosto, general. Agora, sim, começamos a nos entender.

— Um — contou o alcaide.

Não ouviram o número seguinte. Quando se separaram na esquina do quartel, padre Ángel estava aniquilado, e teve que esconder o rosto, pois tinha os olhos úmidos. Dr. Giraldo lhe deu uma palmadinha no ombro, sem deixar de sorrir:

— Não se espante, padre — lhe disse. — Tudo isso é a vida.

Ao dobrar a esquina de sua casa, olhou para o relógio com a ajuda da luz do poste: quinze para as oito.

Padre Ángel não conseguiu comer. Depois que soou o toque de silêncio, sentou-se para escrever uma carta, e ficou inclinado sobre a secretária até que passou da meia-noite, enquanto a chuva miúda ia apagando o mundo em seu redor. Escreveu de um modo implacável, desenhando as letras com uma maneira um tanto preciosa, e o fazia com tanta paixão que só molhava a pena depois de haver traçado duas ou três palavras invisíveis, riscando o papel com a pena seca.

No dia seguinte, depois da missa, pôs a carta no correio, embora sabendo que ela só seria expedida na sexta-feira. Durante a manhã, o ar manteve-se úmido e nublado, mas ao meio-dia tornara-se diáfano. Um passarinho extraviado surgiu no pátio e ficou uma meia hora dando pequenos saltos de inválido por entre os nardos. Entoou uma nota progressiva, subindo cada oitava, até que seu canto se fez tão agudo que seria impossível imitá-lo.

Durante o passeio vespertino, padre Ángel teve a certeza de que uma fragrância outonal o havia perseguido toda a tarde. Na casa de Trinidad, enquanto mantinha com a convalescente uma conversa triste a respeito das doenças de outubro, pareceu-lhe identificar um cheiro que certa noite Rebeca de Asís exalou em sua sala.

De volta, visitou a família do Sr. Carmichael. A esposa e a filha mostravam-se desconsoladas, e sempre que mencionavam o preso emitiam uma nota falsa. As crianças, porém, estavam felizes, livres da severidade do pai, e entretinham-se em dar de beber água ao casal de coelhos que lhes havia mandado a viúva Montiel. De repente, padre Ángel interrompeu a conversa e, traçando com a mão um sinal no ar, disse:

— Já sei: é acônito.

Mas não era acônito.

Ninguém falava mais dos pasquins. No fragor dos últimos acontecimentos, eles já eram apenas uma pitoresca anedota do passado. Padre Ángel comprovou isso durante o passeio vespertino, e depois da oração, conversando na sala com um grupo de damas católicas.

Ao ficar só, sentiu fome. Preparou talhadas fritas de banana verde, café com leite e serviu-se também de um pedaço de queijo. A satisfação do estômago fê-lo esquecer o cheiro. Enquanto se despia para deitar-se e depois, já sob o lençol, caçando mosquitos que haviam sobrevivido ao inseticida, arrotou várias vezes. Tinha acidez, mas seu espírito estava em paz.

Dormiu como um santo. Escutou, no silêncio, os sussurros, as tentativas preliminares das cordas temperadas pelo gelo da madrugada e, por último, uma canção de outro tempo. Às dez para as cinco deu-se conta de que estava vivo. Levantou-se num esforço solene, esfregando as pálpebras com os dedos, e pensou: "Sexta-feira, 21 de outubro." Depois lembrou, em voz alta: "Santo Hilário."

Vestiu-se sem tomar banho e sem rezar. Depois de corrigir a longa fileira de botões da sotaina, calçou as velhas botinas de uso diário, cujas solas começavam a desfazer-se. Ao abrir a porta que dava para os nardos, lembrou-se dos versos de uma canção.

— "Ficarei em teu sonho até a morte" — suspirou.

Mina empurrou a porta da igreja no instante em que ele dava o primeiro toque para a missa. Dirigiu-se ao batistério e encontrou o queijo intacto e as ratoeiras armadas. Padre Ángel abriu a porta que dava para a praça.

— Má sorte — disse Mina, sacudindo a caixa de papelão vazia. — Hoje não caiu nenhum.

Mas padre Ángel não lhe prestou atenção. Despontava um dia brilhante, com uma atmosfera rarefeita, a anunciar que também este ano, apesar de tudo, dezembro seria pontual. Nunca lhe pareceu mais definido o silêncio de Pastor.

— Essa noite houve serenata — disse.

— De chumbo — confirmou Mina. — Ouviram-se disparos até há bem pouco.

O padre a olhou pela primeira vez. Também ela, extremamente pálida como a avó cega, usava a faixa azul de uma congregação laica. Mas, ao contrário de Trinidad, que tinha um humor masculino, nela começava a amadurecer uma mulher.

— Onde?

— Por todos os lados — disse Mina. — Parece que ficaram todos malucos, à procura de jornais clandestinos. Dizem que levantaram o assoalho da barbearia, por acaso, e encontraram armas. A prisão está cheia, mas dizem também que os homens estão fugindo para as montanhas, para juntar-se aos guerrilheiros.

Padre Ángel suspirou.

— Não percebi nada — disse.

Caminhou até o fundo da igreja. Ela seguiu-o em silêncio até o altar-mor.

— E isso ainda não é nada — disse Mina. — Esta noite, apesar do toque de recolher e apesar do tiroteio...

Padre Ángel deteve-se. Voltou para ela seus olhos mansos, de um azul inocente. Mina também parou, com a caixa vazia debaixo do braço, e começou a sorrir nervosamente antes de terminar a frase.

"Macondo não é um lugar, mas um estado de ânimo que nos permite ver o que queremos e como queremos."

Gabriel García Márquez

Este livro foi composto na tipografia Minion Pro,
em corpo 11,5/15, e impresso em
papel off-white no Sistema Cameron da
Divisão Gráfica da Distribuidora Record.